梁晓声文集·长篇小说

5

欲说

青岛出版社

第一章

"旧历的年底毕竟最像年底……"

鲁迅先生在小说《祝福》的开篇写下这一行文字时,距今八十余载矣。

对于中国人,旧历的年底,依然最像年底。相比于阳历的元旦,许多方面,还简直是更像年底了。却也有另外的许多方面,逐渐丧失着年味。有些人想要拾回它来,于是千方百计在年底(当然是旧历的)前策划出种种怀旧的事情;而有些人却根本不计较它的存无,仅在乎假期的长短了;更有人一心逃避它,于是去旅游。或举家,或约友,甚或,只身。去到最没有旧历之年的年味的地方,在现实中过清静的虚拟的年,或在虚拟中过超现实的网络之年……

"鲁四爷"们,竟还是有的。无论城市里,小镇上,或是乡下。未必全姓鲁,也未必会被尊称为"爷"。他们过年的兴致,一般而言,是不如从前的"鲁四爷"们高了。他们通常是将过年这一桩事情当成"公关"的机会来抓住的。一经按既定方针办了,那阵势,那排场,那铺张,那豪奢,绝非八十余年前的小小一个鲁镇上的什么"鲁四爷"可以相提并论的。而且,都是一点儿也不讲理学的。他们讲谋略,讲手段,讲关系,讲靠山,讲背景,讲明明无诚信而又似乎很诚信的智慧。总而言之,统而言之,讲"厚黑学"。所以他们的智商绝对高于"鲁四爷"们,但德性,则比"鲁四爷"们差多了……

祥林嫂,也还是有的。

她们已断不会拦住一个知识分子(纵使对方如同一位八十余年后的鲁迅),神经兮兮地问什么——"一个人死了之后,究竟有没有魂灵的?"——这一类疯话了。

她们要么说着可怜的话伸手乞讨,要么什么话也不说,还是伸手乞讨。

她们已谁的话都不相信,更不信知识分子们的种种鸟话。

至于"阿Q"么,委实地不大好说了。大多数中国人早已不修习"精神胜利法"了,正如今天的"鲁四爷"们早已不讲理学。现而今的中国,是一个"物质胜利法"放之四海皆准的时代。据信,"阿Q"的子孙们钻研此法的也不少,且产生了一些钻研到高层次的榜样。因为"假洋鬼子"们还在,又大抵是"物质胜利法"的推广和倡导者,迫使"阿Q"的子孙们只得舍弃旧法,追随新学,即所谓的惑敌之计。打算某朝某日,以子之矛,攻子之盾,出奇制胜。

然而年底终究是年底,何况还是旧历的。芸芸众生,五行八作,三教九流,大款贫民,公仆百姓,不管怎么个过法,谁都得过大年三十儿这一天的。哪一个中国人企图绕过去,道行再高也是没门儿的。

天空还是八十余年前的天空,和八百年前八千年前没什么两样。

夜幕已经降临,却迟迟没有"也显出将到新年的气象来"。未见爆竹的"闪光"和"钝响",更没谁听到什么"震耳的大音"。空气里嘛,自然也是嗅不到"幽微的火药香"的。

也许,现在的鲁镇仍一如从前。

假如它还在,并且还叫鲁镇的话。

但是,这一座北方的省会城市却是出奇的静谧,从天上到地上。

因为这一座城市几年前就颁布了禁放烟花爆竹的严格禁令了,至今尚未解除。

天空既缺少新年的气象,人们就在地上来加倍努力地营造。某些人士认为自己最有责任和使命使旧历的年底最像年底,于是纷纷聚往大大小小的饭店去犒劳肠胃。

话说一小撮本省本市的记者,正在某酒家吃喝到尾声,有一人道:"要是今天晚上,我们都能前往金鼎休闲度假村去玩乐个通宵,那这三十儿过得才算来劲儿!"

另一人道:"是啊是啊,听说今晚那儿欢度新年的盛况空前!"

于是众人一时沉默,面面相觑,都显出明知没资格前往因而心情大为索然的模样。

四个女记者中的一个——三十几岁了,年龄最长喝酒喝得也最多的一个,胸有成竹地说:"这有何难?"

众人的目光便都集中在她身上。

她大大咧咧地又说:"只消我一个电话打过去,王启兆他肯定会亲自恭候在度假村大门外边欢迎咱们。"

众人一个个瞪大了眼睛,刮目相看——都知道王启兆是金鼎休闲度假村的老板。

那女记者泛着酒晕的一无长项的脸于是得意洋洋。

她当着众人的面打起手机来。

"大哥,我是你小妹!哪个小妹?听不出来啦?我是王瑶呀!我在和些记者朋友吃饭。哎大哥,一会儿我们都去啊!去哪儿?去你那儿呗,就是去金鼎度假村呀!你在别处?郑岚她也不在度假村?那大哥你往度假村打个电话交代一下嘛!……"

她的表情渐渐地就变了。变着变着,变得更加不好看了。

众人的目光全都不忍再视地转向别处了。

而她拿手机的手也缓缓放下了。

显然,王启兆单方面结束了谈话。

忽然她破口大骂:"王八蛋!他撒谎!想不到他跟我也来这套!我非报复他不可!……"

她那张本就不耐看的脸,不但更加不好看了,而且变得丑陋极了……

斯时,一架客机从城市上空掠过。

这是一架在本市离港飞往南方某市的客机。由于是大年三十儿这个日子,半数左右的座位空着。头等舱里,只有两位乘客。一位是本省的省委书记刘思毅,另一位是他的秘书小莫。头等舱的空姐预先已得知省委书记将乘此架班机,服务自是更加殷勤。反正空座不少,小莫便也沾了省委书记的光被客客气气地请到了头等舱。

几分钟后,刘思毅望着地面问小莫:"那是什么?"

小莫欠身也望了一眼,肯定地说:"一片灯光。"

刘思毅说:"我当然知道那是一片灯光。我指的是灯光之间那些忽高忽低、不断变幻着形状的东西。"

小莫又欠身望了一眼,更加肯定地说:"也包括那些东西。除了是灯光,不可能再是别的。"

刘思毅批评道:"你别动不动就这么武断好不好?我虽然怀疑那根本不是灯光,但在没有确凿的证据之前,就不敢肯定地说那并不是一片灯光。我记得有位名人为自己写过两句座右铭——轻易不要怀疑别人的怀疑是不正确的,轻易不要肯定自己的看法不是不正确的。"

他边说边掏出眼镜戴上了。

小莫则嘟哝:"如果我记不清究竟是哪一位名人说过或写过什么话,我就不会动不动说有位名人怎么说怎么写的。"

他随手拿起一册航空杂志,不再理刘思毅了。

专为头等舱服务的空姐正在机舱前门那儿准备饮料。当秘书的居然敢跟省委书记斗嘴,这超乎她的常识,听了觉得怪好笑的。

她轻轻走入头等舱,一边向二人递送饮料一边以仲裁的口吻说:"那确实不是灯光。"

刘思毅就用胳膊肘碰了小莫一下,又板着脸问:"听到了吗?"

"爱是什么是什么。是什么我都不会觉得奇怪。"

小莫看都不看他一眼。

不料空姐又说:"那是喷泉。"

闻听此言,二人的目光同时望向了空姐秀丽的脸,全都不胜惊讶。

"不会吧? 这可是在冬季,在北方……"

刘思毅又变成了否定论之否定论者。

空姐微微笑道:"确实是喷泉。我们正从金鼎休闲度假村上空飞过。它的地下有温泉。冬季里的喷泉是它独一无二的景观。"

是什么都不会觉得奇怪而又大为奇怪起来的小莫忍不住问:"它的老板叫王启兆是吧?"

空姐说:"是的。他是我们省最具儒商气质的儒商。一个人就构成了我们省商企界的一种儒商现象。"

她引以为荣。

刘思毅忽然忆起,省委副书记赵慧芝有次曾委婉地建议他,要安排时间去金鼎休闲度假村视察一番,听听它的主人的汇报,对本省的民营企业家体现体现关怀……

空姐离开后,刘思毅低语:"记着,咱们过完春节回来以后,你要提醒我早日前去认识认识那位王……王什么来着?"

小莫说:"王启兆。放心,慧芝书记也叮嘱过我同样的话了。"

小莫说完,掏出笔,在杂志的白边上写下了"王启兆"三个字。

刘思毅默记着,引颈回瞰,却已看不到那些绚丽的灯光和那些被灯光照射得同样绚丽的喷泉了……

然而,满夜空却开放着五彩缤纷的簇簇礼花了。

在那一片没有被禁令限制的夜空上,终于"也显现出了将到新年的气象"。礼花无声地绘画着梦幻般的天空,与鲁迅笔下那八十余年前的小小鲁镇的天空相比,等于是将美术大师的杰作与儿童在纸片上的胡乱涂鸦同日而语……

从近代到当代的八十余年的时间在中国地面上造成的变化,其巨大远远超出从一个一千年的古代到另一个一千年的古代的变迁。

"沧海桑田"一词,其实用以形容现代的中国的发展进程才尤为恰当。

而飞机转眼间高升于万米,穿过了夜的云层——什么度假村,什么灯光,什么温泉也罢,喷泉也罢,是温泉的喷泉也罢,以及礼花,以及什么旧历的年底的迹象,如过眼烟云,皆不可见了。

刘思毅将身子坐正,往后一靠,陷入沉思……

当金鼎休闲度假村的上空绽放着绚丽多彩的簇簇礼花时,八里以外的县城里,市公安局的庆功会和春节联欢会刚刚结束。庆功会原本是要在阳历年的年底召开的。由于年底会议多,一拖再拖,就没能赶在年底开成,于是决定和春节联欢会一并开了。春节联欢会,公安局每年照例是开的,本着节俭的精神,也不请歌星演员助兴捧场,仅自己的同志们唱唱歌,出几个节目,集体热闹一两小时而已,也是加强干群关系的方式,成为传统了。

受奖的共有四位公安人员:刑侦队的张副队长、局长秘书小魏和小刘、小孙两名年轻的警员。张副队长四十来岁了,在局里也算是老公安了。小魏则是女性,二十几岁,正与小刘恋爱着。而小孙,在工作中和小刘是搭档,关系特好。二人在张副队长的领导之下迅速地破了一桩案子,所以获奖。也不是什么大案要案,但却是一桩与金鼎休闲度假村有关的案子。王启兆和他的女秘书郑岚在欧洲旅游的那半个月里,度假村被盗了一次。没造成什么直接的钱款损失,被盗走了十几幅画,还有些玉雕的工艺品。画也非是什么名家笔墨,是本省几位画家画的,一幅幅镶在或裱在框子里,悬挂于厅堂、走廊、高级的客房。当然,若在本省画界论起来,那几位画家确实也称得上是名家了。至于那几件工艺品,不过就是从玉石厂定购的。美观,却非什么上好玉石雕的。只一件有点儿特别的价值,是金鼎休闲度假村的"总设计师"、老雕塑家、省文联副主席的作品,不算太大,雕的是小爱神丘比特向他的母亲阿佛洛狄亚撒娇的情形。那些画全都被从框中抽去,或用刀沿着四边切割下来。而那些工艺品,大约是被塞进麻袋里背走的。显然不是一个人干的。度假村的围墙很高,几个人甚或一伙人居然成功地实行了一番盗窃,在度假村引起不小的震动。这要是传扬开来,肯定会影响入住率。几位临时负责人一商议,觉得还是先不急于打越洋电话向王启兆和郑岚汇报为上,怕干扰了二人旅游的好心情;却也不敢怠慢,立即向县公安局报案了。

离县城仅仅八里,肯定是县城里的不法之徒干的!度假村在县境内,刚开业没几个月,倘若经济收入受到严重损失,保障一方治安的县公安局是有连带责任的!

度假村前去报案的一个副经理身份的人,话里话外有那么点儿兴师问罪的意思。

立案科知道金鼎休闲度假村是有背景的;知道老板王启兆并非是平头百姓,而是省政协委员、省民营企业家协会副主席、省工商联副主席什么什么的;还知道王启兆曾一一拜访过包括公安局局长、书记在内的县委一干领导,极受礼遇。他既然知道这些情况,自然也不敢怠慢,诺诺连声,当即就向局长和书记汇报了。

局长和书记一听,就双双地亲自出面,将度假村的"副经理"请入会议室,细问案情。

其实那男人也不是什么副经理,只不过是负责管理保安队的一个小头目罢了。他唯恐引起的重视还不够,夸大其词,说那些画和那些艺术品,总价值一百多万呢!

局长和书记对视一眼,局长说:"一百多万,在本县,绝对够得上是大案要案了。近年,本县还没发生过价值一百多万的盗窃案呢!"说罢,向书记暗丢眼色。

书记心领神会,紧接着说:"是啊是啊,那么现在就算正式立案了,但是责任得分明白。度假村并不是在我们县境内,而是在县境边儿上,靠县境外边的边儿上。也就是说,虽然离我们县城近,但实际上是在我们县公安局的治安辖区范围以外。在外边就是以外嘛。虽然离省城不近,一百六七十里,比离县城远多了,但却是在省市两级公安局的治安辖区范围以内。所以呢,从治安分工上讲,破这一桩案子应该是省公安厅或市公安局的事。但我们县公安局,毕竟也在省市公安局的垂直领导之下,既然你代表度假村方面首先向我们县公安局报案了,而我们局长刚才也表态了,要当成一桩大要案来立案,那么我们将一定指派骨干警力,从速侦破。能为省市两级公安局分担一桩案子,也是我们责无旁贷的嘛!"

到底是当书记的,说起话来,方圆有度,客客气气的滴水不漏。

"副经理"兴师问罪的来势,顿时被挫尽了,末了只有连连称谢不已。

局长和书记,却并不是相互配合得多么良好的两位公安领导同志,甚至也可以说,多年以来权力摩擦挺深的。但既然都与县里的一干头头脑脑被王老板隆重宴请过,既然当时都给过王老板名片,他们在对待那么一桩大要案的态度上,也就难得地较为一致。

刑侦队的张副队长和小刘、小孙接受任务后,昼夜侦破,案件很快水落石出。那是一件没什么难度的案件,现场所遗案迹多多。一干盗犯,无一漏网,悉数捉拿,移交司法部门,不久便被一一判了刑。果然,每个都是县里的人,却并非县里一贯的不法分子。县里的治安情况近年挺好,没有什么一贯的不法分子。他们都是些曾在县里经营过私家洗浴场所的人。温泉被度假村的管道引走了,只有少数几个和县里的头头脑脑关系热乎或沾亲带故的人,还能继续沾点儿地下温泉的光,依旧营业。其他利用温泉所开的私家洗浴场所,一概被以这样或那样的法律理由勒令停业了。有人经营得正来劲儿,有人则刚刚贷了笔款,狠狠地投了一笔资金装修完毕。他们看着金鼎休闲度假村终日车水马龙,红红火火,而自己或断了奔小康的途径,或赔了个落花流水,自然恨不打一处来。于是某夜聚集在一起骂爹骂娘发泄了一通,光骂骂还不解气,便仗着几分醉胆,犯下了那桩一个个悔之晚矣的盗案。画是一幅也没销赃出去,工艺品也都保存完好,没磕破没缺角的。正所谓人赃俱获,一个个也供认不讳。做都做下了,就那么一桩事,就那么一种解解恨假以颜色的动机,有什么可拒不招供的呢?

那时王启兆和郑岚已双双从国外回来了,二人听了汇报,没表现得多么恼火。他们心情都很愉快嘛,觉得大可不必因为那么一桩事就破坏了从国外带回来的好心情。非但没表现得多么恼火,还夸奖了几个属下。认为他们处理得及时、得当。当时没打越洋电话向他俩汇报的想法,实在是很人性化的一种考虑。

王启兆又让郑岚用她那一手漂亮的字体写了两封感谢信。一封是写给公安局的,一封是写给法院的。备了两份钱,每份五万元,连同两封感谢信,隔日派人给公安局和法院送去了。

在王启兆和郑岚二人,没什么别的意思。感谢信嘛,左不过就是充满了感激之词的一封信。当下年月,不似以往时代。从前,心里感激,一封信就足以表达了。那种感谢之信,若是小百姓写去,自然还是能够被视为真情流露的。但对于一位私企大老板,则往往适得其反。也许被认为虚头巴脑,是铁公鸡、瓷仙鹤、玻璃耗子琉璃猫,一毛不拔企图仅用几句好话哄人的主。现而今,就是"打的"将什么值钱的东西落出租车上了,要寻找回去,那除了感谢之词外,还得许下几百几千的吧?而你度假村被盗的是价值一百几十万的东西啊!你王启兆是腰缠万贯财大气粗就在本县县城边上拥有一座整个东三省独一无二的度假村的私企大老板啊!你不是不懂事的小孩子呀!你光派人送来一封感谢信,未免太那个点儿了吧!王启兆和郑岚当然都不是不懂事的小孩子。正因为都不是小孩子,所以很懂他们那种大人理应都多少应该懂点儿的人情事理。所以让送两封感谢信的人,也带上了两份钱。为什么还要给法院也送去一封感谢信一份钱呢?因为他们考虑不能偏向一方啊!怎么,公安局破案辛苦,该受到感谢,该获得一笔钱来犒劳一下弟兄们;法院审案、定案、宣判就是玩儿似的一件事了吗?怕法院那边挑理,所以一视同仁。他们并没认为那是行贿。破案了;人赃俱获了;招供了;签字画押了,该怎么判就怎么判吧。行的哪门子贿呢?根本犯不着嘛!除了一视同仁的考虑,还有借着这一件事的机会进一步和县里两大司法部门搞好关系的想法。度假村虽然不在县境之内,却毕竟在县境边儿上;自己虽然在省里市里公开或暗地里认得大小不少官员,但若也能和县里的公仆们搞好关系,不是好上加好吗?不是远有所交近有所依远则无虑近则无忧了么?那般考虑,如此想法,以平常心论,亦属正常。然公安局和法院两方面,是否便像他们所想的那么计较礼数,倒是未必的。只不过面对他们的一片真情实感,唯恐却之不恭罢了。王老板不但是商人,而且是很儒的商人啊。很儒的商人,从大的人民概念上来讲,那也是比良民还良的民啊!面对比良民还良的民的真情表白,更不好推三拒四的呀。

所以公安局方面客气了几句,也就收下了他们那份比良民还良的民情。局长并不觉得那是一种贿赂,书记也不觉得。迅速地破了案,全部追回了赃物,比良民还良的民真情表白一份感谢,这又能算是什么贿赂呢?既然表彰可以是精神的,也可以是精神加物质的,感谢当然也可以是精神加物质的啰。

法院方面却有点儿意外。虽然审了,还没判啊,怎么就既送感谢信,又送钱来了呢?待"信使"替王老板作了真情表白,人家也就理解了。"信使"是由郑岚指派的。郑岚指派的"信使",那能是口拙舌笨,说不清道不白,完不成使命的"信使"吗?当然不会。法院方面起初说,感谢信我们收下,五万元钱就免了吧。"信使"却说,信倒可以不收,纸上写的字,不过就是种感谢的形式;但钱却一定得收下,钱代表的是真感谢。县级的法院,编制少,工作量重,一年到头,每位法官每天要为人民大众多次开庭,辛苦啦。我们王老板看在眼里,疼在心上。他也是趁这个机会,代表人民大众对人民法官一年到头的辛苦作出感谢啊!信是就事论事,只能代表金鼎休闲度假村的。钱所代表的心意,却是超出信外,最能代表人民大众的呀。人家听了,觉得倒也言之有理。进一步一问,知道公安局那边已经连精神的感谢带物质的感谢一并全收,就不让"信使"为难了。

然而事情在法院这边儿却起了点儿微妙的变化。

领导跟法官郑重地打招呼,叮嘱道:"判决可不要受影响啊!该怎么判,还怎么判。归根到底,法律公正体现在量刑方面,须认真对待。"

问题就出在"须认真对待"五个字上。

那法官很年轻,上进心也很迫切。

年轻人上进心太过迫切了,往往便有种普遍的现象,或曰普遍的毛病也未尝不可。那就是——对领导照例嘱咐的某些话,不能照例来听,总是煞费苦心地进行琢磨。而那么一琢磨,领会上就出偏差了。

他想,领导嘱咐我"须认真对待"是什么意思呢?

想啊想的,就想出暗示的意味了。

这桩案子是我审的,当然也得由我来判。在我将判未判之前,金鼎休闲度假村的王老板那边,派人送来了精神的感谢加物质的感谢,而领导接着嘱咐我"须认真对待"……

我明白了。

他自作聪明,结果就判得特重。

莫须有的"暗示",如此这般,对年轻法官的量刑起了影响。

几乎全县的民众,都很关注这一桩案子的判决呢。

金鼎休闲度假村依仗权力背景,轻而易举地垄断了地下温泉这一种公共资源的开发和受益,早已成为这个县广大民众的公敌了。温泉是本县人首先发现的嘛,发现在本县的地表下嘛,那么作为公共资源,首先是本县的公共资源嘛。既然如此,王老板凭什么大动其工,一条又粗又长的管子,将本县的温泉从源头上接到了本县以外去? 接到了县境边儿上他的度假村去? 虽然也留了一个小小的泉眼给本县的人受益,但粥少僧多,那能摊到寻常百姓的头上么? 以前,全县的"小旅游"进行得何等之好哇! 现在呢,好景一去不复返了。但凡是一个本县的百姓,谁不恨金鼎休闲度假村的王老板呢? 于是联了名四处投寄上告信,却封封信皆如泥牛入海,有去无回。反见那王老板本人,一天比一天更红起来了。他们意识到胳膊是扭不过大腿的,只有沉默。但沉默并不是屈服于现实,它更像是沉思。而老百姓一集体地沉思,往往就该出麻烦了。及至度假村被盗了,他们集体地解恨,集体地快感。上告信不起作用,他们都希望有人采取另外的行动。他们都觉得那一种行动也是替他们许多人出了口气的行动。他们都猜到了那几个行动者是哪些人,却不揭发,不检举,反而视那几个行动者为英雄豪杰似的。

谁都没想到案子那么快就破了,那么快就审了; 而且是由本县公安局破的,由本县法院审的。

于是都期待着旁听宣判的结果。

却没公开宣判。

法院估计到了那一天旁听的人会很多很多,所以明智地不公开宣判。

谁都没想到会判得那么重,于是大哗。不是聚众大哗,是街谈巷议的那一种大哗。

大哗而又不公开地哗,有时候就可以用"地火在运行"来形容。

那年轻的法官自然清楚自己判得太重了,但按照领导的"暗示"来判,太重了也不为错。何为重? 何为不重? 又何为太重呢? 这原本是很难评说的嘛。法律条文上并没写明只能判几年啊,写的是"一年到几年"啊! 这在本县是大案要案,以最高刑期量刑当然没错。

他所作出的判决明明是由于受到了领导莫须有的"暗示"的影响,却揣着明白装糊涂,听到了街谈巷议也不进行反省,反而越发觉得自己判得正确有理了。

也不止他自己听到了些街谈巷议,法院里不少人都听到了。县法院的法官们也都是本县人啊。对老百姓此案之前此案之后的种种街谈巷议,他们有时候也是颇觉共鸣的呀。

于是街谈巷议引起了法院内部的议论纷纷。

终于领导们不得不出面在一次会上点评点评这桩案子了。

院长和书记相互谦让实则推诿地打了一套"太极拳"后,最终由院长来点评。业务方面的事,自然由院长来点评比较合适。

院长说:"关于金鼎休闲度假村被盗那一桩案子的审判嘛,最近我听到了不少议论。有老百姓的议论,也有我们法院内部同志的议论。我们领导们认为,判得不重。大案要案嘛,理应重判。所以,我们的同志,不应受老百姓街谈巷议的影响。我们不是老百姓,我们代表法。我们在执法过程中,不应受地方观念的左右,更不能怀有地方保护主义的心理。以后,我们的同志自己不要再议论了。"

他也明明认为判重了。

之前他曾问那年轻的法官,为什么判得那么重。

年轻的法官回答——他以为院长叮嘱他"须认真对待",就是"暗示"他要往重里判的意思。

院长又问:"你听出我的话有什么暗示的意思了吗?"

年轻的法官回答:"是啊,院长同志。"

"原来你是这么领会我的话的。"

院长自言自语了一句,也就不好再问什么了。

不点评一下不行了。

指责年轻的部下将自己的话领会错了,又太失院长的风范。

所以,也只有揣着明白装糊涂,将此案的判决维护成一次公正无误的判决。

书记接着补充道:"还有件事,我也捎带说说。金鼎休闲度假村送来了一封感谢信和五万元钱。不是送给某位法官的,更不是送给某位领导的,而是送给我们县法院的。人家是代表全县人民的一片心意。这一份心意,和此案的判决并没有什么必然的联系。所以呢,正常的心意也要以正常之心去对待,去理解,去接受。偏不接受,那其实也就谈不上正常的对待正常的理解了。对于这一件挺正常的事,大家更不要不正常地去议论,尤其不要议论到外边去。现在老百姓的心是很浮躁的。对有些事,往往还不能正常地对待,正常地理解。所以,谁要是口无遮拦传出去了,引起了什么不良的误解,甚至不良的后果,那么,谁是要负责任的!……"

法官们自然都比老百姓觉悟高,从此就不再窃窃私议了。不议论案子判得轻重,也不议论那五万元钱了。"没有什么必然的联系"的两件事,哪一件也不议论了。五万元的事书记公开提到了,那就意味着年终人人都多份儿奖金了。还议论它干吗呢? 等着年终分钱就是了嘛……

一个多月以后,县城里老百姓的街谈巷议逐渐平息了。似乎……

然而王启兆和郑岚二人,却一点儿都不知道他们的真情表白所引起的初衷之外的情节。他们的眼从不屑于望向距度假村仅仅八里的县城,心里也从不寻思县城里的人们究竟怎么看他们以及他们所做的事情和他们的度假村。即使县城里那些有官职有权力的人,在他们心目中,也不过是些似官非官似有权非有权的人罢了。依他们想来,无论什么情况之下,县城里的人从官到民,那都是奈何不到他们头上也奈何不了他们的。他们挺愿与县城的人们保持一种互不相扰的,也就是和谐的关系,所以他们认为他们送出去的那点儿小钱是有积极作用的。他们倒是经常双双地"采菊东篱下,悠然见南山"。度假村里既有菊,也有篱,双双"采菊东篱下"的闲逸情形,确乎是现实的情形,绝非超现实的。自然,那情形在度假村里是很浪漫的。度假村的南边没有山,但省城在度假村的南边。与他们根本不把八里外县城的人们放在眼里相反,他们是太在乎一百几十里外的省城的人们对他们的一举一动的反应了,在乎到了不放过蛛丝马迹秋毫之末的程度……

在省城里，他们一直保持着良好的口碑。由于传媒的宣传作用，老百姓以崇敬的心情谈论他们。由于老百姓那样，他们在方方面面的官员那里也获得了越来越良好的口碑。连以前对他们心存疑问的官员，见到他们也都热情多了。

悠然望省城时，他们往往是格外欣慰的。随之悠然西望，望向在地球另半边的欧洲，则欣慰加亢奋。

他们就快要成为欧洲移民了呀！

在欧洲，在英国的乡间，正有一处庄园等待着他们去做它的主人呢！

在那庄园四周，草地是那么绿，河水是那么清，森林是那么神秘，四季是那么富有诗意，能不亢奋吗？

在这一个除夕夜晚之前，省城里传来的都是令他们愉快的信息。

而县公安局的张副队长以及小魏、小刘和小孙三个年轻人，在联欢会结束后，各自衣袋里揣着装在红纸信封里的两千元奖金一起走到外边时，都有那么点儿意犹未尽，都没娱乐够。

小魏获奖与金鼎休闲度假村的案件无关，她是因为在"三讲"答题比赛中分数最高而获奖的。自然，包括他们四个人在内的所有获奖同志的奖金，都出在王启兆派"信使"送去的那五万元里。

小魏说："我沾你们三位的光了。"

张副队长反问："什么意思啊，小魏？"

小魏又说："感谢呗！没有你们三个破了案，我兜里哪能有两千元揣着？别人也是的呀！咱们县公安局什么时候一次发过这么高的奖金？这次或多或少，人人有份，所以人人都应该感谢你们三个。"

小孙笑道："要是照这个逻辑推论下去，最终得感谢'金鼎'的王老板啰！人家不慷慨大方地送一份心意来，咱们也不能派人去要啊，是不是？"

小刘接着说:"再推论下去,不是还得感谢那几个被逮着的家伙了吗?他们不犯下案,人家'金鼎'的王老板也不会忽然心血来潮,想到要对我们县公安局表示表示啊!"

年轻人就是年轻人,喜欢抬杠,觉得好玩儿。

我们正处在一个流行抬杠的时代,也正处在一个可将许多事弄好玩儿了的时代。

而张副队长刚才问了小魏一句之后,心思走神想别的事去了,根本没听他们三个的话。

他忽然又说:"哎,小魏,咱俩还是换换吧!你那幅黑不溜秋的有什么看头呀?"

他指的是小魏的精神奖品。

夜幕中,四人兜里不但揣着奖金,腋下还都各夹着一卷画。

"金鼎"的老板王启兆信上既然写明,那些画那些工艺品全都不要了,公安局可以自行处理。那么局长和书记预先各选了一幅,其他的也就当精神奖品颁发了。剩下一幅,配了框子,挂在会议室了。至于那些工艺品,有的被科长处长们捧到个人办公室保管去了,有的摆在会议室了。而那尊小爱神丘比特和他妈妈阿佛洛狄亚的合雕,被书记认领了。他当时说:"最小的那个,我办公室里有处地方摆着合适。"——别人,包括局长,就不便再打什么主意了……

颁发给张副队长的是一幅唐代的仕女浣纱图。画上的三个女子,每个都很丰腴,很性感,半裸不裸的,应该说是一幅张副队长那种年龄的男人特别爱欣赏的画。可他却不喜欢,而偏偏喜欢小魏得到的一幅纯墨山水图。小魏原本对国画没什么鉴赏力,但觉得张副队长喜欢的,定是上品。任张副队长说来说去,就是不肯换。那批赃物不是价值一百多万的么?那么每幅画肯定也挺值钱吧?万一自己换了,多少年后两幅画一比拍卖的价,自己换亏了好几万,那多后悔啊!

她哄小孩儿似的说:"张副队长,别老惦着跟我换了,啊?你那幅,多好哇,让人看着心里边怪凉快的!"

小刘也接着说:"是的是的。张头儿,可不是我不帮着成全你啊,连我看着,也觉得还是你那幅好!你要是实在不喜欢自己那一幅,跟我换吧。"

他那一幅画的是一只怒目而视的雄鸡,仿佛要从画上飞下,扑向谁啄谁的眼。他那么说,意在维护他对象的既得利益。

张副队长不爱听他那种言不由衷两面光的话,不耐烦地嘟哝:"算了算了,都别啰唆了!小魏,我再也不会跟你提一个换字了!"

他还真觉得她太不给他面子,不高兴了。言罢,一转身大步向他的"切诺基"走去……

就在这时,一片五彩光芒炫上夜空,将他们夜幕中的脸映照得全都上了颜色。四人不禁仰望……

半天插不上嘴想再说句什么话的小孙,奇怪地问小刘:"肯定是度假村那边在放礼花,可是怎么会离得这么近啊?"

小刘说:"他们那边有人上山了。这个季节在山上放礼花,是违反封山法令的。"

而小魏,却一边仰望着一边对张副队长说:"张哥,你要是能带我们进到度假村里去玩玩,我就和你换我的画!"

她是故意提个既为难张副队长,又表达转变态度的条件。

不料张副队长闻听此言,认真了,紧逼一句道:"一言为定?"

说出的话,泼出的水,小魏想收也收不回来了,只好指着小刘和小孙起誓:"他俩作证,我要反悔就变癞皮狗!"

小刘瞪着她以训斥的口吻说:"你这是图的什么嘛?"

小魏却说:"什么也不图。就图到'金鼎'里逛一圈儿,见识见识,开开眼!"

"上车!上车!"

张副队长哪里还容他们再说,开了车门,将他们一个个推向他的车……

八里路,转眼就快到了,已见度假村内外辉煌灿烂的灯光,而度假村的上空,礼花绽放得更加绚丽了,将大片夜空装点得诗情画意。

张副队长对坐在旁边的小孙吩咐道:"把警灯放车顶上。"

他那是辆刚买不久的私车,按纪律是不许配警灯的,他却自己接了一盏警灯,平时倒也不用。想让它响时,伸出手去往车顶一放,吸在车顶一角,就等于是辆警车了。这一点局里无人不知,无人不晓。局长和书记也是知道的。有次书记对他说:"哎,你那么做可是违纪的啊!"他说:"那违的什么纪? 车是私车不假,可我还常开着它执行公务呢! 没向局里要过一次油票,我风格够高的了!"因为他是名老公安了,局长、书记不好太过认真,睁只眼闭只眼的,网开一面算了。

但现在四人可不是去执行什么公务,所以小孙有点儿犹豫。相比较而言,年轻些的同志,对明摆着违纪的事儿,心里反而打鼓。

他问:"可以吗?"

张副队长说:"别啰唆,叫你放上,你就放上。"

于是小孙伸手窗外,将警灯放车顶角了。

张副队长轻动一指,接着就弄亮了它,弄响了它。

而那辆"切诺基",警灯闪转,警笛长鸣,向金鼎休闲度假村疾驶而去……

四人竟都有那么点儿激动。尤其三个年轻人,一个个都兴奋起来,仿佛第一次跟着老师去参观太空城的小学生,全部的好奇心都被调动着了。到度假村里去逛一遭,是他们的共同夙愿。

小孙忍不住又问:"老张,你进去过吗?"

张副队长说:"以前也没那闲工夫。"

听他的语气,仿佛他拥有特权,只要有闲工夫了,想什么时候进去,什么时候就可以长驱直入似的。

"那,要是不许咱们进呢?"

"这话问的,你们跟的是谁呀?!"

张副队长笑了笑。其实他也清楚金鼎休闲度假村的大门,并不是谁开辆车都很容易通过的。虽然他们是公安人员,可毕竟没有特殊的理由。度假村是住宿休闲之处,不是公园。没有特殊理由,公安人员进公园那也照样得买门票啊!何况他已经听说了,今天晚上谁要开着车通过度假村的大门,那得凭贵宾卡。他又哪儿有什么贵宾卡呢!他之所以比较有把握,主要因为他认识度假村的保安队长。破那桩盗窃案时认识的。

他一边开车,一边在心里暗暗组织着他们一行四人要求顺利进去的正当理由。用上警灯,纯粹为了自己给自己一点儿心理支持……

已经晚上九点多了,又从省城开来了几辆车,缓缓驶下公路,拐上便道,鱼贯通过拦路横杆……

大门那儿增加了两名保安,共有四名。一名在公路边儿上站着,指挥车辆开下公路,开上便道;一名控制拦路横杆;一名验看贵宾卡;还有一名手拿步话机,在横杆内来回走动,不时小声将身份特殊的贵宾业已到达的讯息通告给里边负责特殊接待的人员。

大冬天的,门里边却站了两列很经得起冷的迎宾小姐。有穿红旗袍的,有穿绿旗袍的。红绿间隔,垂臂侍立。旗袍的领口、袖口、开衿和袍边,翻现着雪白的小羊羔皮毛,特漂亮。凡有车入,她们便优美地深鞠躬,齐道"欢迎"……

站在公路边儿上的那名保安,听到警笛声,扭头看了一眼。但也就是扭头看了一眼,没当回事儿。以为是路过的一辆警车,根本没想到也是到度假村来的。

不料警车往便道上拐了。

它一往便道上拐,迎面的一辆"奥迪"停住了,礼让于它。

那名保安却不高兴了,朝警车一指,大喝:"退后!退后!"

尽管是辆警车,保安却没太将它放在眼里。他已经习惯了以车的档次来识别人的身份。从公路上开下便道的,那都是"奔驰""宝马""奥迪"

什么的,一辆"切诺基",里边能坐着什么高级的人物呢?警车也得先给"奥迪"让道!他已看清,那辆"奥迪"的前车牌上是公安厅的编号……

张副队长也看清了这一点。"切诺基"的前轮,已驶下公路了,已在便道上了。但他还是识趣地将他的车倒上了公路,往后避开了两米……

眼睁睁地看着"奥迪"在那名保安的指挥之下拐上了便道。

"奥迪"后边是一辆"宝马"……

"宝马"后边是一辆"奔驰"……

"奔驰"后边还是一辆"奔驰"……

接着又是一辆"奥迪"……

等公路上的五辆车依次都通过了横杆,那名保安才开始理睬"切诺基"——他看了一眼它的牌号,知道是辆县公安局的车了。他不但早已习惯了以车取人,还早已习惯了以车牌取人。车的档次加车牌编号,是这名保安决定自己以何种态度对待客人的综合依据。他自认为在这方面逐渐积累起来的经验培养起来的能力,能保证他在保安的位置上绝对称职。

张副队长按下车窗,伸出拿烟盒的手,主动说:"兄弟,吸一支不?"

保安看都不看他的手,盯着他脸冷冷地问:"你到底有事儿没事儿?"

张副队长只得自己讪讪地叼上了一支烟,故意装出从容不迫的样子,啪地按着打火机吸了一口。吐出之后,不卑不亢地反问:"有事儿怎么样?没事儿又怎么样?"

对方目中无人的架势,令他十分恼火。不就是一名受雇的保安嘛,在公安人员面前牛的什么啊!

对方偏偏正是一名很牛的保安。能成为金鼎休闲度假村的保安,他觉得虽是保安,却不是一般地方的保安,故而牛。由于是金鼎休闲度假村的保安,方方面面形形色色或官或商,什么样的人物都见过了,"指挥"过了,更觉得牛。

张副队长的话也让他恼火了。

他更加不客气地说:"有事儿说事儿。没事儿,赶快开走!"

"不开走,就停在这儿不行吗?"

张副队长抬起杠来了。抬杠是为了找回点儿面子。车里坐着自己的三个年轻同志呢,面子丢不起呀。

"当然不行! 大年三十儿晚上的,这里来的都是贵宾,你把辆警车停这儿算怎么回事儿?"

保安振振有词。

"我交养路费了! 我停在公路边上,你管得着吗?"

张副队长理直气壮。

而车里,小魏、小刘和小孙三个,一时都不知说什么好。有心帮着张副队长说几句,也就是帮着他争回点儿面子,又怕说得不得体,反而弄巧成拙。非但不能帮张副队长下台阶,还使事情变得更僵了。这会儿他们既不激动更不兴奋了。不就是一处度假村嘛,不就是一处专供有钱或有权的人们休闲享受的地方嘛,有什么值得好奇的啊? 大年三十儿的,回家去和家人一道看电视不是更好吗?

他们都暗自地有些后悔了,又后悔又不知该说什么好,只好一个个缄默着。

小魏尤其后悔了。

她在车后小声说:"要不,咱们回去吧。我的画,照样跟你换……"

小魏此话未说犹可,一说,简直等于火上浇油。

张副队长悻悻地嘟哝:"老子他妈的还不跟你瞎耽误工夫了呢!"

他一给油,一打方向盘,"切诺基"呼地又牛冲到便道上,直朝度假村大门驶去……

那名保安往后一闪,站不稳,失足跌下路沟去了……

门首那儿的三名保安,斯时正朝公路这里望着。也就是暂时无事,望着并闲聊着而已。起初都以为是警车打听路,而他们的一个人在详细回答。后见情况突变,皆大为紧张起来。控制横杆的赶紧降下横杆;拿步话机的立即向保安队报告;另一个则迎车奔来,蛮英勇地伸出一只手臂做奋不顾身予以禁止状;跌下路沟那个,也大呼小叫地从后追了上来……

便道是一条坡道,张副队长恼火之下,没踩刹车;"切诺基"一直冲到横杆前才停住,车头距横杆已仅尺余。四名保安前后左右将车围住,如临大敌。

张副队长也意识到了自己的莽撞,透过车窗望着横杆愣了一下,马上作出积极的反应,跳下车打算对自己一行四人的愿望进行友好的解释。

不待他开口,从后追上来的那名保安一步跨到他对面,指着他的脸大声向自己人指控:"他骂人!他张嘴就骂我!……"

另外三名保安不围着车了,一下子将张副队长围住了。

张副队长见自己的车并没撞断横杆,一颗心镇定了,强作一笑,讪讪地说:"别误会,你们别误会……"

"谁他妈误会了?你他妈的究竟想干什么?你穿身警服开辆警车就可以胡作非为了?"

对方气势汹汹,出口侮人了。

车上小刘等三人怕张副队长吃亏,也赶紧跳下了车……

而这时,又一队保安,大约有一个班十几个人,排成两列从度假村深处跑到了门口。他们由两列而变为一横排,肩并肩严阵以待地防守着。门内的两列迎宾小姐们,却没有一个擅离位置的,只不过齐刷刷地扭头望着这一幕……

事情闹到这般田地,张副队长张张嘴,失语了。

小刘指着那名出口不逊的保安斥道:"你嘴里干净点啊,这可是我们队长!"

而小孙,将一只手反伸到了屁股后。他的证件装在裤子后兜内,想主动掏出来给保安们看,借以缓解气氛。不料他那一动作顿时引起了保安们神经过敏的警惕。

保安班长大喊一声:"正当防卫!"

那是只有度假村的保安们一听就明白的内部口令。于是他们一个个从腰间取下了橡皮警棍,誓不两立地拿在手中……

张副队长见他们那样子又好气又好笑,张了张嘴,还是没说出话来,最终嘟哝了一句:"演给谁看呀!"——不屑于再看着,原地背转过身了。

"绝对是场误会!……"

小孙及时将证件递给了保安班长。

保安班长擎举手电看时,小魏趁机上前说明他们的来意。

保安班长将证件还给小孙,态度缓和了,问小魏:"有卡吗?"

小魏被问得一怔。

保安班长又说:"就是贵宾卡。四种卡哪一种都行。"

保安班长的语气变得更平和了。显然,他希望自己能给小魏这名秀气的女公安一种良好的印象。

小魏只得承认他们谁也没有卡,哪一种卡都没有;但是……她说他们四名公安可都是刚刚受了奖励的公安,是由于破了那桩盗窃度假村的案件受到奖励的;她说他们每人兜里还揣着奖金呢!说车上还放着奖给他们各自的画呢!……

小魏进行"公关"娓娓地说时,小孙从车上取来了自己那幅画,展开给保安班长看。

另外四名保安便也围上来看。

小孙将画卷起时,小魏赔着笑脸问保安班长:"相信我的话了吧?"

她看出对方希望能给她一种良好的印象,而她自然也希望能给对方同样良好的印象,以便张副队长的"切诺基"被允许开入度假村去……

证件也看过了,画也看过了,话也相信了,可保安班长却还是说:"你们哪种卡都没有,我难办啊!我上边还有队长,队长上边还有专管我们保安队的一位副经理,要是一级级追究下来,我承担不起呀!"

张副队长和小刘、小孙,见保安班长对小魏态度挺和气的,就索性都不开口了,任凭小魏自己进行交涉。对于他们三个,此番三十儿晚上能否进入度假村,已经成为男人的和公安人员的尊严问题了。不唯张副队长,连小刘和小孙都暗觉太丢面子了!以前他们在县城里可从没被如此这般地阻拦过啊!

"我们的车不开进去,只人进去行不行?"

小魏已不是在陈述愿望,而是在进行请求了。

"那我也没权力放你们进去。实话告诉你们吧,今天晚上这里顶不欢迎的就是你们公安。来的都是贵宾,都是有卡的,都是到这儿来想怎么娱乐想怎么享受就怎么娱乐怎么享受的,出现了你们四个穿警服的,多那个呀。我怎么交代呢?……"

保安班长大摇其头,一副爱莫能助的样子。

张副队长忽然开口道:"我刚才忘了告诉你了,我认识你们保安队长,是朋友!你现在立刻通知他,就说县公安局的张副队长在门口……"

于是他说出了一个名字。

保安班长想了想,说是有这么一个人。不过不是队长,和他一样,是班长。因为经常放些熟人进入,在度假村里逛公园似的四处闲逛,已经被开除了……

张副队长就又张张嘴不知说什么好了……

"请你们也给我个面子,快离开吧!要是往常,凭你们是公安局的这一点,你们找个借口,我给行个方便,让你们进去也就让你们进去了。但今天晚上可不行,真的不行。我不敢擅自做主。春节这几天都不行。你们快离开吧,万一又来贵宾了,见门口停辆警车,那对度假村就有不好的影响了……"

保安班长也等于是在请求了。

四名县公安局的干警只有面面相觑的份儿了。

保安班长悄声对小魏说:"过了春节这几天特殊的日子你们再来,那时我一定放你们进去……"

而张副队长仍像来时似的大声说出两个字:"上车!"

四名县公安局的干警,一个个再也无计可施,情知继续争取下去,不但徒劳无益,还将更丢自己的面子。于是在众保安和迎宾小姐的注视之下,一个个默默转身,内心别别扭扭地上了"切诺基"……

张副队长也没好情绪开车了,坐到右前座去了。那是小孙来时坐的座位。小孙只得自己坐到驾驶座上,替张副队长开车。

度假村门口没有"切诺基"调头的余地。换种说法就是,在这个三十儿晚上以前,还没有一辆车已经开到了度假村门口却被阻拦住并勒令回转的情形发生。那位设计度假村的老雕塑家当初设计大门这里时,根本没为不许开车进去的司机着想过。

在众保安和众迎宾小姐的目光中,"切诺基"缓缓地顺着便道往公路上退,退,退;驶下来时是下坡道,带着一股子牛冲的势头;退回去时下坡道变上坡道了,再加上小孙驾技不熟,就退得极慢……

小孙透过前窗,看到迎宾小姐们乱了队列,和保安们跑到一起,一个个笑望着他们坐的车;保安们也一个个在笑……

他觉得无论是迎宾小姐们的笑,还是保安们的笑,都分明是嘲笑。要不她们和他们笑什么呢? 在这个三十儿的夜晚,金鼎休闲度假村不许县公安局的警车和干警进入,这,这又究竟有什么好笑的呢?

然而他们和她们,分明地,都在笑……

张副队长也将那情形看在眼里,他有火没处撒,训斥了小孙一句:"你慢慢腾腾地干什么呢?!"

小孙一急,乱了方寸,车尾咚地撞在公路拐口那儿的一棵大树上。

小刘回头看一眼,替张副队长心疼地说:"一只后尾灯不亮了,大概撞碎了。"

小孙说:"我不开了。"

张副队长没好气地说:"接着开! 你不开谁开? 来时我开的,回去还我开啊? 我是你们的司机吗?"

小孙只得一声不吭地接着开……

车入县城后,小魏说:"小孙,开到'红楼'去,我请你们撮一顿!"

小孙扭头看张副队长,张副队长冷着脸没言语。

张副队长忽然很想喝个痛快,借以忘掉刚才那一场奇耻大辱。而且,最好是有人陪着喝。否则一醉方休也还是个不痛快。是的,对于他,刚才之事的确是一场奇耻大辱。在县城,他也是个一跺脚许多人腿软肝颤的人物啊! 他何曾被那么一点儿面子都不给留地对待过呢?

小孙看出他是不反对的,遂将车开向了"红楼"。

所谓"红楼",是县城里档次最高的一家饭店。因门面、门楼、几根柱子乃至门两旁的一对大石狮子全都漆成了红色而得其名。县里的头头脑脑无论设公宴还是私宴,往往首选"红楼"。

因为是除夕夜,"红楼"热闹异常,一层的大厅桌桌围客。小魏一心做东,故抢先走在前边;小刘、小孙两个居中;张副队长在外边吸着一支烟,叼着随入。

服务小姐见快十点了,忽有四位公安现身,又见他们的脸色都不大好,不知他们是来吃饭的,还是来干什么的,一个个竟不敢趋前了。

食客中也有不少人发现了他们,便都将猜测的目光投过去。后来,几乎所有人的目光皆投向他们了。

大厅里霎时一片肃静。连两个跑来跑去的孩子,也小耗子似的溜回大人们的身边,怯怯地望着他们。

在除夕之夜,四名身着警服的公安来到这里,使这里的气氛为之一变。

小魏环视一遭,看出大厅里没有什么县城里的人物,尽是些举家来吃团圆饭的,心情放松了。她和望着他们的人一样,一步迈进来,也很意外。都快十点了,想不到这里依然客满。但由于是自己提议到这里来的,已经进了门,就不好再往外退了。局里有一条纪律,那就是下了班以后,不得再着警服出现在任何消费场所。刚才她忘了这条纪律了。小刘他们三个,显然也忘了。现在她又想到了这一条纪律,意识到自己和他们都已违纪了。看来小刘和小孙两个,却仍没意识到。至于张副队长,他嘛,老公安了,纪律不纪律的,平常总是不太往心里记的。即使违纪了,往往也容易随便找条理由自我辩解过去。但小魏不同,她是名新党员,还是践行"三个代表"的优秀分子,不敢明知故犯……

她正犹犹豫豫地拿不定主意,小刘开口了。

他替她问一名服务员小姐楼上还有没有包间了。

那小姐摇头说包间里也都有客人了,几天前就订出去了。其中两间,还是老板在设宴招待自己的客人……于是小魏、小刘、小孙三个,你看我,我看他,之后一齐无奈地看张副队长,而张副队长,那会儿却正背对着他们,在看门旁一排大鱼缸里的观赏鱼……

小孙只得又对那小姐说:"快去告诉你们老板,让他怎么也得给我们临时腾出一个包间来。这么晚了,我们不想再到别的地方去了……"

那小姐不敢怠慢,转身急急地去了。

这世上之事,有时仿佛是有定数的。某人或某些人,在某一年某一月某一日,注定了要摊上什么事儿的话,那事儿仿佛就会在某一年某一月某一日必然发生。仿佛它蜷伏在那个日子里,专等着人去遭遇它,并挑起它对人的突袭。仿佛人怎么躲都是躲不开的。有时那个日子再过几个小时眼看就要过去了,而那事儿还是会在那个日子的最后一小时甚至最后十分钟、几分钟里发生,一下子使人成为它爪下的猎物……

如果"红楼"的老板听了服务员小姐的汇报,并不太重视,那么四名县城里的公安干警也就只有离去了,那么接下来的一连串事件也就不会发生了。

然而在这个除夕之夜,"红楼"的老板情绪特好。他和他的朋友们早已吃饱喝足,餐桌也换了台布,两个包间里两伙男女都在打麻将。

他听了小姐的汇报,寻思一下,就跟他的朋友们商量。他说:"哥儿们,有四名公安忽然光临了。大伙儿能不能包涵我一下,咱们将两桌麻将并到一个包间里来,为人家腾出一个包间啊?这么晚了,咱别让人家高兴而来,扫兴而去啊!……"

他的朋友们就都通情达理地说:"行啊,怎么不行?公安那都是咱们以后不定什么时候求得着的人。大年三十儿的,'红楼'应该给人家留个好印象……"

于是两伙打麻将的人就并到一个包间里去了……

"红楼"老板还吩咐小姐,将腾出来的房间的窗子敞一会儿,免得烟味酒味的,让人家四名公安嫌恶。

六七分钟以后,小姐匆匆奔下一层,礼貌地说腾出了一个包间,恭请县城里的四名公安上楼去……

六七分钟,小姐觉得,难题已经解决得够快了。可设身处地替四名公安想一想,那可是挺长挺长的一段时间了。在这个县城里,他们何曾因为想要吃顿夜宵,扎堆儿站在什么饭店的门内等过六七分钟之久呢?等的过程中,反倒是张副队长显得特别有耐心。他想他千万不能没有耐心啊,更不能说"算了吧,走吧"之类的话啊!他若那么一说,小魏心里不是更加别扭了吗?他这一位公安局的副队长在度假村门前大丢面子,那还不是由于小魏的一个念头所致么?小魏心里别扭,小刘是她对象,心里能不别扭么?小魏小刘两个都心里别扭,小孙也高兴不起来呀。本来,大年三十儿的,四个人都受到了奖励,都很高兴的嘛。作为四人中年龄最长的一个,他认为自己有责任使三个年轻的同志重新高兴起来。

这不能不说是一个良好的愿望。

然而正是这一个良好的愿望,像一条看不见的绳索,牵着他们四个公安,更加接近蜷伏着的那一个恶性事件了。他们都没有预感到,正有什么恶性的事件在伺机侵袭他们。尽管他们是公安人员,预感的本能是很强的。

四人都觉得等了很久,也就一个谢字也没说,跟随服务员小姐上楼去了。

为他们腾出的包间,敞了会儿窗子,烟味酒味倒是散尽了,但也放入了外边的冷空气,不温暖了。

小魏说:"这包间怎么这么冷啊?"

小姐就恭敬地解释,为了换换空气,敞了会儿窗子。

小刘说:"那你快开空调嘛!"

小姐说:"是开着的呀!"——仔细一看,又不是开着的了。拿起遥控器按来按去,还是启动不了。

已然坐下了,一直表现得很有耐心的张副队长,有点儿失去耐心了。

他说:"小姐,你现在听我的指示——第一,赶快上菜。我们也不自己点了。只管拣你们的特色菜和家常菜,上那么几道就行。第二,来条'中华',要那种软包装的。第三,来一瓶'水井坊',但可不许用瓶假的来糊弄我们。第四,通知你们的人,立刻把空调搞好。这么冷的包间,不开空调怎么行? ……"

小姐诺诺连声,转身便去落实。

张副队长又说:"'中华'烟我掏钱。'水井坊'小孙你掏钱。小刘,你和小魏两个一块儿来结菜单!咱们不能让小魏一个人破费是不是?"

小魏连说:"破费什么呀,都别乱掺和,都别乱掺和!"

小刘、小孙两个,连连点头称是。

维修工先来了,转眼将空调启动了。

菜一道接一道陆续上来了。

酒开盖儿了。

烟拆包了。

然而菜的口味不佳,或咸或淡,或火大了或火小了……

酒是冒牌货……

烟是假"中华"……

张副队长那是什么人？对好烟好酒极有品味的一个人啊！只吸一口就吸出是假的了，只饮一口就断定是冒牌货了。

确实就是他说的那么一回事儿。

饭店里有真假两种"中华"，有正道进的和歪道进的两类"水井坊"。那服务员小姐也不是成心要用假的冒牌的蒙他们。他们毕竟是四位穿警服的公安，人家小姐诚惶诚恐地招待他们还唯恐不周呢！她是匆匆忙忙之际晕了头，拿错了。既然已经拿错了，那也不能承认是拿错了呀。所以她只得言之凿凿地反驳，一口咬定"中华"绝对是真的"中华"，"水井坊"绝对不是冒牌儿的……

而那空调呢，一会儿好，一会儿坏的。坏了那维修工就又来捣鼓捣鼓。一捣鼓，马上好了。刚一走，又坏了。

总之包间里一直没有温暖起来。

而陆续上齐的一道道菜，转眼间全都凉了。

这一顿三十儿的夜宵还怎么吃呢？

张副队长一忍再忍到底没能够继续忍住，他猛一拍桌子，大声说："咱们走！不吃了！"

小魏、小刘、小孙三个，也都觉得这一顿三十儿的夜宵是没法儿在良好的气氛之下吃完了，就一齐站了起来……

小姐挡住了门，说几位还没买单啊。

小魏说，那你快去结账！

敢情人家小姐已经预先把账单结清了。快半夜了，大厨早已忙活烦了，哪里还会为他们精炒细做呢？只等他们这最后一拨光临的特殊客人一离去，就熄火了。不是因为他们身份特殊，那也不会为他们临时腾出一个包间啊！

小魏就一手接账单，一手掏自己的钱包。掏出钱包细看账单，有点儿傻眼了。

张副队长猜到了几分，一把掠过账单，也细看。看清之后，不禁火冒三丈。

"你们这他妈的是一桌什么饭菜？烟还是假的，酒还是冒牌儿的，还敢要一千多元?! ⋯⋯"

公安嘛，一生气，"他妈的"三个字脱口而出，也是情有可原的事儿。中国的男人，谁还没说过几次"他妈的"呢？

但那一位服务员小姐可就受不了啦，偏偏她不但是长得顶有姿色的一个，而且是最受老板宠爱的一个。明铺暗盖地，已被老板笼络成床上服务员了。所以就认为自己在饭店里也是地位很特殊的，事实上也是那么一回子事儿。她以自己地位很特殊的一个服务员的身份，亲自招待身份很特殊的四位客人，原本觉得，自己已经够特殊情况，特殊人物，特殊对待的了。不成想还特殊出麻烦来了，当然委屈，当然受不了。愣了愣，双手将一张颇有姿色的小脸儿一捂，仿佛受了什么凌辱似的，哇的一声大哭着扭身跑了⋯⋯

结果，接下来的局面可就严峻了！

转瞬之间，老板和他的朋友们，六七个男的三四个女的，一齐从他们正打麻将的包间里拥出，冲到这一个包间的门口，将四名县城里的公安堵在了包间里！

"怎么？给脸不要脸啊？警司警监们我见得多了，你们算些个什么东西？穿身警服就可以吃白食呀？就可以欺负女服务员呀？⋯⋯"

那和张副队长年龄不分上下的老板，满嘴喷着酒气。显然，一旦恼火起来了，那就根本不将四名县城里的公安放在眼里了。那种轻蔑的表情，那些轻蔑的话语，首先是冲着张副队长去的。

"你混蛋!"

张副队长立指对方回骂了一句。

"你才混蛋呢!"

老板一个朋友，欲替老板长威风，灭张副队长的志气，将张副队长伸指着的手臂一拨拉，一步跨到了张副队长跟前。那家伙膀壮腰圆，个头比张副队长高,双手一叉腰,一副俯视挑衅的样子。

还没等张副队长有反应呢,小孙那儿的火早被煽起来了。他在警校是擒拿冠军,会祖传武功的。他也没将那膀壮腰圆的家伙放在眼里。

他把张副队长往旁边一推,自己直面着对方,冷冷地说:"如果你们的饭店这么个开法,那可明摆着是不打算再开下去了!"

老板也不示弱地说:"如果你们不乖乖地把一千多元拍在桌上,那可明摆着是不打算好好儿地过年了!"

于是双方理论起来。男的对男的,女的对女的。只张副队长闪在一旁没参与理论,他已气得说不出话来了。

忽然,啪的一声脆响……

之后张副队长发现小魏捂着自己的一边脸。分明地,在双方一片吵嚷声中,她挨了一耳光……

小刘、小孙二人,目光就一齐望向着张副队长了……

张副队长的脸顿时红得发紫。

"还反了你们了!"

他双目圆睁,大喊一声,将餐桌掀翻了。

于是双方大打出手……

对方毕竟人多势众,张副队长他们渐渐不敌;小魏被逼在一个角落,成了人质;他们三个男的,与对方从楼上打到了楼下;一层大厅里还有没有离去的食客,他们纷纷惊叫,一片混乱……

双方从大厅里打到了街上……

那个膀壮腰圆的家伙,不知何时操了一杆双筒猎枪在手,将小刘逼在一棵大树前,无路可退……

"跪下!你他妈跪不跪?!"

"你私藏枪支可是犯法的!你们麻烦大了!"

"去你妈的!"

不知是猎枪走火了,还是对方喝多了——张副队长听到砰的一声枪响,只见枪筒里喷出一道红光,大树上同时落下了一片雪……

紧接着,他看到小刘双手抱头,双腿缓缓弯曲,无疑地,是给对方跪下了……

小孙却不知打到哪儿去了……

张副队长拳打脚踢地摆脱了几个对手的包围,跑到他的"切诺基"那儿,跃上车,疾驰而去……

斯时,中央电视台的"春节联欢晚会"渐入高潮……

第二章

早在下午三点整,省委机关大楼的小会议室,也就是常委们每次开常委会的那一间小会议室里,常委们都准时到齐了,只等着刘思毅的出现。

人人面前一杯茶,满室飘散着淡淡的茶香。尽管室外冰天雪地,而且受一股凛冽的西伯利亚寒流的影响,隔夜间气温骤降到了零下三十一二度,室内却温暖如春。窗台上,一盆君子兰和一盆水仙初开乍放。橘黄的洁白的花色彼此衬托,赏心悦目。

常委们都知道,阴历年最后一天的这一次常委会其实没什么实际的内容,只不过省委书记刘思毅想跟大家闲聊上那么一个来小时,相互增进点儿感情,也算是作为省委班子第一把手的人给自己班子里的所有人同时拜个年了。

小莫预先已在电话里将刘思毅的这个意思表达给常委们听了。还一一向常委们强调——刘书记一再说,既然没什么实际内容,哪位常委有事不能来那也没关系。省委领导们也是人啊,一位位皆为分内的工作忙了一年,都三十了,谁还没有点儿自家的私事要办啊!可以理解的……

　　常委们无一缺席。看来,他们也都高兴有机会和从南方调到这个北方省份做省委书记的刘思毅进行透明而又亲密的接触,以加强了解。没有什么实际的会议内容,又体现着第一把手很主动的良好愿望,说常委们的心情多么愉悦有点儿夸张,说很轻松却是千真万确的。他们能在仕途上荣升到今天这个高位,谁都不容易,一个个都是如履薄冰走过来的。仅凭时来运转就有资格坐在这个会议室里开省委常委会的人,在他们中间一个都没有。像所有的省市级领导班子一样,常委中也有一位女性,而且是权力、地位仅次于刘思毅的女性。她,便是担任过省委组织部长的赵慧芝。现在赵慧芝已是常务副书记,分管的工作最多。但即使是她,也根本没有什么特殊的背景,只不过在仕途的关键阶段多少占了点儿年龄和性别的优势而已。她突出的工作能力表现在当上省委副书记以后。一种女性特有的亲和力让她在老百姓中口碑极佳,在省委省政府两大机关的一般干部中也深受拥戴。总而言之,多年的干部考核和民意调查的结果表明,她几乎成了这个省两套领导班子的形象代言人。于是由副书记而常务副书记顺理成章,颇孚众望。

　　相对而言,仕途是一种很容易使人身心疲惫的人生选择,古今中外都是这样。与人生浮名相比,权力是实在的,因而也往往需人付出实在的代价。其代价便是愉快。职位越高,真愉快越少;权力越大,真性情越少。权力是一种魔异的花,谁喜欢它,谁就必须小心谨慎地侍弄它。人得将自己的愉快当成养料天天提供给它。它开得越美艳,人自己的愉快越是所剩无几。

　　那时,这些省委常委们,这些缺少真愉快的人们,都在耐心地等待刘思毅到来。愉快既少,轻松的时刻就仿佛具有值得品享的意味了。在这个会议室里,气氛一向是严肃的,甚至是凝重的。轻松的气氛因而显得稀罕,显得宝贵。说他们心情轻松其实也是姑妄言之。他们的心情并非彻底地完全地轻松。现而今,连普通人之心情彻底地完全地轻松着的好时刻都越来越少了,何况他们这样一些终日在仕途上如履薄冰的人呢?

据说,刘思毅这位省委书记是一位手眼通天的人物。他的一句话,他对他们之中每一个人如何评价,很可能直接影响他们每一个人在仕途上的句号画得圆或不圆。尤其几位按年龄来说就要到达仕途终点的常委,谁不希望在离开现在的职位以后,能顺利地转到省人大或省政协去,再挂几年不担什么具体责任的闲职呢?果真如此,是谓功德圆满,不枉宦海半生。否则,哪一位都同样会感到郁闷无比,大大的失落。在以后的几年里,自己究竟和新来的省委书记关系磨合得怎样?会是一种配合默契的关系,还是一种令双方都觉得剪不断理还乱的关系?——这是他们每一个人的头脑之中此时此刻都在沉思默想的问题。身在常委会议室这一具体的空间内,谁想要不想都不可能。他们偶尔彼此交谈几句,说说来自西伯利亚的这一股骤至的寒流,或发发牢骚,说说自己独当一面的诸项工作怎样的困难重重,多么的举步维艰……都是些一问一答的短句式的话。凡涉及对方工作也就是职权范围的事,答者绝不会一被问就喋喋不休,问者即使不得要领也不会,刨根问底,显出很关心或很感兴趣很想趁机知道得多一点儿的样子。凡此种种表现,在他们之间是忌讳的,是不适当的,某时甚或是会引起戒备之心乃至反感的。

有人问:"小莫,你为我们沏的什么茶呀?闻起来很高级嘛!"

小莫说:"是很高级,一千多元一盒呢!不久前有人从我们那边来看刘书记,给他带了一盒。"

于是有人"噢"了一声。

那是很寻常的一声"噢",纯粹无意识的一种发音现象。

但是不知为什么,小莫却似乎听出了不同寻常的意味。他不由得循声望去,却发现坐在那个方向的几位常委都在瞧墙上的挂钟。他一时判断不出来究竟是谁"噢"了一声,想了想,自言自语似的又说:"也许并不那么贵,是我自己把价格估计得太高了。"

没有谁对他的话作出什么反应。

小莫心里颇觉不安。他认为自己话多了,失言了。干吗非说多少钱一盒呢？

两个星期前，省报上发出了一篇文章，题目是《公仆与茶叶》——批评省委常委们多少年以来，每次开常委会喝的都是公茶。结束语是一句印成黑体字的问话——"大公仆们，你们还买不起点茶叶吗？"

常委们皆很恼火，说省报如果都这么干，那么大家还有法子再继续当公仆么？这不是成心出省级领导干部们的丑吗？于是有人坚决要求宣传部长作检讨，还有人主张干脆将省报主编撤了……

在"茶叶事件"之后的一次常委会上，常务副书记赵慧芝坦言——责任不能由宣传部长来担。那篇文章发表前她看过，是她点头同意后省报才敢发的。

她严肃地说："一盒茶叶几十元，我们常委三天两头开会，喝公茶习以为常。上行下效，省委机关厅处科室，几乎没人不喝公茶了。连司机班和食堂也经常以开会为由到后勤管理处去领茶叶。这成何道理？这个问题我委婉地谈过多次了，遗憾的是同志们从不予以重视。省报也有责任对省委领导从大节到小节进行监督和批评。现在我郑重地将这一问题再次提出来，请我们的省委书记来作决定。因为我作为常务副书记，似乎还不够有资格作出什么决定……"

赵慧芝说时，刘思毅的一只手举在脸颊旁，用食指挠了挠腮帮子。

她的话说完以后，常委们都默默将脸转向了刘思毅。最具有亲和力的女性一严肃，男人们全体不好意思了。

刚刚讨论过的是一个国营大商场股份制以后仍然效益恶化终于不得不宣布倒闭的善后事宜，话题很沉重的。而且一时讨论不出什么良方，只得留待下次再议。刘思毅的思绪一时难以转移到茶叶问题上来。

在大家的注视之下，他沉吟片刻，微微一笑，低声说："诸位，休息十分钟。高级烟民们，咱们可以出去吸支烟，啊？包括茶叶问题在内的几件事，今天上午，咱们接下来都初步议一遍，大家看怎么样？"

见大家频频点头，他首先站了起来，一边从兜里往外掏烟盒一边迈步向会议室的门那儿走。

在会议室门内,刘思毅和赵慧芝走了个对面。

刘思毅礼让着说:"你先。"

赵慧芝笑道:"你官大,你先。"

刘思毅也笑道:"哎,还是女士优先嘛!"——他挺绅士地从门前退开了一步。

"那我不客气了。"

赵慧芝又一笑,迈着轻快的步子走了出去。

赵慧芝回办公室打了一次电话,回来时,走廊里只有刘思毅一个人了。

赵慧芝看了一眼手表,以庆幸般的口吻说:"才过去七分钟,我可不想给你这第一把手留下不好的印象。"

刘思毅问:"你会给我留下什么不好的印象呢?"

赵慧芝说:"你每次开常委会都提前坐在会议室,我们当副手的如果还迟到的话,那能给你留下好印象吗?"

刘思毅说:"我怎么会那么鸡毛蒜皮呢!都是整天开会的人,谁还没迟到过几次呢?"他示意赵慧芝跟他从会议室的门旁走开几步,又对她说:"哎,慧芝同志,你谈的那个茶叶问题,我完全赞同。关于我们常委们应该带头的意义,我觉得你已经说得很明白了。你看这样行不行?咱们今天上午议的内容多,茶叶问题就放在最后来议吧。到时候,我第一个表态支持你就是了。我估计,别人也不会有什么不同看法的。"

赵慧芝再次微笑了。她说:"行啊,怎么不行?你刚才说我似乎把你看成了一个鸡毛蒜皮的人,你这么郑重其事的,不是也等于把我看成了一个鸡毛蒜皮的人吗?"

刘思毅刚欲辩解,赵慧芝迅速地看一眼手表,扯他一下,快言快语地说:"得啦得啦,别解释了。你有什么可解释的呀?到点了,你这个主持会议的人让大家等着可不好!"

“是啊是啊……”

刘思毅向会议室大步走去时，赵慧芝在他后肩上轻轻擂了一拳。在他们那么高职务的官员之间，其举动是很少见的。

这两位“公仆”早在十年前就认识了。他们是同一届中央党校高级班的学员。刘思毅是南方某省的省委宣传部长，赵慧芝是这个北方省份的组织部副部长。当年他是她的班长。

两个星期前那一次常委会开到十二点半才结束。最后作总结性发言的，自是非刘思毅莫属。刘思毅望着大家，对诸项内容都谈了谈自己的看法。他觉得似乎还遗漏了什么内容没有谈到，可一时又想不起来，于是将目光停留在赵慧芝脸上。那是一种习惯，不为其他常委所知。十年前在中央党校他是高级学员班班长，动辄需要作总结性发言。那一届高级学员中有六位女性，而男学员们对赵慧芝的看法最为良好。刘思毅也是。他不但是学员中入党最早、职务最高的人，还是年龄最大的人。其实大也大不到哪儿去，但他这一位班长却极愿以老大哥自居。每次班里开讨论会，刘思毅总是让赵慧芝坐在自己身旁，是要求，也是请求。赵慧芝记性之好，在学员中是公认的。刘思毅作总结性发言时，一旦觉得有所遗漏，或者一时叫不出哪一位学员的名字，只消扭头看一眼赵慧芝，她就会及时地悄悄提示他一句。后来学员们就调侃他，说他这一位班长是不称职的“司仪”，说赵慧芝是绝对称职的“司仪助理”。刘思毅对大家的调侃倍觉愉快，甚至倍感欣慰。他这人明白某些官场之人有时候不明白乃至一辈子都不曾明白的道理。那样的一些道理连智商正常的贩夫走卒都普遍明白，而某些官场之人却干脆拒绝明白。比如刘思毅早就懂得——谁如果连一句别人对自己的调侃都听不到了，意味着这个人已经完全没有什么魅力或亲和力可言了，人气太差了，呈现危机了。而所谓人气之对于这个人，已仅仅是一种自己一厢情愿地臆想出来的，仅仅围着自己缭绕的，被从现实生活的大气象上剪断下来的一缕什么气罢了。到了这般田地，如果这个人还多少有一点点聪明劲儿，那么他仍有救。唯一的方法是,尽量寻找机会自己调侃自己。如果他的自我调侃并不引起反感,渐渐成为容易被别人愉快接受的现象,那么他在人气方面就得救了。反之,还是个没救。刘思毅这个人早就明白这种道理,证明他这个人的智商是很正常的,起码是不低于贩夫走卒的。与某些一辈子都不曾明白过这种简单的道理的官员相比,简直可以认为他的智商是很高的了。当年那一届学员班中的另五位女学员,曾集体到他的宿舍里与他辩论过。她们批判他自认为高明的道理是歪理;而他反驳道,不包括歪理成分在内的真理是不完全的真理。世上一切真理都是由正理和歪理相辅相成的,歪理是真理的必然组成部分。不能解析歪理之智慧的人,也不能智慧地领悟真理。她们又批判他的所谓道理没有普遍性,而他反驳道,等有普遍性的时候,不就是正理了么?她们五个人都辩不过他一个人,她们中的一个就急了,脱口质问出一句话——“那你这位省委宣传部部长,敢把你这一种关于真理的思想写成文章发表在你自己主管的省委机关报上吗?”刘思毅眯起眼注视了那位女学员片刻,微微一笑,慢条斯理地说:“现在我们连为党宣传正理都还宣传得不够好,怎么可以在党的机关报上率先贩卖歪理呢?可是如果我们还不从现在起善于深入地研究歪理,解析歪理,我们又究竟到哪一天才能把正理宣传好呢?又究竟到哪一天才能提高我们正确认识和领悟真理的水平呢?”五位女学员听得张口结舌,个个眨眼,似乎有所明白,又似乎越发地糊涂了。他却接着慢条斯理地说:“什么叫真理?我们中国人把真理一词滥用了啊!真理一词原本是宗教词典中的一个词,非是政治词典中的一个词,更非是人文词典中的一个词嘛。真理一词,在宗教教义中的意思那就是——别问为什么,只管相信就是。不但要相信,还要虔诚地相信。而政治的要义却是,凡事要不厌其烦地反复地解释清楚为什么一定这样而不那样。因为政治不可能最终成为一种宗教,不可能根本不许人问为什么;越不许问,人越要在头脑中想。而人文二字的要义却是,既要解释清楚为什么,还要致力于研究不肯相信的人们何以不肯相信,并提倡尊重他们不肯相信的权利。从这一点上来说,政治和人文是反真理的,是主张合理的。包而括之,是谓之合。窃以为,我们这样一些从政的人,以后要少谈一点真理,多思考思考什么叫合理……"

刘思毅平时并不喜欢与人辩论,也不喜欢侃侃而谈。他主持班上的会议或讨论,那是由于他身为班长,没法儿推的。作为主持人,他养成了喜欢注意倾听的习惯,而且乐此不疲。即使在别人听来索然无味的发言,他也会听得极有耐心。他作总结性发言时,话也不多,从未长篇大论过。也许是因为五位女学员打上门来,分明有通力围剿的架势,才迫使他动了一次真格的。

那五位女学员也都非等闲女辈。两位中等城市的副市长、一位省教育厅的副厅长、一位省会城市中级人民法院的副院长,还有一位是省委统战部的副部长。她们其实并不是专门找他进行辩论的,是请他这位班长去看电影的。她们都听说他将许多书带到了党校,也是打算各自向他借几本书看的,不成想他一动真格的,就都听了他一大番谆谆教导。和五位女学员走在去往电影院的路上,刘思毅问赵慧芝怎么没和她们一道来。她们说赵慧芝在宿舍里整理笔记。那天上午,某名校的一位经济学教授来给大家讲了一堂宏观经济与微观经济。刘思毅说,听听也就罢了,那不值得记什么,更不值得记了还认真整理。因为只讲了些皮毛的常识概念,没讲出什么个人观点。她们都同意他对那一堂课的评价,还都一致称赞她们亲爱的赵慧芝同学勤奋的学习精神,个个由衷地表示以后要以她为榜样。其实,即使她们并不一致称赞,对于赵慧芝勤奋的学习精神,包括刘思毅在内的所有男学员,也是早已看在眼里了的。不论听报告还是听课,主讲者一开口,她便埋下头去起笔记录。主讲者的话不停止,她的头往往不会抬起来。哪怕主讲者讲得口吐莲花,妙语连珠,她的头也不会在掌声和笑声中抬起。仍记。仿佛掌声也罢,笑声也罢,阵阵质疑的议论也罢,都不入耳。仿佛她不是一位高级班的学员,更像是一名现场速记员,一名还在试用期的现场速记员。倘若记得不够快不够全,可能随时会被辞退似的。事实上她年轻时的确很下功夫地学过速记,还获过一次市里举办的速记比赛的二等奖。曾有学员问她:"凡是精彩的报告重要的讲课内容,过后都会发文字材料的,你干吗非记不可呢?"她一笑,说那不一样。究竟怎么不一样,没再说。她是个比较沉默寡言的人,你不一问再问,她绝不会问一答十。也曾有学员问她:"我们笑我们鼓掌,你没听到啊?"——她有点儿奇怪地看着人家,简短地回答:"听到了呀。"就回答四个字。仿佛奇怪于人家为什么问她那样的话。人家又问:"那你怎么连头都不抬一下呢?"她却说:"我不是在记录嘛!"结果问题就又回到了原点。她给人这么一种深刻的印象——仿佛一进入中央党校,就变成了一块水中炭或海绵,方方面面的知识都相当贪婪地吸收。即使每一个泡隙都吸收满了,也还是宁愿泡在知识的水池里。她是学员中轻易不会迈出党校大门的一个。不像刘思毅,该请假就请假,想溜出党校去见什么朋友,哪怕不准假,最终也还是能人不知鬼不觉地溜将出去。而如果听那种满嘴空话套话的报告听得心烦意乱,刘思毅每每起身便走,还发牢骚:"我当省委宣传部长的人,自己已不知说过多少空话套话了,说够了。再听别人说,够上加够,只有不听。"当然,他也明智得很,区分作报告的或讲课的是什么人。倘是要人,那他是不敢开溜的,非但不敢,还像赵慧芝一样,时不时地煞有介事地记上几笔……

那一天晚上,班长刘思毅边走边自愧弗如地对五位女学员说:"咱们的慧芝同志,是位有一等定力的女性啊!从政的人,有一等之定力,必有一等之前途。"

走到电影院门口时,他又说:"请你们转告她,如果她以后也能积极踊跃地参加讨论,那就更是我们大家要学习的榜样了。"

下一次开讨论会的时候,照例主动坐在刘思毅身旁的赵慧芝,果然作了一次发言,是不时看一眼小本上的提纲发言的。讨论的是中国的环境污染与可持续发展问题。她列举了不少国内外因环境污染所造成的严重而又巨大的公害事件。别人包括刘思毅在内,讨论前都没翻阅过什么相关资料，发言时举不出多少实例来。有人虽然也举了例子，但举的都是语焉不详的例子。不像赵慧芝举的例子，时间、地点、生命伤亡、经济损失，言之凿凿，很具有说服力。于是大家对她刮目相看。最后她以她那一种女性特有的温良绵软的语调说："我理解可持续发展的提出是建立在这样的一种前提之下的——法乎其上，守乎其中。再可持续，也必然还是阶段性的。一直持续、永远持续的发展，是人类历史上根本不曾有过的现象。以后也不可能有。我们力求可持续发展，无非是要通过科学的发展观的正确指导，使中国目前非常难得的良好的发展时期延长些，再延长些。因而可持续发展包含有两方面的意思：第一还是要紧紧抓住发展机遇；第二，绝不能以从前大跃进式的、粗暴的、企图一蹴而就的心理肆意利用机遇。中国的民工潮，数量上如同一个由几亿人组成的大国家，是中国的国中之国，是一个巨大的候鸟群般每年数次迁徙的国中之国，是世界上生存状态接近赤贫的国中之国。它每年数次的迁徙不可持续，也不可任由其持续。这个一直处在迁徙状态的国中之国，对于中国既有远虑，也有近忧。它年复一年的持续现象，对于我们力求的可持续发展显然是一种反作用力。当我们谈到经济发展问题时，有一种经常的说法叫软着陆。我想，中国也要特别认真地思考一下，如何使民工潮，使中国的这一个由几亿人组成的国中之国软着陆的问题。好比对于候鸟群，我们总得替它们创造几处适合它们降落下来得以正常生存的地方，不能眼看着它们总在天空飞，而要降落就只能降落在生存条件恶劣的地方……"

赵慧芝发言时，刘思毅一直侧身注视着她。她鬓角、耳根渐渐有细密的汗珠渗出来了。他想，那五位女学员肯定将他的话当天晚上就转告给她了。他想她为了在这一次寻常的班级讨论会上发一次言，显然作了扎实充分的准备啊！某些话那是思考的结晶啊，为在一次寻常的又是小范围的讨论会上发一次言而认真准备的中国人，现而今不多了呀。

那时刻刘思毅不禁生出一种大的感动来。

赵慧芝结束了她的发言，首先抬起头来转脸看着刘思毅，有点儿惴惴不安的样子。似乎明知自己的发言水平幼稚，因而不敢将目光望向大家。

刘思毅内心又是一番大的感动。

现而今，在中国，大小是个公仆的人，还能保持有一种惭愧心理，自认为思想水平有限者也不多了啊。不，不是也不多了，是快绝迹了呀！何况她已经是一位省委组织部副部长了呀！现而今的中国大小公仆们，还有谁不认为自己是天生的思想家理论家的呢？还有谁不是一有表现的机会就当仁不让争先恐后的呢？还有谁不是一旦领导在场要员在场，抢个机会就赶紧证明自己是天生精英，满腹雄才大略，一头脑远见卓识的呢？所以在小范围的、没有领导和要员在场的、司空见惯的讨论会上，越来越难得听到一次既作了充分的准备又比较有实际内容比较有个人见解的发言了。有发言经验的人才不白白浪费精力呢！

刘思毅不但心生感动，而且不无反省了。

他拿起桌上的笔，在面前的白纸上写下了一个大大的字——好。

接着，他带头鼓掌。

于是，大家都鼓掌。

那一天，大家不但开始对赵慧芝刮目相看，简直还可以说敬意有加了。

后来刘思毅嘱咐她将发言整理成一篇文字稿，他替她修改了一番，定下来作为几天后代表高级班在全校大会上的发言稿，而且是唯一的一篇。赵慧芝却不愿亲自发言，她希望由别人代替她上台发言。

刘思毅坚定不移地说："那不行，非你亲自上台发言不可！别忘了我们可是高级学员班，一位学员写的稿子，却由另一位学员上台去读，那不好。"

赵慧芝却还是一脸为难了她的样子。

刘思毅又说："我就不信，你这位省委组织部副部长以前没上台发过言。"

她说:"我和你区别大了呀!你是宣传部正部长,好多时候你不愿亲自登台发言那都不行,是不是?可我是省委组织部的副部长,算上我四位副部长呢!各管一摊。我是名次排在最后、默默无闻干实事的那一个,跑外调才是我经常带着人下去的事。至于登台发言,在省里怎么会轮到我呢?我怕我站在麦克风前的时候嗓子都会发紧。"

刘思毅看出她说的是真话,但仍坚持道:"那你更应该在中央党校受到锻炼。"

结果是,她代表高级学员班作大会发言时嗓子并没发紧。有些段落,几乎是不看稿子,眼望台下从容不迫地背出来的。

那一次台上端坐着一位中央要员。

据主持会议的党校领导说——她发言后,那位中央要员曾低声问他,她是来自哪一个省的学员?什么职务?姓甚名谁?并且一一记在小本上了。那一位党中央的要员那天只作了几分钟的讲话,对各级学员的研讨成果表示满意和欣慰。他在讲话中说,有位女学员的发言,尤其体现出了辩证的思想,前瞻的思想,观点较有个性。中央党校并不是一个一味削掉人的思想个性的地方。恰恰相反,既体现科学发展观又体现忧国忧民之意识的思想个性,在中央党校是应该受到鼓励的……

会后,高级学员班的不少学员,都到赵慧芝的宿舍去向她表示祝贺。如果代表高级学员班作大会发言的不是她,而是一个很喜欢充当发言代表角色的人,大家就不会去祝什么贺了。谁去了谁的行为反而会被认为多此一举。但代表大家发言的是赵慧芝啊,情况不同了嘛。

偏巧刘思毅约的一位朋友来看他,就没去向她祝贺。事后他听去了的同学说,在大家的祝贺话语中,赵慧芝像容易羞涩的少女般红了脸,一再声明功劳不在她,归于班长,因为是班长刘思毅将发言稿改得很有思想了。以她自己的思想水平,才不能将发言稿改得那么好呢。大家说那发言稿毕竟是根据你在讨论会上的发言整理的呀,主要内容毕竟还是你的呀,思想框架毕竟还是你的呀!她却说,连自己在讨论会上的发言,也吸收了不少刘思毅的思想。因为前一天晚上,她就自己的发言内容和思路到刘思毅的宿舍去向刘思毅请教过,刘思毅陪她展开性地进行了一个多小时的思想漫谈,使她受益匪浅……

刘思毅听说了以上一些话,对他的"司仪助理"的印象好上加好。他觉得在仕途上,像赵慧芝这么毫无虚荣心的人,实在是不多见的。过了几天,党校校报派人将那篇发言稿要去了,决定发表。赵慧芝在电话里告诉刘思毅,她已经自作主张,将他的名字加上了,而且加在她自己名字前面了。刘思毅一听就急了,当即匆匆去往编辑部,将自己的名字勾掉了……

以后的十年中,二人各在南北一省发展自己的人生,实现着自己的价值,但感情联系始终没间断过,可以说是有增无减。倘言官场上也有真友谊,那么他们之间的关系便当之无愧了。刘思毅在南方当上省委书记以后,赵慧芝去南方考察,还应刘思毅的妻子郝淑敏的诚挚邀请在刘思毅家里住过一夜。而赵慧芝当上省委副书记后,也曾盛情邀请郝淑敏到北方来赏冰观雪,并留郝淑敏在她家里连住数日。

刘思毅怎么也没想到,现在他会被从南方调来,成为这个北方省份的省委书记。中组部的同志和他谈话时,他毫无心理准备。

这个北方省份的省长,由于国家外交工作的迫切需要,被调往外交部去了。而省委书记,体检时被诊断为癌症晚期……

"你不但要去任省委书记,还要暂时兼着省长。我们会尽快为这个北方省任命一位能力很强的省长。但眼下,你必得去一肩双挑。思毅同志,将你调往北方,其实中央早有考虑。现在,顾不得你个人有什么愿望了,个人要服从组织……"

刘思毅明白那番话的含意,当即表示无条件从命……

一个月前当上了这一北方省份的省委书记的刘思毅,当他在常委会上将目光望向十年前是自己的党校高级学员班同学的省委常务副书记赵慧芝时，他自己也许并没有意识到，那证明十年前他是党校高级学员班班长时的一种习惯，又自然而然地在他身上恢复了。就像我们和十年前曾很熟悉的朋友，分开了十年又忽然相聚在一起时，会自然而然地恢复某些双方都能心领神会的习惯一样。只不过十年后的今天，刘思毅不能再像当年似的半真半假地命令赵慧芝开常委会时一定得坐在他旁边了，更不能再将她视为"思毅助理"或"司仪助理"了。赵慧芝则每次开常委会时都坐在他对面。坐在他对面离他最远，但目光却离他最近……

赵慧芝见刘思毅在望她，立刻就明白是为什么了。女人果然天生比男人敏感。刘思毅自己并没意识到的，她本能地意识到了。

她向他举了举自己手中的杯。

常委中，只有赵慧芝一人是将自己在办公室用的保温杯带到会议室来的。

刘思毅忽然想起似的说："哦，差点儿忘了。最后我要谈几句那个……关于茶叶的问题。这个问题嘛，我是这样看的——如果我和诸位以后能将省委省政府两方面的工作都做得令老百姓满意，不必十分满意，比较满意就行；不必处处满意，大体上满意就行。那么，这个这个，啊，关于茶叶的问题，即使登在报上，发动老百姓来讨论，我相信，大多数老百姓也会很通情达理地认为，不就是开会时喝了点儿茶嘛！开会时喝了点儿茶，总不至于被夸张成喝的是老百姓的血汗吧？开会时喝白开水，哪怕连杯白开水也不喝，GDP不会提高上去；开会时喝点儿招待处的公茶，那 GDP 也不会因而降下来一个百分点。但现在的情况是，我们的工作还没有做到令老百姓比较满意。就业的机会还很少，失业的人数还很多，失业救济金还很低，某些企业和某些百姓的生存还很艰难……总而言之吧，老百姓的抱怨之声还终日不绝于耳。在这么一种情况之下，报上又对我们常委开会喝公茶的问题提出了批评，那我们就不能不改一改这个惯例了。我完全同意赵慧芝副书记的看法，报社主编不能撤，已经宣布处分了的记者,立即取消决定。我们执政的共产党人,何必因为些许小事,就给老百姓那么一种小肚鸡肠的印象呢? 大家请看我们赵副书记的杯子……"

于是众常委将目光望向赵慧芝手中的保温杯。

刘思毅又说:"我请大家看的其实不是她的杯子。我指的是她杯中的茶。我们谁也看不见她杯中的茶,所以我也只能请大家注意她的杯。据我所知,她一向饮的就是从家里带来的茶。我们这些个人,谁家里缺茶呢? 谁在家里饮的不是好茶呢? 谁又自己家里花钱买过次茶呢? 我承认,反正我从当局长的时候起就没饮过自己花钱买的茶了,也没买过烟了,也没买过酒了。而且,吸的还都是好烟,喝的还都是好酒。谁还没几个亲朋挚友呢? 一个干部廉洁不廉洁,现在已经根本不体现于收没收过茶烟酒。我们的干部一个个一批批地倒了,也不是因为收过那些。那些都是原始腐蚀阶段拉拢干部的初级伎俩。而现在已经是拉拢干部的高级阶段了。不靠金钱美女,岂能打倒一名国家干部? 扯远了扯远了,我的意思是,从我做起,咱们把亲朋挚友送咱们的茶,轮流带来一盒。那样,我和诸位也能经常饮到不同的茶。大家看这个办法怎么样? ……"

常委们便都笑起来。

笑声一停,列席的宣传部长低声问:"那,要不要将常委会的这个决定在报上公布一下呢? 也可以挽回一点儿不良影响……"

于是众人又将目光望向刘思毅。

省委书记低头沉思片刻,复抬起头环视着常委们问:"大家的意见呢?"

没谁开口说什么,似乎一时都缺少正确表态的把握。

刘思毅的目光又停留在赵慧芝脸上,赵慧芝微微摇头。

刘思毅就说:"快中午了,咱们不浪费时间了,我独断专行了。不那样。何必那样? 那样反而不好。有些事,我们改正了,那一定得向老百姓宣传一下。而有些事,无论我们改或没改,都不是老百姓太关注的。

既然如此,我们默默地改了,也就算了。"

那天晚上七点多钟,刘思毅估计赵慧芝到家了,往她家拨了一次电话。接电话的是她家保姆,说她还没回去,还在办公室。

刘思毅就又往赵慧芝的办公室拨电话,她果然在办公室。

刘思毅问:"你怎么还不回家?"

赵慧芝说:"我在看几份下边送上来的干部鉴定,有事吗?"

刘思毅回答:"没事。"停顿了一下,他语气郑重地说:"慧芝同志,谢谢你啊。"

赵慧芝反问:"为什么谢我啊?"

刘思毅说:"多亏有你暗中配合,'茶叶事件'才顺顺利利地解决了啊!"

他听到赵慧芝在电话那一端轻轻笑了。

她带着笑声说:"你是第一把手哎,我配合你一下还不是应该的?你这位省委书记大概忘了吧,十年前我可就是'思毅助理'了啊!"

刘思毅也朗朗地笑起来了。

他说:"同志,现在我不能再把你看成'司仪助理'了。尽管我觉得当这个省的大'司仪'压力实在是不小。"

赵慧芝说:"我觉得你讲话的风格一点儿都没变,亦庄亦谐的,在别人的笑声中,就将对某些问题的看法都统一到一起了。"

刘思毅说:"有时候连我自己也奇怪,像我这么讲话的人,怎么居然还能做到省委书记呢?"

赵慧芝说:"是啊,是啊,在全中国的省委书记中,像你这么讲话的人肯定是不多的呀。是你的综合能力获得了党对你的充分信任呗!"

刘思毅放下电话后,心情分外愉快。他想自己做官做到省委书记这么高的份儿上,居然还可以和班子里的一位常务副书记如此口无遮拦地说说话,简直算是一种幸运了!

······

而今天,常委们都在等着,刘思毅却被家里的一个电话耽误住了。

小莫又看了一眼墙上的表,已经三点十分了。

他说:"请领导们再耐心等会儿,刘书记马上就会来的。"

大家都说没什么,又不是一次正式的常委会,不急。

尽管大家那么说了,赵慧芝还是忍不住问小莫:"思毅书记在干什么?"

她对刘思毅的姗姗来迟感到奇怪。

小莫说:"在接一个电话。我去催催他。"

赵慧芝点了一下头。

她又想到了十年前自己曾是"思毅助理",觉得有义务同意小莫去催催刘思毅。

小莫离开会议室,走到刘思毅办公室门前,举起手刚要敲门,缓缓地又将手放下了。

他有点儿不敢催促刘思毅。

因为常委们到来之前,他受到了刘思毅的批评,心中一直有点儿惴惴不安。

刘思毅问他都通知到了没有?

他说都通知到了。

如果他只那么回答了,他也就不至于受到批评了。

但他却多说了一句话。

他说:"他们一听,个个都挺高兴的。"

这本是一句再平常不过的话,然而刘思毅却作出了难以理解的反应。他正往一份材料上写批语,"噢"了一声之后,放下笔,抬头盯着小莫的脸郑重其事地又问:"那么说说,你是怎么通知的?"

小莫说:"我说——思毅书记有意和自己班子里的同志们聚一下,不作为一次正式的常委会,只不过随便聊聊,以利于增强感情,促进团结。"

刘思毅就站了起来,踱到窗口,背着手沉思。

小莫看着他背影,一时大为困惑,小声问:"我说错什么话了吗?"

刘思毅说:"是的,你说错了三句话。一句是刚才对我说的话,两句是通知时说的话。"

小莫低下头想了想,不明白自己的话错在什么地方,嘟哝道:"我说的,差不多就是您的原话。"

刘思毅转过身,严肃地问:"我说了'要和自己班子里的同志们'这样的话了么? 我原话说的是'要和常委们'对吧? 为什么要篡改我的话?"

小莫分辩道:"现在流行像我那么说,像我那么说显得更具有亲和力嘛!"

刘思毅表情和语气都更加严肃地说:"流行? 我怎么没听说过?"

小莫说:"那是因为你不常看电视。昨天的电视新闻还这么报道过——布什总统和他新班子里的一干政要……"

不料刘思毅光火了,他挥了一下手,语气严厉地打断了小莫的话:"那是讲的美国! 讲的布什! 不许你以后再学国际新闻的报道用语,没必要在这方面和世界接轨! 你要非学不可,那也要学中央电视台政治新闻的报道用语! 那才是规范的政治机关的用语! ……"

小莫是刘思毅带到北方来的秘书,从他是省委宣传部长时就做他的秘书了。十余年来刘思毅从没对小莫发过火,小莫一时有点儿接受不了,也挺激动地说:"要是照您这么挑剔字眼,那我以后没法儿开口说话了,也不知道再该怎么做您的秘书了。"

刘思毅愣了愣,绕到办公桌后,复又坐了下去。

他说:"同志,你也请坐。"

已经三十四岁、做了他十余年秘书的小莫,那一刻委屈得都快哭了,但还是顺从地坐在他侧面的沙发上。

刘思毅双臂往桌上一架,两手交叉,缓和了语气说:"你不要觉得委屈。你给我好好听着,让我来告诉你,你的话都错在什么地方。第一句话,就是你刚才对我说的那一句话——我是省委宣传部长,我是省委副书记时,包括我是省委常务副书记时,你提到省委的其他领导,从没说过'他'如何如何,'他们'怎样怎样,而一向说某某书记、某某省长副省长,或者一向说'领导'们。现在,我是省委书记了,我要求你保持以前的说法,无论当面还是背后,都要叫某某书记,某某省长,他们职务上那个副字,可以省略不叫。但不许再'他、他'的,'他们、他们'的……"

小莫也不客气地打断他的话,抢白道:"你自己现在又是怎么说的呢?"

刘思毅将脸一板:"我是我,你是你。还有,你以后对其他领导提到我,只称'思毅同志',不必非说'思毅书记'。相比而言,第一句是一般性的错话,第二句却是一句原则性的错话。反映出的是你头脑里的一种极其严重的、日后也会极其有害的错误的思想意识。什么叫'思毅书记要和自己班子里的同志'? 这是什么鬼话? 一级省委,它不是任何第一把手个人的所谓'班子',它是由党中央来组建的最高的地方政治领导机构! 只能特别规范地说是'省委领导班子',说成是谁谁谁的'班子',那纯属胡说八道。你那么说惯了,别人还会以为是我头脑里那么思想惯了呢,明白吗?"

小莫终于不吭声了,明白地点了一下头。明白是明白了,可是暗自觉得,他自认为了解得不能再了解的刘思毅,一下子变得陌生极了,如同是一位刚刚开始第一次接触的领导了。

"下面批评你的第三句错话——我什么时候对你说过'促进团结'四个字了? 我根本没说过嘛,我只说'增强感情'的嘛! 是你自己加了一句话嘛! 其他领导听了会怎么想? 他们会认为是我的原话。也许还会认为,在我看来,省委常委之间已经不太团结了,需要由我来促进促进了! 而我并不是这么看的,起码现在还没有任何根据这么看……"

刘思毅本已缓和了的口吻,渐渐又变得严肃了。

而三十四岁的、已跟他做了十余年秘书的小莫,一忍再忍没能忍住,到底还是流出了眼泪。

……

小莫听到在办公室里接电话的刘思毅不停地说："怎么会这样,怎么会这样,太不可思议了,太不可思议了!……"

他猜测一定是有人在电话里告诉了省委书记一件意外之事。

小莫不知如何是好地在办公室门外站了一会儿,默默转过身,又走向会议室去了。然而他在会议室门外站住了,他不知道自己进去了应该对常委们说什么。他真的有点儿感到,自己从一个省份调到另一个省份,自己已经做了十余年的秘书,自己了解的人做官已经做到省委书记了,自己已经不知替那个人说过多少连他自己都不便说、不愿说、懒得说,而那个人也认为自己说得很好、很有水平甚至很智慧的话了,现在却分明不会说话了!

这一种感受使他沮丧极了,心里产生了一种空前的挫败感,甚至连自己以后究竟还能否继续做好一名秘书都缺乏信心了。

他闪在门旁,往室内望了一眼。墙上的钟已经指在三点十二分了。将全体常委都约来了,自己却让大家等了十二分钟还没从办公室出来,这对于那个调到此地来当省委书记的人是从没有过的事啊!

小莫正觉尴尬,忽然听到了脚步声。扭头一看,刘思毅已快步朝这里走过来了。

小莫顿觉获救,立即进入会议室通报。急切之下,他脱口说出的一句话居然是:"刘思毅来了!"

三三两两交谈着的常委们,随声都将目光望向了小莫。

小莫却还没有意识到自己的话说得多么不得体,在众目睽睽之下竟又说:"事先还说,不管多么重要的电话都不接!"

赵慧芝听了他的牢骚,笑了。

她知道小莫跟了刘思毅十余年了,对小莫她也是很熟悉的。十余年中她与刘思毅间逢年过节的相互问候,有时候是由小莫转达的。

她说:"小莫,可小心有哪位领导将你的牢骚告诉给思毅同志听啊!"

小莫说:"随便!"

他发了两句牢骚,觉得心里痛快多了,似乎也渐渐恢复了点儿怎么说话的自信。

就在这时,刘思毅大步进入会议室了。他双手抱拳,当胸连拱,歉意地大声说:"诸位,让大家久等了,失礼,失礼!"——那样子,与其说是一位省委书记在跟省委常委们说话,倒莫如说更像是一位江湖义士在跟绿林好汉们打招呼。再加上他一反往日着装,没穿西服,没系领带,而是穿了件浅灰色的中式袄,更显得连整个人的气质都与往日不同了。

有人笑了。

赵慧芝笑道:"思毅,小莫刚才可发你的牢骚了啊!"

于是有几位正望着刘思毅的常委一齐将目光转向了赵慧芝。关于她十年前和刘思毅是中央党校高级班同学这一点,她从没对任何一位常委说起过,刘思毅调来以后自己也没说过,因而在常委之中还无人知晓。将目光望向赵慧芝的人都有几分奇怪——在她之前,还没有一位常委特别随意地直呼过刘思毅的名字。毕竟他这一位省委书记才上任三个多月,大家和他的关系并没磨合到那么一种程度。

刘思毅也颇感意外。他没想到赵慧芝会当着全体常委的面叫他"思毅"。那种叫法似乎意味着他们之间的关系非比寻常。

"是吗?我迟到了,害他着急,他有理由发发牢骚嘛!"刘思毅说着坐下了,觉得气氛还是有点儿不够轻松,又说,"我刘某人是越来越不敢发牢骚了,我的秘书小莫同志是越来越不甘不发牢骚了。所以,我活得是越来越不如我的秘书潇洒了。小莫,同意我的看法吗?"

于是众人又都笑将起来。

小莫在大家的笑声中红着脸不知嘟哝了一句什么,离开会议室,将门从外关上了。

而望着赵慧芝的人,便又将目光集中在刘思毅身上了。

这正是刘思毅所要达到的目的。

他觉得那些望着赵慧芝的人的目光中,显然具有某种研究的意味,他怕赵慧芝被望得不自然起来。十年前他是她的班长的时候,也每每一厢情愿地替她着想多多。

接着他郑重地向大家道歉。他说他是被家中打来的长途电话拖了十几分钟。说夫人也在电话里向他发了一大通牢骚,抱怨女儿不懂事,抱怨他这个当父亲的只顾自己一门心思往上爬,对女儿的人生缺乏责任感,等等,等等……

他从政多年以来,第一次面对着自己的一干同僚煞有介事地说谎。谎话内容是从办公室往会议室走来时迅速编的。很寻常的谎话内容,没有创意可言,缺乏引人入胜的情节。然而也正因为寻常,听来那么的朴素,那么的可信。是那类使人倍感同情的谎言。

刘思毅说时,常委们频频点头,有人还发出轻微的叹息。

只有一个人没信。

便是赵慧芝。

她看出刘思毅的好心情是竭力装出来的,看出他正被一件不愿面对更不肯接受的事纠缠着。

“刚才说到了牢骚,我想我们今天这个会,权且就叫作牢骚会吧。牢骚会是神仙会的一种。我理解神仙会是无拘无束的意思。是毛主席他老人家首创的说法,但不是毛主席他老人家发明的形式。古今中外,凡从政的人,没有不开神仙会的。丘吉尔就特别爱开神仙会,在二战局面那么严峻的时期还开过神仙会呢!压力之下的人一年到头没机会发几次牢骚是不行的。鲁迅先生的小说中写到过的,旧历的年底,最像年底。今天就是旧历年底的最后一天了,咱们这些公仆何不聚在一起一块儿发发牢骚呢?家事方面的牢骚,工作方面的牢骚,都可以发发。发牢骚也是一种心理方面的吐故纳新嘛!不善于吐故纳新,何言与时俱进呢!我带个头儿。我这个人的牢骚多着呐。发在平时,秘书听到了影响不好。你们诸位听到了,对我也会产生不良的印象。一总儿发在旧历年底的最后一天,而且发在这么一次神仙会上,我就不怕万一有人向中央打我的小报告了。我有一个问题百思不得其解,当面请教于诸位,为什么——从商的人如果由小做大,社会就认为他是一个有远大目标的人;从文的人由小文人成为大文豪,社会就对他敬意有加;从艺的人孜孜以求,社会说他是具有艺术献身精神的人;偏偏对我们这种从政的人,社会的评价始终不那么厚道?如果我们是小官,从前在中国叫我们吏。吏是一种很轻蔑的叫法,古书古戏中吏的形象没几个是可爱的、好的。如果我们是现在这么大的大官,在西方又叫我们政客。也是挺轻蔑的一种叫法。和我们中国古代'侠客'一词中的'客'字含义是完全不同的。我们太热衷于政治这一种工作,那很可能被视为官迷。不叫有政治使命感,很可能被视为有野心。我们求上进,又往往被叫作往上爬。别人这么看我们还罢了,有时还要听自己老婆也这么说。但如果我们几十年如一日始终是个默默无闻人微言轻的小小芝麻官呢,我们的夫人们先就瞧不大起我们了,将认为她们错误地嫁给了一个毫无出息的男人……"

刘思毅说着说着,居然还对墙上"禁止吸烟"的告示牌视而不见似的大模大样地吸起烟来。于是吸烟的几位公仆们,也都掏出烟盒,随之无所顾忌地吞云吐雾。

门外的小莫,并没走开。他要听听刘思毅究竟会说些什么,更主要是想听听刘思毅是如何当着全体常委们的面批评自己的秘书的。他以为刘思毅必提他通知常委们开会时说的那些所谓"错话"无疑。听了良久,刘思毅却只字未提,这使他稍微感觉到了世事应有的公平。他站立门外没走,倾听,当然时间对于他来说就慢了,实际上刘思毅只不过作了个五六分钟的开场白。听着刘思毅不但自己谈笑风生,也引得别人一阵阵笑起来,小莫不由得又一阵阵来气。他想这个世上真是太没什么道理可讲的了,怎么你省委书记想讲什么就可以讲什么,想怎么讲就可以怎么讲,我仅仅遵照你的意思说了几句通知开会的话,你就鸡蛋里挑骨头地从中挑出了三句错的来了呢? 还分成了一般性的错话、严重的错话、原则性的错话三等! 而且还指责你的秘书篡改了你的话! 真真是欲加之罪,何患无辞啊! 他想,刘思毅呀刘思毅,要说别人不了解你是一位什么样的官员,我莫秘书还不了解你吗? 我跟随了你十余年呀! 你以前也不这样啊! 怎么一换了个地方当省委书记就开始如此这般的犯矫情难侍候了呢? 难道说当官当到一定级别的男人,都必然会像女人到了一定的年龄一样发生"级别更年期"么?

他一来气,不稀罕再听下去了。晚上八点半,他将和刘思毅一块儿搭机回南方过春节,行前还有好几件事得做稳妥呢!……

刘思毅在会议室内作开场白时,只有一个人始终没笑出声,此人便是赵慧芝。但她也并没一脸严肃来着,她也笑,不过笑得与满室男人们大为不同,是不露齿的很矜持很优雅的那一种抿唇微笑。一切女人那么笑时样子都特有女人味儿,她也是。只有女人才善于那么笑,也只有女人那么笑时才有美感。那种无声的、纯粹表情式的微笑,对男人们往往有巨大的感染力。望着她们那样的微笑,男人们心情不愉快也愉快了,不真愉快也真愉快了,正愉快着那就更愉快了。坐在刘思毅对面的赵慧芝,用她的微笑,用她的目光默默地告诉刘思毅,她很欣赏他那么谈笑风生而又收放自如的状态。刘思毅感受到了她的支持,话也就说得更加随意。他发现只要赵慧芝将目光望向谁,谁便会受到她那一种微笑的鼓励,自己也随即微笑了。

但有一点刘思毅是怎么也想不到的,那就是——赵慧芝一眼就看出了他心中有事,一眼就看出了那分明是一件很使他心烦意乱的事。他在心烦意乱的情况之下还那么不遗余力地要使气氛轻松愉快起来,使她竟对他产生同情了。她也是在有意识地用她的微笑来烘托他的谈笑风生,助他一臂之力……

刘思毅作完了他的开场白后,赵慧芝接着发言了。她忆起了她当组织部副部长时,父亲患绝症住院,命在旦夕,而工作又需要她必须亲自到远省去搞一次外调……等她几天后回到家里,父亲已不在人世了……

她的讲述使些个身为正副四品公仆的男人们,对女性从政之不易感同身受,都由衷地说了些崇敬之至的话。

倘若赵慧芝并不接着刘思毅的话说什么,气氛还很可能会一时陷于尴尬。因为常委们头一次开这样的常委会,理论上是挺有必要的。常委们都是高智商的人,完全能领会那理论上的必要性。但神仙会的前提是与会者的头脑之中都有着自己可以神仙一下的意识。大家当公仆当惯了,终日说公仆们才说的那一种话也说惯了,偶尔一次被倡导像普通老百姓一样聊聊天,并且可以是发牢骚式的聊聊天,并且听着的都是另外的常委们,一时就都有点儿找不到正确的感觉了。而感觉这玩意儿,油然而生的才是;几经掂量,介入理性,非要首先在自己内心里确定了正确性之后才肯说出口,那就不太是感觉,而是明智了。凡当公仆当得太久了的人,无论官职大小,不分男女,渐渐地便都是些明智过剩、感觉稀少之人了。归根到底,谁肯表现点儿真性情,谁在这样的一次常委会上的感觉才对头。但是关于真性情,这些大公仆们原本也是有的,只不过早已不知被存放在哪一心角了,得从内心里仔细翻找出来。即使翻找出来了,还得愿意捧出来才行。

赵慧芝就是在大家你看我,我看你,似乎全都不知说什么好的情况之下开口说话的。

她一带了头,接着便有几位也讲起自己的老父亲老母亲来。大公仆们竟都是孝子。有人讲时眼泪汪汪的。再接着有几位讲起了自己的儿子和女儿,种种无奈,溢于言表。于是有人索性发牢骚了,抱怨如今的百姓人心不古,公仆这一只饭碗是越来越端不稳了……

原计划只开一个多小时的会,没想到五点半了才一个个意犹未尽地散去。

当大公仆们的"奥迪"专车一辆接一辆从省委机关大院开到马路上

时,北方的旧历年底的天空已经黑了下来。

常务副书记赵慧芝回到家里,接了两次电话,打了一次电话。

三十儿晚上嘛,第一次接的自然是拜年电话。给她拜年的是市里主管民营企业的副市长龚其敏。龚其敏原是某县乡镇企业办公室的主任,当年煞费苦心地经人引荐得以认识了赵慧芝。赵慧芝那一年已由组织部副部长升为部长,与龚其敏几次接触下来,认为他很值得栽培。于是在十余年间,一个台阶一个台阶地往上推他。他也没辜负她,在每一个台阶上都曾干得有声有色。没有赵慧芝起的作用,市里不会便少了一位副市长,自然也不会有了现在这位姓龚的副市长。

赵慧芝说:"其敏呀,下午咱们不是互相拜过年了嘛!"

龚其敏在电话那端说:"大姐,那不能算数。往年的春节,三十儿晚上必给你打电话拜年,今年怎么就能不打了呢?"

赵慧芝笑了。

她说:"你呀,咱们之间还需要讲究那么多礼数吗?你就是不打这个电话,我也不会怪你啊!"

电话那一端,龚其敏从赵慧芝的语调听出她的话是笑着说的。

这使他感到很愉快。

他又说:"大姐,整个春节假期,我就一次也不去看你了。我对你和对你全家的祝福,可都在这次电话里了啊!"

赵慧芝说:"打住打住,越说越见外啦。"

龚其敏却接着说:"还有,我给小宏寄了点儿美元去。孩子在国外经商,怪不容易的。何况他小姨和他姨夫一家三口也需要他挣钱贴补。我这个当叔叔的,离得再远,那春节也得有种表示啊!起码能让孩子知道,他龚叔叔心里始终惦记着他。"

他将话说完了,半天没听到赵慧芝的声音。一时不安起来,以为她对他的做法产生反感了。

他就又赔着小心说:"大姐……"

终于听到赵慧芝轻轻叹了口气。

接着听到她说："其敏啊,我替小宏、也替我妹妹一家三口谢谢你啦。"

龚其敏从她的话中听出了很饱满的感动成分和感情成分,觉得自己也获得了一份厚重的春节礼物,又说了一两句感激的话,就识趣地将电话挂了。

赵慧芝的丈夫原是省电视台新闻部的主任,在率组采访的过程中心脏病突发而亡。那一年她刚当上省委副书记,夫妻感情笃深。公公不在世了,婆婆一直和他们住在一起。失去丈夫以后,她仍对婆婆很好,当母亲一样孝敬着。并没找什么借口将婆婆安置到敬老院去,而是专为婆婆物色了一个顺安县护校毕业的女生做"阿姨",主要职责是替她将婆婆侍奉得周周到到的。直到前年,才将八十几岁的婆婆也"发送"了。这一点,众口称颂,传为佳话。省委常委的男人们全体都比较尊敬她,这一点也是个态度基础。儿子和儿媳是大学同学,毕业后双双去了新西兰,几年后没成为教授或学者,加入了新西兰的华人商群,现在已是两个孩子的父母了。她的妹妹和妹夫都是省美术家协会的会员,在省里没搞出什么名堂,于是带着女儿也就是小宏的表妹也去了新西兰,以为在国外能有所发展,然而却仍没抓住什么机遇。

龚其敏在电话里说"对你和对你全家的祝福",令赵慧芝在大年三十儿这天晚上一时百感交集。

所谓她的全家已都在新西兰。

而在这一套一百九十多平方米的多室多厅的住宅里,此刻只有她自己。连那顺安县的"阿姨"都请准了假提前几天回家过春节去了。

她曾多次打算去新西兰探望探望骨肉亲人,但每一次又都犹犹豫豫没有成行。怕真去了,亲眼见到他们生活得不怎么样,自己回来以后平添心病。他们也并未强烈要求她去过,而这就使她有理由猜测他们的人生都是不太顺遂的。他们每隔一两年回国一次,每一次她都极力劝他们重返家乡。而他们却都发誓,还乡须衣锦,不衣锦不还乡。

她正伶仃一人坐在沙发上想着那些心事,电话第二次响了。

是儿子从新西兰打来的,向是省委常务副书记的妈问安。当然,也通报了自己的平安,希望她不必牵挂。

几句话后,当妈的单刀直入地问:"你龚叔叔又给你寄钱了吧?"

儿子在新西兰那边沉默片刻,回答"是的"。

她追问:"多少?"

儿子说:"没多少。"

"到底多少?!"

"五千……"

"胡说!"

"一万,一万一万!妈我刚才脑子走神儿了……"

"你还在撒谎!……"

"三万!我说实话行吧?妈你替我谢谢他吧,我怪不好意思给他打电话的……"

"今天是三十儿你别忘了!那也得打,那也得拜年!那也得亲口谢谢你龚叔叔!否则,你以后别回来见我了……"

"好好好,妈你别急,我听你的成了吧?……"

放下电话,赵慧芝又是一阵发呆。

对于龚其敏,她想她是一定要受之桃李,报之璧玦的。她知道他的愿望那也不过就是想在仕途上再登一个台阶,由副市长而副省长。她也知道无论对于他还是她,这都不是一件容易的事,要当成一项"工程"来进行才有希望实现。她觉得自己确实应该予以考虑了。她认为这也算是一种投资,认为肯定有获得长线回报的可能……

想着想着,遂将电话从桌上捧起,放在膝上了。

她决定给刘思毅打个拜年的电话。

刘思毅暂时住在鸿祥宾馆的一套三间组成的客房里。它从前是省委招待所,现在是省委省政府迎来送往的定点宾馆。小莫住在隔壁的一套普间里。

赵慧芝的电话是直接拨到刘思毅的房间里的,这个电话只有常委们知道。小莫那时正在刘思毅的房间里帮他整理要带走的东西,电话一响,小莫立刻拿了起来。

他听出是赵慧芝的声音,小声问:"慧芝书记啊? 我和思毅书记马上就要去机场了,他登机前想按摩几分钟,您有什么急事儿必须亲自跟他说吗?"

赵慧芝知道刘思毅有挺严重的颈肩综合症,也知道办公厅为他买了一张按摩椅。小莫的话,使她握着话筒一时愣住了。

小莫说:"喂,喂……"

赵慧芝说:"小莫,你以前可是叫我慧芝同志的啊。再说,我是副书记。只有对思毅书记,才能叫书记。你那么叫我,叫得可不对啊!"

小莫说:"加上那个副字,不是拗口嘛……"

赵慧芝打断道:"即使你觉得再叫我慧芝同志不妥了,那也要叫我'慧芝副书记'或'赵副书记',拗口也得这么叫。记住,往后可不许像刚才那么随便乱叫了啊!"

小莫本想解释,不是他自己那么随便乱叫的,是刘思毅教导他那么叫的。话到嘴边,又吞咽回去了。他怕自己一解释,话中又出哪种错了。

他索性问:"您还没说您找思毅书记有什么事儿呢!"

赵慧芝说:"也没什么事儿,只不过想问问他,打算往家里带点儿什么不?……"

刘思毅却已穿戴整齐地从里间走到这个房间来了。小莫告诉他是赵慧芝的电话,他看一眼手表,毫不犹豫地接过了电话。

不待赵慧芝那一端说什么,他直截了当迫不及待地就问:"慧芝同志,你觉得下午的会开得怎么样?"

赵慧芝说:"很好啊,我也正想向你汇报汇报感想呢!"

刘思毅说："咱们两个之间,别说官话。什么汇报不汇报的,给你五分钟时间,说说怎么个好法?"

赵慧芝说："两个多小时差不多等于一年,还不好吗?"

刘思毅问："此话怎讲?"

赵慧芝说："一位省委书记,不是本省产生的,而是从外省调来的,他怎么也得用一年的时间了解他人,也使他人了解自己吧? 通常,一年的时间已经算短了,而下午那会,达到了差不多的效果。"

刘思毅说："你这么认为,我心里就踏实了。有些事,人想怎么做的时候,前思后想,想来想去,怎么想都会觉得那么做一下是必要的。可是真那么做了以后,心里却又会后悔了,就又会想来想去,觉得自己很可能是做了一件授人以柄的事……"

赵慧芝说："你该动身了,别说那么多了,更别想那么多了。你只听我说几句就是了——你的动机是良好的,大家已经和我一样体会到了。不仅良好,还很良苦。效果也是不错的。可以说动机和效果是相一致的。好了,你真的该动身了,我也不跟你说太多了,祝你和淑敏同志过一个愉快的春节!"

刘思毅抢着又说了一句话："先别放! 再听我一句——我也替淑敏同志谢谢你! ……"

"又来了,我不听了。一路顺风!"

赵慧芝果断地将电话挂了。

而此刻,小莫已在向刘思毅指自己的手表了……

赵慧芝将电话放回桌上,想了想,认为自己在刘思毅临行之前不失时机地给他打这一次电话,百分百是打对了,对在这正是他心里没底的时候。倘一个人因自己所做之事而心里没底,别人恰在此时对他的动机表示充分的理解,对他的做法表示充分的肯定,那么,对方必然会给那个人留下深刻的印象,起码会给那个人留下一次深刻的印象。如果以前对方给那个人留下的印象就很深,那么,以后对方在那个人心目中的印象必然就更深了……

那个人便是省委书记刘思毅,而自己在给他打电话的时候,就是"对方"——这一点,难道还有什么疑义不成么?……

赵慧芝这位身为省委常务副书记的女性,虽然从来都不曾是一位智慧型的女性,却一向是一位经验型的女性。她说什么话,做什么事,在什么情况之下怎么说,在什么时候怎么做,主要凭的不是深思熟虑,而是凭的经验。她对她那一种经验的正确性,一向又是很自信的。什么话,在什么情况之下,经验告诉她该怎么说,她瞬间就会决定了那么说;什么事,在什么时候,经验告诉她该怎么做,她也马上就会那么去做。说过之后,做过之后,她又总是会独自沉思一下,检验自己是否是按照自己的某些经验去做的,有没有做得背离经验的地方。如果背离了,居然效果同样不错,那么她就会吸收成新的经验。如果并没有背离,效果却并不理想,甚至事与愿违,通常她也不会多么后悔,更不会因而便怀疑自己经验的正确性,而首先怀疑和检讨自己运用那些经验的方式方法……

现在,她又多了一条做省委常务副书记的经验,那就是——倘一位省委常务副书记可以而且能够与一位省委书记建立较为密切的关系的话,在前提条件明明白白地存在着的情况下,坐失良机是遗憾的,也是迂腐的。她很高兴在除夕之夜自己心里并没留下那么一种遗憾,也很高兴事实证明自己并不迂腐。

她又想了想,起身将家里所有的电话连线都拔掉了,接着,将手机也关了。她这么做也是一种经验使然。

自从当上了省委组织部长以后,十余年来,一到节日长假,尤其在春节这一个最传统的节日期间,要往她家拨入一次电话那是很难的,打通她的手机那更是难上加难。因为在此之前,她该用电话和别人说的话,她已经说过了。她希望接到的电话,往往也接到了。由组织部长而省委副书记以后,在除夕之夜,她给别人打电话的次数越来越少。而在这一个除夕之夜,她觉得只给省委书记刘思毅一个人打一次电话就行了。如果说这次电话打得好,那么好在当止即止,尤其好在止于自己。其实她本就没有什么非说不可的话要对刘思毅说,要的只不过是刘思毅的一种记忆——在这一个除夕之夜,她这一位省委常务副书记,给他这一位从别省调来的省委书记打过电话了。如果他的时间很从容,她还真不知接下来应该再和刘思毅谈些什么呢。十余年前在中央党校,她和刘思毅较长时间地交谈了二三次。是她主动找他讨论某些政治学习方面的问题,可是十几分钟后,她就只提问题,不发表任何个人看法了。因为她虽然不够智慧,但很有自知之明。她当年的经验告诉她,她这样的一位女性,尽管当年已经是省委组织部副部长了,尽管刘思毅当年也只不过是省委宣传部长,但他们之间实在是难以在同一种思想水平的层面上讨论什么问题的。她看出刘思毅和她讨论问题时很是为难,显出挺吃力的样子。似乎说深了不是,说浅了也不是。幸而她有自知之明,刘思毅很快获得了解脱。起初她打算与他进行的讨论,后来变成了她向他讨教。这么一变,刘思毅轻松了,她自己也轻松了。事情成了该怎么样就怎么样的一件事情了……现而今,赵慧芝虽然已由省委的一位副部长而省委常务副书记,但是她心底对刘思毅还是有几分怵畏。是的,不是敬畏,而是怵畏。但也不是怵畏他这个人。对于刘思毅这个人,她一点儿也不怵畏,何况刘思毅是一个对人很和气、对女性尤其和气待之的男人。曾有党校同学时期是"思毅助理"的那么一种特殊关系,她对他这一个人并没有什么可怵畏的。她怵畏的是他头脑里的思想。他是她所接触过的头脑里有着最具个性锋芒的思想的官员,个性鲜明得几乎可以用"另类"来形容。只要她企图尝试用自己的思想与刘思毅的思想发生"亲密接触",那么她头脑里对中国之事,其实并没什么思想可言这一点,立刻便会在刘思毅面前完全暴露了。她怕的是这个。她也知道自己头脑里其实并没有什么思想可言,有的只不过是某些身处高位的经验、感觉。综合起来说,只不过是某些适应性的"官场哲学"。"官场哲学"一旦遭遇有质量的"政治思想”，自然很容易就会暴露出不伦不类的马脚，这是她每觉无奈且苦闷的事。同时令她百思不得其解的是——官场上像她这样的人不少，像刘思毅那样的人委实不多。那么另类的他，怎么竟会平步青云几乎是顺顺当当地当上了省委书记呢？官场非歌仔乐坛，本不太见容另类的啊！所以有时候连她也不由得相信起某些传言来——刘思毅这位从外省调来的省委书记是有政治背景的，是带着特殊使命来对这个省的领导班子进行大刀阔斧的整顿的。这种传言在本省从官至民，人人皆以为真。只不过民口播之，官腹测之，赵慧芝不由得也信了，心中难免有时隐存不安。

她希望自己是刘思毅这位省委书记来到本省以后第一个信赖的人，以后是最信赖的人。一直信赖，永远信赖。对她信赖到她平安过渡到政协或者人大去那一天才称心如意……

赵慧芝独自在家里这么想着的时候，刘思毅的专车已向机场开去。

省委办公厅主任要亲自陪送到机场，刘思毅不许。

车开出市区，坐在前座的小莫从反照镜中发现，有辆车尾随着他们的车。

小莫回头向刘思毅汇报，说那肯定是省委机关的车，车内肯定坐的是办公厅主任无疑。

刘思毅就命司机将车靠路边停住了，尾随着的那一辆车也靠路边停住了。

小莫见刘思毅下了车向那一辆车走去，也立刻下了车，抢先几步，走在刘思毅前边。那一辆车里出来的果然是办公厅主任，一副忠心耿耿舍我其谁的样子。他是亲自开车尾随的。

刘思毅故意板着脸说：“嚯，大主任亲自开车护驾，水平如何啊？”

办公厅主任说：“还行。”

刘思毅问：“还行作何理解？”

办公厅主任说：“就是一般情况之下不会出什么事故的意思。”

小莫从旁证实道:"我坐过徐主任开的车。他谦虚,可以当驾教的水平。"

刘思毅又问:"不是有言在先,叫你别来吗?"

办公厅主任说:"这时候的治安,到处都可能发生情况。对你路上的安全我有责任,你不让我来,我怎么能放得下心?"

刘思毅终于板不住脸,笑了。

他一边往车里推着办公厅主任,一边说:"同志,别散布紧张气氛。大年三十儿的,你要是等我登机了再回家,那就后半夜了。没这个必要嘛。现在你就给我调转车头开回去!要平平安安地到家。我看着你的车开走,要不我的车不动……"

办公厅主任打开车门,可是还不太甘心就那么上车了,寻求声援地望着小莫。

黑夜之中,他们谁也看不清谁脸上的表情。

小莫说:"你望着我也没用啊,我不是也得听他的吗?"

刘思毅笑道:"这还是句明白话。徐主任,你以后应该向小莫学习。"又转脸问小莫:"你有徐主任家的电话吗?"

小莫说,他有徐主任的手机号码。

刘思毅嘱咐道:"小莫,记着,咱们登机前下机后,都要给徐主任报个平安!免得徐主任惦记着咱们,三十儿也过不好。"

办公厅主任听小莫说记住了,这才钻入车里。

……

刘思毅和小莫搭乘的那次班机,晚点三十分钟,在九点半的时候起飞了。

当飞机冲上夜空,夜间的云层将飞机与万家灯火分隔开来以后,在地面,在距离那座省会城市八十多公里的地方,在金鼎休闲度假村里,开始上演一出无舞台的人间活报剧,并且引发了一些大情节……

第三章

顺安市是一个县级市,自然是县委和县政府所在地。连周边农村人口算在内只有三十几万人,而市区人口不超过十万。

由于人口少,马路和街道安静而又清洁。松花江的一脉支流从市中直穿而过,引出多条人工小河,布及市区东西南北。对水资源的充分利用使绿化大受其益,园林和草地满目皆是。

对于城市,中国的也罢,外国的也罢;南方的也罢,北方的也罢;大也罢,小也罢;有水,便有阴柔之气。

城市有无阴柔之气,如同一个家里有没有女子。

远离了水资源的城市,人们想不浮躁都难;而即使是在浮躁时代,生活于阴柔之市,人心那也会颇觉知足。

仅就此点而言,顺安市的居民,原本该是些很有福分的人。

夏季,人们尽可以在那些人工小河上悠然泛舟。每条小河都有方便登船的小码头。无论上了哪一条河的游船,最终都能环市一周。收费是很便宜的。水慷慨地施恩于百姓,百姓也很爱护水资源。

而到了冬季,每一条河上都能够滑冰。喜欢运动的人,自备一双或租一双滑冰鞋,做一次一个来小时的环市滑行,绝对是件快乐之事。要不就坐在爬犁上,由几条大狗或一头驯鹿拉着,在河边雪径起伏而驰,赏远近之玉树琼林,观冰面之弄姿身影,亦一大逍遥。自然,这等休闲娱乐,在省城的冬季也是有的。但最惬意的一项享受,在省城却是决然无处提供的。那就是之后还有温泉可泡。省城的溜冰场所比顺安县城里更多更大,还能经常观看到专业的速滑比赛和花样滑冰表演。省城有一支爬犁队,其上铺着狍皮,驭者身着统一的鄂伦春民族服装,出动时犬成群,鹿列阵,载歌载舞,蔚为壮观。但省城就是没有温泉,功亏一篑。亏在地利。相比而言,顺安市冬季的爬犁活动显得简陋了,不过是各家各户交一点儿管理费自主经营之事,难免寒酸。这县城至今没什么支柱型产业。

从前人们很鄙弃自己这个看不到什么发展希望的家乡,但自从发现了地下温泉,人们普遍地开始爱它了。他们成立了一个什么"家乡旅游业促进会",夏冬两季,派出些县城里的妹子,到省城去宣传,去拉客。许许多多的人家,都希望靠地下温泉进而靠旅游业,渐渐地过上好点儿的日子。而省城里一般收入的人们,每至夏冬两季,也极乐于到吃住玩都很便宜的顺安来放松放松。经专家鉴定,这儿的温泉,经常泡浴可治多种疾病。按广告词的说法,那就特神奇了,不可不信,不可全信。宣传归宣传,宣传总是有夸张成分的。信不信由人,姑妄听之而已。但有一点却是千真万确的,谁一天早午晚泡上三次温泉,每次泡上个把钟头,四五天后,从脸到身,皮肤就发生明显的变化了。那种光洁程度,比做仟何皮肤保健都见效。有什么一般皮肤病的,或轻了,或好了;没有的,皮肤细嫩了。而且,不必担心交叉传染,那温泉水本身,便是足以杀灭各种皮肤病菌的。爱美之心,男人女人皆有之啊。兽美其皮,人惜己肤。连年来,省城一般收入的人们,即使在每星期那两天公休日里,也络绎不绝地到顺安来。于是一个原本不起眼的小地方大噪其名,居民乃至周边农户,皆受益颇多。

然而忽一日,省市县以联合名义下达了一份"红头文件",指出地下温泉乃国有水资源,所谓家庭旅馆,一概不得继续引用。由县级有关部门批发的营业执照,宣布统统无效。结果,当初主要由民间方式推动、民间方式吸引和民间经营搞活的旅游业,从此萧条冷落,一蹶不振。

而不久,在距县城七八里处,省城里有人在那儿征地动迁,大兴土木。仅仅半年的时间里,"金鼎休闲度假村"拔地而起。营建之神速,令顺安居民以及周边农户瞠目结舌。拐下公路,车行片刻,便到"金鼎休闲度假村"的大门口了。那中西合璧的高大雄伟的牌楼门,气派!八根粗实的花岗岩门柱,托举着四块凌空牌脸,象征着四平八稳,也象征着四和八泰。那八根门柱,并非浑圆,故意弄出巨斧砍削凸凹不平见棱见角的效果,其上并无威龙,亦无祥凤,而是用现代科学的方法,牢牢固定着翠绿玉石浮雕的常青藤,绕柱盘升,仿佛要一直长到天上去。四块牌脸,罩着琉璃瓦顶,探出羊角似的飞檐。入将门去,两侧排列着欧美风格的人物雕塑,皆身高丈许。亚当斯的《手持睡莲的女人》,有;科伯特的《狩猎女神》,有;埃伯尔的《姑娘与睡醒了的小猫》,有;钱普兰的《天鹅姑娘》,有;卡多林的《生活的欢乐》,有;自然还有米开朗基罗的《大卫》、普拉克西特的《牧羊神》、古戎的《泉》、卡尔波的《花神》……总而言之,世上某些耳熟能详的,最具美感也最具经典性的雕塑,在金鼎休闲度假村里几乎皆可找到复制品。即使并非排列门内两侧,也会在苑中别处见到。而据说,度假村的老板本人对雕塑艺术并不多么的感兴趣,更谈不上懂得欣赏。他高酬聘请了一位在本省德高望重的老雕塑家,度假村的宏观风格完全是后者按照自己的审美追求来实现的。老雕塑家呈上草图敬请老板过目时,老板只马马虎虎看了一会儿,虽没看出什么名堂,却一锤定音痛痛快快地说:"行啊行啊,蛮好蛮好,就它了,抓紧弄抓紧弄!我只要求两个字——速度!"

老雕塑家受宠若惊,他还从没遇到过那等毫不挑剔的雇主,于是对同行们庆幸地说:"大老板就是大老板,大老板和小老板就是不一样!小老板恨不能花一元钱让你干十元钱的活,而真正是财神爷的大老板呢,既找到你,那就充分信任你。既充分信任你,那就会放心地将几百万拍给你,一切交给你了!这份儿痛快难得,这份儿痛快难得!"

老雕塑家此话,不知怎么一个传一个的,有天就传到了那老板的耳朵里。

老板就乐了。

他对手下人说:"我不是看不懂他画的那什么草图嘛!我找他设计,给他一大笔钱,纯粹是要买他的一个名。搞环境设计,他毕竟是内行,我毕竟是外行。外行指挥内行,那能指挥出什么好结果来呢?结果不好,不是糟蹋了我自己的钱吗?这个道理,我还是懂的。我看重他的名,他自己更会看重他的名啊!这是挺大的设计项目,他既顾惜自己的名,那能不处处认真仔细吗?多谢他对别人说了我不少好话。一位著名的老雕塑家夸一位老板,那和一般人夸一位老板不一样,我不能白让人家替我到处树口碑。这么着吧,通知会计,再追加给人家十万元酬金。就说初次合作,是我的一点儿意思。"

可想而知,老雕塑家又收到了十万元,内心里会是多么感动!

他果然将他的设计,当成他最重要的一件作品来完成。开工后,不必那老板再派人监督质量,老雕塑家自己就心甘情愿地变成那老板的义务质量监督员了。

在从始至终的合作过程中,老板和老雕塑家,二"老"互敬,皆大欢喜。

等到老板来验收时,彼"老"满意极了,不停地对老雕塑家说:"好,好,比我想象的还要好!完全符合我的愿望。按我的愿望,就是要弄成现在这个样子!"

于是二人之间的这一次合作,在全省艺术家和老板之间赞为楷模。

当然他们的合作也不是一点儿摩擦都没发生。比如那由八根柱子前后交错形成的门,按草图设计就不是现在这样的。那八根柱子,无论从任何角度看去,都是八根,哪一根也挡不住另一根。老板对这一点倒没什么意见,也承认想法很独特。但是他不喜欢那些柱子不一般高矮,更不喜欢其上是一群形态各异的长嘴的或宽嘴的或扇翅的或单腿独立的水禽。

他皱着眉头问老雕塑家:"又不是在海边,弄出那么些海鸟干什么?"

老雕塑家耐心地解释:"那不是海鸟,只不过是水禽。凡有水的地方,它们都会飞来。您看,度假村内有河流绕来绕去的啊!……"

老板说:"反正都一样!不好不好。让人第一眼看到些鸟,没准会留下个鸟地方的记忆。砸掉,砸掉,统统砸掉!……"

于是统统砸掉了,按照他的旨意,改成了现在的牌楼式门顶。

还有就是迎宾主楼前的一尊鼎,高二点八八八米——二象征二十一世纪;八嘛,自然是"发"的意思。通体镀金,太阳一照,金光闪闪。那东西原本是草图上没有的,是老板执意要弄出来矗立在那儿的。

老雕塑家曾苦口婆心相劝,说一有那东西存在,与度假村的整体风格太不协调了,只怕会给人一种既拜权又拜金的不良印象。

老板大不以为然,理直气壮地反问:"世上谁不拜权? 谁不拜金? 既不拜权又不拜金的人,那他还能算是一个人吗? 尤其男人,一不拜权,二不拜金,那他还活个什么劲儿呢? 我不拜权,能在这么理想的地方建起一处度假村么? 我不拜金,我又投那么大的一笔资金搞它干什么? ……"

二"老"说不到一块儿去,服从的只能是老雕塑家这一"老"。

剪彩那天,各方人士二百余位光临祝贺。小汽车一辆接一辆驶至,将门前半个足球场那么大的一片场地排列得满满的。来者除了本省有头有脸的人物,还有不少是外地贵客。仅省里的市里的官员就到场二十余位。那天赵慧芝没来,她说她主持一个会。龚其敏也没来,他秘书说他到一个厂视察去了。

一位省里的官员感慨万端地说:"就是省委省政府组织一次活动,召集了这么多人也不是件容易的事啊,经济的杠杆真厉害!"

那天老雕塑家本人也是胸佩红花的嘉宾。他特担心,怕人们看到那尊镀金大鼎时,会说些不留情面的挖苦讽刺的话。没成想人们望见它时,一片赞叹,都道是太棒了啊! 太有气魄了! 太令人肃然起敬了! 那鼎往那儿一立,不想记住金鼎休闲度假村怎么可能呢? 它给人的视觉冲击力太大了,印象太深刻了。还都说,倒是这儿那儿的那些黑花岗岩石的、青铜的或洁白大理石的人物雕塑,反而相形见绌了。

老板将老雕塑家扯到一旁,悄问:"怎么样? 听到了吗?"

老雕塑家的脸一下子红到了耳根,无地自容。

老板却理解地一笑,拍拍他肩又说:"你也别沮丧。我不会因为听了他们的那些话,就认为你搞的那些洋玩意不好了。那些很耐看嘛! 看着就是养眼嘛! 你搞的那些玩意好,我心里想要的这个大家伙也好。我心里想要个鼎,你就替我搞出了一个举世无双的鼎,它差不多是举世无双吧? ……"

老雕塑家暗想——鼎嘛,纯粹中国古代才有的东西。没见过哪儿出土了那么又高又大的一尊鼎;近当代也没听说过哪儿造了那么又高又大的一尊鼎,那么它真的差不多是中国第一鼎了。只有中国才有的东西,若是中国第一,当然也就举世无双了。

老雕塑家郑重回答:"我想,是那样的吧。"

老板又拍拍他肩,高兴地说:"我心里想的,毕竟只不过是我心里想的。是你把它弄出来了,是你使我心想事成啊! 而且,我预先并不清楚我想要一尊什么样的鼎,你搞的这个大家伙,让我明白了我要的正是那样式的! 所以呢,别人们夸它好的那些话,也都是在夸你的水平嘛! 连这只鼎的功劳,一大半也得归你呀!"

老雕塑家瞧着老板,备觉安慰,好感愈增,一时大有老板乃是天下唯一知己的意思,激动得说不出话来……

斯时初秋季节,满园从外地引栽至此的奇菊盛开于芳草绿树之间,散紫翻红,争妍斗艳,令人赏心悦目,步步流连。又有众多佳丽,或端送饮料,殷勤周到地穿行于宾客之间;或三三两两,嫣笑盈盈地邀人在各处照相。窈窕倩影,娇娆脸庞,放眼皆是。而这美好情形,令男人们一个个都变得空前的斯文,空前的儒雅,空前的绅士。

看来老板确实对雕塑家的艺术成果是持极为肯定的态度的。宴会时,他将雕塑家安排在主桌。主桌除了他自己、雕塑家和一位二十七八岁的漂亮又气质成熟的女郎亦即他的贴身秘书而外,再就是省市来的几位干部。大领导们剪彩之后都匆匆离去。他们于百忙之中前来剪彩已经给足老板面子。小官员们轮不到坐在主桌;留下的是几位半大不小的干部,他们奉了大领导们的指示,代表大领导们予与的支持和重视,一定要坐到曲终人散的。

老板在答谢辞中,又以真诚的表彰性的话语,再次提到老雕塑家获得公认的艺术功绩,不吝溢美之词,藉以表达他作为本省一名成功的商界人士,对艺术的满怀的敬意,对艺术家的满怀的敬意。

老板的答谢辞在热烈的掌声中结束,依次是半大不小的干部们代表省市方方面面朗读祝贺词。最后一位发言时,恰坐老雕塑家身旁的女郎,不失时机地对老雕塑家附耳道:"老师,您也说几句吧。我们老板刚才那么称赞您,您不说几句,显得多不得体呀!"

读者诸君都知道的,在咱们中国,除了教育工作者,其他一概职业特点与文艺行当沾边或沾点儿边的人士,也是往往被充分体现着敬意地称为"老师"的。老雕塑家乃是省文联副主席,在全国都有名气的。他被称为"老师",那就更是天经地义了呀!女郎的几丝鬓发,触到了老雕塑家的脸颊,使老雕塑家脸上痒痒的,心里也痒痒的。女郎身上散发出的淡淡的香水味儿,使老雕塑家闻着激情荡漾。女郎叫他"老师"叫得那个甜劲儿,提醒的话儿说得那个亲密劲儿,平素不怎么愿意在那般热闹又那般铺张的场合抛头露面起立发言的老雕塑家觉得,若自己不即席说上几句什么话,简直就太对不起老板,也太对不起善解人意的那一位女郎了。

当最后发言的半大不小的干部朗读已毕,老雕塑家主动伸手要过了话筒。

老雕塑家平素不怎么愿意发言,并不意味着他不善于发言。搞艺术的人,有几个真不善于发言的呢? 在咱们中国,但凡是个人物,不管多么不愿意发言,一生中也必定发言过无数次了。表态式的发言那总是逃脱不掉的啊! 六十好几的老雕塑家,就用起了他那在发言方面的看家本领,也就是每每在所难免的表态式发言的本领。

他缓缓站起,举目环视,仿佛天生不善表达,拙于舌,笨于口,所以不得不字斟句酌似的说:"艺术家和商界人士,看来是相互太缺乏沟通和了解的两类人。艺术家一向自命清高,不大瞧得起商业人士的。往往还错误地认为无商不奸。比如我这一位艺术家,一向仅在书上、报刊上、广播里、电视里,才读到过听到过'儒商'的说法。而儒商究竟儒在哪儿,以前无缘结识,也就不甚了了。现三生有幸与'金鼎集团'的老总合作了一次。没合作不敢说,一合作方知道——世上真有儒商的呀! 他就是一位真正的儒商嘛! 儒在何处呢? 儒就儒在,他不是为了家族而创基立业啊,他不是为了一己而聚敛财富啊。要非说他就是为了家族也未尝不可,那么那个家族的概念,在他这个人的心目中是很大的,大到我们整个的省份。他是以一颗无限热爱家乡的赤子之心,将金鼎休闲度假村作为一份礼物,奉献给所有家乡人民的啊! 儒商之聚敛财富,乃为天下之人也! 在他们身上,具体而又充分地体现着仁者爱人的思想。是的,我所认识的了解的这个度假村的产权人和法人代表,正是这样的一位儒商。我能与之合作,三生有幸,三生有幸……"

老雕塑家发言时,一片肃静。因为人们真的都想听听,一位本省艺术界举足轻重的人物,是如何评价金鼎休闲度假村以及它的主人的。在场的相当一部分人,之前并没听说过老板的尊姓大名。对于在此地出现了一座如此占尽良好地利风水的度假村这一件事,之前也没获得过什么资讯,是受到邀请光临以后才大开眼界的。它的始作俑者,显然不是那种名声在外、凡事喜欢预先炒作的人,而肯定是一个脚踏实地、不张不扬、喜欢不显山不露水地就将事情一举做成的人……

许多人在参观时,心里便已这么想着了。听了老雕塑家的即席发言,觉得更加印证了自己的看法。而人若觉得自己的看法被别人对某事某人的评价印证了,通常都是会暗暗产生一点儿小得意的。大抵如此。

老雕塑家的发言结束时,那些人鼓掌鼓得最起劲儿。

奉承的话和金钱,一是功夫,一是刃器。

奉承之言是功夫,不是《功夫》一片里周星驰的如来神掌什么的;不是包租婆的"狮吼功";不是武林第一高手怪模异样的蛤蟆功;甚至也不是隐姓埋名屈人檐下的三位义士那一类招招式式携带着威力的硬功夫,而有点儿像包租公的柔软之功,有点儿像那两名江湖杀手的琴魔功,很难反击很难招架的。

金钱是看得见摸得着的刃器。自古以来,无坚不摧。世界虽然已经发展到了导弹的时代,但单挑独斗地对付一个一个的人,导弹那是派不上什么实际的用场的。即使用得特高明,也只不过能将一个人炸得无影无踪,却绝对不能将一个人的嘴心甘情愿地变成为自己的口碑。

六十好几的老雕塑家,活到那一天为止,所收的最大一笔酬金,乃是金鼎休闲度假村的老板付给的。那一笔酬金,比他以前曾获之全部酬金的总和的两倍还要多。如许可观之数额,将确保他安度晚年,不必再眼观六路耳听八方地四处探听挣钱的机会了;更不必逮不着那种机会就唉声叹气,一旦逮着了就得全力以赴辛苦表现了。

而这一点,决定了他要么干脆不出席。但那对于他是无论如何也说不过去的。首先,干脆不来他就说服不了他自己。毕竟倾注了他一大番心血啊。不来,怎么能听得到别人们的评点呀!艺术家都在乎听到别人们的当面评点呀。要么,一声不吭地坐在那儿,任谁提醒任谁暗示都不开尊口。那样做,多让身旁的女郎感到没面子下不来台呀!那么光彩照人的一位女郎,使人家尴尬于心何忍呢?而既得起身说几句什么话,不拣付给自己一大笔酬金的人听着顺耳的话说,那也未免太不识趣太煞风景太不近情理了。煞主人的风景,还不等于是煞自己的风景吗? 干吗非要煞主人的也煞自己的风景呢? 再者说了,人家主人,不是先已在发言中说了不少自己爱听的话了么? ……

老雕塑家的头脑之中既有以上想法,他的话就不能不是那样的一番话了。

事实是,他被安排坐在主桌,是在老板的周密部署之内的事。老板安排自己漂亮的秘书坐在他身旁,也是出于总体部署的需要。老雕塑家自以为相当了解老板了,那仅证明老雕塑家毕竟还是挺单纯的。老板之了解雕塑家,判断只要自己的秘书莺声细语地一提醒,他必不至于拒绝发言; 判断他一旦开口,必将说些什么,心里倒是十分有数,十拿九稳的。

果不其然。

老板先发制人的奉承功夫; 老板已深刺入老雕塑家命穴的金钱刃器; 再加上老板部署的美人之计,那一时刻一并在老雕塑家身上产生预期的良好反应了。

现而今,谁还愿听些个官员们评价私家老板呢? 那不是都快成了某些官员热衷于赶场似的一种工作内容了么? 他们的身份地位他们的话语,往往是暗地里有了出场价的呀; 他们所言,都是要前思后想顾虑多多反复掂量的呀。既要对得起各自的身价,又要说得圆通,不留任何把柄——那样的话还有意思么? 何况,大领导们参加完剪彩仪式都借故而去了,留下奉陪到底的只不过是些半大不小的角色了。说也罢,不说也罢,无非这么一种场合之下的四平八稳的套话,样板话,有什么可听的呢?

他们的发言,老板基本没往耳朵里入一句。那会儿他东夹一筷子西夹一筷子吃东西来着。他的秘书直劲儿朝他丢眼色,他装没瞧见,置之不理,照吃他的。要说当老板也够不易的,方方面面来了那么许多人,都是按嘉宾贵客的身份请来的,有的必定还得亲自出马当面恳请或一次次打电话叮嘱。不应酬到了,失了礼节,下次再有事相请,人家还理你那个茬吗?大概他也是真饿了,所以得空儿往嘴里胡乱塞点儿。

等老雕塑家发言时,无需秘书女郎再朝他丢眼色,他放下筷子,自觉地不夹什么往嘴里塞了。他那样子,听得很扭捏,听得浑身不自在似的,仿佛一个顶不喜欢听别人当众而且当着自己的面说自己好话的低调君子。他坐立不安,抓耳挠腮;几次想要站起,夺过老雕塑家手中的话筒,将话题引向别处。但那是假装的。他装得真像那么回事似的。别人们,连同桌的人们也看不出他那是装的。这证明他装模作样的功底也是相当深厚的。要说一个人都没看出他那是装的不符合实际情况,还是有一个人心知肚明的。仅仅一个人,便是他的秘书郑岚。她和他之间,那是心领神会的。女郎既看出来了,就不失大雅地及时予以配合。每当他似乎听得忍不住了要站起来了,女郎就扯他一下。她一扯他,他就又坐了下去。女郎扯他的动作不是太大。众目睽睽,动作太大了,别人们看着,就会觉得那不像秘书所为了。却也不是太小,动作太小了别人看不到,又会怀疑到老板本人的人格素质如何。

在咱们中国,自古以来,谦虚一直是美德之一啊。一位人格素质良好的人士,那么他就应该同时是一位谦虚的人士不是吗?既是一位谦虚的人士,在别人当场对面地几近于用称颂的话语来评说自己的时候,他不是就应该有谦虚的表现么?倘竟没有,那么他的人格素质不是就在别人们心目之中大打折扣了么?现而今,谦虚之美德,尽管在年轻人那儿已受质疑,但在中老年人那儿,仍是不失美德之魅力的啊!年轻人普遍地除了年轻,其他资本都是挺少的。若还一味儿谦虚,就大有可能什么长处都谦虚掉了,一无所有了。故谦虚这一种美德,如果从人文哲学的层面上来谈论终究还可以作为一种美德来看待的话,它对年轻的人们几乎是不适合的。谦虚的美德是需要人有些值得谦虚一下的资本垫底着、衬托着的。而年轻人普遍缺少的正是那些。谦虚不起,是有情可谅的。

另当别论。

光临盛宴的人们,却十之八九皆是中老年人;老板自己也不年轻了,五十出头了。所以老雕塑家站在老板对面说着老板如何如何怎样怎样是一位可敬的儒商的话的时候,许多人的目光,就不约而同地望向老板,单看他有何反应了。又所以,老板仿佛听得浑身不自在,几次想要起身打断老雕塑家的话的反应,于他自己,就是非常之有必要的了。他的秘书几次将他扯坐下去的举动,于他,更是非常有必要的配合了。

那人面桃花的郑岚,真是一位善解人意,知道自己在什么时候该做什么事情,以及怎么去做才是做得有分寸的好秘书啊!每当老板站起时,她就用拇指和食指捏住着他西服的衣袖,轻扯他一下。那时她那一只手的中指、无名指和小指,不同程度地或曲或直,呈现着一种特美妙的手姿。不仅美妙,那么一种手姿,视觉上还是夺目的,显然可见的。她也不是仅仅用拇指和食指捏住着他的袖口扯他。老板是一位矮胖男人,矮而不是太矮,胖而不是太胖,矮而不矬,胖而不肥的那么一个男人。属于通体结结实实,俗话所说"五短身材,车轴汉子"那么一类男人。即使他已经是在站着了,如果女郎扯的是他的袖口,那举动就几乎是桌面以下的一种小举动,许多人是看不大到的。别人们看不到,也就完全失去了配合的意义和最佳效果。故女郎扯他的那一种举动是很别致的。她先将自己上身朝后微微一仰,这就不会挡住别人们望向她的老板的视线了。接着她将她的一只手臂举了起来。举得不是太高,也不是太低。于是许多人的目光,就立刻被她吸引了去。再接着,她那一只小指好看地曲翘着,其余四指的指头刚刚过头的手,轻轻撩抚自己的头发——从上到下,从前到后,环绕耳廓一经结束撩抚的动作,顺势伸向她老板,在他衣袖半截那儿,也就是胳膊肘那儿,手姿美妙地捏住轻轻扯了一下。那么一种不经意似的优雅之至的不大不小的举动,使所有目光正在望着老板的人,无论从哪一个角度望着,都是一清二楚的。

她那一种举动所包含着的肢体语言是这样一些内容:看啊,我的老板那可是一位特谦虚的人士,他哪儿能忍受别人当着众人也当着他自己的面,尽说些对他称颂不已的话语呢?他听不下去了呀,看他不是站了起来想要打断老雕塑家的话想要夺过话筒去了么?但我作为秘书,怎么能不提醒他一下千万别那么做呢?那么做了多不好啊!人家老雕塑家那也是在真心诚意地说着些自己对他的个人看法嘛!对搞艺术的人要特别尊重才是啊!人家也是有艺术身份有艺术地位的人啊,打断人家正在说着的话那显得多么失礼呀。我作为秘书不一再地提醒一下我的老板行吗?那我太失职了呀。唉,唉,老板,老板,你这种时候怎么这样不大家风度一点儿呢?你怎么一次次地总是企图打断人家的话呢?大家风度那就是一种不管别人正在说着的是什么话,贬低自己的也罢,称颂自己的也罢,都应该微笑对待、洗耳恭听的一种风度啊。唉,老板,老板,你可别再往起站了,你已经使我当秘书的很为难了啊!……

那女郎一次次将她的老板扯坐下去之后,还脸红,还向同桌之人俏皮地眨她那一双妩媚的眼,如同一位年轻的母亲因了自己尚缺乏足够教养的孩子的不当举动,而在别人面前窘且羞惭似的。

那时刻,同桌的另外的男人们,即那些半大不小的干部们,皆对女郎心生出好得不得了的好感来。多么好的一位秘书啊!人长得好,职业表现也好。两好合一好,好啊,好啊。他们一忽儿看着车轴汉子似的老板,一忽儿看着花样容貌的女郎,心里都有点儿不平衡,都有点儿嫉妒。都是男人,为什么一旦当了国家干部,就禁止聘用女秘书了呢?这一种禁止也太不人文了呀!什么时候能人文些个废除了它呢?那些人大代表那些政协委员怎么体恤国家干部的?为什么不提出这个对国家干部太不人文的问题呢?

他们内心里如此这般地想着,老雕塑家究竟说了些什么,也就都没注意听。正符合着这么一种中国现象——说什么是你的事,听不听是我的事。看似听着,内心里想什么那更是我的事。

这么一种中国现象,目前仍在各种时候,各种场合,感染着更多更大的人群。

老板看出了同桌的几位半大不小的干部并没注意听老雕塑家正在说什么。

他是不在乎他们听不听的。

在他心目中,他们其实没什么斤两,更没什么重要的位置。

直接影响他事业的,并非是他们那样的半大不小的国家干部。在他的部署之中,他们坐在主桌,只不过是一种场面所需的点缀罢了。

对于老雕塑家的话,他自己是听得内心里很舒服,两只耳朵很受用的。

雕塑家啊!搞艺术的人啊!在全国都有些名气的人啊!还是省文联的一位副主席、省政协的一位常委呢!

现而今,啊,在中国,如果要点数出一小撮狷傲孤高、不阿谀奉承的人士,一堆堆一群群地拨拉来拨拉去,那还是得在搞艺术的人中去寻觅去发现啊!搞艺术的人中也所剩无几了。一部分被官场的巨大磁力吸引过去了,一部分被市场的巨大染缸染花了。但就算已经是凤毛麟角了吧,那也终归还是存在着的啊,并没完全断种绝代啊!

眼前正说着自己好话的这一位,便是几十年如一日,言行方面自标清流的一个嘛!

老板心中暗想,他一向多么狷傲孤高,多么自标清流,那是全省乃至全国一切知道他这么一位雕塑家的人公认的啊!那是一致的一种口碑啊!

诸位,诸位,且听他这么一位几十年如一日狷傲孤高自标清流的人如何评说我这一位你们还不太熟悉、不太了解,甚至此前都没怎么太听说过的其貌不扬的商人的吧。

他可不是那种谁付给他酬金他就说谁好话的人啊!也不是那种谁付给他的酬金高他就对谁有良好印象的人啊!不是有那一种也付给了他挺高的酬金,也对他大师般地恭敬着,到头来却合作得极不愉快,给他留下了极差劲的印象的商人吗？不是有商人被他不点名地在报上进行抨击、贬损，认为他们浑身铜臭、目光短浅，聚敛钱财不择手段却又愚蠢透顶的事么？

对于同桌那几位半大不小的干部们，老板认为他们若能起到传话筒的作用那也就足够了。

剪彩活动从始至终进行得不错，与度假村老板合作的老雕塑家对老板的从商素质评价很高——仅向他们所代表的大领导们汇报这么一种总的印象，总的感觉，他寄托于他们的愿望和目的那也就实现了，达到了。

相比而言，他更在乎别的桌的，众多的嘉宾贵客们对老雕塑家的话作何反应。因为他们代表的乃是非官方的，全社会层层面面包括绝对不可轻觑的传媒界的反应。时代很不同了啊。理顺直接影响自己事业成败的官方关系也就是摆平几位大个儿的国家干部，对于他已是轻车熟路易如反掌熟能生巧之事了。何况呢，所谓官方印象，说白了还不就是大官印象大官态度么？半大不小的些个官儿，有几个真敢与大官印象大官态度相右的呢？

幸而有秘书一次次巧妙配合地扯他，老雕塑家一大番热情洋溢而又真诚之至的称颂性质的发言，一次次几乎被打断却又根本没被打断，在经久不息的掌声之中结束了。

真的，比起聆听领导干部们的发言，普遍的人们，还是更乐于听听搞艺术的人对人对事说些什么。同样是称颂之词，只要不太肉麻，人们的心里那还是易于接受的。搞艺术的人嘛，表达对人对事的看法，往往很具浪漫色彩的。人们这么一想，也就不太计较搞艺术的人对人对事的看法是否言过其实评价过高了。再说，什么为实？眼见为实嘛！他们认为他们的眼观望得真真切切——人家老雕塑家的发言，那可不是预先有所安排的一种发言啊！更不是场面上司空见惯虚与委蛇的一种发言啊！人家那是在毫无思想准备的情况之下发乎其情，情之所至的一种发言啊！一种激动起来了，有话要说非说不可的即席发言啊！他们既不反感他的称颂性质的发言，又宽厚地认为那只不过是太个人化太浪漫色彩的表达，也不计较他用词得当与否，评价过高与否，人们在不知不觉之间，已经大受影响了。

"儒商"这类商人，在中国是被传说得很多，而实际上很少很少的一类商人。现在，那一天，在本省出现了一位！一位真正称得上是儒商的商人。本省一位几十年如一日狷傲孤高自标清流的老雕塑家，以亲身之感受，深刻之印象，证明了金鼎休闲度假村的老板，一位此前大隐隐于市，故而他们没太听说过的其貌不扬的老板，乃是一位当得起"儒商"二字的商人……

人们相信老雕塑家的话。起码比对某些官员的话相信，更比对某些传媒的话相信。现而今，某些官员一说某位商人的好话，即使那真是一位本本分分的商人，一位儒商，人们内心里的想法也就复杂了。适得其反，真儒也难儒了。而传媒要是称颂商人呢？大多数人直接的想法是——贱！嫌贫爱富！

人们经久不息的掌声是相当由衷的。那在某种程度上也是为他们自己的耳自己的眼所鼓的。他们的耳朵对于发乎真情的话语已经久违了。他们的眼看到的是一位其貌不扬，而且显然文化也不太高，基本上没什么好气质可言的儒商。

早些年的咱们中国人，对金鼎休闲度假村老板这一类商界人士，那是全没半点儿好印象的，甚至往往是轻蔑的。往往会不由自主地联想到他们不那么体面的"出身"，比如可能是更早些年的"倒爷""掮客"之类的人，或者联想得更糟……

现而今呢，相当年轻的商人出现了，形象也特别好气质也特别好修养也特别好学历还特别高，甚至还是洋学历洋硕士洋博士之类"出身"的商人渐次产生了，咱们普遍的中国人，于是乎倒觉着还是以前那些也许出身不良的商人更可爱些。

这也不足以证明咱们中国人多么古怪。

事实上,在仅有一点或一两点令我们不得不刮目相看甚或有时候难免会嫉妒一下的成功人士,与诸方面都堪称一流、种种的好都集于一身的成功人士之间,不管其是成功的商人还是别的什么成功人士,在同一性别的人心目中,那注定了还是前者更容易获得我们的好感。

那些将人世上诸般好条件都占全了的人,能在世上诸般好事之中游刃有余大获利益的人,在同性别的人看来是讨厌的、可憎恨的。有时那简直令同性别的人看了气不打一处来,只有在异性心目中才是魅力四射的……

"这老板人不错,你看他那样子,实实诚诚的!"

"是啊,不像别的些个老板,刚搞出点儿名堂,积累了千八百万的资产,就一副大亨派头,恨不得把尾巴翘到天上去了。"

"你们注意到了吗?刚才咱们文联副主席说他几句好话的时候,他都听得坐不住了。要不是他秘书扯了他几次,他那儿要抢话筒,不让人家把话说完啦!"

"怎么没看见?就冲这一点,我对他有好感!"

掌声平息了,老雕塑家坐下了,别桌的人们一时间交头接耳,议论纷纷。

老板又往起站,他的秘书不拦他了。他从老雕塑家手中接过话筒,有几分不知所措地说:"我们敬爱的老雕塑家狠狠地飘(表)扬了我一番,让我说什么好呢?我只能说,惭愧,惭愧!除了惭愧,还说什么好呢?倒叫我说什么都不是了!这么着吧,我露一小手,给大家唱支歌儿吧!其实我唱歌的水平比我经商的水平那可强多了!"

言罢,扯着公牛一般的嗓子吼起来:

妹妹你大胆地往前走呀,

往前走,莫回呀头!……

他唱歌儿的水平实在难以令人恭维,却勇气可嘉,唱得别提有多投入了,感情充沛,底气也特别充沛。虽然每一句都走调,但每一句都吼得震耳欲聋。

吼完最后一句,他那一张浑圆的黑不溜秋的脸都憋紫了。

又是一阵热烈的掌声,夹杂着哄笑。

气氛一时变得活跃起来,连与之同桌的半大不小的几位公仆,也放下了一个个一直绷着放不下来的那一股子当公仆当久了的矜持劲儿,齐声大叫——"好!"

在掌声、哄笑声和喝彩声中,有位三十多岁、在女性中其貌不扬婚否无人知晓的女记者(虽说现而今咱们中国未婚男女的比例是四比一,但某个男人决定和那样相貌的女人结为夫妻,也还是需要非比寻常的道义精神的)情绪极为激动地也是情不自禁地说:"我喜欢他!我他妈非得采访他不可!"

四周男女,皆因她的失态和她那一句"我他妈"瞠目结舌。

她却不管不顾,一起身便跑向老板那一桌,一手拿笔,一手拿小本,迫不及待地嚷:"我要采访你!我要采访你!你太征服我了!"

老板朗声笑道:"我不接受采访。我不接受采访。我可不需要炒作浮名!"——他接过女记者双手呈递的名片扫了一眼,又正色道:"你高抬贵手,你笔下积德,千万别在你们那份八卦小报上登出我的名字贩卖我那点如何发迹的破事儿!"

见女记者被噎得直翻白眼,一时不知再说什么好,又一臂搂住她肩,嘴凑其耳却高声大嗓地说:"对不起啊,我是个粗人,喜欢直来直去的。要是你听不惯,多担待啊!吃东西去吃东西去,这么丰盛的宴席,你不大饱口福,着急忙慌采的哪门子访呢!"

女记者从没被那么不客气地拒绝过,很尴尬,泪盈盈的,快哭了。

"请请请,先归座,归座,我陪你吃点儿什么。哎,你也给我个面子嘛！"

于是挽着女记者，一同走向她的座位。

立刻有人拖过一把椅子，表示欢迎地请他坐下。

老板一落座，抓起双筷子，这样那样，就不停地往女记者碗里夹，并且说："同志，有点儿雅量行不行？别那么满脸不高兴的样子！你要是非想完成点儿什么采访任务呢，那你一会儿就去采访我小蜜！我那点儿经历，她一清二楚！……"

说时，还惴惴地怯怯地扭头朝他女秘书那边看了一眼。

举座愕然，因了他背后说他的秘书是他"小蜜"；还因他既背后那么说了，又不由得惴惴的怯怯的那一种模样。

他却正色道："诸位别笑，真的。全方位服务的女秘书，那还不是小蜜吗？世上男女之事，没有一个情字，还不就那么回事儿？一旦有了个情字，那可就不是件一般的事儿了。我俩之间，好事多磨，一言难尽，一言难尽！我这人好色，但我专于一色。身边有一美女，眼中再不见世上万千佳丽！我这人心里想什么，嘴上说什么。对于我，不能说完全没有什么藏着掖着生怕别人知道的事。有。很少。所以，大家别见怪。我感激她，没她在我困难之时、举步维艰之时，抚慰我，鼓励我，鞭策我，我早不辛辛苦苦地干这干那了！图什么呀？我还愁钱不够花的么？是她一再对我说，我有能力为咱们省的商界争光，把事业做得更大更好……"

他又扭头朝女秘书那边望了一次。

他的眼，也像女记者刚才那双眼似的，泪盈盈的了。

他擎杯道："来来来，诸位，干一杯干一杯！为好人一生平安！为天下有情人终成眷属！"

于是别人纷纷举杯，都与之杯杯轻撞，都重复他的话。而且，各自饮过之后，都一致以看着一个好人的眼光看着他了。

是啊是啊，大家都这么想，多好的一个男人啊！多好的一位老板啊！那么口无遮拦，那么直来直去！那么有一说一有二说二！那么，那个那……用时下的话来形容——有透明度！

不是好人的人能那么有透明度吗？敢那么有透明度吗？

能像他那么有透明度敢像他那么有透明度的男人，能不是一个好男人么？先甭管他是不是一位老板！岂止好，还蛮可爱的呢！

老板放下酒杯，环视众人，压低声音又说："我不坐回去了，不想陪那几位官员了。跟他们坐一块儿，吃也吃不好，话也不知该如何说。我不坐回去，他们也不必相互拘着身份了，我也自由了不是。我就坐你们这儿了，行不行？"

那话，说得真挚劲儿的！可怜劲儿的！简直像一个被父母逼着去上什么文艺班的不情愿的儿童，试图寻求到体恤自己的叔叔阿姨们的袒护。

就座此桌的，除了女记者，其他几位皆六旬以上的老人。最年长的，是除了女记者而外的第二位女性。她年纪看去可以做老板的母亲、女记者的祖母了，却面色红润，精神焕发，一头银丝，烫出恰到好处的微波。她端坐着几乎没怎么开口说过话。别人说话时，她那双比许多年轻人的眼还清澄的眼里，投出沉静又睿智的目光，默默地表情亲善地望着对方。她和他们皆是"明日黄花"。他们是省里各厅市里各局离休了的一二把手，有的还是公检法系统的前任老领导。至于她，前年过世了的老伴儿，曾任省安全厅的厅长；她本人是大学里离休了的法理学教授。在她退休以前，全省就她这么一位法理学教授。在本省公检法系统，老太太门下桃李数代。

她和他们，都不喜欢同桌的女记者。这么说也不太正确，正确的说法应该是——他们对某些小报专以贩卖八卦新闻为能事的现象，那是颇为反感的。这也难怪他们。从前他们都是一天不吃饭没什么，一天不读报不行的人。从前他们所读的报和现在的报太不一样了。现在他们也都是天天读报的老人，读完了就来气。整版的广告使他们来气；大幅的明星彩照使他们来气；标题挑逗的花边绯闻使他们来气；鸡零狗碎还偏要哗众取宠地报道成这个"内幕"那个"内幕"的"新闻"使他们来气；连对腐败的揭露批评,也使他们看了来气。因为他们作为国家干部时,都是堪称官品清白的。怎么一拨一拨没完没了地总有腐败分子啊,所以他们来气。亦忧,忧国,忧党。他们对小报的八卦现象既然如此反感,对本省最为八卦的一份小报的记者,自然是不大容易喜欢得起来的。除了老太太望着女记者的目光还算和蔼些(那是她身为教授的修养对她的要求),他们都是不愿拿正眼瞧女记者的。这也有女记者本身的问题。女记者嘛,女的嘛,不修边幅,给人的印象邋里邋遢,开口就是他们听起来很不着调的话语,还指间夹着烟大口大口地吸……非让他们全都表现出喜欢她的样子,也委实太难为他们了。女记者也看出了自己是不被喜欢的,再怎么说她也是一名记者,很敏感的。她本打算干脆离开这一桌,转移到别的桌去的。她也不情愿和些六旬以上的老人们坐在一桌啊。坐到别的桌去,兴许会碰上一下子就对自己产生了好感的人士呢!她心存侥幸地这么想。可是望来望去,哪一桌也没空位专等她转移过去。她也打算一走了之,可这盛宴的场面,又吸引住了她,使她不甘一走了之。她本能地觉得今天会有意外的收获,但究竟是什么样的收获,会使她意外到什么程度,却又茫茫然难以测之。她一直尴尴尬尬地坐在那儿,也使同桌的几位老人尴尬。

老板高调大嗓地拒绝采访的话,老者们全都听到了。他本来就是要说给众人听的,他的目的是达到了。否则,既然是俯耳说话,又何须那么的高调大嗓呢?

老者们全都听到了他的话,就全都对他心生出又一种好感来。因为他说出了他们早就想说而注定越来越没机会可说,即使有什么机会可说别人们也将大不以为然的话。有人当众使一家八卦小报的记者下不来台,这是很使他们快意的事。而那个人还是这么排场的一次盛宴的主人,尤使老者们快感。又听他说了刚才那番话,也就是那番不愿坐回去相陪几位半大不小的干部的话,他们对他业已形成了的初级阶段的好印象一下子膨化了,状态变大了,并且一下子跃上了高级阶段。竟不愿在自己操办的盛宴上和自己请来的官儿们坐在一起,多可爱的一位老板啊!可爱得多么与老板之众数不同啊!他们对坐在主桌的几位半大不小的官儿们,那也是颇不以为然的。不以为然于对方们理所当然的样子。论资格,对方怎么能与他们相比?论职位高低,他们现在如果还操权握柄着,那差不多都是对方的顶头上司。但他们毕竟卸职了,所以主桌就只能由对方去占据着了。对此他们是毫无怨言的。他们明了场面上的规矩,也都是涵养挺高故而十分可敬的老者。但没有怨言是一回事儿,半点儿都不失落那是另外一回事儿。失落不失落,往往与涵养无关,而是人头脑里的一种天生会这样或者会那样的化学反应。化学成分天生起反应,人的后天涵养能奈其何呢?

可爱的老板一请求和他们坐在同一桌,他们顿时都变得高兴了,头脑里起先那种化学反应一下子改变了,也就不再觉得怎么失落了。主人坐在这一桌了,此桌岂不就是主桌了么?

于是他们都说,好啊,好啊,就坐在这儿吧,哪儿也别去了!

连那女记者,也眉开眼笑了。

她说:"大哥,以后请多关照。"

老板将夹在她指间的烟捏了去,摁灭在烟灰缸里。那一支烟她刚吸了两口。

老板说:"既然你叫我大哥,那我以后就真拿你当一个妹妹看待。我对你的关照要从现在开始。别吸那么多烟。戒不了,也要克制着少吸点儿。女人养颜的首要一条那就是一定要少吸烟。再说,几位前辈坐在这儿,你一支接一支地吸烟,不是会呛着他们吗?"

女记者脸红了。

老者们却点头不已。一个个望着老板的目光里,满是温和。

"大哥"亲昵地搂着"妹妹"的肩,又小声说:"一会儿我叮嘱秘书,让她有问必答。既然你已经是我妹妹了,我经历中的一切事对你都不是秘密。哪些该登出来,哪些不该登出来,你做主了。你们也怪不容易的。我是你大哥,我当然要成全你完成一次采访任务啊!"

女记者就又泪盈盈的了。话里话外,批评有之,爱护有之,关照有之,能不感动么?

别说女记者了,连几位老者看在眼里,听在耳中,也皆动容了啊!现而今,在中国,人心莫测,世事诡谲,君子设防,小人猖獗;那么实实诚诚地待人,难能可贵呀!

女记者擎杯,以内心里充满感激的语调说:"大哥,多谢了,那我敬你一杯!"——将小半杯红酒一饮而尽。

老板苦笑道:"你这个妹妹啊!你大哥一不吸烟,二不饮酒,三不赌博,四不喜寻欢作乐。但既然你作为妹妹的干了,我作为大哥的那只能舍命陪小妹了!"——也将小半杯红酒一饮而尽。

于是几位长者,这个往女记者小盘里夹菜,那个往老板小盘里夹菜。

幸而老板坐到了这一桌,此桌的气氛,不复沉闷,不复尴尬,渐渐变得活跃起来,融洽起来。

老板夸老太太风度好,气质好;女记者也夸,还猜老太太年轻时一定是天生丽质,教养极高的大家闺秀。

始终沉静端坐不怎么开口的老太太,再不开口就不好了。

她微笑道:"我年轻时嘛,天生丽质谈不上,但是大家闺秀却不假。仗着有那样的家庭作掩护,十四五岁就参加地下工作了,十六岁就秘密入党了……"

另外几位前辈都点头,表明着证实的意思。

于是老板和他"妹妹"肃然起敬。

老板又小学生似的向老太太请教——什么是法理学。他说他听过几堂法哲学的课,问法理学和法哲学有什么区别;说他正在加强自己的法律意识,法制观念;说自己要成为优秀的实业家,不懂法怎么行呢?

老太太谆谆教导循循善诱地说:"对的,对的。法哲学嘛,是将法上升到哲学的高度,探讨和研究法与国家,与社会,与每一个公民的实际关系。比如在西方有些国家里,长期以来关于是否应该有死刑的辩论,就是法哲学范围的问题;又如具体的一桩案子,怎么样才能客观公正地区分和界定正当防卫与防卫失当,那么这就是一个法理学方面的问题了。打一个比喻,法哲学探讨和研究的是战略思想,而法理学具体制定的是战役方案,懂了?"

好一个满腹经纶深藏不露的老太太,正应了那么一句话——贵人开口迟,开口皆知识。

老板和他"妹妹"真的是刮目相看起来,都显出茅塞顿开,获益匪浅,听君一席话胜读十年书的样子。

老太太终于也主动擎杯在手,她环视着另几位长者提议:"来来来,咱们也祝愿这两位年轻人在各自的事业上一帆风顺,百尺竿头,更进一步! 都不必往起站了,与时俱进嘛,联网吧!"

于是她率先用杯底轻磕桌面上的转盘。

于是大家都响应之。

老太太又说:"都量力而行啊,意思到了就是了。别因为是我的提议,就非得饮尽了不可似的,我没那种野蛮的要求。"

满桌皆笑。

意思了意思之后,老太太悄问老板:"你不再坐回去,真的没什么吗?"

老板再次扭头朝原座望一眼,说:"没什么。你们看,有我秘书在那儿应酬着,我坐回去了也显得多余啊!"

大家就都朝那一边望去,见几位半大不小的公仆,已和那漂亮的秘书稔熟了似的,正杯杯相敬,正其乐融融。

实际上,老板和他们的关系,早就是冰冻三尺,非一日之寒;心有灵犀了,由利益锁定的那么一种关系了。他是故意冷落他们给众人看的。他们也希望当众被他冷落,以给大家这么一种假相——他们个人和他这一位老板一点儿特殊的关系也没有。他们来此,坐那儿,纯粹因为工作的需要。但私下里,老板若给他们打一个电话,说他有急事要见他们中的谁,限时二十分钟到达,他们一般绝不会半个小时过去了还不出现。往往地,还会尽量提前出现在他面前。

背地里,他们早已都是愿意为他清除障碍、排忧解难的私仆了。有人,又简直可以说已是他这一位老板的忠仆了。

老板又说:"阿姨,我不年轻了啊,都五十出头了。"

这"阿姨"二字,忽然出于老板之口,竟说得那么顺顺溜溜的,一点儿也没给人以唐突的感觉。仿佛从他打小的时候起就叫老太太阿姨了,叫了几十年了。

是的,除了女记者,一桌客中,再无其他人有什么诧异的反应。包括老太太本人也没有。就好像在很久很久以前,在自己的年龄刚刚到了可以被别人家的孩子叫"阿姨"的时候,早已经整天价听他叫她"阿姨"了那么习惯。

晚年孤寂的老年人,无论男的或者女的,既不但变得尤其喜欢被尊敬,而且往往会变得尤其喜听到别人分外亲昵地称呼自己。这并不是老年人的什么毛病,这乃是人性的一种真相。谁老了都如此的。也是老年人很可爱的一点。因为我们由此感觉到这时候的老年人其实变得特单纯了,他或她是那么容易被几句亲昵的话哄得满心喜悦地高兴起来,一下子觉得和对方之间的距离感缩短了,甚至根本不存在了。如同一个孩子一旦伸手接了某个大人的糖果,那糖果还是自己很久很久没有吃过的,于是对某个大人充满了信赖那么单纯。

女记者对她"大哥"叫老太太"阿姨"所作出的表情异样的反应,只不过是瞬间之事。那既是瞬间又很细微的反应(眉梢耸动了一下,看着她"哥"的眼神倏忽地有点儿讶然而已),呈现在她被一缕鬓发遮住了半边的脸上,基本上没有使她那会儿的表情发生多大改变,所以同桌的人没一个看出来了。何况另外的几位长者,都因为上了年纪而眼神儿不济了,即使盯着她呢也是看不大分明的。她的表情起了一下细微的反应的同时,心里边立刻在这么想——我不是刚才一脱口也叫出了他一声"大哥"的么?招待宴会这一种场合,本就具有社交场合的意味儿,人人都想借机会让熟识自己的人对自己的印象更良好一点,与不熟识自己的人迅速拉近关系,聪明的人在这种场合差不多都是这样的啊!她这么一想,对她的"大哥"又增添了几分喜欢。这老板,这男人,虽然看他的样子平平常常相貌毫无吸引别人的地方,但既坦诚,还那么地敬爱老人,他可多好哇!要知道这几位老人,早已是隐退到社会边缘去了,对社会已经几乎没有什么作用力的人了呀!用年轻人的说法,是几位"过气"了的老人了。一位明摆着事业有成而且业绩令人羡慕的老板,竟能对"过气"了的老人那么敬爱,他本身也就值得敬爱了呀。

老板也没注意到女记者的脸上有什么耐人寻味的文章。他自己的脸朝向着老太太,只望着老太太一个人来着。仿佛自己是一块铁,老太太是一块吸铁石,自己完全被她那一种长者的丰采倾倒了似的。老太太感觉到了这一点。老太太清楚自己与别的七十多岁的老太太们相比,确实是一位很有风采的老太太。从形象到气质,那都非是很大众化的一般的些个七十多岁的老太太可比的。她自己也很欣赏自己的老年风采,自然很愿意同样被晚辈们欣赏。

她放了杯后,用自己的一只手在老板的一只手的手背上轻拍了两下,亲切又和蔼地说:"那,你在我们眼里,终究也还是一个年轻人嘛!"

她环视其他几位长者,他们都点头,样子也都那么的亲切又和蔼。

老太太接着说:"你好好听着啊,你呢,事业做到这个份儿上,不容易的。你可千万要珍惜自己的成功,以后的每一步,千万迈得稳当些,可别哪一步迈闪失了,前功尽弃呀!"

其他几位长者,又都点头。

女记者也洗耳恭听地点头,像是在分享着被如此可敬可爱的一位老太太所当面教诲的那么一种荣幸。既然对她"大哥"是荣幸,对她自然也是喽。

"阿姨,您放心,您放心。您的嘱咐,我将句句铭刻在头脑中,融化在血液里,落实在行动上! 我发誓,绝不让您老人家失望……"

老板的话虔诚无比。

老太太微笑了。

其他几位长者也微笑了。

五十余岁的老板,说的是"文革"时期林副统帅对学习"最高指示"的要求,所以她和他们微笑,以微笑回报他的幽默。

三十出头的女记者虽然不解她和他们笑什么,却也笑。她认为她"大哥"外拙内秀,还怪有口才的呢。他接连三句话,说得咋那么有水平那么让人爱听呢! 简直像三句诗嘛!

老太太收敛了笑容,又在老板手背上轻拍了几下,一脸严肃一脸诚信地又说:"那么你记住,以后,只要你所做的事是有利于促进我们省的经济发展的,是对社会有益的,我们就都全心全意地支持你。你遇到了什么难处,什么挫折,什么误解和委屈,尽管找我们。我们虽然离职了,不在位了,没权了,但是在必要时为你参谋参谋,说几句公道话,那还是会有人肯听,也有人肯信的。因为我们本身都曾是党的一身清白的好干部嘛! "

老太太的话,那倒也基本符合事实。

也巧了,本身都曾是党的一身清白的好干部的长者,不知怎么全凑在一桌了。

他们自己当然想也想不到,他们全凑在一桌那可不是偶然的,那是经过人家主人的精心安排才这样的。人家派人登门上府三番五次恭请之,正是冲着他们个个都曾是党的一身清白的好干部这一点啊!

老板的眼圈一下子就红了。

但凡是个性情中人,谁听了那么两番肺腑之言能不大受感动呢? 何况老板已表现出了自己是个性情中人的种种性格特点,那时刻眼圈一下就红了是格外必要的。别说他了,连他"妹妹"的一双眼都一下子那样了。

老太太又环视另外几位。

他们都点头道:

"对的,对的……"

"代表我们……"

"有人肯听,有人肯信……"

老板就用自己的双手,紧紧握住了老太太的一只手,就是那只轻轻拍过他的手背的手……

"哎呀阿姨,哎呀……哎呀我的阿姨……阿姨,我母亲去世得早,我从小没人疼没人爱的,可苦了……阿姨,您怎么使我觉着您就像我的……"

他的话语变调了。

他忽然站起,大声嚷嚷:"话筒呢? 话筒呢? ……"

他秘书应声跑过去,将话筒塞在他手里。

众人以为他又有话要讲,一时肃静。

他却高调大嗓地说:"我要唱歌! 我还要唱歌! ……今天,来到这里的各位,都是嘉宾,都是贵客,都是好人! 都是看得起我赏我脸面的好人! 如果有什么招待不周的,请大家原谅! 我这人不善于交际,不善于表达,只有一颗永远以诚待人的心,只有一股子正正派派干事业的劲头! 别的我也不啰唆了,我为大家唱一首《好人一生平安》吧!"

于是吼起了那首完全不需要吼着唱,不吼着唱效果反而会好点儿的歌。

又是一阵热烈的掌声。

他唱时,老太太和同桌的那几位长者,皆心领神会地频频点头不止,还为他点指为拍。

他唱完一遍,意犹未尽,又重唱了一遍。

于是众人都为他拍手。

他"妹妹"受到气氛的感染,一时亢奋,起身走到他身旁,与之共持话筒陪他唱完了第二遍。

主桌那几位半大不小的干部,望着他,听着他唱,为他拍着手,心里边总难免的还是多少有点儿困惑,困惑他怎么就不坐回去了。他们若知道使他不愿离去的那一桌上坐的都是他们所在的厅所在的局所在的系统早几年的老领导、老干部,也便凑过去敬酒、寒暄、表达景仰了。可惜他们都不知道。老板成心不向他们介绍,也不向别人介绍。他成心将他们很容易就会对尊敬他们的人发生的好感,一点儿也不流失地由自个儿占尽占全了……

宴会结束以后,每位客人都领到了两袋子礼品。一个袋里装的是一套高级绒衣,另一个袋里装的是老板自己药厂里生产的营养药品和五百元车马费。

当老板在与人握手,依依不舍地一拨拨送客时,他"妹妹"黏住了他秘书,问长问短地进行起对"大哥"的间接采访来。

那十分漂亮的秘书对那十分不漂亮的女记者果然不搪不塞,不敷不衍,基本上知无不言,言无不尽,有问必答。

采访罢了,当秘书的又塞给了已经是"妹妹"的一个厚厚的信封。

女记者明知故问:"什么呀什么呀,就往我手里塞!"

当秘书的说:"润笔费。你们当记者的,写出篇好稿子那多费心血呀,公司的一点儿意思。"

"不行,不行!这算怎么回事儿?这怎么行呢?我可从不乱收润笔费的!……"

女记者仿佛受了羞辱,急赤白脸的。

当秘书的微笑道:"别这样。让人看见了多不好?这可是你大哥吩咐的,我不照办,我对他没法交代了!"

"他跟你也说,他以后是我大哥了?"

当秘书的点头。

女记者眉开眼笑。

她说:"既然是我大哥心疼我,那我只得收下了。"

一伸手就迅速地接过了信封。

又说:"既然他都跟你说他以后就是我大哥了,那我以后可拿你当妹妹了啊!"

漂亮的小女子莞尔一笑,算是默默地认可了。

当女记者坐在送她一个人回省城去的车里,一只手插在兜内,攥着那厚厚的信封时,觉得自己是那一天所有嘉宾贵客之中最幸运的一个。岂止觉得幸运,简直还觉得幸福啊!虽然自己只不过是一份市级八卦小报的记者,论身份论地位,没法儿和任何一位嘉宾贵客相提并论,但她的收获最实惠呀!

手的经验告诉她,信封里肯定是不多不少的一万元。自从她当记者以来,润笔费那是必收的。谁不懂这行规,她还生谁的气呢。但一万元的润笔费,她此前是连想也不敢想的。

何况金鼎休闲度假村的老板,也是一家药厂三处房地产的业主,已然是她"大哥"了;他的秘书,已然是她的"妹妹"了!而这两点,也是无形的收获啊!比一万元钱重要多了,不定对自己以后的人生起哪种宝贵的影响呢!

她想她那种本能的预感真是太灵了,觉得自己这一天必有不寻常的收获,结果不是就有了么?以后可得好好儿养护着自己的本能自己的预感,千万别让它给什么不良的东西破坏了,不灵了。

要说她内心里满是幸运满是幸福,别的一星半点儿的什么杂质也没有,那是不对的。她也多少有些不平衡。为什么呢?因为老板的女秘书太他妈的漂亮了。所谓明星脸蛋,魔鬼身材的那一类。如果再在电影学院或戏剧学院的表演系浸泡过,那么有理由预料,某届影后便非她莫属了。这世界上,什么东西一"太"怎样,就难免地要遭人恨了。包括人亦如此。太坏了当然千夫所指,皆诅咒之。太漂亮或太英俊了,虽有异性幻想为梦中情人,却也会招致同性的嫉妒。"太"出名了也不行,下场一样的。太漂亮了太英俊了或太出名了,先就有不少挺漂亮挺英俊挺出名但还没到太的程度也永远到不了太的程度的人嫉妒他们的"太"隐恨着他们的"太"。"太"有权力的人也是不安全的,所以一定得坐防弹的汽车和专机。还须有经过严格训练的卫队护驾。"太"富了的人也不是没有愁事儿的,整天提心吊胆担惊受怕被绑架。绑架他们本人难,绑架者的主意便会打在他们的家眷身上。对方们一浮躁,也就是一犯急,兴许还会不管不顾地撕票呢!所以他们的出入也不自由,那也得雇富有自我牺牲精神的保镖。

女记者一见老板的秘书不但年龄上占着比自己小几岁的同性优势,而且还太他妈的漂亮了,心里就已产生了几分未尝不可以理解的妒恨。老板当众高调大嗓地拒绝了她的采访要求,她也将一股子气恼转移到了他太漂亮的秘书身上。等老板到了她那一桌坐下,竟对她和她那一桌的人说他女秘书是他"小蜜",她对他"小蜜"的妒恨就猛然地在心里边胀成了满满登登的十分了!而当她叫了他一声"大哥",他也承诺以后将她当妹妹看待时,她心中对他秘书的妒恨令她自己也特奇怪地竟一下子减少了一半,由十分而五分了。他对她说的那些批评着也流露着关怀爱护的话,又使她心中对他秘书的妒恨减少了一分,那么只剩一半儿的五分之四了。他秘书在替他接受采访时客客气气的,彬彬有礼的,于是五分之四的妒恨变成了五分之三。人家那漂亮的女秘书虽然没专门学过表演,但也不能就此便认为人家根本不懂一点点表演的诀窍。不。人家其实懂的,而且不仅懂一点点。对表演的真谛,人家也是很有一些独到的领悟的。说到底,表演有什么呀?那是人人胎里带的看家本领嘛!人家女秘书懂得,要在该表演一下的场合和时候才表演一下;在完全不需要表演的场合和时候,那就不必非要表演;在某些人面前才表演,而在另外一些人面前不表演。比如她动作夸张且优美地扯老板坐下时,是表演;老板离开那一桌了,只剩她和那些半大不小的官们时,她一点儿都不表演。因为在他们面前她根本没必要表演。人家绝不会在该表演一下的场合和时候不表演一下。人天生的表演天赋,那是有必要在某些场合某些时候高水平地温习一下的,否则会退化的。好比名牌的车,那一定得找机会到高速公路上去开一阵,否则发动机会发滞的。人家也绝不会在没什么必要表演的时候瞎表演,结果弄巧成拙,给人以惯于作秀的口实和不良印象。人家对女记者的客客气气彬彬有礼甚至还似乎有几分诚惶诚恐的接待,那纯粹是表演哎。女记者竟没看出,证明人家的表演那非是一般水平的表演,是层次很高的表演啊。明明表演着却让记者都看不出来是表演,那能是一般水平的表演吗?人家在她一名八卦小报的女记者面前诚惶诚恐个什么劲儿呢?亏她还对人家的"诚惶诚恐"自我感觉怪不错的。总而言之,老板的漂亮的秘书,那是不稀罕跻身演艺圈的演员,那是现实生活中年轻的女性表演艺术家。女记者与之相比,别的方面暂且都不论了,仅智商方面就显得有点儿二百五了。整天沤在鸡零狗碎的八卦"新闻"的"化粪池"里,原先不二百五的也二百五了。脑子进水,不,进粪了嘛。一直还不二百五反而是咄咄怪事了。

一万元"润笔费"使剩下的五分之三的妒恨又去掉了五分之二。那么只剩下五分之一了。她说冲着老板已经是她"大哥"这一层关系,她以后应该叫人家"妹妹"了,人家莞尔一笑,默点其头,于是最后五分之一的一多半,也风驱薄雾似的从心里消失了。如果女秘书不仅仅莞尔一笑,默点其头,再说句什么亲密的话,那么她心里边对女秘书的妒恨,就全无踪影了。她替人家遗憾着时,车已开至半路了。殊不知,人家老板的秘书才不遗憾呢。人家成心地只笑笑,只点点头,偏不回答她什么,偏让她那一天收获大大的那一种感觉,存在着稍微的那么一丁点儿,一丁丁点儿不圆满。

人家内心里是很鄙视她的,也是很嫌恶她的。

她却还在自作多情地想——可得认认真真地下番功夫写出一篇好的报道来,否则对不住兜里的一万元,更对不住对自己那么友爱的"大哥",也对不住在自己这名记者面前有些诚惶诚恐的"妹妹"。既然人家视自己为一人物,自己就不能不往高水平上证明自己啊!……

而斯其时,老板已送走最后几位客人,在女秘书的陪同之下,有点儿身心疲惫地回到了一处客房。

那是很大的套间客房,共三间,二百多平方米。最外一间是客厅;第二间是大温泉池,大得可供十人同时泡浴;第三间是卧室,舒适方便的卧室应备之物俱全。

装修极为奢侈华贵,像王宫里的套间。

同等高级的套间客房,度假村另外还有三处,这里是最令主人满意的一处。

秘书预先吩咐了,池里已放满温泉水。

老板一关上门,就在客厅里脱起衣服来。秘书上前帮他解衬衣扣子,并帮他从脚上往下扯袜子。

他温柔地说:"让我自己来吧。我知道,你这几天比我还操心,还累啊!"

她嫣然一笑。

此时此刻的她,一点儿都不表演。她的妩媚模样,是自然而然的。

老板知道这时候的她,独自和他在一起的她,一点儿都不表演。她最初做他秘书时,是表演过的。和他上了几次床以后,就再也没在他面前有过丝毫的表演。而自从二人彼此海誓山盟了,就都成了对方在这个世界上唯一信任的、最信任的人。按说当老板的男人和当秘书的女人之间一旦产生了他们那么一种关系,往往不是相互的信任多了,反而是相互的猜疑多了。但他们之间确乎是绝对信任的,也都绝对地对得起对方的信任。现而今,在中国,人和人之间的信任感已经变得稀而又稀少而又少了,他们这样一对男女之间相互却是那么的信任,堪称奇迹,也匪夷所思。他们不但相互信任,而且相互爱着,是真爱的那一种爱,谁离开了谁都不愿再活在世上了那么的一种爱。这也是有点儿没法解释的。于他,是挺能让人明白的一件事儿;于她,就不那么容易使许多人明白了。拥有了她以前,他很花。欲火中烧时,即使下等娼妓也不嫌弃。拥有了她以后,他愈发地"色"了,但却专一于她,色心全奉。如他自己所言,眼中似乎再也看不到这世上的另一些美女了。而她,在成为他的女人之前,却是处处言行紧束,守身如玉的。他是她爱上的第一个男人,此后她从没想过这辈子再爱任何别的男人。

他们单独在一起时,才都是真真实实的他们自己。比时下许许多多自诩活得多么真实多么自然的人更真实更自然。包括她只有在他面前才"原形毕露"的妩媚,以及勾人心目的娇态。

他没让她替自己扯下另一只袜子,他正坐在椅子上,他收回那一只脚,向前倾身,双手捧住她脸,在她额上亲了一下。

他说:"你到床上躺会儿去吧!我呢,一定要泡个澡。不泡泡,恐怕躺下也睡不着。"

秋季的衣服好脱。三下五除二他就脱得一丝不挂,奔入第二间里,跃入池中,坐了下去,让水没过双肩。

"超出预算了。"

传入她略显忧虑的声音,然而却是平静的。想象着她手拿计算器笔笔细核的样子,他的头在水面摇晃一下,无奈地笑了笑。以前,当她告诉他哪一项资金又超出预算时,她的表现总是惴惴不安的,仿佛于是便危机四伏,大事不妙了似的。而他认为那是财会专业出身之人的一种学科后遗症,听了总是要取笑她一番的。作为老板,他并非心中根本没有一笔账的人。果而那样,又怎么能当得成一位老板呢?在凡是和钱有关的事情上,他头脑中一向是算大账的。大账在他那儿也就是粗账的意思。比如对这一处度假村的投入,预算是一个亿以内。现在,据她统计已经超出一千多万了。超出了一千多万那就超出了一千多万嘛,他并不认为是什么了不得的压力。一亿也罢,一亿一千多万也罢,在他这儿是没有什么太大区别的。反正都是银行的钱,他就完全没有像割自己身上的肉一般的疼楚。中国有那么多那么多的大小银行,对于他,从哪几家再贷出个一亿两亿的,早就不是一件什么难以操作的事了。对于别人也许接近着是异想天开,对于他不是。对于他,有几家银行那简直就像是专门为他开的。何时资金周转不灵了,需要一笔钱救救急了,将行长约出来吃顿饭,"放松放松",第二天派人去办办手续,两千万三千万就顺顺当当地转入到他公司的账目上了。而且,他还基本上没拖欠过还贷还息。在省里四五家和全国四五家银行之间,他玩所谓"借鸡下蛋"的把戏那还是玩得相当高超的。东贷西还,西贷东还这一种办法,他也能够应用自如。偶尔受阻,还有产业抵押一招。他的几处产业,那都是一眼可见,有据可查的。尽管有的产业已经重复抵押过了,但那是机密,除了他自己,再没第二个人了解。所以几家银行,对他还特别支持,认为他是一位诚信的老板。他们对他的借贷信任度一向给予的评价是 A 级,那是银行所能给予公司企业的诚信度的最高认定。对于他,等于是法宝。凭着此等法宝,他的全部事业基础非但从没呈现过可能发生坍塌的险象,似乎还越来越巩固了。那是一种权力和金钱相互啮咬相互带动的关系的链条。原动力是他这一个人,好比蹬自行车的一个人。只要他在蹬着,那链条就会转动不停。只要那链条维护和保养得良好,不出什么严重的毛病,他的"自行车"就一定会保持住平衡向前行驶,于是他自己以及一切与他发生权力和金钱关系的各类人等,在那行驶的过程中各得其所。而他自己所要操控的,无非就是平衡的技巧和速度的快慢。

近十年不张不扬不显山不露水的苦心经营,他所志在必得的早已获得到了,那是微缩了的财富,由一个国外银行的账号所代表。自己想看看的时候,电脑上按几个密码键就从电脑屏幕上看见了。自己不想看如果她也不想看的话,那么除了那一家外国银行的某几位部门经理,这世界上再没有其他人知道。当他第一次请她也从电脑上看看那三千多万美元组成的一串阿拉伯数字后,将密码告诉了她,并且将诸种取出手续所需的证件都交由她保存着了。她当时双手捂面,一下子偎在他怀里像个小女孩儿似的低声哭了。这是人性在现实生活中很奇怪的一种表现。在人类社会漫长的历史上,特别关注人性研究的形形色色的人士,总是错误地以为能够感动人心的,无非便是亲情、友情、爱情,以及由此而延伸了的同情、恩情;还有什么正义的冲动、道义的仁慈、自我牺牲的高尚情操等等。即使到了今天,西方的人类情感现象科学家们将所谓人性统统解构了,认为那是人脑神经束的化学现象了,也还是仅限于从以上方面来证明给我们看的。但是有谁指出过金钱也同样具有足以使人性大为感动的伟力这一事实呢?就那么一串代表三千多万美元的司空见惯的阿拉伯数字,它当时将他的秘书感动得一塌糊涂。虽然那时她已多次地与他同床共枕了,但是却还没有下定决心一辈子成为他的女人。如果那一串阿拉伯数字代表的仅仅是三千美元,她就连看都不屑于看一眼了。是三万的话,她也最多是为了给他点儿高兴扫一眼罢了。三十万美元情况将有所不同,但也不过就是二百多万人民币而已。那她将会因他的信任而多少感动一下,但还是不足以使她决心铁定。虽然她已经多次和他发生过肉体的亲密接触了,但那仅仅意味着性,除了性的彼此满足不再意味着别的。虽然他其貌不扬,在床上的表现却判若两人,能力高强,无懈可击。每一次他都能使她在性的方面饱餐一顿,因而也就不怎么计较他的其貌不扬了。虽然此前她没有过另外的性感受,但某些杂志上的内容使她明白,像他那么持久善战的男人,确乎可以算是一等"伟哥"。还有某些杂志上的内容向她"揭秘"——说是在商场上不成功的男人,其性能力必然低下的比例,比其他业界的男人要多得多。在商场上还有一种另外的现象,可以称之为"商场特色"。那就是——成功男人性能力低下的比例,那也是大大超过于其他业界的男人的。为什么呢?因为商界的男人,整天所要打交道的对应事物乃是权力和金钱。权力的属性是冰冷的,它与性之能力相克,具有大大的抑制反应。金钱的属性从币制时代看,尽管也有金属的冰冷属性的一面,但金在常见的"五金"中又是代表亮色的,暖调的,因而本该是男人的性能力所喜欢的。那为什么即使事业成功的商界男人性能力低下的比例也反而多于其他业界的男人呢？一来是由于在咱们中国，商界的男人不仅要经常和金钱打交道，还要经常和权力打交道。往往，与权力打交道的时候，远比与金钱打交道的时候多。与权力打交道所产生的心理焦躁感，也远比与金钱打交道的时候强烈。尽管金钱一词由于与"金"字组合，具有了使人性愉悦的亮色和暖调；但当金钱大笔大笔地消耗了，丧失了，有时几乎像打水漂似的白扔了，那它的亮色和暖调不是就变到反面去了吗？商场上的男人，即使成功，在那成功的过程中，谁又没饱受过金钱反面色调对自己的情绪和心理的侵害式影响呢？而这一种侵害式的严重影响，那是不可能不从心理反映到生理方面去的。何况还有属性冰冷的权力对金钱不断地巧取豪夺，令在商场上的男人即使不是丧失了而是赚取了大笔金钱的好时候，它也会将金钱的亮色和暖调抵消了不少部分。金钱在每一位老板那儿，都并不意味着是成捆的纸钞和一堆一堆的金币。现而今的人类社会，金币也不再是流通币了。流通币虽然有时候仍被叫作币，但基本上都体现为纸钞了。纸质的钞也就是纸钞，叫人民币也罢，美元也罢，英镑、马克、欧元也罢，即使整天手触眼见，对人的心理和生理，那都是没什么负面影响的。所谓无益却也无害。但商场上是老板的男人们，整天所不得不面对的，不得不去想的可非是纸钞。被千万双人手反反复复接来给去揣软弄旧的纸钞，那其实是手感挺不错的东西哎，是绝不至于对人的心理和生理有什么负面影响的嘛。但不幸的是，说起来对于商场上是老板的男人们真是太大的不幸了——他们整天所不得不面对的头脑里所不得不思想情人一般思想着的，并不是什么纸钞；他们的手，也很少会亲自去点数纸钞，而是金钱的另一种形式——数字。数字本身是冰冷的，是排斥感性的。数字太大了，有时又是可怕的，令人毛骨悚然的。而性是特别感性之事，全靠感性的经验和激情去唤起对它的想象，对它的要求。不管它的品质是爱也罢，或仅仅是欲也罢。冰冷的，极端排斥感性的，成为金钱另一种形式的数字，无论是赤字抑或收入，天天盘算它，必使人脑的神经时时处于疲倦状态。神经疲倦了,男人有些方面就不可能不疲软啊! 同样是数字,在音乐界的人士那儿,情况又大不一样了。仅仅七个数字,无论怎么组合,怎么让它们最终表达为声音,其过程对人性都是有益的……

她从那些杂志上获知,五短身材的男人,也就是某类结结实实的"车轴汉子",若不是由于身染病患,一般而言在床上的表现那都是很可以的。以前她是根本不翻那样一些无聊杂志的,认为它们不教人学好。仅仅是想获得答案的好奇之心使然,才看了看。明白了点儿以后,就再也不看了,都扔了,皆被公司的勤杂工们捡去了。他也很反对她看,说那上边登的都是些文字垃圾。他还为她买了一套套精装的豪华本的世界名著,劝她有时间时莫如多读读名著。

他说:"印在名著里的文字,使人对文字产生敬意。而那些文字垃圾,使人觉得文字好像原本就是从人类产生的垃圾堆上刨捡出来的,冲洗净了,喷点儿香水,花里胡哨地组合一通而已。细闻,还是有混合的垃圾味儿。"

他的话曾使她感到羞惭。

他在别人面前往往声明自己缺少文化,也成心给人留下一种粗粗拉拉的印象,而几乎只有她一个人清楚,他实际上是一个非常爱看书的人。往往地她都在他身边睡了一长觉了,猛然醒来一看,他仍手握书卷在聚精会神地阅读着。他所读的都是那类可以被出版界和文化人士们鼓吹为高尚的书,励志的书,对人具有思想启蒙意义的书。总而言之是开卷有益的书。对那些很八卦的报刊和快餐类的解一时之闷的无聊书,他是不屑一顾的。真的不屑一顾,不是假的。

他穿衣很随便,反感名牌。有时也穿,是场合需要,或因为是她给他买的。

他对饮食几乎没什么特殊要求,基本属于素食动物。素食范围内,又几乎杂食,无所挑剔。粗茶淡饭最合他的胃口,山珍海味反而会使他闹肚子。

他不喜欢热闹,喜欢静。在她没成为他的女人之前,他实在静不下去了,才寻花问柳一番。彻底地拥有了她以后,他那毛病改了。似乎只要是和她单独在一起,就再也不会有静不下来的时候了。

他更不喜欢聚友娱乐,而这一点她和他一样。二人都是那种在娱乐场合下往往会变傻,变得木呆了的人。

她对他了解得越多,对他的其貌不扬就越不计较了,接受起来心理障碍就越少了。而且,倘若某一个人,尤其某一个男人,别人其实都不清楚真实的他究竟是怎样一个男人,说起来又都挺了解似的,说的又都是一些表面印象,甚而是他故作的假相;那么,那个对真实的他最清楚不过的女人,那个由于唯一清楚最为清楚而与他发生了亲密关系的女人,对他就难免地会产生几分愿意爱护的心理了。如同动物学家爱护一种只有自己在偷偷养着的珍稀动物或标本,而别人只不过是道听途说,人云亦云罢了。女人有时是很难理解的。有时作为唯一一个知道真相的人,会使她们暗自得意。守住那真相,会使她们有一种特别的成就感。

但以上那些,还是不足以使她决心永远做他的女人,不计名分地永远做他的女人。

那决心之所以最终成为了她的决心,还是要归功于由一串阿拉伯数字所代表的三千多万美元。

不是三十万,也不是三百万,而且三千余万——于是她的心屈服于那一串数字了;于是从一颗屈服了的女人的心灵里,自然而然地生出老大老大的感动来;进而又由那老大老大的感动里形成了决心……

那三千余万美元,是他十年来有时候低声下气奴颜婢膝,有时候不择手段运用阴谋苦心经营步步风险获得的。

是他这个人以后的命运。

他把它交给她了。以及一份不知什么时候替她办妥的长久可用的护照。

他说:"如果某一天我的船翻了,你就到国外去吧。这些美元够你在国外一辈子用的了。何况你很聪明,还可以用一部分开创你在国外的什么事业。"

她小声问:"那么你呢?"

他说:"我自杀。"

想了想,又说:"我自杀,你在国外才平安无事。"

"为什么不留给你的家人?你的妻子,你的儿子?"

他说:"除了他们,我也再没什么家人了。他们早已在国外了,有别墅住着,有高级的车开着,上足了各种保险,还有一笔数目不小的存款,我该为他们想到的早已想到了,该为他们做到的早已做到了。连儿子他妈的三兄四妹我也都给解决了生计问题,还要我做得怎么样呢?"

想了想,又说:"但你对我不同。我这么一个男人,其貌不扬。尽管有几个臭钱,就配得上你了吗?以前和我好过的几个女人,哪一个不是用甜言蜜语哄我呢?稍一不满足,立刻就翻脸。一翻脸,就指着我鼻子大声嚷嚷,'自己照镜子看看你自己的德性,不靠钱,你凭什么占有我?凭什么夜夜玩我?'这话多让一个男人受不了!而你呢,我相信,即使我打你,你也不会那样。最多悄悄地离开我。即使别人威胁你,你也不会忍心对我说出那种话。从前,古人说——'愿做花下鬼,便死也风流!'——死而无憾,那也得对方那个女人称得上是花。对于我,你就是花。我能拥有你这样一枝花,不枉我在世上活一场了。如果我的事情最终结束得圆满,三千多万美元是咱俩的。那时你是我的女王,我宁愿是你的奴仆。如果我没那么好的命,三千多万美元都是你个人的。清明那天,你不管在哪儿,为我烧点儿纸,念叨念叨我的名字就行。那我在地下,也还是会对你感恩不尽的。我要争取下辈子托生一副运动员的身材,一张葛里高利·派克那类型的脸,满人世找你。我知道你喜欢他。那么下辈子我不当什么老板了,也不想挣太多的钱了。我要争取当一位大学教授。我这辈子怎么也不可能是大学教授了。我知道你原本是希望嫁给一位年龄相当的大学教授的。我的形象这辈子也不可能再稍微变得好一点儿了。我这辈子,我……我是太欠着你的了!三千多万美元算什么?对你算什么呢?你花钱那么仔细,你又天生地反对奢侈……你这个女人,天生的,又美丽,又好啊!……"

她望着他的脸,静静地听他说着,说着。听到后来,他的话就不能说得那么平静了,语调哽咽了,有点儿说不下去了。他的眼中,也渐渐充满着泪水了,在眼眶里滴溜乱转。

"别说了。你什么都别说了……"

就是在那时,她双手一捂脸,偎在他怀里,无声地哭了……

按说,已经在国外银行里存着三千多万美元了,如果他确感疲惫了,那是可以罢手,再什么都不做了,带着她移民国外,去过他想过的一种生活的。

可是他告诉她不行。

为什么就不行呢?

他说,现而今,就是在中国,拍一部什么所谓大片,那还至少三千多万美元呢!自己辛辛苦苦十余年,到头来只赚了刚能拍一部国产大片的钱,他觉得自己做得太失败了,自尊心不允许……

她反对他那么想,认为他那一种自尊心问题,纯粹是一个人的思想方法问题。只要转变一下想法,他应该感到很有成就感才是啊!在中国,一个中国人,十余年内挣了三千余万,而且还是美元,这样的神话不多呀!

他长长地叹了口气,又说:"我的美人啊,也不全是自尊心问题啊!这十余年里,我自己每赚十元,那差不多就得舍得五元,有时甚至要舍得六元七元,去四处铺路。往往,有些用钱铺了半天的路,到头来那还是白铺了。但毕竟有些人相信过我,帮助过我。虽然他们从我手里也拿了不少钱,但我还是得感谢他们。没有他们,我做梦也别想有今天。所以呢,我不能金盆洗手,一走了之。那我留在中国的金钱窟窿,可就把他们连同他们的家都给毁了。那我还算人吗？不是作孽吗？那可就不是毁一个人两个人的事儿了，一毁就大大小小毁一批啊！……"

"那，你把存在国外那三千多万美元抽回来，多大的金钱窟窿还堵不上呢？堵上了，不就毁不着谁了吗？"

她不由得替他作主张了。

他沉默片刻，低头在她右眉梢那儿轻轻吻了一下，随之将她搂紧，又叹道："如果现在就用存在国外那些美元堵窟窿，只怕也剩不下多少了。"

"那么……大的窟窿?！……"

她吃惊得声音都发颤了——仰起脸，瞪大双眼瞧着他，希望从他脸上看出开玩笑的样子。

他脸上半点儿开玩笑的意思也没有。

但也没有什么愁容。

他又捧住她脸，在她左眉梢那儿亲一下，淡淡地笑了笑。

"别这种模样看着我。宝贝儿，没什么可怕的嘛。也不全是喂了狼了。有些钱是我诚心诚意地报恩，千方百计硬塞给人家的。还不收的，就塞给他们的老婆、孩子。或者和自己的做法一样，存在国外银行里，只给他们一个存折。钱这东西，像毒品，只要收下了一回，以后就没有拒绝那一说了。再不给了，有些人还不痛快了呢，话里话外地开口要呢！少不嫌少，多时，那也绝不嫌多。拍拍我肩，那就收下了。唉，今天讲给你听的太多了！那就都讲给你听了吧。细想想，有些人，原本挺好的人，挺好的干部。后来不太像人了，变得像狼了，像狮子像老虎了，是被我喂成了那样的。即使他们那样了，但我也还是要对得起他们。因为他们起先并不那样，某种程度上是我把他们变成那样的。话又说回来，那么大的窟窿，不全是由于我太大方了的原因，也不全是由于他们太贪了的原因。三分之一是我自己为自己交学费了；三分之一是前几年凡事太要面子，比排场，比气派，挥霍掉了；只三分之一左右花在了他们身上……"

"那也是天文数字呀！"

她的声音很细小。她当时感到窒息，被他紧搂的，也是被他一番接一番的番番长话实话所震撼的。

他又笑了笑。他反而满脸的无所谓，满脸的胸有成竹了。

"要不怎么说，我一走了之，那就毁了一批人和他们的家呢？我也不是从没有过一走了之的念头。有过的，还不止一次呢。但那是在我的命里还没有你出现之前。自从你出现在我的命里了，我就再一次也没起过那种念头了。从今以后，我要为你好好做……"

他满脸的雄心壮志，而不是一副听天由命的样子。这使她的窒息感小了许多，呼吸也正常了许多。

"那你还反对我处处核算？经商，不处处核算控制支出，怎么行呢？"

她苦口婆心起来。

他说："宝贝儿，道理上你是对的。我也不是根本不核算，根本不考虑成本什么的。但我有我的账，那是另一种算法的账。该花的，必须花；该超的，就不能死按住预算不许超。那样，本能一举办成的大事，也许就会因为太死性办不成了。前功尽弃了。半途而废了。我考虑的是通盘。以后，要一笔笔把窟窿堵上，为你……"

"别总说为我……"

"我话没说完嘛！也为我，为咱们两个。首先为咱们两个，其次为所有那些和我牵在一起了的人……"

"那得……多少年以后？……"

"也不至于是很久以后吧。还有几处房地产在策划中，商场出租的效益一年比一年好。已经做成了的房地产在升值，有些与别的公司合股的股份也在升值。再把度假村建成，收回几成成本后，连房地产商场什么的统统一卖，我想窟窿也就差不多堵上了……"

"你还没回答我的话……我刚才问你，那得……多少年……"

"五年以后，七八年以内。那时我快六十了。或者，已经六十多了，是个丑老头了……"

而她说:"那时,我还不到四十岁。往小了说,才三十二三岁。往大了说,三十五六岁。我将依然美丽!我等你。不但等你,还要帮你。那时,即使像你说的,你已经是个丑老头了,我也还是要一心属你,一生属你!……"

他嗫嚅地说:"可我,如果那时还……你帮我我高兴,但我不愿你为我耽误了自己一生该有的幸福美满的……自从你出现在……"

他说到他们的关系时,一次不说"自从你出现在我的生活里",而是次次必说"自从你出现在我的命里"……

每当他那么说,她的心都会猛地战栗一下。接着,她觉得心还紧缩了一下似的。有那么几秒钟,仿佛停止了跳动。于是,周身的血也停止了循环。而脸部的血,就蓄住了。那时,她觉得自己的脸颊热起来了。她因此知道自己脸红了。如果他不是他,而是另外的某些人,比如诗人、作家、影视编剧,总之挺文学的,或自以为挺文学的些个人,那么她是不会那样的。肯定不会那样。即使他仅仅是一个爱读读诗,爱看言情小说,甚至仅仅是一个爱唱通俗歌曲的人,她都不至于会那样。因为对于以上诸类男人,她以为,他们如何说道一个女人与他们的关系,是不大靠得住的。因为他们想必皆是善于利用语言打动女人心灵的高手,或者是熟记流行歌曲里的靡词哆句的男人。但他可不是那一类男人啊!除了几位在中国太著名的唐朝的诗人和宋朝的词人,他再说不出中外任何一位诗人的名字。而他居然也能背出的几首唐诗宋词,都是中小学的语文课本里就有的。他对言情小说嗤之以鼻,连偶尔看碟也不看爱情片。她越告诉他那么多经典他越不想看。理由是爱情离他这个其貌不扬的五十出头的男人太远,经典的爱情离他更远。他不愿被与自己无缘的事件所影响。至于流行歌曲,有时候他倒是也唱一唱的,但是从没唱过情歌,连老情歌也没唱过,只唱某些很有男人特点的歌。比如"送战友,上征程""几度风雨几度春秋"之类的歌。有几次她曾陪他唱过。可她刚唱几句,他反而不唱了。显然是因为她的嗓音很好,而他的嗓音太粗太哑,又只会吼着唱,还总跑调。在她面前,他的自尊心往往表现得又敏感又脆弱。因而,可怜。如同一个穿破鞋子的孩子,企图将顶出在破洞外边的脚趾尽量缩回鞋子里边去,却办不到。

"你为什么非说我是出现在你的命里了,而不说我是出现在你的生活里呢?"

她曾这么问他。

而他,愣愣地看着她。分明地,一时搞不懂她问的话究竟是什么意思。

"回答呀。"

他想了半天,才含糊其词地说:"这有什么可问的嘛!我没事儿的时候总在想,你怎么就会出现在我的命里了呢?那么想的次数多了,当然说的时候也就那么说了……两种说法还有什么区别吗?"

他不但以其昏昏使人昏昏,等于什么也没回答——居然还反问起来了。

而她之所以心灵震颤,正是震颤在这一点上。

"你怎么就会出现在我命里了呢?……"

原来他总在这么想。

如果一个男人总在这么想一个女人和他的关系,对他的意义——那么这个女人在他心里的位置,可就太不一般了!太重要了!太不可取代了!

在他们的关系中,这肯定是一个事实。

但他用"命里"两个字,而没用"生活里"三个字,其实还另有原因。在他那儿,觉得"生活里"三个字太过文绉绉的了,所以不愿那么说罢了。他觉得说"命里",更意味着是在以俗常的字眼说话。他宁愿用俗常的字眼跟她说他们之间的关系,认为那才更能表达他的真情实感。如此而已。仅此而已。

有些女性,天生就是容易"受"感动的。是的,此处我们谈论的是"受",而不是"被"。"被"感动,那是另外一回事儿。实际上,人作为人,一生一世,大抵总是会"被"感动几回的。大抵。不曾"被"感动者,不是人,是类人的怪物。他们混迹于人中,比专门伤人害人的怪物更危险,更可怕。因为本性上既是怪物,又偏借托人样混迹于人中,便一定是时时处处想要专门干伤人害人之勾当的。真的那种怪物尚可防范,假托人样而又混迹人中,则防不胜防。所以更危险,更可怕。

天生容易"受"感动的女性,上帝在她们的生命将形成未形成之际,自有想法地往里点进了一定量的悲悯。是一定量的。超量了,她们以后就无可救药地变傻了。上帝老伯在做这一件事儿时,其手是很有准头的。于是那一定量的悲悯,最终发酵在她们的人性之中了。如同"面引子"发酵在面团中了,再企图分解出来就没有办法了。

所以天生容易"受"感动的女性,无须别人成心感动她们,她们往往自己就把自己弄得大为感动了。以至于她们自己在感动着了,别人还不明白怎么回事儿呢。

比如其貌不扬的是老板的男人,他虽然看出他的漂亮的秘书一副特别感动的小模样,却怎么也不会想到,那主要是由于他在话中说了"命里"二字。

"命里"——"生活里"……

百分之九十九的人,尤其百分之九十九的女人,一般是不能敏感到二者之间的区别的,也根本不会去深究它们的区别。

作为说法,那实际上又真的有什么区别呢?

属于百分之九十九的人的我们,就如此这般的属于着百分之九十九了。

一种字眼不同的说法——三千余万美元,兑换成人民币是两亿多啊!……

百分之九十九的人不管是男人还是女人,老人还是小孩儿——感动了我们的怎么竟可能不是后者而居然是前者呢?

如果谁某朝某日非常诚信地对我们说——喏,这三千余万美元今后属于你了……

那我们将会感动成什么样儿啊?!

我们很有可能感动得不知该拿自己怎么办才好,于是失态地满地打滚,甚至神经崩溃。

但是那美人儿,却更对"命里"这一种不同的说法着迷! 仿佛那两个字的价值是三千余万美元的数倍,是能不断地产生出三千余万美元的变钞机。

那么,这便是天生容易"受"感动的女人和我们百分之九十九的人的区别了。

我们永远"被"感动在实处。

天生容易"受"感动的女人,却往往"受"感动于虚无之境。

使我们"被"感动往往是很简单的事——把我们所喜欢的白白送给我们,倘还要说成"敬赠",说成"请笑纳",那么我们十之八九的时候便"被"感动了。

使天生容易受感动的女人大"受"感动,比起来似乎更简单——两个别人不常那么说的字眼,难道不比"敬赠"给女人三千余万美元是更简单的事儿吗?

但是要说难,也很难。虚无之境乃无穷之境,"形而上"在"形而下"的上边,和无边无际连在一起了——谁知道天生容易"受"感动的女人,所喜欢的究竟是那无穷之境中的什么稀罕玩意呢?

那其貌不扬的是老板的男人——用他"妹妹"女记者的带口头语的说法真是——太他妈的幸运了。他从无穷之境中抓"六合彩"似的,碰巧抓着了"命里"这一个同样太他妈的虚无的字眼,又偏偏更他妈的碰巧是他的秘书,那天生容易"受"感动的美人儿一直想要却又一直不知跟谁去要的"东西"!

以往都是他亲吻她,她乖乖地被亲吻就是了。既被动,又谈不上有什么享受可言。她心里有的,主要是悲悯。悲悯于一个是自己老板的,其貌不扬的半老不老的男人,对她的美貌那一种小心翼翼的,有时候甚至是战战兢兢的,仿佛非分占有因而自感罪过似的膜拜顶礼式的爱欲。他在与她做爱时无疑是很能也很善于满足她的,但他在对她表示亲爱时,却几乎从没令她陶醉过。

但那一天情形发生了变化。

因为那一天她陶醉了。

她陶醉于"命里"二字。是从他口中说出的,所以连他对她的亲吻对她的爱抚,仿佛与以往相比也发生着妙不可言的质的变化了……

她不仅感到陶醉,还感觉到一股强烈的主动的激情在她的心房里澎湃。

于是她双手搂住他的脖子,主动亲吻起他来。

那是长时间的深吻。

她吻得极其动情,极其投入,也极其享受。如同第一次燃起情欲的维纳斯本人。

相反,其貌不扬的男人反而没怎么陶醉。他内心里甫提有多么犯糊涂了。我们都有经验的,人一犯糊涂,该陶醉的时候那也难以全身心地陶醉了。

但他"被"深深地感动了,糊里糊涂地就"被"深深地感动了。她那么一反常态那么主动那么情欲饱满地爱他,让他受宠若惊,不知所措。

他向她指着那出现在电脑屏幕上代表着三千余万美元的一串阿拉伯数字时,她的表情她的眼神儿也没起一点儿异样的变化呀!他将意味着拥有权的一应文件交给她时,她的表情她的眼神儿还是没起一点儿异样的变化呀!

怎么她一下子,就这样了这么主动了呢?

虽然不明所以,但毕竟是"被"感动了。

他就流泪了。

而天生容易"受"感动的女人，一下下用她的亲吻，轻轻吸去着淌在"被"感动了的男人脸上的泪行。

两个人那一天各自都感动得地老天荒似的。

事实上他们并没海誓山盟过。

那一天他们相互之间说的话，所问所答，基本上就算是了。如果有第三者听了，也许认为不是，但在他们各自心里，都给出了算是的结论。

容易"受"感动的女人，不禁容易令我们莫名其妙地感动于虚无之境，匪夷所思之时，还特别地喜欢升华她们那一种超现实的形而上层面的感动。靠的是只有她们头脑里才具有的不同寻常的想象力。我们不幸又幸运地归于了百分之九十九，是不具备那么一种想象力的。不具备自然难以快乐着她们的快乐幸福着她们的幸福，却也免除了苦恼着她们的苦恼忧郁着她们的忧郁那一种麻烦。到时那麻烦可就大了去了……

从那一天以后，当秘书的天生容易"受"感动的这一个美人儿，就真的爱上了是老板的那一个其貌不扬的男人。

她想象他是一个高尚的人，一个纯粹的人，一个脱离了低级趣味的人，一个有益于女人的人，同时，也是一个有益于人民的人。

外加上想象他是一个坦诚的男人。

她这么想象他，不是完全没有一点儿理由和根据的，但也不是一点儿思想阻力也没有便一气呵成的。

他基本上是一个脱离了低级趣味的男人。自从她出现在他"命里"了，他再也不涉嫌任何低级趣味的事情了。连黄色的段子、黄色的手机短信息，都会引起他强烈的反感了。仅就此点而言，他简直也快属于百分之一了。一个不争的事实是，现而今，在咱中国，百分之九十九的人尤其男人，不是对一切"黄"的事情"黄"的东西都欢迎得不得了，暗地里或公开地乐此不疲么？

和我们归于百分之九十九的男人相比，认为他是一个脱离了低级趣味的男人,是可以成立的一个事实。

在这一点上,她对他的想象是不无理由不无根据的。

她想象他是一个纯粹的人,就遇到一点儿思想阻力了。也可以说并不是什么思想阻力,只不过是思想障碍。障碍产生在她自己的头脑里,非是什么外界影响强加给她的。她已经不记得自己的头脑里怎么会有如上那些关于人的标准了,总之有着的就是了。什么时候在什么情况之下竟印在头脑里了,她回忆不起来了。但每一想起,觉得是挺优美的几句话。但什么样的人才算是纯粹的人呢?什么样的男人又是纯粹的男人呢?她不能自己对自己给出一清二楚的结论了。所以她就想,一个纯粹的人,大约是自己希望本本色色地活着的人吧?她知道那一直是压抑在他心底的一种希望。他曾向她倾诉过的。她理解了。也相信了。他只向她一个人倾诉过,所以这世上也就只有她一个人了解那真相。同时他极力向她说明,他根本不可能本本色色地活着。因为他必须经常与许许多多和他一样不能够本本色色地活着于是将自己的本色厚厚实实地包裹起来的人打交道。于是她进一步想——一个自己希望本本色色地活着的男人,起码可以被看成是一个希望"纯粹"起来的男人吧?别人使他不能,是别人的过错啊!

于是在这一点上,似乎也有几分理由和根据了。

他坦诚么?

他无疑是坦诚的,但仅将坦诚奉献给她一个人——他膜拜顶礼,甘愿为奴为仆的美神。而对于一概的别人,他则是一点儿也不坦诚的。他所有对别人的坦诚那都是精心设计了的表演,如同造型师为这个星那个星精心设计形象。

但这世界上,有谁对这一概的别人们时时处处事事无比坦诚的先例么?没有的呀!连相互爱着的男女之间,坦诚也是十分可疑大打折扣的啊!能被一个几乎忘我地爱着自己的男人坦诚对待,已经很幸运了呀!现而今,在咱们中国,女人无论如何不能也不应该对男人要求太高呀! 他若是不仅对自己,对一概的别人们也无比坦诚,那他不就是圣徒了么? 自己凭什么要求他非得是一个圣徒不可呢? ——这么一想,采取有保留的态度看待他,就也觉得他算是一个坦诚的男人了。

她清楚他绝对不是一个高尚的人。

世上何曾有过什么高尚的商人呢?

他的所作所为,桩桩件件,不用掰开了也不用揉碎了细看,只要揭开盖子打眼一看,尽是伎俩,尽是阴谋诡计,尽是歪门邪道……

唉,唉,但是……但是仅仅就他们两个人之间的关系而言,是不是也可以认为他是一个高尚的男人呢?

"如果我翻船了,那么我就自杀……"

"只有我死了,你在国外才是平安无事的……"

一个男人如此这般无私地爱一个出现在他"命里"的女人,难道爱得还不够高尚么? 倘连毫不利己,专门利自己所爱的女人的一种爱,都不能说是一种高尚的爱,那么世上岂不是就没有一个女人能回答得清楚——爱得高尚的男人,究竟还应该对女人怎么个爱法了么!

于是,在她心目中,绝对的不是一个高尚的人的他,分明也显示出高尚的一面了。

而他是一个有益于女人的人,这已是一个毫无疑问的事实。自己便是一个证人。

但他也是一个有益于人民的人么?

她觉得——这,要看怎么评价了。

他做的事情,在将近十年的时间里,也解决了许多人的工作问题、饭碗问题、家庭温饱问题。是他给他们开工资嘛! 他们中,有些人显然不是人民,是人民的"公仆"。他自己不是也承认吗? ——他使他们人不知鬼不觉地成了家私百万家私千万的偷偷富起来了的"公仆"。他们不是终究也是中国人么? 而在他的公司里工作的大多数人,那就肯定当属人民的一部分了——打工者; 刚出校门因为到处找工作碰得"头破血流"

的大学生、研究生,还有没人雇用的残疾人……凡是流落到他这儿的,他都能给一份工作,给一份工资。有时明明不缺人,他也收留。十来年里,收留了成百上千的人。凡在他名下谋份差事的人,往往对他感恩戴德。因为他对他们,能在工资方面尽量体恤着点儿。在做度假村这一大项目之前,还从不许传媒宣传自己……

天生容易"受"感动的这一个小女子,靠了她那一种女人才特有的想象和她那一种女人才特有的思维方式,一次次地,一层台阶一层台阶地,将那个是她老板的,其貌不扬的,对她爱得特别"无私"因而也几乎可以说特别"高尚"的男人"重塑"了一番。

完成了对他的升华了的再认识之后,她甚至觉得自己作为一个美丽的女人之美丽也随之升华了似的,觉得自己不再是一个仅仅美在其外的女人了似的,觉得自己的心灵也更美了似的。作为一个女人,她心灵中原本就是没有什么丑恶的,更没有什么邪恶。世人对美丽的女人历来大存偏见,源于嫉妒,源于她们的美使我们感到的自卑。是的,她们的美对我们这类外表淹没在"大众脸"中的人们来说是巨大的精神压迫。所以我们常常对她们的美评头论足,说三道四,贬损之而后快之。其中最为卑鄙的贬损,便是似乎很一致地认为——女人的外表越美,心地必然相反。我们容忍有时候也愿意心平气和地面对这样的现象,即在文艺的形式中,外表美心地也美的女人,比邪恶的美女要多得多。但在现实生活里(而不是在我们的"命里";在我们的"命里",我们的态度那又截然不同了)我们的立场每每相反。我们宁愿坚持那些连我们自己都不深信的看法,并影响他人。一个人类社会的真相其实乃是——一个女人她如果有美好的容貌,正常情况之下,她心灵中的丑恶和邪恶,那就不会比我们相貌平平的人还多到哪儿去。即使她们不如我们聪明,哪怕与我们相比非常无知,她们的心灵还是要比我们干净,起码比相貌丑陋的人较容易变得干净。

而她,正是一个心灵和外表比较接近着一致的人。她每独自咀嚼他所说的"命里"二字,想象自己是一位女神、一位天使,要以自己的美,并且能以自己的美,去改造和拯救那个是她老板的其貌不扬的男人,助他事事成功。自从她出现在他"命里",她比谁都看得清楚——他变了,他的某些想法也变了。于是她暗暗地自鸣得意,得意于自己的美丽的意义。

她暗中打听到了他的妻子他的儿子在国外的确切地址。

她作出了这么一种决定——如果某一天必须由她来办,那么她便毫不犹豫地将那三千余万美元转到他们的名下。

她做出了这么一种决定以后,觉得自己同样变得接近着高尚了……

当她也从他对面缓缓没入温泉时,他望着她,满脸洋溢着幸福,愉快地笑了。

每一块瓷砖都是绿色的,没有任何图案的清一色的绿色。池底是浅浅的绿色,所谓芳草如茵的那一种茵绿。池壁和一级可供人坐的石阶是深深的绿色,所谓"林梢一抹青如黛"那一种"老"绿。绿到那么一种程度,再绿就不是纯正的绿色了。池外的每一块瓷砖就都不是纯正的绿色了,而是乌绿的,绿得几近于黑色了。绿中有黑,黑而不黑,黑而仍绿,于是绿得高贵。

那每一块瓷砖都价格不菲。从国外买来的。

她曾说:"我喜欢这度假村,辛辛苦苦地使它成为现实了,也给咱们自己留一套房间吧!"

他就为他们自己保留了这一套最高级的套房中位置最好的一套。位置最好就是最隐蔽的。为他们自己保留的意思那就是无论接待多么显要的客人,这套房间都是客人不得涉足的。

依他的主张,原本是要装修成红色的。也是由浅到深到黑红的三色瓷砖。

他想象在那样的三色瓷砖以及一池温泉的衬托之下,她那天生丽质的白玉似的裸体,肯定会美得令他惊艳无比。

她当时分明猜到了他的想法。

她从后搂抱着他桶一般的腰身,与他脸脸相偎,小声对着他的一只耳朵说:"你呀,你真是满脑子对我有层出不穷的色情的想法。"

他不禁辩道:"不是色情的想法,是情色的想法。现在时兴说是情色了。"

她半使劲儿没使劲儿地咬了他的耳垂儿一下,以嗔怪的语调说:"以后不许你一想到我,满脑子尽是那些乱七八糟的想法。你整天那样,怎么能把想做的事情做好呢?"

他问:"那依你的打算,该用什么样颜色的呢?"

她说:"现在不告诉你!"

……

有时候,人们见着一位堪称漂亮的女郎,她心满意足地挽着一个其貌不扬的,以我们的看法来评论,是根本配不上她的男人;而我们又知道他是富有的老板,或曰"大款",于是我们的头脑里,对这一种现象便往往会心生出格外酸溜溜的意见来了。我们会想,那肯定是金钱娶了美貌,美貌嫁给了财富,一种司空见惯的交易性质的男女关系。也许,还是摆不到台面上的男女关系呢!通常,我们的判断并没错。按一般规律而言,大抵是那样的。但也并非一概如此。须知,以女人的眼来看男人和以男人的眼来看女人,所看到的优缺点那是大相径庭,不能同日而语的。只有少女才会为帅哥痴狂得不行。少女一旦是女人了,她往往就不以貌取人了。因为她的眼已经能够看到某一个男人的侧面以及他的背面了。世人惯说少女是单纯的,这句话包含着少女还只能从正面看人的意思。而男人的优点和缺点却并不全都像标签一样贴在正面。少女一经是女人,她就从某个男人身上看到了以前她看不到以及别人也不太看得到的"东西"。一经有其独见,即生浪漫心得。哪怕仅只一两点是符合自己做人好恶的,或者似乎符合,亦惊喜之。仿佛哥伦布发现了新大陆,还生成就感。且企图打上专利的印章,秘而不宣。于是认为世人世俗,眼蒙白翳,偏见太多,无视真相。又于是以那一两点为块根,细心培育,渐长成更加浪漫的情愫的佳木。别人替她们惋惜着,她们自己则得意着,飘飘然陶陶然,不以为然。思忖别人的惋惜是伪相,实际上是嫉妒,是"吃不着葡萄便说葡萄是酸的"。她们那么认为,又是特别真诚的。既真诚,也就实在难说,究竟是别人们大错特错,还是她们执迷不悟;究竟是别人旁观者清,还是唯有她们自己当事者自明。这乃是某些女人之人性的一个微观特征。是的,很微观。尤其是某些漂亮的女人;又尤其是某些既不但漂亮,还无怨无悔地系情于其貌不扬的男人的女人的一个人性的秘密。想象她们的抉择完完全全的因为他们是"大款",是"财神爷",真的是很低估了她们的情商的事情,也是特冤枉了她们的事情。比如我们这里所讲述的这一对男女,便是例子。

绿池、清波、玉体冰肌,与瓷砖是不是红色的也没什么区别。每次同浴,每次都使他心荡神迷,如醉如痴。这一次,他虽然疲倦,但事事顺心,剪彩仪式大功告成;精神上如释重负,彻底轻松了。他的心情难得地高兴着,看眼前美人,也就越看越美,越欣赏越欣赏不够。

他笑问:"怎么还改不了算小账的毛病?"

她说:"你没听说过这么一句话么?吃不穷,穿不穷,算计不到就会穷。"

他笑出了声,教诲道:"纯粹小老百姓的日子经,而且自相矛盾。小老百姓的小日子,那是吃也舍不得吃,穿也舍不得穿,再怎么精打细算,还不是得节省在吃穿方面?商界的事情可不是这样的。对于一位有尊严要尊严的商人,他可以破产,可以一夜之间变成穷光蛋,结果跳楼。但是他在跳楼之前那也一定要把他口袋里的最后一分钱花出去,为了把他最后做的那一件事做得风光一点儿。哪怕为此他又向最后一个相信他的人借了一笔债,死后毫无财产偿还,必遭咒骂,那也顾不了许多了。商人要有商人的气概,正如战士要有战士的精神……"

她大睁双眼,隔水定睛望他,认真地听着他慢条斯理深思熟虑地说出的每一句话。她那双好看的天赐的蛾眉,稍微地皱着。她一边的嘴角,被两颗小白牙的牙尖轻咬着,稍微地向内卷着。她那么一种模样使他看出,对于他的一番话,她实在难以全盘接受,但是却还没有想好应该怎么样反驳他。也许,还考虑到了他此刻的疲倦,心存体恤,不忍反驳。

在他们之间,这样的时候是不少的。

他一次次颠覆她这个是他秘书的,年龄几乎比他小一半的,漂亮的小女子头脑里关于商场之事的思想,每如飓风。看着不像狂风台风那么来势汹汹,但一旦被他的大道理扫着了一下边,她自己的思想往往就四分五裂七零八落再也不能拼凑起来再也不能恢复原状了。以她头脑里那些对于商场之事的思想,与他那些来自于复杂多变的实践之中而又能凭借着处变不惊的大道理相碰撞,有如自以为有本领的小青蛇遭遇到了拔山移海易如反掌的巨灵神,不在一个层面上。几回合碰撞下来,每次甘拜下风的必然是她。所以她轻易也不敢反驳他了。所以在她心目之中,他越来越像是她的一位老师了。不,岂止是老师,简直还是处处点化她,使她茅塞顿开、跃出迷津的导师啊!

“对我的话又犯疑惑了?”

她默默点头。

他用一只手从上到下抚去圆脸上蒸出的汗,仍以那种诲人不倦的口吻说:“在商场上,大商人随时都会面临最后一搏这一抉择。小商人一般不会面临这样的考验,所以小商人在气概上永远经历不到大的锻炼,气概也就永远小,所以几乎永远都只能一辈子是小商人。大商人则不一样。经历的大抉择大考验多了,气概也就大了。气概大了,面临最后一搏,勇气自然也就大。古人不是说过这么一句话么?泰山崩于前而不变色,猛虎啸于后而不心惊。大商人需要具有的,就是这么一种大气概、大勇气。比如美人儿你就是一位大商人,你面临着一件决定你在商场命运的事做与不做。做了,那可能使你的事业冲天而起,但要冒巨大的风险;不做呢,就此平庸下去,平庸着但平安着。那不是意味着是最后的抉择最后的机会了么？那件事需要一百元才能做得好,也就是做得风风光光体体面面排排场场的了。而你只有一百五十元了,全是借的别人的钱。这时候你该怎么办呢？你如果一味精打细算,心想五十元能不能做呢？精打细算嘛,有时候凑凑合合的也是能做的。你那么样做了。你的考虑是——万一失败了,还保留有一百元,还有点钱还给那借钱给你的人。你觉得你在做最后一搏时,竟能替别人有所考虑,你多么好啊,多么道德啊！但你错了,美人儿,大错特错了。明明需要一百元才能做好的事,你只用五十元去做,能反而比用一百元做得还好么？当然不能。所以别人是能感觉得到的。别人一旦感觉到你在资金方面快山穷水尽了,那么你玩完了。哪还会有多少人来给你捧场呢？即使来了,那也是虚情假意,看着你在做得抠抠唆唆的事情中狼狈百出,穷于应付,他们心里就暗暗地瞧不起你了,还专等你一败涂地那一天幸灾乐祸地看你的笑话。这种情况下,本愿意帮你的人,包括那个已经借给你钱的人,才不会再帮助你了呢！他开始担心他借给你那一笔钱了呀。所以,你的最后一搏,根本没有什么成功的可能性了,更别说一飞冲天了！"

"那,究竟该怎么做呢？"

她在水面下摆动的双臂不再摆动了。手交叉地放在自己左右肩上了,一副虚心求教的虔诚模样。

这使他情绪亢奋起来,不疲倦了似的。这时候她想不让他再说了都不行了。她知道这一点的,只有乖坐在他对面洗耳恭听的份儿。

能有机会向美人儿滔滔不绝地贩卖自己的思想,是普遍的男人们特别提精神来劲儿的事。有快感,跟和她们做爱差不多的一种快感。何况,他是和美人儿同浴着呢。他征服她,靠两手。一靠床上表现,二靠嘴上功夫。没有人像她一样经常地领略他的思想风采。在她面前,他嘴上的功夫那也相当了得。"谈峡山垂座,说湖水在襟"——经商言商,他若对她言起商来,满头脑思想的火花仿佛穿颅而射似的。

"还没明白？那让我明明白白地告诉你——如果你最后的一搏要用

一百元才能搏得胜算,而你还剩一百五十元,那么,一股脑儿全押上去做。既然是最后一搏,那就要搏得尤其有胆量,有气概。如果这时候有人还肯借给你钱,那么借!借了再押上去!根本用不着替对方的得失考虑。小不仁而图大义,这才是大商人的仁义观嘛。那么,你用一百五十元、二百元去做的事,当然比用一百元就足够的事做得更出色。于是人们都会这么想,这家伙出手太冲了!这家伙实力肯定还很雄厚。我的美人儿,你怎么还没看透呢,这压根儿就是一个嫌贫爱富的时代嘛!嫌贫爱富,这首先就是大大的不仁不义。他们捧你的场,那还不是为的巴结你?包括借给你钱的人……现而今哪有一大笔一大笔白借钱给别人的人呢?肯借钱给你的人那都是向你放高利贷的人啊!银行贷给你大笔的款那图的也是大笔的利息啊!商场上哪儿有谁对得起谁,谁又对不起谁的事儿呢?都只不过是交易罢了,赤裸裸的交易或者含情脉脉的交易罢了……"

她正含情脉脉地望着他,脸一下子红了。本就被温泉泡得红扑扑的了,再羞得一红,红得快像樱桃了。她掩饰地双手撩水洗了洗脸,移身别处,不坐在他对面了。

他又笑出了声,扭头看着她,快乐地说:"你害羞个什么劲儿啊!想到哪儿去了呀?"

"去你的!"

她就朝他扬水。

他憋口气,潜入水中,三下两下,在她面前冒出了头。接着,他将她轻轻搂抱在怀里了,情不自禁地吻她。

她也将舌尖伸在他口中,很受用。于是软在水中,软在他怀里。

二人一番神魂颠倒的肌肤相亲之后,他仍搂抱着她,却仍大叫:"啊!好幸福!好、幸、福!……"

她咻咻地笑。

"干什么呀你?让人听到了多不好!"

125

他也笑道:"我还想让天下人都看到呢! 让他们嫉妒死我这个丑男人!"

"又乱说了! 你想想那些丑星,一个个歪瓜劣枣似的,那都是些丑成什么样儿的男人了,还不是一个个都活得神气活现的? 和他们比,你又有什么可自卑的呢?"

本是开解他的话,他却一下子垂头丧气了,叹道:"我要是只丑,而命里没你,我也就不自卑了!"

她那颗间接泡在水里边的小女子心,又像海星被深刺了一下似的缩紧了。

是的,据她所知,与自己裸裸相搂的这一个其貌不扬的男人,以前那也是像那些丑星似的,常常神气活现的。仿佛天下男人,原本没有什么美丑之分,都是一个模子里做出来的。确实,确实,只因她介入到他的"命里"了,他每每变得忧郁了,而且非因钱财方面的事,乃因她的美貌……

他爱她爱得令她心疼他。

她反而把他也搂紧了,主动深吻了他良久,之后挣出身子,岔开话题说:"你一凑过来,你的大道理也没说完,我正听得入神呢?"

他问:"刚才我说到哪儿了?"

"自己想!"

她在他肩上轻轻打了一下。

他就果然眯起双眼认真想。

趁那时刻,她转到了他背后,按摩他双肩。

他还真想起来了。

他接着说:"现而今这个时代,是一个嫌贫爱富的时代,那么一位商界人士,我指的是大商人们,那就永远不能让别人觉得自己实力上快不行了。一旦给别人那么一种印象,就可能真的不行了。别人不与你合作了,官员不给方便了,银行不向你贷款了,你不一盘死棋了么? 反过来呢,明明用一百元就能做成的事,你用一百五十元甚至二百元去做它,你能做得不比别人好么？合作者觉得你很有实力,还会撺着与你合作;给过你方便的官员们,觉得你也为他们长脸了,以后还会继续关照你;银行呢,看官员们都信任你,支持你,见了你挺敬重似的,它的大门也会为你敞开着。银行是干什么的呢？就是时刻准备着一大笔一大笔地借给某人钱的地方嘛。银行不往外贷款,银行不早垮了么？这样一来呢,人人都爱你,你的一盘棋,什么时候什么情况之下也死不了的。你的一概事儿,那不就全都有了可持续性了么？等你的最后一搏见成果了,该与合伙人利益分享的时候,别斤斤计较;该报答那些给过你方便的人的时候,一出手大方点儿,让他们多尝到点儿甜头,就对你的印象深刻点儿;银行方面呢,本金啊,利息啊,主动还着点儿。只要按时还着利息,给他们一种能替你说得过去的理由,延缓本金,那还不是事在人为吗？至于你要一心情愿地报答哪一位无私地帮过你的人,用钱报答他就是了呀!在你困难的时候借给过你一百万,值得感恩一下啊,还他一百三十万,他不在人前夸你是个知恩图报的人才怪了呢!而如果你有一天拿着二三十万小钱去找他,可怜兮兮地对他说我垮了,没咒念了,借你的钱还不上了。在最需要花钱的时候,我想到了无论如何我也得对得起你,省下了这二三十万没忍心花,现在剩多少来还你多少。你看我是多么好的一个人是吧？借你的钱虽然还不上了,但你总归得承认我是一个人品很好的人吧？……"

他说得严严肃肃的。

她被他的话逗得咪咪地笑。似乎他"你""你"地说着的,千真万确正是她似的。似乎经他一说解,一分析,用他的"大道理"那一面镜子一照,于是照出了自己的想法的可笑性似的。

她笑得是那么的不好意思。

她不好意思地笑时可爱得会使男人变傻。

幸而斯时他背对着她。否则,他一变傻,他的自信"放之四海而皆准"的大道理,那就再没法说下去了。

她又使他的头靠在自己心窝那儿,继续按摩他的太阳穴。他胖而肉实的左脸和右脸,偎着她丰满的双乳,格外舒服。于是他闭上了眼睛,头脑中那套大道理的逻辑,在贴温香亲软玉的美妙情况下,逻辑更加清晰。

"宝贝儿,你倒说说看,就你所知,中国也罢,外国也罢,国营的也罢,私营的也罢,尤其私营的,有几家上了规模的公司、企业,那是由自己主动宣布破产的? 都不愿破产呀,都不甘心破产呀。破产,那多痛苦的事呀! 看起来像是主动宣布的,其实都是不那样不行了嘛! 更多的情况还不是,暴露出即将破产的破绽了,遮掩不住了,被心明眼亮的人指出来了? 宝贝儿,现而今,在中国,你知道有多少人其实已经是在做着不管不顾,在使用最后一招花最后一笔钱的最后一搏? ……"

"不知道。多少?"

"我也不知道。但是我想,那肯定为数不少。明明在做着最后一搏了,明明已快山穷水尽了,明明已在苟延残喘了,都还在努力做得排场,做得一片风光,做得雄心勃勃前途似锦前途无量似的。宝贝儿,这就是古今中外商界的真实一面。你看老美和伊拉克打仗,萨达姆那国内有什么像样的正规军呀? 多不经打呀! 可是他当时的那一种气焰,他的新闻部长的那一种镇定自若,不是挺唬人的么? 从战略上讲,萨达姆没犯错误,那是逼到头上的最后一搏了呀! 不那么唬唬老美,唬唬全世界,还能怎么样呢? 老美倒没被他唬住,但是全世界被他唬住的人不少哇! 还都以为他一座城市一座城市地接连失去,是佯退,是成心诱敌深入,是另有高招,是为了麻痹大敌,从而四面包剿趁其不备,一举歼灭……这是战略上不灵的一个例子。但古今中外,战略上很灵验的例子更多呀!'空城计'就很经典呀! 司马懿要是大公仆,要是银行大老板,诸葛亮说要做什么项目,司马懿能不支持? 说要贷一笔款,司马懿会对他的还贷能力起疑心吗? 不会的吧? 面对诸葛亮的'空城计',他不都以为城中必有千军万马一退再退了吗? 所以,诸葛亮要是经商,那一定也是大手笔。玩空手道,空手套白狼,那肯定谁也玩不过他。肯定会把银行玩死,而他自己那一盘棋总也不死……"

"咱们……也是在进行最后一搏么？……"

她的水淋淋的指尖，停止了按摩。

她的语调很不安。

"是呀，怎么不是呢？这我早就告诉过你了呀？"

他的声音也变小了。而且，一大番一大番地说了那么多话，他已口干舌燥了，嗓子都快哑了。

他居然一低头，牛饮似的喝了一口池中水。

"哎你！……"

她在他后脑勺轻轻拍了一下，像打一个其实舍不得打的孩子。

他用那口水在口中漱了几漱，吐到池外去了，复将头靠在她心窝那儿。

她又犹犹豫豫地问："那……咱们也是在唱空城计吗？"

"当然啰，三个多亿的投资呢，要不咱们哪儿来的钱呢？"

他像刚才那么感到舒服，又微微闭上了双眼。

他说得洋洋自得，自得又自负。

"可是……这一点你没对我说过……"

在"可是"之后，停顿数秒，她才将话说完。那语调，听起来似乎说完了，又仿佛并没说完，还有话，被驱赶回心里去了，就不再贸然而出了。

她的声音细小得近乎耳语。然而，他还是听出了几分忧虑的成分，或者，竟是不满的意思。好像因为他的头正偎靠在她心窝那儿，所以他连她心里想而并没说出口的什么话，也清清楚楚地谛听到了。

他反转身，睁开了眼睛，见她正俯视着他，两个人眼睛之间的距离不足半尺。他觉得她的眼里也有话。

他没立即回答，默默地仰视她，仿佛遭到了猜疑，因而受了莫大的委屈。

这使她暗暗地自责起来了。

"我也没有抱怨你的意思呀!……"

她嫣然一笑,俯首在他额上吻了一下。

他也笑了,以比任何时候都更加坦诚的态度说:"你当然是有理由埋怨我的。但你得理解我。有些事,我翻来覆去地想,是应该一开始就告诉你,还是应该情况乐观了再告诉你。我不愿使你担心,所以一开始没告诉你。今天,即使你不问,我也是要告诉你的。"

"情况乐观了?"

"是的。"

"怎么乐观了?"

"一切都在预期之中,一切都已在掌控之中,每一步骤都相当完美。不错,每一分钱都是从银行贷出来的,贷了三亿五千万。当然也不是从一家银行贷出来的,从三家。现在我们才投入了三亿一千几百万,度假村却已经可以正式纳客了。我知道三亿一千几百万足够的,但我还是向第三家银行又贷了五千万。五千万的贷款,算不上一笔大数。稀松平常的事儿而已。为什么非多贷五千万呢?要用这五千万按期还三家银行的利息,还要填补度假村头几个月的亏损。五千万,在两三年内,绰绰有余了。而且呢,我已经请省里最权威的资产评估单位进行评估了。我出示的投资材料中,记录的都是总投资三亿六千万。他们评估的结果是——将近五亿。意味着什么呢?意味着——到时候我编个理由,比如说本人长期辛苦,积劳成疾,难以再经营下去了,那么三家银行就会共同把度假村收回抵贷,当然会按五亿的评估结果收了。现而今,在中国,保值增值的东西其实是很少的。许多东西,一买到个人手里,转身就贬值了。唯有房地产,还是暴利。一片荒地上盖起了王宫似的度假村,增值一两亿,对哪儿哪儿都说得过去的。这片荒地是特批给咱们的,便宜得等于白给。我也分别跟三家银行的老总私下里达成了协定,只要我提出了,到时候他们共同以五亿收回抵贷绝对不成问题。这我们不就等于实际上赚了两亿多么?我们不是以前还欠银行的贷款么?冲抵了欠贷就是了呀！银行的老总们,还会一个个对我们的做法感激不尽呢！他们当初拍板贷给我的款,有个说法了啊,他们的职责压力减轻了啊！宝贝儿,美人儿,我现在告诉你,让你高兴,不是比一开始就告诉你,让你担心,是更对的一种做法儿么?……"

她心里又是一番大感动。这个男人,这个在别人看来其貌不扬的男人啊,他将一切的压力都独自承担了！他唯希望能与她分享成功的喜悦！自己还能说什么呢? 还能说什么呢?

刚才居然说了句有点儿抱怨他的话！

唉,唉,干吗说那么一句不当的话呢?

她后悔极了,恨不得化在温泉里。

"高兴吗? "

"高兴。"

她又是感动又是欣慰,双眼晶亮,再次俯首吻他。

他从她脉脉含情的目光里读到了她的心情,也备觉欣慰,也握住她的一只小手,拉到唇边亲了一下。

"你不是一向对我说,越有自信的事越要低调去做吗? 那……"

"那为什么今天的剪彩仪式,还要搞得这么排场,弄出这么大的动静? 度假村不同别的项目,不弄出点儿大的动静就没有知名度。没有知名度效益就不好。我要它在以后的几年里,再赚个一两千万。那时,我就再对它进行一次评估,肯定价值又升高了。"

"请的人是不是太多了呢? 你后来去到那一桌上,那些老先生,都没谁知道他们究竟是干什么的。还有那一位老太太,她又是何方神圣? 你对她那么恭恭敬敬的,像恭敬贾府的老祖宗似的……"

已经不是在质疑了,也不是诘问,只不过是在心情轻松地闲聊了,包括着想继续聆听教诲的愿望。

"哦,他们呀,在所有人中,他们是最值得请的。他们可都是口碑极好的人！一个个大半生操权握柄的,却两袖清风,没有丝毫污点。错事肯定也是做过的,但据说经济方面却是干干净净的。虽然早都退了,不在其位了,但他们要是为一个人说几句好话,那作用不可低估呀!我觉得我已经赢得了他们对我这一个人的好印象。谁没有老了那一天?谁没有离休了那一天?他们那种曾是老干部的老人,有时候像小孩子,最好打交道了。而且没什么贪欲。谁仅仅恭敬他们几分,他们都会铭记在心的。一有机会不必你求,情愿地就说你的好话,为的是报答你对他们的那几分恭敬。什么是世间真情?这就是的呀!我太喜欢这些可爱的老人了!利用他们的嘴是有点儿罪过的。但是他们的作用明明存在着,不利用不是白不利用吗?他们也是一种公共资源呀。公共的,谁视而不见,不加以巧妙适当的利用,就证明谁弱智。利用得巧妙,尽量别使他们意识到你在利用他们的影响力,他们实际上就一点儿没受到伤害。他们觉得你很好,那么地恭敬他们,他们也高兴嘛!这就叫两厢情愿嘛!至于那老太太,她啊,更得另眼相看了。公检法系统遍是出自她门下的弟子,不少都是处级以上干部了。她一个电话,谁能不给她点儿面子?当然我们也尽量别麻烦她。她就像我们认识的一位高明的医生。小疼小病的,犯不着去找人家。但谁又敢保证自己不会生一场大病重病呢?和一位专家级医生建立了良好的关系,不是心里多了一份安全感吗?对不对?"

"对……"

"对你还笑?"

"我不是笑你的话。我是笑那名女记者。她口口声声在我面前说——'我大哥''我大哥'……你知道当时我得费多大的劲儿强忍着不笑啊?我容易吗我?都是你把人家搞得五迷三道神经兮兮的!"

她忍俊不禁地笑出了声,在他胳膊上狠狠拧了一下。

他也扑哧笑了。

他说:"她呀?唉,可怜见儿的。长得那么不好看,穿得倒好看一点啊!穿得也那么没格没调的!"

“我看,你俩倒是挺般配的一对儿!”

她嘻嘻笑个不停,推开他,游到他对面去了,双手撑着池里的坐阶,使白皙的身体浮起来,让两只脚丫露出水面,挑逗他。

他抓了一下,没抓住她哪一只脚。

她又游到另一边去了,仍那样,还望着他媚笑。

他收了嬉闹的心思,正色道:“人不可以貌相啊!既然我已经当着一桌的人说出我以后是她大哥的话了,那你还真就得对她另眼相看着点儿。君子一言,驷马难追啊!千万不能给她也给别人一种印象,似乎我纯粹是拿话哄人家一个对我有好感的年轻女子玩的。那不等于拿人家当二百五了么?那太伤人了,也太损了。”

她见他说得特严肃,自己也不由得庄重起来。不漂浮着她的身体了,不用脚丫挑逗他了,坐端正了,百分之百信得过地点了一下头。

“她虽然是一名小报记者,虽然写了不少乱七八糟的八卦文章,但也是认认真真地写过几篇评价不错的好报道的。现而今,文凭贬值了。学中文的,求职难。成为小报记者,有点儿白瞎了。我要为咱们的度假村弄出一番大的动静,其实也犯不着指望她写第一篇报道……”

“那你还……”

她垂下目光,噘起了小嘴儿。

他笑笑,游到她身边,使她背对自己,也哪儿哪儿地为她按摩。

“说话呀!”

明显的醋意。三分真,七分假。

“第一篇报道发在省报上可不可以?当然可以。那还能成了件难事儿?但是老百姓有几个看省报的呢?……”

“但老百姓又有几个能来得起咱们这处度假村的呢?”

“你看你!自己说,今天几次打断我的话了?我对第一篇报道,要的不是什么度假村的广告效果,要的是对我这一位度假村老板的人物宣传。宣传了我,也就等于为度假村做广告了嘛!也不要那种板着一副郑重其事的面孔的宣传,那多讨嫌啊!要那种风趣的,读了让人忍不住一乐的报道。就是你说过的,写那些丑星的报道。咱们也别说人家是丑星了,多不厚道呢!现而今,在咱们中国,当一名成功的受人欢迎的,也就是人气旺盛的丑星……姑且还这么说吧,那比当一名长盛不衰的,特正面形象的大牌明星容易多了。《娱乐至死》这一本书你读过没有?"

"没有。"

"好像都没听说过吧?"

"嗯。"

"我已经买了。抽空你要读一读。美国人很值得学习。他们把他们国家的今天和明天研究得太透彻了。我这个人,天分不足,但我善于学习,有愿意学习的意识。所以我觉得我就是一个与时俱进的人。我觉得我对于咱们中国也是多少有点儿研究的。什么叫娱乐的时代?是指一个时代的文艺的啦,文化的啦……明摆着的特点嘛!嘻嘻哈哈的那一种特点嘛!我要别人读完了报道我的文章后,心说这个是老板的男人,怪有意思,怪好玩儿的。诚信、正派、热忱待人,不是专门投机的那类老板,是图事业,一心为家乡做点儿什么奉献的那一类。这些呢,那都得不经意似的,半调侃不调侃地写出来,包装在嘻嘻哈哈的文字里。这也是功夫。她有那笔下的功夫。如果不是别人极力推荐,她叫我一声'大哥',我就那么待见地当着一桌子人叫她'妹妹'?拉倒去吧她!再说呢,登在省报上,不仅没谁看得到,小报也不转载的。先登在小报上,情况不同了。八卦小报怎么登了一大篇不怎么八卦的文章呀?好奇,就非看看不可了。他们看了,对他们的宣传目的无形之中就达到了。再请哪位领导发句话,说那一篇报道很好嘛,省报也有义务宣传本省优秀的私营企业家嘛,不就转载了么?不就一举两得了吗?凡是官员,没有不乐于给私企老板一点儿方便的。他手中的权力可以合理合法地允许他那样,他又能从中渔利,获得好处,他偏不那样,他傻呀?白痴呀?但是呢,谁想让人家官员给自己点儿方便,谁也得为人家方便不方便考虑考虑吧?谁在老百姓中获得了好口碑,那么官员给予谁一点儿方便,自己做起来也就方便多了嘛!老百姓又真能知道什么呢?还不是报上怎么忽悠,渐渐地就怎么相信了?省报上登篇正面宣传谁的文章,那是比较慎重的一件事儿。小报没这心理负担。所以……"

"我明白了……"

她也将头靠在他心窝那儿了。像他刚才那样,仰视着他,一脸的崇拜。

他话题一转,又谈起了电影。他说他小时候看过一部南斯拉夫的电影,二战题材的。片名是什么,想不起来了。但有一个细节,给他留下很深很深的印象——一名南斯拉夫战士身中数弹,就要死了。但他用尽最后的力气,从地上抓起了一颗小石子,向德国兵掷去……他说这就是他所佩服的战士的气概。看人家那最后一搏,搏得何等壮烈!他说,他刚才特别强调的,大商人最后一搏的气概,也是指那么一种相同的气概……

她猛一反身,搂抱住了他。

"但我们其实不必那样,是不是?我们的最后一搏,已经成功了。就像你刚才说的,一切都在预期之中,一切都在掌控之中,每一个步骤都很完美,是不是?"

他稳操胜券胸有成竹地说:"那当然!那当然!我不过是就气概论气概。我们嘛,从现在起,必将一帆风顺了!宝贝儿,我的一切努力,都是为了你啊!我不会让你失望的!"

她什么都不再说。

她默默地将身子挺了挺,于是她一只半个玉球似的乳房,堵压住了他的嘴——她以那样的女人表达感动和感激的方式,向他奉献她的爱意。还有,她的崇拜。

……

智者千虑,必有一失;劳蛛结网,必有一遗。

王启兆,这一个其貌不扬五短身材车轴汉子式的男人,这一条滋生于时代褶皱中的豸虫,当时怎么也料想不到,几个月后,他的"事业航母"竟会倾覆在除夕之夜。而且,并非是在他所自认为的"主航线"上。

世界上的一切事件,其实都只不过是由一些起先的事情造成的……

第四章

"爸爸!"

刘思毅循声望去,只见一个女郎挤开接机的人群,迎至隔离栏前,向他招手不止。他明知道那是他的女儿小玥,但是却不愿多看她一眼。他微蹙着眉,垂下目光,大步流星地绕出了隔离栏。

女儿的衣着令人极为不满。她内穿黑色西服套裙,外披黑色轻薄风衣(披在她那平衡木般水平的双肩上,用一只手斜拽着一条空袖子)。西服套裙短到膝盖以上,而以下是两段白皙的裸腿,再以下是一双黑色的高靿靴子。头上,则兜颊系着黑纱巾,眼戴一副宽边的黑墨镜,在下颏和西服的第一颗扣子之间,又呈一小片菱形的白皙,是她的颈子和一小片胸脯。

家家都有一本难念的经。此话不假。

当律师的女儿是使当省委书记的父亲经常犯愁的一个"老大难"。

刘思毅总是担心女儿给他捅出什么始料不及的"娄子",幸而至今还算平安无事。

他走至机场大厅的自动门那儿,未觉小莫和女儿跟上来,就站住了,回头寻找——但见众目睽睽之下,女儿拥抱着小莫,不分鼻子不分口地在小莫脸上一阵乱吻，还故意吻出咂咂的响声，连他站在自动旋转门那儿都听到了。而人家小莫左手拎着一只大旅行包，右手拎着一只方正的文件包，只有任其随心所欲。周围的人们，皆对他俩侧目而视，目光中颇有不以为然的意思。

刘思毅一气，独自迈出了旋转门。他踱到门外想吸一支烟，那是他每次下飞机的急需。一摸兜，没烟。除了开会，平时他的烟盒掌控在小莫那儿。限制他的烟量是他夫人给予小莫的特权。小莫考虑得很周到，拎的旅行包特大，他的呢大衣连小莫的棉大衣，都在机上卷放进包里去了。刘思毅只得忍着烟瘾，原地走动不止。除了家人，他不愿让任何人知道自己回到南方来了。所以，小莫为了保密起见，只得通知他的女儿小玥来接他俩。

片刻，小莫和小玥也出来了。小莫推着方便车，女儿走在小莫身旁，倒好像小莫成了她的一个跟班。

女儿说："你们等这儿，车在停车场，我去开过来。"

说罢，扬长而去。一阵夜晚的轻风，将女儿风衣一边的衣襟吹得飘起来，使她的背影看去像只折损了一翼的黑鸟。

刘思毅无声地叹了口气。

小莫默默递给他一支烟。

刘思毅吸了两口烟，低声道："小莫，对不起啊。"

小莫明白，他是在替他的女儿向自己道歉。

小莫就说："她那样子跟我都十多年了，您也别太看不惯，该习惯的就得习惯。"

刘思毅不由得问："那么，你早就习惯了？"

小莫耸耸肩，意思是——我不习惯，又有什么办法？对于刘思毅而言，秘书小莫，都快成了他的一个家庭成员了。他儿子久已入了法国籍，而且已婚为父，隔两三年才回国探一次亲。当年女儿大学毕业后，也要跟随一名相爱的男生到法国去，被他坚决地阻止了。他不愿看到女儿步儿子的后尘,也入了法国籍。尽管法国是欧洲诸国中对中国最为友好的国家,但一位中国高干的一儿一女倘都摇身一变成了外国人,那他还是会感到一种难言的尴尬的。结果,女儿不但出国没出成,连称心如意的对象也吹了。后来,自然还是结婚了,但那婚姻很短命,离婚离得也很自然。离了婚的女儿,不知怎么一来,从某一天开始,将小莫当成了最值得亲爱的同龄男士。越是当着他这位身为省委书记的父亲的面,越是对小莫动辄肆无忌惮地表演亲昵。他倒也能看出,女儿对自己秘书的亲昵,在很大程度上体现着对他这一位父亲的变相的抗议。但这样一来,对人家小莫太不公平了。为此,他甚至征求过夫人的意见,打算不让小莫再当自己的秘书了,替小莫早日安排一个适当的职务。夫人却一听就大加反对。

夫人明察秋毫地批评他:"小莫一旦离开了你,你还哪儿找一名你那么信任那么满意的秘书?咱们女儿对小莫怎么了啊?不就是亲昵了点儿吗?我怎么就不像你那么看不惯呢?女儿她内心孤独你了解吗?就不许她拿小莫当成个哥哥似的人对待啊?我看她正是那样。不为过。"

刘思毅反驳道:"除了亲妹妹,我另有好几个表妹堂妹,她们从没对我那样过。"

夫人据理力争:"你年轻时那是什么时代?现在什么时代?我看他们年轻人之间那么无忌无讳的,挺好。"

刘思毅便无言以对了。

分明是夫人向女儿"出卖"了他,有次女儿来到他们夫妇这边后,半真半假地问:"爸你什么时候不让小莫当你秘书?要做决定就趁早。我就等着小莫不是你秘书那一天,我好正式追求他!"

夫人在一旁窃笑。

每当女儿向他的双重权威进行挑衅,夫人总是怪开心的。

"放肆!"

他当时也只有怒斥一句而已。三分真怒,七分佯装。在官场上,他口中还从没说过"放肆"二字。待官越做越大,也越不敢说了。有时特怒,拍着桌子想来那么一句甚至比"放肆"更显威严的话,如"混账",但在几乎就要冲口而出时,又强咽回去了。所以能有种机会在自己家里怒斥女儿一句"放肆",他反而会有种挺舒畅的感觉。

但此后,他彻底打消了结束小莫秘书工作的念头。

他的念头,竟连小莫也知道了。女儿告诉的。

有次小莫对他闲聊似的说:"我离开您,我没什么不能适应的。而您离开我,一段时间内您的脾气恐怕都会变得不好。"

他说:"同志,未必吧?"

心里边却不得不承认,小莫的预见,很可能是对的。

小莫这名跟随了他十余年的秘书,不但已无形中成了他这位省委书记公仆角色的一部分,有时候简直还成了他的思想意识的一部分,而且是"活"的思想意识的那一部分。每当他面临某些堪称"思想方程"的僵局时,小莫一向乐于奉献别出心裁的解决方法让他参考。那是一般大公仆秘书们轻易不敢、敢也无以奉献之事。小莫不仅敢,不仅奉献得主动,还确有高妙之处。

刘思毅任省委宣传长时,起初和省内文艺界人士的关系颇为紧张,这使刘思毅很苦恼。某日小莫就从家里给他带去了两盘电影光碟。一盘是德法合拍的《罗拉快跑》,一盘是苏联拍的《列宁在1918》。

刘思毅说《列宁在1918》他看过。

小莫说:"红色经典,温故而知新嘛。要看,那就最好先看《罗拉快跑》。"

刘思毅知他别有用心,也没再说什么,下班时将两盘碟片都带回家了。按照小莫的建议,接连看了两个晚上。夫人郝淑敏陪他同看。

郝淑敏关上电视,将盘退出以后,刘思毅说:"我明白了。"

他的语调听来隐隐有几分激动。

郝淑敏扭头看了他一眼,奇怪地问:"又不是什么思想玄奥的电影,谁看不明白？"

刘思毅笑笑，起身到书房去了。

他独自在书房里待到半夜……

两天后他以宣传部长的名义发出了一批请柬，邀请本省老中青三代文艺界中的代表人物共度周末——上午看两部电影的光碟，下午开茶话会，并共进晚餐。

《列宁在1918》唤起了老文艺家们的怀旧心理，而《罗拉快跑》则带给中青年文艺家们不少文艺观念的启示。那部德法合拍的电影扣人心弦——女主角罗拉必得在半小时内带上二十万马克到她男友指定的地点去交给他，否则他性命不保，但罗拉没有二十万马克。第一她要想方设法搞到那么一大笔钱，第二她要在剩余的时间内将钱交给男友。所以她争分夺秒地快跑，在全片中重复跑了四次。每一次都因途中遭遇到了不同的细节而使结果截然不同。情节未变，细节一变，结果即变。

刘思毅在茶话会上作了发言。他是最后一个发言的人。

他说："列宁在电影中对高尔基说了这样一句台词——'我们的科学家和文艺家，应该得到的不仅是面包和一双鞋，而是比这些多一千倍的东西！'我联想多多。我认为，无产阶级在夺取政权以前，他们所享有的人类文化的资格是极为有限的。在夺取政权以后相当长的时期内，无产阶级其实处于文化自卑和文化孤独之境。一九四九年以来，如果说我们这样一个国家在文化方面犯了一次次今天看来愚蠢而又固执的错误，那么除了冷战导致的国际压力，另外相当主要的原因，依然是缘于文化自卑和文化孤独。我们有五千年悠久的文明和三千多年辉煌的文化，但那都是祖先的成就。今天面对西方的强势文化，难道我们并不自卑并不孤独吗？难道我们真的像我们竭力表现的那么自信吗？在此种历史阶段，政治所能给予文艺的自由程度，又怎么能是文艺家们所希望的那么多呢？故我这一位宣传部长对诸位的回答就是——你们理应获得的创作自由当然应该比现在多得多，但现在我只能给予诸位现在这么多！我和诸位都好比罗拉。对这个国家,我们的目的都是良好的。诸位不是全都明白经济不能发展太快的道理吗?那么文化就可以飞快地发展了吗?只图快不一定是好事吧!《罗拉快跑》不是证明了这一点吗?经济发展失控,政府是会翻船的。而文化自由的前途是思想自由。十三亿多人口呢,社会问题多多,就是有心给予诸位你们所希望的自由,面对现实,敢么?我们的文化神经仍很脆弱,脆弱就敏感,敏感就有所不敢。所以诸位,在我和你们之间,更应该理解万岁!我多包涵你们一点儿,你们也多体恤着我一点儿。中国总之还要进步嘛,让我们共同熬过此阶段嘛。我当年在大学里是学中文的,所以我现在经常出于本能地维护大家。但如果诸位对我还是极为不满,那么我辞职!可诸位真的认为,如果本省换了一位宣传部长,你们的创作限制就一定会少了吗?只要你们中有一个人举手说——'会那样!'我明天就向省委递交辞呈!"

片刻肃静之后,响起了长时间的掌声。

人是奇怪的动物。

有时候你虽然没有给予他们实际所要,只说了某些话给他们听,但他们居然也知足,还为你鼓掌。

"做不到,话还不能说到吗?"——所以古往今来,在中国的民间,才有如此简单又明白的行事经验。此经验全世界通用。偏偏中国官场上的许多人,不敢那么很个性地去说。甚至,早已不会有点儿个性地来说话了。刘思毅那日有点豁出去,冒天下之大不韪地说了,满堂为他的勇气鼓掌……

自那以后,刘思毅开始对自己的秘书刮目相看。他非常感谢自己大学母校的一位校长向他推荐了小莫给他当秘书。论起来,他和小莫还是校友关系。而且,小莫也是学中文的。

就连小莫现在和他女儿小玥的关系,人家小莫也处理得特别高明。不知小莫采取了一种什么策略,居然使他的妻子成了小玥的亲密女友。而这么一来,刘思毅对自己的女儿和自己秘书的关系,才终于不太担忧了,只剩下对女儿的看不惯了……

刘思毅吸完一支烟后,小莫赶着问:"再来支?"

刘思毅点了一下头,小莫就又递给他一支烟。趁他吸第二支烟的当儿,小莫向北方那边报过了平安。

刘思毅说:"也给慧芝书记报个平安。"

小莫用手机联系了多次,没通上话。

刘思毅又说:"那再详细问问办公厅,今晚哪位领导值班。"

小莫踱到一旁去,一会儿走过来向他汇报,说没有哪位领导值班,但各主要部门,都有两个人在守着电话,以确保每个电话有人接听。

"办公厅说,是慧芝书记这么安排的。"

小莫一边说,一边向停车场的方向张望。

刘思毅说:"有些事,还是按惯例来做的好。"

小莫听出他的意思其实是——安排再多的人守着电话机,那也不能代替一位领导在值班。

他说:"咱们不是初三晚上就回北方了嘛。"

刘思毅没再说什么,烟也不吸了,将大半截烟按灭,丢进了垃圾桶。

这时小玥的车开过来了,是一辆红色"马6"。

那车离开机场后,刘思毅冷冷地问女儿:"谁的车?"

女儿说:"我的呗。"

刘思毅又问:"什么时候买的?"

女儿说:"前几天,就为了能在春节开上它。"

"你那辆'捷达'不是也没什么毛病吗?"

"旧了。"

女儿不高兴了。

"多少钱?"

"才二十万出头。爸,你问点儿别的行不行?"

"你哪儿来的二十多万?"

"我挣的。"

"为什么偏买辆红的？"

当父亲的固执地一问再问。

"我愿意。"

当女儿的声不高,语不躁,回答得心平气和的。但句句听来,分明是在成心顶撞。

"你看你,开辆红色汽车,还从上到下一身黑,像……"

"爸,你想说我像黑寡妇,是吧？"

"我没那么想!"

刘思毅火了。

"爸,你回家,我开车来接你,你火个什么劲儿啊？你一上车就审我干吗？我怎么了我？你当省委书记我就不许开红色车了？就不许穿一身黑了？红与黑,我要的就是这感觉! 别忘了现在是除夕夜,你回家,我有家吗？是谁把我搞得连个自己的居家男人都没有的？我不火,你倒火了……"

当女儿的心口那"疼",显然又开始疼了。句句听来,都似控诉。

"放肆!"

当父亲的不由得厉喝一声。

小莫见局势不妙,忽然叫道:"快停车,我要吐!"

小玥怕他吐在她的新车里,赶紧将车靠向路边停住了。

小莫下得车来,打开驾驶座那边的门,将小玥从车里拽出,低声训道:"你有毛病啊？你要是我女儿,我非大嘴巴子扇你不可!"——再打开一边的后车门,使劲将小玥推入,砰地关上了车门。

小玥在车里嚷:"我这是新车! 别摔我车门!"

小莫也不理她,坐在驾驶座上,一踩油门,那车顺着公路,疾驰而去……

斯时已经是除夕夜的十一点多了。

在北方,在顺安县城里,某些事情正迅速演变着,汇聚着,渐成大事件……

县公安局的张副队长,驱车直奔局里。

恰恰是刑侦队的正队长在值班,张副队长就简明扼要地将事件讲了一遍……

二男一女三位年轻的同志情况不明,而且对方有枪支,而且对方已经开了一枪……

正队长也认为事件非同小可。

当务之急是前去解救同志,收缴枪支,缉拿持枪之人……

于是由张副队长向领导进一步汇报,请示,而正队长一一紧急通知全体刑警队员速到局里集合、待命……

张副队长与书记的关系比与局长的关系更好一些。

他纯粹是下意识地先往书记家里拨电话。接电话的是书记的夫人,她说书记近来身体不太好,白天头晕,晚上又失眠,总也睡不好。这不,刚一到家里,漱漱口,服了两片安眠药,就躺下了。说局里不是有明确分工的嘛,业务工作归局长领导,党政以及组织工作才归书记管。说如果是业务方面的事,你能不能先向局长汇报啊?

她说的是实话,书记确实服了两片安眠药就躺下了。

末了她说:"张副队长呀,你们局里同志之间的事,按理我不该多掺言的。但你也不能因为和哪一位领导的关系好,就凡事先找哪一位领导同志汇报是不是? 那么样久了,对你和对你们局长,别人就会渐渐有看法的是不是?"

张副队长刚说了一句"有紧急的情况要汇报",还没来得及开口说是什么事儿呢,就只得默默地听着书记的夫人先说了,听到后来,只盼着她快放电话了。

"是的,是的,嫂夫人您提醒得很对……那,那我放电话了啊! ……"

等不及书记的夫人那头先放电话,他自己这边干脆先把电话放了。

他抹去一脑门的汗,赶紧接着往局长家里拨电话。一拨再拨,怎么也拨不通。局长家里的电话恰恰是局长本人在家里占着呢。他正给县里的十几位领导,在省城里当处长当局长的中学同学大学同学们打电话拜年呢!那一拜起来还有个完?……

张副队长又抹去一脑门的汗,决定不再向谁请示向谁汇报了。他和正队长一商议——事不宜迟,干脆自己做主了吧!

那会儿已经到了十几名同志了。张副队长匆匆将情况一讲,大家就都炸了!敢打公安局的人!还敢开枪!这是什么年头,还没变天呢!吃了熊心豹子胆了?……

既然对方有枪,并且首先开了枪,那么大家也就有了武装出动的完全正当的理由。于是都带上了枪,有的还穿上了防弹背心,可以说是群情激昂,义愤填膺,众志成城,同仇敌忾。除了张副队长的"切诺基",又开出一辆警车两辆摩托,朝"红楼"一路鸣笛而去……

那时县城里不少人家,都不看春节联欢晚会了,都等着看一场大事件怎么个了结了。有电话有手机的年代,什么事儿传得快呀。住在"红楼"对面的人,或站在家窗前,或站在阳台上,密切注视着"红楼"前的事态。差不多还都拿着手机,仿佛进行现场报道的记者似的,随时准备将现场的情况当成发生在本县城的重大新闻亲口报道给远在全省全国乃至国外的四面八方的亲朋好友们听……而不少家住别处的人也不怎么打算错过是目击者的机会,有的甚至不顾寒冷,干脆走出了家门,三个一堆儿五个一伙儿的,溜溜达达的,仿佛在除夕夜散步似的,结了伴儿往"红楼"那边儿走……

在这个旧历的新年的年底的最后一小时,在县城里县城周围一阵阵此起彼伏的鞭炮声中,又加进了凄厉的警笛声。

听来是很荒诞的一首乐章似的……

"红楼"那里,小刘小孙两个,终因寡不敌众,已被制服,并被各自绑在一把椅子上。他们倒也变老实了,不挣扎也不喊叫了,只有等着局里的同志们前来解救他们了。而小魏,却被押到了"红楼"老板的车上。事情闹大了,他的酒劲儿也过去了,一心只想自己能怎么将事情摆平。依他的如意算盘是——用小魏当个讲条件的砝码,公安局的人来了,双方可以进行谈判嘛。饭店损坏了那么多东西,他不要求赔偿了还不行吗?大年三十的,公安局那边儿呢,也别太和他们过不去,得放他们一马,不予追究才是。不打不成交,他再请全体公安的同志们在春节期间选个日子,到他的"红楼"来好吃好喝地聚上一餐,化干戈为玉帛,解恨憎结友谊,岂不是双方解决冲突的上策吗?在他看来,刚才那一场暴烈的冲突,跟寻常的一场流氓团伙之间的打架斗殴性质上似乎是差不太多的……

然而他那个膀壮腰圆的朋友的酒劲儿却还没有过去。非但没过去,反而由于刚才那一场冲突的刺激,变得更加邪乎了。仿佛精神病患者由于刺激而歇斯底里大发作。他仅穿件黑毛衣,裸着颗光头,一手提着那一支双筒的猎枪,一手不停地在空中挥舞,嘴里骂骂咧咧地在"红楼"前的雪地上走来走去,一副天不怕地不怕雄赳赳气昂昂浑身是胆的架势,单等着要和什么人单挑独斗决一雌雄似的。

饭店的服务小姐们,包括老板宠爱的那一个,却早已跑光了。大师傅和些个男性员工,怕受到牵连殃及自身,也都已远远躲开不知去向了。那时候除了小刘小孙两个被捆在掀翻了桌子的那个包间里,处处狼藉如同被洗劫了似的饭店,已经空荡荡的再无他人……

"红楼"的老板之所以还没驾车逃遁,乃因他那个膀壮腰圆的哥们儿偏要逞英豪不肯上车。马路对面已经聚了些赶来看热闹的人,而某些人家的窗口后边和阳台上也有人影站立着,这使那家伙的神经那一时刻特别亢奋。老板几次喊他,他都仿佛没听到,不理不睬。老板也就只有坐在车里,心中仿佛有十五只吊桶在轮番汲水,一会儿七上八下,一会儿八上七下的。他将小魏押到他的车上,觉得有些骑虎难下了。打算将她推下车去还以人身自由吧,又怕连个和公安方面进行"谈判"的砝码都丧失了。他不甘束手就擒,接着被狠狠地"修理"。事情闹到这般田地,乖乖束手就擒那还有什么好果子吃吗?但是若不将小魏推下车去放了呢,又唯恐日后担个绑架女公安人员的罪名。他也明白那要治不轻的罪……

警笛声传过来了……

警车雪亮的前灯以及车顶上旋转的血红警灯接近了……

"老K,甭逞英豪了,赶紧撤吧!"

车上的老板又探头车外喊了一嗓子。

说时迟,那时快,警车摩托转眼已经驶到了距"红楼"十几米远的地方,齐刷刷地刹住了。

第一个从车上跳下来的是张副队长。他这会儿总算找回是公安的好感觉了,平伸两臂,双手握枪,侧着身子,一边谨慎地一小步一小步地向那个逞英豪的家伙接近,一边高叫:"把枪放下!站在原地!双手抱头!"就像电影电视剧里常演的那样。

那膀壮腰圆的家伙愣了愣,突然拎着枪拔腿向老板的"宝马"跑去。

他终于意识到了跟公安逞英豪那实在是很傻的事。旋转的血红的警灯,使他被酒精烧得错乱了的神经,一下子又恢复正常了。神经一恢复正常,原本并不是英豪,只不过是个惯于争凶斗狠的地痞流氓的本相,一下子原形毕露了。通常,地痞流氓也许不怕穿警服的公安,却极少有不怕血红的警灯的。

张副队长又高叫:"站住!不许跑!"

斯时,他的大多数同志们都冲入饭店去了。

但那膀壮腰圆的家伙却已逃上了车。

他瞪着小魏问:"把她弄车上干什么呀?"

老板也终于意识到,"谈判"的好事那是没有的了,自己太一厢情愿了。三十六计,走为上计。

他使了个眼色,那家伙会意地打开车门,将小魏推下去了。

小魏双脚一踏地，站直着身子，一时没敢轻举妄动。

张副队长见小魏从车上下来了，以为小刘小孙必还在车上，怕他俩被挟持而去，于是鸣枪示警。

枪声提醒了"红楼"的老板，他说："还不把枪扔了！"

那家伙却说："刚上的子弹，扔了也不能让他们太威风了！"

他又再次开车门，仅伸出枪筒，连勾两下，射光子弹，这才将枪远远一投。他倒会扔，枪筒扎在树根周围的雪堆上，斜立那儿了……

张副队长看得分明——"叭、叭"两响之际，小魏的身子猛烈地抖了两抖，如同连遭两次电击。那时小魏她也已经看到张副队长了，正欲向他走过去。她刚迈出一只脚，第一声枪响了。她的身子猛烈地抖动了一下，一脚前一脚后地站住了。显然不太能站稳，她向他伸出了一只手，看那样子是需要他快去扶住她；但紧接着第二声枪就响了。她身子一挺，伸出的那只手扬向空中，五指叉开似乎想要抓住什么别人看不见而只有她自己才看得见的东西；似乎还被她抓住了，紧紧地抓在手心里了；似乎她所抓住的正是子弹，第二颗连同第一颗，被她一并全都紧紧地抓住在自己手心里了。接着，她缓缓朝后转身，像要看看到底是谁开的枪，像要也让开枪的人看看，两颗子弹全都在她手心里了……

然而她的身子还没有完全地朝后转过去，确切地说是刚刚将头和上半身一转，便侧着栽倒了。身子一着地，双腿立刻蜷缩了……

"宝马"也在那时开走了……

张副队长的头脑里当时迅速地闪过三种想法。第一种想法是小魏中弹了，第二种想法是小刘小孙很可能还被挟持在车上，第三种想法是不能让对方驾车逃掉。三种想法几乎不分先后同时在他头脑里产生。

他作出的反应也是开枪，向车后窗开枪。

他手中的枪也响了。

然而遗憾的是，应该说可悲的是——那一颗子弹并没有向"宝马"车的后窗射去……

"宝马"一开走,他和车之间的距离一转眼由近变远了,这使他本能地追跑了几步⋯⋯

有一位老作家在谈人生感悟时说过这样一句话——所谓人生的紧要处,其实只不过几步。有时那几步是人自己一定想要去那么走的,多少人劝都不行,非那么走不可。结果是一步错,步步错。人生毁败,悔之晚矣。有时并不是自己一定想要那么走,而是连自己也看清了,那么走大抵是不会有什么好下场,但自己已被某种形势和局面逼在了犄角旮旯儿,只剩那么一步可走的了。所谓迫不得已,不那么走也得那么走。明知那么走是铤而走险,但形势和局面已经根本不由自己细析后果,只有怀着侥幸的心理先那么走一步再说。当然由迫不得已的一步改变了形势和局面,赢得了回旋的余地,于是使人生逢凶化吉的例子,现实中也是有的。但还有些时候,人的想法根本是对的,是完全合情合理合法的。任何人在那些时候,都只能那么去做。不论谁那么去做了,都不会有人提出异议。但区别却是,一些人那么做了,结果和自己的动机是一致的。而另一些人那么做了,动机还是那种无可指责的动机,结果却适得其反,引出大的悲剧来。仿佛冥冥之中有一个主宰,偏偏要在那特殊的往往是十分紧要的时候和人作对,使某人成为重大悲剧的直接责任人,也使别人成为悲剧的牺牲者。这时,对于一切的发生,似乎只有用那么一句俗话来解释——命中注定。

设想,如果不是金鼎度假村那边有人居然踏雪登到离县城不远的山上去放礼花,张副队长他们就不见得能看到。八里以外呢,又不是用礼花炮放向夜空的,只不过一些普通的民间制作的礼花,射不了太高的。那么,小魏也就不至于会忽生愿望,偏偏在那时候提出要逛逛金鼎度假村⋯⋯

设想,张副队长如果并不专执一念,非觉得人家小魏获得的那一幅画比自己获得的那一幅好,急欲交换,那么即便小魏当时说了去逛度假村,他也可能一笑置之,并不认真对待。大年三十儿的,又到了晚上,自己又是有家有室的人,哪儿那么大的闲心,非要陪着自己三个年轻的同志去逛一次度假村呢?度假村也不过就是度假村,不是真的天堂。虽然离县城很近,作为县公安局刑侦队的一位副队长,始终不去又有什么不对劲儿的呢?……

设想,如果张副队长对度假村保安的阻挠能够平静处之,不当成人家是成心不给面子,不当成是自己大大地丢了面子,更不当成是什么奇耻大辱,而来个"理解万岁"——人家小魏也就不至于再提出请客,以补偿他的精神损失……

设想,在"红楼"饭店里,如果他一见人满为患,主动说一句:"我看咱们还是都回家陪着家人过三十儿夜算了!……"

设想……

设想他当时并没追跑那么几步,直接就开了枪……

在小魏中弹之后,导致第二幕严重的悲剧随之发生的原因,恰恰是那么几步。

于他,那是很本能的事,也是很有经验的做法。

但在这一个除夕之夜由一连串情节所构成的整个事件中,在他过了春节不久马上就要接着过四十岁生日的人生中,那几步路仿佛是冥冥之中专克他的命运的魔鬼给他设下的阴险陷阱。

否则,在这一个除夕之夜,在那一个县城里,在那一条笔直的马路上,就会只有小魏这一名女公安人员死于非命。虽然追究起来他也是摆脱不了间接责任的,但也不过就是间接的责任,是受什么样的行政处分的责任,而绝不会是直接的人命关天的刑事责任……

张副队长他怎么也没料到,自己会在那么几步本能的追跑中猝然滑倒……

那一片雪下有冰。

那一片冰是由一辆给"红楼"饭店送活鱼的平板车造成的。平板车翻在那儿了,几只既装着活鱼又装着水的大塑料袋子摔破了……

而几位住在对面楼里的老人家,见那儿结了一大片冰,唯恐再有骑自行车的或步行过街的人滑倒,甚或有车辆因而失控酿成事故,于是好心好意地铲起路边的雪,将那一大片冰覆盖上了……

那是白天的事。

大年三十儿,来往车辆少,雪没被车辆碾实在冰面上,有的地方是浮铺着的状态……

张副队长追跑那几步,最后一步偏偏踏在了那种地方……

结果,他身不由己地朝后一仰……

结果,他那一只握枪的手,必然地由向前瞄着而举向空中了……

就在他重重地仰面朝天倒在马路上时,他听到了一声枪响……

他知道是自己的枪走火了。

一颗本欲射向"宝马"车后窗的子弹,斜着从枪膛里当空发射出去了,它射向了一幢居民楼的阳台……

在那一幢居民楼的三层的一个阳台上,站立着一个十六七岁的小女子,怀抱着一个一两岁的孩子。那小女子上身仅穿着一件毛衣;那孩子穿的也不多,由一床小被包着。那小女子是那一户人家的小阿姨。那一户人家的女主人当时不在家里,在"红楼"对面的人行道上站着看热闹呢。那是一个三口之家。她丈夫没在家里。她丈夫是"金鼎"盗窃案的主犯之一,被法院重重地判了,在县城的监狱里服刑呢。虽在服刑,心中自然是不服的。丈夫不服,她也不服。以她为首,那些犯人们的家属串联一起,正策划着联名上告呢!她恨县法院判案判得重,恨县公安局破案破得太快太认真。明明县公安局可以推诿不办的案,偏偏责无旁贷似的接案而立,这是她尤其耿耿于怀的一点。所以她要亲眼看看,县公安局的人在和"红楼"老板那些嚣张跋扈的家伙们的冲突之中,究竟是怎样的下场。站在自家阳台上自然也是可以看到的。但为了能够看得清清楚楚,她走出家门,走到了人行道上。前两声枪响以后,她和许多人一样,也看出小魏是中弹了。由于她是一个心怀隐恨的旁观者,所以她口中并没像别人一样发出尖叫,而是冷冷地看着那一幕,幸灾乐祸。

她家的那个小阿姨也是非常想要亲眼目睹一场大事件的发生的。但是她被吩咐看好孩子,不许溜到外边去。孩子在床上玩儿,她坐在床边,防止孩子掉下。心不在焉,心思早已飞到马路上去了。她竖着耳朵倾听外边的动静,那两声枪响,自然听得清清楚楚。既然听到了,她就再也把持不住自己,再也无法老老实实地稳坐床边了。于是扯过小被,将孩子急忙一包,抱起来就奔到阳台上去了。而她刚一出现在阳台上,张副队长手中的枪响了……

那一颗仿佛被魔鬼所控制的子弹,不偏不斜,射入她前胸,在她心脏上穿了个洞,从她后背射出,又射穿玻璃,射到屋里去了……

她双手一松,孩子从阳台上掉下去了。孩子掉在半空时,小被从孩子身上飘开了;孩子落地时,头摔在人行道沿上,顿时脑浆四溅……

而张副队长,仰面朝天倒下时,棉帽也从头上脱落,滚到了一旁。

他也摔得眼冒金星,头脑里一片空白,处于脑震荡的那么一种状态。直到有一双手狠狠扼住他的脖子,欲活活掐死他,才又睁开了眼睛……

他看到的是一张令他一辈子都再也忘不了,什么时候一想起来都会令他感到恐怖的脸。一张五官歪扭的女人的脸。一张女鬼般的脸……

那"女鬼"张开嘴就咬他脖子,像是明知不能很容易地掐死他,于是企图用牙齿将他脖子咬断……

幸而有几个人及时将那"女鬼"拉扯开了……

那一时刻,无论是在县城里,还是在金鼎休闲度假村里,礼花如旋,一束束一簇簇接二连三蹿上夜空,使夜空几乎成为一块瞬息万变的绚丽彩幕,同时四面八方又响起了更热闹的辞旧迎新的鞭炮声。

在中央电视台的春节联欢晚会现场,男女主持人朗声宣告——新的一年开始了!……

第五章

有一种收入，叫作"灰色收入"。

有一种思想，也可以叫作"灰色思想"。

"灰色收入"，是人不愿被他人知道的收入，是一种隐秘的收入。它似乎是隐私的一部分，但其实并不属于我们人人都有的正常的隐私。因为在中国，现而今，能有"灰色收入"之人，大抵不是一般的人，他们必直接或间接掌握着某种或大或小的权力。权力的大小，决定着他们"灰色收入"的多少。即使并不直接或间接地与权力发生关系，那么也是直接或间接地与权力者发生关系。哪怕表面看起来也挺一般，但说一千道一万，与一般人相比，终究还是不一般。而"灰色收入"与我们一般人的正当合法的收入相比，有时候来得实在是太容易了，而且使我们一般人通过脑力或体力劳动获得的收入，变得那么的微不足道，甚至那么的寒酸。诚实的劳动似乎变成了愚不可及可怜可笑之事。它使能够那么容易就获得了它的人，不能够那么容易地经得起它的诱惑。或者应该这么说，是那么的难以拒绝它。在中国，现而今，对拒绝"灰色收入"的人通常有两种看法：一种比较好，被颂为廉洁；一种不好，被讽为"傻蛋""二百五""虚伪""装模作样"等等。假装拒绝的现象不但是有的，而且越来越多了。随之以满足"灰色收入"需求的方式方法,也越来越五花八门。掌权者家里死了人是机会;有人成婚是机会;生孩子是机会;自己生病更是良机;还有国内外考察啦,度假休养啦,年节拜访啦,周末"放松放松"、打打麻将洗洗桑拿啦……实践出真知,经验源于生活,高于生活。只要深入生活,将生活研究得透透的了,一年三百六十五天,几乎天天有大好文章可做,心照不宣,渐成默契,权钱点对点,你好我好大家好,于是真好。然而其方式方法,再怎么别出心裁,花样翻新,推陈出新,总把旧桃换新符;一句话操百种,那也"新"不出老祖宗们几千年前就用腻歪了的那些个伎俩。这世界上自打有权力现象产生,便有权力饥饿的现象同时存在。偏偏权力是"挑食"的东西,是"美食兽",专吃世上两样顶好的"佳肴"——一曰金钱,二曰女色。有时差隔着吃,有时一并吃。偏爱这两口嘛。两口经常吃,吃也吃不够。正所谓百食不厌。食必大快朵颐。要不古人怎么说"秀色"也"可餐"呢?此系由权力的传统食谱上得到的知识……

"灰色思想",即专门研究分析,总结归纳,丰富升华金钱、美女、权力三者关系的思想。这等很有利于指导实践的思想,虽然在正宗的人类思想史上没什么地位,在野史中却往往被不厌其烦地详加记载。要不怎么自古以来,不打算做史学问、当史学家的人,每每对正史不屑一顾,嗤之以鼻,对野史却手不释卷呢?闭门早谢客,雪夜读禁书。禁书者,多半野史一类也。又有金钱交易,又有权力游戏,再加上一个几个美女搅和着,往往地她们之间还起内讧,还争风吃醋,还横搅和竖搅和左搅和右搅和没完没了地尽搅和瞎搅和,搅和得权力乱了方寸,金钱没了主张,一忽儿权力对不起了金钱,一忽儿金钱戏弄了权力。美女们本以为自己是主角,后来怎么一搞居然就不是了,于是心灵受到伤害,心理也有了不同程度的问题……能不出戏吗?能不好看吗?所以才爱看的人多,不爱看的人少啊!

但野史多了,污染了正史的纯洁性和统一性,不就会随之发生将人心搞乱了的危险么？中国的王朝历史太久长。王朝的历史那都是有潜在危险的历史，也大抵是有危险不许人说的历史。已经危险着了，还说，不是更危险了么？居心何在？所以中国曾经一再地毫不留情地清除野史，灭绝兜售野史的可恶之人。看起来像野史，其实不是，兜售之，亦可恶；兜而不售，不为钱，仅为传播，更可恶。比仅仅为售而为，尤其可恶十分！于是，看得见的野史似乎少了，没了；看不见的反而多了，转入地下也就是民间渠道生产着。而且不好禁，因为制造方式是口舌了。又于是，"灰色思想"也多了。

"灰色思想"和"灰色收入"一样，也是不愿被他人知道的思想。其形成、丰富、飞跃、升华的过程，不见经传，无门无派，无师无徒，全看个人智商高低，研究、分析、总结归纳的能力咋样。它是"灰色收入"的理论基础。因为"灰色收入"是靠有背景的勾当搜刮的利益，"灰色思想"就也怕被人知道了，不太君子。是啊，如果谁满脑袋装的全都是关于金钱、美女、权力三者之间如何如何怎么怎么才能眉来眼去、秋波频送、瞒天过海、暗渡陈仓、如愿以偿成其好事的思想，那不是太让别人觉得邪性了吗？所以"灰色思想"最好只字不宣，仅在头脑中秘密酝酿、生长罢了。当然，也有三三两两交流心得沟通真知灼见的情况，但很少，且必是极靠得住的人才行。"灰色思想"到底也是思想啊，有时候也需要互相借鉴、取长补短、指点迷津啊。他山之石，可以攻玉。一切磋，如若各自的头脑里一齐迸射出了更智慧的思想的火花，不是相得益彰，共同进步了么？毕竟，"灰色思想"作为一种思想，也是要与时俱进的。谁头脑里整天进行着"灰色思想"而又不愿被人知道，那也未免有点孤家寡人了不是？"灰色思想"之思想者，可以说大抵都是"孤独的思想者"，内心深处很寂寞的。思想越深刻，越成系统，内心越寂寞，越是知音难觅，高处不胜寒。寻思寻思吧，如果某人已是或快接近是一位"灰色思想"之思想家了，却又只能装成不是甚至头脑里根本没有什么思想可言的样子，那也的确是一件很郁闷的事啊。若非专门研究"灰色思想"的思想者、思想家以及准思想家,只怕还忍受不了那一份儿孤独那一份儿寂寞那一份大隐隐于市的磨炼呢。但是话又得说回来,那可是他们宁愿忍受的。因为他们的思想,直接与他们的经济利益钱财野心挂着钩。他们是要靠他们的思想成果创收的。那是他们的"资本",他们从不打算也让别人也沾点儿他们那峥嵘成果的光的。

现而今,在咱们中国,"灰色思想者"可多了。已经达到了"家"那么高的境界的,估计也大有人在,寻常看不出,偶尔露峥嵘。不定在什么场合,高级的也罢,低级的也罢,不干不净的也罢,倘谁正与人侃谈着对于金钱啦,美女啦,权力啦这些我们俗常之人感兴趣的话题,旁边有一位冷不丁地插嘴说了一句,于是语惊四座,令人刮目而视,心里边都会不由自主地想:深刻!深刻!言简意赅,参透天机,撕破世相呀!这样一些平素深藏不露,潜心钻研"灰色思想"的人士,相当一部分,或者早已是善于搜刮"灰色收入"的高手,其思想自然具有亲历亲为的经验性;或者正在时刻准备着,进一步提炼其思想的睿智,他日一旦应用,攻官官降,克权权腐,百战不殆……

真的,读者诸君,端正你谦虚的心,擦亮你观察的眼,说不定哪个时候你就会惊讶地发现,居然就在你身边,冒出了一位思想很深刻很深刻的"灰色思想"之思想者。而你有眼无珠,终日对面不识君,只有愧怍的份儿……

言归正传,话说王启兆,那自然也是一位"灰色思想"之思想者了,属于层次很低的群体中的一位。只有初中毕业,想高也高不到哪儿去。他头脑里形成着的那点"灰色思想",只可看作金钱、美女、权力之三角游戏场上的一贯窍门而已。在真正的"灰色思想"之思想者们面前,他那一套一套的经验和心得,是很小儿科的。可谓小巫见大巫,那就支吾不能言了。但他这人是很有自知之明的,平常从不跟人谈那些。只有在他的心肝儿他的宝贝儿他的美人儿他的女神也就是他的秘书郑岚面前,他才会敞开心扉,暴露思想……

而郑岚,她是越来越被他的思想魅力所折服了。她越来越要求她的美貌在他的思想面前卑恭地低下头去。她对他的思想崇拜使她宁愿内敛起几分美貌带给她的高傲;在她心目中,他的思想魅力似乎使他变得特有气质了。女人之心,天生对于金钱和权力两方面都存有冒险欲望,美女尤其如此。这并不意味着她们人人都有吕后或慈禧的基因,觊觎大权;也并不意味着她们天生都是钱婢,甘于为钱屈膝。不,不完全是这样。她就不是。有时只不过觉得,既美貌着,倘有机会在金钱和权力之间随心所欲,施展手段,大大成功地游戏一番;小试美貌之牛刀而解权力之牛,而通金钱之道,是很有意思,很好玩儿的。即便一无所获,仅那冒险欲望的满足,亦算一大快乐⋯⋯

从某一天起,郑岚这漂亮的小女子,心思有点儿不安分了。她暗暗地希望着,期待着一种机会的来临。像运动员期待着值得上场的赛事,在对抗赛中证明并检验自己的体能实力。她的体能自然没有任何超长实力可言,她一心想要证明和检验的,是以自己的美貌和权力相对抗的话,孰胜孰败?以及以自己的美貌,可以征服多大的权力?装备了金钱这一常规“武器”进行征服会怎样?不使用“武器”又会怎样?面临权力,究竟是美貌本身更所向披靡,还是金钱的威力更加强大?⋯⋯

她像从没上过网而且对网上的虚拟世界心存怯意的少女,当听人海阔天空柳暗花明地描绘了一通上网游戏的种种刺激以后,自己的好奇心和冒险欲望再也按捺不住了,也打算上一次网了,也想要在网上过关克垒,一逞本事,去赢得一次最高的积分了⋯⋯是的,哪怕仅仅一次。不图别的,只图那一份儿刺激和那一份冒险欲望的大满足。

既是她老板,又将她当美神一般爱着的那男人,那“灰色思想”的层次不高的思想者哪里知道,在金鼎休闲度假村落成典礼结束那一天,他从温泉池中抱将起来的浑身水珠淋漓赤裸裸一丝不挂娇媚软态的这一个小女子,已经与入浴之前很不相同了。

她的内心发生了变化。

像一枚蛋,在一定的温度之下,蛋黄发生了变化。

开始是一枚"毛蛋"了。

不是引自地下的温泉水那令人惬意的温度使然。

而是他的"灰色思想"的"质感"使然。

在她看来,那是一种"高级灰"。

正如某些成功而又时髦的男人,每以一套"高级灰"的西服为身份的标志一样。

她觉得灰色一旦高级,在适合于男士们的一切色彩中,是最受女人青睐的。

而她虽然身为女性,对很适合于男人们的色彩,心理反应往往也是特别敏感情有独钟的。不论那是"高级灰"的西服,还是"高级灰"的思想……

一切果然如他之所料,每件事都顺理成章。

数日后对他的采访报道引起了社会各阶层的关注。

标题是——儒商喜现我省,金鼎光辉夺目。

副标题是——我们已经呼唤得太久太久。

编者按中引用了雕塑家在剪彩招待会上说的一段话:"我所认识的、了解的这个度假村的产权人和法人代表,正是这样的一位儒商。我能与之合作,三生有幸。"

还打出截止日期、列奖等级、名额以及奖品之品牌,吸引人们参与竞猜此篇报道的关键词——在"儒商"与"呼唤"二者中,可选其一,也可从报道中任意另选一词……

又数日后,省报转载了小报一反八卦面孔的那一篇行文亲和而又亦庄亦谐的报道,也用较大号仿宋黑体字引出了几行编者按。

按曰:"为什么一份面向广大市民阶层、以娱乐内容为主的小报,舍得贡献整整两版的版面向人们介绍一位出现在我省的真正的儒商? 这良好的动机证明了什么呢? 它证明了——只要是令我们欢欣鼓舞的事情,就会使一切传媒首先激动起来,同时激动读者。而这样应该大力进行正面报道的事情,不是太少,是我们以前发现得不够,宣传得不够。此次,反而是一份小报为我省传媒做出了榜样。"

于是带动了一片大好的宣传局面。

其后一段时间内,各种形式的传媒,争相伯乐相马,热情洋溢地推出了一位又一位形形色色的儒商。有私企的,也有国企的。

于是连大学里的新闻系、经济学系、企业管理系,也争相开讲并且启发学生讨论"儒商传统与现代商业之人文理念的比较"之类课程……

于是引起一份在全国极有影响且发行量很大的大报的重视,请名人撰文。其文惊呼:"地方涌现儒商热,足以乐观。"

并且,认为这一种现象,乃是"后儒商现象",因而也是更具现代性的儒商现象。

逻辑是——凡"后"者,必"新"也。不"新",不足以言"现代";不与现代理念相结合,不足以称"后",亦失重视之意义……

不消说,也是很正面的推波助澜。

金鼎休闲度假村于是声名鹊起,名声大噪。前往消费者与参观者,从四面八方接踵而来。

它的生意一下子火爆了。

然而王启兆却一下子销声匿迹了,只有郑岚在那里独当一面,全权经营。

传媒因此大为困惑。

他们经常黏着她问:"老板哪儿去了呢? 他不可以这样啊。我们还要追踪采访,进行连续报道呢!"

"我们认为他肯定还有许多有益于促进我省旅游休闲业发展的思想并没完全谈出来。他有义务完全谈出来的。他已经成为我省旅游休闲业的领军人物了嘛!"

"你也有责任向他传达我们的诚意,劝他继续接受我们的采访啊!"

……

美貌的小女子满脸的无奈。对于各路记者们的不满之词和失落情绪,她表现出了"理解万岁"的真诚。当然,希望他们对她也能"理解万岁"。

"哦,哦,是啊,是啊,我理解,理解,完全理解。可是亲爱的朋友们啊,叫我怎么说呢? 搞出了这么大的响动,是我老板他始料不及的啊! 他因此苦恼万分。我的老板,他原本是一位特别特别特别低调的人啊! 他的事业,不仅这一处度假村啊! 怎么对你们说呢? 有些话属于商业秘密,不便对你们披露的。让我这么比较含糊地告诉你们吧,他还有开发得很成功的房地产业呢! 他还很早就涉足了医药产业呢! 他还打算进军汽车制造业呢! 中国的马路上,公路上,有一天也该行驶着百分百中国制造的名牌小汽车呀,是不是朋友们? ……"

不知不觉就成了她的"朋友们"的记者们,皆点头曰:

"是的,是的……"

"那是的……"

"他这个打算可以见报吧? ……"

她迷人一笑:"可以。"

只那一笑,顿使记者们中性别是男的那些,全都在心里边暗想:是她的朋友,多好啊! 金鼎真好! 它使人人的感觉都好……

而她接着娓娓道来:"可此前有传媒报道过我老板的房地产业绩了吗? 只字没有吧? 有传媒报道过他在医药界的业绩了吗? 也只字没有吧? 他打算进军中国的汽车制造业,这也是你们今天才从我口中知道的事吧? 为什么呢? 因为他是一位特别特别特别低调的实业家啊。他特别特别特别地不喜欢张扬啊! 他在本省的投资,包括这度假村在内,对于他的实力那仅仅是冰山的一角而已啊! 他也不愿人们将他视为儒商的啊! 他也有普通人的一面普通人的种种担心啊,他怕树大招风引起不必要的……我就不说引起不必要的什么了吧! ……"

她苦笑。

仿佛说的已非是她的老板，而是她自己了。

"朋友们"也就是记者们，亦皆笑。笑得也都有几分苦涩，有几分无奈，还有几分同情。

仿佛值得作为她的"朋友们"的人们同情的，不是什么"他"，根本就是眼面前的她了。

她请求体谅地告诉"朋友们"，她老板由于前几个月为度假村紧锣密鼓的后期工程操劳过度，曾几次犯过心脏病，现正在本省一个偏远宁静的小村休养……

"人不是机器，心脏不是发动机。当度假村老板的人，是不是也有权利为自己放几天假呢？"

她问得那么天真。

"朋友们"皆言：

"有的，有的。"

"那当然，那当然。"

然而在"理解万岁"的同时，新的困惑、不解随之产生。

"那……他为什么不在自己的度假村休养呢？这儿的休养条件不是无与伦比吗？再说还有一批医护保健人员……"

"这个嘛……你们都看到的，这里的条件确实比较高级。改革开放使我们一批中国人先富起来了，他们自有符合他们生活水平的消费要求。满足他们的要求，不也是社会进步、经济发展的表现吗？所以，这里从一开始就在经营理念上定位了，是为了咱们先富起来的一部分中国人服务的。而我的老板，他曾是一个出身农村的苦孩子。他创建了这样一处度假村，但这里处处高级。那可一点儿也不符合他本人的愿望和要求……"

又是那种迷人的笑。

善于那么笑的女人一向易如反掌地就能博人好感，而且具有隐性的征服力量。

"那为什么不出国去休养休养呢? ……"

"那不是得动用外汇么? 真正有抱负的商人,他的钱不是随便供自己享受的,而是要一笔一笔有计划地投入事业,回报社会——他呀,总是这么教导我,我可说不过他!"

表情挺郑重的回答,于是轮到"朋友们"皆灿烂地笑了。在笑声中,发问的那位不好意思了。

"他应该到南方的农村去,如果他特别留恋农村的话。季节快变了,天要凉了。南方的气候,肯定更适合心脏不好的人去休养……"

"这位记者朋友说得对,我也这么劝过他的。不错,他这人,是有很顽固的农村情结。可他不是咱们地道的北方人嘛,他心里边更热爱的,还是咱们北方的农村啊! ……"

"可……人生地不熟的,身边又没个人照顾,那怎么行呢? "

"朋友们"似乎已不仅仅是她的"朋友们"了,也直接是儒商王启兆的至亲至爱的人了。

那话说得可惦记着他了。

于是另外的"朋友们"纷纷点头,表示那话代表他们全体。

在处处体现着精雕细刻之功和豪华浪漫气派的休闲度假村里,年轻貌美的这一位是大大的儒商的"小蜜"的小女子,顺理成章地也是义不容辞地充当起最权威的新闻发言人来。她是那么的从容镇定,那么的彬彬有礼,那么的应酬自如却又那么的应酬乏术不善言谈似的。

好一位小女子,真个了得!

把别人所问的都一一回答了。把别人并没问、完全是自己趁机想说的话,夹带在前一句后一句的回答之中,也都不露边儿不现角儿地说了。

明明如此高强的言谈,竟能使人觉得不善言谈似的;竟还一阵阵地仿佛不知说什么好因而发窘因而脸红起来因而让对方感到他们简直是在虐待她呢!

她是那么可怜见儿的。

他们都有些于心不忍了。

她又说："大家别不放心啊,没事儿的。他在那个小村子里,像在自己家里一样。那里才是真正能让他身心得到休养的地方……"

见"朋友们"一时地你看我,我看你,如坠云里雾中,她又说："那村里有不少孩子,是靠他的资助才上得起学的。孩子们爱他,孩子们的家长也爱他。他呢,也非常爱那些孩子们。和孩子们的家长相处在一起,就像老哥们儿老姐们儿相处在一起似的……那么大个人了,他还常常和孩子们拉拉扯扯地闹成一团儿呢!哎,求求你们千万别报道这些啊!那可就等于出卖我了呀!人家毕竟是一位实业家,一位老板,他也考虑自己形象问题的呀!"

她仿佛一时失口,已向记者们泄露了什么有损自己老板形象的事情。

这小女子的脸儿,又可怜见儿地红了。

还问什么呢?还能问什么呢?除了感动,除了应该感动,还忍心纠缠不休地问个什么劲儿呢?

"在全国,像那个小村子一样,他去了就把他当成一个回家的亲人一样亲亲热热地看待的地方,好多呢!我是没法儿统计的。有次我想替他统计统计,结果反而惹得人家鼻子不是鼻子脸不是脸的大发了一顿脾气。真的求你们,千万别报道这些!……"

仿佛,因为太拿他们当朋友了,她才敢冒老板之大不韪,连不可以告诉他们的也告诉他们了。

在全国还有好多那样的地方,意味着他的默默无闻的善举,是在全国范围内进行的呀!

仅仅就是一位儒商了么?

难道不也是一位慈善家么?

对如此这般一位儒商加慈善家式的人物,倘不予以充分的正面报道,记者还有半点儿使命感么?

可她说:"不许报道啊,什么也别报道! 我讲了那些,是因为你们问了。你们问,我不回答,或仅仅来一句'无可奉告',那多不带劲啊! 但干吗非把一个低调的人搞得怪难受的呢? 哥们姐们,妹们弟们,是吗?"

众人嘿嘿笑了。

那意思是——理虽是那么个理,但我们也有各自的任务在身啊!

"最后一个问题……"

"也别最后不最后的,想问什么,只管问吧。反正我也看出来了,你们是非出卖我不可的啦,我也豁出去了,当叛徒就当叛徒吧! 为了成全你们,叛徒的罪名,八成也只有我一个人来承担了……"

又是一笑。迷人,苦涩,无奈。

"朋友们"中性别是男性的,已被迷得晕头转向有点儿找不着北了。都是她"哥们姐们""弟们妹们"了,那还能找得着北么? 那种情况下,北还那么好找的么?

"可,我提的最后一个问题,也许涉及到你们二人之间的隐私……如果你不愿回答,就当我没提。但,千万别生气呀!……"

是位"妹"。看去比她的年龄小四五岁,大概刚出校门,当上记者不久。对采访这种职业常事儿,分明地,太当成件事儿了。

她看一眼手表,望着那"妹"坦然地说:"提吧提吧,没有什么你不可以当面提的问题。我和他二人之间,也没有那么多破隐私。回答完你这个问题,我陪大家共进午餐。不过,不是最后的午餐!"

大家就又笑,表示都是有幽默感的人。

"妹"也笑,嗫嚅地说:"他是……有家庭之人。有妻子,有儿子,你如何处理你们之间的情感关系呢?……"

她微微皱了一下蛾眉,半开玩笑半认真地批评道:"妹哎,有家庭的人就说有家庭的人,别来'之'。朋友间,'之'什么呢? 爱情关系那就直截了当地当成爱情关系问。我这个人,喜欢快人快语的问答方式……"

"妹"居然一报还一报地也打断了她的话,急切切地说:"我的问题还没提完呢!作为一个男人,他显然是配不上你的。你对此又怎么看的呢?"

气氛一时沉静。众人都将目光望向别处,仿佛都没听到究竟问的什么。然而,谁也能看得出来,那是他们非常感兴趣、都想听听她如何回答的问题。

她的表情变得极其庄重了。

几秒钟的思考后,她这个快人快语的小女子慢言慢语地回答:"首先,我打消你的顾虑。这算不上哪门子隐私。他在许多人面前都说过我是他'小蜜'的话,我这方面还能隐的什么私呢?不过我声明,我不爱听'小蜜'两个字。如果你的职业是秘书,想必你也不爱听。那叫法对我们女性太轻佻了!但是他对我的感情丝毫也不轻佻。现在的中国男人哪一个没有不正经说话的时候?他身上压力大,常用开开玩笑的方式缓解压力。我理解他,体谅他,从不计较。他妻子儿子都在国外,他是个活得孤独的男人。他为了他的事业,目前只能这种活法。孤独的男人谁不需要女人的感情慰藉?反过来女人也是如此。这是人性的弱点,不是罪过。上帝都愿意宽恕的。真爱有时就是在这种情况下发生的。爱情可以由任何一种感情关系开始,你别瞪大你的双眼,这没什么可奇怪的。古今中外实例多着呢。我后来发现我也爱上他了。有什么办法?我们都深深地爱上了,让我们拿爱如何是好呢?我不逼他离婚,更反对他为我而使现在的家庭解体。但我也不想学赵四小姐,名不正言不顺地陪他一辈子。等他该为家乡做的奉献都做了,不再是一个事业狂了,那时候我会悄悄离他远去。我,中文本科,管理学硕士,还考下了会计师证。我会有属于我自己的人生归宿,不会那时候嫁不出去的,但我得珍惜眼前这一份爱。大千世界,芸芸众生,我当眼前这份爱是我俩前世修下的缘。至于你问的谁配得上谁配不上谁的问题,在我这儿根本不是个问题。如果你是我,对于他这么一位好男人,你在从许多方面深入地了解了他之后,还会以貌取人么？我又不是那类神经兮兮的一味追星的小破女孩儿,你们认为我有那么浅薄么？……"

泪光恰是时候地闪在她眼里。那是不多不少的泪,汪在她下眼睑那儿,两溜儿,是她足以靠技巧控制住不使它们淌出来的。某些女人天生有这门技巧。

气氛更沉静了。

众人的目光更不知望着哪儿才好了。

有人谴责地向那不懂事儿的"妹"瞥了一眼。

那"妹"也顿时脸红了,其窘一点儿也没引起同情。

"妹"讪讪地说:"对不起,对不起,我不该乱问……"

而她,却亲昵地搂住"妹"的肩说:"吃饭去,吃饭去……"

路上她自言自语地又说:"有时候,两心相印,爱是可以做到无私的。也应该做到。"

吃饭时,"妹"仍惴惴然。

她就主动跟"妹"开玩笑,还主动讲点儿她和他之间无伤大雅的床笫事,以表示她对"妹"的"乱问"其实并未心存不满。自然,不是讲得太露骨。很隐讳的讲法,浅黄段子的性质。由她那等美貌的小女子讲来,尤其无伤大雅而又令"朋友们"耳耳皆竖,得其快乐。

很丰盛的一顿午餐。

"朋友们"一个个嗓子眼直打饱嗝脸上浮起酒晕以后,她就吩咐人带他们去体验体验度假村的一流服务。

蒸啊泡啊按摩啊美容美发啊捏脚啊打保龄球啊唱歌啊再打一会儿台球到健身房由健身小姐教几套健美操啊再蒸啊再泡啊什么什么的……

到了吃晚饭的时候了,就又吃。

天黑后,各人照例大包小包地拎上点儿"意思",由一辆面包车送回省城,——送到家门口……

其实那一天王启兆就在度假村,服了两片安眠药,在属于他们的那一套房间睡大觉。

等她也躺到床上时,他醒了,伸懒腰,一副终于重新蓄足了精气神的样子。

她笑问:"睡够了?"

他说:"睡了一场好觉!"——就纠缠她。

"你这人真不道德。你猫在这儿把觉睡得足足的,却让我费口费舌地陪了那帮记者大半天!现在不心疼人家,还来烦人家!……"

"我这不就是在心疼你嘛!看不出来是心疼你?再说,我也是为了给你一次历练历练的机会。以后,由你出头露面的时候多了,不历练怎么行呢?来,让吃个哑儿……"

"不给!"

"给嘛!"

一番调笑之后,她开始向他汇报接待过程。

他吸着一支烟,聚精会神地听。

听到值得表扬处,连赞:"好,好,回答得无懈可击,精彩!……"

于是她得到一个吻的嘉奖。

"哎,我也认了一个'妹'啊!"

"认吧认吧!这年头儿,在中国,公关就是他妈的这么一码子事儿。还不是咱们中国老百姓维护人缘的那些俗套,换个国外的说法罢了!"

于是她将她那记者"妹"怎么问的,她自己怎么回答的,绘声绘色地又说了一遍。

"哎呀妈呀,哎呀妈呀,我的小美人儿,你啥时候一下子就变得这么能说了呢?我完了,完了!……"

"怎么完了?"

她不安起来。

"我永远舍不得失去你了啊!这你要是哪天一变心,我还不完了么？那我还有法活？……"

"讨厌！吓我一跳。我还以为我不该那么说呢。"

"你说得很好啊！在别人是掖着藏着的事儿，唯恐让人白眼相看的事儿，经你的小嘴儿那么一说，说得多动人了啊！说成了逸事了啊！绯闻一说成逸事，那就优美了啊！……"

"那，那小记者，我觉得她又贱又坏，肯定会捅到报上去的。"

"随便她往报上捅啊！对于我，有逸事，比一点儿没有强啊！我也眼瞅就成一位商界明星了呀，没点儿逸事形象多单薄啊！今后，咱俩即使处处公开成双成对，不是也没多少人说三道四了么？又公开着，关系在人看来又优美着，你立了一大功哎！……"

"万一你老婆看到了报呢？那还不给你添堵呀？"

"放心吧宝贝儿。她在国外，哪儿看得到国内的小报。再说我们早约法三章了，我不干涉她在国外的事儿，她也不妨碍我在国内的自由！宝贝儿，你真是青出于蓝胜于蓝啊！我爱死你了……"

于是，复将人面作桃花，再拥软玉入怀来，美人儿矜持，似不惯听骄傲言语，乜斜娇眼，纤指戳着自诩为"蓝"的男人的脑门，驳道："别那么自高自大啊！你以为是跟你学的呀？你应答能力还不如我呢！想当年，人家也是中文系的才女。预先考虑考虑，在电话里和你妹子探讨探讨，写几页话背背，现场能发挥得不好吗？就那么几个靠新闻纸混饭吃的鸟人，玩死他们！玩得他们滴溜转，还得让他们笔下生花，心甘情愿地为咱们写讨好的文章！……"

尽管是在床上，说到得意处，仍不免眉飞色舞，指花翻变，欲飘飘然。

他笑道："对对对，是青者自青，天生本色。和青一比，蓝差远了。蓝嘛，蓝了吧叽的，哪儿有青那么吸引眼球哇！……"

"讽刺我？咬你！……"

两个又胡闹一番，彼此调笑够了，终于安静下来。

她亦变为虚心，承认是平时观察、长久积累、向他学习的结果。

他就又好为人师,传授她几条日后继续和记者们打交道的经验——比如男人在女记者面前要装傻;女人在男记者面前要装乖;如果同时面对男女记者,那就装怯。凡记者,都愿意看到被采访对象智商低于他们自己的表现。他说你越是智商大大地高于他们,越是要装出智商低于他们的样子。起码要使他们认为,你觉得自己的智商也和他们一样高,而不是反过来,好像你认为他们的智商和你的智商一样高……

她说:"知道呀,我就是这么做的嘛!单单对那个小破女记者有点儿例外。她太爱出风头,以为她那么一问,我就尴尬了。小样儿!我心里别提多讨厌她了,长得抽抽歪歪的像颗干枣,还没你那个妹子经得住一看呢!你那个妹子起码还有副身架在那儿!……"

鄙视态度,溢于言表。

他就谆谆教导,对那类小记者,不值得往心里去的。而且呢,越是那类小记者,有时候越危险。因为她们既长成那样,又是记者,明知自己不招人喜欢,还偏偏得往人多的场合扎,心理渐渐地就变态了。心理变态了,就总想干点儿什么损害别人的事儿,偷着乐。所以呢,如果避不开危险,那就要善于化险为夷。化险为夷也不是多么难,有个什么活动,别忘了她们就是。寄张请柬,亲笔写上真诚期待之类的话。再不,图省事儿,请柬上签个名就行。总之,使她们以为自己在你心里有个位置。爱来不来,不来也不缺她们。年啦节啦的,派人送点儿东西去。人嘛,那都是经不起笼络的。恰恰是那类小破记者,笼络住了,可愿意为你的事儿鞍前马后的了。因为没人待见她,你待见她了嘛!这年头,即使鸡鸣狗盗之辈,那也多笼络一个是一个。连这个星那个星的,能笼络她们,还尽量笼络着她们呢!万不可轻易得罪她们。在老百姓之间,这么行事的人,那也总没亏吃。比如一个大院里,住着一位斯文的先生,也住着一个"滚刀肉",就是仿佛谁都惹他不起的主儿。一般而言,先生对"滚刀肉",往往主动打招呼,总是客客气气的,未见得是多么怕"滚刀肉",而是比对方聪明了。日久天长,"滚刀肉"就被感化了,张口闭口先生长先生短的了。

先生一旦在街上受了欺负，"滚刀肉"兴许还会脱光了膀子，替先生两肋插刀呢！人嘛，总归都识敬的……

她就不但变得虚心了，且又变得崇拜之至了。这些寻常现象经他一分析，一指点，她总是大有收获。她不得不又一次暗自承认，和他相比，他终归还是很厚的，自己终归还是挺薄的。

她半点儿自得也没有了。往他怀里一偎，不打算再开口了，只想竖耳聆听了。

他还挺怀旧地说——从前的年代，记者是很受人尊敬的。能成为记者的，那都是大学毕业生。全中国大学生那么少，凤毛麟角。人们被他们采访，能不心怀敬意么？说现在，大学生算什么，早过剩了，连文科的研究生都很难找到工作。从前的老记者，或者退了，或者当主任、副主编、主编了。一线跑新闻跑采访的，都是些乳臭未干的毛孩子，自己还一问三不知呢，凭什么能力当记者啊？所以搞得一份份报纸，天天是鸡零狗碎。若在高中就是那学习拔尖的，也不至于沦落到大学文科去。成了文科大学生，还不好好学，所以出了校门，就只能在报界混碗饭吃。记者这行当的风气目前又是那么地毁损从业的人，看出他们身上有这样那样的毛病，就得见怪不怪，多多包涵。社会嘛，全凭人和人之间互相包涵，才是个社会，才叫和谐，要不成非洲大草原了，天天你想吃我，我想偷袭你的……

她本不打算开口的，忍不住还是问了一句："你考虑过没有？你也可以当一位政协委员啊！"

他一愣，反问："你希望我当？"

她点点头小声说："有几个记者在饭桌上议论，说像你这么实干又这么低调的人，在政治上应该有种荣誉，那对事业更有好处。"

他沉吟片刻，又问："为什么非得当政协委员，而不是人大代表呢？"

"他们说，人大代表当起来总得操点儿心，当政协委员比较超脱。这些政治方面的事儿，我不懂，以前也没怎么替你思谋过。你要是想呢，包在我身上了。"

"包在你身上了?"

他瞪大双眼睇视她,半信半疑的样子。

"以为我夸口是吧?要不咱们一言为定,让我试试?"

他犹犹豫豫的,并未当即表态。

"我觉得,他们的话,倒都是出自好意,也有几分道理。"

"是啊,是啊,道理是那么个道理。我也不是完全没想过。但……会不会适得其反呢?比如,反而引起人们的评头论足……"

他心存顾虑。

"你以为你现在就不被评头论足了?你已经开始被评头论足了呀!你不当那个,你知道别人会怎么想?别人会这么想——别看报上把他写得左好右好,究竟怎么样个人,难说呢!那么好的一位私营企业家,连个政协委员都当不上?八成当局还是不太信任他。当局掌握一个人的情况毕竟更全面,不信任谁自有不信任谁的道理!……"

"唔?你……已经听到这种议论了?……"

他极度重视起来,一翻身,严肃地俯视着她了。

"间接听到了一些,不多……"

"你有思想了。嗯,你变得很有思想了。我没想到的,你都替我想到了。我高兴。为你,也为我……"

他吸着一支烟,沉思。

"别听到一点儿反面的议论就当成件大事儿,这哪儿像你呀?……"

她竟教导起他来了。

他还在沉思。

"今天说定了,让我试试我的能量。我想试试……"

"你打算怎么做呢?"

"我没想好。但那些记者们,他们表示愿意作点儿贡献。他们说,传媒既能炒出明星来,也能炒出政协委员来……"

"这是很有分寸的事,万一过戏了……"

"放心,只要你今天同意了,我拿出具体方案给你过目行不行?……"

"宝贝儿,你办事,我当然百分百放心啦。"

他吻她一下,又沉默片刻,终于同意地说:"方案我不看了。既然你想试试自己的能量,又有他们助力,那你就试试。反正是利大于弊的事儿,你尽量往成功里去做。咱们总归是要到国外去的,成败都无所谓嘛!……"

她分外高兴了,从他指间取下烟,按灭在烟灰缸里,笑嫣嫣地缓缓地伏在他身上了……

他猛然想起地说:"最近几天,你要亲自去挑选一套家具。不要进口的,那太贵了。但一定要国内名牌。只要是国内的,买价格最高的那一种就是了。然后你亲自给我那丑妹妹送去,啊?……"

"你还真对她有什么想法了呀?"

她顿时不悦,沉下了脸。

"唉,我有了你这么一个美人儿,我会对她有什么想法呢?"

他又吸着了一支烟。

"那你要送一套家具讨好她?"

"不是你以为的那样嘛!她给我打了一次电话,说她买了一套商品房,预付款已经交了,向我讨教装修的问题。我什么时候是个装修的行家呢?话里话外的,是她对我有想法了……"

"哪种想法?"

"你寻思啊,如果有天她对我说——大哥,小妹剩余的房款交不上了,你得帮我啊!那我怎么办?不理那茬儿,显得我这个大哥太小气了吧?装大方,二话不说,给钱?那不就得几万么?如果她再说装修也没钱了,我又该怎么办?咱们整天谋来谋去的,图的什么啊?还不也是为了钱么?我怎么那么冤大头,谁叫我大哥,我就该把自己辛辛苦苦赚的钱送给谁花?我有病啊?趁早,在她还没开口之前,送过去一套家具,预先堵住她的嘴。她心里那想法,不是就不好再说出来了么?……"

"要不,就干脆送给她一套进口的? 我也给她打过电话,问她接待她同行们的技巧,她告诉得怪认真的。进口的,国内的名牌儿,估计也相差不了多少钱吧? 你不是主张别在小钱上计较,该花的就花吗?"

她是那么通情达理。他一说明情况,她反而主张送进口的了。

"不,就送国内的! 够布置一百多平方米就行。一个单身女子,挣得又不多,一买就买三居室,还非买黄金地段的! 自不量力嘛! 我估计着她在买的时候,打的就是歪主意,算盘打在我身上了。以为一说,我这方面就会主动地大包大揽,充当她的财政部长。我怎么就那么贱得出奇呀? 也不对着镜子照照自己,什么玩意儿! 她在电话里大哥长、大哥短,装腔作调的,听着让人浑身起鸡皮疙瘩! 要不是我这边哼哼哈哈地支应着,估计她那想法就干脆开口直言了! 刚刚才认识没多久嘛,大哥两个字还没叫热乎呢! 你看清这个社会的本质了吧? 正应了那句古话,怎么说来着? 天下什么? 你说。我一时想不起来了,你一定知道……"

"天下熙熙,皆为利来;天下攘攘,皆为利往。"

"对,就这话。以后,咱们身边,阿猫阿狗,三教九流,那还会多起来。说穿了,都想从咱们身上榨取点儿钱罢了。不在社会上弄出点儿动静,怕这度假村今后的光景不太好办。一弄出了动静,就都把咱们当成财神爷了,形形色色的人就都哄上来了。唉,两难,两难啊! ……"

他第一次在她面前唉声叹气的,使她的心情也不好了。

"别这样! 这又不像你了不是? 我听你的,照你的话去做。咱们也不是智商低的人啊,别人千方百计打算利用咱们,咱们还要利用他们没商量呢! 看谁利用得过谁? 看谁最终玩了谁? 就是天下人全都合谋了玩儿咱们,你的智商加上我的智商,被玩惨了的那也未必就是咱们。是不是? 到目前为止,不是一切都顺顺利利的么?"

她这么安慰他,深切地感受到了他内心里那份难以言表的孤独。这也使她自己觉得空前的孤独了。她是在安慰他,也分明是在安慰自己。

仿佛天下人真的已经全都合谋了正要行动一致地玩她和躺在她身边的
这个男人似的。除了那种空前的孤独,她心里还升起一种近乎大无畏的
英雄气概,和功夫片里冷眼看江湖的女侠们的气概差不多的英雄气概。
她想,她要和躺在自己身边的这个男人同仇敌忾,荣辱与共,玩转一切可
以利用之人,而不被别人轻松利用。并且,要玩得漂亮,玩得高明。内心
同仇敌忾着还要表面看起来玩得无比亲善,一团和气。玩到你好我好大
家都好的出神入化的境界。这美貌的原本涉世不深胸无城府不谙谋略
的小女子,那会儿又有心得,认为自己对"事业"二字,获得了全新的领
悟和理解。原来人人都张口闭口谈来谈去,都明里暗里起劲儿追求的"事
业",不过便是人与事,人与人在层层面面的斗法罢了。她联想到了当年
老师在课堂上讲到的一句话——"与天奋斗,其乐无穷;与地奋斗,其乐
无穷;与人奋斗,其乐无穷。"那是一堂文学选修课。老师讲的是当代文
学现象。不知怎么一来,讲着讲着走板了。有名男同学不客气地打断老
师的话说:"老师,扯远了!"而老师瞪了那男同学几秒钟,也不客气地训
斥道:"你怎么知道我扯远了? 文史不分家。我讲文,捎带着讲到史的背
景,这是很自然的讲法! 不谙其史,遑论其文!"——结果那同学连续
几次没上那位老师的课。当时她心里也是有困惑的,只不过没举手问。
依她想来,与天奋斗,与地奋斗,如果用以形容农民的活法,那是形容得
再恰当不过了,尽管农民的活法从来都没有什么"其乐无穷"可言。天
不同情,地不怜悯,农民的"事业"就完蛋了。这是她这个农民的女儿,
对农民们的"事业"倍感悲哀的看法。可"与人奋斗"又是哪些人的"事
业"呢? 又怎么就"其乐"无穷了呢? 难道世上果真有种"事业"是专门
"与人奋斗"而且真的"其乐无穷"的吗? 她当时的困惑在于此。自从成
为躺在身旁这个男人的秘书,她渐渐地感觉到,他的所谓"事业",既不是
奋斗这个,也不是奋斗那个;构成他"事业"的桩桩件件的事情,不论是
大,还是小,掰开了揉碎了说,归根结底无不是"与人奋斗"的性质。凡
他"其乐无穷"之时,必乃大获全胜之后。若不顺,若受挫,使其忧无穷

了。有时还烦躁无穷,恼恨无穷。那时,她觉得他真的很像一名斗士,既鄙视对方,又斗将不过,所以气不打一处来。除了她,没有什么人知道,他这个人也是会生气的,也是有生气的时候的。因为往往地,他正恼恨着某人,而某人忽然出现在他面前或打电话给他,那么他立刻就会变成另外一个人。其变之迅,如同指尖轻轻点了一下遥控器,电视立刻换了一个频道。不,比那还快,快得恰似川剧中的变脸。那时他或者毕恭毕敬,诚惶诚恐;或者满面堆笑,嘻嘻哈哈,仿佛是别人的开心果;自然,少不了也有诺诺连声、低三下四的时候。那时她看在眼里,难免地还会觉得他活得实在太累了,而且想不明白他究竟为什么偏偏要那么累地活着。后来也就渐渐明白了,是他的"事业"要求他只能那么活着,必须那么活着。而真的豁然一下子全都明白了,却是在此时此刻。连一名只见过一面的小报记者尚需靠谋略来对待,能活得轻松么?不"与人奋斗",行吗?这不幸生在贫穷农户人家而又极为幸运地出落成了一个美人儿的小女子,内心里对社会存在着某种不被人知的反叛企图。它被美貌之外表和淑女之气质所包裹,如同奶油巧克力包裹的却是一根钉子。不是很长很粗的钉子,也不是能穿透水泥和砖墙的那一类所谓"钢钉"。确切地说,只不过是别针而已,细细的、锐锐的。不像曲别针那么安全又可以弯来弯去地改变形状,也不像图钉和大头针那么夸张。别针是既可以长久地扎在哪儿又不易被发觉的。是的,她内心对社会的反叛企图,正是那样的。在她还是她那千疮百孔的家乡里一个整天穿着破衣烂衫的小姑娘的时候,她内心并没有那么一根"别针"。她以为世界就是那样的,中国就是那样的,而"城市"是神话般的传说。可怜她的家乡,几十户人家,到了九十年代居然还没有一户买得起电视机,大多数人也没看过一场电影。后来她跟随她的母亲去到了某大城市,她才知道中国并不是她以为的那样,才知道世界当然和她千疮百孔的家乡大相径庭。她的母亲在大城市并没找到什么工作,不得不整天带着她沿街乞讨。若不是碰到了一个在那城市里打工的同村人,借着了几十元钱,母女俩就回不了家乡了。那以后,她的心里就开始生长出什么尖锐的东西了,使她看着满脸愁云密布的母亲和病入膏肓的父亲,常觉她的心被扎得楚楚地疼。后来因了她的聪明,她居然得到了本县一位开酱菜厂的人的全额助学救济,升入了初中、高中。但是她从没见过那个人。这使她对社会又心怀感激起来,似乎不再觉得有什么尖锐的东西每每扎疼自己的心了。高二的时候,那个救济她的人因为种种原因破产了。直至那时她还是没见过那个人。然而学校告知她,那个人在举家迁走之前,已将她高中最后一年所需的一概学杂费全部交齐了。这就是为什么她愿意在她现在的老板备感力不从心的时候助他一臂之力的原因。虽然据她所知,他并没救助过一个上不起学的孩子。不知她根据什么相信,只要他走出困境的阴影,他是会按照她的希望去做的。也许,她相信的不是别的,而是自己这样一个美貌的小女子,对一个其貌不扬的、崇拜她的美貌像崇拜女神一样的男人的影响力吧? 她认为她对他的影响力是无可比拟的。如果说这也是女人的另一类虚荣心,那也是说对了的。她认为他的问题的关键在于——无论如何,正像他自己头头是道地对别人作出的分析那样,不能让世人看破他正处在困境的阴影之中。是的,不能。她一点儿都不愚蠢。她分明已看出了那阴影笼罩着他,只不过他自己不肯承认罢了。他不肯承认,她也不想点破他,出于照顾他那种男人的自尊心的考虑。她认为自己既被他所崇拜,那么就有责任和义务默默地助他否极泰来。在大学里她读了《希腊神话和传说》,书中诸神,尤其女神,又有哪一位对自己的崇拜者不是一心拯助的呢?

然而照现在的情况看来,显然,她未免过于自信了。她的自信也是异常尖锐的,和她内心里的疼有关。以她的高考成绩,本是可以顺利地进入北京一所重点大学的。却有人来找到她进行游说,希望她"自愿"放弃她的向往。那样,她不但仍可以是一名大学生,还可以获得五千元的名额转让补偿。五千元啊,对于她风雨飘摇的家是一大笔钱。她病入膏肓的父亲太需要那样一大笔钱延续生命了。结果她放弃了,很自愿地。

但没满足于五千元，而是鼓起勇气索要了一万元。对方倒也痛快。一万就一万。当场给了。那是她长到十八岁以来，第一次与人进行交易，迫不得已地。也是第一次当面与人坚持不让地讨价还价，更加是迫不得已地。那经历使她心里的疼加剧了。别针样的尖锐的东西，仿佛由里向外刺着她的心。她上的其实不是一所正规大学，而是什么"网络学院"。毕业时，文凭和正规大学毕业的学生们的文凭是不一样的。等她知晓这一点时，后悔已为时太晚。那时她才明白"自愿"放弃了的，是对她的人生多么要紧的事情。相对于它改变人生的重大意义，一万元太少太少了。她后悔的不完全是放弃了它，也后悔她是那样不善与人交易！然而她是明智的。在十八岁的花季的年龄，变得比深谙明智之道的中年人还明智。所以，当某些同学意气用事，纠集了到处告状，声言自己上当受骗了的时候，她没有参与。"两耳不闻窗外事"，一心只读考研书。那是一场历时两年多的风波。最终她的那些同学什么名堂也没闹出来，她却以优异的成绩成为本省唯一一所重点大学的硕士生了。她在第二所大学里出类拔萃，几乎整天被校园里的"花花公子"们追逐。她幽会过，拥抱过，亲吻过，还几乎到了失身的地步。自然地，也动心过。然而，却一次也没真的坠入到爱河里边不能自拔。因为在她看来，那些因了她的美貌而神魂颠倒的学兄学弟，还一个都算不上是男人。甚至，一辈子也很难成为真正的男人，只不过是些用男人的边角料拼凑成的人罢了，而且是用男人生理特征方面的边角料拼凑成的。她当时暗自发誓——她人生的真正起点不应在中国的任何城市，而一定要在北京开始。她从没产生过出国的念头。尽管曾有人怂恿，说她只要出国去了，那必前程似锦。她却只是报以一笑，仅当耳旁之风。她的研究生学年倒也不是过得太清苦，因为只要她愿意，做家教的机会就接连不断。能将自己挣的钱寄回家里，这使她和社会的关系不那么紧张了，也有点儿能像别人一样心平气和地感觉城市里的社会了。是的，在她看来，"社会"这个词相对于城市的含义和相对于农村的含义是大为不同的，有天壤之别。

　　她带着研究生文凭到北京去了。北京以它对女性的美貌特有的激情欢迎她。所有面试过她的公司都对她大为青睐，一概绿灯放行。她选择了一家如日中天的房地产公司，不久成为销售部经理助理。现在，她想，终于可以正式地谈一场恋爱了，就开始谈了。她认为她的爱情不但应该是浪漫的，缠绵的，美满的，而且应该是一次成功的。她认为自己有那种条件，而且，她的态度又是那么的慎重，为什么不可以一次成功呢？尽管北京天天地处处地在上演朝秦暮楚的爱情悲剧、闹剧，但她身边还是有着一次成功的特别传统的爱情正剧在祝贺声中开场或落幕。真的，为什么不可以不可能一次成功呢？她从少女时起就对一次性成功的爱情心怀憧憬，觉得那样的爱情才符合天长地久的规律。她爱上的是销售部经理，一位很帅气的身材颀长笔挺的北方青年。和她一样，也是有研究生文凭的。公司里的人都羡慕地说他们的结合将是一对金童玉女般的结合。他们不但是一个省的人，而且还是一个县的老乡。他的父亲是县里一位主管文教的副书记，而母亲是县教委的干部。这使她暗自庆幸，认为她那含辛茹苦的母亲，将来会因她这个女儿的婚事而倍感欣慰。一个满目贫穷光景的农村妇女，和本县一位县委副书记结成了亲家，那是多抬高身份的事啊！有一天，在闲谈中，他们聊来聊去的，各自讲起了考大学的往事。他喝了不少啤酒，承认他能进入到北京的一所名牌大学，其实是捡了个大便宜。她听了他的讲述目瞪口呆，怎么也没想到，她爱上的这一位县委副书记的公子，正是当年靠家长出的一万元钱，易如反掌地就顶替了她的人。他并不以为那是很不光彩的往事。恰恰相反，他洋洋自得，正所谓捡了便宜还卖乖。他一边继续饮着啤酒一边说："一个丑了吧叽的农村女，死乞白赖、拔尖好强地非上什么名牌大学呢？而且还非要不知天高地厚地报一所北京的名牌大学！侥幸考上了又怎么样？那还不是靠的死记硬背玩命学习吗？玩命学习只能证明一次性的高考成果，能证明天资如何吗？天资就不合格，有什么可持续性的个人发展呢？不等于白白浪费了进名牌大学的名额么？依我看，国家的高等教育,照目前这么扩招下去是没出息了!应该出台内部掌握的政策,家庭背景、父母双亲的文化程度,那也要参考参考。一流的大学,名牌的大学,尤其要这样!遗传是科学!农民的基因,那就是方方面面都低劣一些。要是选我当人大代表或政协委员,我就敢提这种提案!为了民族和国家的前途,有时候太需要我这样的人大声疾呼了!……"

她默默地注视着他,默默地倾听着。起初以为他醉了,舌尖上跑马,胡说八道,过过瘾而已。因为公司职员一族,不比民工,一边干着活儿一边想说什么就说什么,舌的自由对体力的付出是一种抵消。公司职员一族,尤其大小是个头儿的,一天八小时或八个多小时,事事都是公事,废话少说,往往连想和谁开句玩笑的机会都没有。所以舌头就很僵板。一下了班,第一欲望就是赶快解放解放舌头。好比狗,总被链子拴着,好狗也拴出问题来了。但听着听着,渐渐地听出他说的不是醉话了。听出他的话,显然是他头脑里一贯的一种思想。因为如果不是,即使醉了,他的样子也总还是会表现出几分羞愧以及对别人的内疚。不,他却不是那样的。他满脸的鄙夷,对农民和农民的下一代。还满脸的傲慢,似乎因为自己是一位县委副书记的儿子,便有极正当的理由损害了别人的利益还贬辱别人。那一刻,她觉得他那张棱角分明挺帅气的脸,渐渐变形了,变得丑陋了。

她说:"你又没见过人家长得什么样儿,怎么就知道人家丑了吧叽的呢?"

"那还有疑问吗?农村人,尤其农村女人,有几个长得能让人看得过眼去的?"

仿佛,他早已站在高高的云端,将全中国境内所有农村女人的样子清清楚楚地看了个遍,因而有充分的发言权似的。

"你长得这么帅,你的父母肯定都不是农村人喽?"

她的话,开始流露出讥讽的意味了。

"你明知故问嘛,我的父母怎么会是农村人呢?我父亲要不是为了退休前能混上个局级待遇,才不情愿到那个县里当什么副书记呢!那不是个局级县吗?他去了,我老妈只好跟去啊!我父亲觉得,他如果混好了,那还大有希望当上正书记呢!……"

那一年,他们都从各自的大学毕业不久,怀揣着硕士文凭,先后来到北京。听着一名刚毕业的企业营销专业的研究生那么通透地说些曲线升官的话,她从内心里鄙夷起他来。当时,她还没向他讲起过自己的出身。几次话到嘴边,犹犹豫豫地,又咽回去了。她觉得他们的关系还没成熟到那么一种程度。

"我想……我想我对不起你得很了……因为我的母亲就是农妇,而我死去的父亲就是农民。"

"别逗了你!……"

他仰头饮光杯中酒,之后,用杯挡住一只眼,单眼凝神看着她。好像那样,他对她的爱,就会集中在目光中了。

"那么你以为我是什么人家的女儿呢?"

"文艺家庭!要不就是高级知识分子家庭!别以为我喝多了,没多。才三杯啤酒哪能就使我醉了呢?让我猜猜——你父亲肯定是位教授,而你母亲嘛,是歌唱演员或者戏剧演员吧?否则你的气质怎么会这么好呢?你的气质……那是一种书卷气质和艺术气质相结合的……"

"哈,哈,"她冷笑道,"你醉没醉我不知道,但我千真万确地知道你猜错了。因为我比你更清楚我究竟是什么人家的女儿。让我明明白白地再告诉你一遍——我是一个很穷很穷的农民家庭的女儿。"

一说完,起身便走。当旋转门无声地将她旋到外边,当那家环境幽雅的酒吧已在背后,当她的眼前已是一派车水马龙高楼大厦时,她心口又尖锐地楚楚作痛。那一种仿佛别针样的东西,基本上在她内心里成形了。如同病毒性质很强很恶的癌细胞,在人体的某一个部分基本上集结为癌块了。

那是一个秋末的晚上,北京下着最后一场冷雨。她脸上已流着泪了,她自己却不知道。迎面的和左右的清冽的路灯以及五颜六色的霓虹灯，将它们霜一般的令人眼花缭乱的光赐在她身上、脸上，使她的一套咖啡色西服套装色彩迷幻，使她眼中和脸上泪光闪闪。

而他手中还拿着啤酒杯，还用它遮挡着一只眼睛。他仍然那样子隔着落地窗单眼望她，怔怔地，呆呆地。他不信她说的是事实，更不明白她为什么一下子不高兴了。

一辆白色的"宝马"车缓缓贴向人行道，车窗降下，探出一颗中年男人短发的、面皮白净得半男不女的头。

"女孩儿，谁欺负你了？想不想跟我诉诉委屈啊？"

"……"

"那……要不要我送你到哪儿去呀？"

她没穿风雨衣，也没带伞，任冷冷的秋雨淋着自己，在人行道上盲目地快步地走着。

"别不理人呀，太高傲了可不是好女孩儿……"

白色的"宝马"和轻佻的声音在人行道边上不死心地伴随着。

"滚你妈的蛋！"

她站住，扭头朝对方厉害地骂了一句。

对方啧啧连声地摇头。车窗终于升上去了，"宝马"终于开走了……

她这个农民的女儿，从小长到那么大，就会那一句骂人的话。当她用那句话骂人时，证明她对谁已经憎恨到了极点。而自从她上了高中以后，再就没骂过谁，似乎已将那句骂人的话忘了。

骂过后，她心口的疼减轻了许多。

她想——看来人得为自己起码学会一句并且起码永远记住一句骂人的话，以备发泄憎恨时用。

她想——骂人的话虽然肯定是脏话无疑，但有时和某些人某些事一比，其脏的程度却不见得更脏。

然而恋爱中的一对年轻人，并不会仅仅因为一次幽会不欢而散就草草地结束了恋爱的情节。只要一方还想将他们的故事延续下去,另一方总是会做出比较顺应的表现的,哪怕有时候那表现是勉强的,甚至是虚伪的……

几天的"冷战"以后,他主动跟她说话了。他说他当时真的喝多了。尽管自己觉得还没怎么样,但其实有几分醉了。他郑重其事地因他严重伤害了她自尊心的那些醉话向她道歉。他真挚地说,即使她是农民的女儿,他也非常爱她,根本就没法不爱她……

于是她原谅了他,不是勉强的,更不是虚伪的。

当年之事居然恰巧发生在她和他之间,而不是发生在她和另一个人,更不是发生在她和另一个男子之间——这也许意味着是上天安排的一种缘分吧? 当年他是靠"买断"了她的高考志愿,现在才有机会成为她的一位上司的。这一点反而会使他以后对她更好些,在她面前会更平等些吧?

于是爱情又回到了它的起点,像没过关的一次电脑游戏,从头再来一遍仍然使人兴趣浓厚。

却事与愿违。

他打了她。

当着几名男女同事的面,他狠狠地扇了她一耳光,并且破口大骂他们的老板是"色狼"、是"流氓"、是"癞蛤蟆想吃天鹅肉"……

因为他们的老板借口当面向她交代工作,在老板办公室搂抱住了她,亲吻了她——恰巧被老板的秘书撞见了。那自称是从国外留学回来的,而其实连一份正式的文凭都没有,连一页英文都译不明白的一向浓妆艳抹年龄暧昧的女秘书,自从她到公司上班那一天起,就将她视为眼中钉肉中刺了。

他打她是因为她当时"没反抗"也没叫喊,而是"半推半就"……

她确实没叫喊。口中一声没出,这是真的。

但是她反抗了。那秘书明明看到她反抗了。那秘书成心撒谎。

真正半推半就地在老板办公室里和老板大调其情的恰恰是那秘书，这一点在公司里早已成为人人心照不宣的公开的秘密。

但她爱的人还是相信了那秘书的谎言，而一句都不肯相信她为自己的清白无辜进行的辩解。

结果他和她都被开除了。

在那幢有十几家公司办公的矗立在黄金地段的写字楼外，在九级台阶那么高的门前平台上，在男女白领们出出入入的情况之下，她也狠狠扇了他一记耳光。

她说："这才公平——为了当年的事，为了刚才的事。"

他竟还想打她。由于里外有好几个人同时站住了观望，他举在空中的手才缓缓垂下了。

他挺绅士地一笑，无耻地说："赠你一句话——你以为你是谁？"

接连几天，她想不明白他的话到底是什么意思。在找第二份工作的过程中，才渐有所悟。原来在她的硕士文凭和她的美貌之间，社会青睐的更是后一方面，对她的硕士文凭只不过持一种漠然视之的态度。而这社会主要是由男人们的权力，或者官位赋予的或者金钱赋予的权力构成的，起码对她这一个渴望尽快找到一份理想工作的小女子是那样。有一个使她感到和蔼可亲的男人，亲自试探地问她愿不愿意成为一位局长的也就是他自己的儿媳妇。她正处在失恋的阵痛中，明确表示不愿意，结果她在试用期的第二个星期就被告之难以胜任工作，于是请她走人。还有一个是大饭店总经理的男人也亲自对她进行面试，居然在几句问答之后就居心不良地再问："这一个问题我要求你立即回答——如果你的老板对你表示喜欢，你高兴呢还是不高兴呢？"

面对面瞧着那个五十多岁的男人保养得细皮嫩肉的脸，她一时张口结舌，不知怎么回答才好。

而对方，问了之后，富态的身子往老板椅背一靠，同样细皮嫩肉的双手以蒙娜丽莎的双手那么一种姿势轻放胸前，左右旋转着老板椅，似笑非笑一眼不眨地盯着她。

他那目光里满是淫意。

她不由得低下了头。

她太需要那一份工作了。确切地说,太需要那一份工资了。她十分清楚自己的处境——在北京这样一座处处体现着高消费指数的大都市,对于一个形单影只无家可归且又无亲无戚也没有什么存着一大笔钱的通用卡的小女子来说,半个月没有工作就会陷入窘境;一个月没有工作就将面临生存危机;两个月还没有工作就难保女性的尊严,不管她的脸美貌还是不美貌,其结果都是差不多的。然而,她尝试着张了几次嘴,就是说不出"高兴"两个字来,也怎么都说不出一句和"高兴"两个字意思相近的话来,甚至,都不情愿再抬起头来望着对方了。

"这是一个很简单很容易回答的问题嘛,完全用不着怎么想的嘛!哦……对不起,我的事情还不少……要不你回去考虑考虑,想出了一个你认为正确的答案再来一次?……"

对方失去了耐心,但话仍说得那么彬彬有礼。

她只得低着头站起,低着头一声不响地朝门口走。

"你要知道,如果不是你,是别人,我才不给再来一次的机会呢!……"

对方的话使她在门前停了几秒钟。一个声音在对她说:别走,回头,冲他笑,反问他——请您提示我一下,我该怎么回答才符合正确的答案?……

那是她自己的声音。

她明白,只要她那么做了,她就有工作了,有工资了。

但那只不过是另一个她自己的声音。另一个别人永远也看不见,唯有自己偶尔与之进行商讨的自己。

她没有回头。

没有找到冲他笑的任何理由。

没有听另一个自己的。

当她推门而出,那扇门在她背后关而未严之际,又听到了一句自言自语的悻悻然的话——"你以为自己是谁呀?"

于是她联想到了她曾爱过的男人与她分道扬镳时说的话。

同样的话,出自不同年龄的男人之口。

倏然间她破解了那一句话的含意——在大都会的社会菜谱上,在某些有权的男人和某些有钱的男人看来,像她这样一个虽然美貌但却命中注定出身"卑贱"的小女子,只不过是一道司空见惯的甜点,那是每天都在以权钱做桌腿的餐桌上端上撤下的。如果不傍向一头,或者脚踩两只船,那么即使混得再好,也只不过能由一道甜点变为一道风景而已。而男人们用权钱结构成的社会,对只满足视觉愉悦的风景早已审美疲劳了,对甜点也差不多开始腻歪了。那权钱结构成的社会,在颓靡中巴望和渴求的乃是更强烈的刺激,类似大剂量的"摇头丸"的那一种刺激……

她不知用什么办法才能自己剔除她心中那尖锐的,每使自己的心楚楚作痛的东西。

再后来她就接到了母亲病危的讯息。

当郑岚十万火急地赶回到家乡,母亲已经气息奄奄,命系一线了。

她包租的那一辆出租车,在县城里被堵塞住了。确切地说,是和各式各样的许多车辆一道,被封锁在由荷枪实弹全副武装的军警们组成的戒严包围圈里了。在出租车旁边,是一辆"奔驰",车窗降落着,一个男人将手臂横担在车窗口,吸着烟,像是坐在由自己驾驶的名车里看戏似的,看着数百上千的男男女女,包括老人和儿童捋胳膊挽袖子诅天咒地哭喊叫骂的诸般情形。

而在出租车里,她的母亲蜷缩在后座上,枯发蓬乱的头枕着她的腿,昏迷不醒。

司机不着急,也吸烟,不时瞧一眼计价器,显然心里还有几分暗喜。

她隔车问坐在"奔驰"里的那男人,究竟发生了什么事,搅得一座平常挺安静的县城乌烟瘴气人仰马翻的?

他说是由于一座小煤山被挖空了,塌了半个山头,埋住了几十号人,而矿主是县长曲里拐弯的什么亲戚,跑了。县里一开始组织抢救也不得力,三天了没抢救出一个人,接着还企图捂住真相,结果事态闹大了……

"你想想嘛,挖煤的煤黑子们,那都是农村的男人,而且都是家家户户的棒劳力,埋住一个,就起码惊动十几个人的心啊!这个村那个村的,亲套亲,戚连戚,那还不越聚人越多?县长也躲起来了,不躲,还不被活活打死呀?……"

她哇地就失声哭了。

他以为她也有父亲或者兄弟被埋住了,见她哭得可怜,下了自己的"奔驰",走到她坐的出租车那儿想劝劝她,但发现出租车里还躺着个女人,立刻明白她何以急哭了。

任何一个男人在任何时候任何情况之下都会特别热血衷肠地帮助任何一个美貌的女人。如果她正束手无策需要帮助的话,如果帮助她对他不是什么难事更不必舍生取义的话。

他便替她去向武警战士们诉说什么。执行任务的武警战士做不了主,将他带到了班长跟前。班长也做不了主,将他带到了排长跟前。

一位排长终于做主,指派两名战士协助她,将她的母亲从出租车里转移到了"奔驰"里,还为"奔驰"排开人群,命令警戒圈网开一面,使"奔驰"车挺快地就脱离了骚乱现场……

他一边开车一边说,让她和她的母亲到他的"奔驰"车里来,是因为他的车比出租车速度快,也稳,救人要紧,他说他绝没有什么不良的居心……

她说她并没那么猜疑。

他说应该感激那位排长——否则,得有人来一一登记了车牌号、驾证编号,验明正身,才能离开,不管是出租车还是别的什么车;说那么做是为了防止有坏人混出警戒圈……

她说她不仅感激那位排长,也很感激他。

她猛地想到,手包忘在出租车上了。手机、钱什么的,都在里边。

就又急哭了。

他向后反伸一只手,将自己的手机递给她,请她只管用;他说他包里有些钱,大概足够为她母亲看病,交住院押金的,劝她不必急得直哭……随即,他很快追上那辆出租车,给她讨回了手包钱物。

他的"奔驰"居然从骚乱现场脱离得挺快,但其后并不顺利——不知什么人喊了一句:"里边坐的是大官!"于是忽啦被围住了,前后灯被各砸碎了一只,前后盖也被砸塌了几处……

她发誓说,一定会补偿他的损失。

他说:"我这可是奔驰新款顶级,往少了说你也得掏几万!"

见她愕住,一笑,又说:"放心,上了保险的,一分钱也不必你赔。"

幸而有这个男人,医院里的一切事情都顺顺利利的——母亲得到了相当及时的抢救,住进了单间病房,成了一位主治医生的特殊病人……一切事情都无需她来办理,他都替她代办了。仿佛她根本成了一个多余的人,甚至连她自己带去的钱都没机会掏出一次……

"你放心,这是本省最好的一家医院。该打点的,上上下下全都打点过了,老太太在这儿肯定会享受到一流的医护服务的……"

其貌不扬的男人,那天穿的也随随便便。带领T恤衫、休闲裤、软底便脚皮鞋;天热,在医院里楼上楼下替她代办了一通,T恤衫的前后被汗湿透了;而鞋面上,不少黄泥点子,不知在哪儿溅上的,看去像一双花面皮鞋了。但那么一双花面皮鞋是绝对不美观的,所以她发现,很有一些中老年男女以看一个人品可疑的中年男人那一种目光睥睨过他。的确,由于他的鞋,这其貌不扬的男人当时给人一种土包子赶时髦的印象。那自然是可怜的。他替她忙得急得一脸汗,自己却丝毫也没觉察到。但他引见到她跟前的每一位穿白大褂的人,却都对他客客气气敬意有加。既然对他那样,对她,更有点儿刮目相看了。而这使她对他的身份失去了一向具有的判断能力。起初她以为他只不过是一名好心的给别的什么人开"奔驰"的司机，又觉得肯定不是以后，她对他颇为疑惑了，随之，对他的动机也暗自发问了。

而他，一说完那几句话，竟转身就走！

"哎，你等等！……"

她不由得追了他一步。

他站住，解释似的说："对不起，我还有些事儿，我还有些事儿，得赶紧走了。我没骗你，我真的一切都替你办妥了……"

他急于抽身而去，抬腕看了一眼手表。

有些人向他俩投过各种各样猜测的目光。在医院那种地方，一个她那么漂亮的女人，叫住他那么一个其貌不扬而又企图摆脱什么干系似的男人，使那些看他俩的人联想多多。

她小声说："可我，以后到哪儿去谢你啊？……"

"这个……这个嘛……用不着谢。我高兴，我是在做我高兴做的事……"

"那可不行！还有钱，总共是多少钱呀？我带了，我现在就给你……"

"别别……别往外拿钱了！包儿里有钱你可注意点儿啊！……这是我的名片，还有什么难事需要我帮助的话，你随时可以给我打电话！随时……"

她接过名片低头看时，他匆匆走掉了。显然，他真有急事要办……

三天后母亲撒手人寰……

过了几天，她臂上戴着黑纱，按照名片上的地址去找他，去还钱。

王启兆——这是他印在名片上的名字，名片正面仅三个字，背面是电话号码、传真号码，还有地址。她按照那个电话号码预先打了几次电话，总占线。她就索性不约而往了。

她见到的王启兆却给她以截然不同的印象——还是那个矮墩墩的胖得像红薯的男人，还是那一颗圆得接近球形的头，还是那一张黑红的脸，脸上还是她牢牢记住了的短粗的双眉和双眉下那一双虽然小但却显示着充沛之精力的眼睛。它们只有偶尔才闪耀出聪明的光,一般情况下,仅仅显示着精力的充沛而已,如同某些天生头脑简单但又体质强健的雄性动物的眼。她怎么也没想到他居然是一位私企老板,更没想到他的公司在省城最高级的一幢写字楼里,而且占据了半层楼的面积!他的办公室足有两百多平方米,还有供他躺下休息的套间。他的头发才理过不久,理的是那种铲形平头,就是人们叫老板头型的那一种。他穿着雪白的衬衫,系着高级的领带,领带上夹着一枚硕大而金光闪闪的领带夹。他的皮鞋,那一天不消说也擦得锃亮锃亮的……

"想不到,想不到,怎么也想不到会是你!快请坐,请坐,我用'你'称呼你,不介意吧?……"

她倒有些局促不安了。

由于他居然是一位老板,还由于他的公司占据了一幢高级写字楼的半层。

他说话时,两根手指卡着西服裤的吊带,并弄出啪啪的弹响声。

她坐下后,声明是来还他钱的。

她指着自己放在桌角的信封说:"里边我多放了三千元,我是按照医院给开的收据核算的钱数,您还替我打点了医院护士的,所以我……也许三千元还不够您替我垫的钱呢,可我最多只能拿出那么多钱了。我参加工作才半年多,而且现在失去了工作……"

"老太太没抢救过来?……"

她眼圈一红,低下了头。

他靠桌角站着,看着她又说:"你非要还我钱,我也不得不收。我偏不收,显得我挺不理解你做人的原则。我想,你这样的女士,肯定一向是很有原则的。你看这样行不行?你今天先不要急于还我,以后,手头宽裕了的时候再还也不迟,啊?……"

她本打算摇头的,却不由自主地点了点头,眼泪接着吧嗒吧嗒地往下掉。

他说："你是不是还有什么难事啊？如果有，只管说。只要我能帮上的，我一定尽力而为。"

"如果……如果您的公司能给我一份工作的话……我母亲刚去世，我不想这么快就再到北京去找工作……"

她的头仍低着，说出那句带有请示性质的话，对她实在不是一件容易之事。

"哎呀……哎呀……哎呀我的天啊！……"

她听他不但连声"哎呀"而且叫起天来，不明白他究竟什么意思，缓缓抬头看他。

他却大声说："走，走，到吃午饭的时间了！陪我吃饭去，不，我陪你吃饭去！……"

他向她伸过去一只手，分明是要拉她的一只手，将她从沙发上拉起来。但他那只手刚一伸向她，立刻又缩回去了。仿佛如果不立刻缩回去，将意味着是一种很无理的冒犯似的。

他们就在写字楼二层的饭店里共进午餐，在包间里。但是他倒也没铺张，各自点了两样随口的菜而已。

他问她，对他的公司有什么印象？

她说："有实力。"

他就不无得意地笑了。

又问她，他这位老板的样子是不是挺滑稽？

她正用小勺喝汤，听了他的话，奇怪地看他。

他就又笑了，自嘲意味的那种笑。

他说，他其实很不习惯穿得人模狗样的，说没法子，必须穿得像个老板才行啊；说她到来之前，他刚送走一位银行的行长……

接着他讲他小时候在农村的生活多么多么穷，自己受了多少多少苦。从小长到大，多少多少次被人瞧不起被人欺侮；进入商界以后，又被多少人包括是朋友的人坑过骗过。讲到伤感处，也动容，也眼圈发红。

他的话引起了她的共鸣。

于是她也讲自己从小到大的种种经历,以及自己对世相的一些感受,一些看法。甚至,连自己在北京的那一场失败得倍觉耻辱的初恋,也大大方方地讲给他听了。

那一天以前,她毕业后的生活里基本上没有什么朋友。除了她爱过的那个县委副书记的儿子,起初曾是她的朋友,她便没有交往过一位男性朋友。当然除了那个县委副书记的儿子外,她也从没单独和哪个男人吃过饭。

但那一天他使她觉得自己有了一位朋友。一位男性朋友,一位是老板的男性朋友,一位年龄大她二十几岁的男性朋友。他对她彬彬有礼,看起来毫无危险性,起码毫无那种伺机侵犯防不胜防的危险性。这使她感到安全,所以他正可做她的朋友。他绝对不属于她也许会爱上的男人,所以只能是她的朋友。而只能是朋友的朋友,将是长久又可靠的朋友——这是她从闲书中获得的一条人生经验,她相信。并且,他似乎非常愿意做她的一位朋友,此点,尤其重要,难道不是吗?

她耐心地期待着他对她的请求给予正面的明确的答复,可是他却一直不谈那件事。

他问:"吃好了吗?"

她点头。

"认识你我很高兴。"

"我也是。"

果不出她所料,他举起茶杯,注视着她说:"我下午还要接待客人,所以也没要酒。来,让我们以茶代酒,庆祝我们将成为朋友……"

于是她也举起茶杯与他碰了碰。

"……我记得,在您的办公室里……我问过您……您的公司里还缺不缺人,比如我这样的人……"

她终于忍不住,也是不得已地红着脸又问了一次。

"哎呀,哎呀,千万别这么说！这么说叫我多那个……哎呀,哎呀,这真叫我不知怎么回答才好……来,再碰一下杯……"

他们就又碰了一下杯。

"你也可以给我一张名片吗？"

他问得怪不好意思的,仿佛那是非分的要求。

那时的她还没有名片,她在餐巾纸上写下了自己手机的号码给了他。

他开玩笑地说,将好好保存着,有纪念的价值。

于是他们结束了那顿午餐。

于是她向他告辞。

走在路上,她回忆第二次见面的整个过程,与他在和她分手时那一种愉快的样子正相反,她心里觉得很别扭。

她问了两次,他都不正面回答,两次都一个劲儿地哎呀,这算怎么一回子事儿呢！又哪里像是一位朋友呢?

她不在乎被拒绝。

但是她在乎一个人,一个男人,一个自称愿意做她朋友的男人对她的请求完全不表示态度。

这使她的自尊心极受伤害。

还有那信封里的钱……

信封留在他办公桌上了呀！

他居然还说些什么先不必急着还的话！如果那不是真心话,那么最好就不要说。

她不喜欢待人不诚恳的人,尤其不喜欢那样的男人！

其貌不扬的叫王启兆的男人,一旦被事实证明是一位大老板了,一旦与那个帮助过她的男人判若两人了,他给她的印象反而不好了。似乎也不值得她多么心存感激了。

她在路上将他的名片一下下撕得粉碎,扔进了垃圾桶……

以后的几天里她到处找工作。北方的这一座省城,求职空间终究比不上北京那么大。尽管像她这样的女人依然受到青睐,但一谈到工资,她自己就退避三舍了。毕竟在北京每月拿过五千多元的工资了,倘收入减少一半,她是难以接受的。

犹豫再三,她买了一张车票,决定第二次到北京去谋求人生,尽管北京狠狠地伤了她的心。

就在那一天,她的手机里传来了他的声音:

"你还好吗?"

每个字都带着关心,四个字黏在一起,体现出的那一份关心是毋庸置疑的。

她愣了愣,低声又客气地说:"还好,谢谢。"

"你这几天怎么也不来次电话? 在干什么啊?"

她苦笑一下,说没干什么;说也就是休息了几天,然后找工作;没找到,决定再到北京去碰碰运气。

"哎,小郑,你怎么又变了呢? 哎呀,哎呀,这真叫我又不知说什么好了……"

他那端故态复发,依旧连声"哎呀"。

她又愣了愣,说听不明白他的话什么意思。

"听不明白? 听不明白我的话什么意思? 哎小郑啊,咱们那一天不是谈好的吗? 你不是打算到我的公司来上班的吗? 我已经把我的秘书调到别的部门去了呀! 这些天里我一直在等你来为我做秘书的呀! 是不是怕我们在工资方面会谈不妥啊? 小郑,那不会成为问题的呀,你说多少就多少还不行吗? 我已经好几天没有秘书了,我的办公室都乱了套了! ……"

她不得不打断他的话,提醒他——他那一天并没有明确表态,只"哎呀"来着……

"哎呀,哎呀,哎呀这事儿整的,两岔去了。哎呀整成了多大个误会呀！哎呀小郑啊，我哎呀，那就证明，我是非常非常欢迎的，非常非常感到荣幸的！我心里如果对什么事儿高兴得说不出话来了，我就那样！我一那样，就等于是最明确的表态，就等于是最好的表态！哎呀小郑，你可千万别走！你这要是一走，我可太失望了！不等于坑了我一家伙吗？……"

她小声说："没那么严重吧？"

他说："严重！就是那么严重！哎你这会儿在哪儿？"

她说在车站呢，说就要上列车了……

"哎你可千万别上车啊！对我们双方都挺好的事儿，可别因为一点儿误会就别扭到底了！你就在车站等着吧，我立刻派车去接你！……"

他刚一说完就结束了通话。

二十几分钟后，他那辆"奔驰"，将她从车站直接接到了他的公司。

她并没有因为他所表现的迫切性提出过高的工资要求，说不低于她在北京拿过的工资就行。

他说他的前一位秘书的工资也就那样；说作为他的秘书，工资太低了不丢别人的面子，丢的是他自己的面子；说他前一位秘书是本科生，而她是研究生，并且也有了一个时期的工作经验，按理应该高于前者……

"就七千吧！啊？太高了也不行，如果有人攀比，引起了嫉妒，那么你在我这里就不太可能工作得多么愉快了。和为贵嘛，对不对？"

"哎呀，哎呀，这……这……"

结果轮到她又庆幸又满足，不知自己该说些什么话才好，也只有像他似的一个劲儿地"哎呀""哎呀"起来了……

从那一天起，叫"郑岚"的这一个小女子，便成了叫"王启兆"的男人的秘书。

后来，也就是她做了他的秘书一个多月后，他又单独请她吃了一次饭。一个多月里他们的关系很正常，也可以说相安无事。他在她面前极为绅士,彬彬有礼,一句轻浮的话也没说过,一次令她反感的举动也没表现过,尤其是在形形色色的客人们面前,他更是将她视为可敬的女性来尊敬着,这使她备觉自己是幸运的。

"你和我并不认识的,当初为什么那样热心地帮助我呢?"

二人举箸偶碰之间,她向他发问。

"你着急护送病人去医院,我着急回省城。我车里再没别人,又是顺路的事,这份热心,人人都该有的啊!"

他回答得很自然,仿佛怎么想的,便怎么说了。

她自言自语:"在中国,人人都该有的热心,并不是人人都会有的热心。"

他同意地点头,说:"是啊是啊。"

"所以你的回答不全面。"

他说:"是啊是啊,当然不全面,也不太诚实。"

"想听诚实的回答吗?"

他放下筷子,饮了一口茶后,居然反问起她来。二人都不喜欢饮酒,那次也没要。

她默默注视着他,表示愿听其详。

"因为你漂亮。应该说,还因为你漂亮。两个原因加起来,使我那天一定要热心地帮助你。我这么回答,你觉得全面了么?"

他说时,摆弄筷子,眼睛并不盯着她的脸看她,而是瞧着筷子。分明地,他瞧着筷子,才不是由于自己当着她的面说那样一番话,会不好意思起来。不,不是的。她觉得,他说那番话时心里很坦荡,一点儿羞耻感都没有。

倒是她自己的脸一下子红了,而且有些发热。夸她漂亮的话,从形形色色的男人们嘴里说出来,她早已听得惯惯的了。但从这一个刚是自己老板不久的男人嘴里说出来,她听了还是多少有点儿害羞,和意外不意外没关系,她根本不感到意外,而是因为他那一副坦坦荡荡的样子。

她之所以一问再问,也不是出于什么别的动机,只不过是想进一步由自己来证实一下——对于她这样一个女人,他内心里究竟持一种什么样的态度?他对她那一种彬彬有礼,他对她那一种格外尊敬,又究竟有几分是虚伪的,有几分是发自内心的?抑或全部是虚伪?如果全部是虚伪,那么以她从小长到大渐渐培养起来的那一种对人的洞察力,是会得出八九不离十的结论的。

"那,在医院里,你帮我代办完了一切,还帮我垫上了那么多钱以后,为什么连个姓名都不留,转身就走呢?"

"第一,我正好带着一笔钱;第二,我这么一个男人,帮了你这么漂亮的女人一次忙,就黏黏糊糊地留姓名,留地址,再说些多么多么希望联系的话,那我成什么了我?我再丑我也是一个有身份的男人啊我!"

"你并不像你自己以为的那么丑……我觉得……你仿佛对自己的形象很悲观。这可不好。男人不必太在乎自己的形象问题。形象问题对有些男人也根本不成其为一个问题……"

她没有意识到,她这么说时,其实已经占尽了一个漂亮女人的形象的优势。而如果非是形象的优势在起作用的话,哪一个当秘书的女人,都是不敢像她那么肆无忌惮地跟自己的老板说话的。当然,她之所以偏偏敢,也还因为他们的关系不仅是秘书和老板的关系,还差不多是朋友之间的关系,并且知道,他也很希望他们之间存在有第二种关系。

"你用不着安慰我,安慰也没用……"

"可是,你当时不留姓名,不留地址,转身就走,那我又到哪儿去找你,怎么还你那么大一笔钱呢?……"

她有意将话题岔开了。

"那点儿钱!我是个在乎那点儿钱的男人吗?"

他终于扭头看了她一眼,也不摆弄筷子了。

"这个费那个费的,再加上住院押金,一万几千元呢!白白替一个不认不识的人花了……"

他打断她的话,纠正道:"一个不认识的漂亮的女人。"

她微笑了一下,怕他抢先再说出什么会使自己不好意思起来的话,赶紧接着问:"那你觉得你那样值得吗?"

"值得啊!太值得啦!……"

他的声音提高了,他的目光望着她,不移开了。

她却垂下了自己的目光,然而一副洗耳恭听的模样。她的一只手当时放在桌上,他用自己的一只手轻轻抓住了她那只手,娓娓道来了一番他认为值得的逻辑:"你想啊,这世界上漂亮的女人是有限的,对吧?通常情况下,一般男人没多少机会帮一个漂亮的女人什么忙,尤其像我这样的一个丑男人,机会就更少了。我这样的一个丑男人嘛,漂亮的女人一不小心看到了一眼,会后悔干吗朝我这一边看的。所以呢,我有机会急一个漂亮女人之所急,能帮上她一点儿什么忙,那是我的荣幸啊!我心里快乐啊!那不是用钱就能买到的一种快乐的感觉啊!在医院里,我一会儿这一会儿那,一会儿前楼一会儿后楼替你办理各种手续,一笔一笔地替你垫钱,你心里一定在想,这个丑男人,跟我不认不识的,帮我都帮出一身汗来了!于是呢,你心里就过意不去了。你当时心里很过意不去,这我看出来了。但你知道我心里怎么想的吗?我想,我王启兆终于也有机会帮一个漂亮女人一点儿忙了!这是我非常愿意的事,不是我不愿意的事。我王启兆毕竟也是一位老板,找我帮忙的女人那还会少吗?她们要我帮的那些忙,说到底那是都可以用一个钱字来概括的,而且一张口就是几万、十几万。那时候,在我眼里,她们再漂亮,也不漂亮了,平时显得再可爱,那时在我王启兆这一个丑男人眼里也不可爱了。我丑这不假,可我不是二百五啊!她们是别的男人喜欢的女人啊!是些官员啦、银行行长或者所谓社会名流喜欢的女人啊!有一次,甚至一家银行的一名小科长居然也给我打电话敲诈我!你知道他怎么说的吗?他竟厚着脸皮说,'哎,启兆,帮个忙,下午有个女孩子到你那儿去取点儿钱急用,八万十万的就行。你别开支票,准备好现金。我喜欢那女孩儿,这个忙你无论如何也得帮！'——这是人话吗？我这里是银行还是他那里是银行啊？但是我得给准备好现金！你想想，那破女孩儿她从我王启兆这儿拎了一袋子钱去，过后却对那银行的小科长娇三嗲四的，把自己百分百奉献给那银行的小科长！我明明不是二百五不也变成了地地道道的二百五么？她和我，我和她，那也不认识的啊！你以为她心里会觉得过意不去吗？她才不会！我那钱白给得值吗？去年一年，光这种开支那就是几百万！几百万啊！我自己呢，我一清二楚，没有一个漂亮女人真的会在内心里对我好！我用自己公司里的大笔大笔的钱去替别的男人们讨他们的女人欢心！我不是很下贱吗？可我要不这样，我的公司就没法儿运转。因为我起家是靠了那些男人们手里掌握的大大小小的权！我再丑我也是个男人啊！我也有我那点儿生理要求啊！可我有时候却只能花钱去找那些三陪女！而那是她们的工作，我不过是她们的工作对象！连她们，一边服务于我，一边肯定也在想——今天真霉气，摊上了这么丑的一个男人！我……"

"你别说了！"

她想抽回自己的手。他却将她的手攥得更紧，并且牢牢地压住在桌面上，使她那一只手动弹不得。

他又不看她了。他用另一只手从裤兜里掏出烟盒，低下头，像从前的某些算命者训练过的黄雀似的，靠两片厚唇灵巧地从烟盒里叼出了一支烟。

她怕搞得不欢而散，那只手一动也不动了，任他压住在桌面上。

然而她不由得垂下了目光，因为感到屈辱。尽管当时服务员不在身旁。尽管她心里承认，她希望听到一个男人的实话，而他正在对她说实话。

有时候，实话是不太中听的。它往往使人尴尬，使人不自在，使人不快甚至使人恼火，还往往会吓着我们。总之在现实生活中，实话也就是真话令我们特别讨厌，乃因它的罪状一点儿也不比假话少，有时候反而比假话的罪状多得多……

他吸一口烟，缓缓地吹出一缕条云般的青雾，盯着烟的燃端又平静地说："你为什么不高兴起来了呢？聊天嘛，不爱听的话，全当对方是在胡说八道不行吗？你这么一种表现可不好，别说是作为秘书不好了，就是作为一般社交场合的表现也不太好。你以后要改改，一定得改改，否则对你的人生发展肯定有负面的影响。"

他终于不牢牢地压着她的手了，就用自己那只手挠起头来。她立刻趁机缩回手。

斯时服务员小姐悄没声地走入，侍立其右，随时听候吩咐的样子。

他说："小姐，这会儿不需要你，需要你的时候会叫你。"

那服务员小姐瞟了他一眼，识趣地悄然而去。

他的目光仍盯着烟，继续说："对于我，那一天帮了你点儿忙，还为你垫付了点儿钱，当然是我很愉快的事了。我知道你心里现在想什么呢。你想问我，如果你不是一个漂亮的女人，我还帮不帮你。让我告诉你，那我也照样会帮。那天情况太特殊嘛。不但也会帮，也会垫付那些钱，而且心情也会挺愉快的。不过愉快和愉快不同罢了。像我这种人，平时不太容易碰得上真正需要帮助的人，也从没碰到一个纯粹出于好心而帮助我的人。我和某些人士之间，帮来帮去的，都不过是相互利用罢了。他们利用我，我明知是在利用我，还得装二百五，显着受抬举似的。而我利用他们，那成本可就大了去了！但是我图自己愉快帮了你一次，结果是多么的不一样！当时我真的打算一走了之的！你不叫住我，我绝不会给你名片的。那干吗？那不是显得我这个男人不但丑，而且还心怀鬼胎了吗？老天爷在上，你问来问去的，不就是希望听我这个男人说点儿实话吗？我说的可句句是实话！事实证明老天爷他奖励我了啊！……"

"老天爷奖励你什么了呢？"

趁他吸烟的当儿，她赶紧问了一句，声音小小的，为的是挽回一下刚才自己不许他再说下去所造成的不和谐的影响。

他终于又看着她了,笑笑,以心满意足的语调说:"明摆着啊!你这么漂亮的女人,成了我这么丑的男人的秘书,那还不等于是老天爷在奖励我么?你聪明,你善解人意,你办事能力很强,你替我将许多事情都料理得那么细致,那么周全,连我没想到的,你都替我考虑到了,我还不该感激老天爷么?每天有你在我办公室里,我看着你像看一朵花,养我的眼。我看着你心里欢喜,遇到烦事儿也不像以前那么烦了,对我来说,这就够了。所以你给我当秘书,对我尽管放心!我绝不会打你的什么歪主意的!再对你说一句最实在的实话,我和你之前那个秘书,我们之间有过那种事儿。那种事儿不过就是那种事嘛,没什么可耻的啊!但是对你,还是我说过的那句话,你尽管放心,我不会碰你一指头的!哪天我心急火燎地想那种事了,我就是花点儿小钱去解决,我也绝不碰你一指头!这种定力那我王启兆还是有的!我这人不信佛不信教的,根本不信那一套!但我比较信民间说的一句话——老天爷有眼。天底下的人,都应该珍惜老天爷对自己的奖励。否则呢,老天爷会生气的。老天爷一旦发怒,那他对人的奖励就变成他对人的惩罚了。所以,我王启兆可不敢成心惹老天爷生气……"

"咱们……换个话题好吗?……"

她也反过来握住了他的手,很轻地握了一下,以表达出一种亲昵的意思。她觉得那是她那会儿最明智的一种表示了,也是最好的一种表示。既然自己希望听到实话,而他的回答基本上是实话,那么他不是也理应受到自己的奖励吗?而她没有意识到的是,从那时开始,她已经被他的话语魔力控制了。是的,话语魔力,这是他这个其貌不扬的男人所具有的一种特殊本领。只要他想,他几乎可以靠了那本领,相当快又相当成功地取得别人的信任,而且将他自己的心机掩藏得极为严密。这个经常佯装口拙舌笨不善言词而且也被许多人错误地认为不善言词的其貌不扬的男人,特别善于用实话去征服他人。实话一经被他当作武器巧妙地加以包装,进行战术式地应用,无论面对的是官员还是女人,被征服者十者十之八九。实话巧妙地加以包装,是比假话巧妙地加以包装更容易使人受到迷惑的事情。而他正是应用同样的战术,将他前一名秘书引诱到自己床上去的。他曾对她说:"你肯定不会喜欢我,这一点我清楚。我也不指望你喜欢我。但是你想想,凭你自己的收入,你哪年哪月才能买得起一套房子呢?看,现在一套房子的钥匙就在我手里,两室一厅,八十多平方米。即使你以后结婚,小两口住着,那不是也挺理想的吗?而且在一条房价很贵的街上,而且装修好了。你一想通,它就是你的了。当然,你会认为这是一种交易。我挺喜欢你的,而你不喜欢我,我还特想和你之间有那么一种关系,当然我就得采取主动的态度和你进行交易了。要不我还能怎么办呢?我都把话和你挑明到这种程度了,你再想想,如果你不同意,我们之间的工作关系那还能继续存在下去吗?那以后双方多别扭呀?结果呢,不是你自己辞职走人,就是我找借口开了你。那么一个结果,对我们双方可有什么好处呢?明摆着一点儿好处也没有是不是?你还要这么想一想,这世界上的许多事其实都只不过是交易呀!交易有什么不好呢?世上有交易,才成全了许多人的愿望嘛!只要公平,一切事都可以通过交易的方式开诚布公地来谈的嘛!道理是不是这么个道理啊?现在许多人都是很虚伪的,明明可以通过交易的方式来互相满足的事,却偏要拒绝交易,偏要扭着来,结果谁也满足不了谁,结果浮躁的人越来越多!不少自认为有文化有思想的人,整天写文章,一会儿说浮躁是这种原因造成的,一会儿说浮躁是那种原因造成的。都瞎掰呢!都根本没分析到点子上。真正的原因是——都没有寻找到进行一场公平交易的对象嘛!有时候公平的交易机会就在身旁,自己却三心二意的,结果机会白白错过了。一场值得的交易,那也不是任谁都会天天碰到的呀……"

"你别说了……"

他的前任秘书当时打断他说出的话,和郑岚打断他时说出的话完全一样,一字不多,一字不少。这个叫王启兆的被认为不善言辞的男人,其实是很善于言辞的。一旦说起来，一套一套的。不论多么卑污的事情，或者用他的话来说，不论多么令对方感到羞辱的交易，一经被他滔滔不绝地说起来，似乎一点也不卑污了，一点儿也不包含有令对方感到羞辱的成分了，而变得理所当然天经地义了……

"其实，我也不是一点儿也不喜欢你……你身上另有一种魅力……其实，我们女孩子，有时对男人也不以貌取人的……"

那前任秘书嗳嗳嚅嚅的，开始言不由衷了。

他并不计较她的话由衷不由衷。

他是一个纯粹的目的主义者。

接下来的事情顺理成章——他拉开她那小坤包的拉链，将他手里的钥匙丢入她的包里，就像变魔术的人那样，用拇指和食指捏着，让她看清楚，然后二指一松……

于是他牵着她的手，将她牵入他的办公室的里间也就是他的休息室去了……

这世上有些事情是那么的匪夷所思。那一天以后，也就是交易正式启动以后，她的工作状态真的更加良好了。她居然经常两眼发光，整天快快乐乐的了。而且呢，脾气都变好了，再也不动辄对各部门的员工乱发脾气了。

后来她结婚时，他还亲自主持了她的婚礼，还送了一份价格不菲的贺礼。

不少在他的公司里待过的人，离开时都有点儿恋恋不舍的，都觉得有点儿对不起他的栽培似的，离开后都说从他身上学习到了挺多为人处世的优点。他的好口碑由此而传开。

是的，这个其貌不扬的男人，将他的交易理论实践得游刃有余。比如为了使郑岚一帆风顺地成为她的秘书，他提拔前任秘书做了一个部门的副经理，而且亲自在全公司宣布了她的权力范围，并给她涨了一千元工资。这使她一点儿失宠的不爽感觉都没有，且春风得意，乐意得不得了……

当郑岚也被他的实话实说征服了以后,他们那一顿午餐就到了结束的时候了。

他没有再换一个话题继续和她聊下去。

他看了一眼手表,歉意地说:"哎呀,都到上班的钟点了。"

她也就明白了他的意思,站起身来。她被桌裙绊了一下,差点儿倾倒。他及时扶她,扶得别提有多规矩,仅仅用双手把持住她的胳膊肘而已。如果一位淑女差点儿倾倒,什么宾馆或饭店的老侍者,通常便是那么去扶的。对女性的那种扶法,意味着一个男人即使非是绅士,那也是希望自己能做得像一位绅士一样优雅的。她一站稳,他的双手就放了开去,仿佛连在那会儿,他内心里想到的也还是自己对自己的要求——绝不碰她一指头。

当她走到餐厅门口时,他抢先一步,很绅士地替她开门,同时小声说:"真有点儿后悔对你说了那么多实话,把气氛搞得不太愉快了是吧?还不知道在你听来是不是实话……"

她脸红了。

她语调很温柔地说:"我很愉快呀!你可别因为说了实话就后悔啊!我爱听实话。"

想了想,又说:"我相信你说的每一句话都是实话。"

从那一天的下午起,他对她的态度是更加彬彬有礼了。她看出他竭力要在她面前做出温文尔雅的样子。而温文尔雅的样子,更主要是气质所决定的,举止的模仿,往往是无济于事的。何况他这一个男人,连温文尔雅的举止也模仿不到家,未免显得太过刻意,太过做作。

然而她理解,他完全是为了表示对她的尊重才变得那么可笑的,也委实是为了更成功地压抑自己才变得那么可怜的。

对待男人,怜悯一经在内心里萌生,女人的智商和情商就降低了。

人家毕竟是一位大公司的老板啊,我郑岚又凭什么配人家如此这般诚惶诚恐地敬着我呢？我郑岚不就是天生幸运地有几分姿色么？

这种思想一经在她的头脑里产生，她倒宁愿反过来给予他一些温情脉脉的表现作为报答了。

然而她却不知那一种表现究竟该是一种怎样的表现，又究竟该怎么去表现才好。

就在二人之间礼貌得过分的关系中，时光浑然不觉地又过去了一个多月。郑岚对她的秘书工作是更加珍惜而且胜任愉快了。如果说还有什么不够称心如意的地方，那反倒是因为老板王启兆对她太过彬彬有礼了。他彬彬有礼得简直到了小心翼翼的地步，唯恐不经意间冒犯了她似的。他一天不知会对她说多少遍"谢谢"，也许仅仅因为她为他的茶杯里续了点儿水。所以一个多月中，她也不知对他说了多少遍"别客气"。她觉得她和他之间，变得像两个在礼仪场合作示范的日本男女！而他对别人，却每是嘻嘻哈哈有说有笑的。

是的，她开始希望，不，不仅仅是希望，而是心生出一种暗暗的需要来了——那就是他对她也那样，哪怕一天之中只有一两次那样，那反倒会使她的工作状态变得更敏捷也更愉快。

有一天，确切地说是一个星期六，晚上九点多钟，她忽然想到传真机也许忘了开着了。记得星期五下班以前，他嘱咐过有几份文件会在星期六上午传过来的。她本已躺下了，赶紧穿上外衣，又打的去到公司里。她是有一把董事长办公室的钥匙的。当她开了门走进去，所见情形使她一时呆住了——两个赤裸的人体在地板上正粘连得难解难分，而传真机吐出的长长的纸张，已然垂到了地上；垂到地上的那一部分，已然被四只脚弄得破碎不堪，没法儿再当成传真文件加以保管了……

她看清了有一张脸是自己老板的脸之后，才猛省到自己当时所能做的第一件事是立刻退出去。

她那么做了。

站在董事长办公室的门外，她懵懵懂懂，不知自己下一步还该做什么事。犹犹豫豫的,走也不是,不走也不是。

片刻有一个女人出来了,是她的前任。

她的前任一边理头发一边说:"小郑你来得也太不是时候了!"

说完还笑出一种顽皮的意味。

她没好气地抢白道:"里间屋明明有床,你们干吗非得在地毯上?!"

称她小郑的女人却说:"哟,我都没觉得不好意思,你倒先不好意思起来了!在床上,有在床上的感觉;在地毯上,也有在地毯上的感觉。追求不同的感觉嘛!"

说罢,扬长而去。

接着门开了,他一边系皮带一边在门内说:"狼狈,狼狈,这么晚了你还来干什么?"

"我来收两份传真!"

她恶声恶气地回答,之后,就不知再说什么好了。

他回头朝传真机那儿看了一眼,也有点儿没好气地说:"你别管了!"

于是她也扬长而去。

星期一她一出现在他面前,他又变得像往日那么姿态卑微似的了,仿佛是一个深受廉耻感折磨的重病之人,低声下气地进行解释。

他说:"求求你忘了那件事吧,彻底忘了它。那情形虽然当时使我们双方都很那个,但不就是一件男人和女人之间经常发生的事吗?是不是啊?……"

她一边打字一边说:"我认为你有能力将那种事安排在任何地方去做,而不是在办公室里,更不是在地毯上。办公室那就是办公室。地毯再干净那也绝不会比干净的床上更干净。你的床单是每三天就有人来给换洗一次的,但是那地毯经常洗吗?……"

三娘教子般的一种语气,恨铁不成钢的一种意味。

他则诺诺连声:"是啊是啊,你批评得对你批评得对。可是……我也没有一处家啊！多少年了，我已经习惯了在哪儿办公哪儿就是家了呀！再说呢，在任何别的地方那都有不便之处啊。你替我想想，万一有什么恨我的人想整我，成心出我的丑，成心把我俩当卖淫嫖娼的拘几天，那我以后还怎么抬得起头来见人呢？那对她不是后果更严重了么？还有比我自己的公司里自己的办公室更理想的地方么……"

听了他振振有词的一番话，她又来气了，竟以训斥的口吻说："你要是心里还割舍不了和她的关系，那你就抽空儿陪她到国外去几次嘛！外国总不至于有什么人恨你有什么人想整你有什么人成心出你的丑吧？我也就不会撞见你们在做那种事儿了吧？那我也眼不见心不烦啊！"

他不再说什么，长长地叹了一口郁闷之气，然而却不从她身边离开。

她不由得停止打字，扭头看他，见他正目不转睛地瞧着自己。他的目光里有种深深的幽怨。她立刻就读解明白了那一种幽怨是什么，便找了个借口自己起身走掉了。

而她听到他在她背后嘟哝："反正我做到了，到现在也没碰过你一指头……"

听来，他分明心怀着大的委屈，仿佛自己已经表现得难能可贵，理应受到表扬而不是嘲讽和挖苦，理应被设身处地地加以理解，给予奖励而不是训斥。

她不禁站住了一下，忽而又有那么点儿怜悯他了……

隔了半个月的某天，下班前，她听到他在阳台上用手机和什么人讲话。

"好啦好啦，别提钱字好不好？你们这些女孩儿怎么全这样？人还没到呢就先谈身价！只要你服务得好，我亏不了你就是了！还提钱！再提多少多少钱你干脆别来了！……"

他像一头被囚的兽，如同那阳台是笼子，他愤懑地在其中踱来踱去。

她一听就明白了——他是在招"小姐"。

之后他催她走，说没什么重要的事儿，她何不早一点儿下班呢。

她却成心整理整理这儿,翻动翻动那儿,偏磨磨蹭蹭地不早走。见他不时地看一眼手表,她不动声色,但内心里却已作出一种几乎可以形容为毅然决然的决定,并因而暗觉刺激,暗觉亢奋。

她在走廊里堵住了那位应召而至浓妆艳抹衣着花里胡哨的"小姐"。原以为只消三言两语便能毫不客气地将对方打发走,不成想人家根本不吃她那一套。"小姐"说是开私车来的,得赔偿她汽油钱;说为了急王老板之所急,拒绝了另一位老板的传呼,得赔偿经济损失;还说为了准时到达,路上违章行驶了,被罚款了,也得赔偿,并且,真的出示了一张罚款单给郑岚看。总而言之,既得赔偿经济损失,还得赔偿精神损失呐!无奈,只有赔。

可那"小姐"嫌二百元太少,僵着不走,公事公办地说:"小姐,打发业余的呀?告诉你,我可是一位专业的!"

"别叫我小姐!"

郑岚被赖得生起气来,厉声训斥。

"那叫你什么?叫你二奶你高兴吗?我他妈不跟你交涉了。你别阻拦我,我要见王老板,和他当面谈判!"

那"小姐"也顿时强硬了,绕过她就要往前闯。

见对方是个惹不起的,她只得又乖乖掏出了钱包……

终于打发走那"小姐",她转身进入董事长办公室,将门从里边反锁了。

"哎,亲爱的小姐,你可不够准时啊。迟到了十分钟呢,我要扣钱的!……"

套间也就是休息室里,传出了她的老板的话,半开玩笑半认真的语调,听来情绪还挺好。

她没应声,默默脱去了西服套装,脱去了鞋和袜子;而且从容地将西服套装叠好,放在沙发上;将高跟鞋摆正在沙发前;将长筒丝袜搭在沙发扶手上。

"哎小姐你磨蹭什么呢？快点儿快点儿！"

声音有些欠耐心了，犯急了。

当她赤着双脚无声无息地出现在套间的门口时，那当着她的面发誓只欣赏她的美就已经对老天爷感激不尽了，绝不会碰她一指头的男人，望着她那只有乳罩和丝质短裤在身的白皙优美的胴体，仿佛灵魂出壳，大睁双眼大张着嘴，一个字也说不出来了。

那时他已仰躺在床上，身上罩着白单子，头和肩靠着床……

她注视着他走过去，一声不响地上了床，一声不响地也仰躺在他身边。只不过头枕软枕，不靠床头，躺得很平，很直。接着，她自己动手，从胸前除去了乳罩……

他迅速地用手一挡双眼，似乎要不那样，就会被眼前的美惊艳得晕眩过去滚落床下。

她平静地说："你是有身份的人，你要自重。再召那些不干不净的女孩儿到这里来，我就没法儿瞧得起你了。也别再跟赵娜娜藕断丝连的了，人家都做妻子了，万一破坏了人家的小家庭那是多不道德的事情。只要你肯听我的劝，集中精力把公司管理得更有水平，我自己随时满足你的需要。我配你绰绰有余。而且我十年内也不打算结婚。而且我在这个世界上只身一人，谁也干涉不了我……"

听着她娓娓地说，他的手缓缓地从脸上放下来了。

他突然扑抱住她，抱得很紧很紧，使她透不过气儿。

他语无伦次地说："哎呀，哎呀我的妈呀！哎呀老天爷吶！你……我……我可没敢有过这种……老天爷看见了，这可不是我……"

同时他心中暗喜欲擒故纵之战术的全面胜利。无论对于政府官员还是商界同行还是他想俘虏的女人，他应用得最天衣无缝的战术便是欲擒故纵。当然，指的是以前。作为一种克敌制胜的战术，近年他已经不太用了。一则政府官员们都太浮躁，都没耐心和他兜什么圈子了，都变得开门见山直来直去一锤定音速战速决了。一句话，都与时俱进了。权

209

钱交易过程的节奏已变得空前的快了,每使他暗觉跟不上形势了,有落伍之忧了。他一"纵",对方们不待他"擒",就不愿跟他玩了。现在他对政府官员们常采取的是"苦肉计",王佐断臂那一招。欲擒哪一位,那就得当机立断,先将存折毕恭毕敬地献给对方。还得说区区几十万元,先请收下一点儿心意;公司最近经济周转有点儿吃紧,人情后补。商界同行们也是如此,不见兔子不撒鹰。至于女人们,当然指的是入他法眼的些个女人们,也都变得空前的聪明了。他那欲擒故纵的战术刚一开始第一招,人家就都看破了,反而嘲讽地说——大哥(或王总)想怎么地明说好不好哇?绕弯子多没劲呀?又不是在演纯情电影……所以常常搞得他挺索然的。没有战术过程太容易获得的"东西",得到了往往也还是个没劲。往往,虽然一下子就得着了实惠,却没有了情调。自从郑岚成了他的秘书,他内心里对情调的追求又死灰复燃了。对于这一个只有初中文化程度却又动辄支配百万千万巨额款项的男人,在男女关系方面对情调的追求总是伴随着他对战术的应用的。有战术则有情调,无战术则无情调可言。他这么觉得。但郑岚与他以前看得上眼的女人们相比是那么的不同。她一点儿主动性都没有。这令他不敢轻举妄动,令他面临着一种战术方面的考验。思来谋去,别的战术应用起来似乎都没多大胜利的把握。只有旷久不用的欲擒故纵,倒还可以对她翻新一用,于是就步步为营稳扎稳打地应用起来了……

那一天这个男人获得了极大的满足,生理既满足,心理也满足。

那一天郑岚并没留宿在他那儿。

两个多小时后她走了,虽然浑身酸软,但还是说走就走了。

她走后,那大获全胜的男人仍沉浸在胜利的喜悦之中。

他细细回想他欲擒故纵之战术的每一环节,认为是自己应用得最高明的一次。在医院里,什么什么手续都替她代办了,忙活得衣服都湿了,却二话不说转身就走,多么高明的一招啊!其实替她代办那些手续也不至于使他出汗。有医院里的一个熟人陪着他办,一次队也没排,别提办得有多么顺利。出汗主要是由于那一天热,还由于他胖。如果郑岚没有叫住他,那么他第二天会手捧鲜花去医院看她的母亲。总之他一惊艳于她的美丽,就不打算善罢甘休了。再细细回想自己对她说的一番番"实话",尤其自鸣得意起来。那些"实话"说得多好哇! 他对她有着强烈的痛苦的自我折磨的想法,这一点当然必须当面表达给她听——不流露她心里又怎么会知道呢? 她不明白不知道,欲擒故纵那岂不是等于白"纵"了么?

但是绝不碰她一指头!

于是陷自己于可怜之境。

于是——哀兵必胜啊!

这个天生是战术家,凡事以成功地应用战术为乐的男人,越是细细地回想,越是觉得每一环节都无懈可击可圈可点而且有情有调的。

自己期待的是一名应召"小姐",上了自己床的却是"维纳斯"! 这还不够有情调么? ……

那一天郑岚回到她租住的"家"里,生理和心理两方面也感到极大的满足。

那"家"只不过是一居室,然而厨房和卫生间都挺大,这非常中她的心意。她将她的"家"布置得怪舒适的,名副其实的安乐窝。

她从她老板的床上回归到自己的床,微微蜷着身子,静静地侧卧着,也回想起了某些往事……

她记得她在大学里读书时,老师曾在课堂上讲过鱼玄机、薛涛、李慎等几位唐代的女诗人;记得鱼玄机被休出家做了女道人以后,写过一首令唐代的男人们感到惊世骇俗的诗,最后两句是"自当窥宋玉,何必怨王昌"。

她当然知道宋玉是美男子。

美男子就真的那么值得女人们去爱他们吗?

那一堂课后,同宿舍的女生们在宿舍里不约而同地展开了热烈的讨论,七言八语,说的全是对世上的美男子们特有意见的看法。

鱼玄机的丈夫虽然称不上是美男子,可是据野史记载,也是位形象很不错的才子名流啊!

结果如何? 他把她休了!

她不遭休,她后来又怎么落得个被开刀问斩的可悲下场呢?

还有那位大名鼎鼎的元稹,薛涛爱他多么的死心塌地过啊! 又为他写过多少令人唏嘘不止的痴情诗啊! 可是他对薛涛,又是抛弃得多么干脆利落啊!

还有李慎,只不过是个小妾,男人死了,却被白居易写诗挖苦得以死殉节!

结论是——美男子大抵都是在感情方面靠不住的,准美男子也十有八九是朝秦暮楚的。

接着她的女同学们还议论到了某些当代出名的美女,于是发现了一条规律,那就是她们最终都嫁给了有钱的男人,而不是什么美男子。都说别看谁谁谁现在嫁给了美男子,那也是过不长久的!

于是又得出了一种结论——金钱美女,理想爱情的铁律。

如此结论一经产生、形成,她们就都将目光望向着她了。

她那一天并没参与讨论,只不过从始至终默默听着而已。

看出了她们的目光里有询问的意思,她庄重地说:"我以后起码要找一个有风度的男人,绝不会因为一个男人有钱就爱上他的。"

于是她遭到了大家的围攻。

她们都说:

"郑岚,那不少帅气的男生有风度的男人整天纠缠你,你怎么对谁都不动心?"

"郑岚你倒说说究竟什么是一个男人的风度? 一个男人如果有着百万家产你觉得他缺少风度所以还不值得你爱的话,那么他某一天告诉你他其实身价千万呢? 身价过亿呢? 身价几个亿呢? 还是同一个男人,保准你一下子另眼相看了,原先觉得他缺少风度,那一天也会惊讶地发现他风度十足了! ……"

"原先他一唱歌你就想捂耳朵,那一天你也会觉得他嗓子虽然天生不怎么好,可是唱歌的表情极好,使你爱看! ……"

"原先你觉得他个子太矮,那一天你一定会刮目相看,认为他那样一位男士,个子再稍高一点儿反而会让你看着不对劲儿了! ……"

"郑岚郑岚,你认为比尔·盖茨有风度么? 如果他也算有风度,那么这世界上一半以上的男人都有风度了! 如果你说他没风度,那么天底下的女人都会觉得你眼睛有问题的!"

对她们的围攻她当时冷笑不已,觉得她们全都俗不可耐,她们的思想都很下贱。

她又想到了她爱过的那一个县委副书记的儿子,万分庆幸自己没成为那帅哥的妻子……

她还想到了自己自从成了王启兆这个其貌不扬的男人的秘书以后陪他接待过的形形色色的男人——处长、局长、更高职位的政府官员、文人、大学教授,所谓社会名流,他们在他这个其貌不扬的男人面前,往往也是何等的姿态猥琐! 他们奉承他,称颂他,取悦他,为的仅仅是哄他个高兴,达到他们各自的利益目的。那种时候情形恰恰相反,有权的男人在有钱的男人面前变得挺卑微。即使表面仍装出矜持种种的样子,言谈举止之间所暴露的心理迹象还是特别令她这个有钱的男人的女秘书感到厌恶。尤其是那些处长以上的"公仆"们,他们甚全不敢光明正大坦坦荡荡地约见他! 他们和他相聚的时间大抵定在晚上八点以后,而且大抵是在某处诡诡秘秘的地方。他使一个眼色,她就心领神会地回避开去。那种时候的情形根本不像他经常在她面前抱怨的那样——似乎他这个有钱的男人在有权的男人面前得装三孙子。不,根本不是那样。起码,他是交易双方绝对掌握主动的一方,因而占尽了心理优势。他甚至肆无忌惮地出言不逊,还以弦外有音的话语要挟过他们。她听不大明白他的话的弦外之音,但却能听出来他确实是在要挟他们。结果便是有权的男人在他这个有钱的男人面前不知所措噤若寒蝉了。那种时候她这位秘书心里觉得很痛快。因为她一直想做而又做不到的事情,他替她做到了,仿佛他替她做到了,也等于替她报复了那个县委副书记的儿子,并且间接地报复到了那小子的是县委副书记的老爸头上了似的。于是她又一次忆起当年女大学生宿舍里展开的那一场讨论;于是在她眼里,在王启兆这个有钱而又只有初中文化程度的男人和些个不但有权还有大学以上文化程度的男人们之间,倒真的显得她的老板王董事长王总王启兆先生更有气质,更有风度,更有男人的一股子自信了。而且,这个其貌不扬的男人,看去也似乎哪儿都怪顺眼的了。起码不像他自己说的那样是一个丑男人了,更不像他自己形容的那样女人一不小心看了一眼就后悔。那时,她曾细细地端详他,觉得在他的那张黑不溜秋的脸上,五官其实也没有什么长得特别不对劲儿的地方,只不过太一般化罢了……

然而以上一切原因,或者说以上一切她对他发生的心理变化,并非是她主动委身于他的真正原因,更不是全部原因。

真正原因或曰主要原因是,他的欲擒故纵的战术诱发了她那种女人往往都难免会有几分的争风吃醋的心理。

她这个漂亮的小女子竟吃起那个也做过他的秘书叫赵娜娜的女人的醋来了。赵娜娜比她大三岁,自然不如她漂亮,也不像她那么白净,但也是一个挺受看的女人。身材比她丰腴,因而比她多了几分性感。一笑,便习惯于将头一扭,手背掩口,特媚,特女人味儿。

是的,连她自己也始料不及她竟会吃她前任的醋。

仅仅吃赵娜娜的醋还则罢了,她居然还吃那个他召至的"小姐"的醋。由那个"小姐",她臆想出了形形色色和他上过床的女人。

于是她不禁每拿自己和赵娜娜比,和那个浑身透着股子俗气的"小姐"比,和自己臆想出来的形形色色的女人比。

越比,越觉得自己才是更令男人朝思暮想的女人。

然而他身边就有她这么一个如花似玉的女人,他却偏和已婚了的赵娜娜藕断丝连偷偷摸摸!他却偏召那么下三烂的"小姐"来解饥解渴!

这反而使她感到被漠视了似的。

"我绝不碰你一指头!"——他这一句当着她的面所发的誓言,反而对她具有了侮辱的性质似的。

大多数女人都难以经受住这样的一种考验——是她老板的男人对她表现出对美神般的崇拜;而且他话里话外地告诉她,她是他的梦中情人;而且他在她面前时时显得备受欲火的煎熬,处境十分可怜的样子——但是却宁肯去和别的女人做爱!

这种考验对于女人的严峻性在于——它使心理原本很正常的她们也往往开始怀疑自己对于男人究竟是不是真的具有吸引力了,也开始怀疑那个是自己老板的男人他对自己的赞美之词究竟是不是发乎真心了……

我偏要试你有多大的克制力!

我偏要看你碰不碰我一指头!

我偏要让你的誓言自行瓦解!

我又没逼着你非得对我发那样的誓言,是你偏要自己和自己过不去!我要是还不采取点儿措施,倒好像我不是女人而是女巫成心以诱惑男人并且以折磨男人为能事为快事似的了!我才不担心那一种该诅咒的罪过呢!……

以上一些她的心理变化,也是促使她主动委身于他的原因。当然那也不见得便是真正的原因,不见得便是主要的原因,总之毫无原因她是不至于做出那样的事的。哪一种原因才是真正的原因才是主要的原因,是连她自己也分不清楚的。但综合起来,应该算比较全面了。

那一天夜里,这漂亮的小女子郑岚和那其貌不扬的男人王启兆一样,也沉浸在大获全胜的得意之中。两个人双方面都得意,不同的是,仅仅是——他有点儿累,她有点儿疼。从战术上讲,如果她的做法也可以称作是一种战术的话,那么他获得了欲擒故纵的胜利,而她获得了兵临城下的大捷。当然,她并不认为自己运用了什么战术。在她,那只不过是一次放纵的行为而已。从小长到大,她还一次也没放纵过自己。一向循规蹈矩,言行谨束。岂止是放纵了一次而已呢,简直就是放浪形骸呀!当她内心里如此这般地评论着自己的行为时,不由得微微笑了一下。同时她想,放浪形骸的感觉真好!那感觉当时像是坐上了过山车。一忽儿直上云霄,一忽儿俯冲疾下,惊眩刺激而又有快感。以前我是为谁时时刻刻地谨束着自己呢?她自问却不能自答。为以后成为自己丈夫的某个男人?鬼知道他会是一个什么样的男人!鬼知道他在成为自己丈夫之前,是不是也时时刻刻地谨束着自己!倘并不,倘他放浪形骸如家常便饭,那自己岂不是很亏么?倘他成为自己的丈夫以后依然故我,那么自己一向对自己的谨束要求,岂非不但是很亏的事,而且还是很愚昧很冤屈的事了么?这么一想,她为自己勇敢的行为找到了完全正当的理由,并且,责备自己觉悟得实在是太晚了!尽管没有什么情调可言,没有耳鬓厮磨卿卿我我的铺垫,但单是那一种纯粹的生理的快感,也足令她死去活来的了。唯其纯粹,反觉满足得无以复加。好比自己是一口井,在两个多小时内被他不管不顾地将水抽干了,见底了。而这会儿,井水又渐渐地从井底渗将出来,渐渐地向上漫,渐渐地漫得比原先的水位还高了,而且,水质是更加的清澈了。于是整个身心感到极度的轻松。像血管里流着的是百分百的新血了,从许多新生婴儿的血管里抽出来再注入到自己血管里的那么一种新血。研究生毕业走向社会以后,具体说是到了北京参加工作以后,她每听到某些男人们聚在一起不知羞耻地说,黑暗中做那种事,心里默默地念叨着哪一个美女,怀里搂抱着的便像是谁了。她听了总是会红着脸低下头去,内心里替女人们发出着强烈的抗议。当她上了他的床以后,竟也随手将床头灯关了。她那么做是很下意识的,因为起初她毕竟还是有几分本能地感到害羞,尽管自行脱下衣服时脱得那么毅然决然,义无反顾似的。而这会儿,她恍然大悟"梦中情人"究竟是什么意思。既然一切传媒都在公开地津津乐道那四个心照不宣的字,那么谁在现实的生活中活学活用又有什么值得羞耻的呢?既然男人们奉为经验,那么女人何以不可?她觉得那果然是一条好经验。尽管有点儿自欺欺人,但却使那一种纯粹生理上的快感变得似乎也不纯粹是生理上的了,而也有几分像是心理的了。好比盲人吃大排档,只要自己想象是在大快朵颐地享用满汉全席,真正的区别在盲人那儿就不是太大了。

一名学子,尤其一名女学子,如果她在校园里是一名太过纯洁的女学子,那么社会对她的反面教化是易如反掌的。如同一只羽毛纯白的鸽子或别的什么鸟儿,一旦飞过烟囱林立空气污染严重的工业区的上空,一旦落在那些遍布污染粉尘的屋檐下或阳台上,羽毛没有不变色的。渐渐它会习惯于自己的羽毛由纯白而附着了污点,而变灰而渐渐变黑。即使还有几茎羽毛没那么变,它往往也要用自己的小嘴儿将其鸽掉。比较起来,倒是那类在校园里不怎么纯洁甚至完全丧失了纯洁的女生,闯到社会上以后反而少有判若两人的行为。因为社会照例要对她的纯洁实行彻底的解构之前,她早已自行地将它解构得很彻底了。她放纵也放纵过了,她叛逆也叛逆过了,她玩世不恭也玩世不恭过了,于是无悔,于是无畏,于是一往无前。然而漂亮的有硕士学位的无亲无戚孤身一人的郑岚这一个农家女,那一天既没有打算从此将自己的人生和那一个叫王启兆的其貌不扬的是自己老板而又在自己面前时时显得很卑恭的男人的人生拴结在一起,更没有打算长久地成为他的女人,无论是妻子还是情人……

那只不过就是一次放纵的行为。

起于争风吃醋。

止于胜利的得意和生理快感的初尝满足。

还有,自己对自己的勇敢和果绝的正面评价。

以及自己背叛了自己的自信。

人有时确乎能从而且需要从自己对自己的背叛之中树立另类的自信,那自信被自己感觉到时,人是很惊喜的。那过程倘还伴随着历险般的激动和刺激,人是不会疑问自己的行为究竟值得不值得的。

那一种自信的鼓舞往往超过于别人们对自己的称赞作用。

而且又往往地,想要再经历一次……

……

那一个仲夏之季的夜晚,在金鼎休闲度假村的开业典礼隆重、排场而又一切顺利地大功告成地结束以后,在他们自己为自己保留的那一套全度假村最高级的房间里,在同浴之后而又同床共枕的时候,她早已不再关床头灯了。她早已习惯于在柔和的光线之下接受他的五短身材接受他树皮一般黑的肤色接受他那张其貌不扬的脸了。并且,也早已习惯了没有任何心理障碍地接受他对她的身体的一切亲爱了,她仍每每令他神魂颠倒忘乎所以。而她也早已开始以一种欣赏的眼光来重新看待他了。如果不以过分苛刻的爱情标准来衡量的话,那么可以认为他们确乎已是一对彼此爱着的男人和女人了。情人还是妻子的问题,在她那儿早已不予考虑了,是什么她都很心甘情愿的了。而在他那儿,每项重大的决定和举措,都基本上是出于对她的责任和唯恐使她失望将来可能会对不起她的种种考虑。这些想法有时他对她说,有时不说。说或不说,出发点都是那样。她则有时问,有时不问,问或不问,都完全相信他的出发点是那样的。即使忍不住问,那也只不过是担心他太为她做什么冒险的孤注一掷的事,怕他太急于求成而事与愿违。只要她问,他则毫无保留地和盘托出,并且特别虚心地倾听她的看法。只要她提出异议,他采纳她的意见时每次都是心悦诚服的。仿佛冥冥之中有什么神明在助他们,直到那一天为止,一切事情对于他们皆呈现着良好的征兆,顺利得不能再顺利。用他的话来说,一切都按照他们的计划和意愿去发展,一切都在他们的掌控之中。土地在升值,房价在上涨,他们原有的固定资产在翻倍。旅游业休闲的

消费方式正被大经济环境所拉动,他们的金鼎休闲度假村前景看好,
未来光明,这一点几乎也是没有什么疑义的了。几天前,他们甚至还
谈论过公司要不要上市的话题。那似乎也不是一件多么难的事。因
为全中国几乎所有的省份都在热忱地支持民营企业上市,这个北方省
份自然也不甘落后。但是最后他们统一了意见,都从头脑中彻底打消
了那种念头。她心疼他,不愿他由一个男人而变成一家上市公司的辕
马。他自己也不愿变成那样。他们还是觉得最初的打算更明智也更
好——还清贷款,卖光资产,然后携几千万美元出国去,安享富有的一
生。她的思想在和他同舟共济的过程中,又有了一些转变。那过程使
她近距离地看分明了许多丑陋。丑陋之中最丑陋的,乃是权钱的交易,
权色的交易,钱色的交易,权、钱、色的交叉交易。也使她看分明了,这
社会像江河湖海一样,分出着一层一层不同的水层。深浅不同因而水
压不同,于是又分出适应不同水压不同水中光线和温度的各类水族。
生存在浅表水层的水族们,那是根本看不到深水层里时刻都在发生着
的彼此依赖又彼此提防、彼此利用又彼此合作的生物链现象的,其危
险远比浅水层里的危险现象更多,不动声色的凶恶事件也更多。他像
一条早已适应了深水层的鱼,引导她这一条小鱼也一米一米地潜游到
了深水层。起初她这一条只适应在浅水层中生存的小鱼,被深水层的
种种现象吓坏了,一次次的惊心动魄。她也曾一度觉得他这一条鱼是
一条可怕的怪鱼,但是亲眼目睹了他在深水层所施展的种种堪称高超
的生存本领以后,她逐渐地钦佩他了,逐渐地崇拜他了。她头脑中也
曾产生过一种特别自不量力因而特别冲动的念头,那就是通过利用他
而向那社会的深水层发射一枚鱼雷,炸得水柱冲天,过后看形形色色
一般人们在社会水域的表面轻易看不大到的深水层的丑陋水族仰翻
漂浮,或死或伤,解解自己这一条浅水层的小鱼的心头之恨。我们都
知道的,特别适应在深水层生存的水族们,总是以丑陋凶恶的家伙居
多的。而她那一种狂妄的念头,乃是一个平常发现的丑陋有限,一下

子猛然发现了太多丑陋的人内心里的必然反应。尽管他一向伪装得像是一个头脑简单,胸无城府,凡事喜欢直来直去的男人,但实际上却是何等的睿智啊!某天他同她进行了一次严严肃肃的谈话。他告诉她,她头脑在想什么他一清二楚。他承认他自己的头脑里也曾产生过同样的念头。他说那很愚蠢。那除了是将自己当成一颗自杀炸弹,不再意味着别的什么。他说:"你既然打算那么做,你现在就可以做。你对于我本人和公司里的事,不是已经了解得不少了吗?你去公布某桩内幕吧,那么我必定完蛋了,那么许许多多的人,也必定会因为我完蛋了而跟着完蛋了。如果这么做真的能使你感到痛快和解恨,你为什么到现在还没有按照自己的打算去做呢?"而她承认她不忍。沉吟片刻,抬起头看着他又说:"我已经有点儿爱上你了。""但是我爱你爱到了事事处处为你着想的地步!不是为了你,我现在做的一切又何必?我身上有几国护照,我哪天携一大笔巨款出逃就像出国旅游一样容易!"

她知道他的话绝对不是夸大其词。

她感动了。

她噙着泪偎在他怀里了。

而他温柔地搂抱着她说:"痛快了,解恨了,那又怎么样呢?一批人完蛋了之后,一切现象还会继续存在。适者生存!适者英雄!有些事我为什么不避讳你不隐瞒你呢?就是要引导你看分明了啊!你看分明了,适应了,具有了利用那些现象的经验了。我才好倚重你,你才能当好我的高参啊!我们的方式方法那肯定是全都摆不到桌面上的,但是你总不至于因而也怀疑我们的目的是良好的吧?我们得感谢那些现象啊!没有那些现象存在着,可以被我们加以利用,我们的目的又怎么能够达到呢?……"

于是她向他发誓,再也不起那种对他们来说十分可怕的念头了。

她也说到做到了。

在那一个仲夏之季的夜晚,他们的关系已经可以说是一种爱人加同志的关系了。

是的,若仅仅将男人和女人之间的爱当作爱来分析的话,他们已不但彼此爱得很铁,而且彼此爱得相当无私。他们的关系证明,一个漂亮的女人和一个其貌不扬的男人之间,真爱是完全可以发生的。只要那个其貌不扬的男人除了其貌不扬,还有令一个漂亮的女人另眼相看的方面。哪怕那一方面或那些方面,只有她一个人的眼看到了……

他们因为共同的目的而堪称同志,志同道合。

在他们那一种同志关系中,他有时候是导师,有时候是良友;她有时候是学生,有时候是高参。

现在,他睡着了。

在这一个夜晚,在这一个时候,在这一处一切一切都那么气派那么崭新的度假村里,在此处一套最高级最隐蔽的房间里的舒适的卧室里,似乎再也没有什么忧患之事妨碍他高枕无忧了,起码相当长一个时期内大约没有。

他的一条手臂搂在她腰间,偶尔发出几声鼻鼾,睡得很香。

而她点燃了一支烟,缓缓地一小口一小口地吸着。

不是由于她的头脑里还有什么烦恼她心里还有什么放不下的事。

不,不是的。

她也和他一样,身心大为轻松,了无忧患。

她在思考如何调动她已积累得挺丰富的经验,利用一切可以利用的人和条件,为身旁这一个男人进行一番空前的包装。

既然他不反对;既然她自信能够做得效果良好;既然他们都一致认为也有必要那么做一番,那又为什么不开始思考如何去做呢?……

……

不久,关于本省儒商式民营企业家王启兆的又一轮宣传报道开始了。先是在报上,后在电台广播里,再后在电视里。主持节目的人遗憾地告诉观众王启兆先生本人特低调,无论如何也不肯在电视里抛头露面,并惟妙惟肖地学他的表情以他的语调说:"我很丑,形象太对不住广大人民群众,所以还是不公开的好。但是我很善良,明白一个朴素的道理,那就是一个人若在商界成功了,应该对时代心怀感激,应该慷慨地回报社会……"

这一段话,或曰这一段王启兆语录,还配以敲键盘的声音,作为字幕哒哒地打出在电视屏幕上。

毋庸赘言,这样的话,使王启兆这一个名字,像当年台湾的歌星赵传那般倍显亲和力。

当然,如今的年头,对于收买公众的好感,一个人只有话语的声明是不够的,还要有实际的行动才行。

主持人替王启兆先生宣布——他力争在三年以后建立中国最大的一笔个人慈善基金,而那很可能是几个亿。那时他将不再做企业家了,而要集中精力为弱势群体多做慈善事业了……

不少收看了那一期访谈节目的人被感动得热泪盈眶。

至于嘉宾,自然是本市相当权威的经济学专家、管理学教授、大学里人文学院的院长什么什么的。他们从多种视角分析和诠解"王启兆现象",认为这标志着本省翻开了社会文明的新篇章。总之各言其是,头头是道……

接着出了一本《王启兆传》,是由本省的几位报告文学作家合著的,销得不错。

那名最先报道王启兆的小报女记者连同她的那一篇报道文章一并获奖了。当天郑岚代表"大哥"请"妹妹"吃了一顿饭,送了她一台笔记本电脑……

转眼到了年底,市民营企业家协会改选——王启兆理所当然地被增选为副主席……

之后省工商联改选,据说省里有领导打了一个表示关心的招呼——于是他也理所当然地被增选为省工商联副主席了,而且得票率很高……

他成为市政协委员了……

没有什么人怀疑他必将在下一届省政协会上被增选为省政协委员……

本省本市各家银行的头头脑脑,纷纷主动邀请他吃饭——席间无不真诚表示:如果他需要贷款,请对他们当头头脑脑的银行予以考虑。对于他们,储蓄额的增加是业绩突出的证明,贷款额的增加那也同样是的啊!否则,银行不黄了吗?!

把钱贷给他这样的民营企业家,他们放心啊!

而他对他们的主动反应却不太积极。他说他的公司资金周转很良好,根本不需要贷款,起码目前还不需要。似乎仅仅是觉得对人家的好意若不重视,有失礼貌,最后才轻描淡写地说:"那过几天就贷个八百万一千万的吧。民营企业家和银行,有互相支持的义务嘛!"

对哪一家银行都是按这个既定方针来答对的。

不久公司的账目上又有了几千万了。

在别的省市所拖欠的银行贷款,也终于可以还上几笔了。

他这个人却变得有点儿神龙见首不见尾了。

他每次去接受那些新的头衔新的荣誉,总是说:"对不起,诸位对不起!我很忙,我太忙了!非常感谢大家对我王某人的抬举!……"

然而实际上那些日子他和她过得都很惬意,很轻松,很悠闲。

他甚至说服她不必对度假村的管理太过操心,亲力亲为还唯恐不周似的。

在他的说服和宣传诱导之下,她欣然陪伴他前往欧洲诸国旅游了一遭,究竟都去了哪些国家哪些城市不必细述,用他的口头语来说那就是——"总而言之,应该观光观光的地方都去了。"事实上那些国家那些城市他早已去过,然而此次再去心情迥然不同。以前是陪官员们去的,陪大小银行行长们去的。他们一路游山玩水、吃喝嫖赌,并为情人购物;

而他一路买单、结账，像仆人或随从。他们尽享快乐，而他从没真正快乐过。这一次他的目的主要是陪她，让她开开眼界，也让她亲身体会体会富人是怎么旅游的。他带领她逛巴黎的时装店，任她选购了几套高级时装；带领她逛瑞士的珠宝店，买了一枚几万美元的钻戒送给她；陪她乘游艇，潜海；陪她坐了一次真正的过山车，使她体会到了另一种"要飞起来了"的感觉……

那次欧洲之行意味着他对她的体恤、奖赏。

她策划使他成为省政协委员，她的策划即将实现了。是不是政协委员他本觉得没什么的，但由此而带来了几千万的贷款，那可是锦上添花雪中送炭的大业绩！当然应该受到奖赏。

他们在英国的乡间参观了几处小庄园。那些庄园本身的古典，以及周围风光的旖旎，环境的优美，给她留下了深刻的印象。

而他信誓旦旦地答应她，以后将为他们自己在英国买下那样的一处小庄园……

归来后，她脱下时装，收藏起钻戒，换上西服套装，当天就又进入了金鼎休闲度假村经理的角色。而他翌日则到外省去了，公司在外省还有一处楼盘即将封顶……

他们的大计划正在实现着。

两人都觉得越来越看清它了，也越来越接近它了。并且，已分明再没有什么阻力能破坏它的成功了。

为了它，他们都倍加投入地做好每一桩事情。

有几天夜里，她接连梦见自己成了英国某庄园的女庄主。

那夙愿开始越来越频繁地向她招手……

在这一个除夕的晚上，金鼎休闲度假村车水马龙。白天下了一场大雪，度假村处处银装素裹，堆琼砌玉。天刚一黑，彩灯齐亮，将雪缀枝头的树以及石、桥、亭、廊映得翻红涌绿，恍若天宫，煞是美观。来客中不但有本省市人,还有南方各省市人,亦有香港、台湾、澳门等地同胞,并且有不少亚洲、欧洲别国的游客,都是慕名前来中国这一座北方大市赏雪的。半数以上的房间,在元旦前后就已经被预订了,客房特别紧张了。有些省城的人,驾车碾雪而至,情知是住不上房间了,各处走走,观赏观赏,留几张影,拍几盘带子,吃顿饭饮阵茶,也就只有原路而返了。

事实上自从入冬以后,确切地说是下了第一场雪以后,金鼎休闲度假村就一直热闹着。形形色色的人士纷至沓来,从总经理郑岚到每一名服务员,终日迎来送往,几无暇时。

冬季的金鼎度假村,美啊!

怎么能不美呢?怎么能不美得特别呢?想想吧,地下温泉被用粗口径的管道二十四小时不间断地引入到人工湖中,再分成若干支流,引入到各条人工河中——温泉水"遭遇"冰冷的山泉水,山泉水该结冰也不结冰了;温泉水该是热的也大降其温了;两种都是天然的水汇在一起,生出一派雾气,如纱如绢,飘移水面之上,缭绕度假村各处,白日如云霭,夜晚似梦幻。彩灯一映,又似流霞自天坠落。由于温泉的作用,湖边上河两岸的土壤,并没因为是冬季了而冻了一层硬壳。土壤的温度、湿度、松软度,一如清明前后的南方大地。所以某些比较耐寒的草仍碧翠着,比较耐寒的花如菊花、迎春、腊梅,便都在冬季里争妍斗艳。花瓣上挂着晶莹的露珠,反而比夏秋季节开得还妖娆。湖面上河面上,一片片的莲花荷花也婷婷地升着。老板王启兆曾说:"不要往水里弄那些花了吧,白费心思,开不了的。"郑岚却固执地说:"只要水温合适,也许能开,试试看。"并没抱太大指望,居然开了,于是成为一处北方奇景。水温既合适着,鱼也能在露天的水里活着了,而且活得优哉游哉。还有那些由专人饲养的鸳鸯、天鹅、仙鹤、孔雀,或浮游水上,或目中无人地徜徉岸边,令人惊异。那些禽类都已被喂熟了,想飞,也只在度假村上空盘旋着飞几圈,绝不远去,怕自己找不到食,挨饿。还有一处露天的游泳池,保持着温泉水本身的温度。不愿仅仅在房间里享受温泉的男女,则可在游泳池里一展泳姿。都是冬泳,那可比在冰封的江面上凿开一片冰,冰上水中坚持不了一会儿就冻得龇牙咧嘴的那一种冬泳舒服多了,也惬意多了……

还有那些彩灯,王启兆白天曾吩咐,将它们上边的雪全都清除干净。郑岚反对,说根本不必多此一举。天黑后它们一亮,效果确实更佳。整个度假村,流霞溢彩,丽光摇曳,令人意醉神迷……

除夕之夜,排开那半数以上预定了房间的外省市、港澳台以及外籍游客不论,本省人士,凡来了并且顺利入住的,大抵都持有贵宾卡。那贵宾卡又分为钻石、黄金、白银、嘉友四个等级。不消说,所谓"嘉友"卡,是最等而下之的。事实上郑岚早已向"嘉友"们发出"通告"信函,婉言提醒春节期间千万不要来凑热闹,免得来了也住不上。"嘉友"们倒也识趣,除夕那天没几个来的。来的基本上都是持有钻石、黄金、白银三种贵宾卡的人士。是的,他们都是人士,不是一般的人氏,更不是人民。"谈笑有鸿儒,往来无白丁"——将古代的这两句诗改一下,改成"迎送皆富贵,门前无百姓",那么便是这个除夕之夜金鼎休闲度假村气派的大门前车水马龙的情形了。

百姓们都知道金鼎休闲度假村绝不是他们可以靠近的地方,何必靠前去讨嫌,并被保安们驱逐呢?他们也不会在对面的马路两旁摆摊,因为绝不会有开往度假村的小汽车停下来买他们卖的任何东西。到金鼎休闲度假村的人,都是从来不买摊上的东西的。不论他们卖的时令瓜果比省城市场上卖的新鲜多少,也不论他们手工制作的那些农家物什多么具有特色,从省城驾车往金鼎休闲度假村驶来的人们,对之都是不屑于看上一眼的。

金鼎休闲度假村,它虽然在地上,却并不意味着便是在人间。因为人间的众生,是根本没法儿想象人在其中的享乐情形的。它简直是为人间的神仙们所建的。在人间,有权为"神",有钱为"仙",有色为"仙女","神""仙"及"仙女"们,既化形为人,劳其形于人间,那就也得看个休闲的去处不是?

真也难怪小魏对它所怀的那么强烈的好奇心了!

真也难怪张副队长、小刘、小孙他们到了门口都没能进去一下的恼火和沮丧了! ……

第六章

异地为官,对于仕途中人,无论古今中外,都是一种考验。

首先,他们得经受陌生感的考验。陌生的省份,陌生的城市,陌生的官场同僚,陌生的办公环境和陌生的下属们,一切都是陌生的,连办公椅的高度,有时都要重新开始适应。

接着,他们得经受孤独感的考验。陌生感和孤独感,这是一对孪生的姊妹。或者,也简直可以说是一对连体姊妹。把玩人心是她们最喜欢做的事情,且乐此不疲。在她们的把玩之下,人心像她们手掌上的蚂蚁,从手心到手背,绕上来绕下去,试试探探,不知究竟在何处。为什么将陌生感和孤独感比喻为一对连体姊妹而不是连体兄弟呢?乃因女人对她们喜欢做的事情,一向比男人更有长性。对于异地为官之人,尤其男人,最大的孤独感是信任之难以诉求。他们谁都希望能够尽快取得别人的信任。他们明白,别人们对他们的信任,是在异地证明自己是一位好官并尽快作出业绩的前提。所以仕途上才有"新官上任三把火"的现象,按时下的说法,叫"政绩工程"现象。然而他们取得别人对他们的信任的时段,总是比自己们预想的要长得多。有时他们火已烧了,还不仅烧了三把,"工程"也做在那儿了,桩桩件件都该得"政绩"的分,可别人还是不愿给他们信任,甚至还适得其反,招致异议性质的评头论足。有时他们的所作所为,扪心自问,并非出于为官的谋略,更不是企图迫不及待地树立一己形象,但在别人看来,似乎仍是官场经验和技巧的表演罢了。这令他们暗自苦恼,于是更觉孤独。取得别人的信任是如此的不容易,信任别人也同样不容易。他们不太敢轻易信任他们还根本不了解的任何人,经验告诉他们那有时是危险的。也许他们刚刚予以信任的人,隔不几天就翻身落马了——通常总是由于贪污腐败——结果他们就很尴尬。不信任之风,在已经过去了的一年里,一点儿也不比前一年前两年前三年前几年的时候弱。从超市到股市,从商界到政界,从社会形态到人的心理形态,信任犹如新鲜的空气一样稀缺,不信任则犹如八面来风。每一个中国人都感觉到它;每一个中国人都嫌恶它,像嫌恶春天里将纱窗挂得通气不畅的柳絮,像嫌恶使人不得不掩面而行的沙尘暴;但,每一个中国人似乎又都只能徒唤奈何,束手无策。信任——这是中国共产党这一个业已发展了七千余万党员、业已具有了六十多年执政史的执政党的官员们,尤其高级官员们,经常感到郁闷、经常思索得夜不能寐的问题。

一位共产党的高级官员,比如官至省长省委书记的高级官员,如果他们在家乡省份已经比较顺利地任了一届,那么,年龄还没过线的话,他们首选的愿望其实大抵是在本省连任。大抵,即使本省是一个经济欠发达的省份,甚或是一个地处边陲贫穷落后的省份,他们的第一愿望通常也还是那样。因为哪怕是一个贫穷落后的省份,省会城市也都是百万人口以上的大城市了。贫穷落后的景象,再如何普遍,也是不太至于普遍到一个省会城市去的。做官做到他们那么高的级别,年龄都快接近六十岁了,自然而然地就都会觉得故土难离。何况,他们既已顺利地胜任了一届,并且有把握连任,当然证明是通过了信任关的考验。古今中外,为官之人,终于有些值得自己充分信任的人了,自己也终于获得了被别人信任的群众基础了,便没有不觉得欣慰的。放弃了这一份欣慰,将自己置身于陌生和孤独之境,难免都是有点儿不情愿的。但做官做到那么高的职位上,往往也就身不由己了,只有听凭安排。倘从一个贫穷落后的省份调往一个经济发达的省份,倒也是十分高兴的。为着儿女们的人生考虑,还往往举家迁随,反过来就是另一回事了。反过来他们宁肯自己"常回家看看",像是从前的商贾"跑单帮"。

刘思毅便是这样的。

他一回到南方,整个人哪哪儿感觉都好极了。皮肤不干燥了,无需再像女人们似的,每日洗漱完毕必得往脸上手上擦油脂了。他在南方时,从不用那些护肤的东西,而一到北方不久,就不得不让小莫替他买,不得不用了。从没用过,起初用时,还很不习惯,觉得脸上手上腻腻的,刚擦了又想立刻洗去,特别是洗浴之后,浑身的皮肤不但干燥紧绷得难受,还奇痒。当成病到医院去看了一次,医生说绝对不是病,也不是某种维生素缺乏症,而是因为水土不服。水土不服,医生也没什么有效的办法,也只有建议他经常用用护肤霜。皮肤不适应还则罢了,呼吸器官也不适应。按说他可以是一个出门就上车,下车就进门的人,那样就直接呼吸不到多少室外空气了。但自己是个吸烟的人,又吸烟又整天呼吸不到多少室外空气,就觉得似乎连自己的肺也变得干燥了。何况,以后是要经常到基层到农村去视察去调研的,不习惯于呼吸北方冬季室外的冷空气怎么行呢?于是几天后,每天清晨六点来钟,就唤醒小莫,让小莫陪他跑步,并煞有介事地给自己和小莫各买了一套运动服,分明是打算持续下去的意思。尽管买的是那一种挺厚的、保暖性能很好的运动服,但二人才跑了没几步,却被双双冻回了宾馆。在他们生活惯了的那一座南方省会城市,即使冬季,通常气温也在零上几度,低于零度的时候是很少的。零下二十六七度,这在北方冬季是很寻常的天气,而对于他们那反差可就太大了。差三十几度呢,不是说几天之内就能习惯的。退回了宾馆二人还不肯作罢,各自在房间里穿上了毛衣毛裤,再将运动服套在外边,第二次又跑了出去。堂堂省委书记那天早晨居然争强好胜起来,是他秘书的小莫在他那股子情绪的影响之下也不禁刚愎自用一逞其能。两个人相互较劲儿只管一路往前跑,都不先说累,都不先叫冷,都以为跑着跑着,出汗了,全身发热,就会哪哪儿也不冷了。刘思毅年轻时极好运动,体质不错,在南方,忙里偷闲的,没间断过锻炼。所以他还挺能跑的,一气儿跑出了三站地。倒是小莫终于跟不上他了,请求停止,接着就哈手、搓耳朵、跺脚。

刘思毅看着他,讥笑道:"不行了吧?"

那意思是——别以为你比我年轻,就可以小瞧我。

小莫却气喘吁吁地说:"这么跑,我怎么都没出汗啊?"他满以为,跑出一身汗,回去痛痛快快冲个热水澡,那多惬意,那多舒服。

刘思毅也没跑出汗。他的想法,和小莫的一样。

那一天是北方入冬以来相当冷的一天,零下三十度左右了。在那么寒冷的一天的清晨,除了是运动员,是兵,一般坚持锻炼的那些北方人,也是不逞强的。

两个都没跑出汗,全身就都没发热。结果呢,一停下来都不跑了,两个立刻便都领教了一个词为什么叫"凛冽"。

那一天清晨从西伯利亚刮来的北风像小刀子,嗖嗖地刺疼人一切裸露的皮肤。

其实刘思毅也早就感到,不是越跑越热,而是越跑越冷了,一停下不跑,更觉冷了。

他也不停地哈手、搓耳朵、跺脚。

小莫又请求道:"咱们快回去吧?再不回去我……"

不待小莫说完,刘思毅立刻表示同意,连说:"回去!回去!亲爱的同志坚持一下,咱们往回跑……"

于是二人往回跑。

可才跑了不远,就都没劲了,再也跑不动了,跑不动了那就一步步走回去吧!但是已经跑出了差不多三站路那么远,身上都没穿一件棉的,脚上穿的又都是单薄的运动鞋,有些冻得受不了啦,哪儿还走得回去呢?……

于是二人捂着耳朵淌着清鼻涕咬牙坚持着那种实难抵御的严寒,转移到了公共汽车站那儿,打算乘上一辆公共汽车回到宾馆去,但是左等右等,没有公共汽车及时开来。两个又都想先到什么商店里暖和暖和去,但是一大清早的,附近并没有哪一家商店开门。在公共汽车站等车的人们,见他俩冻的那样子怪可怜的,很是同情。同情归同情,谁也并没将棉帽子、围脖、手套、大衣什么的当场摘下来脱下来让他们戴上穿上。结果他们又品尝了对需要关怀的人无济于事的同情。小莫发现了一辆出租车,哪里还顾得上什么交通法规不交通法规的,跑到马路中间去,挥舞双手大呼小叫拦住了那辆出租车,可拦住了也白拦住,车里有乘客。他指着公共汽车站跟人家司机和乘客商量,一五一十怎么的怎么的急急切切地说了一番话,无非是要使对方们相信——新来的省委书记正在公共汽车站挨冻呢!对方又哪里会信呢?无论司机还是乘客,都根本不往公共汽车站那边看一眼,都只当他是谁家一大清早没看住从家里跑出来的一个精神病患者。对精神病患者人家也就不那么真生气,司机训斥了他几句,一打方向盘,车头绕过他向前开走了……

小莫只得又捂着耳朵退回到公共汽车站那儿,看出刘思毅也冻得快撑不住了,于是也不请示了,自作主张地告诉人们——说这位可不是别人呀,是省委书记刘思毅同志呀!我一个小秘书冻坏了不打紧,大家不能眼瞅着咱们的省委书记也冻坏在咱们面前是不是啊?所以呢,同情那也要付诸实际的行动啊!怎么个行动法呢?——劳驾诸位,快帮忙分头去拦一辆出租车吧!……

经小莫这么一发动,人们终于意识到了确实应该为两个挨冷受冻之人做点什么事,于是还真的纷纷散开,前后左右地替他俩拦车。小莫发动群众时,刘思毅也不开口说句话。有什么好说的呢?他觉得自己实在是没什么好说的了。自作自受啊!还牵连了小莫!所以他只有矜持地也是讪讪地对别人笑。没谁相信小莫的话,也都以为小莫精神不太正常,以为刘思毅是他父亲,或是他叔叔,是由于怕他一大清早跑丢了才陪伴着他从温暖的家里跑出来的。尽管全这么以为,还是个个都挺愿意帮助他们的。所幸,不一会儿就有人替他们拦住了一辆出租车……

二人回到天堂般温暖的宾馆后,身上全都发热了。不是体能得到锻炼散出的那一种热,是重感冒了的那一种热,是发高烧了的那一种热。

结果堂堂的省委书记和他的秘书双双在医院里住了两天,每人吊了几瓶盐水……

这事儿不知怎么被报社的记者听说了,暗中一了解,居然是真的,于是写了一篇报道,送审了。那记者可不是王启兆的"妹妹",是省报的一名男记者。他那篇报道的标题是"省委书记遭到'下马威'",副标题是"男女市民体现好心肠"。亦庄亦谐的一篇报道而已,无非是想向百姓们介绍介绍省委书记无伤大雅不失可爱的"逸事",同时在百姓之中弘扬弘扬助人为乐的风格,以增进官员和百姓之间的亲和力。编辑部主任一看是写省委书记的稿子,岂敢自行定夺?于是送审到了主编那儿。主编看了,认为是篇好稿子,记者报道的态度是应该得到鼓励的,但也同样不敢定夺,于是派人当日就将稿子呈送到了省委宣传部。省委宣传部的一位处长先看的,还是不敢做主,呈送一位副部长过目。副部长也拿不定主意,于是稿件又到了部长那儿。部长觉得事关省委书记究竟会高兴还是会不高兴,认为还是要由省委书记自己来决定才是。

于是稿件到了小莫手上。

那天他和刘思毅都已出院了。

他们的高烧是退了,但耳边儿、鼻尖儿、脸颊,双手和双脚,都受了不同程度的冻伤。各自从医院里带回了冻伤膏,愿意也罢不愿意也罢,每天要擦抹好几次。

刘思毅看过那篇稿子后,问小莫:"莫大秘书你看过了吗?"

小莫点头说:"看过了。"

刘思毅又问:"你觉得写得怎么样?"

小莫说:"我觉得写得不怎么样!什么叫冻得龇牙咧嘴的?这是很贬义的形容,他怎么就不用那四个字形容你呢?"

刘思毅笑道:"同志,这就是你太小心眼儿了。你看得不认真吧?人家那句话是用了引号的。龇牙咧嘴四个字是在引号内的,那是目击者的原话,不是人家记者非要用那四个字形容你。"

小莫却只管埋头整理文件,不再理睬他。

刘思毅显然是被引发起了评论的兴头,继续侃侃而谈:"群众的眼睛是亮的。群众说你当时冻得龇牙咧嘴的,那你当时的样子肯定就是那么一种样子。群众没用龇牙咧嘴四个字来说我,证明我当时肯定并不是那么一种样子,当然我那会儿也冻得够呛。我们两个那会儿都冻得够呛,你龇牙咧嘴的了,我却没有龇牙咧嘴的,又进一步证明,我们的抗寒力是有区别的。抗寒力的区别,那说到底也是一种承受力方面的区别,一种综合素质的区别,心理方面的,体能方面的,还是……"

"大人,您有完没完?"

小莫生气地打断了他的话。小莫一旦真生气了,背着别人就叫他"大人"。

"好哇!好稿件哇,好报道哇。读来这么有趣的报道,我怎么会忍心不同意发表呢?……"

他拿起笔就作出打算批示的样子。

他是成心在气小莫。那是他在自己和小莫之间制造点儿乐子的惯技,藉以排遣内心深处的陌生感、孤独感和寂寞感。

小莫瞪着他冷冷地说:"如果你同意他们发表,那么我就在报上刊登声明,提出强烈抗议!"

"抗议?还强烈的?你当我这位省委书记,居然会怕自己的秘书么?……"

刘思毅口中说着,已然落笔。那篇稿件的空白处,都快被别人的审阅意见占满了,他只得将自己的字写得很小,硬挤一角,写完,踱到阳台吸烟去了……

小莫几步跨到桌旁,俯身看时,见写的是:

> 此稿很有可读性,令人忍俊不禁。如此发表,我是没有什么意见的。但我的秘书将会对我及报社提出"强烈抗议",反为不美。奈何?故建议暂缓见报,待我做通秘书思想工作,再议。

刘思毅在阳台上说:"多有保留价值呀。建议你为自己复印一份。将来我退了,你写部关于我的纪实小说,将复印件加进去,再起个能吸引眼球的书名,来个名利双收,好主意吧?"

……

回到了南方回到了家里的刘思毅,一觉睡到了初一上午的十点来钟。醒了还懒得起床,半卧半坐,将一只枕头垫在腰后,靠着床头浏览家乡省的各报。

他的家已经搬出了省委领导们住的院子。在那全市地段最适合居住活动空间最大文明程度最高因而最出名的大院里,作为省委书记,他家住的曾是一幢独体的三层小楼,面积约四百平方米左右,并且前后都有小花园。而现在住的是一百九十几平方米的商品房,也在较理想的路段,楼里住的也基本上都是省委省政府的干部。

妻子脚步轻轻地走入卧室,问他想不想吃点儿什么。

他摇摇头表示什么都不想吃。

妻子又问他想见谁不。说如果他想见谁,她就先替他用电话和人家联系好,免得短短的几天节假里,人家的时间都安排得满满的,没见上。

他再次摇头。

"真的谁都不想见?"

妻子在床边坐下了。

刘思毅放下报纸,笑了。

他说:"我最想见到的人,已经见着了啊!"

"昨天快半夜了才到家,今天上午还没出过门,你见谁了?梦里见到的吧?"

妻子认真起来。

"我最想见到的是你。昨天一到家我见着你了。此刻,你就坐在我身旁,我还想见谁呢?谁都不想见了。我初五就得回北方去,连来带去才六天,以后的几天,我宁愿天天待在家里。"

他的话说得也很认真。

刘思毅的妻子是市里一所重点中学的校长。省市两级领导们的儿女,只要不是太笨的,几乎全是那一所中学里的学生。

刘思毅指着一份报印在头版上的标题问:"这一篇关于你们中学的调查报告你看了吗?"

妻子瞥了一眼,说当然看过了,说春节前,老百姓街谈巷议,指责多多。

"真有意思,宣传部那边,在因为没有控制好新闻导向,一个劲儿地作检讨。把那么多领导干部的名字都列出来了,能不检讨吗?听说好几位领导特别生气,联名要求把宣传部长撤了。而宣传部长呢,为了表示谢罪,已经把报社的主编撤了。新上任的主编,又把那一名记者给开除了。那一名记者呢,又到法院把新上任的主编给告了。法院得到政法委书记的预先指示,不予立案。那名记者也较上劲儿了,又一纸诉状,向检察院把法院给告了。检察院不知该怎么办好,请示政法委书记,结果政法委书记也为难了。人大和政协两方面,又有许多代表和委员联名表态了,上书人大和政协,坚决支持那一名记者的鲜明立场。并且敦促人大和政协,春节后召开常委会,也要就此事公开表态。所以我要感谢你,我们的党派也要感谢你。关键时刻,贵执政党总是会及时地为我们民主党派指明怎么样做才不至于犯错误,起码会向我们指明,怎么样做才能离错误远一点儿。"

妻子说时,刘思毅听得聚精会神。因为妻子曾是一个民主党派的省委委员,而他是执政党的省委书记,故这个家庭和一般人家很不一样。不管什么话题,谈着谈着就变成政治的话题了。而一变成政治的话题,是民主党派省委委员的妻子,有心无心地,就往往会说出些令丈夫表情不太自然的话来。

两年前,在刘思毅还是家乡省份的省委书记时,就收到过不少群众来信和人大代表政协委员们的意见书,都是针对妻子当校长的那一所重点中学的。认为再不纠正某些不良现象,那一所在解放前由民主党派人士所创办的,能恪守分数面前人人平等之公平原则的重点中学,将渐渐堕落为特权子女中学、贵族子女中学。而且,也势必由于生源的良莠不齐,学习气氛衰败,渐失重点中学的本色,最终变成一所盛名之下其实难副的中学……

在这个经济发达,就业机会相对较多,人们的生活水平包括农村人的生活水平普遍提高明显的省份,十几年来一直并没有什么特别突出的社会矛盾出现或潜伏。应该说,在这一个省份当官,无论是当省委书记还是当街道委员会主任或乡政府的干部,那都是比较省心的。只要有一定的自律意识,不腐败不堕落,当一名好公仆是不太难的。

刘思毅那时就敏锐地感觉到,总有一天,妻子当校长的那一所重点中学的一些内幕将会部分或全部地曝光于社会。而那样的事情一旦发生,必将成为百姓批评官员的一个重点话题。走个后门,花几万元钱,将自己按成绩本不该进入一所重点中学读书的子女暗中塞入了重点中学,在别的省别的省会城市,对于省市一级的领导干部,也许不算是一件什么令人愤愤不平的事。民间即使知道了,也就不过议论一阵子而已。发发牢骚,说几句难听的话,往往也就一忘了之不再议论了。有不少严重矛盾存在着的省份和省会城市里的人们,谁会抓住点儿鸡毛蒜皮的现象对政府群起而攻之啊?那也不会有多少人助长情绪地呼应啊!但这一个省份这一个省会城市太不一样了。没有尖锐的矛盾存在着的地方,次要的比较起来无关宏旨的矛盾,一经揭示,那往往也会变成为焦点问题的。而什么事一变成了焦点问题,解决起来就被动了。解决得犹犹豫豫拖泥带水没有力度,领导干部们的形象就会大受其损,执政党的威望也必将削弱。

是的,当时刘思毅是想到了这些预见到了今天可能会出现的局面的。

但连他,当时也拿不出什么好的办法来着手解决。

怎么解决呢?

当时那所重点中学的问题还没发展到现在这么严重的程度,还没被曝光,还没被老百姓街谈巷议,还没引起司法纠纷,还没被许多人大代表和政协委员睽睽关注啊!

一位省委书记,在那么一种情况之下,忽然有一天在常委会上提出——大家来研究研究某某重点中学的问题吧……

就因为你省委书记没往那一所中学塞过自己的儿女或亲朋好友的儿女,其他常委们都涉嫌走过后门,你就要开会研究研究?

你省委书记是什么意思啊?

若你省委书记自己认为不但是个问题,不但不是个小题大做的问题,而且是个严重的问题,那也不必开会研究了,你直话直说,想怎么解决就怎么解决吧!我们全都举手服从得了嘛!

再者说了,你自己的夫人是那一所重点中学的校长啊!形成问题了,当校长的就没责任了吗?你当校长的人可以坚持原则嘛!作为一所历史悠久的重点中学的校长,有使命坚持原则嘛!别人想走后门,一律不给开后门,想走后门的人,不是干瞪眼什么辙也没有吗?

你省委书记的夫人正是那一所重点中学的校长,你替别人走过你夫人的后门没有?你偏说你没有,谁信?你走你夫人的后门那是多么简便之事,同床共枕的,几句话不就走成了吗?

而一个事实是,刘思毅也确实替别人们走过自己夫人的后门。在她当校长的几年里,他至少求她给过七八次面子。小莫的妹妹,也是在他的直接过问之下进入那一所中学的。当然,他要的面子,都是她给了也不至于后门大开的那一种面子。无非些个原本学习成绩一直很好的孩子,由于临场发挥欠佳,或别的种种客观原因,结果低于录取线二分三分的情况,比如小莫的妹妹当时就是那样。小莫脸红得什么似的,嗫嗫嚅嚅地向他开了口了,他能不帮忙吗? 当然,即使属于那么一种情况,若没人将所谓的后门开道缝,也只有自认倒霉。

每一次,妻子答应得都很爽快。

她说:"归根结底,教育在你们贵执政党的领导之下,我们民主党派也在你们的长期统战之下。"

还说过这样的话:"但是你要知道,我们民主党派求我的人也不少,我可一律都拒在了后门外边。我们也掌了点儿权,资格来之不易,所以我们懂得珍惜,绝不能让老百姓指着我们的脊梁说,看,民主党派也学会以权谋私了。"

是的,以上两种话,是妻子每次照例要说的,大有劝谏的意味。

而他也总是要反驳一句:"得了,什么事儿就是什么事儿,别借题发挥。难道我们共产党掌权的资格就来得容易吗? 我们的资格是靠成千上万的烈士的生命和鲜血换来的……"

"你也打住吧! 这是在家里,不是在什么公开场合。公开场合,我这位民主党派的省委委员也不那么说。既然是在家里,你就不能洗耳恭听一次,不立刻进行反驳,进行批评教育吗?"

于是他缄口不言了。

确实,在家里,情形往往反过来了,往往是一位民主党派的省委委员经常教育他这一位执政党的省委书记。

终于有一天,他劝妻子提前退休。

妻子很讶然,说:"我又不是胜任不了,我为什么要提前退休啊?"

他就坦诚地说出自己的一番忧虑来。夫妻之间,自然可以说得要多坦诚有多坦诚,一点儿也不必拐弯抹角的。

最后他说:"万一在你是校长的时候,哪天你们重点中学的后门问题被捅了出来,公开化了,闹得满城风雨的,你不被动么?我不跟着陷于被动么?"

那天晚上,一向睡眠质量很好的妻子失眠了。

退休。她听从他的劝告,走后门开了一份高血压的诊断,提前退休了。

又不久,她以自己已经退休了为由,也辞去了她那一个民主党派的省委委员的身份……

在这一个初一的上午,职务业已由本省的省委书记变成了外省的省委书记的刘思毅明白,妻子在刚才那番话中最后说的两个感谢。虽然听来像是玩笑话,其实是挺由衷的,是对他具有先见之明的承认。否则,她必成焦点人物无疑。当然,也必成为老百姓指责的靶心。

那篇调查报告他看得很仔细。没从字里行间看到妻子和自己的名字,大为庆幸。调到外省去任省委书记了,毕竟还是一位省委书记。谅任何一份国内报纸,都不敢直接点出任何一位省委书记的名字予以造次的臧否。除非那省委书记已经被"双规"了。这一点,在他的眼球刚一被那篇调查报告的标题所吸引时,心中就是有数的。但间接地点出了对自己的影响也太不好呀。只要记者想要那么间接地点出,不是完全能将文字游戏玩得很漂亮吗?……

刘思毅的儿子是学机械制造专业的。原是清华的学生,大三时便考上了法国某大学同专业的硕士研究生,一毕业就到法国读研去了。一鼓作气获得了博士学位,随之留在法国一家大公司当上了工程师,并在法国娶妻生子,建立了家庭。儿媳妇是位法国女子,服装设计师。亲家母和刘思毅的妻子一样,也曾是一位中学校长,现在也退休了。而亲家公是法国那一所大学的资深教授,曾是儿子的导师。儿子结婚前,陪未婚妻和岳父母大人到中国来过一次。一则会会中国的亲家,二则旅游观光。那法国姑娘倒是在刘思毅家里住了几天。但她的父母一天也没在刘思毅家里住过,他们就近住在一家四星级宾馆里,并且声明在先,一切费用自理。连跟自己的女儿和未来的女婿,也分得一清二楚,各付各的。刘思毅的妻子对即将成为自己儿媳的那一位法国姑娘很喜欢,预先便亲自为她井井有条地安排好了一个房间。可是,当省委书记的夫人问自己即将合法的法国儿媳对那房间满意不满意的时候,她通过翻译也就是未婚夫告诉未来的中国婆婆,说她觉得那个房间很好,但是如果他们的儿子一回到中国的家里,就不允许和她住在同一个房间里睡在同一张床上了,那么对于她就是一件"让人难以高兴得起来的事"了。当儿子翻译完毕,刘思毅的妻子的脸不禁微微红了一下。当时省委书记刘思毅也在旁边,他见妻子一时不知说什么好,就当仁不让地替妻子解释,说他们作为父母和公婆,在家庭中对晚辈们的居住自由没有任何限制;说她完全可以睡在他们儿子的房间里,他们的儿子也完全可以睡在她的房间里;说当然啰,两个年轻人如果更喜欢独眠,那么也有各睡各的房间的充分自由,有备无患嘛! ……他觉得他当时的解释不但是对妻子的一种道义声援,也是对中国人传统观念的一种必要的与世界接轨的阐明。未来的儿媳听罢高兴了。她通过"翻译"告诉未来的公婆,她和他们的儿子,正是因为都不喜欢独眠了所以才决定结婚的。结果他的脸当时也微微红了一下。儿子翻译了那句话后一脸既得利益者的掩饰不住的得意,而未来的法国儿媳妇则一脸的小女孩儿般的纯真,童言无忌的样子。后来的几天里情况是这样的:儿子陪未来的儿媳两个房间轮番睡,却一夜也没分开睡过。家里的小阿姨于是挺有意见,因为她两个房间都要轮番打扫,每天的劳动量有所增加。

那么一位金发碧眼的法国女郎出现在省委省政府领导们住的大院里,经常与省委书记的儿子亲亲密密手牵手地在大院里散步,自然招致了极其好奇的目光。有几天晚上,未来的儿媳还心血来潮,提出想陪着刘思毅这一位省委书记散散步。刘思毅看得出来,在她,那除了是为了增进两代人之间的国际感情,未尝不也是为了满足一位法国姑娘对一位中国的省委书记的好奇心。那是没法不同意的,甚至,连稍有犹豫的表情都是不妥的。他欣然点头。当未来的法国儿媳妇挽着他的手臂的身影出现在那大院里,另外的一些人远远回避,但又不从他们的视线里消失,而是驻足观望。她会说的中国话,比他以为的要多些。

她一个单词一个单词地用发音可笑的中国话问他——在还有许多中国老百姓生活十分贫穷的情况下,他作为省委书记所过的高级生活和所享受的种种特权,会不会经常使他内心不安?

还问——法国任何一座城市,包括巴黎市市长,包括一切议员们的住房,全都像她那位是大学教授的父亲一样是用自己的钱买的,他对此有何看法?

他也一个单词一个单词地耐心地回答——中国官员们的工资在全世界是很低的,如果要求他们用自己的收入买房子住那是根本不可能的。因为他们的工资结构里根本就没将那么一笔钱算在内,所以目前还得享受半福利式的住房待遇……

而她极具反驳意味地又问——那么中国老百姓的工资在全世界也是很低的,他们的工资结构里也根本没有将一笔能买得起房子的钱算在内,为什么国家对老百姓就彻底取消了福利分房的政策呢?

他说对老百姓也不是彻底取消了。只要是一个国有单位的中国人,只要那单位的经济效益挺好,半福利式的分房待遇实际上还在继续。另外,想改变住房条件的中国人,还可以向银行贷款……

——那么你们中国共产党的高官为什么不靠自己向银行贷款买房子?……

无论她的问话还是她的表情,当时都是那么严肃。

散步变得有点儿像是在接受采访了,未来的儿媳妇变得有点儿像不断用问题发难的刁钻的记者了。

回到家里后,他头脑中产生了一种思想,那就是——中国的高官们包括自己在内,实际上并没有什么理由抱怨自己们付出得太多了。与付出相比,在中国目前的国情之下,特权还是要比付出多得多。而中国的老百姓,却实在是很厚道的老百姓。倘一个个都像自己未来的法国儿媳那么看问题,想当一位好公仆就更加是难于上青天的事了……

而他的妻子,思想方面得到了另外一些收获。她睡前盛赞法语的表达方式的艺术性,说难怪法语曾是欧洲的绅士语言,说你听人家法语是怎么讲的?——"难以高兴得起来"!人家不说不高兴,人家反着说,一反着说,多耐人寻味啊!……

亲家公亲家母仅到家里来正式地做了一次客,两家人共进午餐。

餐后饮茶时,白发苍苍的法国老教授说,他们的这一个女儿是他们最小的孩子,他们特别爱她,所以特别希望她成为妻子之后能够特别幸福……

刘思毅的妻子就说,他们的儿子是他们唯一的儿子,他们的希望和亲家公亲家母的希望是一致的……

法国老教授接着中国亲家母的话又说——他们也是特别爱他们未来的中国女婿的,和爱他们自己的女儿是一样的程度。所以,为了确保一对年轻人婚后的幸福天长地久,他们对是省委书记的中国亲家公有一个请求,或言是一要求,要求他当面给予他们一个郑重的承诺……

白发苍苍的法国老教授和同样一头白发的他的老伴儿,当时的表情都异常郑重,如同是在谈判桌上提出最后一个条件似的。而且,仿佛这最后的一个也是最关键的一个条件倘不能得到承诺,那么儿女亲事就拉倒吧!

自然还是儿子在充当翻译。

刘思毅夫妇看得出来,儿子并不清楚岳父大人所要求的承诺究竟是什么,翻译时,目光一会儿看着岳父大人,一会儿看着岳母大人。

他们的金发碧眼的儿媳也是一脸的困惑。

刘思毅微笑着说,好啊好啊,提吧提吧,为了双方儿女们的幸福天长地久,他们夫妇愿意作出一切郑重的承诺……

"我们要求,您千万不要也变成一名中国的贪官。我们作为法国的知识分子,一点儿也不因自己的女儿即将与一位中国的省委书记的儿子结婚了而沾沾自喜,感到多么荣耀。如果不是因为两个年轻人已经互相深深地爱上了,我们倒宁愿我们的女儿嫁给的是一个普通人家的然而可爱的中国青年。所以,我们要求您当着我们的面,也当着我们双方儿女的面承诺,永不腐败,永不因自己的腐败行径,而使我们一对法国父母蒙羞,而使一个受尊敬的法国家庭蒙羞,而使一段美好的跨国婚姻蒙羞……"

法国亲家公一句一句地说时,法国亲家母的一只手,不停地爱抚着自己女儿的金发。母女二人,还频频点头。而担任翻译的儿子,翻译得吞吞吐吐,面红耳赤,那种表情就别提有多么不情愿了!每当他犹犹豫豫地似乎不知如何翻译才好实则不打算照直翻译时,他未来的岳父就也爱抚一下他的头,同时用法语说句什么意在鼓励的话。而他的未婚妻,不但极其认真地从旁听着他的翻译,居然还每用法语纠正他翻译不当之处,以确保她父亲的话比较原汁原味儿地被用汉语言表达出来……

刘思毅夫妇听着由自己儿子亲口翻译的那些话,当时是种什么表情可想而知。他们家里的小阿姨居然也手拿着块抹布站在旁边听!

"你干你的活儿去!"

他妻子想将小阿姨支走。

法国亲家公看出了中国亲家母的用意,居然一把扯住了中国小阿姨,随之说了一句法语,示意他的女儿翻译。

于是未来的法国儿媳,一个单词一个单词地用中国话说:"你,别走开。我的父亲,希望你,作为证人。我,和我的母亲,也有,同样的希望……"

刘思毅的妻子还能再对小阿姨说什么呢?什么话也不能再说了

啊！

小阿姨则只有从旁继续听着刘思毅怎么承诺了。

为了镇定一下情绪，刘思毅深深饮一口茶。他没立即就咽，而是在口中含了几秒钟。儿子、未来的儿媳、不远万里来到中国的亲家、自己的妻子，还有自己家里的小阿姨，那会儿全都目不转睛地看着他。确切地说，是都在观察他脸上的表情与刚才比较有什么变化没有。他心里清楚，只要自己脸上有了些变化，哪怕是一点点，也都会被观察出来的。

而他脸上一点儿变化都没有。

心里是有的——与刚才其乐融融的共进午餐时的心情相比，他当时的心情自然是大为不悦的。

这算什么事儿嘛！

太像面对面所进行的"三讲"教育了啊！

但那也轮不到一位法国老头儿在自己的家里对自己这一位中国的省委书记进行啊！

对方是自己的亲家公也不能改变教诲似的性质啊！五个在场的人中，除了小阿姨，另外四个，都是双方面的至亲者呀。有一对还是双方面至亲至爱的晚辈呀！

让人实在难以接受的谈话方式嘛！

而他脸上一点儿变化都没有。

那是一种特殊的能力。

简直又可以说，是一种能耐。

当那一口温温的茶水通过咽喉、食管，缓缓流入胃里时，他已经想好了一些话。还有一些话，他自信完全可以一边说一边在头脑中组织起来，组织成一番思维清晰逻辑分明的答辩词。

于是他微笑着，以一种亲爱的语调说——对于法国式的幽默，他是非常欣赏的。他说美国式的幽默是大众式的幽默，是阳春白雪式的幽默和下里巴人式的幽默的混合，像街头舞，俗雅两类台面都是适合的；说英国式的幽默,是刻意体现绅士淑女风趣的那一类,所以,当他在英国考察时,听到一位侍者彬彬有礼地称他"尊敬的女王陛下的客人"时,尽管他并没有荣幸地见到过任何一位王室成员,也没有感到丝毫的惊讶;说法国式的幽默,受后现代主义文艺的影响,往往是"黑色"的那一类,"黑色"的幽默又往往是较深刻的幽默,需要人同时用思想而不仅仅是用幽默感来接受。他说,他正是用思想来接受亲家公的法国式幽默的……

亲家公认真地听了自己的学生,也是自己未来的女婿的翻译,频频点头不止,那种对自己的亲家公同时也是对一位中国的省委书记另眼相看的意思,溢于言表。

刘思毅接着说,他早已从自己儿子的口中知道,亲家公亲家母都是虔诚的宗教信仰者。他承认自己是一个没有什么宗教情怀的人,但是这并不妨碍他确信所谓"上帝"是真真实实地存在着的。他说只要地球不毁灭,一万年以后,"上帝"还是会真真实实地存在着。他说依他想来,"上帝"就是未来人,在未来里注视着当代的人、现世的人,默默看着现世的人们怎样行事,倾听着现世的人们在说些什么。

他说:"对于我而言,'上帝'也是儿子的儿女,儿子的儿女的儿女;同时呢,'上帝'也是你们的女儿的儿女,女儿的儿女的儿女。他们将继承两个不同民族的混合血脉,代代相传。在二三十年以后,在五六十年以后,在一百年二百年以后,在无限的未来之中,注视着我和您这样两位职业不同的父亲。如果您能承认他们也是我们的'上帝',那么我们就有了共同的信仰。而我,对继承着我们共同血脉的'上帝',是非常敬畏的。别说承诺什么了,即使发誓,那都是愿意的……"

白发苍苍的法国亲家公打断了他的话,制止他继续说下去。

法国老教授不仅对他另眼相看,用中国话形容,还刮目相看起来了。

法国老头子被感动得泪眼汪汪。

他说不必再说了,什么都不必再说了!

接着他起身走到刘思毅身边,待刘思毅也站起来后,情不自禁地与之拥抱。

他用一只白里透红的大手轻轻拍着刘思毅的后背,大声说:"你使我所信仰的上帝具体了,你更新了我的宗教观,我感谢你。"

于是亲家母也和刘思毅拥抱。

于是按资排辈轮到了未来的儿媳和他拥抱。她和她的法国妈妈也同样感动得热泪盈眶。

她和他拥抱时情不自禁地说:"亲爱的父亲,我爱你。"

接下来是两个家庭的成员六个人交叉拥抱,因为该统一思想的长辈统一了思想,该得到承诺的晚辈获得了比预期更加庄严的承诺,皆大欢喜,皆大感动。

只有那小阿姨有点儿看不大明白眼前的情形了,看得眼睛一眨一眨的……

送走了亲家公亲家母,儿子不速而至,在刘思毅书房里,搭搭讪讪地满口尽说些表示钦敬的话语。那一种另眼相看那一种刮目相看的意思,也是溢于言表的。

而省委书记则谆谆教导他的儿子:"你,以后给我多读点儿书!"

刘思毅这一位省委书记,很听不惯他的某些同僚的话。他认为他们,普遍地就事儿说事儿还行,上传下达还行。身为官员,说些官话通常基本上还行。虽然歪嘴和尚讲错经的时候也不少,但大多数而论,那还是能把官话说得很像官话的。

但依他想来,时代在变,其变之速那么的快,一位官员要想与时俱进,善于将官话说得不像官话,那也是挺重要的一条。

他曾企图将这一条也作为一条衡量麾下干部之能力的标准。

却几经犹豫,始终未敢。

怕别人给自己扣上一顶"旁门左道"的帽子。

他想,自己若真那么要求了,若真有人给自己那么扣帽子了,自己是不大吃得消的。

身为官员,说出话来不像官话,那还怎么能把话说好?尤其是,那还怎么能让老百姓听自己的话呢?——他心里清清楚楚,这一种想法,才是中国大多数官员的想法,起码是他们潜意识里的想法,和他自己的想法太不对路了。所以,他也只有用自己那一套想法来要求他自己而已,也不敢完全照着自己的想法来说话,不即不离地,偶尔以自己的个人风格说几次说几句罢了。

亲家公亲家母白天做客的那一天晚上,连妻子也对他表示起钦敬来。

她说:"哎呀你呀,那么会说话,贵党要是不让你当省委书记,真是白瞎了你了。"

他却严肃地批评道:"你这不是幽默,是贫嘴。"

妻子却说:"怎么,在家里跟你贫贫嘴都不行啊?"

而他更加严肃地告诫——在家里也别贵党长贵党短的,省委书记的妻子,这么说惯了,万一在某些会议场合,一顺嘴也说出口了,那是多不好的影响!别忘了你自身还是一位民主党派的省委委员。较幽默地表达正确的思想和很贫嘴地随便就说不正确的话,效果是不同的。他指出妻子的话,就是一句特别典型的、以贫嘴的方式说出的不正确的话;说我党七千五百万党员,精英荟萃,人才济济,多我少我,那就好比齐天大圣身上多一根毫毛少一根毫毛……

妻子本是说的一句玩笑话,不成想他认真起来了,谆谆教诲起来了,搞得她心里边好生不痛快,连续几天没理他。他呢,还不明白她是怎么了,以为是更年期现象。直至她后来一想,他的告诫那也不能说是完全多余的,气消了,找个机会向他解释了,他才恍然大悟。

刘思毅去往北方赴任之前,有天晚上以自言自语似的口吻对妻子说:"看来,我们得搬家了。"

妻子当时正躺在床上。她血压高,常头晕。不知她听到了,还是没听到,没反应。

刘思毅刚冲完澡,穿着睡衣坐在沙发上看什么。他抬头望着妻子又说:"我在看的是要求调换住房的报告,小莫替我起草的。我改了几个字,明天就让他交到办公厅去。你呢,要有思想准备。办公厅通知你去选房,你得及时配合一下。这件事我就不参与意见了,你全权做主就是了。但是,也千万别太挑剔了,不能让办公厅的同志感到为难。"

妻子还是没吱声。

刘思毅就手拿一页纸离开沙发,坐到床边去了。

他迂回兜转地又说:"我对小莫真是特别满意。你看,他写的就像我自己亲笔写的一样。当秘书的,能将领导的意思以领导本人的语言风格表达出来,不是一般的水平。"

妻子这才睁开眼睛问:"什么搬家不搬家的啊?我刚才都要睡着了,迷迷糊糊的没听明白。"

于是刘思毅又言归正传,他说自己就要到北方省份去赴任了,那么,就不该在本省还继续享受省级领导的住房待遇了。而本省的省委书记即将正式任命了。马上再为接任者预备一套符合标准的住房,对办公厅的同志们是有困难的。唯一顺理成章的解决方式,那就是自己主动要求腾出现在住的这一幢独体小楼,搬到别处去住。正好省委新盖的一幢机关干部宿舍楼里,还有几套没分。办公厅通知后,她可以前去任意选一套……

妻子听着听着,坐了起来。她本以为,丈夫会在本省连任省委书记的,不料却被调往北方的一个省份了,她心里颇觉失意。替自己,也替丈夫。丈夫是一位外省的省委书记或是一位本省的省委书记,这一点对于一位妻子来说,在这一个院子里的感觉是不一样的。甚至可以说,将是很不一样的。她还不知怎么才能调适好新的角色、新的感觉呢。她从没有过这一种心理准备。现在,丈夫竟然自己"要求"搬出这一处她早已住习惯了的全市最好的居住之地,她太想不通了。

她冷冷地问:"说完了?"

刘思毅点点头,将手中那一页纸递给她。

"我不看。那有什么好看的? 我问你,顺的什么理? 成的什么章? 你调到外省去,不还是当的一位省委书记吗? 既然如此,不还是应该继续享受同级高干的待遇吗? 有人认为你应该搬出这个大院吗? 我想不会的吧? 那么你为什么自己提出要求呢? 我——不、理、解。没法理解。替我想过吗? 以后别人会怎么看我——她丈夫犯错误了? 戴过任职? 如果不是,为什么住房待遇降低了好几级? 你说的那一幢楼,不是为正副厅长们盖的么? 让我怎么对人解释? 你教教我,怎么对人解释?"

妻子忽然又躺下了,并且一翻身,背对着他了。

刘思毅也一下子失去了耐心。

他有点儿恼火地反问:"对哪些人解释? 为什么要进行解释? 又有什么必要进行解释? 一位领导,因为工作需要调往别的岗位去了,接替他的职务的领导即将上任了,理应享受那一级别的住房待遇,而对机关服务部门的同志来说,马上兑现那一待遇成为困难。当然,人家可以等。等上一年,等上两年,那对人家也没什么。可我为什么就不能不让人家等? 我刘思毅凭什么? 我的工作岗位不久后已经在别的省了。只要你愿意和我一起去北方定居,我们在那里的住房待遇,也同样会很高的啊! 我也劝过你嘛,可你不愿意啊! 既然如此,那还有什么正当的理由想继续赖在这个院子里住而不自觉自动地搬走? 你倒教教我,我又该怎么对人解释?"

妻子猛地朝他翻过了身。

她瞪着他,以受到严重侮辱了似的口吻说:"刘思毅,你把话说清楚,事情怎么就成了我想继续赖在这个院子里住了?"

刘思毅自知用词不当,后悔莫及。但说出的话,泼出的水,收都收不回来了。他的恼火就不禁又增加了几分,干脆教训起来了。

他也用冷冷的语调说:"我走后,你自己一个人住在这幢楼里,只有一个小阿姨陪你,白天晚上孤孤单单空空落落的,你反而真就会特别习惯吗？你们民主党派,给我们执政党提意见时,总是振振有词,一套一套的。怎么事情一旦自己也面对了,哪怕是小事一桩,就急赤白脸地想不开了呢？如果我没记错,就在去年的省政协会上,就有你们民主党派的委员,对我们执政党的干部,尤其高干的住院问题提出过建议。我刘思毅想按那种建议以身作则一下,就这么一点儿愿望怎么就这么难以得到你的理解呢？"

妻子忽地坐了起来。

她瞪着刘思毅,刘思毅也瞪着她。

夫妻二人互瞪了几秒钟,妻子却根本没开口,缓缓地又躺下了,随即还闭上了眼睛。

刘思毅缓和了语气说:"你还有什么想不通的,你只管说出来,别闷在心里。闷在心里,对身体不好。说出来吧说出来吧,我洗耳恭听。"

"我头晕,想睡了。"

妻子闭着眼睛就说了这么一句话。一说完就将唯一亮着的一盏床头灯关了。

刘思毅在黑暗中离开了他们的卧室。

那天晚上他是在另一个房间睡的。

心情郁闷不快,躺下了也翻来覆去地睡不着,起身打了一次越洋电话,向儿子倾诉了一番胸中烦恼,获得了儿子的理解和支持,这才较为释然,重新躺下⋯⋯

不久妻子收到了从法国寄来的一封信。

那是一封对刘思毅表示"声援"的信。儿媳、亲家公、亲家母,也都在信上署了名。他们还一起代表另外两个不容忽视的人也署上了名,便是刘思毅夫妻的一对双胞胎孙子,还不到一岁的两个孙子的名字。对于刘思毅,那"声援"的阵容实在是太强大了。

妻子叹道:"刘思毅,你们共产党搞统战的能力真了不起啊,我服了。"

刘思毅自鸣得意地说："那是,统战工作是我们中国共产党人的三大法宝之一嘛。"

又不久,省委办公厅通知她去选房,她的态度已然转变,很乐意地去了。

现在,她对面积缩小了一半多的这一个新家,也已渐渐习惯了,并且,暗自承认丈夫的考虑是很有道理的——一个人居住的空间其实不宜太大,太大了人心的空间反而会变小的。因为人心之对于家,所需要的是舒适而已,不是浪费给别人们看的面积。人难以在太大的居住空间里体会到温馨,除非后代绕膝——这是她在新的家里获得的新感受。而直接受益的自然是小阿姨,她每天仅用以前的三分之一的时间,就足可将四室二厅处处擦拭得一尘不染了。她有了较充分的空闲时间,因而心情愉快了,与女主人的关系也极其亲密极其和谐了……

在这一个初一上午,刘思毅夫妻二人接听的第一个电话是女儿打来的。

当时妻子还在说着关于学校的事。

"这件事被中央电视台《新闻调查》节目组的人知道了,结果呢,春节前他们与中国教育电视台的几名记者一道来了。不知谁的嘴那么快,告诉他们我是前任校长,预先连电话也没打,有天就忽忽啦啦地找到家里来了。他们抱歉地说往家里打了几次电话没人接,实在是有些冒昧,但还是希望我能接受他们的采访。我想,他们之所以对我那么感兴趣,大约不仅仅因为我是前任校长。我对他们挺客气的。我又没贪污没受贿,心里没鬼,犯不着得罪他们嘛。但我内心也不欢迎他们的采访呀。我是那种不甘寂寞的人么? 我才不愿成为新闻人物呢。所以我彬彬有礼地告诉他们,我正要到医院去看病,说着就往家门外走。于是呢,他们就想在电梯里进行采访。电梯里那么小的地方,开不了机呀,又想在马路边上进行采访。幸好那会儿我拦住了一辆出租车,他们的企图落空了。但是听说他们还是采访了不少人,有些是所谓的知情人。他们前脚离开,省里市里就派人后脚紧跟着,到中央电视台交涉去了。站在省里市里的立场想想,无论如何也不能让他们播出来啊!……"

她那一种超然度外的表情和口吻,仿佛是在讲一件与自己八竿子也打不着的事,当成一杯新闻早茶讲着似的。

她又说:"我还是得感谢你。要不是你劝我早退了两年,现在即使我自己根本不愿意成为新闻人物,恐怕那也由不得我自己了。"

刘思毅说:"唉,我调走之前,下决心把学校的事及早解决就好了。那今天的领导们,也就不至于面临被动了。"

他的话,说得不无自责的意味。

妻子却说:"你怎么什么责任都往自己身上揽呢? 你现在都是另一个省的省委书记了,跟你有什么关系啊? 东北的老大难问题多着呢,你还是操心你那个省的事吧。我多告诉你点儿情况,只不过是为了让你心里有个数,免得过几天见了人,说了什么让别人觉得尴尬的话。"

刘思毅就又强调道:"只在家里住几天,谁也不见。"

他的话音刚落,卧室里的电话响了。

夫妻二人同时扭头望向电话,接着你看我,我看你。

妻子说:"这卧室里的电话,除了你,除了儿子和女儿,再就没人知道。"

小阿姨回老家探家去了,她只得自己犹犹豫豫地拿起了电话。刚听一句,扭头告诉丈夫:"是女儿打来的。"

她按了一个键,刘思毅便也能听到女儿的声音了。

他往床头一靠,双手叠放被上,心情特别放松地听着女儿和妻子的对话。

女儿的语调听来还算高兴,说初二她要回来陪陪爸妈。

妻子说:"那我可事先声明,我懒得下厨房。家里什么都有,你们父女俩商量着在家里做,要不出去吃。"

女儿那边却将话题一转,大声说:"妈你这位校长怎么当的啊? 好端端一所百年中学,悠久的声誉全让你们给糟蹋了!……"

妻子厉声打断道:"你说些什么呢? 怎么跟你妈说话呢? 没大没小! 第一,我两年前就退了;第二,不过就是招了些家庭有干部背景的学生,这也差不多是普遍现象,值得你也没大没小地跟着小题大做吗? 我可告诉你,这件事不许你多嘴多舌地对别人发表看法。你要是不听我的,你可就是推波助澜! ……"

不料女儿那边以更强势的语调说:"妈你是没看报吧? 你看看今天的《大都市报》,那可是一份在全国都很有影响的报啊! 大年初一的,那报上又将你们学校曝光了一次! 有匿名人士,揭发了你们学校某些领导的贪污受贿行为! 指名道姓点出你们学校一名副校长,几年来受贿至少在百万以上! ……"

"那不可能! 根本不可能! 现在的几名副校长,都是我当校长时提拔的! ……"

"妈你别嘴硬,到时候公检法一介入,一切自然水落石出。人家报社不掌握一定的情况,敢登那样的文章么? 再说,你提拔的又怎么样? 我爸爸还提拔了一个他特别信任的人做宣传部长了呢! 结果如何? 他刚调走没几天,他提拔的人不是就被'双规'了么? 不是就已经供认了受贿几十万么? ……"

"住口! 不许你借题发挥攻击你父亲!"

"我只不过就事论事,怎么是攻击我父亲呢? 算了算了,我不说了,我得出门了……啊妈,再听我说最后一句,你听了千万别生气——报上也点了你的名了,指责你起码是用人不当。我也相信,你最多是用人不当的问题……"

"等等! ……"

但是女儿那边已经将电话挂断了。

妻子手拿听筒,仿佛被点了穴,一动不动地呆愣住了。

刘思毅已经下了床,已经在吸着烟了。妻子和女儿在通话时,他穿着软底拖鞋,一边大口大口吸烟,一边不停地在她身后踱着。见她完全僵住了,他就走到她跟前,默默地从她手中拿去了话筒,轻轻一放。

女儿所言那位被"双规"了的宣传部长,确乎是刘思毅一手栽培接了他当年的班。而且,还是他所赏识的宣传干部。昨天下午在北方开常委会之前,他所接到的电话乃是这个南方家乡省份的省纪委书记亲自打给他的,尽管是通告性质的,却依然带有汇报专案的意味。其实他昨天下午谈笑风生之时,内心里是很因那一件事添堵的。而在家中睡了一觉,却几乎彻底忘了。经女儿一提,复又烦恼。但是,见妻子大为激动,只得将那烦恼严严实实地封藏于胸,尽量不使脸上流露出一丝一毫。

"不可能!根本不可能!根本不可能……"

妻子怔怔地望着他自言自语。

他见她脸色刷白,勉强一笑,安慰道:"对于传媒,你何必太认真呢?……"

他的话还没说完,妻子却突然一转身扑向床头柜那儿,将一沓报摊开在床上,急急地乱翻起来。

他说:"别翻了,其中没有《大都市报》。有也是以前的,不可能是今天的嘛!"

他又勉强笑了笑。

而妻子偏偏那会儿抬起头来又看他。

"你笑什么?你倒是有什么可笑的啊?……"

妻子生气了,脸色由白变红了。

"我……你……你怎么冲我来了啊!……"

刘思毅也有点儿生气了。事实上,女儿转告的消息给他带来的烦恼一点儿也不小于妻子。甚至,比妻子的烦恼还大。虽然,他已经不是这个家乡省份的省委书记了,但是和这个家乡省份有关的事情,仍会像以前一样牵动他的神经,使他没法将自己当成一个局外人。

"烟灰!烟灰掉地毯上了!……"

妻子的样子似乎要向他证明,她所感受到的烦恼那是空前的。

刘思毅将手中的烟按灭在烟灰缸里。他走到床前,将一床报整整齐齐地归在了一起,接着,将妻子按坐在沙发上。

"淑敏同志,你不要太激动。你血压高,这么激动对你的心脏是不利的!……"

他只有继续劝解。

"跟我有什么关系? 就算真的有人贪污了,受贿了,那又跟我有什么关系?! ……"

妻子仿佛受到了天大的委屈,流泪了。

"郝淑敏同志,你还流起眼泪来了,你至于吗? 你自己认为没有什么关系,而别人指责你用人不当……"

"提拔谁当副校长,我一个人也说了不算! 还要经过组织部门的考察呢! 最后得由他们拍板,凭什么拿我一个人当替罪羊?! ……"

"郝淑敏同志! ……"

刘思毅的语调一下子提高了。他的话还没说完就被妻子打断,这使他又有点儿恼火起来了。在夫妻之间,当他说"淑敏同志"时,表明他已心有不满。而当他说"郝淑敏同志"时,那就是非常不满了。

妻子的话戛然而止。

在应该重视他的情绪的时候,她总是很重视的。

"你呀! 你怎么听风就是雨呢? 不就是女儿几句话么? 我们不是还没亲眼看到那一份报上究竟是怎么写的么? 你的心理承受力什么时候变得如此脆弱了? 我看你连那些演艺界的人士都不如! 你看他们,有几个人的名字不是整天被传媒炒来炒去的? 他们不是该唱还得唱,该跳还得跳,该演还得演吗? ……"

他的话又一次被打断了。不过不是被妻子打断的,是被走廊里的另一部电话的铃声打断的。

他向妻子摆了摆下巴,意思是要妻子去接。

但妻子将头扭向了一边。

他只有自己去接。才走到卧室门口,站住了,又不打算接了。他不愿让别人知道他已经回到家里了。

他转过身,再次望着妻子,而妻子仍将头扭向一边不看他。

走廊里的电话响了几声不响了。

他暗舒一口气,刚从卧室门口退开,他的手机又响了。手机在大衣兜里,大衣挂在走廊里的衣架上,手机的响声正是从那儿传来的。做家乡省份的省委书记时,他是没有手机的,也没用手机和什么人通过话。手机之对于他,完全是多余之物。调往北方之前,为了随时和妻子通话方便,才买了一部手机。功能最少价格最便宜的那一种。除了和妻子通话用,也常和儿子女儿用手机通通话。除了妻子、儿子、女儿,再就只有小莫知道他的手机号码。

他以为是远在法国的儿子使他的手机响了,几步跨出卧室,急急忙忙地走到衣架那儿从大衣兜里掏出手机!对方却不是儿子,而是小莫。

小莫先给他拜年。

接着解释,他家的电话没人接,所以才拨他的手机。

不待他说什么,小莫随即便问他知道不知道靖安中学的事。

他犹豫了一下,回答说听"郝校长"讲过了一点儿。对包括小莫在内的一切外人,他早已习惯了称妻子为"郝校长"。尽管她已退休,他却仍改不过嘴来。因为还一直没想出另一种更适合于她,而自己说着也顺口的说法。

小莫那端的话吞吞吐吐的,说想让他妹妹转到别的中学去,说要是妹妹继续留在靖安中学,怕给淑敏同志尤其怕给他带来不良的影响……

他反问:"你妹妹不是已经高二了么?"

小莫说:"是的。"

又问:"那不是明年就该考大学了么?"

小莫还说:"是的。"

"要是转学,学习环境一变,不是很可能影响了她的高考成绩么?"

"这……顾不上替她考虑那么多了……"

"我可是曾经听你阿姨说过,你妹妹的学习和其他方面的表现那还是不错的……"

"还行。从初中到高中,始终是三好生……"

"小莫,你听我说,你妹妹的情况,与别的那些走后门入校的学生,还是有很大区别的……哎你哭什么呀?……"

刘思毅将声音压低,通过厨房走到阳台上去了。并且每过一道门,关上一道门,连关两道门,将自己关在阳台上了。

小莫之所以哭了,一是由于"你阿姨"三个字,二是由于不安。

"小莫,你老老实实地回答我——当年为了你妹妹入学那件事,你背着我向郝校长……塞过钱没有?……"

他意识到自己对秘书未免太感情化了,于是"淑敏同志"又是"郝校长"了。声音很小很小,语气却很严厉很严厉。小莫在那头一哭,哭得他心里也有几分不安了。但是从自己口中问出那样的话,他觉得对自己的妻子是极大的侮辱,自己也感到很羞耻。而那样的话,又是他非问个清清楚楚不可的话。

小莫发誓般说,绝对没有。他怎么会做那样的事呢?他如果那么做,不是明摆着要挨淑敏同志的训吗?本省民主党派中,又什么时候出过受贿的人啊?小莫说当年为了表示一点儿感谢的心意,只送给过淑敏同志一盆花。而且也不是什么稀有的名花,是一盆一百几十元的蝴蝶兰而已,还是让省委办公厅的同志给他们家送去的……

刘思毅说:"啊,啊,那盆花我当年见过,也知道是你送的,在客厅里摆了半个多月……"

"可是……"

小莫又支吾起来。

刘思毅也就立刻又敏感了。

"可是什么？说！快说！"

"可是，具体办那件事的是聂副校长，我为了也对他表示表示感谢，请他和我另外几个朋友吃了一顿饭……"

刘思毅的神经顿时又放松了。不论谁请谁吃顿饭，不过就是吃顿饭。再怎么讲，吃顿饭还是吃顿饭，性质不在腐败之列。

"可是……可是饭后我悄悄塞给了聂副校长五千元钱，钱装在信封里……"

"什么信封？！"

"……"

"说呀！"

"就是咱们省委机关一般用的办公信封……"

"他知道信封里是钱吗？"

"知道。那他能不知道吗？再说我也悄悄告诉他了。我以为……"

"你多此一举！你岂有此理！我明明已经替你跟郝校长谈妥了，她明明已经答应了，你为什么还要那么做？我们是那种嘴上随随便便地答应别人什么事而过后根本不认真去办的人吗？何况你是我的秘书！何况郝校长对你也很好，你居然还请客，你居然还向别人塞钱！你究竟是在干什么嘛你！……"

刘思毅气得直在阳台上转圈子。

"您先别生气，先听我解释……"

小莫的声音顿时发颤了。

"你还解释什么你！"

刘思毅啪地合上了手机。

校长明明已经答应了的事；校长还是省委书记的妻子；托这种非比寻常关系的人还是省委书记的秘书；所托之事，又只不过是成全一个仅差两分没考入重点中学而又想入重点中学的孩子的愿望罢了……这……这一名具体负责办理的副校长，也敢收下省委书记的秘书五千元钱么? 身为省委书记的刘思毅又生气又困惑。因生气而更加困惑,因困惑不解而更加生气。他知道现如今的社会已变成了一个关系学大行其道的社会。但省委书记的面子还不够大的么? 正校长的关系还不够硬的吗? 省委书记的秘书的钱都敢照收的话,那么对什么人还能不伸手要钱呢? 不错,是他的秘书小莫主动给人家钱的,但那也可以不要的嘛! 不就是五千元钱吗? 怎么就那么见钱眼开呢? 他不仅对小莫的做法想不明白,对那位姓聂的副校长的头脑里是怎么想的也难以分析了。

家居十三层楼。凭高远望,所见低处的房顶、楼顶,各式各样,错落有致。近二十年间,这一座南方省城从前的旧貌,已然所剩无几了。只有二三条老街道,还用心良苦地尽量保持着些历史性的沧桑之感。虽然是在冬季,街道两旁的树木、楼群与楼群之间的草地,仍呈现着赏心悦目的绿色。而左面的一座花园里,姹紫嫣红地开着种种南方的花。一簇簇一丛丛红腊梅和白腊梅,绽放得那个热闹。花前树侧,亭中廊下,三三两两的人们在拍照留影。人们衣着的色彩也都是那么的鲜亮,想必多是年轻人,而且多是姑娘们。大年初一按捺不住节日里的喜悦心情,相邀了到公园里来享受上午明媚的阳光,从从容容地快快乐乐地挥霍春节长假第一天的珍贵时间。是的,对于刘思毅而言,从初一到初五,每一天都是珍贵的。因为初六他就得回到他所不习惯的北方去。而初七上午,他必须坐在省委书记的办公室里。必须吗? 是的,必须。在中国,没有谁对省委书记实行考勤,必须纯粹是他自己对自己的要求。有许多会等待着他来主持召开,有许多文件等待着他来批示,有许多问题等待着他来决定如何解决,有许多事等待他来拍板怎么去做。权力基本上是这样一种东西——人拥有它的同时它也黏住了人。它的黏性极强,好比一件鲜艳的衣服,样式是永远时尚质料是永远高级的那一种,但是里子刷上了胶,谁一旦穿上,它就牢牢地黏在谁的皮肤上了。结果有时候根本分不清楚,究竟是衣服提升了人的精气神,抑或只是人使衣服体现出了一种价值。而穿多久,是由契约决定着的。在契约还没到期之前,擅自脱下它来是要付出代价的。并且没有别人的帮助,自己那是根本脱不下它来的。而即使在别人的帮助之下提前脱下它了,也还是要付出代价的。通常那代价是首先自己承认自己是无能之辈,接着被别人视为失败者。所以大多数拥有权力之人,又宁肯连睡觉时都不得不穿着那一件权力之服,想着与权力有关的种种责任难以成眠……

刘思毅凭高而望,对公园里那些矮小了许多的人影充满羡慕。他当然不情愿大年初一的就卷入烦恼,但是靖安中学的丑闻分明地已使他无法漠不关心了。必须有人来妥善处理好这一件事。必须。绝不能任由事态继续发展。否则这一个省这一座省会城市的不少高层领导人物都将脸上无光,也许还会使自己这一位业已调走的省委书记一向的廉名大受其损……

想到这里,他头脑中产生了一个不得已的念头,打算初二主动会晤一下这个家乡省份省市两级的干部……

刚要离开阳台,手机又响了。

还是小莫。

他将已经推开了的阳台门又关上了。

"刘书记,尽管您不想听我说什么了,但我还是要进行解释。作为人,我们是平等的。当您对我产生了误会时,我有权替自己进行解释。我宁肯不再当您的秘书了,也绝不放弃我替自己进行解释的正当权利……"

小莫的话听来理直气壮的。

刘思毅强压下心头恼火,忍气道:"什么再当不再当的?你想哪儿去了?好,给你两分钟,我站在阳台上避开着郝校长和你说话呢,时间长了她可是要起疑心的……"

"我那么做在您这一位省委书记想来是多此一举岂有此理的,但在我这一方面,那么做又是一种必须的姿态……"

小莫为了不失时机地解释,话说得特别快,像中学生背课文似的。显然,在他合上手机后的几分钟里,小莫对自己的话该怎么说已经做了充分的准备。

刘思毅却不由得又打断了小莫的话,语气冷冷地问:"为什么是一种必须的姿态?"

他因自己的头脑之中刚刚想到过诸多"必须",再听小莫口中也说出"必须"二字来,于是对"必须"二字变得甚为敏感。

"当然是一种必须的姿态!我那么做是顺应社会风气,是顺应人情世理。'表示表示',这就是现在的社会风气,就是现在的人情世理,是人人都应该起码懂得的!我让人给您省委书记家里送一盆花去,这就是我这个秘书,对您这位省委书记的表示。如果我不那么做,您和淑敏同志心里将会对我怎么想?你们会不会这么认为——小莫也太不懂事了,怎么帮了他的忙,他连点儿表示都没有呢?无论对您,还是对淑敏同志,仅仅当面说几句谢谢的话,那能算表示够了吗?但我也不可以仅仅请人家聂校长吃一顿饭吧?毕竟,具体的入学手续,那还是得由人家聂校长来办理的。人家聂校长不是省委书记,所以也就不是一盆花一顿饭真能使人家高兴的!我不再补点儿实惠的人情,人家聂校长心里又会怎么想?人家是不是会这么认为——你莫鸣以为你是谁啊?当省委书记的秘书有什么了不起?就有资格蔑视人情蔑视世理了?彻底地蔑视人情世理那你就干脆别在人世间活着算了嘛!如果人家只不过在心里这么想想,并不在背后议论还则罢了,如果人家还背后议论呢?那会是一种什么样的影响?别人家的孩子差几分就入不了靖安中学,那得交几万元才能如愿以偿;而省委书记的秘书的妹妹,却一分钱也没交就顺顺利利地达到了目的!这不也等于直接地在议论我莫鸣倚仗您省委书记的特权么?不也等于间接地在议论您省委书记,稍带着也议论了淑敏同志吗?所以当年我想,不能让那一种议论产生啊!我不能站在社会风气的对立面啊!我作为省委书记的秘书,不能被看成一个不懂人情世理的人啊!我得自觉自愿地表示我也是一个很懂得人情世理的人啊!所以我当年就按照我的想法去做了。请人家吃饭了,给人家塞钱了。才五千元,那只能说是一种象征性的表示啊！我以为我做那么一种姿态,他未见得就会真的收下。可没想到他倒不嫌少,一声不吭伸手接了。他真的收下了,我也一点儿没后悔。反正我作为省委书记的秘书,该做到的人情世理都做到了,不欠谁的了。您是省委书记,您可以不理人情世理那一套,您甚至可以像一个不食人间烟火的人似的,根本不顺应什么社会风气！但我只不过是您的秘书,我没资格像您那么超然于社会之外。下了班,离开省委机关大楼,我不过是一名普通公民,得和别人一样乖乖地生活在社会风气之中！我怎么能想到,聂校长他后来将我当成了一个例子,暗示那些为了孩子求到他头上的人——省委书记的秘书还懂得点儿人情世理呢,还懂得点儿潜规则呢,更别说你们了！我又怎么能想到,五年后的今天,一份外省市的报把我也点了,还指责我带了一个很坏的头……"

"是《大都市报》吗？"

"对,就是那一份报。"

"怎么写的？"

"……"

"说呀！"

"一名前任省委领导的秘书,也加入了'后门入学'这一种不公平的升学竞争的队列。而且,也干起了大行其贿的勾当。您认为我那也算是行贿吗？"

"这我说不太清,没法给你下一个正确的结论。小莫,小莫,莫鸣同志啊,你自己好好想想吧！"

"刘书记,对不起了,都是我不好……"

"算了,事已至此,你再怎么后悔也没用了……哎,你妹妹知道这些事吗？"

"学校里开了锅似的,社会上议论纷纷的,她能不知道吗？刚才还哭了一鼻子呢。一个高二女孩子,没经历过什么压力……"

"劝劝你妹妹。告诉她,就说我和淑敏同志说的,她的事另当别论。

一个方方面面都挺好的孩子,可别因为压力太大,造成什么悲剧性的结果……"

"那,我的事也另当别论了?您原谅我了?"

"你的事以后再说,现在说的是你妹妹!小莫,我可提醒你,如果你妹妹再出了什么事,那你就真的别再当我秘书了!那你还能继续当我的秘书吗?……"

"明白,明白……"

"哎,小莫,你呀,你呀……不说了!你给我好好反省反省吧你!……"

第二次合上手机后,刘思毅不但更加烦恼,而且头脑里有点儿乱了——必须、社会风气、人情世理,还有什么食人间烟火不食人间烟火的……这些词句像一条条肉虫,在他头脑里钻来钻去的。听了小莫那一大番远远超过两分钟的解释,他觉得小莫那么做的道理,显然也是自成逻辑的。而且,目的似乎还那么良好,动机似乎还那么本分,方式方法似乎还那么周全。但是……但是太荒唐了!……

在刘思毅用手机和小莫通话时,他听到他家的门铃响了几声,听到了妻子的脚步声,听到了开门声……

"呀,是你啊!你怎么……快请进,快请进……"

他听到了妻子言不由衷的话。

"我……我想我应该来给你们拜拜年……尽管,我可能是一个不太受欢迎的人……"

听到了某女人陌生而又有那么点儿熟悉的声音。

"大年初一的,说的什么啊!……思毅……他还没回来呢,那么你也只能给我一个人拜年了!我也给……给你拜年……"

"是吗?看电梯的小姑娘告诉我,刘书记已经回来了……"

"那她可是认错人了!别站在门口了呀,进屋,进屋……"

听到妻子在说谎,他已经从阳台迈到厨房里的一只脚不由得缩回去了。他明白,自己是不可以出现在那个来到家里的女人面前了。那么,自己只能继续留在阳台上。一个是省委书记的男人,在自己的家里,在大年初一的上午,却不得不躲在阳台上!这成何体统?他不仅烦恼,而且感到有点儿光火了……

而且穿的还是件睡衣!

而且还赤着双脚,穿的是拖鞋!

这所幸是在南方,若是在北方,还不冻得浑身哆嗦吗?

身陷进退两难之境,却连支烟都没得吸!

正光火着,妻子来到阳台上了。

妻子悄悄告诉他,来的是周兴文的妻子。就是那位他曾十分赏识,一手提拔为省委宣传部长,而现在被"双规"了的男人的妻子。

刘思毅怎么也没想到,大年初一上午来到家里的不速之客,竟会是那一个女人。她曾是省歌舞团的编舞。省歌舞团取消以后,无舞可编,就当起作家来了。而且近年已经出版了十几本书,也算是很高产的作家了。自然地,刘思毅在这个省的省委大楼的办公室里,曾经一本不少地有过她的书,整整齐齐地排列在书架上。每一本书的扉页上,照例由她亲笔写着"尊敬的刘思毅书记指正"。刘思毅对她也是很熟悉的。她留给他的始终是挺好的印象。即使现在她的丈夫被"双规"了,她留给他的印象也还是没有一下子就全变了。但那女人说话的声音,却几乎变得使刘思毅根本听不出来了。在刘思毅赴任的前几天,宣传部长夫妇还到刘思毅家里来过,并且又带来了一本她新出的书。刘思毅清楚,她的创作能力再怎么旺盛,那也是不太可能一年之内连出两本书的。他听说有几名写手在暗中替她写,甚至替她起一些足以吸引眼球的书名。他还听说,那一本本书得以在全国的某些大出版社顺利出版,也是由于有经济方面的赞助。这些情况不仅他有所耳闻,连"淑敏同志"也是知道二三的。记得那一天"淑敏同志"还问:"你说话的声音怎么这么好听啊?唱歌也一定很好听吧?"而那女人笑笑,谦虚地回答:"好听什么呀,不过就是嗓门亮点儿呗。"她说那是职业的原因——以前教舞蹈不但练瘦了自己的体形,还使自己的声音亮了。整天在排演厅里大声喊一、二、踢腿、旋转什么什么的,声音自然就亮了。"看现在,一告别排演厅,整天坐在电脑桌前打字,发胖了。"那一天那女人显得神采飞扬,一副对生活满意之极的样子。怎么会不满意呢?出书每年给她带来颇为可观的稿费,而且在四十几岁理所当然地成了省作家协会的理事,据说还有希望被选为省作家协会的副主席。而她的丈夫,也将在省委班子的下一届调整中由宣传部长而省委副书记。这几乎是板上钉钉的事。刘思毅知道,他们夫妻也心中有数。

他们走后,"淑敏同志"指着桌上那一本墨香依存的厚厚的书问刘思毅:"你怎么看?"

刘思毅明知妻子的问话是什么意思,却佯装糊涂,反问:"什么我怎么看?"

妻子就干脆来个直抒己见:"我看你有必要提醒提醒他们,长此以往,议论多了,恐怕对他们不太好,恐怕对你也不太好。毕竟兴文是你一手提拔的人。"

刘思毅沉吟了一下,心不在焉地说:"没那么严重吧?"

妻子刚要张口再说什么,刘思毅抢先又补充了几句:"周兴文当宣传部长,那不是我一手提拔的事,是党的组织部门经过严格的考察以后才决定的。如果别人认为他是我提拔的,我也没什么办法,总不能一一去解释,更犯不着郑重其事地在哪次会上进行解释。但你和别人不同,你是我妻子。所以无论在家里还是在外边,你都不可以那么认为那么说。如果连你都那么认为那么说,明明一件不符合事实的事,不是反而更像是事实了么?而组织部门的同志,又会如何去想呢?"

"淑敏同志"呆呆地瞪了他片刻,赌气往起一站,离开了客厅。

作为省委书记刘思毅的夫人,"淑敏同志"并非像别人以为的那么理所当然地感觉良好。恰恰相反,很多时候她的感觉很不好。她看出丈夫依然像当省委副书记时一样如履薄冰,一心想洒脱起来又唯恐工作作风太个性化了，一点儿也没有"多年的媳妇熬成婆"的舒畅自如。这就很是影响她"淑敏同志"本人的感觉，时时处处言行谨束，自我幽禁。不再像以前那么随便地到自己的朋友家里去看望朋友们了，也不能再像以前那么随便地邀请朋友们到自己家里来了。总之她似乎一下子失去了她的全部朋友。或者反过来说，那些朋友们似乎一下子全都不再认为她们是朋友了。朋友们主动往家里打电话的时候是越来越少了。偶尔有谁打到家里一次电话，彼此还没说上几句，就似乎都觉得无话可说了。而她最怕有谁在电话里向她诉说自己遇到了什么什么怎样怎样的困难之事。对方一那么说，她就只有默默地听着不言语了。或者，劝慰几句"想开点儿"之类的话。她心里十分清楚，朋友们的困难之事，只消她的是省委书记的丈夫让秘书小莫给有关方面打一个电话，那些纠缠对方的事便会迎刃而解，对方的烦恼也就会云消雾散。她更加清楚，对方在向她倾诉了以后，所要听到的根本不是"想开点儿"之类毫无实际意义的话，而是"别烦，着急会上火的，我让思毅关心一下你的事"，或起码应该是这样一句留有希望的话："让我跟思毅说说看。"是的，以上两种话，自从丈夫由省委副书记而省委书记之后，她是根本不敢对她的朋友们说了。所以情况常常是这样，当她说完了"想开点儿"之类的话以后，通话也就该结束了。有的朋友还会在结束前说一句："对不起，打扰了。"那差不多也就意味着是一种变相的声明——以后再不会给你打电话了。这真的使"淑敏同志"感觉很不好，甚至每每陷于郁闷，每每怀念丈夫不是省委书记而是省委副书记的日子。那时，丈夫反而比现在还活得洒脱点儿，她自己也不像现在这么言行谨束。她天生就不是一个言行谨束的女人，而是一个心直口快助人为乐的女人，所以她的朋友特别多。大学同学、高中同学、教育界的同仁、同院或同一条街上住过的少女时期的女伴，包括省委省政府以及市委市政府各级官员的不同年龄的妻子们，等等。而是省委副书记时的刘思毅，也曾同样被人认为是一个热心肠的人。无论他自己的一些故交还是"淑敏同志"的一些朋友，只要有事求到他头上了，只要能替别人解决那些烦恼之事并不违反什么政策和原则,他一般都会答应人家的请求的。而一旦答应了,又总是会当成一件事办。有时那些事超出了他的职权范围,他还会舍出面子替别人去求别的领导。倘对方表示为难,意欲推诿,他甚至常常会说:"别来这套,我清楚那不是一件逼你犯错误的事。给我个面子,给别人个惊喜。"省委副书记的面子,那当然也是别人绝不会小觑的一种面子。当年,夫妻二人真是做了不少令别人心怀感激铭记不忘的热心之事。有一次"淑敏同志"问刘思毅:"你能帮人在霞光路口那儿开一个报刊亭吗?"刘思毅愣了愣,反问:"什么人?"他想她的朋友中,怎么也不至于还有不开报刊亭就过不下日子去的人啊!"淑敏同志"便实话实说,告诉他一个什么什么样的老头,通过怎么怎么一种七拐八绕的关系如何如何求到了她,要给自己高考落榜的孙女谋那么一条自食其力的出路。刘思毅说城市里人家的女孩儿,年纪小小的,考一次落榜了不应该灰心嘛,可以再考一次两次啊,开报刊亭非是长久之事呀。"淑敏同志"说那女孩天生不太聪明,只怕再考多少次也是考不上的。说而且呢,那女孩儿父亲去世了,母亲改嫁了,不愿再抚养她了。她跟爷爷奶奶生活在一起,相依为命的。奶奶没工作,爷爷是早已退休的工人,就是侥幸考上了一所什么末流的大学,也还是个上不起呀。刘思毅听了,二话不说,当即就给他认识的一位市交通局的副局长打电话,可对方回答他,霞光路的前后路口,是根本不允许开报刊亭的,开了会严重影响交通。他居然不信,以为人家敷衍他,第二天抽空儿亲自到霞光路去看,结果证明人家交通局的副局长说的是实际情况。他们不肯罢休,过了几天,又专门抽出一个上午,带上小莫,也带上"淑敏同志",让司机开着车在全市兜来兜去的,最终还硬是让他寻找到了一处可以开报刊亭的地方,虽然不在闹市街口,但地点也确实较为理想。不久,让小莫代替那老头从交通局到工商局,往返几遭,终于将一份执照给办下来了。是的,以前的"淑敏同志"作为一位省委副书记的夫人,尤其自己还是一位省重点中学的校长的时候,感觉确乎比现在好多了……

有时候她也会这么想——一个省的省委,有五六位副书记呢,各管一摊,没那么多双眼睛盯着一位省委副书记背地里说三道四。只要将自己那一摊管好了,不出什么大的问题,一位省委副书记若自己想当得很洒脱,那还是比较容易做到的。而作为第一把手的省委书记却不同了,平时的每一言每一行,不知有多少双眼睛关注着呢。连副书记们开得的玩笑,省委书记往往都是开不得的。自己的丈夫是省委副书记时,不是就很爱开玩笑吗?她曾听人说,自己的丈夫在什么什么样的一种场合一种气氛之下,还开过省委书记的玩笑呢!和下属们和同僚们开玩笑,那更是家常便饭了。所以当年省委机关大楼里曾流行一种说法——若选一位"最可爱的领导"的话,那就非刘思毅书记莫属了。但当上了省委书记以后的丈夫,连和她也很少开玩笑了,还动辄三娘教子般谆谆教导她,对什么事什么人的什么看法什么想法什么说法是片面的主观的因而是不正确的甚至完全错误的;以及怎么看怎么想怎么说才是比较全面比较客观比较正确的。每每令"淑敏同志"大皱其眉,心理上别提有多么逆反了。

有次她忍不住抢白道:"你认为省委机关再选一位最可爱的领导的话,还会选你吗?"

他想了想,肯定地回答"不会了",随即又补充道:"当然不会了。"

"不会了"而且还"当然",而且还回答得既肯定又无所谓,令"淑敏同志"忍不住又挖苦道:"那你自己对此就没有一点儿感想?"

他连想都没再想,开口就说:"有啊,怎么没有呢。"

"什么感想?"

"淑敏同志"一副洗耳恭听的模样。

刘思毅深思熟虑地说:"当一位可爱的领导,只不过需要一般性的领导能力就足够了。而且,往往由于能力一般,平易近人就显得尤其可爱。目前大多数中国人,对官员的要求是很低的。一位官员若平易近人,人们对他别的能力要求就很习惯地放宽了。而第一把手需要的绝不是一般性的领导能力。我希望大大提高自己这位第一把手的能力,所以有时候也就根本顾不上自己平易近人不平易近人的了。有时候还必须给人一种与平易近人恰恰相反的印象,比如威颜厉色、咄咄逼人什么什么的。当第一把手那总要付出一点儿代价,好事不能让一个人全都占了。在目前的中国,又想干实事又想获得好人缘的官员,往往适得其反。"

"淑敏同志"不料听到的又是一大番教诲。她有点儿理解他了,又有点儿没太听明白,眨眨眼睛,以一种近乎辩论的口吻接着问:"那你认为不一般的领导能力是一种什么样的能力?"

刘思毅一边寻思着一边慢条斯理地说出一番话:"错误的思想是相似的,正确的思想却各有各的正确性。如果将某种错误的思想误当成正确的思想,那证明一位官员他犯的是低级的错误,也同时证明了他能力太低。但如果将某种正确的思想当成唯一正确的思想,因而再也听不进其他多种也各有各的正确性的思想了,甚至当成错误的思想去对待,那同样是很可悲的。现在这种同样很可悲的错误,在中国的官场上非常盛行。一级一级具有极强的传染性。以前我是副手,自己被传染了又传染给别人,危害毕竟是局部的。现在的我,如果也犯那么可悲的错误,一危害就危害了一个省的方方面面。你说我能不前思后想,左顾右盼,如履薄冰么?你说我还有心情考虑自己是不是一个可爱的官员吗?"

"淑敏同志"还是听得半明白不明白的,但是觉得官场上的经验和教训,实在是变得越来越分不大清楚,越来越莫测高深了,懒得继续聆听下去,连说:"太复杂了太复杂了。"——赶紧起身离去……

晚上,夫妻二人躺在床上关了灯之后,"淑敏同志"想起白天的谈话,也以诲人不倦的口吻小声说:"哎,你也听我几句教诲行不行?你以后作报告时,千万别像你白天跟我说的话那样儿,那听来像绕口令。不要使别人背后议论你太喜欢卖弄,又卖弄得不怎么好。"

而刘思毅,却已响起了轻微的鼾声……

刘思毅结束了一任省委书记的工作,调到北方去之前,获得了较高也较普遍的评价,归纳起来,中组部负责对他进行考察的人士写下了这样一份带回北京复命的鉴定:对全省诸方面工作,做出了不少有目共睹的实绩,颇受拥戴。而最突出的能力是,影响省委省政府两套班子里的成员,在当前的新形势新局面之下,思想鲜活,思路开阔。该省经济能够可持续发展,社会状况稳定,与此点是分不开的。北方很需要这样一位同志去任省委书记……

如果不出宣传部长周兴文的事,刘思毅对自己在家乡省份任省委书记的表现,那也是备觉欣慰的。

但是现在,他刚从家乡省份调走不久,接连发生周兴文被"双规"和靖安中学的丑闻这样的堵心之事,令他简直有种无颜见江东父老的羞愧之感。

虽然他对"淑敏同志"强调,周兴文当省委宣传部长那是党一级一级提拔起来的,但是他自己心里却比谁都清楚,没有他这一位省委书记的作用,周兴文当时差点儿就当不上省委宣传部长了。

当时有几个人写匿名信向他告周兴文的状,说周兴文作为省委宣传部副部长,明知中宣部三令五申,不允许电影和电视剧接触"文革"十年的历史,却仍暗中支持本省的几名编剧,"炮制"了一部二十集电视剧,其中竟有十四集的内容,全然是表现"文革"中的人、事的。还紧锣密鼓地加紧活动,亲自出马,四下里为该剧本拉广告,拉赞助……

刘思毅不能不重视,于是让小莫将周兴文请到自己的办公室,当面询问。

那是周兴文这一位当时的省委宣传部副部长第一次单独向省委书记汇报情况。他显然早有准备,刘思毅问过几句之后,他就从容镇定地从皮包里取出了一份文件,说都是中宣部下发的"红头文件"。他说在那些文件中,谈到"文革"时期,所用的词句全都是"凡直接以'文革'时期的人、事为基本内容的电影和电视剧,须经各省市宣传部门审查批准,方可拍摄。凡写到真人真事的,须报中宣部批准"。

"那几名我们本省的编剧联合创作的电视剧,内容不是反映'文革'中的真人真事的。它完全是虚构的,所以大可不必报中宣部批准。而我在省委宣传部,受命负责使本省电视文化繁荣起来的工作。电视剧是广大群众特别喜欢看的电视节目,而我们省没有一部长篇的本省作者主创的电视剧,这与我们特别发达的经济水平是不相称的,老百姓对此意见也很大。"

周兴文如是说。面对省委书记,一点儿都不紧张,一副真理在握正义在胸的样子。

刘思毅不动声色地又问:"那么多题材那么多内容可以写,'文革'早已结束三十来年了,成为历史了,为什么偏偏要写'文革'中的那些事呢?"

周兴文同样不动声色地回答:"为了实行启蒙。"

刘思毅也是"文革"前一年毕业于名校中文系的才子,对"启蒙"二字具有天然般的反应,如同大象一嗅到咸湿的气息就会立刻扬起它们的长鼻子。但为官多年,早已远离文化,贴近政治,自己当时并没有意识到,他那一种反应,纯粹是政治性的反应,或曰是第一反应,与文化意义上的"启蒙"二字,其实已没什么联系。

他严肃地问:"你们打算启的什么蒙? 对谁进行启蒙? 你们又有什么资格进行你们的启蒙? 老百姓目前需要的是更加丰富更加多样化的娱乐,好好满足他们不就是了吗? 不知自己几斤几两地胡乱搞什么搞? 搞得有人写匿名信向我告你们,你们自己还不知道吧?"

周兴文愣了愣,说:"不但我知道,几名编剧也知道。刘书记要不这样吧,剧本呢,我带来了,留给您。如果您觉得有必要看一看,那您闲来无事的时候就翻翻,之后给我一个明确的指示,我听您的。如果您觉得连看也没必要看,现在就可以警告他们别创作下去了,那么我也听您的,现在就当着您的面通知他们。我还不说是您的意思,就说是我个人作出的一个决定……"

周兴文的话,令刘思毅也不由得愣了愣。他没想到这一位省委宣传部的副部长,当着他这位省委书记的面将话说得那么具有"将军"的意味。

周兴文说完,竟然掏出了手机,平静地注视着刘思毅,期待他表态。

刘思毅当时刚刚成为省委书记不久,在是省委副书记的时候,抓的正是文教科卫,跟周兴文这一位省委宣传部的副部长有过几次接触。周兴文给他的印象是比较自负。官场上的经验告诉他,在中国,一个省的宣传部的干部是不那么容易当好的。混着当,仅仅当一个不犯错误的文化检察官,反倒没什么。而一自负,忘了自己实际上是官员并不是一般的文化人,就离跌跟头的日子不远了。他自己最谨小慎微如履薄冰的时期,也正是当省委宣传部长的那个时期。

周兴文对他"将军",使他心中老大不快。

他板着脸说:"你先把手机收起来。在我的办公室里,我和你正谈着话呢,还没谈完呢,你有什么可现在就急着通知别人的决定呢?"周兴文当然看出他不高兴了,什么也没再说,默默将手机收了起来。

刘思毅又说:"剧本我会看的。不看我表的什么态?我今天请你来谈谈,主要是先从你这儿了解点儿情况。你回去等着吧。在我没有正式的态度之前,这一件事,你们就先别往下做了!"

他的话说得非常严肃,岂止严肃,简直还不客气。

周兴文留下的剧本中夹着一封信。一封电脑打出的、却又没有抬头称呼的信。信的内容,主要是阐明剧本的创作意图。而他们的意图,被归纳为如下几方面:

一、基督教宣扬平等与博爱,由此形成了基督教文化。

二、基督教文化,对整个西方诸国后来的大文化质量,产生了不容忽视的影响。西方十八、十九世纪的文化启蒙运动,虽然站在人性自由权利的立场上对基督教本身和基督教文化进行了毫不留情的尖锐批判,但对基督教之教义和基督教文化中所宣扬的平等与博爱思想却实行了传承和提高。所以西方世界的启蒙文化与基督教及基督教文化之间,实际上是你中有我,我中有你,相得益彰的关系。

三、启蒙文化"自由、平等、博爱"的理念,遂成为西方诸国文明发展的社会框架。"自由"意味人性的天然诉求,"平等"意味人性的社会诉求,"博爱"意味人性的心灵诉求。以"博爱"之人性的心灵诉求,补充"自由"之人性的天然诉求,则人不会在享受天然权利的最大空间里丧失心灵原则的底线,进而平等的社会大框架不至于出现严重的倾斜与失衡。所以,西方的文化,是至今仍有基石的文化。

四、西方当代文化,建立在他们启蒙文化以后的基石上,西方人在此基石上,纵情享受他们的娱乐文化。

五、反观中国,近代也发生过两次文化启蒙运动——第一次是"五四"运动,事倍功半;第二次是"文革"后的所谓"新时期文学",同样事倍功半。所以可以这么认为,一九四九年以后,中国的文化链条断裂了。到了"文革",就开始毁灭文化了。"文革"结束后,反思艰难,批判受阻,人文文学的缀联和重建尚未开始,文化的商业化和娱乐化就已经来临了。我们的文化在表面状态上和西方的当代文化接轨了,他们有的形式我们差不多都有了,他们有的内容我们也差不多都有了,但所不同的是——他们的脚下有一块很厚很稳固的基石,便是自十八、十九世纪启蒙文化以来的基石。他们用了一二百年的时间,差不多是天天讲、月月讲、年年讲,一代人又一代人地讲,基本上是深入人心了。而我们天天讲、月月讲、年年讲的那一套,却被事实证明不符合人类社会发展的大方向,因而注定了没有可持续性。我们当代中国人脚下已没有一块厚重又稳固的人文文化的基石。五千年古老文化中的人文营养,在中国当代并没有得到真诚的继承和弘扬;西方文化中的人文思想,也仅在知识分子那儿被当成抬高自我身份的学究式的学问研究;而大众在空前商业化和娱乐化的文化泡沫之中,亦被引向误区,使"人文"二字无限泛化,变成了指向特别随意的时尚话题,却极少有人认真地叩问"人文"二字的思想主旨……

六、综上所述,他们要通过电视剧这一种方式,尝试进行中国的第三次文化启蒙。他们认为,中国当年的所谓"新时期文化",还停留在批判的层面就寿终正寝了,而他们要开始做一点儿"输血"式的事情。之所以选择"文革"前后这一历史时期作为背景,乃因在那一历史时期的褶皱里,其实夹着不少感人至深的体现中国人富有人性原态的"故事"。他们认为有责任将这一点反映出来给国人看,以在人文心灵的诉求方面滋补国人。他们再三再四表明,自己实在没有什么利用文艺的形式做很坏的文化之事的反动念头……

周兴文走了以后,那一天下午刘思毅正好没什么事,就嘱咐小莫不要打扰他,坐在办公室的沙发上,安安静静地接连吸了三支烟,将那封十数页纸的也不知究竟打算写给谁的信认认真真地看了一遍。

刘思毅感想多多。

他这一位学中文出身的省委书记,没有办法否认那是一封颇有文化思想见解的信。在他自己当宣传部长的时候,其实头脑之中就产生过那样一些思想。只不过当年的自己不知跟谁去交流,也不知谁才是自己值得信任的思想知音。

他有点儿后悔自己对周兴文这一位省委宣传部副部长的态度未免太刻板了。

他将剧本带回家里,后来事情一多,竟忘了看了。

有天晚上他回到家里,见"淑敏同志"正坐在沙发上看那二十集的剧本。

她抬起头,泪眼汪汪地说:"好剧本,好剧本。很感人,真的很感人……"

刘思毅对于自己妻子的文学鉴赏力是很相信的,他们曾是大学中文系的同学。当年的"淑敏同志",是大学里出了名的书痴。除了睡觉、吃饭、上课,其余时间几乎全都泡在校图书馆里。但校图书馆还是难以满足她的阅读能量,于是她办了一份市图书馆的阅读证,星期日带上几块从食堂买的早点,再带上一瓶凉开水,走半个多小时的路,到市图书馆去读上一整天的书。有时一直读到晚上十点多了,图书馆要清馆了,才恋恋不舍地离开。刘思毅追求她时,使她感动的一点就是——只要她去市图书馆了,他晚上总会去接她。当年刘思毅是校学生会主席,星期日要开会,要组织活动,不太有时间陪她一块儿去市图书馆。但每个星期六吃晚饭时,他都会端着饭碗满食堂找她。找到后,第一句话必问她星期日去不去市图书馆。如果去,估计几点钟离开?她一向总是说七点钟以后或八点钟以后,而又其实很少准时离开过。刘思毅并不保证说将去接她,但只要她哪一个星期去了,不管比她说的时间晚了多久,一出市图书馆的大门,总是会看到刘思毅在等她。如果他是站在台阶上,那么证明他没等多久。如果他是坐在台阶上,那么证明他肯定已经等了很久了。通常他来早了,自己也会到图书馆去,在门口那儿扫视一遍,发现了她,也不走过去打招呼,转身就出来。大学时期的刘思毅已经开始吸烟了。他是农家子弟,实际上在农村时就有吸烟的习惯了。在大学校园里是不敢吸的,怕挨批评。当了学生会主席,更怕被别人发现自己是一个有吸烟恶习的学生会主席。再说也舍不得花钱买烟,只好忍着。但六十年代,在中国,烟不仅整盒卖,也有一支一支零卖的地方,当然是街头街角的小杂货摊了。一分钱一支的烟,算是不错的。往往也能用一分钱买到两支,比如干了的或受潮了的烟。他在去市图书馆的路上,总是要花一两分钱买上两三支烟。到了,坐在台阶上,捡片大树叶接烟灰,一边有滋有味地吸着,一边从书包里拿出自己带去的一本书看。南方的天黑得晚,一个在图书馆里边看,一个在图书馆外边看,各得其所。对于刘思毅来说,隔一个星期能在等待心爱之人的时候吸上两支烟,如同当年的中国孩子隔一个星期能含上两块糖一样,那是很知足的一件事。当然,也说明他是一个极有自制力的人。想想吧,烟瘾对于吸烟者,那是怎样的一种瘾啊!一般人哪里会隔整整一个星期才吸上两三支烟就知足了呢?但刘思毅却行。一旦吸完那两三支烟,回到学校里便根本没瘾了似的。其实又不是那么简单的事儿。有时他的烟瘾上来了,那也是抓耳挠腮坐立不安不知将自己怎么办才好的。那时他就找个不致吵闹了别人的地方引吭高歌一通或干脆大吼大叫一通。往往把嗓子搞哑了,难捺的烟瘾也就熬过去了。比之于刘思毅,郝淑敏家里的生活条件要优越得多。她也不心安理得地让他接,几乎每次都请他吃夜宵。一边吃,一边对他大谈自己又看了一部什么小说。当年在中国出版过的文学作品,不论古今中外,不论小说或诗歌散文戏剧集,待到他们大学毕业时,郝淑敏已阅读了十之八九。自然,她对文学的热爱,并非始于大学,从少女的时候就那样了。而大学中文系的老师们,则经常称赞她是"最令人满意的中文学子"。她的作业,每每被当成范文来读,或被老师们推荐到报刊去发表。与当年的"淑敏同志"恰恰相反,刘思毅实际上是一个典型的"身在曹营心在汉"的学生。他报考的是"国际关系"系,他的志向是将来成为一名外交官,最终成为一位大使。阴错阳差地,入校后他被分配到了中文系。这使他特别失落,但是他从不流露出来。他也孜孜不倦地读书,所读却大抵是和"国际关系"有关的书。中文的课业,他也按时完成,但只是完成而已,从不用功对待的。后来郝淑敏改变了他对中文的虚情假意。他们在一起时,包括他接她从市图书馆回学校的路上和她请他吃夜宵的时候,她总是娓娓道来她又读了什么文学书籍以及她各种各样的读后感,而且总是下命令:"这一本书你也要读啊,过几天我要听听你有什么收获。"没办法,既在追求人家,只好认认真真地读人家"命令"他读的书。仅仅读了还不行,还要谈出起码和人家在同一水平上的读后感。于是又只好读些参考书。如此这般地,到大学毕业那一年,刘思毅的爱情追求成功了,附带地竟也读了不少文学书籍。连老师们都在毕业典礼上说——刘思毅同学的毕业论文写得还不错,颇有独到的见解。事实证明,我们中文系的教学是令人欣慰的。刘思毅本人自然也很欣慰,但最感欣慰的还是郝淑敏……

即使今天，业已提前退休的"淑敏同志"，仍是一个喜爱读文学作品的女人。成了省委书记的夫人，并没使她由此就喜欢起政治来。她认为那是他的事；而她自己的人生原则乃是——只有丈夫却没有书可读，那是万万不行的。即使丈夫都是省委书记了，还是不行的。正应了那么一句话——文学之爱好一旦和人发生了关系，就是一辈子的事了。但自从受过批判以后，她再也没有投稿的动力了。这主要也是为刘思毅作出的一份牺牲。那是八十年代中期的事，一部电影被禁演，而她写文章公开在报上替之鸣不平；偏偏那时，刘思毅也正面临着由县委副书记而县委书记的仕途转折。结果由于她那一篇文章的发表，丈夫那一年没升为县委书记。刘思毅本人倒没什么怨言，但他的亲朋好友，当年对她的怨言可就多了。他们甚至指责她太过自私，只图自己一吐为快，只图自己满足了一下发表欲，而几乎断送了丈夫的前程。经历了那么一件事情之后，她就再也不是一个业余写作者了，而决心成为一个纯粹的文学读者了。也许是为了弥补一种损失，她更爱买书了，包括一切受到批判的书和一切禁书。在他们家客厅里的书橱里，就曾公然地摆着一排禁书。八十年代以来的禁书，几乎全了。倘知道自己缺少哪一本，她总是会想方设法搞到的。那种志在必得的劲头，有点儿像搞收藏的人。刘思毅当上了省委宣传部长以后，有次曾对她态度较为认真地说："同志，亲爱的同志，你得为我考虑考虑。这本书，还有这一本，这一本……我都奉命签发过查缴令，还组织人在报刊上批判过。请多关照。请一定多多关照……"于是那些禁书从客厅里的书橱中消失了，但并不是被消灭了，而是被转移到另一个房间去了。从此夫妻二人各有各的书房了，倒也算是在家庭中体现出了一种平等。而这种平等到刘思毅当上省委书记后依然如前……

在这一年的初一的上午，站在厨房的小阳台上，身穿睡衣脚穿拖鞋的刘思毅，吸着妻子雪中送炭似的送给他的烟，望着下方公园里那些年轻人自由自在的身影，思绪不禁回到自己当年那些恋爱着的晚上……妻子想得很周到，所以不仅到阳台上来告诉他一声那位不速女客是谁，还没忘也给他一盒烟。但妻子又想得那么不周到,没同时给他打火机。家里有三个阳台,如果他是在另外两个阳台上,那么即使有了烟,没有打火机,不管他多么想吸一支烟,那也是白想,只能看着手中的烟吸不成,很枉然地。幸而他是在厨房的小阳台上,唇衔着一支烟像笼中困兽原地转了一圈又转一圈,正不知如何是好,忽一眼隔窗望见厨房里的灶具,似见解危救难之法宝,这一位省委书记竟不禁双眼一亮。他轻轻开了厨房的门,闪进去,将灶具开了一下,凑着天然气那一环蓝莹莹的火焰,如愿以偿地吸着了烟。却也付出了一定的代价,眉梢和鬓角被燎焦了。但,尼古丁及时地使这一位只穿着睡衣和拖鞋被困在阳台上的省委书记的心情平静了许多……

当"淑敏同志"说了她那几句受到剧本感动的话以后,刘思毅以征询的口吻问道:"那你认为可不可以拍成电视剧呢?"

"淑敏同志"已经猜到,既然那个剧本出现在家里了,说明它是呈送给自己是省委书记同志的丈夫审查的。她态度鲜明地回答:"为什么不可以?谁定了那么多这也不可以那也不可以的金科玉律?如果是送给我审查的,我就批这么三个字——拍好它!"

当年的刘思毅,初辖全省,踌躇满志,说是有点儿春风得意也不过分。

他成心叹一口长气,笑道:"真替你遗憾,可惜并不是送给你审查的啊!"

话一出口,想到自己是省委书记,居然连一部电视剧剧本究竟可不可以拍摄这种杂七杂八的事似乎都成了职责之内的事,顿觉惆怅。本是嘲弄妻子的谑言,却好像也有几分自嘲的意味了。

从那天晚上起,刘思毅这一位省委书记临睡前开始看那一部电视剧本了。二十集,每天晚上看一集,二十天以后全部看完。和妻子一样,他也几番大受感动,潸然泪下。全部看完后,联想那一封信,于是更加理解了编创者们的良好动机。是的,他丝毫也不怀疑他们的动机是十分良好的。他们的意图也无非就是要表现表现异常年代被挤压在现实生活褶皱里的人性善良的动人之处而已。因为年代是那么一种人人自卫尚唯恐不及的年代,所以人对他人的禁不住的同情和被禁止的善待,也就被衬托得十分感人了。唯其珍贵,故而感人,且促人深省。刘思毅于是明白了,作为省委宣传部副部长的周兴文,强调"文革"十年"也是一种宝贵的资源"其意何在了。于是他也忆起了自己所亲历的桩桩件件的感动之事。有一件事是他刻骨铭心终生也难忘怀的——他不知受了谁的牵连,在自己一无所知的情况下成了与什么"逆流"有瓜葛的"阶级异己分子",在一个小县城的中学里正给学生们上着课呢,突然被一些凶神恶煞般的人铐上手铐押上警车带走了,连审也不曾被审过一次,就被囚禁在一所破房子里半年之久。可怜他在当地无亲无故,那真是叫天天不应,叫地地不灵。所幸那中学里有一个才十七岁的给食堂做饭的女孩儿不信他是一个政治上有罪的人,千方百计打听到了他被关押在什么地方,三天两头地来回几十里跑去看他,给他带去换洗的衣服,还有咸菜和叶子烟。他看出她是爱上他了,据实相告自己是有爱人的人。隔着有铁条的窗口,女孩儿双手捂面,哭得别提有多伤心了。斯时暮春,远处的田野呈现着一片片油菜花的金黄。更远处,一轮血红的落日吻着金黄的地平线。而那女孩,那一天前身扎着雪白的围裙,戴着雪白的套袖和一顶雪白的圆帽。她说那是当天食堂里刚发给她的,在厨房干活时没舍得穿,为的是能崭新崭新地穿来给他看。是的,她哭得那么伤心,那么楚楚动人。一身雪白的她,看去又是那么美丽,像"白衣天使",也像戴孝。即使像戴孝,在他看来也还是美丽的。她临走时说,仍要来看他;说他是一个好人;说他替交学费的那一名学生,是她的弟弟;说:"我以后当你是我的一个哥哥来看你还不行吗?"——再来时,仍给他带一些必需的东西。只不过她脸上羞涩少了,矜持多了,每每显出一种很圣洁的模样凝视着他这个被囚禁的人。半年后他被押到了一处劳改农场,再也没见过那女孩儿。"文革"后他当上了大学老师,曾专程去往那一个小县城的中学寻找她。然而物是人非,恍然如梦。只有一名老校工记得当年学校里曾有过那么一个女孩,因为经常偷偷跑去探望一个"阶级异己分子",被学校"扫地出门"了。和她一起离开的还有她的弟弟。至于他们到哪儿去了,那就更没有人知道了。三十年弹指一挥间,当年那一件事,刘思毅都没对妻子讲起过,怕没来由地也使她伤心落泪一回……

在这一个大年初一的上午,仅穿着睡衣和拖鞋的省委书记刘思毅,因为迫切地想要吸一支烟而被燎焦了眉梢鬓角的省委书记刘思毅,对着另一支烟后,居高临下望着公园里那些衣着鲜亮的女孩儿们的身影,头脑中不由得思考着这样一个问题——当年那一部由他所"封杀"了的剧本,对于公园里那些女孩儿们男孩儿们是有意义的么? 当今的她们和他们,是多么喜欢追求刺激和娱乐啊! 当今的时代,又是多么善于在刺激和娱乐两方面花样翻新绞尽脑汁地提供满足啊! 在要求与给予之间,在中国,以往的任何一个年代,都没有像现在这么空前一致过……

非得用另外的某种文艺破坏目前这一种双向空前一致的局面么?

目前这样有什么不好?

文艺对社会的稳定所起到的巨大的无形作用,难道不是文艺应对社会所起到的最积极最正面的作用么? ——在大学时期,刘思毅的文艺观并不是这样的,"淑敏同志"的文艺观当然更不是这样的。他们所接受的文艺观,是以"干预现实"为崇高使命的文艺观。在他们的大学时期,西方启蒙时代的批判现实主义的文艺家们,是备受学子们尊敬的。老师们提到他们的名字时,像革命者提到革命思想家的名字一样亲切,一样满怀敬意。曾有一位很执拗很认死理的老师坚持认为《悲惨世界》并非一部批判现实主义的作品,实际上是宣扬人道主义至上的作品;《红楼梦》也并非一部政治小说,实际上是以言情为主线的家族兴衰小说;而且进一步认为,文学也罢,文艺也罢,除了"干预现实"的功能,还有欣赏的功能,消遣的功能,娱悦大众的功能。结果可想而知,他先是受到校方的严厉警告,不允许其利用社会主义的红色课堂"贩卖资本主义的修正主义的低俗的文艺观"——他不服,心不服口也不服。于是遭到全系师生群情激昂义愤填膺的口诛笔伐。还不低头认罪,于是被罢了教师资格。那位老夫子呢,迂腐得很,且愚顽得很,竟写了洋洋万余字的论战性文章,用蝇头小楷抄在十几张大白纸上,趁夜偷偷贴在中文系教学楼的走廊里。于是全校大哗,校方震怒。一辆警车驶入校园,将其当众戴上手铐,宣布其"利用反动的文艺思想反党反社会主义",之后把他押走了。他先是关在监狱里,后来被遣送到了劳改农场,"文革"中又被关入了监狱。当年的郝淑敏,对那一位老先生是非常同情的,不止一次抱打不平地对刘思毅说那老先生的文艺观其实是更全面的文艺观。而当年的刘思毅,却是一名发自内心对那位老先生进行猛烈抨击的学生。一则作为学生会主席,他必须战斗在尖锐斗争的最前列;二则他所爱读的那些无产阶级的历史、哲学、社会学方面的书籍告诉他——没有启蒙的文学和文艺,就不能唤起大众对平等与正义的要求;没有批判现实主义的文学和文艺,"革命就没有了理由"。

是的。正是这样。

当年,"亲爱的淑敏同志"一在他面前替那位老先生鸣冤叫屈,他就毫不留情地脸红脖子粗地予以反驳:

"一味鼓吹文学和文艺娱悦大众的作用,不是就等于宣布利用文学和文艺麻痹人民有理了吗?"

"古今中外的统治阶级不是全都惯施此伎吗?"

"掩盖社会矛盾,粉饰太平,不对非公平非正义的社会现状进行揭露和批判,那样的文学和文艺,那样的文学家和文艺家,不是成了鲁迅先生所说的'帮闲'了吗?"

是的是的。

当年的刘思毅,大学里的学生会主席刘思毅,他头脑里的文学观和文艺观,正是这样的坚定不移,虔诚之至。

但是,后来当上了省委宣传部部长的刘思毅,头脑里的文学观和文艺观,与当年相比,来了个一百八十度的大转弯。

几乎在一切的宣传工作会议上,文化艺术工作会议上,他总是要大讲特讲文学和文艺的消遣作用,娱悦大众的作用,以及难能可贵的稳定社会的作用。

他的名言是——"同志们,我诚心诚意地请求大家,请将各种各样的文艺,变成各种各样的文娱吧!我们的时代需要歌声,我们的时代需要笑声。让歌声更多些吧!让笑声也更多些吧!在歌声和笑声中,让我们的文艺,在文娱化的喜人过程中获得新生大有作为吧!"

这一段话,是他在一次由他主持的会议的闭幕式上的讲话。

当天晚上,许许多多参加了那一次会议的人往他们家里打电话,但找的不是"刘部长",而是"亲爱的淑敏同志"。

他们一致地问她:"你那口子怎么了?"

"亲爱的淑敏同志"很奇怪,反问:"他怎么了呀?"

于是他们就学刘思毅的语调,将他那一段话在电话里激情澎湃地说了一遍。

而"亲爱的淑敏同志"只好说:"我明白了。"

其实她也不明白自己的丈夫是怎么了。

刘思毅一回到家里,"亲爱的淑敏同志"即问:"亲爱的思毅同志你怎么了?"

刘思毅自然也很奇怪,反问:"我怎么了呀?"

于是"亲爱的淑敏同志"也学丈夫的语调,将他那一段话大声说了一遍。

太多的人在电话里看着印有刘思毅名字的大会报告材料学说他那一段话给"亲爱的淑敏同志"听,一遍一遍听得她已经能只字不差地背下来了。

刘思毅皱着眉想了想,又问:"不错,这是我在报告中说的一段话,这话怎么了呀?"

"亲爱的淑敏同志"回答:"你的话使我联想起了当年我们都是中文系大学生时的那一位老先生。别忘了你当年批判人家批判得多来劲儿!连我替人家说几句抱不平的话,你都和我急赤白脸的!如今,你贩卖的又是一套什么文学观和文艺观呢?"

当年,郝淑敏差点儿和刘思毅吹了。紧要关头,刘思毅还是掂得出什么是轻什么是重的。为了爱情的成功,他及时地表示了忏悔。

然而,"亲爱的淑敏同志"每提起当年事,仍耿耿于怀。

刘思毅反倒笑了。

他说:"我也不是如今才这么看待文学和文艺的呀,我当年不是就深受你的影响,和你保持一致了吗?和你保持一致,不是就等于也接受了那一位老先生的文艺观吗?这恰恰证明我是知错就改的啊!"

"亲爱的淑敏同志"却板脸道:"你就狡辩吧你。但是请你记住,亲爱的思毅同志,以后,在家里,不要再和我谈什么文学文艺的事。"

"亲爱的思毅同志"也表情郑重地说:"这我能做到,一言为定。"

第二天,他在他的办公室里,翻着联络本,一一给朋友们打电话,向"亲爱的淑敏同志"学他的话的人,当然都是他和她的朋友。不是他们的朋友,人家也犯不着那样。不是他们的朋友,仅仅是文艺工作者,也不敢在听了一位省委宣传部长的报告后,给宣传部长的夫人打那样的电话。而究竟是哪些文学艺术界的朋友给"亲爱的淑敏同志"打了那样的电话,刘思毅心中是基本上有数的。他首先一一向他们解释——那报告是宣传部的一位处长替自己写的,因为刚上任,诸事同时缠身,没来得及亲自修改一番。倘有表意不当之处,请文学艺术界的朋友们多多包涵,万勿见笑。接着又解释,无论是他的报告的总体精神,还是他的报告中的那一段话,主旨无非就是要强调这么一种意思——文学艺术工作者,要比中国其他知识分子更懂事,要清楚地明白,党目前希望给予人民大众什么样的文学艺术而反对给予人民大众什么样的文学艺术……最后他以友好的带有玩笑意味的口吻说:"亲爱的同志,请给我听着,在我当这个省的省委宣传部部长的任期内,你们谁要是想按照自己对文艺的理解去搞什么,完全可以的。艺术风格方面怎么样去表现,怎么样去探索,我都绝不横加干涉,更不反对。有时,还会支持。但内容上,你们谁若想搞什么不合时宜的东西,门儿都没有!想也是白想,越自以为深刻,越是别指望能在我这儿通得过!……"

对方们在电话里都听出来了,他们这一位刚当上了省委宣传部部长的朋友,最后几句话其实是说得很认真很严厉的,玩笑的意味只不过是一种口吻的装饰,就像裹了糖衣的猛药。

自然而然地,在刘思毅任省委宣传部部长的几年里,这个经济增长指数连年持续走高的省份的电台和电视台里,笑声多得不得了,歌声舞影也多得不得了。连起先一些从未与文娱色彩沾边儿的节目内容,也顺应大趋势,争先恐后,纷纷改版。增强文娱性,你比我拼。普省之内,皆成乐土。更由省委宣传部牵头,组织各路文艺人马,将歌声笑声送往全省四面八方。一直送到基层,送到农村和城市社区。省委宣传部还出资拍了多部喜剧、轻喜剧、喜闹剧风格的电视连续剧,无论古装的还是现代的,收视率都很高。起码在本省是那样。总而言之,人民大众对刘思毅这一位省委宣传部长很满意,因为他给了他们空前多的笑声和歌声。笑星歌星以及各路艺魁笑腕,也渐渐唯刘思毅这一位宣传部长马首是瞻了,因为他给了他们许多实惠——表彰、荣誉、奖杯、职称以及使他们满意的酬金。省委省政府两套班子对宣传部长的工作也很满意,因为他一次次亲自运筹,做了不少经济搭台、文艺唱戏的实事。一任宣传部长当下来,刘思毅本人对自己也很满意。起初他对于自己能否当好一位省委宣传部长,心里是挺踟蹰的。因为在他看来,在中国,宣传部长那是难当的角色。而经验告诉他,只要头脑里时时刻刻想着自己是一位党所委任的省委宣传部部长,领导文艺工作者的公仆,而非是一名一般的文艺工作者之友,那么当好一位省委宣传部部长其实也不是多难的事。背靠着党的支持,以前自以为左右为难的事,原来是错觉。

但是后来将被提拔为省委副书记的刘思毅，却还是希望能有机会远离文艺。因为他觉得，若一个人负有领导和管理文艺的职责，那么这一个人和文艺的关系，总归会变得有点儿不自然。他挺怀念自己以前不曾领导和管理文艺时和文艺的那一种关系。那一种关系比较朴素，比较朴实，甚至还可以说，比较的诚实。那时他是很喜欢和朋友们谈论文艺话题的。一个在六十年代就受过大学高等教育的人，一个学中文出身的知识分子，一个脱离了低级趣味、一心想成为一个高尚、纯粹、有道德的人，一个特别具有独立思想的能力并且尤其喜欢与人交流思想的人，经常与朋友们谈论文艺的话题，这样的人这样的事，无论在古今中外，都是多么让人愉快的啊！那时，他和他的文艺界的朋友们的关系，才是纯粹的朋友之间的关系。他们的话题往往由文艺而历史而哲学而宗教而政治而方方面面，那时他的见解往往显得那么睿智，那么具有洞察力，那么透彻。那时他的语言也往往是生动鲜活的，善于比喻的。而且那些比喻一向总是很具有幽默感的，令别人忍俊不禁。他不是那种一旦使别人笑了而自己却故意板着脸不笑的人。不，他从不是那样的人。他自己也笑的，一副颇得意的样子，向人表明他是很知道自己的见解和表达能力是有水平的。那时"亲爱的淑敏同志"总是以亲爱的脉脉含情的目光从旁望着他，觉得他变得年轻了，一如是大学生时那么的可爱了。而朋友中有一位书法家便写了一幅条幅赠给他，十个遒劲的大字是"谈峡山垂座，说湖水在襟"。那条幅至今悬挂在他们现在的家里，仍是客厅里最值得别人欣赏的东西。但是自从他当上省委宣传部长以后，他反而失去了以前与人谈论文艺的那种风采。他对文艺以及一切与文艺相关的种种事情的见解，分明地仅仅剩下了几条极其简单的原则。那些原则急功近利，既僵化得令别人难以接受，又坚定得令别人根本无话可说，根本无法再与他谈论下去。有时，他头脑里那些原则是非常令人愤慨的。好几次，来到家里的往日的朋友们忍无可忍，悻然而去。有的朋友临走时甚至抛下一句话——"你的家再也不是我愿意来的地方了。"还有的朋友，临走时丝毫也不掩饰自己的鄙意。那时,"亲爱的淑敏同志"尴尬极了,心中也难过极了。当家门在朋友们身后关上时,他会一言不发呆呆地站在条幅前边,若有所思,一脸我不下地狱谁下地狱的悲壮神情。有次"亲爱的淑敏同志"被不欢而散的结果刺激哭了,大声冲他嚷嚷,责问他为什么就不肯耐心地听听朋友是怎么想的。而他说:"他们究竟是怎么想的,他们不说,我也一清二楚。党领导我,我领导他们,这是一种大关系。他们也应该清楚这一种大关系。连这一点都搞不清楚的话,那么不是我的错,是他们的错。但我可以给他们时间,让他们慢慢搞清楚他们没搞清楚的大关系。"

那会儿,在"亲爱的淑敏同志"的眼里,她的丈夫的话语和他的样子,冷静得令她实难理解。

她继续冲他嚷嚷:"但你别忘了人家是我们多年的好朋友啊!人家并非企图搞一部戏反党呀!"

"我也没说他企图搞一部戏反党。我那么说了么?我不是只说他想搞的那部戏不合时宜吗?不合时宜,这就是我不允许他们搞那么一部戏的理由。此外不再需要其他理由。"

他的话语和他的样子,更加冷静了。

"不合时宜。"

这是刘思毅当省委宣传部长时的名言。

而后来事实证明,如他所言,文艺界的各方人士,一个个真的都渐渐远离了"不合时宜"的念头和冲动,都渐渐地开始亲和合乎时宜的创作理念了,并且一个个都由此而变得极其明智了。"亲爱的淑敏同志"曾以为,那对于他们一定会是一个既痛苦又漫长的过程。然而她错了,大错特错了。原来那过程既短暂也谈不上有什么痛苦,而一旦他们变得比较合乎时宜比较懂事了,他们每一个人得到想要的东西,比他们深陷于以前那些很不合时宜的念头和冲动时快捷多了,容易多了。于是一度不登门久违了的文艺界的朋友们,又纷纷地重新成为省委宣传部部长家客厅里的常客了。他有时给他们下指示,有时和他们一道讨论,讨论时一如既往地开玩笑。一切融洽都是在摆正了大关系的前提之下表现出来的,也是在合乎时宜的大框架之下表现出来的……

当刘思毅不再是省委宣传部长时,上级对他任期内的评价是——"难能可贵的是,该干部不但善于团结文艺界各方面人士,作出了有目共睹的成绩,证明了自己的凝聚力,而且理清了全省文艺界的思想,作出了统一文艺思想的杰出贡献……"

尽管如此,刘思毅还是不想再领导文艺了。

尽管他自己不想了,尽管他不惜违反自己的做人准则,第一次为自己的仕途进行了种种努力和设计,却还是没能如愿以偿地当上政法委书记,最终当上的还是继续领导宣教的一位副书记。在省委班子里,他是排在常务副书记之后的第三把手,而其实他宁肯当排在第四把手的政法委书记。

继续在更高的权力层面领导文艺的刘思毅,平时更不愿与人谈论文艺了。他依然将文艺领导得游刃有余一帆风顺业绩斐然,但是他的白头发也正是在那几年里无可奈何地多起来的。

他是省委省政府两套班子里唯一不染头发的一位领导。

后来当上了省委书记的刘思毅,有次在家里对"亲爱的淑敏同志"说:"现在我和文艺的关系终于寻常化了。"

说罢,望着"谈峡山垂座,说湖水在襟"十个字,出神良久。本以为自己和文艺的关系终于"寻常化"了的刘思毅,看完那一部二十集的电视剧剧本后,过了几天,让小莫再次替他召见宣传部副部长周兴文。那时,距他们的第一次谈话已经时隔一个半月了。

二人落座后,他手拿着那一封信单刀直入地问:"你们这一封信是打算呈给谁的?"

周兴文平静而诚实地回答:"原本是打算呈给您的。"

"可你当时只字没跟我提这一封信。"

"后来大家又不打算给您看了。"

"为什么？"

"因为……"

宣传部副部长犹豫起来。

而省委书记注视着他，耐心地默默期待着回答。

"因为大家又觉得，自己也太幼稚了。"

宣传部副部长的话说得藏头蔽尾。说完，想了想，又补充道："所以连抬头也没打。"

"就是这样？"

"就是这样。"

"可是，你们这一封后来又不打算让我看到的信，我却看到了。"

"我当时忘了这一封信是夹在剧本中的。"

"后悔自己大意了？"

"那倒也不。一封原本打算写给您看的信嘛，虽然后来又不打算给您看了，但您既然看了，也就又有了它的某种意义，否则岂不是一点意义也没有了吗？"

宣传部副部长尽量以一种轻松的语调说他的话。他知道刘思毅是挺赏识他的，起码在他当文化局的副处长，而刘思毅是省委宣传部长时是那样。但现在，他自己是宣传部副部长了，刘思毅是省委书记了，他却不知道是省委书记了的刘思毅是否还像以前那么赏识他了。因而他的语调虽然轻松，心里边却是七上八下的。

"吸烟吗？"

刘思毅掏出烟盒，递给他一支烟。

他愣了一下，立刻接过去了，随即从兜里掏出打火机，按着后，首先为刘思毅点着了烟。

二人各自吸了几口烟之后，刘思毅字斟句酌地说："不管这一封信是出自你的笔下，还是出自三位编剧的笔下；或者，是他们先写了，由你修改,由你定稿的,我个人都认为,这是一封很有思想水平的信。编剧们的,或者也包括你的,我想肯定也包括你的意思——你们的动念是好的。这我完全理解。现在当面归还给你。你也罢,编剧们也罢,不必再给其他什么人看了吧?"

周兴文连连点头,懂事地说:"是的,是的。"

刘思毅将一只手轻轻按在那一沓剧本上了,语调更加缓慢地说:"至于剧本,我每一集都认真拜读了。请你转告编剧们,我个人同样认为不错。有几处,还使我感动得眼眶湿了。但是,我还是那四个字,'不合时宜'。究竟什么叫'不合时宜',我想,也无需我再进一步强调了吧?"

周兴文又连连点着头说:"不必了,不必了,刘书记,其实我们,不,他们一开始想搞这个剧本时,就知道恐怕是不合时宜的。但是呢,又都存在着几分侥幸的心理……"

刘思毅默默听着,不再开口,仿佛应该说的话,已经全部说完了,没什么话可再说的了。

而周兴文的话也不往下说了。

他低着头往皮包里装那些剧本,一失手,散落一地。

刘思毅替他捡起了几本。

待周兴文将剧本全都装进皮包里了,刘思毅才又开口道:"你可以直截了当地告诉那三位编剧,就说我说的,不合时宜,别浪费精力和时间了。动念一开始就那么不合时宜,再怎么下功夫改那也是白改。"

周兴文就红着脸说:"明白,明白。刘书记,真对不起,还让您浪费宝贵的时间和精力看了一遍……"

他的目光有点儿不知望着哪儿才好了,只有低下头一口接一口地吸烟。

刘思毅又说:"但三位编剧,毕竟是有水平的。这一点我看出来了。我也毕竟是在大学里学过中文的,不至于连这一点都看不出来。给你这位副部长一个任务,亲自调动他们的水平和才能,明年教师节前,创作出一部歌颂教师烛光精神的电视剧来。内容必须是现在时的,风格是正剧的。中国目前的喜剧太多了,连我都觉得已经有点儿闹人了。你们所主张的那种创作追求,也可以糅进一些在此剧中,比如用回忆的方式……"

不待刘思毅说完,周兴文迫不及待地问:"要回忆就得出画面,那可以吗?"

刘思毅看他一眼,略作沉吟,同意地说:"那也没什么偏不可以的。但绝对不许出'文革'年代和'反右'时期的实性画面,要出也只能出写意的那一种,配上音乐,并且要突出音乐的效果。情绪只许是忧郁的,不许是悲伤的。这是一种分寸。艺术讲究的就是分寸,这一点你懂,我懂,他们更懂。你告诉他们,就说我说的,剧本出来以后,我要亲自过目。如果我认为好,我还要亲自题写片名。我的毛笔字,是很可以的。如果他们不愿意完成这样的创作任务,你做主另外物色编剧,最好是本省的编剧。你还要亲自去向杨副书记汇报这一件事,他毕竟是负责文化宣传工作的。我也要亲自跟他打招呼,让他从方方面面全力支持你们……"

已经当上了省委书记的刘思毅,那一天又像自己是宣传部长时一样,对一部由自己命题的电视连续剧的产生,下达了一条条深思熟虑的重要指示。

当他说时,宣传部副部长周兴文始终低着头在小本上飞快地记录。

等他说完,周兴文抬起头时,脸上红光焕发,乃是由于激动所致。

周兴文明白,做了省委书记的刘思毅,对他仍是赏识的,器重的。

周兴文一点儿也不因为自己暗中支持下搞出来的二十集电视连续剧变成了废纸而沮丧,他是带着一种极其满足的心情离开省委书记办公室的。

而他却并不清楚,省委书记刘思毅之所以交给他那么一个任务,乃是因为一种内疚。如同违心地判决了一次死刑,毙掉了人家一个好孩子,所以一定要亲自发给人家一个出生证,并且要在那样一个孩子出生之前,便亲自充当起义父的角色,将那样一个孩子的出生安排得顺顺利利体体面面风风光光的,使那样的一个孩子看起来尤其是一个好孩子。不仅仅是因为这样一种内疚,还因为一种埋藏在自己内心里的更深久的内疚。因为自从他当上了省委宣传部长以后,经常回忆起大学里那一位命运悲惨的老师,回忆起自己当年对那位老师的批判,回忆起自己当年和"亲爱的淑敏同志"之间的争论。尤其从自己口中说出和当年那位老师一样的关于文艺的话来时,内心里难免会产生隐隐的负罪感,于是常常陷于自我谴责。好比一名年轻的僧人,由于对僧经的不成熟的肤浅的理解,反将僧师的客观的全面的布经斥为歪门邪道,参与了打击和迫害。现在却披上了主持的袈裟,手持僧师的僧杖,满口所言尽是僧师说过的话语。既拾人牙慧,又一味地断章取义,唯我所用,从而在明明成熟了以后依然自蹈新的肤浅。正所谓揣着明白装糊涂,罪过而又羞惭……

后来那一部电视剧如期完成,如期在省台黄金时段播出。刘思毅也履行承诺,题写了片名;还接见了剧组全体人员,与他们座谈,合影留念,请他们吃饭;继而出席授奖大会,亲自向三位编剧颁发获奖证书、奖杯和一大笔奖金。

那的确也是一部不错的电视剧,颇受好评。但是比起被刘思毅"枪毙"了的那个剧本,却只能说是下乘了。发乎内心的创作与领导出题的任务,成色总是有区别的。这一条艺术规律,基本上是放之四海而皆准的。刘思毅心知肚明,却亦欣然。

宣传部副部长周兴文兴奋了很长时间,自不待言。

那三位编剧,也皆飘飘然了一阵子,从此名声大噪,成了省内的"腕"。他们对省委书记感激涕零,给刘思毅又写了一封信,说自己在省委书记的指引之下,终于算是弄明白了什么样的创作是合乎时宜的而什么样的创作是不合时宜的。创作有了正确的方向,走上了正路,创作的才情知道该朝哪方面去发挥了。字里行间表达出这么一种热切的企盼——希望省委书记同志,再交给他们几次创作任务,同时批示拨用专款……

刘思毅却对他们的信没有作出太积极的反应,只将他们的信批给了周兴文。

而且,仅在信上批了一个字——阅。

三位编剧飘飘然了一阵子,名声噪了一阵子,却不知道该再写什么好了。整天聚在一起,揣摩来揣摩去的,还是揣摩不准。向周兴文又呈交了几次选题报告,皆被宣传部否定了。要么因为太过追风,没有新意;要么因为和省委书记一样的判断原则——"不合时宜"。

再后来,他们就又沉寂了,渐渐被人们和传媒遗忘了……

在初一的上午,只穿着睡衣和拖鞋的刘思毅,由于周兴文的妻子事先连个电话也没打就以突然袭击的方式前来"拜年",隐在厨房的小阳台上不能露面。要不是妻子及时送给他烟,他简直就没法儿再回避下去了。

他心里对"亲爱的淑敏同志"不无怨词——为什么要说我还没回到家里呢? 为什么要撒谎呢? 完全没有必要嘛! 春节长假,全中国的大多数人都休息,哪一个省的省委书记也不例外嘛! 骗人家,人家就会相信吗? 你"亲爱的淑敏同志"如果不对人家说我还没回到家里,我这会儿也不至于非穿着睡衣穿着拖鞋躲在小小的阳台上啊! 我一位大公仆省委书记,大年初一的,一大上午的,我只穿着睡衣和拖鞋,我躲在小小的阳台上不能离开,这成何体统呢? 不就是周兴文被"双规"了吗? 不就是他的妻子来"拜年"了吗? "拜年"当然是个借口,但就当成她是前来拜年的又有何不可? ……

事实上,刘思毅非但不认为自己确有回避的必要,而且还很想听听周兴文的妻子说些什么。周兴文毕竟是他所赏识的干部,毕竟是这个家乡省份下一届的一位省委副书记的候选人,毕竟曾是他家里的常客,自从对方被"双规"以后,风言风语的,传到他耳中的也不少。且"版本"颇多,仁者见仁,智者见智。他内心相当本能地关注着这一件事的发展,甚至相当本能地希望,最终的结果是查无实据。尽管自己已经不再是这个家乡省份的省委书记,但毕竟曾经是,毕竟现在还是一位省委书记!大年初一的,回到家乡省份来了,回到自己家里来了,在自己家里与前来拜年的人说说话——纵然对方是一名被"双规"的干部的妻子,那也不至于受到什么指责或攻讦吧?

是的。刘思毅是这么认为的。

一届省委书记当下来,他其实很想不再做一个处处谨小慎微如履薄冰的人了。几乎一度被磨平了的棱角,又开始重新在他个性化的品德上生长出来了。只要他自己认为没什么的事情,他也有点儿不太在乎别人怎么看怎么想怎么议论了……

但是眼前的状况是,他只能老老实实地待在小小的阳台上,如若不然,就等于将妻子出卖了。

半个多小时以后,他终于听到了"亲爱的淑敏同志"和客人的脚步声走向家门;当接着听到了家门关上的声音,他不禁长长地吁了一口气,如同一名受惩罚的士兵被解除了禁闭……

"出来吧!"

妻子返回客厅时,推开厨房的门,以同情的语调大声说了一句。

他跟入客厅,抱怨道:"你那又是何必呢?"

"亲爱的淑敏同志"已坐在沙发上了,眨眨眼反问:"什么何必不何必的?"

"你干吗非说我还没回来呢?你要是不那么说,我就不会没来由地又在阳台上站那么久了。"

他说着,也在沙发上坐下了。六十来岁的人了,年龄不饶人。尽管平常挺注意锻炼的,但是却从没练过站功。自从当上了省委书记,就更没久站过。前后站了四十几分钟,觉得双腿都站酸了,双脚都冻凉了。尽管是在南方,外面的天气很明媚,但毕竟是在春节的日子里呀,毕竟只穿了一双拖鞋连袜子都没穿呀,毕竟那不是一双棉拖鞋而只不过是宾馆里的那一种简便拖鞋呀。"亲爱的淑敏同志"喜欢往家里买那种简便拖鞋,认为随时淘汰,符合卫生理念。别看凭空望下去,树梢静止,而站在十三层的阳台上,却感到有风。"高处不胜寒",果然!

妻子皱眉道:"你这人太不识趣了。我一开门,怎么也想不到是她,不那么说,怎么说?要是如实说你已经回来了,她能这么快就走了么?你好意思不耐心地奉陪着么?好意思不耐心地听她述说起来没个完么?那我们这一上午不是得什么事儿也不干,全交给她了么?"刘思毅听了,苦笑道:"你说的也是。那么,她都向你倾诉了些什么呢?"

妻子叹道:"她说她丈夫怎么怎么冤枉呗。"

刘思毅追问:"究竟怎么冤枉呢?"

妻子又叹道:"她说那都是十来年前的事了。"

刘思毅想了想,低声说:"十来年前他只不过是文化局的一位处长。"

妻子看着他,也低声说:"是你这位当年的宣传部长,力荐他当上了文化局长的。你当了省委副书记,又提拔他当上了省委宣传部的副部长,现在他东窗事发,你再在自己家里听他的妻子向你倾诉他有多么委屈的话,那还不授人以柄啊?所以我才对她说你并没回来嘛,你却不领情,还抱怨……"

刘思毅忍不住打断道:"好了,亲爱的同志,别把话题往我身上扯了行不行?我想要知道的是——那三十几万元的事,到底属实不属实啊!"

妻子也想了想,沉吟着说:"她并没说那是子虚乌有的事,看来,是属实的了。"

刘思毅便也叹道:"既然属实,还有什么冤可倾诉的呢?"

刚一说完,打了个大喷嚏。

妻子见状,赶紧给他倒了一杯热水,关爱地说:"快喝了这杯热水。刚才在阳台上站了那么半天,可别感冒了。"

刘思毅喝了半杯热水后,自言自语地重复刚才的话:"既然属实,还有什么冤可倾诉的呢?"

大年初一的,昨天夜里才从北方回到南方,一上午,听到的全是不愉快的事情,与妻子所谈的也全是不愉快的事情,这使他的样子也变得特别不愉快了。而"亲爱的淑敏同志",自然是看在了眼里的。

她起身道:"我去替你放好水,你泡个澡。家里有板蓝根冲剂,冲一袋喝了就不会感冒了。"

说完,要走开。她用心良苦,是想助丈夫从不愉快中解脱。

刘思毅却说:"你先别走。"

妻子只得站住,回头看他。

他又说:"你坐下。"

妻子犹豫。

"坐下呀。"

已经是一种要求的口吻。

妻子只得退回几步,坐下了。

"说说。"

"还说什么?"

"周兴文,他到底怎么个冤法儿?"

"……"

"说呀!"

在他的要求和催促之下,妻子只得吞吞吐吐地告诉他——原来周兴文那三十余万的事,不是一次性的收受之事,而是他当文化局文艺处长的几年里,以参与"策划"文化演出活动的名义获得的酬金。有时他的角色是活动"统筹""指导""评委"什么什么的;有时则直接是一首歌曲的作词者;甚至有时还是作曲或小品的编导;更有的时候,亲自粉墨登场,客串一个京剧角色,玩玩票儿;而还有的时候,一场大型的文艺演出活动,干脆是他和女主持人共同担纲主持的。客观地说,周兴文是个多才多艺的人,也是个特别爱好文艺的人。从他是文化局文艺处长到文化局局长到省委宣传部副部长的十余年里,这个省各种形式的大型文艺演出活动接连不断,市场化的良性运转机制逐步形成,各类文艺消费群体的观赏愿望被空前调动起来,观赏趣味也逐年提高,而这一切都与周兴文积极主动地从事文艺组织工作的热忱不无关系。也可以这么说,周兴文是一个功不可没的人。那三十余万元钱,也基本上是从各个文艺演出公司方面收受的。少则五千一万,多则两万三万。不过也有几笔钱是从个人那儿收受的,比如有人让他观看观看自己将要登台演出的节目,把把政治关,或提提意见,以使水平再高点儿,于是付给他"审看费"……

"什么费?"

刘思毅打断妻子的话,皱起了双眉。

"审看费……就是……对节目预先审审,看看……付出了时间和精力,所以嘛……"

"莫名其妙!当的是文化官员,已经拿了那一份工资,那就是本职工作!莫名其妙嘛!"

刘思毅的一只手,轻轻在茶几上拍了一下。

"那么你没听说过?现在都这样的啊!中国早都这样了啊!谁不收受,想收受的人还不对谁有看法?邀请单位和个人也为难啊!风气如此呀!……"

妻子的一只手,也轻轻在茶几上拍了一下。

刘思毅向妻子转过脸,眯起双眼凝视着她,半天没说话。

"你这么看着我干什么?"

刘思毅还没说话。

小莫刚给他上了一堂关于"风气"的普及教育课,这会儿妻子口中也说出"风气如此"四个字,刘思毅陷入了沉思。

"你既然不想说什么了,那我可替你放水去了……"

妻子又欲站起。

而刘思毅的手按住了妻子的手。

他问:"那,事情怎么会闹到省纪委那儿去的呢?"

妻子告诉他，当然是有人向省纪委揭发的。一笔一笔揭发得很详细：收据影印件、周兴文亲笔写的"白条"的影印件、证人证言，应有尽有。

"那么，你怎么看？"

刘思毅问完，又打了个大喷嚏。

妻子不高兴地说："你看你，这么一会儿，你打两个大喷嚏了！你要是真感冒了，我可不负责。"

"不会的。你先说说你的看法，你说完了，我听你的，洗澡去。"此时的刘思毅，对周兴文被"双规"之事，已经初步有了自己的看法。并且，已经决定将自己的看法写成一封信留给自己家乡省份的省委常委了。

妻子却说："你别听我的看法，我没什么看法。即使有，也没意义。我算老几？我向你汇报了那么半天，还想听听你的看法呢！"

"我只有一种看法，那就是——周兴文，他自从当上省委宣传部副部长后，恃才自傲，目中无人，尾巴翘到天上去了！我早就提醒过他，做人一定要谦虚谨慎，戒骄戒躁，可他总是不把我的提醒当成一回事。现在落这么个下场，实属必然。"

刘思毅说着，站了起来。妻子愣愣地看着他，以为那是他的全部态度，也是他的鲜明态度。倏忽间，"亲爱的淑敏同志"替宣传部长周兴文感到一种莫大的悲哀，因为依她看来，周兴文的确多少是有点冤枉的。他当年所收受的那三十几万元，性质上与贪污和受贿是很有区别的，所以专案组给他初步定的罪名是"变相"受贿。而"变相"二字，细细咀嚼，模棱两可的意味在焉。既属模棱两可，当然就是属于可以这样处理也可以那样处理的事。不仅她一个人如此看法，她还知道许多人私下里议论起来，都有与她相同的看法，只不过没有人愿意替周兴文公开说一句公道话。对于一名被"双规"的干部，一切人所取的态度都是作壁上观。即使深知那个人是有冤情的，大抵也都采取事不关己，明哲保身的做人策略。她同时也替周兴文的妻子感到一种大的悲哀。身为女人，她内心简直没法儿不同情周兴文的妻子。对方大年初一的上午以不速之客的方式前来"拜年",显然是将拯救丈夫的最后一线希望寄托在她的丈夫刘思毅身上的。而她自己心里却很矛盾,既想鼓动丈夫为周兴文说几句公道话,又想劝说丈夫千万别自找事端。已经调走了还过问无关职责的问题,稍有不当,明摆着是要引火烧身的!……

"你哪儿去?……"

望着丈夫离开的背影,"亲爱的淑敏同志"颇有心事地问了一句。

"冲澡去啊。你不是怕我感冒,一直在催着我去冲澡吗?"

刘思毅的样子,仿佛完全忘了刚刚和妻子谈的是一件什么事,他舒展双臂,伸了个懒腰……

刘思毅冲过澡后,妻子已为他冲好了一杯板蓝根。

"非喝不可?"

他问得像一个孩子,他不乐意喝板蓝根之类甜丝丝的药。闹"非典"那一时期,每天被妻子逼着喝板蓝根,有点儿喝伤了。对于药,他以后倒是宁肯喝味道很苦的了。

妻子命令地说:"非喝不可,发起烧来再喝就晚了。"

刘思毅自言自语:"是啊,发起烧来再喝就晚了。"

于是将一杯板蓝根冲剂一饮而尽,之后站在桌前,又是一阵若有所思。

妻子看看表,已经中午了,问他想吃得丰盛一点儿,还是想吃得简单一点儿。

他说最好吃得简单一点儿。

妻子便下厨去煮了一袋速冻饺子。

一袋速冻饺子两个人吃,还剩下了几个。二人各有心事,但又都想掩藏起来,不愿让对方看出,就都有点儿吃不下去。

饭后,刘思毅让妻子替他给家乡省份的几位省委领导一一打电话,通告自己从北方回来了,传达他希望见见他们的意思。而他自己,则要到书房去写份东西。

妻子奇怪地问:"就回来待几天,你不是不愿让任何人知道的吗?"

他说他又改变想法了,有些北方和南方省份互通有无、经济联动的想法,打算和他们在一起聊聊,先通通气。这次回来,也正好是个机会,比双方郑重其事地率团互访,效果也许会更好些。

妻子告诫说:"那你可千万别哪壶不开提哪壶,谈着谈着,就走板了,扯到那些烦恼的事情方面去了……"

他却说:"那些烦恼的事,包括对周兴文的事的看法,我也是要谈的。我会掌握分寸的。"

妻子刚想再说什么,他已走入书房去了。她想跟进书房去再嘱咐他几句什么,然而在书房门外站住了,低头寻思半晌,最终放弃了跟进去的打算。

刘思毅在书房铺开纸,拿起笔,吸着一支烟,打算给这个家乡省份的纪委书记写一封信,坦率谈谈自己对周兴文被"双规"一事的态度。在这个家乡省份的所有省级干部中,他唯独和纪委书记接触得少,除了工作关系,没有任何情感基础。因为这一位纪委书记是从外省升调过来的,一年后他自己又当省委书记当到届了,平调到北方去了。在以往的一年中,与全国比起来,这个家乡省份的官员因贪污受贿之类的腐败问题落马的人是比较少的。局以下干部有一些,局级干部有少数的几个,省一级干部中还没有。那些出了腐败问题翻身落马的人,又大抵是县里的干部和县级市的干部,而且大抵是由基层纪委的同志们及时发现和及时处理的。所以呢,新调来的纪委书记,一年多以来差不多像一个身处闲职的角色。刘思毅这一位从省委副书记升到省委书记的官员,对于中国之大小公仆普遍不甘寂寞难耐寂寞的心理是太深知了!"浮躁"一词用以形容中国官员们的普遍心态,那也是恰如其分的。年轻的想早日升到更高的职位;已在高位的人,副职的想早日变成正职,正职的想要证明自己能力卓然,职位非他人所能取代,于是便都急功近利地制造"业绩",弄

出动静,有时还要弄出虚张声势的大动静,以期引起特别关注。而踏踏
实实地工作的干部,默默地一件一件做着很常规然而就不太有什么动静
的实事的干部,倒似乎反而成了乏"绩"可陈的干部!是的,刘思毅这一
位省委书记,对中国官场这种氤氲一片的浮躁风气是看得极为分明的。
他早就认为那是一种反映出集体心理素质很差的现象了。最可笑的是,
他当这个家乡省份的省委书记的时候,居然有省城一名区法院的院长,
为了保证"先进"法院的称号,不惜动员法官们去"发现"能引起什么"轰
动"效应的案件,而且在年终时还真与媒体联袂搞出了几桩所谓造成社
会动静的案子。一时热闹异常,自己也洋洋得意,在区人大会上当成"业
绩"夸夸其谈。结果呢?不久全成了错案。由法院暗中策动的案件,按
照怎么审怎么判能发生动静的思维去审去判,又怎么能不成错案呢?而
且连配合法院制造动静的几家本省的报社也被推上了被告席,于是当庭
与审案的法官互相揭发,互相指责,一时丑闻传播,令老百姓大为耻笑。
刘思毅当年因为这一件事非常生气。连法律工作者都如此浮躁,如此不
甘寂寞,如此将自己的心理素质降低到了小报记者的水平,如此不择手
段挖空心思地迫不及待地彰显业绩唯恐人后,又叫老百姓怎么看得起
呢?当年他盛怒之下,在省委常委会上拍了桌子。那本该是由市委管的
一件事,却由省委建议市委,将法院与报社涉事之一干人等,全都做了严
肃处理。至于那一名一心引起领导和社会注意的区法院院长,当然被撤
了职。经那一件事后,官员之间的浮躁之气顿敛。不比着如何脚踏实地
为老百姓干实事,专互相较劲儿似的比着谁比谁弄出的动静大的不良风
气和现象,也得到了立竿见影的遏制。所谓"政绩"似乎少了,老百姓后
来对官员们的职责的满意程度却反而提高了。

关于周兴文之事,刘思毅听妻子讲了那些情况以后,心中已然有数。
他担心专案组为了邀功,故意曲定三十余万元的性质。"变相"一词,学
问很大,很深。等于既判定罪名成立,又没有判定直接就是贪污受贿。
而那位从外省调来的纪委书记倘若缺乏明察能力,或也有心通过此事显

示政绩,那么周兴文就惨了。因为老百姓普遍对变相的腐败深恶痛绝,正如消费者普遍对贴着合法商标的假冒伪劣产品憎恶一样。他的担心还不止于此——对周兴文的最终处理,势必首先经过省委常委讨论,然后移交司法部门按罪定刑,而不是像有些老百姓以为的那样司法程序在先地反过来。省委常委中会不会有人替周兴文说句公道话呢?官场经验告诉刘思毅,那是根本不会的。如果事涉生活作风,可能还会有人不避包庇之嫌,主张从轻发落。而一旦事涉钱钞,常委们的避嫌顾虑那就多了。即使心存质疑,往往也都闭口不谈。挺身而出,仗义执言之人、之事,在官场上是决然少有的。谁若面临罪名嫌疑,还没等成为事实呢,同僚包括平素好友,便都避之如避瘟神了。无人落井下石,已算幸运。也可以这样说,官场无情义,无朋友,仅有关系。而仗义执言,又绝非官场上那种关系下的明智行为。正因为刘思毅将这一切都已看透,他觉得自己有责任给从外省调来的那一位纪委书记写一封信。他料定,周兴文之事如果处理得不慎重,日后必将连累省委和司法部门陷于被动。而他对周兴文这位省委宣传部副部长惜才爱俊的心理也是有几分的,但并不是他首先予以考虑的。在党的威望和某一个人的个人下场之间,不管那一个人是才俊抑或只不过是平庸之辈,他都不会本末倒置地将某一个人的个人下场摆在首位来进行考虑。有时候看起来是为某一个人的个人下场是否公平而决定做什么和怎样做的,但那又只不过是表面现象。归根结底,实际上还是为党的威望会怎样才决定的。比如周兴文这一件事,在别人,也许会从表面现象得出结论,以为他的做法是为了周兴文。甚至,如果"亲爱的淑敏同志"知道他将自己关在书房里正打算写什么,也会以为他的做法纯粹是为周兴文,为对得起周兴文以前对他的那份忠诚和崇拜。其实不然,连"亲爱的淑敏同志"也只能看到表面现象。归根结底,在他的头脑之中,首先考虑的是倘若处理不当,党的实事求是的形象日后是否受损的问题。而如果这种担心并不存在,那么不管周兴文以前对他多么忠诚多么崇拜,他都不会坐下来写现在正要开始写的这样一封信。他的思想,他的意识,已经差不多百分之百地与党的一切利害重叠在一起了。这是他与"亲爱的淑敏同志"之间的巨大差别,也是一种隐性差别。在"亲爱的淑敏同志"的头脑里,"党"这一个字出现的时候并不是太多。而在他的头脑里,每天二十四小时,除了睡觉,"党"这一个字不出现的时候并不是太多。他太是一位忠诚于党的省委书记了,也太是一位了解自己的党的省委书记了。他对党的忠诚,是在对党具有了极其深刻的了解以后形成的,所以那是一种极其理性的忠诚。有时候他做一件他这一级别的高级干部不太会贸然而为的事,正是源于忠诚而理所当然地那样去做了。

此时此刻,刘思毅指间的一支烟已快吸完,面对白纸,却还一个字也没写下去。

毕竟自己已不再是这个家乡省份的省委书记,已经调往北方的省份去当省委书记去了,那么凭什么资格给是自己家乡省份的省纪委书记写信,对周兴文的事提出个人看法? 这样做名不正言不顺啊!

那么,跟这个家乡省份的省委书记在电话里谈谈呢? 他当家乡省份的省委书记时,对方是省长,他们相互配合得很默契,关系也算不错。

但现在对方也是省委书记了啊,同样都是省委书记,自己的做法还是存在一个被诘资格的问题。

正犹豫着,妻子走进来了。

她告诉他,电话一一打过去了,对方都挺高兴的,约定初三的下午三点钟,一起来看望他。见他面前铺着纸,手中拿着笔,奇怪地问:"你想写什么?"

他笑笑,说不想写什么,只不过想回忆起几个电话号码,记下来一会儿告诉小莫。

妻子说:"我看,你还是再睡一会儿吧。今天补足精神,免得明天女儿来了,你少精无神的。"

显然,妻子不信他的话。

一个人一旦当官当到了省委书记,那他的头脑就根本不必再回忆任何电话号码了。那是秘书的头脑替他服务的事。这一点,对于"亲爱的淑敏同志"早已是常识了。

他说:"好。在家里,一切听夫人的。"

于是放下笔,睡觉去了。

到了晚上,刘思毅发起烧来。等到他自己有所感觉,妻子让他用体温计一测,已经烧到三十八度了。

她说应该及时去医院打一针退烧针。

他说不用啊,服几片退烧的药就会没事的。

刚这么说完,电话响了。妻子接听后告诉他,是小莫打来的——说北方那边省政法委书记请他几分钟后务必亲自接听电话,有要事紧急汇报。

他不禁"哦"了一声。

按说,大年初一,应该是他这一位省委书记亲自值班的。他当家乡省份的省委书记的五年里,年年如此。全国所有省份的省委书记们,也差不多年年如此。特殊情况另当别论。而现在,自己没什么特殊情况,却远在南方的家里,而且是在床上。

这使他心里顿时大为不安。

虽然没什么特殊情况,特殊理由那还是有点儿的——"淑敏同志"春节前几天刚出院,动了次清除结石的胆囊手术,属于小手术,可是小阿姨却已放走了。这就使刘思毅有点儿不放心,很想利用春节的几天假回来陪陪妻子……

他既有此心事,赵慧芝副书记岂能不知?

她说:"你放心回去吧。初一和初二,我都替你值班就是了。"

见他犹豫不决,又说:"我这个常务副书记替你值班,你还有什么不放心的吗?"

他确实没什么不放心的。

于是他现在就在南方的家里了。在床上了。

"紧急汇报"四个字,尤其在大年初一,足令一切官员不安。

为什么要进行"紧急汇报"的是政法委书记,而不是正在省委值班的常务副书记赵慧芝呢?

这使他好生奇怪。

经验告诉他,一位政法委书记向一位省委书记紧急汇报之事,那性质往往是异乎寻常地严峻的。

妻子从他脸上看出他的不安来了,不再说什么,不再问什么,默默将药瓶和一杯温水放在床头柜上,将床头柜上的电话更向床边摆近一些,一声不响地退出去了。

刘思毅刚服下药,电话铃响了。在这一位省委书记听来,那电话铃的响声仿佛与上午的前几番不同,似乎更急骤,更大了。

他一把抓起电话,果然是政法委书记的声音。

"刘书记,省里出事了。大事件。"

对方尽量压低着声音,但语调惝然。

"什么样的大事件?"

刘思毅的上身一下子挺直了。

"顺安县城里发生了大骚乱。也可以说,接近是一场大暴动。今天早晨,先是县城里的几百人围住了县公安局,要求严惩杀人凶手。接近中午的时候,又从四郊汇聚了几千名农民,涌入县城。现在整个县城已经完全失控,县委书记和县长不知去向,无法联系。而县公安局已经被砸了,公安局长和局党委书记据说成了暴民们的人质……"

刘思毅听得如坠五里雾中,他打断道:"请你从头说,我什么都没听明白!"

政法委书记说:"我自己也什么情况都不清楚。哦……还要补充一点,据说顺安县昨天夜里死了三个人……这我也是几分钟前才得知的,未经核实……"

"那么……你此刻在哪儿？"

"我在离顺安县八里远的公路上。我得知的情况是,几千人要沿着公路进省城。那么他们将途经另外两个县,万一另外两个县也有人加入他们的群体……今天可是初一,所以我率领省里的全部公安干警封锁了公路……"

"你……"

刘思毅打断政法委书记的话,想说一句什么批评的话,可是仅仅说出一个字,就不知该说什么好了。大年初一,对方尽其职责地堵截在北方冰天雪地的公路上,而自己却在阳光明媚的南方,在家里,在床上,还有什么批评的话能说得出口呢? 对方除了采取那一种应对措施,另外还有什么别的对策可以选择呢? 那已经是唯一正确的做法了呀!

"刘书记,刘书记,喂,听得到吗? ……"

电话那端,传来对方的大声呼叫。

"我在听,听得很清楚。我问你,赵副书记不是今天在值班吗? 她为什么不直接向我汇报呢? "

刘思毅此身哪里还能安卧床上! 他已经下了床,一手捧着电话机在床边来回走动,将电话线拖了一地。

"赵副书记不在办公室,不知到哪里去了! "

"不知到哪里去了?! 岂有此理! ……"

电话那端,忽然听不到对方的声音了。

"喂! 喂! ……"

刘思毅也大声呼叫起来。

然而听筒里只有电波微小的嗡嗡声在响着了。

刘思毅发了一会儿愣,缓缓将电话机放回床头柜上。

他一转身,见妻子伫立门旁,正呆呆望着他。

他镇定了一下情绪,低声说:"替我准备准备,再替我通知小莫,我得回北方去。"

她问:"什么时候?"

刘思毅说:"现在,立刻。"

她也愣了一会儿,又说:"可你们连机票都还没买呢!"

刘思毅已经脱下睡衣,开始穿他从北方穿回来的那一套衣服,一边穿一边说:"让小莫和我到机场去买票,买到哪一班的上哪一班……"

"那,明天女儿来了,我怎么替你解释?"

刘思毅看她一眼,有些生气地说:"有什么可解释的? 让她理解就是了!"

"初三,怎么对你约的那些人说?"

"还要等到初三吗? 我走后,你就替我通知他们别来了呀!"

电话忽然又响——还是政法委书记。对方说他刚才是用自己手机打的,手机没电了。说现在还是用手机打的,别人的。说自己一得知情况,立刻就与赵副书记联系,可她既没在办公室里,也没在家里,无法联系上。而其他领导们,凡是在市里的,都聚齐了,开过了一次紧急会议,自己是在执行紧急会议的决定。现在,所有省市领导都已在岗位上了,有的已经前往顺安县城里去了……

刘思毅打断道:"好了,不必再说了,我现在就赶回去。我登机前会通知你的,你这部手机的号码已经显示在我这部电话上了。你要派一辆车在机场接我!"

当他放下电话时,见妻子已在替他整理皮包了……

第七章

酣睡着的男人像一只大黑蜘蛛。

如果他有四只手臂四条腿的话,就更像了。

世界上有千余种蜘蛛,它们的大小和颜色都不同。有的有条纹,有的没有;有的有毒,甚至有剧毒,可在几分钟内以其毒令人速毙。而有的无毒,看去样子很温顺的,大人和孩子都可以养了当玩物。闲来无事,放在手上,任其顺着胳膊遍身爬,不失为一种取乐。稍加"培训",令进则进,令退则退,尤为有趣。

这一个酣睡着的男人,这一位金鼎集团的董事长,这一位"最具儒商气质和精神"的"儒商",此时的睡态确乎像一只大黑蜘蛛。他脸朝下睡着,搂抱着他的女人郑岚。而郑岚仰躺着,睡得香沉。大多数人是不习惯于仰睡的。郑岚却自小就养成了仰睡的习惯。通常她仰睡的姿态几乎是身体笔直的,两条手臂贴在身体两侧。仿佛一个人在立正着的时候被别人使了定身法或被点了穴或被催眠者催眠了,然后扳倒放平在床上了似的。这乃是因为,是她家乡的那个农村的母亲们个个相信的一种做法,如果在女婴们睡觉时将她们"打包",则她们长大后必会出落得身材高挑苗条。而所谓"打包",便是将女婴们的小胳膊小腿顺得笔直,用块布不松不紧地包裹起来,只露头脸,还要用三条布带扎上,以防止她们将包布蹬蹿开来。那一种做法,可想而知,其实是和包裹小木乃伊差不多的。倘夏季,包裹完毕,将女婴们拍睡了,就那么脸朝上一放。天凉的季节,加盖小毯子或小被子。那个农村的母亲们对自己女儿们的这一种做法,体现出一种普遍的心理——都希望自己的女儿长大后是一个好身材的女儿。容貌好身材也好的农村人家的女儿,在她们的逐渐具有了商品意识的父母眼里,越来越被视为是"原始股"了。从前中国的农民们和他们的妻子的头脑之中,基本上是没有什么商品意识的。一年到头用辛勤汗水换来的只不过是微小的工分,平日连整元的现钱都见不着。盼到年底,工分换算成了分到各家各户的粮食,倘居然还能分到少得可怜的一点儿现钱,便谢天谢地。有时还分不到,还倒欠。活在那么一种年月里的中国农民和他们的妻子们,头脑里又怎么会有什么商品意识呢?至于这个股那个股,更是闻所未闻了。不要说从前的中国农民,从前大多数的城里的人,也是连听说都没听说过的。所以从前的中国农民们和他们的妻子们,添了女儿每觉是一件沮丧之事,重男轻女不但自然而然且理所当然。女儿,她对父母,她对家庭,又有什么用处呢?长到十八九岁二十来岁,那就必得出嫁了。一旦嫁出去了,那就意味着是别人家的人了。想想十八九年二十来年,女儿的吃,女儿的穿,靠的都是自己的汗水,便觉得很亏。故女儿们出嫁之前,势必在彩礼方面与亲家计较来计较去的,以期多讨要点儿彩礼,少陪送点儿嫁妆,弥补抚养之损失。也有穷得没什么嫁妆可以陪送的,或虽并没穷到那般地步,却妥赖舍不得陪送的,便要挟亲家必须替自己的女儿备齐这样那样的嫁妆,背着人送到自己家里。待女儿过门之日,再随人而去,权当是自己作为父母替女儿早已备置了的。穷归穷,计较归计较,当众所要的那份脸面,总还是特别在乎的。后来又形成了更买卖化的娶嫁方式,便是新娘子进婆家的院子之前,先要站到秤上去称一称自己的体重。就是村里称重物的那一种公家的台秤,用红纸裱糊一番,再系上一朵大红纸剪扎的花,于是就叫"喜秤"了。而新娘子上秤这一娶嫁的步骤，叫"称福气"。多少斤又多少两，由主持人当众朗声宣布。倘怪重的，自然引起一片啧啧称赞，意味着会将一种重量级的福气带入婆家，日后不仅自己的小日子必定过得芝麻开花节节高，还必定会添旺于婆家的生活。而为父母者，那时便笑得合不拢嘴，因为女儿本重的斤两，关系到日后自己们将从亲家手里收讨多少"迴福钱"。也就是一种利益返还的意思。却不能叫"返福钱"。——"返"都"返"转去了，男方家里不高兴。也不能叫"还福钱"，因为男方家里本不欠女方什么"福"的。那个"迴"字呢，还不能写成"回"。倘被错写成"回"了，那是非改成"迴"不可的。主要是男方的家里人会坚持非改成"迴"不可。因为"福气"这种东西，依村里的人们看来，是无情无义无牵无挂无心无肠去到哪儿算哪儿的东西，倘带来了却又没几天回去了，还能指望它再次光临么？"迴福"则意思不同，含有循环于两亲家的诉求。这一个字的讲究，证明村里当年那还是有文化人的。只不过那文化人是一个被政府改造过的善测字算命的老人家。按说论斤过秤，且有钱物方面的结算，似乎也是符合商品意识的。但农民们自己却不那么认为。他们也不懂什么意识不意识的。他们只将那一切做法叫"老规矩"或"新规矩"，并且尽量使之体现出平等的一视同仁的原则。比如"称福气"这一程序，并不因新娘子的容貌怎样，身材如何，单眼皮儿还是双眼皮儿，肤白抑或肤黑，而刻意地分成三六九等。一律以体重的斤两结算"迴福钱"的多少。做法上如此统一，基于这样一种一致的思想：倘分成三六九等，对于其貌不扬的，无疑等于是一种歧视，一种羞辱，一种伤害。这样一致的思想，简直不能不说是很人性的，很人文的。既然做法统一，思想一致，原则平等，女方亦即新娘子的父母，当然愿意女儿往"喜秤"上一站时，体重更有分量些。有的人家，甚至在女儿做新娘前几个月，就很明智地不再让女儿干这干那了，怕被累瘦了。吃饭时，还要鼓励女儿多吃几碗，往往这么对饭量小的女儿说："不多吃点儿怎么能胖点儿呢？若再胖点儿，过喜秤时，不是自己体面，父母和家里也跟着体面么？"——如此这般的一鼓励,饭量小的女儿,也就一鼓作气,很要强地再吃下些饭了。于是早年间,那个村里,待嫁的大姑娘,是以胖壮为"好人才"的标准的。这一标准,连男方家里都是认的。因为一个胖壮的新媳妇,只要调教得当,家里地里,干起活来便肯定的是一把好手。倘儿子并不承认胖壮的媳妇是好媳妇,便往往遭到父母的严厉训斥,说:"那种长胳膊瘦腿细细个腰的小女子,能往家里娶么?娶进门了那又能干些什么活儿?不能干活那又有什么用?当摆设呀?白养着呀?我告诉你小子,白养着她还会给你来个招惹是非呢!那不是永无宁日了么?!……"倘谁家当儿子的被父母如此这般地训斥了之后还不端正婚姻思想,便有三亲六戚或村里有威望的长者前来齐心合力地予以拯救,而择爱眼光仍顽固到底者,那么最终将必被宣布为"好色"无疑了。"好色"一向是登徒子们的专利和特权,彼们最有那种资格和资本。并非登徒子,只不过是一未婚的青年农民,却偏偏一点儿自知之明都没有地好起"色"来,下场可想而知,连个原本瞧不大上眼的胖壮型的媳妇也娶不上了!你自以为肯于降低标准了,人家胖壮型的姑娘家还不肯降低标准呢!你小伙子降低的只不过是对象的外表标准,人家姑娘家要降低的,却明明白白的是对你的心灵标准的要求。"好色",还有比这么一种差劲儿的心灵更差劲儿的心灵么?是可嫁,孰不可嫁?于是达成默契,都不肯嫁给心灵有问题的人了……

但是后来全村的父母们对自己女儿们的价值观念,受到了一次冲击力很大刺激性很强的教育:村里有一家的女孩,其实是个养女,在六十年代初"三年自然灾害"的年头里,被省歌舞团的人物色中了去当文艺学员。那是件极偶然的事——省歌舞团团长的夫人,到附近一个村为祖父母迁坟,所乘的一辆县里的破吉普车经过这个村时爆胎了,不得不在女孩儿家住了一宿。养父母饿得浑身无力,哪有份儿好心思招待投宿的省城里的女人呢?于是一概起码礼数方面的事情,都由十五六岁的女孩儿默默地做了。而女客人的一双眼,将她瞅过来瞅过去的。第二天上路前,对她父母说:"想不到这么穷的一个村里,有这等出众的一个女孩儿埋没在你家里！"

那养父母，就有点儿听不明白女客人的话了。在他们眼里，那女孩儿非但一点儿也不出众，而且还是他们的一个愁呢！长胳膊瘦腿细细个腰，天生就那么的瘦，又赶上灾害年头，一天只吃两顿糠菜之饭还吃不饱，更加瘦得可怜。都十五六岁了，再过两年该出嫁了。要是那时灾害年头还没过去，可怎么往"喜秤"上站呢？女客人就好言安慰他们，说灾害年头总是会度过去的，中国人总会熬到能吃饱饭那一天的。说他们的女儿嘛，出众就出众在那两条腿上了，多瘦多直的两条腿啊！看去一点儿多余的肉都没有！都快饿得皮包骨了，哪儿还有什么多余的肉可言呢？又说，看这小蛮腰！看这一双修长的胳膊，天生是跳芭蕾的坯子啊！那养父母，何曾听说过"芭蕾"二字呢？不懂。以为是虚头巴脑的夸词，竟起嫌恶之心，也不搭言，唯盼着女客人快快离去。以至她末了说是要将他们的女儿带走，乍惊继喜，连答同意同意。说他们的女儿那可确实是个好女儿，只要不是带走给关到"笆篱子"里去，那么随便带往哪儿去都行。依他们的想法，倘若灾害年头再久，女儿非和自己们一起饿死在农村不可。被一个城里女人带走，兴许还有一条活路。于是那女孩儿就被带走了。临出家门千不情愿万不情愿，哭哭啼啼，以为养父母狠心不要自己了。很长一段日子里，那养父母不敢对别人说那事，怕别人们起疑心，怕别人们胡乱猜疑自己将养女卖了。那年头，亲生父母卖女儿的事屡闻不鲜。物质极端匮乏的年头，过剩的只有人，卖也卖不出个好价。即使有个如花似玉的女儿，那也卖不出个好价。二三十元就能从农村领走一个大姑娘，哪怕对方是不认不识的一个人。自然，村里人后来还是知道了那件事，也难免地刻言刻语地议论一阵子。卖的是养女，不比卖的是亲生女儿，村人们认为是不仁不义之事。到了一九六三年，灾害年头终于熬过去了，农村人的日子渐渐恢复点儿了生气。忽然有一天，那女孩儿从省城回来了，居然还有县里文化馆的人陪着！居然还是坐县里的吉普车回来的！年景好了，县里也鸟枪换炮了，当年破旧的吉普车换成新的了。那女孩的回村,遂成一件风光十足之事。而且呢,长高了,白皙了,漂亮了。那一种漂亮,太超出于村里人的想象了。用现而今的说法,当叫作是"倩",是"靓",端端地变成一位光彩耀人的小"丽人"了!令村人们尤其村里的大姑娘小媳妇以及母亲们目瞪口呆的,方方面面姑且不论,单说那一双腿,那一双脚上穿了高跟鞋的腿,那个长!那个直挺劲儿的!用什么"亭亭玉立""玉树临风"之类的古词加以形容,真是一点儿也不过分,一点儿也不夸张,再恰当不过的了!而且呢,还当着大小女人们的面儿,将一条腿缓缓一抬,抬得老高,接着不知怎么一来,贴身竖起,使一只穿着高跟鞋的脚都举过头顶去了!单腿站立着,竟稳得纹丝不动。凡看见的人,不论男女老少,包括她自己的养父母,皆看傻了眼了!

人家是回村来向养父母报喜讯的——说又被北京的一个什么舞团从省城里挑选中了,不日将成为首都北京的什么界的新苗了,而且呢,以后还少不了出国去演出的机会。养父母自是乐得合不拢嘴,眉开眼笑喜滋滋不住口地对人说:"做梦都不敢想,我们女儿会托福在她一双腿上!哪儿承想一个丫头片子,一双腿有这么要紧呢?"

而村人们,一个个只有暗自嫉妒的份儿。在人家那凭着一双腿出息了的女儿面前,别人家的胖壮的女儿们自惭形秽了。别人家的父母们不由得不进行反思了。

那侥幸成了芭蕾舞演员的农家女,在是自己故乡的一个村里刮起一股羡腿的旋风之后,给养父母留下些吃的穿的,还留下整整五十元钱,就回省城去了。她说她一回到省城紧接着就得准备赴京报到;她说她一去到北京,紧接着就得准备出国演出;她说她一在北京安顿下来,就会再回到村里将养父母接到北京去安度晚年……

腿……

整整五十元钱……

北京……

安度晚年……

村里一些家有小女儿的父母,从前重男轻女的观念被冲击得落花流水一败涂地!

他们何曾重视过自己女儿的腿!如果是儿子的腿,他们倒还是极其重视的。腿若瘸了拐了的,一个儿子不就废了么?但女儿的腿,即使落下了什么毛病,那也不过就是择婿时降低条件的事儿呗!他们当然也不愿女儿的腿有什么问题,却从没料想到一个农村女孩子的双腿,还能给她自己带来一步登天的好命运,还能给她的家带来惊喜……

他们谁都没有一次就从自己女儿手中接受过整整五十元钱!那年头还没有百元大钞,伍拾元的也没有,拾元的在农村也少见,一元的钱就是大面额的钱了!整整五十元啊,想想吧,五十张一元的钱啊!够花多少日子啊!而且还是养女给养父母的!……

他们何曾梦想过有朝一日自己的女儿将会成为一个北京人?!

又何曾梦想过自己老了的时候居然可以到北京去安度晚年?!

那冲击波实在是太强大了。根本就可以说是一种刺激,一种凶猛又暴烈的刺激。教育人的效果近似于将人乱棒毒打一顿。于是家有小女儿的父母,看着自己的女儿,确切地说是看着自己女儿的双腿,每每发呆发愣地寻思——怎么样才能使它们变得也很长也很挺直呢?他们明白那是和天生也就是和遗传大有关系的一件事。但梦想属于精神、心理和意识形态的范畴,一向不甘于被科学尤其是遗传学的普及知识所限制。尽管和天生有关,后天的某种措施,总归还是能起些作用的吧?中国人特别是中国的农民,不是常将"人定胜天"四个字挂在嘴边的么?只要想对了某种措施,说不定便会起神奇的作用,便会有意想不到的收效……

然而却并没有谁真的将那"某种措施"想出来过。

到了一九六五年,人家那是养父母的一对夫妇的养女又回到了村里一次。这一次回来更是风光有加了,开进村里的不仅仅是县里的一辆吉普车了,后边还跟随着一辆小轿车了。县里的吉普车,等于是一辆开道的车了。人家那出息了的养女,是坐在后边的小轿车里回来的!还领回来一位英俊帅气的小伙子,说是北京的什么大官的公子。还有县里的两位领导相陪着回来。回来接养父母去北京的……

有那村里的勇于豁出面子的人,就恭恭敬敬地讨教——如何才能使女孩儿的身材长得苗苗条条的,并使女孩儿的腿长得又长又直?他们已然确信她是专家了。既然她说她的同行们全都和她一样,那么她一定是间接地知道些秘诀的吧?

她就笑了。说那首先是遗传方面的先天条件。大概是出于安慰乡亲们的缘故,又补充说也还是有一些后天使然的方法的。说和她是同行的那些女孩子们,许多都承认,她们自小是被"打过包"的,为的是使她们的腿长得较为符合理想。从一出生以后就那么做,起码一双腿会长得很直……

她也不过就是姑妄听之、姑妄言之而已,纯粹出于安慰性的目的,对那一种做法的真实与否,没太怎么想过的。

然而她接走了养父母以后,一个现实得没法不使人信服的神话留下了。

她本人是那神话的主体。

"打包"成了实现那一神话的措施。

何况她临走时还说,哪一天她在团里也有物色演员培养演员的资格了,一定经常回村里来,将本村符合条件的女孩儿多选走几个。

那也纯粹是出于安慰性的目的,仅仅那么一说,坐入小轿车里立刻就忘了的话罢了。

但她的话在村人们听来,意味着是一种郑重的承诺和保证似的。

而什么承诺什么保证,一旦和既是神话也是事实的事情联系在一起,便使那神话具有了可持续的仿佛永不破灭的性质。

于是从此以后,谁家再生了女孩,就都学习着对她们进行"打包"了。

梦想变为诉求,诉求变为执著的追求。许多人家的父母,靠了那一种追求蔑视遗传学的常规,对之挑战。

再后来就天下大乱发生"文革"了。

然而即使在"文革"的十来年里,家生女孩儿的父母也没放弃过他们的追求。他们明白中国总不至于会一直乱下去,正如"自然灾害"毕竟会过去一样。而只要天下重新安定了,那个留下神话的人儿便会回来的。神话本身便会回来的。由一个神话而变为多个神话……

在全中国的农民们还都非常重男轻女的年代,那一个农村里的农民,反其道而行之,却都是有点儿重女轻男了。

梦想使然。

在全中国的农民们的头脑里还都没有什么商品意识的年代,那一个农村里的农民们的头脑中,其实已经有点儿初级的商品意识了。

神话使然。

只不过当年在自己们的女儿和金钱之间,他们还没有什么非分之想。

他们其实只不过希望通过女儿交换一种荣耀,一种心理的满足。只要女儿蹦出农村的广阔天地去了,纵使自己们一辈子仍将留在农村,亦大满足。

而他们的女儿,只不过想通过一双瘦而挺直的腿,改变是农家女的人生而已。

郑岚的父母,正是在那么一种神话持续的年代里生下了她的。

那已经是七十年代末八十年代初的时候了。

郑岚她照例是从生下来没多少日子以后就被母亲细细"打包"过的。客观地说那对于婴儿的成长等于是虐待。小胳膊小腿自由自在地伸展,那该是多么符合活物天性之事。就算是一只小甲虫吧,倘被包扎住了动弹不得,那一种无奈又无助的苦楚也是可想而知的呀。何况是一个小小的人儿。睡着还则罢了,最难忍受的是睡醒了。屙了,尿了,小屁股被屎糊住着,被尿湿浸着,却仍动弹不得。更如同受刑罚的是夏天,苍蝇落在脸上,在眼角那儿嘬食眼屎,蚊子叮在脸上,贪婪没够地吸血;或有小虫子往耳里爬。那只有当成人生初期的苦难来饱尝。唯一能作出的抗议方式就是哭啼,往往哭哑了嗓子父母也没回来。父亲是很心疼她的,母亲一开始给她"打包",父亲便唉声叹气地说:"你啊,你就饶了她吧!她究竟有什么罪,要被你那么的折磨?"

而母亲却往往说:"我是为她将来好,将来她就知道该感谢我了。"

母亲是一个长腿的身材高挑的女人。

父亲也是一个高个子的男人。

有了这两方面的基因前提,母亲料定女儿的身材日后必是理想型的,于是每次给她"打包"时格外认真。那通常是她被奶足了奶以后。婴儿一天得吮六七次奶。奶前她有六七次获得解放的机会;奶后被父母逗着玩乐一小会儿,就该被"打包"了。那情形很像是包粽子,也像是捆扎蟹子。只不过包粽子用的是竹叶,不是布片。而螃蟹是被赤身裸体地进行捆扎的。"打包"完毕,一个婴儿几乎就是一个活的小木乃伊了。尽管是婴儿,被"打包"的苦难经历得太多了,对于"打包"这一件事,往往也会产生本能的条件反射那一类的恐惧和反抗。而反抗是无济于事的。对于她的恐惧,母亲也是予以怜悯的。母亲对她的怜悯,通过半哼半唱地说些温爱的话语来表达。等她一岁多了,听得懂母亲的只言片语了,于是知道那些话语所表达的意思大致是——妈妈是多么爱你,所以才对你这样。等她两岁多的时候,临睡前母亲再给她"打包"时,就开始对她讲那个发生在村里的神话了——从前咱们这个穷村子里有一户很穷的人家,他们家的女儿因为有一双出众的腿,所以不但自己日后出息到北京去了,还将父母也接到北京享福去了。而北京,是天堂。妈妈现在为你打包,也是为你将来有一双出众的美腿,也是为你能有那样的出息……这么复杂的内容,才两岁多的小小孩儿理解起来是困难的。但什么话架不住天天讲,月月讲,每天数遍地讲啊!结果是到她快三岁的时候,已经完全能理解那一个神话的精神了。而且,似乎能从正面的意义接受"打包"这一件事了。仅仅"打包"是不够的,还须施加以思想的影响力。这是郑岚的母亲与村里别的女孩儿们的母亲的不同之处。那时"打包"已不再是令那个小小人儿恐惧的事了。一则习惯了,二则苦难的性质大大减少了。父亲为她编了一只柳条的睡篮,她睡在里边时,其上罩一块纱布,苍蝇蚊子和小虫无法再骚扰她了。而最主要的是,快三岁的她一旦理解了那神话的精神,主观上竟变得情愿被"打包"了。如果世上有天堂,如果现在被"打包",将来就可以去天堂,为什么偏不呢? 当那个神话的内容被概括得更加简单明了以后,它成了一个三岁左右的女孩儿最初所理解的真理,或曰一种教义。她头脑的接受能力和理解能力,通过"打包"过程中母亲话语的不厌其烦灌输,分明也呈现出了早熟的迹象。以至于母亲认为,快三岁了,可以满地走了,不必继续"打包"了,她自己却小嘴吧吧地尽说些主动请求"打包"的话来了。

"妈,我困了,打包。"

说这种话时,小女孩已经乖乖地躺着了,一双小腿自觉地伸直着,两条小胳膊也顺贴在身子两侧。

"都往三岁长了,别打了。"

倒是当妈的,不怎么再愿做那一件麻烦事了。因为当妈的早就开始对神话产生怀疑了。别人家的女儿成了北京人,那是别人家的造化。别人家的祖坟冒青烟了,羡慕归羡慕,自己也死心塌地期盼着,分明是很傻的吧?

"打嘛。"

然而小小的女儿却特别固执。

"打包有什么好?"

"……"

"说呀! 不说不为你打包。"

"就好。"

"我让你说怎么好!"

"腿直。"

"生在农家,长在农家,命里注定了将来是个农村女人,腿直腿不直的,有什么要紧!"

小小的女儿就又不说话了,而且呢,眼泪汪汪的了,仿佛母亲成心逗她的话,是对她的自尊心的故意伤害。

如果父亲在旁边,父亲就听不下去也看不下去了,便斥责母亲:"你又惹孩子不高兴干什么呢?她愿意打包了,你就快些给她打吧!没见孩子已经困得直合眼了么?"

往往地,母亲为她打包时,她又一合眼就睡着了。

小郑岚被"打包"至三岁时,母亲决然地放弃了作为母亲的那一种不切实际的追求。

然而小小的女孩儿自己并不放弃。从能听懂大人的话起就被天天往耳朵里灌输的一些话语,一经在儿童的头脑之中形成为思想,那也不是说改变就可以轻易改变得了的。母亲不再为她打包了,她开始学着睡前自己为自己打包。然而别说是一个孩子,就是一个大人,若想睡前自己将自己打起包来,等于企图自己将自己捆绑起来,那又谈何容易!才三岁的小女孩呀,看着她睡前自己折腾自己,坐在炕上,左包右包,顾得了下身,却奈何不了自己的上身,束手无策一筹莫展的样子,真是一件令大人伤心之事。在那种自己折腾自己的过程中,她居然茅塞顿开,创造出了能将自己包裹起来的聪明的办法。说起来那也是一件极其简单的事。但对一个三岁的小女孩儿,却显然体现着智慧了。她在睡前将小被单或小被子铺在炕上,将小枕头摆好,之后仰躺在小被单或小被子的一边,双手扯住一角,一滚一滚又一滚,连滚数次,自己就将自己松紧适当地包裹起来了。渐渐地,掌握了滚的技巧和规律,滚儿次即可心中有数了。小枕头摆在炕的什么位置正好,预先也学会目测了。既不会滚歪又不会滚斜,身体被包裹起来的同时,头往往也准确地落在枕上,于是大功告成地安然睡去……

夏天滚的是小被单,冬天滚的是小被子,不厌其烦,全靠小小心灵中一个不泯的梦想支撑着。

一直到上了小学四年级十一岁以后,她才告别了那一种睡法。凡事功夫不负有心人。母亲在她身上所下的功夫,她自己在自己身上所下的功夫,以及父母遗传基因和赶上了一个能吃饱肚子的好年头四方面的综合因素,使小学四年级的小小女生郑岚,与同龄的本村女孩儿和周边村子里的女孩儿相比,身材的修长成为一个一目了然的无可置疑的突显的优势。当然,才不过是一个小学四年级的小小女生,即使身材修长,那也还是谈不上什么美妙的,只不过修长而已。但仅仅此点,已使她每每暗自得意。与别的女孩儿们在一起时,心中常有鹤立鸡群般的骄傲,而别的女孩儿往往也以又羡慕又嫉妒的眼光那么看待她。

当年那个后来幸运地成了北京人的姑娘,却没有再一次回到本村过。女孩儿们的父母和已经长到了懂事年龄的女孩儿们,全都恍然大悟了——那一件事对于这一个村子,只不过是一件百年罕有的幸运之事罢了,其实毫无典范的性质。于是"打包"之风也就由兴而衰。小郑岚那一代本村的女孩儿们,成为本村最后的一批实验品。全村女孩儿们的平均身高和腿长,与从前的年代相比,倒确乎是增长了。但明白人谁都明白,主要还是因为能吃饱肚子了。

然而小郑岚还是以自己那双使她鹤立鸡群的腿而自豪和骄傲。这一点竟成为她努力学习的促动力。好比一名马拉松运动员在第一个十公里处遥遥领先了,于是对夺取金牌甚至突破纪录信心百倍。

"打包"这一件事,基本上也养成了郑岚终身不改的睡姿。就是那一种仿佛立正站着,结果被催眠了或被使了定身法之后放翻推倒,移置床上的睡法。想象一下在魔术舞台上魔术师们表演女郎升空时,某一个中国的女郎或外国的女郎被催眠后那种顺条笔直地躺在魔术台上的情形,便完全是郑岚一向的睡姿了。对于女人,那无论如何不能说是一种不雅的睡姿,却又无论如何不能算是一种常见的睡姿。无论男人还是女人,仰睡时总会有一只手臂是轻放在身体的哪一个部位的,双腿也不总是并拢着。但仰睡时的郑岚,不但将双腿并得很拢,伸得笔直,两条胳膊还贴紧在身体两侧,而且呼吸极其轻微,轻微得丝出丝入,很难使人看出胸脯有所起伏。这会使猛见她睡着时的样子的人吃一大惊,怀疑她那时究竟是睡着了,还是已在睡眠状态之中静静地死去了。她的那一种太过规矩的睡姿,就曾吓着过她高中和大学的同宿舍的女生。后来她们一致地认为,她是属于那种哪怕斜靠一根扁担都能安然入睡的人。除了她高中和大学的女同学们,再除了她的父母,迄今为止,另外就只有一个男人见过她的睡姿了。便是王启兆这一个男人。至于那一个她家乡县城的县委副书记的儿子,还不曾和她发生过身体的实质性的亲密接触,他们的关系就已破裂了,自然连他也没见过的。王启兆第一次和她同床共枕,半夜三更醒了一次,拉亮台灯想吸支烟,扭头瞥见她竟那么直挺挺地仰睡着,也着实被吓了一大跳,烟盒和打火机同时掉在地上了。他自己也滚落地上,爬起来连退数步,呆呆地望着她,一时六神无主,几乎想逃离现场。壮起胆子走回到床边,俯下身去,将一只耳朵贴近她的口鼻,听到了她极其轻微的呼吸之声,脸颊也感觉到了她如丝一般呼出的气息;再定睛细看,见甜睡着的她那一张美丽的脸上淡晕染腮,梨窝浅现,是一种梦里微笑的迷人模样,一颗心这才定了下来。

这是怎样的一个可爱的女人啊!连睡觉都像天使那么一种睡法!只有初中文化的、在时代的商业游戏的种种空子和种种泡沫之中鬼使神差身不由己随波逐流懵懵懂懂而又逐渐学会了投机取巧的这一位大老板对有关天使们的文化知识知道的是少而又少的。他不知根据什么认为天使就该是像他所爱的这一个女人这么一种超常恬静安稳的睡法,而绝不会是一般女人们那一种曲蜷着身子的随随便便的睡法。在她之前,他真是见过太多的女人的睡姿了。尽管他内心里并不否认,有些女人的随随便便的睡姿,在他看来也是很优雅很美妙很可爱很令人怦然心动的,甚至在他的头脑里留下了难以磨灭的印象记忆,却还是觉得他现在所爱的这一个叫郑岚的女人的睡姿,是最具特色的,最个性化的,因而是最具有吸引力的——起码对于他自己是这样。

在那一个夜晚,他连吸两支烟,企图借助于尼古丁的镇定作用克制住自己愈燃愈烈的情欲而不将她弄醒,结果怎么也没能克制住,到底还是将她从熟睡之中弄醒了……

现在,也就是这一个大年初一的早晨,郑岚以她最具特色最个性化的睡姿睡得正沉。外面一派隆冬景色,冰天雪地,他们留给自己专宿的那一套豪华客房里却暖意洋洋,温度宜人,根本盖不住被子。尽管那种丝绵的被子又轻又软又薄,还是被王启兆的脚三蹬两踹搞到地上去了。但也不是彻底掉到了地上。大部分掉到了地上,一小半还搭在床上,盖住他的脚和她的脚。他们的身体自然都是不着一丝的。北方的女人,无论城市里的女人还是农村里的女人,如果是一个肤色白皙的女人,那么往往就会白得用"白玉无瑕""天生丽质"来形容。郑岚正是这么样的一个小女子。而北方的男人,像王启兆那么黑的却是较少的。他显然是一个例外。黑得有点儿不太像是一个中国人了,而像一个印度人或巴基斯坦人,总之像一个比中国离赤道近得多的国家的人。在广西或云南或贵州的山区,也偶尔见到像他那么黑的男人。当然,如果说他黑得像非洲黑人,那也是不实之词。说他像一只黑蜘蛛,更是夸张的形容的说法。特别符合他本人具体情况的那一种形容应该是——像一只灰褐色的大蜘蛛:就是花椒大料里树皮状的东西的那一种颜色的——大蜘蛛。他此刻的睡姿也是很具特色的,很个性化的,真的活脱像一只睡着了的那么一种颜色的大蜘蛛。与郑岚仰睡着的睡姿恰恰相反,在这一个大年初一的早晨,王启兆这一个男人是俯身而睡的。而他以前并不习惯于俯睡。他以前习惯的睡姿是右侧而眠。并且,怀里要搂抱着一只枕头。不搂抱着一只枕头那就无论如何也难以睡着。即使与女人同床而眠,即使刚刚与女人颠鸾倒凤云雨绸缪过,一旦困了,一旦想睡了,那也会翻转过身去,背朝女人,抱枕于怀,片刻之后发出鼾声。明明身旁有个女人,却让女人白白闲在一边,不搂不抱,偏偏搂抱着枕头,这在男女的床笫关系上是不太正常的。只要是一个对那一种特殊时候的特殊关系稍微具有一点儿人性化的意识的一个男人,大约都是不至于那样的。说白了,即使仅仅出于照顾对方情绪的考虑,那也要搂抱人家一会儿的呀。等人家也困了也睡着了,自己再翻转过身去搂抱枕头,也不迟的呀! 结果呢,是好几个女人第二天乃至以后对他颇有愠色,不怎么乐意理睬他了,仿佛他侮辱了她们。而他若希望和她们复蹈欢愉,她们似乎都态度冷淡了。王启兆认识的人是很多也很杂的,上九流中九流下九流皆有。其中竟还有一位是在大学里主讲心理学的教授,对弗洛伊德之学说很有研究的人士。有次他诚心诚意地向人家请教,问自己何以竟会在与女人们做爱之后有那么一种令她们有意见的不良表现? 他渴望心理学教授指点迷津的心情格外迫切。人家心理学教授听完他的话之后笑了。人家说:"王总,你的表现很正常嘛,不是什么心理问题。应该说王总你的床上表现比许许多多自认为心理正常的男人们的心理更加正常。"

他眨了几下小眼睛,心存疑窦地又说:"教授哎,你敷衍我吧? 别的男人们肯定不像我似的。如果十之八九,不,哪怕十之七八、十之五六的男人们的表现都和我一样,我还会这么诚心诚意地来向您请教么?"

教授则一脸庄重地说:"王总,我们相识的日子已不算短了,我对你这个男人,或者说对你这一类男人,自信那还是有些深刻的了解的。你并不爱女人,你也不太可能真正爱上一个女人……"

于是他和他的心理学教授朋友面红耳赤地辩论起来,极力表白自己是有一颗爱女人的心的。如果完全没有,作为一个男人他不是很不对劲了么?

教授说:"你是很不对劲啊! 如果你对女人的表现很正常,那你还来找我干吗呢?"

他说:"教授,听听,你又自我否定! 你刚才明明不是这种意思!"

教授笑了。教授连连点头道:"不错,不错,那话是我说的,两句话都是我说的。相对于你,我下的两个结论都是正确的。王总你这一种男人所爱的,只不过是一件接一件你们也叫作事业的事情罢了。但凡是一个男人,谁又不想拥有一份事业呢?如果那事业是发明,是创造,一旦成功,可以给许多人带来福音,为此孜孜以求,也是很值得的。可你们叫作事业的那些事,是发明么?不是。是创造么?不是。会给许多人带来福音么?不会。那都只不过是一种投机性质的事情,是一些最大限度牟取暴利的事情,掰开了揉碎了说,还是一些包括着这样那样的肮脏交易的事。即使你们把事情做得很大,很像一种事业的样子了,性质上都是对许多人的利益的一种破坏,只给你自己和一小撮人带来好处的。比如几年前吧,你将全市唯一的少年宫承包了。承包之后你都干了些什么呢?你把它装修改造一番,变成一处黄赌毒俱全的藏污纳垢之所了。算你走运,当年有人出面保你,被你轻而易举地滑过去了。接着你又干了什么呢?你把一家医院给拆迁了,在那一大片地皮上盖起了全市数一数二的高档商品楼,还起名叫什么'新贵豪苑',一批新贵们是谢你的,因为他们从此可以体面地住在本市理想的地段了。可是从那时起,一般市民们看病只能来来回回往郊区跑了,损害了他们的利益了。算你神通广大,如此这般的一些事,你干了一件又一件,于是财源滚滚。你所爱的只不过是那样一些事情。那样一些事情使你腰缠万贯,于是感觉特别良好。归根到底,你爱的是自己,桩桩件件的事情做来,只不过是为了一次次获得更加良好的感觉。而对于女人,你只不过需要她们。在你干你那些事干得不顺时需要通过和她们做爱的方式来减轻心理的压力;在你干得很顺终于干成功了以后,需要通过和她们做爱的方式来自我庆贺一番。就像一个重体力劳动者一天累下来,自己亲自为自己炒一盘荤菜,再饮上两盅,自己犒劳犒劳自己。重体力劳动者通过那么一种方式犒劳了自己之后,自然是倒头便睡的。你通过和女人做爱的方式犒劳了自己之后,自然也是那样的。我想将你做的那些事,比作是手电筒。而女人对于你,不过是一节节电池罢了。一个经常用手电筒的人,他一定会自己为自己预备多节电池的,以便于经常换。谁在往手电筒里换电池时,也对电池本身心生过某种爱意来着呢?如果电池不能使手电筒微弱了的光变得强亮了,谁扔掉它们时心生怜惜过呢?所以我说你这一类男人对女人们有那一种表现是很正常的。所以我认为我对你作出的第一种结论是很正确的。为什么第二种相反的结论也同样是正确的呢?这就牵扯到另外的人生理念了。比如什么是事业?人和事业的关系。这个世界上每个人每天都在做事情,但并不是所有人做的所有事情都配叫作事业。恐怖主义者也挖空心思来做一件接一件的恐怖之事,黑社会的大小成员也是,走私和贩毒集团同样,都想可持续地做下去,都希望越做越大,都企图建立一个属于他们自己的王国,都梦想由自己独断专行地主宰那样一个王国。他们所做的事情是否配叫作事业呢?我看是不配的。在这个世界上的大多数人看来,也是不配。只有他们自己认为是事业。你所做的事,虽然不属于那类显然被社会法理所不容的性质,但一多半是为了牟取暴利钻法律的空子的事。法律的空子那也不是那么容易钻的,也得有那一种本事,有那一种能耐。你有,还不小,所以不少人佩服你。我想你自己有时候也是很佩服自己的。我承认,连我也佩服你那一种本事和能耐。但一个事实是,凡是为了牟取暴利钻法律空子的事,性质上都是以损害社会利益为前提的。损害了社会的利益就是损害了大多数人的利益,同样,损害了大多数人的利益也就等于损害了社会的利益。对社会有益的事是相对的。对社会有损害的事各有各的危害。比如我们这一座城市,房价原本不是目前这么高的。是你们这样一些开发商,和一些相互利用的人以及一些企图通过炒房牟取暴利的人勾结起来将房价哄抬高了的。表面看那些手续那些过程似乎都合法,但实际上呢?你心里有数,明眼人心里也有数,你们在许多方面钻了现而今不健全的法律的空子。对社会的直接危害就是,使花上多年积蓄也有希望住上楼房的普通老百姓,希望成为泡影了。而我最终要说的是,这些明明不配叫作事业的事,一旦被你这一类男人当成事业了,一旦被你们认为值得为此付出人生的一切去做了,你们就被严重地异化了。异化到什么程度什么地步了呢?往往异化到了连男人们的最基本的最普遍的渴望都变异了的状态……"

"什么状态?"

趁着对方拿起烟盒要吸烟的当儿,王启兆赶紧插问了一句。他刚才被对方的话说得脸上红一阵白一阵的。若非二人之间既是朋友又是老乡的关系,非他欠过对方的情,他是绝不会老老实实地聆听对方的数落的。那岂止是数落,简直还是当面的批判嘛!对于听惯了阿谀奉承的王启兆,他的心理学教授朋友的当面批判,听来夹枪带棍的,令他心生极大的不满与不快。二人之间进行那一天的谈话的时候,他想搞金鼎休闲度假村的念头,才形成不久。那一天他还没认识郑岚呢。他上午去拜见了省委赵慧芝副书记。她听了他的汇报之后异乎寻常地兴奋,当即充满热情地表示了予以支持的态度。并且亲笔写下一封信,让他拿着去见市里的胡崇汉副市长。离开赵慧芝那里,紧接着他又去了市政府。胡副市长看过赵副书记的信,也显得异乎寻常地兴奋,甚至称赞他的念头是一个"价值连城"的思路,让他再想得仔细一些,尽快拿出个切实可行的具体方案来。说至于困难什么的,那都好解决。干成一件大事,哪儿能没点困难呢?困难还不都是人解决的吗?有省委赵副书记支持你王启兆,有我胡崇汉支持你王启兆,那么方方面面愿意支持你王启兆的人就会多起来。你养精蓄锐,就等着开始做起这一件大手笔的事吧!王启兆听了省市两位领导的话,内心里岂能不激动万分?对方竟比他还被那一个念头所兴奋,竟都当即表示了明确得不能再明确的支持态度,这是他没有想到的。如果他当天遇到的情况不是那样,赵、胡二位只不过以例行的官话敷衍了他几句;或相反,往他那念头上泼了些冷水,哪怕只泼了少许的冷水,他那念头也就会像此前的某些难度很大的念头一样胎死自己腹中了。要征占极大一片农田,要动员三个村子的二百余户农民迁走,又不是什么事关全面发展的重点工程项目,只不过是要建一座休闲度假村,理由之名不正言不顺是秃子头上的虱子明摆着的,所以他自己心里先就没底。而两位省市领导却说"都好解决"!离开胡副市长那儿,他一高兴,就来到了心理学教授的"爱的心情心理诊所",拖着人家陪他去吃午饭。二人来到一处幽静的小饭店,点了几样菜,要了两瓶啤酒,酒足饭饱,再回到诊所,已经是下午两点钟了。当时没有什么爱的心情发生了问题的人前来就诊,二人便摆起了龙门阵。摆着摆着,像目前中国许许多多大小男人们一样,话题自然而然地过渡到了男女关系,就像酒徒们喝着喝着酒必会猜拳行令那么自然而然。于是引出了二人之间以上对话……

教授刚刚将烟吸着,听了王启兆插空儿问的那句话,双唇紧闭,将烟严密地封在口中,以一种怪怪的目光凝视着王启兆,仿佛王启兆问的是一句特二百五的话,又仿佛自己是那只口叼一片鲜肉的乌鸦的后代,而王启兆是那只狡猾的狐狸的后代——历史的经验值得注意,所以干脆不开口,不使王启兆这一只狡猾的狐狸的后代阴谋得逞。

王启兆见教授那种古怪的样子,以为教授又在卖弄饱学的关子,只得以虚心求教的低姿态再问:"是争斗吧?"

教授的头一扭,嗫起双唇,并使之绽开一隙,一小缕一小缕地往外吐烟。

王启兆低头寻思着自言自语:"那你倒说对了。我这人是不爱争斗,可也不是被什么原因异化了,是天生的。江山易改,本性难移。"

教授终于将口中烟一小缕一小缕地吐尽了,转正脸,复又凝视着王启兆反问:"有一本法国的小说《红与黑》,你看过没有?"王启兆摇头承认没看过。

教授就简略地为他讲了讲于连那具有宿命的悲剧性的恋爱以及因而上了断头台的令人感慨唏嘘的下场。讲到动情处,便深深吸一口烟,照例是一小缕一小缕地吐尽了,才又接着讲。

王启兆不知教授的思想里深奥何在,虽满腹狐疑,却耐性可嘉地默听,不予打断。

教授终于在头脑里夯实了进行"友情启蒙"的思想基础,也终于吸完了那一支烟,将烟蒂按灭在烟灰缸里。他两眼咄咄逼人地盯着王启兆的脸,话锋一转,以得道高僧指点凡夫俗子的那一种口吻说:"王老板,请认真听了!"

王启兆连连点头道:"是,是,请讲,请讲,我一直在认真听着呢。"他表现出一种特别愿意聆听教诲的样子。那样子很卑恭,很虔诚。

他在一概的知识分子面前总是惯于作出那么一种样子,以使对方体会体会享受敬意是何等良好的感觉。其实,他内心里对大多数知识分子都是相当轻蔑的。他认为医生那就是医生,导弹专家那就是导弹专家。而所谓的知识分子,其实只不过是些既无专长亦无真才实学而又偏要装出满腹经纶以清谈玄谈冒充专长藉以蒙人的家伙。但是他从不流露出对他们的鄙视和反感。既从没在任何一位知识分子面前流露过,也从没在任何非知识分子的人士面前流露过。因为他明白,那样肯定会使自己这一个只有初二文化水平的人的心理表现显得可笑。而反过来,既对自己没什么实际的损失,还大大有利于树立自己的正面形象。一个人尊敬知识分子,即表明尊重知识;而一个尊重知识的人,本身也是值得尊敬的。人类社会的某些法则是颠扑不破的。王启兆也很尊重那样一些法则,并每每受益匪浅。

但是教授却一眼看穿地说:"老乡,你少给我装!以前你在我面前装就装了,我对你的一番番劝告,就当是我练嘴皮子了吧!我这个心理诊所开张的时候,你不是赞助了我三万元装修费吗? 这个情,我今天以免费进行心理指导的方式还你!你刚才不是问我,男人们的基本的习性是不是争斗吗? 现在我以心理学专家的身份回答你——争斗当然也是男人们的一种习性啰。但人是越来越文明的动物。普遍的男人们的争斗习性,也就越来越违背人类社会的文明要求。所以男人这一争斗的习性,渐渐转化为一种隐习性了。好比马戏团的老虎,只有张牙舞爪时,才像老虎。而静卧在笼子里时,只不过像一只大猫。以于连为例子,他身上有争斗的习性么?表面看他文质彬彬,在许多上流社会的人士面前都伪装出应有的敬意,但是他内心里的对抗倾向、争斗倾向是不言而喻的。他暗暗地与自己的出身争斗,较劲儿。一个男人,尤其一个青年男人一旦与自己的出身较劲儿,那么往往,社会和时代也就成了他的敌人了。上个世纪发生在中国和苏联的革命中,不乏这样的青年,保尔就是。如果于连所处的时代是一个法国的革命风行的时期,那么他肯定会投身革命的。保尔对于冬妮娅那一种有悖人之常情的态度,是他和自己的出身较劲儿的必然结果。于连对德·瑞纳夫人,对将军的女儿玛特尔的情感表现,也时时呈现出他和自己的出身较着劲儿争斗的必然反应,甚至在他放弃了上诉的权利踏上断头台时,面对死亡,他所竭力要表现出的比贵族还贵族的镇定、勇敢,都是为了要在心理素质方面与他既羡慕又鄙视的贵族们一争高下。扯远了,不说他们了。现在分析分析你王启兆王大老板,你刚才不是说你天生的是一个不喜欢争斗的男人吗?错。如果别人们这么看待你,证明他们太缺乏眼力了!如果你自己也这么认为你自己,证明你太不了解你自己了!事实上你骨子里是一个特别喜欢争斗而又特别善于争斗的人,你也是在为你卑贱的出身争斗,为你低下的社会地位争斗。当然了,我也是这样的。我说的也是我自己,从前的我……"

王启兆忍不住要发表自己的观点,他低声说:"我们那都是奋斗。"

他装得像一个胆怯的小学生终于鼓起了很大的勇气和对自己进行教训的老师抬一句杠。

表面上看,是教授在侃侃而谈,卖弄其所谓的"知本";而王启兆,是一个只配洗耳恭听,否则便是一个只有带着花岗岩脑袋去见上帝的人似的。而实际上情况恰恰相反,王启兆他是怀着一种耍戏对方的心理在表演愚钝。教授越觉得自己深刻,越觉得他愚钝,越认为自己的谆谆教导是一种责任,王启兆他就越觉得教授认真得格外好玩儿。反正他那一天下午没什么正经事可做，再加上心情愉快，逗一位心理学教授开心，那种感觉好极了。

教授听了他的话，眯起眼将他盯了几秒钟，那意思是你少跟我来这一套，我知道你内心里是怎么想的。

王启兆狡黠地笑道："你用词不当。"

教授也狡黠地一笑，说："我在工作时一向是很重视用词的准确性的。我是将今天和你这一番谈话当成业务来对待的。你和我，都是出身穷苦的农村人。你我能有今天，那是争斗的成果。在一个机会均等的公平社会里，个人取得人生成果的过程才叫奋斗。而在一个官本位的，到处是特权现象的社会，奋斗只配叫争斗。于连在法国所处的时代便是那样。我们在中国经历过来的时代也是那样。你对我讲过，你小学时曾是一名成绩优秀的好学生对不对？可哪一次评'三好生'评到你名下了呢？只消老师几句话的暗示，同学们就为村长的女儿把手高高举起来了对不对？你的成绩全校第一第二也不行是吧？学习方面你最有资格了，还挑不出你别的方面的毛病吗？你因为家庭困难只读到初二就辍学了，后来你就想参军奔一条出路，政审都过了，体检也合格了，眼看就可以穿上军装了，可别人在暗地里一鼓捣，军装穿到别人的侄子身上去了。不争斗行吗？不争斗你的人生能有今天么？……"

王启兆也不由得吸起了一支烟。直到此时，对方的话才真的有几句讲到他内心里去了。他于是忆起了做"倒插门"女婿那些屈辱的日子，媳妇是当初难以嫁出的一脸蝴蝶斑的丑女，岳父却还怕女儿一旦嫁出去了受窝囊气，于是招赘了他这个女婿。入洞房前他恨不得自己是瞎眼瞎，可是岳父在县里开的一家木材厂和三辆大卡车又命令他必须竭尽全力讨丑媳妇的欢心。媳妇不但丑而且脾气凶暴，他母亲病危了他急着"请假"回村去看看都没被准假，致使母亲临死前都没能跟他说上一句话……

王启兆回忆起那些往事心里一阵阵发酸，好心情顿时荡然无存，也一点儿都不觉得和对方的交谈纯粹是一番消遣了。

教授继续说:"苏联曾经是我们中国的老大哥,这一点你也是知道的。可老大哥一翻脸,成了逼着还债的讨债人,于是呢,中国人在那个年代就将'奋发图强'四个字写成了'愤发图强','艰苦奋斗'一句口号也成了'艰苦愤斗'。争斗也罢,奋斗也罢,愤斗也罢,一个国家也罢,一个人也罢,从正面来理解,其实意思都是差不多的,无非就是不甘心呗。无非就是毛主席早年说的那一点儿'精神'罢了。但是问题在于,人生有必要一直被那一点儿'精神'给搞得像一张始终拉满了弦的弓吗?如果始终那样,人就没有不被异化了的。无论男人女人,一被异化了,那就失去了作为人的意味了,完全失去了,人生就不算是人生了……"

教授正这么说着时,有两个女子同时来到了诊所,一个三十来岁,一个四十来岁,穿得都很入时,两张脸都花心思打理过,发式也都挺别致的。

王启兆第一次亲眼见到心理病人。两个女人结伴儿求治心理病患这一种事,不但使他觉得匪夷所思,而且觉得大开眼界。而两女子却根本不在乎他正以好奇且研究的目光看她们。显然她们是教授的老病号了,关系熟稔得已不像是患者和医生的那一种关系,倒像是串亲戚来了。一个说,自从受了教授的开导,再也不因离婚而痛苦了,心情日渐愉快了;另一个说,自从听了教授关于情人的新解,有不少感想,也仍有不少困惑,比如该怎样把握与情人的肉体之爱的次数才既不算贪欢无度而又可以细水长流有可持续性,在自己那儿就还是一个问题……

王启兆他毕竟也是一个阅历过众多女人的男人了,但像那两个女人"那样式"的女人,他还是宁愿退避三舍不去招惹的。他竟从令自己伤心的回忆之中一下子摆脱出来了,并且对教授心生同情了,觉得对方所从事的职业,委实是一种具有高度危险性的职业。依他想来,"那样式"的两个女人,是和"非典"病毒的危险性差不了多少的两个东西……

教授却眉开眼笑,一副对自己的专业特别自信胜任愉快的样子。他起身以充满了"爱的情感"的态度将自己的两位老病号轻轻推入了诊所里间。王启兆听到他在里间小声对她们说:"耐心等我一会儿,就一会儿。我处理完了外边那一个临时病号,时间就都属于你们了。你们可以在这儿先翻翻杂志,听听音乐,稳定稳定情绪。"

当教授从里间迈出,里间也同时响起了轻悠的丝竹音乐。

在轻悠的丝竹音乐声中,教授重新坐定,又叼上一支烟,并将烟盒朝王启兆一递。

王启兆伸出手刚欲接,不知为什么犹豫了一下,将手缩回去了。

教授嗔怪地说:"你看你,你看你,一支烟嘛,吸了就真能影响你的生死存亡了?你这种犹豫也是异化现象,叫'抗拒意识'。久而久之,连性能力都会受影响的。"

王启兆于是接过那一支烟,也吸了起来。想到教授刚才对两个"那样式"的女人说他是一个"临时病号",这会儿又说什么性能力不性能力的,他脸红了一下。扭头朝里间瞥了一眼,半边女人的身子立刻从里间的门旁闪了开去。现而今,些个大小知识分子,比如大学学子和文科教授们,谈起男欢女爱之性事,每每的像股民谈股市行情那么的有很多很多的话可说,些个官员们也是那样。倒是王启兆"这样式"的一个男人闻言常会忽然一下子不好意思起来。他太没有文化,他太怕别人们因为自己没有文化这一点瞧不起自己了。除了没有文化这一点,和其貌不扬这一点,他认为世上的眼有理由瞧不起一个人的方方面面,早已被他在自己身上打造得闪光锃亮的了。所以他进一步认为,一个有文化的男人,是不作兴热衷于性事话题的。然他此刻所面对的教授朋友,偏偏是一个三句话不离本行的男人。尽管对方并不是性病医生,而只不过是心理学教授。

因了隔壁有四只女人之耳,大老板王启兆不由得有几分扭捏不安了。

他没话找话地说:"你的生意还不错的。"

教授庄重地纠正道："我这不叫生意,叫业务。你干的那些才叫生意。我们继续。我刚才说到哪儿了?"

王启兆想了想,低声回答："说到'抗拒意识'和性能力了。"

教授也想了想,又纠正道："不对,我指的是正题,说到男人的争斗习性了。嗨,怎么扯到那儿去了呢!主要应该分析你对女人们的表现正常还是不正常,对不对?而且举到了于连举到了保尔为例。你这个人,你现在完全可以不再和你的出身你的人生你的命运进行争斗了。因为你的争斗,已经取得了成果……"

"那我还该干什么去?"

此时的王启兆,早已无心抬杠了。但也不甘心什么都没听明白稀里糊涂地就走了。对方有言在先,此一番谈话,抵消的是三万元的人情。如此昂贵的性价比,使他希望能起码带走一个关于男人的人生的明白。

"问得好。这正是你的问题所在。你想想,你要住别墅就可以住别墅了。高级轿车你已经有好几辆了。你国内国外银行里存的钱已经足以使你的人生具有绝对的安全感了。你还瞎折腾什么呀你?就凭你,再折腾能折腾成一位中国的比尔·盖茨么?就说人家比尔·盖茨吧,人家急流勇退,隐归二线了。人家那么大的事业,人家都拿得起也放得下。为了什么,还不是为了也留给自己一段可以享受享受的人生么?还是我刚才指出的,你干的那些,能叫事业吗?桩桩件件,十之七八,明里暗里的,都是靠了官员们的腐败干成的呀!我劝过你多少次了?你怎么就还不见好就收呢?你那张网已经织得太大了呀!凡事,太大了,也就隐藏着种种的大麻烦了。你还要折腾到哪一天为止呢?你煞费苦心编结的那一张网上,已经粘牢着太多的人了。你自己也根本就被你自己编结的网牢牢地粘住了……"

教授说到这里,将上身朝王启兆俯过去,压低声音又说："你就不怕你那一张网哪一天破了?这儿那儿的,从你万万料想不到的地方,哪一天破了一个边儿一个角儿的?那就会整张网全都松结了,好比一件机织的毛衣'秃噜'线了似的,你真的一点儿都不怕? ……"

教授的眼里,闪着一个恶毒的预言家眼里说那一番话时会有的那么一种幸灾乐祸似的目光。仿佛他的预言就要变成现实了,而他喜欢看到那现实。

王启兆内心里不禁寒气弥漫。教授压低了声音问他的话,他也曾同样自己问过自己。那通常是在夜深人静难以入眠的时候。那时候他往往倍感孤独,而且害怕。倘身旁并没躺着一个女人,尤其那样。但第二天一醒来,精力一集中到某一件必须做的事情上,就又变成了一个自信而有魄力的人了。

王启兆被烟呛得咳了几声,之后他按灭烟,红紫了脸抚着胸口说:"你给我说点儿正经的好不好? 你要是再没有什么正经话可说了,那我就走了。"

他说着抬起手腕看了看表。

教授将身子坐正,笑道:"有点儿不爱听了是吧? 我今天对你说的可都是金玉良言。点到为止。现在,我要对你说更加重要的话了,往不往心里听全在你自己了——依我的眼看来,又一个时代即将在中国开始了。什么样的时代呢? 一个倦怠的时代。改革开放多少年了? 从八十年代初算起,二十多年了。作为国家,天天在讲千万要抓住机遇;作为商家,天天在讲商场就是战场;作为国营企业家,天天在讲要把政策用足;作为私企老板,天天在琢磨怎么样合理避税;作为投资者天天在研究还剩什么投机的空子可以一钻;作为大学生,一迈入社会就开始做梦幻想着三十岁以前就成为百万富翁千万富翁;作为你们这样一些人,得逞了还想再得逞,暴富了还想再暴富,恨不得由你们有权来宣布,中国将永远处在原始积累的时代,于是等于同时宣布了你们的一切勾当都是合理合法的。凡此种种,人和社会和时代的关系怎么能不空前紧张呢? 紧张而又无可奈何而又撕扯不开,所以就倦怠了。你如果也和我一样仔细观察过你周围的人你就会发现,除了少数人,大多数人都倦怠了。大多数人都倦怠了对社会也未尝不是一件好事,再也不劳什么人操心安定不安定的问题了。大多数人倦怠了的社会那还能不安定么? 但你这个人,是少数人之一。我每一想到你,就困惑——折腾了这么多年,要说成功吧,也算成功了。什么都折腾到手了。可你怎么还继续折腾呢? 怎么还没倦怠呢? ……"

教授又将上身朝王启兆俯近了,以审问般的口吻低声问:"哎启兆,你究竟想达到什么目的才罢休? "

王启兆不开口,微微冷笑。听到此时,他内心里已经对他的教授朋友产生厌恶了。他觉得他的教授朋友对他的嫉妒太过明显,所有的话都只不过源于强烈的嫉妒之心而已。但即使这样,他也还是决定要给对方留有朋友之间的情面。等到对方将淤结在胸的嫉妒块垒全部用宣泄的话语化解掉,再礼礼貌貌地告辞。只要他意识到了某种表现对于一个男人是很绅士的,他一向总是会相当刻意地要求自己那么去做的。

教授也笑了,不是冷笑,也不是微笑,是"哧"的一笑。笑声就像蛇或蜥蜴连吐芯子发出威慑信号的那一种声音。

"启兆啊启兆,你小子还冷笑! "

教授的一只手,在他肩上重重拍了一下。

他说:"我今天才知道,原来我在你心目中简直不是个东西。"

教授愣了愣,又"哧"地一笑。他说:"老兄你误会了。如果真是你想的那样,你还值得我对你费口费舌地说这么多话么? 前边说了那么多,都是心理诊断,现在我该给你开心理药方了。第一,对于你王启兆,不是怎么样继续做大的问题,而是怎么样尽快缩小规模的问题。比如开家书店啦,时装店啦,或者酒吧啦,总之是那一种很时尚的经营。每年有个二三十万的收益,足够你零花的了。我知道你不习惯于挣小钱。但是你一定要慢慢地习惯。刚才我已经讲了,一个倦怠的时代开始了。它的特征之一那就是赚大钱需要的投资越来越大了,风险也越来越高了。以你的能力,一心只想玩大的,说不定哪一天会玩砸了。血本无归,落得个倾家荡产的下场。第二,将你多少年来煞费苦心不择手段编结成的那一张网,自行剪理小了它。这我刚才也讲了,你以为只有充分利用一张足够大的网,才能干成一番番足够大的事儿。但是你却从来没有反着想一想,水可载舟,也可覆舟。哪一天那一张网只要破了一个边儿一个角儿,你苦心经营的现有成果,也就可能一败涂地付诸东流。你用你那一张网将那么多有头有脸有职有权的人粘住了,那么你对人家就成了一块心病了。反之,每一个被你粘在那张网上的人,对你都是一个不安全的因素。只要其中的一个哪一天使你大出所料地栽在什么事儿上,哪怕是一件与你无关的、纯粹官场上互相倾轧的事儿,你也很有可能被卷进去。而你自己一旦被卷进去了,那么那一张网,也就从中央的地方被撕破了。所有粘在网上的人都将被一一抖落地上。这我也不多说了,点到为止。那你该怎么剪理你那张网呢?具体的办法我也替你想好了。先从销毁名片开始。将那些对于你利用价值最大的、曾经被你利用得最充分的人的名片,全部从你那里销毁掉。总而言之,在职有权的人的名片,最好一张也不保留。像我这样的朋友的名片,保留着那倒没什么。接着,要让他们的名字,从你的手机上,从你的电脑里一概消失。一经清除掉了,尽量少发生联系。再接着,你要让一个心腹之人,为你查查你公司的那些账了。我猜得到你这个人一定保存了不少根本不该保留的单据什么的。你保留那些东西干什么?……"

王启兆听得内心里又一阵一阵地冒寒气。他早已忘了里间屋里的两个女人。倒是教授还想着,起身去将里间屋的门关严了,归座后以更小的声音问:"你以为你靠了那些,想要挟什么人的时候还能要挟得了什么人吗?真到了那时候,你的要挟顶屁用,下场只能是两败俱伤嘛!你将你那一张网自行地剪理小了,你就自由了,你也等于将不少人解放了。启兆,自由了的你,你应该学会享受享受生活了。你看你,眼瞅奔五十的人了,不吸烟,不嗜酒,对女人的表现也那么不好,你究竟整天为什么辛苦为什么忙啊?你有了那么多钱你也该消费消费了嘛!要是有钱人都像你似的,只挣不花,这全世界的经济不就崩溃了吗?……"

"我偶尔也吸烟也喝酒的,这你知道,刚才我不是还吸了一支烟吗?"

王启兆终于又有机会插上一句话了,同样是压低着声音说的,挺被冤枉的一种语调。这会儿,他又觉得他的教授朋友不是在当着他的面宣泄对他的嫉妒,而确实是对他说着一些肺腑之言了。

教授笑了。这一次笑得颇为亲密。他说:"我可不是教你学坏啊!我是反对你把自己变成一只织网不止的大蜘蛛。你换一种不织网的活法,你会觉得人生还是挺美好的。你不比别人。别人想过上一种自己所希望的生活也许一辈子都过不上。在中国这样的人往少了说是十多亿。而你呢,你是明明有条件却对生活没有什么别样的希望,这怎么能叫是你朋友的人看着你不替你着急上火呢? 比如你要是按照我的话去做了以后,你可以去上上学吧? 中国外国,许多大学你都有条件去当一名旁听生啊! 艺术课、历史课、文学课、哲学课、心理学、宗教史学,对哪方面感兴趣就去听哪方面的课呗。只要学上一年两年,你这人整个的气质就会变的。我知道你总是因为自己的形象自卑,那就在气质上找找原因呀。有了气质,你在女人们面前不是就自信多了吗? 有了那一种自信,你就不会再将女人仅仅当成电池了。你就会真的正儿八经地爱上一次了。一个男人,即使身边不乏女人,却始终没正儿八经地爱过女人,那到老了能不是人生的一大憾事吗?……"

那一天,离开了教授朋友的心理诊所以后,王启兆平生第一次买了一包烟。他驱车来到江边,走到一个僻静的地方坐在江堤台阶上,望着滔滔江水,一口接一口地吸着烟陷入久久的沉思。

他首先想的是——教授朋友对他的一些事究竟知道多少? 听对方说的那些话,似乎知道不少,很掌握了一些底细似的。而这一点使他内心里极为不安。实际上,他之所以耐着性子听对方"三娘教子"般喋喋不休地说了一个多小时,另一个潜在的原因那就是企图了解对方对他的

"事业"了解多少。尽管对方根本不承认他的所作所为配是什么事业，但他自己坚定不移地认为那一切就是事业无疑。由于那两个女人在诊所的里间屋等待得不耐烦了，频频弄出些响声，他虽然并没从对方口中套出什么，却也只得识趣地告辞了。他从认识对方那一天起开始回忆，像从前的女人用篦子篦头发中的虱子一样，将记忆之中一切可疑的片断统统篦了出来，然后逐个加以更细微的回忆和分析。哪怕是不经意间从自己口中说出的一句半句话，只要稍有可能成为对方分析他的线索，也要掰开了揉碎了地左推敲一番再右推敲一番。将那些能回忆得起来的片断全部研究了一遍之后，他确信自己从没向对方透露过什么不该透露给对方的事。于是得出一个结论，对方所有那些使他惴惴不安的话，都只不过是毫无根据的信口开河姑妄言之，是按照一般老百姓水平的"有罪推论"的先入为主的逻辑来说的。得出这样的结论之后，他才释然了许多，进而欣然，进而坦然。一扬手，将整盒香烟抛到江中去了。望着烟盒随流远去，他开始想第二个问题——对方的话对于自己的人生究竟有没有什么可以参考的价值。这是一个记忆力特别好的男人。上帝对于人总是尽量体现出相对的公平。如果在容貌方面太亏待了某人，那么通常会在另一方面予以弥补。他又将他和他的教授朋友之间的谈话认真回忆了一遍，觉得对方的话对于他的人生现状那确实是有一定的指导意义的。仅在一点上对方说错了，那就是他也早有倦怠之感了。只不过他一向掩饰，不愿让任何人看出自己倦怠了。他认为一个是大老板的男人如果被别人看出倦怠了，好比一个阳痿的男人仍混迹于风花雪月的情场上，一经暴露真相，是很丢人的。再者，此前他也确实没想过自己还可以有另外一种活法，所以服从于惯性，明明倦怠了却仍以超乎于别人的能动之态一如既往。还有一点他觉得对方并没曲解他，那就是他内心深处确实蛰伏着一个鬼似的或曰怪物似的东西，将那东西叫作"争斗"未尝不可。它往往更是他自己，别人完全不了解的另一个他自己。它经常主宰他的意识，命令他继续不断地编结他那一张网，命令他这么做一件事或那么做一件事。又将某些新的人物粘在网上了,他便有一种成就感。网成了他的武器,每使他得意于自己是有实力的。靠了那实力他虽已倦怠却仍精神抖擞地与社会争斗,与时代争斗,与和自己同样的些个人明争暗斗,习以为常。好比一只耗子顺着大象的鼻子蹿上了大象的头顶,在大象的头顶上翻跟斗、劈叉、拿大顶,以为全世界都会观看自己的能力表演,以为大象的行动是由自己来驱使的……

想到此处,他不由得自嘲地一笑,暗自钦佩他的心理学家朋友不愧是心理学家,更不愧是交往多年的朋友,对他的了解不可谓不深刻。

他粗略盘算了一下,完全归自己所拥有的钱数使他暗吃一惊。不是因为那数额太过巨大,令自己都不敢相信;而是太少太少了,少得令自己都不敢相信。三千余万,才三千余万啊! 要是再将东欠西欠拖着没还的钱一次都还了,小一半又没有了呀! 这,这……这怎么配在别人心目中是一位"大老板"呢? 现而今,在中国,被叫作"老板"的人太多太多了呀! 任何一条小小的门面街上,哪一家小门面店里没有一位"老板"呢? 而自己要一心成为的不是"老板"而是"大老板"啊! 难道我王启兆苦心经营了十七八年二十来年,才刚刚达到比一位"老板"强点儿有限的层次上么?

那时他又顿然沮丧和悲哀起来。

幸而这一个底细这一个真相,是除了他自己再无第二个人清楚的。在一切知道他这个人的别人的心目中,他当然是鼎鼎大名的"大老板"无疑。有人推测他的资产有一个亿;有人认为绝不止一个亿,起码两个亿。而他自己每对别人的推测不置一词,默默一笑而已。那种笑的意味似乎是——才拥有一两个亿还配是"大老板"么? ……

抛于江中的烟盒早已无影无踪。

面对汩汩江水,他又发起呆来,竟觉得自己实在是一个很可怜的人了。

以后的数日里,他甚至没心思再去想有关筹建"金鼎休闲度假村"

的事了。不是由于他的心理学教授朋友的指导对他的人生发生了重大影响，而是因为陷入了人生的空前的大悲观大沮丧之中，心灰意冷，难以自拔。

但胡副市长亲自给他打来了电话，问他："王总你的方案怎么还不送给我看啊？我可一直在期待着呢！"

他推说难度太大，怕自己能力有限承担不起来。

胡副市长却在电话里说："什么能力？是个人的实干能力还是资金能力？省委赵副书记和我，都格外欣赏你的个人能力。我们也不是第一次支持你了。我们对你的相信程度，你自己心里还没个数吗？至于资金问题，我们会在幕后为你排忧解难的，你自己又何必愁分分的呢？如果不是你，换了别人，我和赵副书记才不这么主动这么热心地予以关注呢！王总你可听着，省委赵副书记那边，已经打电话问过我好几次了。看来，我们得约你面谈一次，给你鼓鼓劲儿了。那么好的想法，放弃了令人惋惜。听着，那是绝对不可以放弃的！……"

两天以后，赵副书记和胡副市长共同召见他，地点却是在南方某市，而它恰恰是刘思毅的家乡省份的省会城市。赵慧芝是去那儿考察学习的，之后单独留下了，连秘书也打发走了。王启兆接到胡副市长亲自打给他的电话时，胡副市长也已经在那一座城市里了。胡副市长要求他立刻赶去，说赵副书记想再详细听听他关于筹建度假村的计划，说有什么具体的困难，三个人可以在一起共同研究研究……

两位省市级领导干部共同在外省的一座省会城市召见他，并未使他感到受宠若惊。恰恰相反，他反而有些奇怪，疑窦重重。他犹犹豫豫，推说计划书还没完成。而胡副市长却说，赵副书记和他自己回到本省市以后，工作一忙也许在相当长的日子里就都抽不出时间见他了；说即使他真的打算放弃那么好的一个项目不做了，那也只能由他亲自去一次当面向赵副书记讲清楚……

言下之意是——来还是不来，你自己掂量着办吧！如果我们作为省市级的领导请你都请不动了,你以后还好意思求我们帮什么忙吗?

坐在飞机上的王启兆,不由得又在思考他的心理学教授朋友关于"网"对他进行的那些既是劝告也是警告的话。他一向认为,在那一张由自己不惜本钱逐渐编结起来的网上,自己是蛛,是唯一可以在网丝上活动自如的蛛,是那一张网的唯一的"王";而其他一概被粘在网上的人,都是他的俘虏,因为成了俘虏而最终成了为他服务的臣仆。而他和他们在那么一张网上的最初的关系,也基本上就是那样的。当他也将胡副市长粘到了网上以后,很是自鸣得意了一阵子,觉得是一个大成果,提升了那张网的品质。每一想到自己一个只有初二文化的人,竟将些有职有权的人物粘在自己的网上了,则不但有成就感,不但得意,还简直心生出一种终于大雪其耻了的痛快。仿佛一个一向被瞧不起的拳手,不但终于踏上了正规拳台,而且——将对擂者击翻在地了。但是后来他觉得不大对劲儿了。因为胡副市长似乎与众不同。似乎不是由于对方自己的意志不坚定,不是由于他王启兆的足智多谋才被粘到网上的,而更像是成心自投于网的。并且,也非一般些个小昆虫小蛾子可比,而更像一只网上螳螂。对方一点儿都不觉得自己是俘虏,更不认为自己该是臣仆。他有时训起王启兆来相当不客气,如同训一名小处长小科长似的。有一次王启兆试图表现抗议,说要将他嫖娼之事向市纪委省纪委反映反映。

胡副市长冷笑不已。

胡副市长说:"启兆,你给我听好了。我预先就看出了那件事是你给我下的一个套儿。我之所以往里钻,是因为那一天我正好也希望有个机会放松放松,自己高兴往里钻。靠那么一件小小不然的事你根本搞不臭我,更搞不倒我。再说,那女孩儿已经是区委的一名妇联干部了。你一无凭二无据地同时诽谤两个人,那你就等着法院判你吧。还有,你以前做的那些事,我们是有所掌握的,只是不想动你,而愿意抬举你与你朋友相待罢了!……"

王启兆当时目瞪口呆,意识到自己是碰上老辣者了。虽然胡副市长并不老,才四十五六岁,形象也温文尔雅的。

他的态度不得不卑恭起来,赶紧改口说自己是开玩笑呢,请胡副市长千万别当真,也千万别生气……

当年他意外地收到省市两级政府发给各界人士的春节团拜会的请束,而且特别荣幸地和胡副市长坐在同一张桌子的周围。当然,那时二人之间已经变得关系亲善了。

赵慧芝副书记翩然而至,一一和大家亲切握手。看了一眼写有"王启兆"三字的名牌,与他握手时微微一笑。那一笑令王启兆心头温暖极了。

赵慧芝副书记转身离去,胡副市长扯着他趋随其后,叫住了她。

胡副市长说:"赵副书记,这位就是金鼎集团的王总王启兆。"

赵副书记又特别亲切地一笑。笑罢,温和地说:"刚才握过手了呀。"

胡副市长又说:"他想和您照张相。"

王启兆略微一愣,因为他并没有向胡副市长流露那么一种愿望。

而赵副书记则欣然同意,笑道:"好呀,那我很荣幸啰!"

王启兆被胡副市长轻轻推了一下,赶紧走到她身旁去。

于是胡副市长用数码相机为二人拍了一张照。

赵副书记转身走开两步,站住了,似乎还有什么话要说,却犹豫着,在考虑要说还是不说。

王启兆看胡副市长一眼,胡副市长小声说:"别动,赵副书记肯定有话对你说。"

王启兆就乖乖地站在原地,望着赵副书记的背影,期待着。

赵副书记终于向他二人转过身来,以一种别提有多亲善的目光望着王启兆说:"你创业的经历不容易。以后,有什么困难就找胡副市长,他支持你也代表我支持你。"

王启兆顿时大为感动。他想走上前去再次握一握赵副书记的手,以表达他受宠若惊的心情。胡副市长看出了他的想法,轻轻扯了一下他的袖子,没容他在大庭广众之下那么去做。

那一天王启兆恍然大悟,总算明白了胡副市长说的"我们"除了胡副市长本人而外还有谁。

归座后,他内心里一直处于一种大的激动状态,觉得自己更加是一个红烟绕其左、紫气舒其右的人了。赵副书记的话,对于自己难道还不意味着吉星高照么?

当他回到公司以后,激动退潮,心中却又不由得产生了一种困惑——自己一个只有初中二年级文化的人,只不过苦心经营起了一家说小不小、说大不大的公司,一位市里的领导人物和一位省里的领导人物,他们究竟为什么对自己格外关爱呢?

想了几天想不出个结果,也就不去再想。作为私企老板,承蒙当权者青睐,总归是幸运——他感觉良好地这么认为。

胡副市长的秘书将照片送给他以后,他当即吩咐放大到比一扇窗子略小一点儿的程度,镶在压花框子里,一进入公司的迎面墙上挂了一幅,董事长办公室他那张老板椅后边的墙上挂了一幅。

他这一种做法不久就被胡副市长晓得了。

胡副市长亲自给他打电话,在电话里又将他训了一通,像家长训一个不懂事的孩子。

胡副市长质问:"谁允许你那么做的? 你想达到什么目的? 对赵副书记会产生什么负面的影响你考虑过吗? ……"

他确实没考虑过,只替自己的公司考虑了。对于自己的公司,那影响当然是完全正面的。

于是两幅大照片从两面墙上同时消失了。

又不久,赵副书记亲自给他打了一次电话。

赵副书记照例以特别温和的语调说:"启兆啊,有一位朋友的孩子,想承包一段高速公路的修筑工程。可他那公司太小,估计达不到招标的要求。你考虑一下,让他以你们公司的名义投标试一试行不行啊?"

赵副书记最后说："启兆,这一件事,就算我求你帮次小忙吧。"

他又一番受宠若惊。

人家是一位省委副书记啊,可人家亲切地叫他"启兆"!

他毫不犹豫地说："行,行。没问题,绝对没问题!"

"那,过后让胡副市长,不,也别让胡副市长亲自替我操心了,反正有你配合,自己人一切都好说是不是? 就让胡副市长的秘书从中帮你们双方协调吧!"

王启兆诺诺连声,放下电话,愣了半天。

此事由于有他的"积极"配合,使赵副书记那一位"朋友的儿子"顺利达到目的。对方并未直接进行施工,只不过将工程转包了出去,过程简简单单地赚了五六十万。而那一年他的金鼎集团总公司的年终财务册上,原本预计不难获得的一百几十万利润化为乌有。

过后他开始意识到,绝非一位副市长、一位省委副书记自撞其网,而是他的网连同他的公司,轻而易举地被对方所利用了。以后接连又老大不情愿却又无可奈之何地"配合"了对方几次。于是使他进一步意识到——他的网他的公司不但在无形无迹的情况之下被对方一次次得心应手地利用着了;而且,似乎还在幕后被操控着了,似乎已在一定程度上被接管了,被占有了,不再仅仅属于他了。又似乎,对方也有属于他们自己的一张网。比之于他所苦心编结的网,对方那一张网乃是更高级的一张网。是他王启兆的一双凡眼所绝对看不到形状看不到规模的。那是一张若有若无的网。网上之人,也都不是被"粘"住的,而是自己乐意挂在上面的,起到作为一张完美的网必不可少的小钩子或大小浮标的作用。而他们那一张高级的网,和他自己那一张粗卑的网又以很巧妙很别致的方式重叠在一起了。他的网在上面,他们的网在下面。原本被他的网所"粘"住的一些人,不知怎么一来,都成了隐在下面的一张网上的人了。他自己的网分明地已变得大为失灵了。缠在他手上的网纲似乎已不能控制它的经纬了。但是这对于他也并不是完全没有益处——该他的公司挣到的钱,他们往往也还是予以周到考虑的。他变得比以前更操劳了。他的集团公司每年的业务更多了,效益却萎缩了。使他内心里稍感平衡的是,他却更像是一位大老板了,很多事办起来简单顺畅了。因为他再也不必经常为一道什么手续一个什么公章盖得上盖不上低三下四地烧香拜佛了。对于他,许多从前头疼之事都已不再是头疼之事了。是的,这一种感觉,是他不曾体验过的良好的感觉,也是他一向所憧憬的大老板的感觉。他们从他那儿一笔又一笔问心无愧地划走金钱利益;相应地,他们赏给他心理方面的纯粹虚荣性质的满足。后一种满足对于他们而言是没意思的。他们以前难为他以及和他类似的人时,早已获得太多了。现在他们只想在金钱的占有方面获得一种全新也最实惠的满足了。然而那后一种满足,对于他也是全新的。如同一个不知世上什么东西才更有价值的孩子,当狡猾的大人用某种只有在小孩子看来才有吸引力的东西换去他的一部分压岁钱的时候,往往在对自己的太没有主意懊悔了一阵和对大人们的太有心计恼火了一阵之后,立刻就玩起那东西来并且渐渐上瘾似乎又觉得也挺值的了。说他比以前更操劳了,乃指操劳在某些业务大功告成的实际步骤中。至于那些事情所需的一概手续,办起来则比以前顺利多了。以前他要用一半的甚至十之七八的精力和能力去办那些事。将那些事办成了,他往往也就轻松了。负具体责任的,是他手下的人。而后来情况相反,他曾要用一半甚至十之七八的精力和能力去办的事,有赵副书记和胡副市长在幕后部署着,几乎不劳他费神了。他成了一个必须负起具体责任的人。比如工期不得拖延、质量合乎标准、预算不能超支、劳资关系必须理顺、必须注意施工安全,等等,等等。换言之,由于有了另一张网在起作用,他的公司的知名度越来越高了;他在人前越来越受敬重了;他作为公司董事长的实际地位,与以前相比却反而降低了。事必躬亲有时使他更像一个大工头了。而胡副市长和赵副书记,时不时地会亲自给他打一次电话,夸奖他的敬业和能力。他在乎对方的夸奖,极其在乎。因为他的“业”,显然已并不完全属于他自己了。他为它比以前更操劳了,倘再不获得夸奖,他心理就太不平衡了。他将对方的夸奖看成是一种对自己的补偿。他这么想是出于自我安慰的本能,出于对尊严的祈求心理。而胡副市长和赵副书记,分明深谙他的心理。在元旦和春节,在他的生日乃至外国人的洋节圣诞节,他必会收到两位省市领导人物亲笔写上几句祝福话语的贺卡。那些贺卡使他在公司下属们心目中大添光彩。郑岚在成为他的秘书之后,有一次看到那些他所悉数保存的贺卡时大为惊异,于是对他刮目相看。她是在替他整理办公室时无意之中发现的。而他是有意放在她肯定会发现的地方的。

她说:"看来你和官员们的关系很不一般啊!"

而他轻描淡写地回答:"不过就是一种相互尊敬的关系而已嘛。"

她想了想,又说:"也不是哪一位民营企业家想获得官员们的尊敬就能获得的。"

他也想了想,依然轻描淡写地说:"他们只不过是在做人方面尊敬我罢了。至于我的公司,半大不大的,那也不值得他们对我格外尊敬。"

而她却顿时对他格外尊敬起来,因了他那一句似乎随口说出的轻描淡写的话——"他们只不过在做人方面尊敬我罢了。"

她不但顿时对他格外尊敬起来,还顿时心生几分崇拜了。

连一位副市长和一位省委副书记都在做人方面尊敬着的人,那么这一个人在做人方面肯定具有足以使她也尊敬的方面无疑。

这么一种逻辑推理在她那一方面是完全成立的。

表面看他们二人当时的对话只不过是几句寻常性的对话,实际上却在他的精心设计之中。他料定了她在发现那些贺卡之后必会说什么话,而对自己该怎样回答,却是在头脑里几经推敲过的。某些只有初二文化水平的人,只要他们刻意想要那样,每每能说出使某些受过高等教育的人沉思良久的话。

那一天,郑岚她离开王启兆那间宽大气派的办公室后,便陷入了深思。

"他们只不过在做人方面尊敬我罢了。"——这一句话显然证明着双重的事实,其一是说这种话的人在做人方面确有值得别人们尊敬的方面,配说这一种话;其二是说这种话的人重视自己做人怎样,是将自己做人怎样摆在自己做事怎样的前边的……

王启兆巧妙地利用了胡副市长和赵副书记寄给他的那些精美的贺卡。而它们奠定了他在郑岚心目中是一个值得尊敬的人这样一种极其良好的印象基础……

后来郑岚还替王启兆收到了几次胡副市长和赵副书记派秘书送到公司来的东西。无论对于王启兆还是对于胡副市长和赵副书记,都绝对算不上是什么贵重的东西。除了几件胡副市长和赵副书记从国外带回来的工艺品在郑岚看来挺稀罕,其余无非就是领带呀茶叶呀高级的营养药滋补品之类。王启兆将那几件她喜欢却又不好意思流露的工艺品全都转赠给了她,而将其余的东西全都让她分给了几个部门的小头头们。

不消说,无论郑岚还是那些部门的小头头们,接受时的心情都是很荣幸的。如同从捷尔仁斯基那儿接受了一包香烟,而且也知道那不是一包普通的烟,是列宁同志赠送给捷尔仁斯基的香烟的苏联人一样。

不被郑岚所知的一个事实却是——无论工艺品还是其余那些东西,并不全是胡副市长和赵副书记送给王启兆的,多数是他自己从国外带回来的,或些个一般的朋友送给他的。他预先将那些东西交给胡副市长和赵副书记的秘书,嘱托他们"代表"两位省市领导人隔十天半个月的来公司送一次。他和两位秘书的关系早已厮熟。这点儿根本无需他们自己破费的小忙他们还是高兴帮他的。何况帮了他以后他对他们必有感激的实际表示。

为了征服美丽的女秘书的芳心,只有初二文化的这一个其貌不扬的男人,将他的全部文化底蕴所可能具有的智慧调动起来并发挥到了极致。这是另一种智慧的调动和发挥,与在商场上的区别很大,却也与在商场上有着极为相同之处。区别是在商场上他亦每以女色勾引对方也就是男人们上钩,而且往往收到出奇制胜立竿见影之效果。但是即使再怎么束手无策黔驴技穷,他的头脑里也不会产生利用男色来达到目的那一种念头。尽管自己其貌不扬,他还是决定自己的事完全由自己来办。男色对女秘书郑岚显然是丝毫不会起作用的,这一点明摆着。是的,这是与他在商场上和官场上调动和发挥智慧截然不同的地方。而相同之处是,欲擒故纵的老法子依然可以推陈出新。除了对智慧的调动,他也将自己和胡副市长和赵副书记的关系在攻克自己女秘书的心理堡垒时巧妙地用足了。在他和他们的关系中,他原本认为他自己是主体,即利用的一方;而他们是客体,是被利用的一方。他以前怎么也没料想到,有一天情况会发生变化,他自己也会成为客体,成为被利用的一方。他的一张网和他们的一张网一经重叠,便你中有我,我中有你了。这一种情况的转变一经发生,渐渐地他被利用的时候多了,他利用对方的机会反而少了。所以,当也能利用自己和对方的关系来达到促进自己和迷住了自己的女秘书之间的恋爱时,他是利用得不显山不露水而又格外快乐的。男人在利用特殊的关系赚钱时,其实并无真的快乐可言。因为那常常是以自尊为代价的。往往地,目的达到了,钱也赚到手了,自尊却破损不堪了。需要过后好好地修补一番才又像点儿自尊的样子。但是男人在利用特殊的人物关系于恋爱之事的时候,倘非但未以自尊为代价,个人形象反而会有所提升,起码使他感到在他所爱的女人的心目之中是那样的了,那么他们非但不会因而自责,甚而会得意于他们的小聪明。他们往往会想,我是因了爱才如此这般的呀。而爱是一种多么神圣的理由!似乎足可令他们的小伎俩也变得完全可以理解了。王启兆的快乐是双重的。既有如上所述的那一种快乐的成分,也有将自己和胡副市长和赵副书记的特殊关系充分利用在很美好的方面而不是很可鄙的金钱勾当方面那一种快乐。后一种快乐,在他和他们相互利用的关系之中,是他从未体验过的。

在利用了胡副市长和赵副书记寄给他的那些贺卡以后,他又开始将胡副市长和赵副书记本人作为他能利用来促进自己的恋爱事业的道具了。

偶尔,当着郑岚的面,他会抓起电话给胡副市长和赵副书记打过去。有时拨向他们的家里,有时拨向他们的办公室。如果拨向他们的办公室,通常是在吃午饭之前。那时,他们的办公室里不会再有旁人了。

"是胡副市长吗?我启兆呀。没什么事儿,谢谢,真的没什么事儿。听小蔡(胡副市长秘书)说你近来身体不太好,我牵挂着的,总想抽空儿去看看啊。可最近太忙,抽不出时间,要注意身体呀。什么时候聚一聚?好呀,我正有这个想法,争取把慧芝书记也请上……"

"慧芝书记吗?我启兆呀。刚和胡副市长通过电话。他说他想我了,要和我聚一聚。我也好长时间没见到您了,希望您也能抽出时间来……没问题?那我太高兴了!我身体还好,谢谢您的关心……"

可想而知,一位私企老板的秘书,姑且不论是男是女,当听到自己的老板那么亲密无间像和老朋友说话一样和一位副市长一位省委副书记通电话,其内心会是多么肃然起敬。私企老板不过就是私企老板嘛!在中国这一个从古至今一直官本位着的国家里,无论人们谈起官来尤其谈起大公仆来已经开始变得多么大不以为意甚至言有不敬,但一位副市长一位省委副书记那毕竟还是高人一等的人物。而尤其女秘书们,那时不但会对自己是私企老板的老板肃然起敬,往往还会情不自禁地敬爱有加呢。

郑岚听着王启兆那么话语随便地和胡副市长和赵副书记通话,年轻的小女子的内心里便起着微妙的变化。尽管她对是官员的人并无好感,但是一位对自己厚爱着的私企老板,一位将其做人的人品看得很重要的老板如果与官员们有亲密的关系,那么事情就两样了。

和他关系那么亲密的官员肯定也是将他们的人品看得很重要的吧?

物以类聚,人以群分呀。

她这么想。

这个逻辑,在刚从大学校门迈出不到两年涉世未深的中文系女研究生那儿,也是合乎规律地成立的。

然而她怎么也不会想到,她的老板那么随便又那么亲密地跟是副市长和是省委副书记的两位大公仆通话时,老板是在电话上做了手脚的。那是一台像手机一样有关机部件的电话。而连着电话线的小部件,隐藏在他那一张大办公桌的一个抽屉里。他曾靠此伎俩蒙过不少外地的商界伙伴。他们一听他有那么硬的官场关系,对他的信任程度每每大增。所不同的是,他以前将此法用在生意场上时,体现出的只不过是一个生意场上的男人俗劣可鄙的一面。而当他用以巧取郑岚的芳心时,恰恰相反,可以说体现出的正是他作为一个男人较为可爱的一面——因为他太爱他的女秘书了!正像他的那一位是心理学教授的老乡指出的那样,他这一个其貌不扬的男人虽然已经在世上活了五十多年,但是还一次也没真正地恋爱过。他对于女人们所取的态度,一向是一个离不开电筒的男人对电池的那一种需要。邂逅了郑岚以后,情况有所不同了。他开始对自己的人生实行"纠偏"了,开始为自己的人生补上恋爱一课了,并且打算为爱情而不是为公司再创一番事业了。然而在郑岚那一方面,情况也有所不同了。结束了和那个县委副书记的儿子之间失败的恋爱关系以后,她决定将自己的爱封存一段时间再作第二次尝试了。受伤的爱如同受伤的动物,缩回洞穴里去舔愈伤口乃是一种本能的选择。面对这样的一个小女子,男人的追求需要耐心。耐心不够则往往竹篮打水一场空,甚而适得其反。好在王启兆早已是一个在商场上历练出了一等耐心的男人。

他将胡副市长和赵副书记当成追求郑岚的道具来利用的另一种方法是——隔一段日子便让她代表他去见一次胡副市长或赵副书记。送一封信、一份企划书、几页财务报表什么的。那都是些完全没有必要送给胡副市长和赵副书记看的东西。但是他在附信中写着请两领导替他决策之类虔诚的话语。每次他都当着郑岚的面将那些毫无保密性质的东西塞入公文袋，之后注视着她庄重之至地说："让你去送，我最放心。对于你，我本人和公司没有任何机密，所以就不封口了。封了，两位省市领导还得拆，怪麻烦的。你坐我的车去，千万别丢了！"——那会儿，他仿佛是在至诚相托，仿佛交给她的是什么关乎他本人和公司命运的东西似的。从窗口望着她上了车，他立刻就给胡副市长或赵副书记打电话，说派秘书送去什么什么了；说如果他们不替他定夺，他自己实在是不敢轻举妄动。末了自然一定还要这么说："小郑是我心腹，否则不会派她去的。她从没见过您这么高身份的领导人物，有点儿畏怯的心理。而我打算培养培养她，让她以后在我们之间起到重要的联络作用。我们之间以后需要她这么一个人。所以，请您一定亲自接待她几分钟，给她锻炼锻炼的机会……"

无论是胡副市长还是赵副书记，听他的话说得那么言之有理，都爽快地答应他的请求。

而坐在他那辆"奔驰"里的郑岚，双手将文件袋贴胸捧抱着，的确有几分畏怯的心理，但更多的是感动。一个当秘书的小女子因了自己的老板对自己的高度信任心中所起的感动。如果发生意外，有人要抢那文件袋，那会儿的她将不惜性命加以保护。

无论是胡副市长还是赵副书记，当然都很亲切地接待了她。一见之下，赵副书记似乎喜欢上了郑岚，像某些西方的贵族夫人喜欢上了一个漂亮而又具有文化气质的女仆那样。她平易近人地陪郑岚聊了半个多小时，还送给郑岚一只礼品表作为见面礼。郑岚临走时，她拉着郑岚的一只手说："小郑，启兆同志告诉我他特别欣赏你，特别信任你。而我呢，也特别欣赏他的能力，特别信任他的为人。跟着你老板脚踏实地好好干吧。相信我的话，你年轻，素质又好，只要忠诚，会有前程似锦那一天的。"

这一番话，如果是由王启兆对她说出来，那么她会觉得他是别有用心的。但由一位省委副书记替他说出来了,则具有了教诲和预言的意味。

而胡副市长见到郑岚时,双眸一亮。他接待她的态度,比赵副书记更和蔼可亲,更平易近人。那一个下午他正巧没什么事,独自在办公室里看报。他陪郑岚说话的时间,比赵副书记陪她说话的时间长了一倍。问她毕业于哪一所大学,什么学历;问她的家庭情况以及她本人以后的人生追求是什么;问她是否打算长期做王启兆的秘书……似乎想一下子就对她了如指掌。一个多小时后,快到下班的钟点了,他依依不舍地诚邀她共进晚餐,而她说她得赶紧回公司去向老板复命。

"那么只得改日了。改日如何? 你定个日子,定个时间,我预先排开别的事,服从你的时间表……"

他盯着她脸,搓着双手,愿望热切地期待着她立刻就给予一个明确的答复。

她不得不敷衍地说出了一个日子一个时间才得以脱身。而胡副市长给了她一张名片也要了她一张名片才放她离去。

之后胡副市长数次打她的手机,提醒她别忘了那个日子。有两次手机响时她正在老板王启兆面前,不得不走开接听,而再回到王启兆面前时脸红红的。他似乎有所猜疑,却只字未问。

转眼第二天就是那个日子了,她左右为难了。不去吧,对方毕竟是一位副市长,而自己只不过是一位私企老板的秘书,太不识抬举了。何况对方也没有什么无礼的表现,只不过约自己吃一顿饭。日子时间还都是自己定的,人家一次次提醒自己别忘了自己也没说过一句改变的话呀。除非以谎话推脱,而说谎又是她所不愿的。去吧,那么告不告诉自己的老板啊? 告诉了,他会作何感想呢? 会高兴么? 显然不会的。而惹自己的老板不高兴,也是她所不愿的。不告诉如何? 虽然自己有不告诉的自由,但……但她想到了赵副书记说的"忠诚"二字……

那时的她,尽管还没决定将自己的人生和自己老板的人生拴在一起,但在意识上却已经被他的伎俩所迷惑所左右了。

她还是将胡副市长单独约她吃饭的事如实相告了。

王启兆笑了。

他说:"好哇。明天我陪你赴约。"

当着她的面,他给胡副市长打电话。

胡副市长那头犹豫片刻,却不妥协地说:"我要单独邀请小郑。"

他说:"胡副市长,你要记住,那是不可以的。这一次不可以,以后也永远不可以。你这个男人不可以,世上一概的男人都不可以。"

胡副市长那头火了,生气地说:"王启兆你这算什么鸟话?你把你自己当成她的什么人了?别忘了你只不过是她的老板,她只不过是你的秘书!"

他也火了,也生气地说:"不错,我只不过是她的老板,她只不过是我的秘书。但是请你给我听明白了——对于我,她这个秘书比我的公司更重要!公司我可以一撒手不管了,不要了。但是谁要想打小郑的歪主意,我就和谁誓不两立!"

"王启兆,你胆敢这么跟我说话是不是?限你三秒钟内向我道歉!"

可想而知,胡副市长那头的表情变成了什么样子。

"滚你妈的!你算个什么玩意儿,向你道个屁歉!"

他啪地将电话摔下了。

人心是一种特殊的器皿,它盛装高兴的事时容量无限;盛装不快之事时却是那么的有限。满则溢。"溢"就是发泄。

那一天,王启兆第一次对使他备感屈辱的人发泄了一通。很突然地连他自己也始料不及。在他所有的屈辱经历之中,那天使他所感到的屈辱尤甚。因为以前的种种屈辱,都是他为了做成某一件事,或进一步说为了赚到一大笔钱而心甘情愿的,而事后所得到的经济回报通常能抵消掉屈辱。

郑岚却吓坏了。她脸色苍白,微微张开着的嘴难以合拢,大睁双眼瞪着他,心在怦怦乱跳,两只手紧紧抓住西服上衣的边沿,手臂一阵比一阵剧烈地发抖。

她的老板，一个其貌不扬的，平常性格温顺得像一只考拉的男人竟开口辱骂一位副市长，这样的事使她受到又巨大又猛烈的震撼。

他转身看她，见她吓成那种可怜的样子，伸展开双臂向她走过去，显然是打算将她拥抱在怀里，对她进行安抚。

同时他说："你都听到了，他根本不在乎我的感受，叫我怎么办？叫我怎么办……"

他脸面充血，继而发紫。但他的表情，却是极其尴尬着的，苦笑着的，又无辜又无奈的那么一种样子。

她的脸也由苍白而转为通红。因为他的发泄纯粹是由于自己的缘故。

当他就差两步走到她跟前时，她像一只从惊呆状态中猛醒了的羚羊，一扭身从他的办公室里窜逃出去了……

她不知不觉地冲到了街上，盲目地脚步急急匆匆地走了很久，情绪才渐渐镇定下来。在北京，她正是那样失掉了第一份工作……

她回到了她租住的地方以后，所做的第一件事便是坐下来写辞职信。

她是那么不愿失掉第二份工作。

但是她认为自己又别无选择了。

这第二次别无选择竟和第一次那么的类似。

我有什么错？

世事为什么对我如此不公？

这种想法自然而然地产生在头脑里。

她趴在桌上哭了。

手机响了，是他打来的。

她将手机关了。

天黑时，她的辞职信写了撕，撕了写，还是没写成。

半夜,站在窗口的她,发现正对着她窗口的人行道边上停着一辆"奔驰",那不是他的车还会是谁的车呢?她太熟悉那一辆车了——大约全市只有一位老板的车前盖不知被什么砸凹了一处却始终不去修好。

她曾问:"为什么不修修啊?"

而他反问:"又不影响开,为什么非修不可呢?"

"你没上保险?"

"有开'奔驰'却不上保险的人吗?"

"那你不是不修白不修吗?修好了自己看着也美观啊!"

"我正是要使美观的东西看起来不那么完美!"

他当时的回答令她极为讶然。将目光从车前盖收回,转向了他的脸,见他也正凝视她。

他又说:"别以为我心理变态。一个像我这么丑的男人,开一辆完好无损的车是不相称的。"

他那种凝视的目光使她不自在起来。尽管他的目光毫不猥亵,完全是欣赏的、审美的。但她还是不由得将脸再次一转。

他接着说:"一个像我这么丑的男人,有你这样一名女秘书也是不相称的。我知道这对我自己的形象更加不利。但只要你不另谋高就,我一直是一位老板,那我就永远不会辞退你。"

停在马路边上的"奔驰"里,一点火红一明一灭。它的主人正在由于懊悔而一支接一支地吸烟;一个不会吸烟的男人一那么不爱惜自己的肺,生活之中某些看似应该结束了的事情就离结束远着哪。

站在窗前的郑岚看得流下泪来了。

她开了手机,主动和他通话。

她说:"我看见你的车在那儿了,看见你在车里吸烟。"

他说:"我已经在那儿很久了。天还没黑我就在那儿了。"

她低头看了一眼手表,就是赵副书记给她的那一块——已经差几分钟十点了。因为有了手机,她像不少人一样不戴手表了。可别人既然送给了她一块很不错的手表,那她就又开始戴了。何况那别人不是普通人,而是一位省委副书记,使她戴着心生出很大的一种人生的自信。同是高级公仆,赵副书记给她留下的印象,比胡副市长给她留下的印象深刻多了,良好多了。良好总是会比不良给女人们留下更为深刻的印象。这是符合女人们的人性质地的。普遍的女人们的人性像向日葵。而普遍的男人们的人性像榕树,阳光过于充分反而长势不好。

她又说:"你回去吧。"

而他降下车窗,探出头,仰望着她的窗口说:"求求你,千万原谅我这一次。我当时只管我自己的感觉怎么样了,没顾上考虑考虑你的感觉。"

"一切等明天再说吧,行不行?"

"不行,我现在就要听到你的答复。"

"……"

"你为什么不说话了?"

"……"

"你打算辞职了是不是?"

"是的。"

"就不肯给我一次改正错误的机会吗?"

"……"

"他明明对你没安好心,还要坚持单独请你,难道我不该骂他吗?!……"

"那你对我就安好心了吗?你和他也没什么两样。我早就看出来了,你从一开始就对我没安好心……"

车门一开,他下车了。

"我和他不一样!不一样就是不一样!我把你看成我的神!把你看成神你懂是什么意思吗?!……"

他拿着手机,抬头仰望,在寂静无人的马路边上走来走去,哇啦哇啦大喊大叫。

"求求你,不要那么大的声音!……"

她在自己的房间里提高了声音。

"如果你不原谅我,我就……"

他干脆将手机揣入兜里去了。他立正站着,开始自己扇自己耳光。左手扇一下左脸,右手扇一下右脸。左右轮次,一下接一下。

她居高临下地看着,急得原地转了一圈,又转一圈,不知所措。

幸而那时不知从何方开来一辆带斗的巡逻摩托。在两名巡逻警的强制性干预之下,她望见他被推入车里,望见他的车被监视着缓缓开走了……

"王启兆你王八蛋!……"

她恨恨地骂了一句,却又不由得因他被推搡进车里那种忍气吞声的样子而哑然失笑。

接着她又坐在桌前,打算将自己没完成的事情在临睡前完成了——就是写那一份辞职书。

其实那完全是多此一举的。

如果她真像自己以为的决心已定,那么刚才她通过手机和他直说就是了,或者,第二天干脆不去上班就是了。一个新的月份刚开始没几天,无非就是损失了几天的工资。

然而她却煞有介事地非要将多此一举之事认认真真地多此一举地来完成,证明在她的潜意识里,仍觉并没有多么充分的辞职的理由,而她试图把它从纷乱的思绪之中找出来,结果是越思越想,离初衷越远。理由没有找到,反而遭遇了自己对自己的审问。

难道一个男人因为爱一个女人爱到他那么一种程度就该是罪过?

就因为他其貌不扬?

就因为那一个女人是我而我大约算得上是个美女?

但他不是也只不过一厢情愿地单恋着,仅仅折磨得自己心里好苦,对我没有过半点儿非礼的举动吗?

于是她重新掂量他当着自己的面用电话对胡副市长说的那几番话，结果又受到了震撼。比听到他当着自己的面说出骂胡副市长的话时所受到的震撼还强烈。

"对于我，她这个秘书比我的公司更重要！……"

如今，在中国，能这么看待一个女人的男人委实不多啊！

何况自己只不过是他这一位老板的秘书！

有几个是老板的男人因了自己的秘书而大动肝火地骂一位副市长？

不是有不少中国男人一旦有了一个什么完全属于自己的公司，而它的办公地点又在全市最有名的写字楼里占有不小的面积的话，便自认为有资格将女秘书当成公司的附属资产，进而将青睐他们或被他们所青睐的女人仅当成为日常消费品了吗？往好了说，通常也仅当成为时尚佩物罢了呀！

而为了巴结一位副市长，甚或一位局长更甚或一位小小的处长，又有多少老板，巴不得能将自己女秘书的色相大加利用啊！

想到这些司空见惯两耳烦闻之世相，她觉得她的其貌不扬的老板，似乎倒是有着一颗不乏诗性的男人心了。

她失眠了……

第二天她照常到公司去上班，王启兆见了她，一副对她做了亏心事似的谨小慎微的样子。他那一双本就不大的眼睛眼睑浮肿，像食物中毒了似的。她醒来时用冰箱里的冰镇了一会儿眼睛，看去情况比他强点儿。

"这是新茶，清火……"

他为她沏了一杯茶放在桌上，之后也不坐他的老板椅，而是神情沮丧萎靡不振地缩坐在为客人摆设的长沙发一角，目光躲躲闪闪地看着她，如同一个闯下祸的孩子看着随时可能摔东西大光其火并且大骂自己一通的父母。

她对那一杯茶看也不看，淡淡地说："我没上火。我有什么火可上的？……"

当她弯腰从地上捡起几页传真纸时，电话响了。

她瞥了电话一眼，没替他接。

他只得自己起身接了。

"喂，是我，真不好意思，我也不对，太缺乏修养了……"

再接着，他就不说什么话了，只"嗯"一声或"啊"一声了。

她立刻就敏感地觉察到，肯定是有人因昨天之事给他打来电话了。但究竟是谁能使他作起自我批评来这可是她猜不到的了。

他捂着话筒一端朝她一递："还要跟你说几句。"

"谁？"

她本能地打算拒绝接听，不由得往后退了一步。

而他及时抓住了她一只手，硬将电话塞在她手里。

"你接了就知道是谁了。"

他对她耳语。

她怎么也没想到，竟是赵副书记打来的电话。

"小郑啊，我是赵慧芝……"

赵副书记的声音清清楚楚地传入耳中，语调依然那么亲切和蔼，像一位老大姐对关系亲密的下级说话。

"赵副书记您好！……"

除了这一句话，她想不出还有什么别的话可说。和一位省委副书记通话啊，而且是对方主动打来的！这种大意外使她没法儿不受到大荣幸的冲击。

"小郑啊，昨天的事儿我知道了。胡副市长他后悔极了！他呢，当时是有那么点儿醉意的。中午陪港商喝了点儿酒。他求我替他向启兆同志认个错，看来启兆同志已经原谅他了。那么你呢？别一点儿小误会就耿耿于怀的，也原谅他好么？……"

赵副书记循循善诱。

"赵副书记,我没有,其实我没有误会什么,是我老板他不知道寻思到哪儿去了……"

她极力表白自己是无辜的,语调由于激动而拖着颤音。

电话里传来赵副书记悦耳的笑声。

赵副书记又说:"我想我们小郑也不是那种思想复杂的女孩子嘛!小郑,我喜欢你。否则,我犯得着替一位副市长向你道歉吗?坏事也可以变成好事嘛。起码对于你是这样呀!从昨天那件事中,你不是也能感受到你老板他对你是多么好吗?……"

赵副书记接着就高度评价起王启兆的人品来。

对方已经将电话放下了,她却仍手拿话筒如呆如痴,仿佛话筒长在手上了。

她扭头看她的老板,见他已不知何时坐在他的老板椅上了,头仰在椅背上,双手捂在脸上,有一行泪淌在他浑圆的下巴那儿。

一位省委副书记竟替一位副市长向她这一个当秘书的小女子道歉!

还说她是"我们小郑"!

她那一向只在普普通通的人们之中才有良好可言的自我感觉,那一时刻变得轻盈了(它在良好的状态下往往也有着如石头如铅砣一般的沉坠比重),像一枚洁白的天鹅羽毛似的飘升在空中了。

她终于意识到自己应该有些不同寻常的反应,以对得起自己那时那刻的良好感觉。

于是她轻轻放下电话,轻轻走到他身边去,轻轻将他的双手从他脸上分开,随之在他额上亲了一下。似乎觉得还不足以表达她的好心情,迟疑片刻,又在他唇上亲了一下。那仅仅是两个人的唇的轻轻一触,分离得极为迅速,如同蜻蜓点水一般。

她那么做还表达着一种感激。对他的。事情是那么分明——如果非是看在他的面子上,一位省委副书记会以那么友善的态度对待她么?

　　她想向他证明,她知道自己作为一个是秘书的小女子身份的不足论道的斤两。

　　而他也并没得寸进尺。

　　他只不过双手搂抱住她的腰肢,将头偎在她极富弹性的胸脯那儿,长叹道:"唉,我王启兆真可怜……"

　　那一时刻他对赵副书记也是心怀感激的。对方将会对他的女秘书说些什么,他当然是猜测得到的。

　　他甚至不再为自己昨天不理智的表现懊悔了。

　　看来,让企图操控自己的两个大公仆晓得自己并不是特别容易对付的,那也完全是必要的。不是自己一发脾气,对方也都有点儿慌了吗?不慌,一位省委副书记能替一位副市长向自己道歉?

　　而最大的收获是——对方促进着他的梦想成真了,那就是他终于期盼到了与自己女秘书的身体发生自然而然的接触的机会了。

　　他想,这是多么好的兆头!

　　后来,王启兆终于得以与郑岚双双上床成其好事,客观来分析的话,赵副书记那一天的电话还真的功不可没……

　　王启兆关于金鼎休闲度假村的最初想法,起初是为着他和郑岚两个人的将来渐渐形成的一种考虑。在中国,在现阶段,谁哪怕在地表面盖一个公共厕所一转手都有大升其值的可能!何况是一处占地面积广阔的度假村?只要谁将它从平面的变成立体的了,少说几千万利润就单等着谁愿意什么时候就什么时候往自己的银行账号上划过去了。

　　但是当胡副市长和赵副书记倾听了他的想法之后,都亢奋起来,都表现出了异乎寻常的兴趣时,他自己反而冷静了。经验告诉他,在他的想法之上,对方肯定产生着对方的想法了。然而他们的想法究竟是什么?却又是他一时难以揣测的。正因为如此,他不打算唯命是从到外省的城市去见他们。冷静之后的他,经验里自然而然地生出了警惕,那就是——谨防上当。

他担心自己像一只乌鸦,凭着一双善于寻找的眼睛发现了半罐水,而且是半罐甜水;接着又凭自己的聪明才智思考出了怎样才能喝到水的办法——用别物将水位升高;再接着不辞辛劳一次次从四面八方衔来石子丢入罐中;待水位真的升高了,可以享用了,却有狐狼或秃鹫出现,将自己赶开,将半罐水占为己有……

胡副市长要求他必须去,口吻如同在下最后通牒。还说赵副书记一天都不多等。

即使对胡副市长的要求置若罔闻,赵副书记却是他绝对不敢轻易得罪的。经验告诉他,那个看起来温文娴静的女人一旦翻起脸来,不整死他那也会使他脱去几层皮。而且,根本无需她自己作为。他对自己所处的状况也非常清楚。至少有三五条很容易就能坐实的罪状悬在自己头上。只有更加紧密地依赖于那一个女人才会使他有安全感。

他按时去了。

胡副市长和赵副书记见了他,态度都还是挺客气挺亲切的。

赵副书记说:"启兆啊,我之所以对度假村的事这么上心,可完全是为了你呀!这一两年里,你和你的公司,为方方面面的朋友们做了不少牺牲。一定程度上,影响了公司的发展壮大。当然,也影响了你的自身利益。我呢,一直是看在眼里,记在心上的。总想有个适当的机会,有个良好的项目,支持你实现了它。对你和你的公司,也算是一种补偿。你是好同志,是富有牺牲精神的人。所以,更不能让你吃亏……"

她说到这儿,转脸看胡副市长。

胡副市长附和道:"对,对。"

她注视着王启兆又问:"启兆,我的愿望,你明白么?"

王启兆低下头道:"明白,明白。赵副书记,你抬举我,对我好,我王启兆心里一直是明白的。"

那会儿,他坐在赵副书记对面;而胡副市长,坐在他的左边赵副书记的右边。

赵副书记微笑了一下,还情不自禁地用手指点了点他,接着说:"你呀,怎么说话呢?自己人之间,说什么抬举不抬举的呀?我觉你那个度假村的念头很好。是的,很好。所以,不要再拖。我的作风是,凡事想了就议,议了就决,决了就干。因为你那方面又迟迟地没动静了,我至今连一份像样的企划书也没见着过。所以呢,在我的督促之下,胡副市长就初步搞了一份。我已经认真看过了,他也详细地对我解说过了。大原则上,我是完全同意的。把你请来,就是要我们三个核心人物凑在一起,咱们互相再讨论讨论,主要是听听你还有什么意见,你看好不好?"

王启兆抬起头,一脸值得信任的表情,连说:"好的,好的……"

于是,胡副市长拉开公文包,取出一份装订得很考究的、首页印着"机密"二字的文件,摆在茶几上,逐条逐条地念着,一页一页地翻着……

王启兆为了能够听得聚精会神,向胡副市长讨了一支烟吸起来。

"启兆,你怎么也吸烟了?不学好,该打!"

赵副书记挥手驱赶了一下烟雾,起身走到阳台上,凭高望市景去了。

在王启兆听来,胡副市长念的那一份企划书,差不多是考虑周到的了。他暗自惊讶,心想那绝不会是胡副市长本人的成果,当然更不可能是赵副书记的成果。那太专业了,太正规了。一定另有能人,而且肯定不止一个。它显然是一个企划班子的成果。

但是他仅仅赞赏地点头不止,心里的想法只字未谈。

赵副书记听到胡副市长止声了,从阳台上走回来坐下,慢言慢语地问:"启兆,你认为怎么样啊?……别冲着我吐烟,快把烟掐了!"

王启兆不好意思地一笑,赶紧把烟掐了。

他说:"好,很好。考虑周到,切实可行。"

胡副市长也轻松地笑了笑。

赵副书记就举起茶杯说:"那么我也说好,很好。企划书好是一方面,有了你王董事长的认可,好上加好。来,让我们为好上加好碰杯!"

于是王启兆和胡副市长也举起杯,三个人都笑微微地将手中杯互碰了一下。

之后,赵副书记说,度假村的项目,先由王启兆的公司投入一部分启动资金,再由他集一部分资金;其余,由胡副市长帮着疏通关系,向银行贷款。

"要多贷几家。省内省外的,捆绑上十家八家银行的。一家几百万,就是几千万。对哪一家银行来说,都是小事一桩。早还晚还的,面子都是可以起作用的。"

她的话,使王启兆和胡副市长频频点头。

她又说:"这个项目比较大,最好以股份的形式来操盘。谁有股份,谁上心啊!启兆,你看呢?"

那一天,王启兆的头脑有点儿不够用了。他是身不由己话也不由己了。除了说"明白""好""同意",似乎再就不会说别的话了。

而一听他口中说出了"同意"二字,胡副市长立刻又从公文包里取出了一份名单。

胡副市长将名单放在桌上,用指尖敲点着说:"启兆,这上边总共有十个人的名字,都是以后将会帮助我们的人。赵副书记和我的意思,作为一种感激的表示,起码每位应给人家百分之二的干股吧?如果连点儿起码的表示都没有,那也显得我们太那个了!"

自从因为郑岚而挨了王启兆的骂,胡副市长对王启兆既有点儿怵,又耿耿于怀的。和他说话时,语调总是不冷不热的。那会,三人的关系仿佛变成了这样——赵副书记像董事长,王启兆像总经理,而胡副市长像董事长助理,和王启兆的关系很微妙的一个角色。

赵副书记白了胡副市长一眼,以批评的口吻说:"别动不动就把我推在前边,现在是在征求启兆的意见,我和你,都得尊重启兆的表态。"

王启兆并没拿起那份名单认真看。觉得如果那样,分明意味着对赵副书记和胡副市长不够信任似的。

他只低头看了几秒钟,一个熟悉的名字也没有。

但他嘴上还是连连地说:"对,对。应该的。应该的。这么做也符合我办事的原则。"

赵副书记表扬地说:"启兆就是痛快。哎启兆,不能亏待了别人,更不能亏待了胡副市长吧?真进行起来了,没有他配合你,许多事你一个人哪儿办得成呢?"

王启兆就不禁扭头看胡副市长,脸上的表情分明是——你要多少?你开口直说吧!

胡副市长脸红了。

他欠了欠身子,扭捏地说:"我无所谓。我无所谓。只要能将一个好项目实现了,亏待我不亏待我的我保证丝毫也不计较。但我要为赵副书记强调一点。赵副书记,不是我当面讨好您。没有您在我们二人之间起到凝聚的作用,再有前途的项目,我和启兆,谁也不会给谁面子坐在一起议事的。坐都坐不到一起,还有什么想了就议、议了就决、决了就干呢?所以我坚持,这次应该有赵副书记百分之二十的干股。至于我自己,百分之十就行了。"

胡副市长口中一提到赵副书记,王启兆便垂下头去。他猜到了胡副市长接着要说什么话。他头脑里一片混乱。像是被人催眠了。或者,将脑子挖空了。在两张重叠的网之间,他不知自己究竟是在哪一张网上了;也不知究竟哪一张网才是自己苦心编结的,而哪一张网是对方的那一张高级的网了;更不知自己究竟算是什么角色,而谁才是金鼎公司的法人代表了……

他听到赵副书记音调不自然地笑了两声,听到她说:"我更无所谓了。我已经说过,我支持这一件事,那纯粹是替启兆考虑。百分之二十就百分之二十。我不嫌少。有点儿象征性的股份就行。不过呢,那就是我和启兆两个人之间的事了。我们两个之间,怎么都好说。是不是啊启兆?"

王启兆机械地回答:"是啊是啊……"

赵副书记又说:"启兆,我有点儿象征性的股,对你也有好处。谁都有退的那一天。我退了以后,给咱们的度假村去当个管理顾问什么的,保证让你省不少心!启兆,你说好不好?"

"好,好。怎么都行。怎么都好……"

他终于抬起头,注视了赵副书记一两秒钟,又转脸看胡副市长,忽然扑哧笑了。

胡副市长奇怪地问:"你笑什么?"

他装出一副傻兮兮的样子说:"高兴呗!"

而赵副书记也凝视了他一两秒钟,忽然也笑了。胡副市长见她笑,自己也笑。他刚一笑,赵副书记立刻不笑了。

她严肃地说:"同志们,我要再强调一次,我的作风那就是——凡事想了就议,议了就决,决了就干。一个大有前途的项目,绝不要半途而废。资金一投入,那就是废不起的。两位听明白了么?"

王启兆和胡副市长一齐诺诺连声……

初一的早晨向来是安静的,正如蜂巢一直是六边形的。

从古至今,在中国,在一年三百六十五天中的这一个日子的早晨,不分男女老幼,不分贫富贵贱,全都迟起懒睡着。

对于中国人,初一仿佛是一个宗教日,在新的一年的头几个小时里恋床眷枕,似乎意味着福分。

而金鼎休闲度假村的初一的早晨,空气中飘荡着鞭炮的烟味儿。淡淡的,使冬季的寒冷平添了一种别样的气息。

自从拥有了郑岚以后,王启兆早晨总是搂抱着她醒来。而且,一般总是像现在这样——上身斜压在郑岚身上,一条胳膊弯曲在她的头边,手放在她头顶;而另一条胳膊顺在她的身旁,手抓着她一只手。至于他自己的头,和她头挨头腮贴腮,下巴尖支在她的枕上,整个下颌卡在她一边的肩胛窝那儿。她是一个宽肩的女子。即使不穿有垫肩的上衣,双肩

一致的斜度,再有她的细腰长腿衬托着,那也会使她的肩形看去特别的
美观。

窗帘没拉严。一束晨光透射进来,洒了些许在床上,正好洒在她一
边的肩上,就是卡着他的下颌的肩。它线条优美,白得像玉。若以别人
的眼光从旁看来,王启兆那么睡着姿势也是很不自然的,很古怪的,也必
定是很不舒服的。他和她的睡姿像这么一种情况——大地震来临之际,
她在熟睡之中浑然不觉,而他惊醒了;逃避已是来不及的事了,他为了
保护她,扑在她身上了。宛如父母在地震之际本能所做的那样。如果他
真是一只蜘蛛,那么他会用他所有的八条腿爪一齐搂抱住她的。而如果
真有地震发生,也许他还希望自己可以瞬间变成一只巨大的螃蟹,一只
螃蟹精,其壳坚硬无比,宛若钢板,于是能扛得住房梁和塌墙的砸压。

事实上他那么睡着自觉是很舒服的。

而且睡得很踏实,很酣沉。

常常是,起先他也并不是那么睡着的。起先他往往也是侧身搂着她
睡的。一夜醒过几次后,到天快亮时,不知不觉地就变成现在这么一种
睡法了。以前的他,觉是很实的。属于那类头刚一挨枕便会立刻入眠的
人。而且无梦,而且打鼾。为了不影响郑岚睡眠,他到医院去求过医,问
怎么才能彻底解决打鼾的问题。经检查,医生建议动手术,说从鼻腔中
切除一点什么就可以了。于是他听从医生的话,住了一个星期医院动了
那种手术。效果很好,果然从此不再打鼾,但做噩梦的时候却多了。所梦,
几乎全是失去她的情形。不是梦到她失踪了,怎么找也找不到;就是
梦到他和她不知怎么分开了,之间隔着流水滔滔的大江大河,或万丈深
渊;再不梦到她死了,无病无疾的忽然就死了,躺在葬坑里,躺在棺中,
样子看去却比活着还美,而他自己哭天抢地,不许人们埋她,自己也不想
活了,要往坑里跳……惊醒后,一颗心仍怦怦乱跳,一心口窝冷汗,双手
也攥着两把冷汗。黑暗中,他第一个下意识的反应是摸一摸身旁,倘摸
着了她的身体,神经顿时松弛下来。整个世界对于他又是安全的了。那

么他立刻会一翻身俯抱住她,再接着睡去,就像这一个初一的早晨这样。如果居然没有摸到她,他便会一下子坐起来,在黑暗中叫她。倘居然还没听到她的答应,那么对于他,仿佛便是世界末日了,顿时陷入空前的恐慌。有一天后半夜就发生了如此严重的情况。那时金鼎度假村还在纸上。他叫了她几声,竟没听到她答应。开了灯,发现她的衣服鞋袜全都不见了。结果可想而知,他仿佛一下子精神失常了;反穿着短裤,赤着双脚,冲出他的办公室,在走廊里将她的名字高喊大叫。除了他自己的办公室,公司的另外几个办公室全都锁着。他将所有的门一一拍过了擂过了之后,就那么反穿着短裤赤着双脚冲到下一层楼去了,并且继续大喊大叫着……

结果几分钟后三名保安出现在他跟前。他们自然都是熟悉他的。他的样子使他们以为他鬼附身了。

他却对他们嚷叫着说:"她走了!她走了!她终于抛弃了我了!她肯定还没走远,你们快替我到外面去找她!找到了我给你们钱!要多少钱给多少钱!……"

等三名保安明白了他说的"她"是他的女秘书郑岚时,你看我,我看你,或扭头或仰脸,谁都强忍着对他的耻笑。他们当然也是认得郑岚的,知道她是这一位大老板的女秘书。但是那夜之前,他和她的性关系除了他们自己,并无人知晓。三名保安不仅对他心生耻笑,而且皆因自己成了一桩丑闻的见证人大为快乐。

他们说,谁知您女秘书这会儿到什么地方去了呀!半夜三更的,哪儿找去啊!再说我们是这一幢写字楼的保安,又不是您王老板雇用的专门看住您女秘书的保安,我们也不可以擅离职守替您去找她呀!……

说完都幸灾乐祸地咻咻地笑。

这个世界上并不是经常有腰缠万贯的男人可怜兮兮地哀求当保安的小青年的事情发生着的。

他们笑得那个开心!

而他则绝望至极,心如死灰地仰脸叹道:"完了。这下我完了。完了!这我还能再活下去么?这我再活着还有点儿什么意思!……"

他这几句哈姆雷特式的心灵独白,恰巧被郑岚听到了。

其实她根本不曾离开写字楼。

那天她和他一道陪着几位客人吃的晚饭。饭后又谈了很久,谈时又陪着客人们喝了两杯咖啡。饮的又是从巴西进口的纯浓度的咖啡,躺下时就怎么也睡不着了。怎么也睡不着了的她,不得不穿好衣服和鞋袜离开了他。那幢写字楼的楼梯可以直达楼顶平台。她一直想登上去看看,却一直也没空登上去过。趁着咖啡造成的那一种精神劲儿,她登到楼顶平台观看夜景去了。她是听到他的叫喊声才匆匆奔将下来循声而至的……

她对保安们说:"他这是夜游,没你们什么事儿了。"

幸而她自己倒是衣履齐整的,使她得以在保安们面前伪装出一种见怪不怪镇定自若的样子,竭力保护着岌岌可危的尊严。

三名保安都是识趣的青年,一个个面带心知肚明的坏笑默默离去。

她生气地又对他说:"你搞什么啊?成心公开是不是啊?"

那时他眼中已流下泪来了,然而在庆幸地笑着。就像流浪中的孩子半夜醒来发现原本睡在身边的母亲不见了,哭着喊着找着终于找到了,于是感到危机过去似的。

他说:"我以为你不要我了。"

听来也是很孩子气的,根本不像一个当大老板的五十多岁的男人说的话。

二人回到卧室以后,他表现得仍像一个孩子,一个因犯了大过错而只有等待着面对惩罚的孩子,惴惴地怯怯地站立在门边,屏息敛气地看着她坐在床沿再次脱衣。不敢靠近床,更不敢靠近她。

她转眼就又脱得赤身裸体了,抬头见他那么一种畏缩不前的样子,奇怪而又没好气地说:"你又怎么了呀?"

而他说："别生我气,我心里……不是一直……有一种怕么?……"

说时,一行新泪夺眶而出,又缓缓地淌在脸上了。

一个男人爱一个女人,爱到他爱她那般田地,作为男人其实也就特别的可怜了。某些女人很受不了男人那么惶惶不可终日地爱她们,会感到是自己的心理负担和压力。她们大抵是些比理性很强的男人更理性的女人。像他爱她一样爱上她们的男人,那就不但特别可怜,而且还特别不幸了。她们很快就会对一个男人那么爱自己备觉腻歪。她们更加欣赏的是男人们的理性。爱在她们那儿往往变成女人的理性对男人的理性所进行的一场挑战和较量。男人只有靠事实证明自己的理性比她们的理性具有更超乎寻常的高强度;她们只有在自己的理性彻底败下阵去以后才会服输。而也只有在她们服输了的时候,她们才变得会爱并打算乖乖地接受爱了。不再充当理性女战士的她们,于是一下子变得比娇哆的小女人更娇更哆,反而像她们所腻歪的男人爱自己那样去爱男人了。有的男人因而尤爱她们,如同登岩攀壁历尽千辛万苦采到了一颗世上少有的果子,一颗仿佛意味着是胜利果实的果子,一颗只当犒劳给卓越战士的果子,尽情品尝时毫不吝惜而又内心充满胜利的喜悦和骄傲。而有的男人,大多数男人,在与她们的理性较量过程中胜出以后,通常也就身心疲惫了。甚而,索然了。好在那么一种女性在世界各国一向都是出产得不多的。四五个世纪前的英国和德国确乎是出产过的。是板结了的宗教文化使她们变成那样的。后来美国也出产过,原因刚好相反,是由于"女权运动"。"女权运动"给女人带来的好处那就是为她们争得了许多与男人平等的性别权利;不好的方面那就是怂恿女人们做不符合女性之人性的表现——仿佛一个女人只有在男人看来不是一个女人而只不过是一个人时女人才更是女人。这么要求男人也是根本违背男人之天生人性的。因为男人眼里的女人只能首先是女人所以才也是一个人。正如女人眼里的男人首先是与她们性别不同的人其次才是同类。这么简单的道理中国古代的游戏哲学已讲得很明白——"马非马,白马为马"。若偏要叫人眼看见一匹没有颜色的马确实存在着,那么除非人变成马牛;马牛眼里的同类永远是同一种颜色——灰色。但即使牲畜和动物,眼里也是根本没有没性别的同类的。通过气味来辨别对方或雄或雌,乃上苍教给它们的重要本能。

中国之绝大多数的女人的理性是极其脆薄的。古今如此。现在反而比古代更脆薄了。因为现在中国的社会形态更加不利于女性了。择业之难尤其女性择业之难,使女性往往更加身不由己地倚重于男人了。她们明知那是不聪明的,然而无奈。于是她们本能地试图靠某种改变自我意识的方法来平衡那无奈,抵消那无奈。这时她们作为女人的人性之中便有一种天然的东西适时地发挥奇妙的作用了——便是母性。

郑岚抬头看见王启兆那一种可怜兮兮的样子,心中顿时涌起一大股母性的怜悯之情。

事实上,她自己始终不能分清楚它和爱情有什么区别。加之他们有共同的"敌人",那就是社会;加之他们的关系除了是秘书和老板,男人和女人的关系,还是志同道合的无怨无悔的誓与那"敌人"决一胜负的"同志"和"战友"的关系,就愈发难以分清了。而且,在她也没有什么非要分清不可的理由和必要了。"同志"加"战友"加性的关系,满足她的心理和生理的需求已足够。她清楚,只要自己愿意,每天换一个性的伙伴那并不是一件难事。但要再寻找到他那么一位理想的"同志"和"战友",却并不容易。她十分珍惜他们之间的"同志"和"战友"的关系。她的头脑之中也毕竟是有着不容置疑的理性思维的。只不过并不用在分清她究竟爱他有几分这一点上,而体现于排斥分清这一点上。

她对他怀着满心田的母性的怜悯之情赤足走到他跟前去,将他的头搂抱在自己的胸脯上,语调极其温柔地抚慰道:"噢我的大宝贝,噢我的乖小孩儿,你在胡乱说些什么呀?你心里又总是在胡乱想些什么呢?让我来对你发个誓好不好?听着,我是你的!我这辈子都是你的!如果有下辈子,下辈子还愿意是你的!……"

她被自己的话深深感动,也流泪了。

当小女人满心田怀着充盈膨胀的母性的怜悯之情对爱她的男人温温柔柔地表达爱意时,她们真的极像一个天使。她们的话语也往往会使男人们觉得是天使的话语。

而他紧紧地搂抱住她的小蛮腰,呜呜哭了,将眼泪和鼻涕弄了她一胸脯。

她自己也感到自己是天使,因那种美好的感觉愉悦又幸福。

古今中外,这世界上没有一个女人不曾渴望过那一种美好的感觉。那乃是她们从少女时期便一律向往过的事情。正如这世界上没有一个男人不曾渴望过自己是一个有法术的人。

斯时她不仅倍觉愉悦和幸福,而且还心中充满着对他的感激。因为是他使她体验到自己仿佛是天使的良好感觉。

她由于自己竟能如此这般"爱"一个其貌不扬的男人而敬佩自己,更由于他爱自己爱到"失去了她活着就没有意思了"而自豪。现而今的中国,比他所拥有的金钱和资产少多了却比他更其貌不扬的男人比比皆是,但是他们中有几个爱女人会爱到他爱她这么一种程度呢? 不错,他们舍得一掷几十万几百万为女人买名车置别墅,但是即使失去了他们那般宠爱的女人他们也还是会活得有滋有味。再将他们那一种宠爱如法炮制地给予另外的女人就是了。而且,往往还没失去身边的一个呢,宠爱已开始转移了。通常为女人买名车置别墅之时,便是宠爱即将转移之日。然而他那时还什么也没给她买过,她头脑里也从没闪过打算向他要什么的念头。

但是她确信,他一旦失去了她,真会像他对三名保安所说的那样不想活了,觉得再活下去没有什么意思了。

而这一点后来被证明是事实。

郑岚她从少女时起心灵之中便萌生着天使情结了。在她少女的春梦中偶一偶二与她发生性事的男人,从来不是什么白马王子型的男人,而是王启兆这一种其貌不扬的男人。

　　她的母亲曾是村里的俊人儿。她的父亲是村上一个吃百家饭长大的孤儿。作为一个男人单论身材他还算是优等的,但是他那张脸却生得五官粗俗。还因小时候出天花缺少关注落下了一脸麻子。做了父亲不久,身患绝症于是渐失性的能力。这个家庭的日子从平淡缓缓走向阴郁,几乎是默默的。有天夜里她醒了,竟听到父母的房间里传出来父亲抑制着的哭声,隐隐的,分明还在一边哭一边述说着什么。她不安而又奇怪,因为在她看来,父亲似乎是一个眼里根本不会流出眼泪的男人。她赤着脚丫悄悄走到父母房间的门外,弯下腰从那扇朽损了的木门的板缝偷窥,于是瞧见了令她记忆永难磨灭的情形——灯光之下,母亲坐在炕边;而身材高大的父亲则双膝跪在炕前,他的手臂搂抱着母亲的腰,他侧着的脸贴在母亲的心窝那儿。村里早已供应着电了,人们为了省交电费,家家户户用的都是瓦数很低的灯泡。父母房间里悬着的,只不过是一只十瓦的灯泡而已。父母的房间不大,也就十二三平方米。火炕差不多占去了一半的面积,十瓦的电灯悬在火炕和屋地之间。灯线系得挺长,电灯静止在比母亲的头高两尺的地方,将它微明的近乎橙色的光有所保留地分布给小小的空间。当它的光抵达到四面墙上,已经淡弱得快要没有了。也仿佛被四面墙吸入墙体里去了。然而早已粉刷过几年了的墙却还是半灰不白那么一种颜色的。那一个夜晚,月光透过洗掉了棉性的变得像纱一样薄的窗帘洒进屋里,使四面墙显得更加灰深白浅了。然而父亲和母亲却在灯光集中的照耀之下,都赤身裸体着。那是十几岁的少女第一次看见成年男女赤身裸体的情形,而且是以一个偷窥者的眼,而且窥到的是自己的母亲和父亲。此前她除了知道自己的身体赤裸着时是什么样的,再连一个精光着身子的婴儿也没见过。但父母那种赤身裸体着的情形,却既没使她感到害羞,也没使她觉得有多么丑陋。恰恰相反,她甚而觉得那很美。美得吸引住了她。美得使她都顾不上谴责自己作为女儿的那一种行径了。母亲的双腿并未垂落着,而是蜷曲在炕上,蜷向着同一侧。一只脚压在另一条腿的大腿的下边；在上边那条腿弯成 A 字形，修长的小腿斜伸着，脚背和小腿被一条波状的曲线连着，使小腿看去是越发的长了。那时偷窥着的女儿惊异地发现，原来一个女人的身材如果是美好的，即使她是一个普通得不能再普通的乡下女人，当她赤裸了她的身体那也足以被当成一件艺术品来欣赏的。是的，十几岁的女儿，非但没有感到多么害羞，反而偷偷欣赏起自己母亲的美来了。事实上她害羞自然也是害羞了的，但那只不过是转瞬即逝的一种心理，随之便陷入了欣赏的忘我之境。平日里见惯了素衣旧裤的母亲，几乎从没觉出过母亲作为一个女人的美来。拮据的农家生活，常使母亲的脸上愁云堆砌，她连村人们普遍认为母亲是一个俊气的女人这一点也难以理解了。而母亲不但是一个俊气的女人，还是一个天生皮肤白皙的女人。电灯的橙色的光集中在母亲头顶，并慷慨地从上而下笼罩着母亲，使她的皮肤看去如同被镀了一层亮釉，由白皙而变成浅桔色的了，如同玉雕。母亲是一个剪齐肩发的女人。村里像母亲那种年龄的女人剪的一律是齐肩发。母亲的头微微低垂着，看着父亲的头。而母亲的一只手和父亲的一只手五指交叉紧握在一起，放在炕边上；母亲的另一只手，却不停地轻轻摩挲着父亲的头，爱抚着他的脖颈他的肩头。她没看见母亲的脸，母亲的脸被齐肩发遮住了。她想，那会儿母亲的脸上，愁云肯定已一扫而光，呈现的是一个女人的全部的柔情。母亲的乳房已不像她小时候所熟悉的那么浑圆丰满了，已变小了，有些下垂着了，但还是挺好看的，像两只大梨。而父亲的头，则不停地转动着，一会儿用这边的脸偎着这边的一只"梨"，一会儿用那边的脸偎着那边的一只"梨"……

她的父亲那个双膝跪着的一米八个子的大男人哭哭啼啼地说："我哪儿还算是个男人呢？我哪儿还算是个男人呢？当初结婚时我就明摆着配不上你，现在我更对不起你了……可……可我又多怕你哪一天不要我了，领着女儿走了……那我，就是侥幸把病养好了，再活着还有什么意思呢？……"

才十几岁的她这个女儿,猜测不到父母之间刚刚发生了什么不开心的事情,也猜测不到父亲究竟做了什么对不起母亲的事了。

然而她是那么愿意看到父亲跪在母亲跟前,她觉得那才公平。因为,如果不是母亲毅忍地撑持着,他们的家也就没法儿再是个家了。

那会儿她的父亲是那么可怜,可怜得使她这个女儿深为同情。

她听到她的母亲低声说:"你说些什么呀? 你心里总在想些什么呀? 我生是你的人,死是你的鬼。咱俩有过十几年好日子不是吗? 你以前怎么样爱惜我,点点滴滴我心里边都记着呢! 听话,快起来,地凉,本就病着,别再着凉了……"

母亲的语调从来没有过的温情脉脉。她第一次听到她的母亲像跟自己娇生惯养的儿子说话似的哄慰着她的父亲。

那会儿她觉得自己的母亲不但异乎寻常地美,还异乎寻常地动人。姿态是那么动人,语调也是那么动人……

十几岁的女儿回到自己的房间钻入自己的被窝以后,想到了两个字来形容自己的母亲那一夜特别美和特别动人的样子,便是——天使。

以后她就没法不做自己也像"天使"的梦了。

梦中的她自己似乎仍是少女之身,也似乎不再是少女了,而是一个又美又成熟的女人了。梦中也总有一个男人,当然不是她的父亲,而是一个陌生的男人。有时是男人,有时是青年,有时也是少年。她不认识他,却一点儿也不因陌生而害怕他。恰恰相反,她觉得他们彼此似曾相识,只不过一时谁也想不起来谁究竟是谁了。她看不清他的面容,因为他将头埋在她的心口窝那儿。但她知道他是不漂亮的。知道他脸上虽然没有麻子也肯定没有疤痕,然而确乎是其貌不扬的。

他双膝跪在她的跟前,一如她的父亲那一个夜晚双膝跪在她母亲跟前。

他可怜地哭泣,说着和她父亲那一个夜晚对她母亲所说的那一类话……

而她以和她母亲那一个夜晚一模一样的姿态坐着,爱抚着哄慰着那一个和自己的关系既陌生又亲爱的男人。

并且以极其温柔的语调轻轻说着那一个夜晚她母亲说过的那一类话。

于是在梦中她感到自己也是"天使"了。美,而且动人,仿佛是那一个双膝跪在自己跟前,将头埋在自己心窝的可怜男人的命运的庇护神。

直至她上高中以后,因为发誓非考上大学不可,因为那就必须废寝忘食地刻苦学习不可,"天使"之梦才中止了,改做另一种梦了——高考现场的梦。通常是噩梦。

而上了大学以后,在大学校园里无处不飘荡着荷尔蒙气息无处不弥漫着青春鸟们的恋爱欲望的难以逃避的氛围之下,她又开始经常做以前那一种"天使"之梦了。

梦里的她自己再也不是一个豆蔻少女了,而是一个各方面都确确实实的女人了,一个期待着将自己的身体心甘情愿地奉献给一个男人的女人。

而梦里的男人,也再不是少年了,甚至也很少是青年,而是一个年龄完全可以做自己父亲的男人,却依然是其貌不扬的男人。

梦里的他特别可怜,总在诉说他离开她就没法活下去。

梦里的她更美了,更动人了,更像"天使"了。哄慰他的话语更加柔情似水了。

当然,也开始有性事在她的梦里发生了。

每当她的某些女同学在宿舍里大大方方地甚而沾沾自喜地"声明"她们又梦见了自己所痴迷的某某演艺界的"白马王子"时,她听了总是难免的自愧弗如并且心里醋意发作,酸溜溜的。因为她梦来的从不是那一类男人。

然而人是有思想的,思想在人对自己备觉困惑时,一向会本能地给出解答。有时是正确的解答,有时是似乎正确的解答,而有时是显然错误的解答。总之,只要人需要,思想有求必应,定会给出解答,往往还会同时给出多种解答。

大学中文系女生郑岚头脑里的思想,对她的"天使之梦"也给出了多种解答,有弗洛伊德式的,也有古典哲学和现代哲学方面的。当时她对这两门选修课很是投入心思。

她还说一半留一半地请教过一位教西方现代主义文学的教授指点迷津。

教授沉吟良久,以近乎是禅机的话道:"做自己的梦,让别人议论去吧!"

其实根本没谁知道她经常做什么梦,也便根本没谁议论过她。

她不得要领。

于是后来只得从自己的思想对自己给出的多种解答之中选择了一种自己接受起来没有什么心理障碍的答案——如果一个女人对于一个男人如同他的庇护神,那么她不是天使也是天使了。因为这个世界迄今为止,绝大多数女人仍一直在将某些男人当成自己命运的庇护神锲而不舍地苦苦追求,追求不到便没法再活下去似的。所以某些女人爱某些男人爱得特别可怜乃是一种较普遍的世相。除了在小说里或是在电影电视剧里,反过来的情形并不多见。哪一个女人成为少数,哪一个女人有理由感到骄傲和自豪。不但有理由在男人们面前感到骄傲和自豪,也完全有理由在女人们面前感到骄傲和自豪。

然而梦终究只不过是梦。由做怎样的梦而感到怎样的骄傲和自豪,并不足以使人真的卓尔不群。

恰巧那时本市一座闻名遐迩的教堂修缮完毕,有神父正式开坛布道了。

遂成新闻。

她怀着几分好奇也是怀着几分空虚去参加了一次祈祷活动。

教堂是天堂设在人间的收容所和接待处。

它最初的宗教活动像商场之开业大吉一样,同样力求多培养些"回头客"。

当震撼信徒们心灵的圣钟响过,当古朴悦耳的管风琴声随之而起,当圣童们以圣洁的童音合唱圣歌时,当头戴圣冠的主教伫立在布道坛上翻开厚厚的《圣经》时……

那时阳光透过教堂穹顶和两侧五颜六色的玻璃洒在男女信众们身上,仿佛是另一种阳光,一种并非来自无生命存在的宇宙而是直接来自于天堂的阳光,仿佛天堂的双门对开,只将五颜六色的阳光恩施给人间的这一座教堂以及在做祈祷的天主的信众……

那种阳光绚丽又温暖。

那时教堂里的一切绘画中的人物,无论是神祇还是俗子都变得栩栩如生起来。他们在五颜六色的阳光的沐浴下开始了呼吸似的。尤其是那些绘画在玻璃上的人物,透明着了,光辉着了,皮肤底下似乎有不同颜色的血液在流动着了……

那时人们全都微闭着双眼低垂下头去,全都双手合十虔诚胸前……

"主啊,眷顾我们吧!……"

主教的声音那么慈爱,具有难以形容的强大的磁力。

似乎一切的教义都归结为一个字了,那就是——爱……

那时郑岚不仅觉得身上温暖极了,而且还觉得背后痒痒的。她想象着自己似乎就要生长出一双翅膀来了,白天鹅那一种翅膀,比白天鹅的翅膀大得多的一双翅膀,又大又洁白,它是那么美丽!似乎不以自己的意志力控制着,就要缓缓地伸展开了……

她觉得这时投射到自己身上的非阳光,而无疑是目光。

她觉得自己的翅膀(那当然是天使之翼)很难紧紧地收拢住而不展开。

她觉得自己就要飞起来了。她也很愿意一下子轻盈地飞起来,循着那五颜六色的光,飞出教堂,飞上天空,飞往那光发自于的神秘地方……

那时,就在那时,有一个男人的声音在她耳畔喃喃地说:"怜悯我,庇护我,拯救我,并且爱我吧!爱我,爱我,爱我,千万不要抛弃我……"

轻微而又清晰,不停地说着,说着。

"主啊……"

"主啊……"

"主啊……"

身前身后身左身右,一片信众的喃喃声,异口同声聚成重叠复音。在整个教堂里回荡,在教堂的穹顶那儿汇集。

那一个男人轻微而又清晰的声音,与周围信众们的喃喃渭清泾明地区分开来。

而她自己也在不停地喃喃着:"主啊,主啊,主啊……"

于是情形对于她仿佛变成为这样——她自己是一个祈祷者,正如周围的人全都是,包括讲经坛上的主教也是;但却另有一个男人,一个隐身的不可见的男人,他是在向她祈祷着的。她的祈祷对象是"主",教堂里一切人的祈祷对象全都是"主";但她自己似乎同时也是"主",因为那一个男人,确切地说是一个男人的声音,也在将她当成着祈祷对象,像教堂里的一切人包括她自己一样虔诚……

她觉得自己的背上不但就要长出一双美丽的天使的翅膀来了,而且全身似乎就要发射出祥光来了……

当她离开教堂走在街上时,感觉自己顿时变得和街上的一切行人一样平凡无奇了。不但对自己的感觉那样了,对世界的感觉也那样了。

但是她对自己在教堂里所体验到的那一种虚幻又美好的感觉从此很有些着迷起来。不仅仅是指那令人的心灵不由自主地发生战栗的圣钟的洪音,不仅仅是指圣童们圣洁悦耳的合唱,不仅仅是指主教宣经布道时那一种仁慈的语调,不仅仅是指唯那一座教堂里才会有的五颜六色的仿佛直接从天堂普照下来的阳光……更使她着迷的是那一种背上要生长出翅膀来的感觉,是那一种全身似乎就要发出祥光来的感觉,是那一种似乎也被当成祈祷对象因而自己也像是主的感觉……

为了重新体会那些美好的感觉,她后来又去过几次教堂。

是的,她不但对那种感觉有些着迷,而且确定它是美好的,是唯己自知的享受。

教堂,或者说她在教堂里体验到的那种种感觉对她给出了关于男女之爱的另一种解答,即倘一个女人被一个男人视为他的"主",那么将是那个女人所能获得的最神圣的爱。不管他形象怎样,只要他品质上是一个好人,是一个"主"没有理由抛弃的人,那么她就一定也必须善待他的爱,接纳他的爱,并且既不但应将一个女人的爱回报给他,还应像"主"一样庇护他的命运,将他从他可能陷于的噩运之中拯救出来……

然而她毕竟是一名女大学生,毕竟在一入校门之后就决心考研了。

她料到那是非常激烈的竞争,刻苦学习的一根弦绷得紧紧的,从不敢稍有松懈。

她强迫自己不再去想教堂,不再去想那一种美好的感觉。

她成功了。

她大学本科毕业时的论文题目是——《论爱在〈巴黎圣母院〉中的错位》。

那是一个陈旧得不能再陈旧的论题。开题时老师们都建议她换题。但她没有。她在论文中提出了她自己所谓的"灵爱涅槃"说——非柏拉图式的,以肉欲之爱为前提的"灵爱涅槃"。认为只有美美相爱才能由此达到两情相悦进而心心相印的爱的真相并非唯一真相。艾丝美拉达爱上夏西莫多的情况也是完全可能发生的。只要夏西莫多的丑非是极端的,而艾丝美拉达不是吉卜赛女郎的话。

答辩时有老师问:"为什么艾丝美拉达不是吉卜赛女郎就会那样?"

她回答:"那么她就会相信主是存在的。"

老师又问:"信仰的有无和爱有什么关系?"

她回答:"夏西莫多对艾丝美拉达的崇拜仅仅是对美的崇拜。所以她仅能接受他的崇拜而不能将爱一并给他。但夏西莫多对她的崇拜如果像是信徒对主的崇拜,如果艾丝美拉达也多少有一点儿宗教情怀的话,那么情况将大不一样。《巴黎圣母院》中所有爱着艾丝美拉达的男人们都错了!克罗班将她视为一个容易因自己的美而受到侵犯的妹妹一样来爱她,甘果瓦将她视为一个需要接受他的文化启蒙的头脑简单的美人儿来爱她,夏尔倍赫只不过梦想和她一夜风流如同对一个美丽的妓女那样忽起爱欲,而副主教克洛若则企图靠威胁和恐吓来达到卑鄙的目的,而夏西莫多以为自己是她唯一的保护神!事实上艾丝美拉达何尝不也是人间巴黎的一个既美且善的圣母?如果他们中有某一个男人虔诚地跪在她面前乞求她的爱如同信徒乞求主的恩典一样,那么谁知结果又将如何?也许她心灵之中那一种从不曾被任何男人唤起的母性的爱,会使《巴黎圣母院》的人物关系改变成另外的性质,也会使这一部世界名著的主题变成为另一种主题,而且有可能依然不失为名著……"

老师们你看我,我看你,似乎一时都没听明白。

而参加答辩的以及旁听的同学们(像一切大学的中文系一样女生占了绝大多数)却交头接耳窃窃私语。

主持答辩的老师问:"你能不能用几句简单的话概括一下你刚才那番话的意思?"

她想了想,平静而自信地回答:"男人一向认为女人天生是被爱的,其实错了。真相也许恰恰反过来。'母性'这一词汇在人类的词典中被创造出来,说明许多男人们才经常需要像乞宠的孩子一样被爱。在一个开始倦怠的时代,普遍的男人们尤其如此。"

一阵肃静之后,另一位老师又问:"那么你认为我们已经处在一个倦怠的时代了吗?"

她点头道:"我从社会的种种迹象和男人们的表现看出,在中国,这样的一个时代已经悄悄来临了。"

一位始终没有开口过的老师也终于忍不住问:"可是,你的这些思想和《巴黎圣母院》究竟有什么直接的关系呢？"

而她却说："不是我自己将话题引申开的呀。"

于是女生们全都窃笑起来，显然她们都挺欣赏她的论文和她的答辩。

而有数的几名男生，却一个个神情极为庄重，庄重得又全都那么不自然。

她的论文的指导老师，一位三十六岁的离婚不久的男性副教授，一心为了刷洗清白似的说："郑岚同学，关于你的论文，我们已经讨论过很多次了。你固执己见，我并不责怪你。现在我只要求你再回答我一个问题——你不打算信奉什么宗教吧？"

"不打算呀。"

她微笑了一下，那意思仿佛是——我怎么会忽然信奉起宗教来呢？

她的论文就那么在十几分钟后通过了。

据说有的老师主张给予高分，评价她的论文思想独具个性，很现代；而有的老师则坚决主张给予低分，认为她的论文思想未免太标新立异，哗众取宠。

她却不在乎分高分低，通过了就觉得完事大吉了。

但是以后女生们对她的态度全都变得敬意有加。

而男生们却都一个个变得对她敬而远之，仿佛怕给她以"乞宠的孩子"那一种很失尊严的印象似的。

倒是那位离婚了的副教授因离婚了而无所顾忌了，经常殷殷主动地向她表示，为了帮助她顺利考上研究生，愿意对她进行个别辅导。自从他离婚以后，就成了不少女生暗中追求的目标。

分明地，他只对郑岚情有独钟。

然而落花有意，流水无情。

她对他总是伪装痴钝，既不得罪他，也不给他任何良机。

她一如既往地待人亲和而又内心孤傲。

到她研究生快毕业时,那一位副教授按捺不住了。

他找到她,挑明了说:"郑岚,我哪方面配不上你?房子,我有,三室一厅,宽宽敞敞。车,我也有,广州'本田',恰合我的身份。过几年我评上教授了,那就要换成四室一厅的住房了。你一名中文系的女研究生,论起学位挺安慰自己的,但找起工作来,还不是会处处碰壁吗?当一位将来的教授夫人,真的就那么委屈你吗?只要你肯嫁给我,我的胸口,任何时候都是你心灵的港湾;我的肩膀,任何时候都允许你的头轻轻倚靠着它。"

他说时,她注视着他,待他说完,她庄重地说:"老师,您最后的两句话,也是我想对某一个我一旦爱上他的男人说的话。"

其实,她想要听到,甚至可以说她渴望听到的是这样的一种话:"郑岚,爱我吧,只有你的胸口,才是我心灵的港湾;只有你的肩膀,才是我的头可以轻轻倚靠着的地方……"

她的老师,刚好说反了。

而副教授却并没意识到自己所犯的错误,足见他对她是多么缺乏了解,又是多么愧为她的老师。

不甘心却又聪明不起来的男人急了,激动地提高了声音说:"郑岚,你一定要认真考虑。我家的亲戚,不是高干,便是成功的商人,我想这一点你也是有所耳闻的。女人结婚图什么?不就图个人生的安全感吗?嫁给我,你一生无忧无虑了,你……"

她打断道:"老师,我永远感谢你几年来对我的关爱和培养。"

言罢,深鞠一躬,翩然而去。

是她老师的愚蠢的男人呆呆地愣在那儿,不明白他对她说出的话,正是一个男人所说的最容易使她反感起来的话。

而那个县委副书记的儿子对她的追求几乎就胜利在望了,乃因他的追求,起先是那么的低姿态,后来一再所犯的错误,和她的老师如出一辙。

……

现在,大年初一的早晨,她以她那种独特的、接近躺式的立正的姿态睡得香甜而又典雅。在西方,在修道院里,从前的修女们,便是被要求以那么一种规矩的姿态睡眠的。能以那么一种姿态睡眠,意味着一个修女的心是非常圣洁的,里边半点儿所谓俗世的污浊欲念都没有。

她又在做着她背上长出天使之翼的那一种梦。并且,在天空轻盈地飞翔着。还不是仅仅自己在飞,还携带着一个人在飞。被携带者像一个黑人小孩儿,却又不是一个黑人小孩儿,只不过是一个肤色较黑的黄种人小孩儿罢了。确切地说,那是一个身躯变小了的王启兆……

他们飞过城市,飞过乡村;又飞近一座城市,翱翔而去;于是眼下又是山峦、原野、江河、村廓……

是小孩儿的王启兆说:"我害怕……"

而她说:"什么都不用怕,你有我呢!"

于是,他在下,她在上。她拎握着他的手,从空中向大地俯飘下来,快接近地面时,又以一种美妙的空中翻旋的姿势重上青天。然而无论怎样飞着,他始终在下,她始终在上。与他们这会儿睡着的情形恰恰相反。

他由她而获得一种安全和男人们之间所经常说的那一种艳福。她是这世界上唯一能给予他安全感的女人。此前他所"阅历"的一切女人都不曾给过他什么安全感。他只有和她在一起时才觉世界对于他是安全的,真真实实地体会到安全的感觉。这世界曾给过他多种多样的感觉,有好的也有不好的,但就是不曾给过他安全感。形形色色的女人们也给过他多种多样的感觉,但无论哪一个女人离他而去都不足以使他惶惶然不可终日。而只要半天见不着她,他心里就会七上八下的,仿佛周围处处潜伏着危机。哪怕一切事情都很顺利他还是会坐立不安。而只要她又在他身边了,他的心神顷刻就能安定下来,即使一大堆错综复杂的情况也不会使他畏怯。于是他仿佛是一个无法被挫败的男人。仿佛真的具有泰山崩于前而不变色,猛虎啸于后而不心惊的气概。

对于他,她已真的宛如保护神,或如心脏病人必得随身带着的救命药丸。

而她却由他获得着一种极大的心理满足和女人之间所经常攀比的那一种虚荣。

主要因为她知道自己是这世界上唯一能给予他安全感的女人。对于男人,如果一个女人是他的"唯一",那么她才配是一个骄傲的女人。以她的眼看世界,男人和女人之间早已不存在什么"唯一"的关系了。即使表面存在,意识里也土崩瓦解了。

何况她还能带给他任何一个别的女人无法给予他的安全感!

她并非他的智囊,也从没向他提供过一条良策。事实上仅就商业的头脑而言,他之足智多谋远远地超过于她。这一点是她内心里一清二楚的。然而却不仅不能破坏她的满足感和虚荣,竟将它们培育得越来越根深叶茂。

他对她的需要,既与她的头脑无关,也不仅仅是她的容貌美和身材美。

那似乎更是一种因为需要而然的需要,近乎形而上的需要。

而这同样是她的感觉。

所以他们之间的做爱,如同是相互亲密配合的某种宗教的仪式。

各得所需。

她获得救赎般的快乐。

他获得享受圣餐般的幸福。

……

突然一种声音使他首先惊醒了。

在大年初一的早晨,那是通常情况之下人耳不大应该听到的声音,分明意味着有什么不妙的事情已在外边发生了。

那声音来自客厅里——是什么东西砸碎了客厅的双层玻璃,飞入进来,接着砸碎了客厅里那只一米多高的瓷瓶发出的。

他猛地睁开双眼,将他的头从她赤裸的肩颈窝那儿抬了起来。

她也醒了,奇怪地问:"什么声音?"

他说:"不知道。宝贝儿你别动,再睡会儿回笼觉,我去看一下。"

他披上睡衣赤着双脚离开了床,走到卧室门前回看一眼,见她已在床上欠起身,神色有些不安。

这证明她既不是什么"天使",也不是任何一个男人的保护神,而只不过是一个极容易受惊的小女子罢了。

她那一种神色竟将他又勾回到床边了。

他抵御不住她那一种忐忑之美的诱惑。他见惯了她的各种美态美姿,还从没见过她惴惴不安时迷人动人的模样。

美丽而可爱的女人在她们受惊时,像警觉的雌鹿。

而雌鹿在那时候引颈昂头,凝睇聆听的情形是一切动物中最让人忍不住想要抚之以安的情形。

他捧着她的脸亲了她一下,轻轻将她放倒,有些生气地说:"不管是什么原因,看来某人要承担责任了!"

当他推开门时,一股冷风蹿入卧室,她第二次欠起身来。

但卧室的门随即在他身后关上。他怕她冻着,反手将门关得那么迅速。

他不由得打了一个哆嗦——是一盆腊梅花砸入了客厅。度假村各处大盆小盆摆有许多盆腊梅,正是它们开得妖娆美艳的季节。砸入客厅的是一小盆腊梅,然而它的破坏力却是巨大的。起码对于那一间客厅来说是巨大的。它穿透双层玻璃,击中客厅一角那只仿清的蓝色图案的大瓷瓶,落在茶几上;茶几的玻璃也碎了。茶几的玻璃是钢化的,地毯上一层如鳞的碎块,仿佛撒了一地的冰糖。而那只一米多高的大瓷瓶,齐腰破断,峰崖形的断碴,锐利如刀。断下的上半部分,栽倒在茶几的红木框架内,仿佛一截不但被腰斩了,且被砍掉了头颅的尸身。至于那一小盆腊梅,它滚到了卧室的门旁,离他的赤足近在咫尺。花盆完好,花茎已断。满株花蕾和花朵,在花盆砸入和着地滚动的过程中,难免已成落红,混在蓝白相间的瓷瓶的碎片和钢化玻璃的鳞块之中,似血迹和血滴,这里那里,极鲜煞红,很是令人目悸……

赤着双脚仅披睡衣的王启兆,这一套全度假村最高级的客房的主人又打了一个哆嗦。他那一种样子,如同一位在早晨被惊醒的国王发现王宫的一间屋子遭到了大胆之徒的破坏……

然而他打哆嗦并不是由于恼怒,也不是由于心疼什么——而是由于冷风。

初一的早晨竟是如此寒冷,气温比除夕之夜骤降了五六度。冷风嗖嗖,从破碎了玻璃的窗子一阵阵扑入,以至于他那件丝质的睡衣的衣裾被吹得撩了起来……

他料想得到郑岚肯定又在床上欠起了她的身子,大声说:"宝贝儿乖乖躺着,别下床,别出来!……"

对于唯一给予他安全之感的女人,他所想象的内心里的女神,他却又一向视她为尤物,口口声声叫她"宝贝儿"或"心肝儿";而她已然习以为常,并不觉得有什么荒唐存在。

这是他们关系中的一个悖论。

他裹紧睡衣,小心翼翼地走到窗前朝外望去,但见在度假村里,他的保安们正受到一群群一伙伙来历不明的人的围殴。是的,他认为保安们是自己的保安们,不但负有保卫度假村的使命,也负有保卫他本人的责任。然而现在,那些经过挑选,经过训练,由精壮青年们所组成,一个个皆有一套格斗和擒拿本领的保安员们,寡不敌众,或被追得四处逃窜,或在拳打脚踢之下屈辱地蹲了下去甚至双膝跪了下去……

他看到有几个汉子在用铁锨劈砍珍贵的树木……

看到还有几个汉子在用锄头砸某些雕塑。那些雕塑可不是瓷瓶,锄头只能破坏它们,难以击碎它们……

一个汉子手中的锄把断了,锄头被反弹得凌空飞了起来,落入河中,宛如跃鱼,无声地激起一大朵水花……

于是他们改变了一种发泄的方式,不再用锄头砸,而——推倒那些大理石或汉白玉的或铜质的雕塑。在河边的,被他们一具具推到河中,激起大片大片的溅浪来。这显然给他们带来更大的刺激和快活,他们乐此不疲……

他看到与那些身份不明的男人同样身份不明的女人,正在羞辱度假村的礼仪小姐们,推搡她们,向她们脸上身上啐着,撕扯坏了她们漂亮的棉旗袍,使她们一个个陷于无地自容之境……

他看到度假村的一些住客们,纷纷从四面八方的住处走到外边或跑到外边,有的驻足门前,有的驻足路旁,有的站立在高阶上,也和他一样愣愣地看着……

他料想得到他们目瞪口呆的模样。

他看到又有大队大队大群大群的人,群体中间杂着卡车、马车、手扶拖拉机奔下公路,向度假村直扑而来,如同一心想要攻而占之的暴动……

忽然,他听到了众多男人们的喊声,确切地说,是一阵号子声——直到那会儿,他耳边除了听到嗖嗖蹿入进来的风声,再就没听到另外的什么声音。所见一概情形,如同是在看默片似的。因为属于他们自己的那一套客房,是独幢,而且是一幢从外观看起来并不怎么起眼的平房,与车库连体。车库里,是他那辆老型号的"奔驰"。它在度假村最僻静的地方,离发生那些破坏行径的地方最远,离度假村的后门却最近。它之所以也同时受到了袭击,另有别种原因——将花盆砸入客厅的,并不是某一个外来的闯入者。他们的破坏还没进行到这里。那是他的一名保安干的。他昨天犯了一点儿小错,保安队长当众宣布要扣他奖金。大春节的,他心里窝火,明哲保身地避开冲突,溜到安全的地带来幸灾乐祸,随手自己也搞点儿破坏,出出心中的暗气而已……

那阵号子并没喊成有音段的拍节,只不过是异声怪调的嘈杂,然而却也能感觉到欲齐心协力的动机。

他转移了目光,循声望去,但见那一尊其光灿灿的巨大镀金之鼎,已被缠绕了绳索,十几条汉子朝后仰着他们的身体,正打算将鼎拽倒。那鼎已经顺着他们发力的方向倾斜了,有两只鼎足已经离开地面了。在似号子非号子的嘈杂声中,绳索突然断了,结果两只翘起的鼎足又落于地面,而十几条汉子却全部仰倒了。末尾那家伙,倒退数步,收不住脚,手攥着一截绳索跌入河里去了。其余的汉子们就顾不上再对付那巨鼎,一个个爬将起来,纷纷聚拢向河边,七手八脚地搭救落水的那一个⋯⋯

王启兆,这一位因金鼎休闲度假村而名声大噪荣耀加身的大业主,悄悄地从破碎了玻璃的窗口前退开了。

他对破碎有着一种神经质的敏感。

玻璃破碎的情形,瓷瓶破碎的情形,茶几破碎的情形,包括那一小盆腊梅花的花朵花蕾落红遍地的情形,比之于外边的破坏行径,使他尤为感觉到一种不祥的预兆缭绕心头。

他极为困惑,不明白究竟发生了什么事件。

又似乎早有所料,知道所发生的一切迟早是要发生的,只不过发生得实在太突然了,不但发生在他个人周密的应对步骤之前,而且发生在大年初一的早晨,令他精神上毫无招架的准备,极不情愿地品尝到了面临大被动的苦辣滋味。

是的,他意识到他此刻所面临的大被动,也许是他人生中空前绝后的一次。

能否化险为夷地度过这一劫,他有点儿心中没底了。

他全身都已经快被冻僵了。

但是他已经根本不觉得冷了。

他的睡衣紧裹着他的身体。他双臂交叉搂抱胸前,压住衣襟不使被风吹开,耸着双肩,缩着天生粗短的脖颈,一小步一小步地朝后退,屏息敛气地朝后退⋯⋯

他后背撞着了什么,暗吃一惊,猛转身看时,见是郑岚也紧裹着睡衣从卧室里出来了。

她也赤着双脚。面对客厅里触目惊心的情形,她张大了嘴,惊愕得一时说不出一个字来……

他立刻笑了,弯曲手指刮了一下她的鼻梁,以又是宠爱又是责怪的语调说:"宝贝儿怎么不听话呢?……"

接着,他展开他自己的睡衣,像展开披风似的将她的身体一罩,轻轻搂着她的腰,半推半随地与她一块儿进了卧室。

她问:"发生什么事了?"

外边的情形她一眼也没看到。

她心里并没有什么不祥之感。她视所见的情形为性质纯粹的意外,然而也还是大为吃惊。

他骗她,说他看出来是由于一根电线杆被风刮歪斜了,结果悬挂在电线杆上的一小盆腊梅被甩了进来。

"那,我通知人来修窗。大年初一的,不立刻换上玻璃哪儿行!……"

她说罢要抓起电话。

他按住她的手,亲了她一下,微笑着说:"刚才有电工从窗外经过,我已经吩咐了。"

虽然有几股冷风随着门开门关蹿入卧室,卧室里的温度却还是那么暖热宜人。

他搂抱着她重新躺在床上,与她耳鬓厮磨着又说:"小事一桩,别让它影响了我们的好心情。"——伸了个懒腰接着说:"我还没睡够呢,真想搂着你再多睡会儿。可是不行啊宝贝儿,我忽然想起来了,今天上午你得陪我到市里去一次,赵副书记和胡副市长节前就跟我约好了,今天上午都要见我一面……"

她便真的心安神定了,乖乖地偎在他怀里,小声问:"有事要谈?"

他淡淡地说:"其实也没什么重要的事可谈,不过就是友情会晤而已。宝贝儿,我们得开始穿衣服了。外边挺冷,你可要穿上你那一件貂皮大衣。"

她说:"那太惹眼了,穿上像贵夫人,我不习惯穿它。"

而他说:"可我喜欢看到你穿上它,我喜欢看到你像一位贵夫人的高贵的样子。"

这其貌不扬的男人毕竟有与一般些个男人相比极不寻常之处甚至过人之处。

仅就他那时居然还能伪装得若无其事从容不迫,而且连与他关系最亲爱的,近在他的身旁,近得目目相对,腮颊相偎的女人都一点儿没从他的表情或他的眼神里看出什么不对劲儿的破绽,仅就这一点而论,简直就不能不使人佩服,不得不使人承认他确乎具有第一等的超常的心理定力。

她是这世界上唯一能使他获得安全感的女人这一点,当时是被不言而喻地证明着了,体现着了。

他的心理定力乃因有她在他的身旁。

正如一个小孩子无论在任何危机四伏的情况之下只要一只小手仍本能地紧紧地揪着母亲的衣角,那么就不至于六神无主。

也正如项羽在四面楚歌之际,只要有虞姬在面前翩翩起舞着,便仍能饮得下酒去,仍能认为自己还是一位"力拔山兮气盖世"的大英雄……

而那时,外边的破坏,正一步步扩展到这里来……

第八章

赵慧芝准时坐在办公室里值班。

从家里到省委,十几分钟的车路。出了家门钻入车门,离开车里进到楼里,总共置身于室外车外不到一分钟,她竟没觉出天气与昨日相比冷了多少。

气温虽然骤降了五六度,接近着零下三十度了,却是一个天高云淡的大晴天。

北方人所言的"干冷干冷"的一天。

这样的日子,阳光却反而很好。所以干冷,由于寒风。寒风像扫帚似的打扫天空,所以天高云淡。天既高云既淡,普照到大地上的阳光自然格外耀眼。耀眼归耀眼,却并不怎么暖和。因为风不但将天空的云打扫得这躲那躲,也将阳光的热量刮走了。那样一天的阳光,可以说是一种有光无热的阳光。只有当寒风停息了以后,户外的人们才能享受到那样一个大晴天的阳光的温暖。

天气预报告知人们,初一到初三,从西伯利亚扑来的寒风是不会停息的,而且风级将一天比一天更强更猛。

好在是大年初一,人们尽可以闲适地猫在家里。

上午城市的每一条街道都是那么寂寥,半天也看不到一个冒寒而行的身影。一条条马路难得且少见的安静,偶有车辆往来,给城市里这一个严寒凛冽的初一增添了些许活力和生气。

对于这一座城市,它的初一未免显得沉闷。

然而身在室内的人们,却大抵会因为初一这一个不平常的日子而心情多少有些欢畅的。

比如这会儿的赵慧芝,心情就特别好。对于这一个身为省委常务副书记的女人来说,世上已经没有什么事足以使她的心情好得分外激动了。自新中国成立以来,中国还没有产生过一位女性的省委书记。身为女人而能成为一位省委常务副书记,她对自己的人生所能上升到的高度已经很知足了。她从没产生过当上省委书记的妄想。她清楚那基本上是一厢情愿的欲望,既没机会也没希望的。自己又没做出过什么公认的极为突出的业绩,凭什么中国的第一位女性省委书记就该轮到自己来做呢?在刘思毅调来当省委书记之前,这个身居仕途高层的女人早已彻底放弃了在仕途上的继续追求。依她审时度势的分析,换届之时,她能过渡到省政协去继续当一届副主席,就等于是将自己的仕途经历画上一个很圆满的句号了。对比先例,她料想那基本上是不成问题的。但是自从刘思毅到任,正式成为这个省的省委书记以后,她那颗原本很知足的心,又变得欲志萌生,不像以往那么波澜不兴了。还有两年多的时间才换届,说长不长,说短也不短。她想,两年多的时间里,只要自己还有主动追求的愿望,由副省级再跨上一个仕途的台阶是完全可能的。没机会成为一位省委书记,难道还没机会成为一位省政协主席吗?省政协主席,那也就是正省级的高干了呀。省委书记那是要由中组部来任免的。而省政协主席,省委的意见大抵就可以是决定性的意见的。既然如此,省委书记的意见则就显得至关重要了。而作为省委书记的刘思毅,他又怎么会不愿助她一臂之力,使她顺顺利利地成为省政协主席呢?他和她的特殊关系在那儿摆着的呀。虽然说到底那也没什么特殊的,但与另外几位省委副书记比起来,她和第一把手之间的关系毕竟还是多了一种感情成分啊。她以女人的经验判定,感情这种特殊的东西,无论在任何时候,无论在任何人之间,那总还是会起到某种微妙的影响作用的。

事实上,她的心情不但特别好,而且还有些振奋。这是因为,在昨天省委常委们之间的"聊天会"上,她看出了刘思毅这一位从别省调来的,刚刚上任的省委书记内心的孤独感。像王启兆这一个男人具有第一等的心理定力一样,她这一个是省委常务副书记的女人具有着第一等的洞察力。她所具有的洞察力不但高高超出于一般女人们之上,而且高高超出于一般男人们之上。她甚至常常暗自认为,也是高高超出于另外几位男性省委副书记们的。在昨天下午的"聊天会"上,她不但看出了刘思毅内心里有多么孤独,还看出了他有多么迫切地想要在最短的时日里与每一位副书记每一位常委实现相互了解的强烈愿望。尽管他企图将他那愿望掩饰住几分,不使它流露得一览无余,而她还是洞察到了他那愿望的迫切又强烈的性质。当然,她也高兴地看出来了,刘思毅试图通过她这一位常务副书记来达到目的。他看着她时的目光,跟她说话时的表情,以及他的口吻,他说的那些话本身,都是有别于他和另几位副书记另几位常委们说话时的状态的。他的目光中他的表情中他的口吻中,有了解、有信赖、有依重、有显然的感情色彩。而那一切,难道不是确乎验证了她的经验总结吗?尤其是当她提出愿替他值初一初二两天班时,他居然最终欣然同意了,难道还不足以说明她在他心目之中的位置就是与另几位副书记另几位常委们不一样吗?哪一个省的哪一位省委书记,不愿意省人大主任省政协主席是与自己有感情基础的呢?他下一届肯定要连任这个北方省份的省委书记的啊,否则上边在他五十六岁时将他调到这个省来干吗呢?……

她的好心情与这一天是不是初一没什么关系。

她心情好乃因她看到了自己在仕途上又迈高了一阶的大希望。另有一两位副书记也不无此种希望。但他们都比她年长好几岁,而这一点将很可能成为他们的劣势……

而她只有优势没有劣势……

而省委书记刘思毅的态度,届时将成为她一切优势中的优势……

赵副书记在办公室里首先做的事情,便是端端正正地坐在桌前修改一篇稿子。也可以说是在认认真真地逐字逐句地修改一篇"作文",那是刘思毅布置给副书记们的"作业"。他要求每位副书记写一篇"保先"的学习心得和体会,并且要求必须亲自写,绝不可以让秘书代自己写,而自己只签个名了事。那是他上任之后对副书记们的第一个要求,目前为止还没提出第二个要求。这一要求提得很正式,很郑重,很严肃,体现了他这位第一把手一言既出如令下达的领导风格的另一面。既不但每一位副书记都必须写,还必须见报。他说,这意味着是一次公开的宣誓,应和当年的入党宣誓同等严肃地予以对待。说作为省一级的党政领导干部,自己究竟是打算怎么"保先"的,理应以公开的方式向老百姓汇报,老百姓也有正当的理由和完全合法的权利要求知道。刘思毅自己也不例外,以身作则,率先在报上发表了一篇学习心得,并且白纸黑字地定下了六条自律的"自我要求",表达了欢迎老百姓和社会各界进行监督的态度。也许是由于副书记们春节前都太忙,目前还未见第二个人的文章公开发表出来。

而赵慧芝,她极想成为第二个发表文章的人,也就是第一个完成第一把手严肃布置的"作业"的人。

她的文章的确是自己亲笔一个字一个字写成的。她是省委副书记中最早使用电脑打字的人。至今她的打字速度已经相当快。然而她并没用电脑来打她的文章。她一边用红笔在手写稿上反复推敲字斟句酌地勾改着,一边寻思着——是改完了再誊抄一遍直接让秘书送到报社去好呢? 还是先不必急着誊抄,等刘思毅从南方回来了,将改过的这一份呈送给他看,虚心地请他提提宝贵意见的做法更好? 寻思来寻思去的,还是觉得第二种做法更好。就像当年在党校是同学关系那样请他给修改修改,这一种做法当然更好啰!能够向他证明,许多年后的今天,她对他尊敬依旧嘛!

想到这里,她不禁微笑了一下。

这个是省委常务副书记的女人,在自己的家里很少好好地坐着过。无论看电视、看报或看文件,总是喜欢使自己的身体尽量舒服地蜷卧在沙发上。自从学会了用电脑,除了签名或圈阅文件,她已经没怎么用笔写过字了。而即使面对电脑,她坐的也不是椅子,而是一只专门定做的沙发,为了能舒舒服服地坐在上面打字。但是只要一离开家门,只要一坐在桌子前边,不管是她办公室的这一张桌子,还是她作报告时讲台上的桌子,听报告时的简易写字桌,开会时的圆桌,乃至省委机关饭堂里的餐桌……总而言之,一旦坐在桌子前边,不管周围有人无人;不管面对的是黑压压的一片听众,还是寥寥数人;不管桌上是纸笔或是话筒或是茶杯或是饭菜,她总是坐得端端正正。腰板挺直,双肩水平,头在双肩正中,不偏向左肩一分,也不歪向右肩一分。而桌下的双腿,膝盖并拢,鞋尖分开,就像一名女中学生堪称典范地坐在自己的课桌前似的。这与其说是习惯,莫如说更是一种条件反射。对于一位女性省委副书记,那般无可挑剔的坐姿,绝对能够令人肃然起敬,尤其会令男人们刮目相看。只有军人们的坐姿能与之相提并论。

而这一点,是她最像一位女性省委常务副书记的方面。

如果她是坐在台上,那时望着她的人不禁会想,瞧人家坐得那端正劲儿的!瞧人家那么端正地坐了那么久,连动也没稍动一下!瞧人家既没抓过耳也没挠过腮!人家那才叫坐有坐相啊!人家就凭人家那坐相,也不愧当官当到省委常委副书记啊!……

她那一种端正而且端庄的坐相,委实给她带来不少廉价的敬意。她知道这一点。还知道一个博得敬意的小秘密,那就是——如果谁不能以自己所做的事情博得到,那么就靠自己的做派去争取吧。而她靠了后一种选择做得很成功。一向给人以稳重、低调、谦虚、和蔼可亲、平易近人的良好印象。至于敬意,她从无高标准高质量的奢求,恰恰是廉价的最容易满足她的感觉,多多益善。

办公室里亮亮堂堂,一派阳光。双层的塑钢窗很严密,室外的寒风一丝一毫也钻不进来。而透过玻璃照射遍室的阳光,仿佛被过滤了,更纯了,它的温暖也不至于被寒风抵消了。暖气烧得特别热。一到冬季,锅炉工们唯恐暖气烧得不够热领导们觉得冷而挨批评,所以每每矫枉过正。

她热得有点儿烦躁起来,便将窗帘拉上了,将通风的小窗也开了。

省委副书记们的办公室一律两间,外间工作,里间可供休息。

她办公室的书橱里自然也一排排地摆满了书。革命导师们的经典著作哪怕是作为摆设当然是必备的。书橱里除了政治、经济、历史、党史、哲学、社会学、管理学方面的书和各类文件汇编本而外,还有不少古今中外的世界名著。后一类书,是在其他几位省委领导们的办公室里不太常见的。她的书橱里甚至有《追忆似水年华》《尤里西斯》《一个陌生女人的来信》《一个女人一生中的二十四小时》,以及泰戈尔、弥尔顿、华兹华斯和彭斯、惠特曼的抒情诗选。当然,还有《曾国藩》《曾国藩家书》《曾国藩书信集》。自从中国实行改革开放,确定经济工作是国家首要任务,从科长到省部级干部的书架上若没有几本经济学管理学方面的书,似乎就足以令人不解了。她对于北京的官场上又时兴看什么书是非常关注的。她是省委机关大楼里第一个买全了有关曾氏的系列书籍的人,并且是第一个替北京官场曾经风靡一时的那一读书现象做宣传的人。

她书橱里的书不仅是摆设,她也比较舍得时间翻看它们。

如果有谁发现一位女省委副书记端端正正地坐于某处,手捧一本书安安静静地看着,而那一本书竟是三十年代的西方现代派小说之一种,比如是意大利现代派女作家达契娅·马拉伊尼的《开往赫尔辛基的火车》吧,那个"谁"的头脑之中要是并不从此保留下那一宝贵而深刻的印象,那个"谁"的头脑不是就太不配叫作"头脑"了吗?而那个"谁"如果还是一个大学中文系出身的人,他或她对于一位女省委副书记的印象能不深刻吗? 过后能不向别人去宣传自己的印象吗? 而我们都知道的,在各级公务员的序列中,大学中文系出身的人为数最多。倘那个"谁"竟偏巧不是一个大学中文系出身的人,赵慧芝这一位女省委常务副书记留意到了对方对自己正在看着的书产生好奇心,便会微微一笑,主动告诉对方自己看的是一本什么书。毕竟是一位省委常务副书记,她的语言概括能力特强,短短几句话,就可以将作家和作品的文学地位介绍得一清二楚。

末了,每每会再补充一句诸如此类的话——"人生在世,不读几部文学作品不好。优秀的文学作品中传播使人情操高尚的人文思想啊!"

一个"啊"字,往往拖得语重心长。

她的话听来完全是自言自语,然而诲人不倦的意味,那一种似乎是对方自己刻意咀嚼出来的,与她本人并不相干的诲人不倦的意味,同时也给对方留下了深刻又宝贵的印象。

她既不但比较舍得时间读一读她的书,还比较舍得精力从书中摘抄某些格言、警句或俏皮幽默的话。当然,那个专门用以摘抄的小本子,是她的隐私的一部分,从没被别人看到过。背多遍不如抄一遍,好记性不如烂笔头。这是她的又一条经验。所以她的头脑之中,日积月累,还真装入了些锦言妙语。

有次她在省委机关食堂独坐一隅吃午饭时,省委副秘书长和办公厅主任和几名秘书一起走过去坐在了她周围。

副秘书长开玩笑地说:"赵副书记,我们将你团团包围,不会使你感到有什么不便吧?"

不料她一本正经地说:"但凡可能,我将阻止任何人给我带来任何不便。"

几个男人不由得都愣了。她却转而微微一笑,又说:"就许你们跟我开玩笑,不许我也跟你们开句玩笑吗? 我刚才说的是《呼啸山庄》中的一句对话,在第二页。你们不信可以查实一下。"

于是男人们大惭,一个个显得无地自容。

副秘书长叹道:"我们相互传播的是手机段子,而赵副书记却有空儿就读古典名著。人的文化修养就是这么渐渐区分出来的啊!"

如果她不但坐在台上,而且还要轮到自己讲话。那么在没轮到她讲话之前,别人讲了些什么她是一概听不到的。那会儿,坐得端端正正的她,会集中了全部精力,在头脑之中反复修改她势必得说的那几句话。

有次召开的是全省大中小学的学生思想道德教育工作会议,轮到她最后作总结性讲话时,她一开口,一片肃静。

她是以她那温文尔雅的声音这么说的:"马克思说——'人是社会关系的总和。'大中小学生,既在这个总和之中,又在这个总和之外。而校园是这个总和的一部分,从来不可能是全部总和。学生意识不到这一点是可以理解的事情。但是教师不可以意识不到这一点。教师相对于学生,既不但要传授知识,还要善于特别艺术性地引导是社会部分的学生有准备地融入是全部社会结构的总和……"

如果以为赵慧芝这一位省委常务副书记只不过是一个善于不露痕迹地作秀的女人,那么就大错特错了。

她的头脑之中是也有可以称之为思想的见解的。虽然并不独到,但是她善于包装它们。而一经她巧妙地包装,它们就有点儿像是与众不同的思想了。

在她的办公室里,除了书橱里的书的种类足以令人对她刮目相看,还有墙上的一幅字,取意于"虚怀若谷"这一成语,"若谷"被舍去了,"虚怀"赫然纸上,是本省最有名的一位书法家的墨宝。

曾有人问她为什么舍去"若谷"仅保留"虚怀"?

她态度真诚地回答:"唉,以我的悟性,能领会'虚怀'的奥意就已经会变得可爱一点儿了,怎么敢强求'若谷'之境呢?"

……

在省委机关大楼里,这一个以男人的数量为主体的地方,普遍的男人们都乐于不失时机地向她这一位唯一的女省委副书记表达好感。

而她总是回报以又谦虚又感激的微笑。

……

现在,她将她的"保先"学习体会修改完毕了,感觉修改得很好。如果不是被电话打断了过,她认为将会修改得更好。

前两次电话都是办公厅那边转过来的。她已经交代过了,让陪同她值班的秘书在那里替她接电话,酌情转过来或不转过来。

第一次转过来的是一名报社女记者的电话——说是发现有不少老人聚集在一个大商场里。经了解,老人们居住的社区有几幢楼不知为什么从三十几后半夜就停了暖气。老人们在家里冻得受不了啦,纷纷来到商场围着暖气不愿离开……

"我知道那一家商场,也知道那一个小区。它们都属于市里管辖。据我所知,负责全部供暖工作的应该是胡副市长。我建议你谁也不必再问了,直接将你了解到的情况反映给胡副市长吧。你稍等一下,我告诉你胡副市长家的电话,还有他的手机号码,你记一下……"

"这……合适吗?"

"没什么不合适的。我知道他今天并不值班。即使并不值班,他具体负责的工作出了问题那他也得管。你就说电话号码手机号码都是我亲口告诉你的,也是我让你直接找他的。放心,我相信他不但不会不高兴,还会感谢你这名记者及时向他反映了情况……"

此一番话她说得当机立断,但语调却是亲和又客气的。她对记者们的态度一向倍加尊重,因而也一向在记者们中保持有良好口碑。

女记者说:"赵副书记,那我首先要代表那些老人们衷心感谢您的关怀啊!……"

她笑道:"快别这么说。我做的是我应该做的事啊!我不是正在值班吗?即使我不是在值班,听到了你反映的情况那也不会无动于衷的啊！关乎人民生活的事无小事嘛！省里的干部,市里的干部,全都是百姓公仆啊！这一部分百姓,那一部分百姓,哪一级公仆先知道了他们的困难,都要予以关心嘛！我能因为自己是省委的一位副书记,对市里某些居民大年初一的家里停了暖气这样的事置若罔闻吗？"

女记者又说:"赵副书记,您的话说得太好了,我可以在报道稿中引用您的话吗？"

她又笑了,痛痛快快地说:"有什么不可以的呢？你想引用哪一句就引用哪一句好了。印成大标题我也不反对。我也要感谢你们记者啊！你们是我们公仆的复眼啊。借助于你们的发现,我们才能更好地为人民服务嘛……"

女记者受到称赞,自然高兴,向她保证,初二上午就见报,而且制版时要将她的话全用醒目的黑体字框起来……

放下电话,她自己也愉快了半天,还情不自禁地轻轻哼了一会儿歌……

第二次电话是秘书直接向她汇报的,说在省委机关大楼的后边,在锅炉房的煤灰堆那儿,发现了一个冻得半死不活的人。大概是一个无家可归的弱智者。刚从锅炉房推出的煤灰是热的,所以猫在那儿取暖来着……

她考虑了几分钟,让秘书跟着,用自己的专车将那个人送到就近的一家医院去抢救。

秘书问:"那抢救经费怎么办呢？那抢救过来了又怎么办呢？"

她说:"先抢救生命再说。如果院方有异议,让院长亲自给我打电话！"

放下电话,她吩咐办公厅替她通知省民政厅长,让民政厅长随时准备接听她秘书的电话,亲自前往医院交涉抢救经费问题以及处理其后结果……

接着又打秘书的手机,告诉秘书情况,使秘书心中有底。

在改稿的过程中,以上两件事她处理得从容不迫,言简意赅,毫不犹豫,毫不啰唆。非但没因为思路而受到干扰心烦意乱,反而还增添了几分高兴。

依她想来,如果自己值班的这一个大年初一居然没有任何事情向她反映,自己只不过在办公室里改出了一篇稿子,那倒是挺遗憾的。

值班的省委领导是要亲自做值班记录的。

她可不愿自己的值班记录是一页白纸。

她知道刘思毅从南方回来以后,要做的第一件事那便肯定是将认认真真地看一遍副书记们春节期间的值班记录。

她确信,她的值班记录必会给刘思毅留下极深的印象和感想。

尤其后一件事,使她觉得简直像是上天对她的照顾一样发生得正中下怀。更尤其是,那个已被冻得半死不活的人这一点,真是太具有恰到好处的情节性了。倘那是一个已然被冻死了的人,她反倒有些不知究竟该如何处理才妥当了。秘书没向她汇报,还则罢了。秘书既已汇报了,正在值班的她既已知道了情况,那么可让她这一位省委常务副书记拿一具发现在省委大楼一角的冻死之尸该怎么办呢?指示公安机关去处理?如果公安机关反过来请示究竟该运放到哪儿去,自己又该如何答复呢?如果活得很好,那么似乎也只能驱逐离去,从速了之。总不能请入省委大楼,请入自己的办公室,管吃管喝,奉陪着度过大年初一这一天吧?还不能简简单单地推往民政部门。那民政部门会有意见的啊!春节假日期间,民政部门也没处安置那么一个人呀。偏巧冻得半死不活的时候被发现了,她的处理方式也是无懈可击,充分体现人道关怀之精神了。即使没抢救过来,死在医院里了,那也是由一位省委常务副书记指示用自己的专车送往医院的,还派自己的秘书跟了去,还通知民政厅长也赶往医院去了……

这一件事所证明的不仅仅是她这一位省委常务副书记解决问题的能力啊,还意味着更多的内容啊,比如悲悯的情怀什么的……

刘思毅最在乎一个人,特别是一位领导干部是否真的对老百姓具有悲悯情怀了。当年她和他同是党校学员时,他动辄谈到人道主义和悲悯情怀,以至于还使某些人大不以为然,打他的小报告……

他在乎的,她体现了。

他用以衡量一名干部的首要标准她具备着了。

她怀着愉快的心情,将以上两件事亲笔记录在值班日记上了。

一想到明天,大年初二,报上将有她的话登载出来,并且是黑体字,她又不禁轻轻哼起歌来。

接着她浇花。

窗台上有两盆花。一盆是腊梅,王启兆派人送的;一盆是水仙,也是王启兆派人送的。

她像大多数女人一样喜欢花。

王启兆送给她的水仙和腊梅,都是由花匠挑选的。那盆腊梅虽然是小小的一盆,却是名贵的品种。枝干上挺,栖叉很少,花蕾也并不太多。但每一个蕾,似乎都是按照美术家最美妙的审美意趣来生长的。有的蕾,已盛开为花朵了。有的蕾,却将按照人赋予它的愿望,等到初二初三初四才开。直到初七,它天天都有新花可开。水仙却是一大盆,内浸着五六头花根。它的叶子是被修整过的。看似生长得毫无规律,却于那一种自由散漫的长势之中,透着率性的随意的生长之美。与叶子相反,所有的挺都集中着,自然所有的花骨朵也便集中着了。预示着将有更多的洁白的花,一簇一簇地分日子开放。

白的水仙和红的腊梅,在她的窗台上相互媲美,争妍斗艳。

突然电话又响了。

她放下浇花的小小喷壶,拿起了电话。其实她主要是在观看、欣赏,浇花只不过是一种象征性的举动;似乎要向腊梅和水仙表达她那一时刻的爱心。而对于那两种花,她的爱心却实是多此一举的。

"启兆?……"

电话那端的声音使她略微一愣，尽管那是她很熟悉的声音，却也是有时候并不太喜欢听到的声音。

"对，是我……"

王启兆的声音听来有点不同以往，低而沙哑，嗓子发炎了似的。

但她立刻作出了正确的反应，以亲热的语调说："今天可是大年初一呢，给你拜年。祝你鸡年吉祥，事业发达；百尺竿头，更进一步。"

她说的是完全不走脑子的话，是写在她几天前寄给他的贺卡上的话，抢先随口一说。拜年的话，如果反而被对方抢先说了，那自己其后再说不就没意思了吗？

"谢谢，谢谢您的吉言。我也给您拜年了。"王启兆话语一转，紧接着说，"赵副书记，我得见您一面。"

他说的是"得"而不是"想"，使赵慧芝听出了他的迫切心情。

"现在？"

她皱起了眉头，猜到他又将给自己添什么麻烦了。

"对，就是现在。"

王启兆回答得一点儿都不含糊。

"你在哪儿呢？"

"我在市里。"

"到市里干什么来了？"

"就是为了来见您。这会儿，我的车就停在省委对面。"

"那……"

她犹豫着，一时不知说什么说。她还一次也没在省委大楼里，在自己的办公室里，单独地接见过他呢。她认为那是缺乏明智的做法。她不愿因为他的迫切心情就破一次例。恰恰相反，依她想来，他要见她的心情越显迫切，就越是意味着他遇到什么棘手的问题了。而越是在他遇到棘手的问题时，她在自己办公室里单独接见他便越是不明智的。

"赵副书记，我必须见到您，越快越好。"

王启兆催促着。

"有什么要紧的事非得今天就谈吗？"

她仍犹豫不决。

"不是今天别的时候，是现在。不但要紧，还挺紧急的。"

"你究竟遇到了什么麻烦？"

她刚才的好心情遭到破坏，话也说得有些不客气了。某些她和他之间共义共举之事，倒片似的，迅速在她头脑里回放了一遍，却也没感到有什么足以出纰漏的地方。所以她虽然心烦，却还镇定着。

"赵副书记，不是我个人遇到了什么麻烦。如果仅仅是我个人遇到了什么麻烦，我也不会大年初一的上午偏要来跟您说。是度假村出了麻烦。您认为度假村出了麻烦，是我个人的麻烦，还是我们大家的麻烦呢？"

王启兆的话绵里藏针，也颇有些不客气了。

"好了好了，别说了，那就快来吧！"

"刚才我已经想直接进楼了，可传达室不允许……"

"我立刻通知传达室……"

放下电话，赵慧芝缓缓起身，想走到窗前去拉开窗帘，看王启兆的车是不是像他所说的那样，真的已停在楼对面了。

这时，电话又急促地响了起来……

而在王启兆的车里，一种凝重的气氛，既压迫着他自己，也压迫着郑岚。很难讲究竟对他们二人之中谁的心理形成的压迫更大更强。他并没对赵慧芝说谎。他的车是停在省委大楼的对面。他是想直接进楼的。是遭到了传达室的阻拦。传达人员告诉他赵副书记的秘书在办公厅，让他先跟秘书联系。而那当然是他不愿意的。赵慧芝一点儿也没个痛快劲儿的态度，令他心里十分恼火。但有郑岚坐在身旁，他克制着丝毫也不发作。按说是他的心理所承受的压力才更大更大。因为度假村里发生了什么事情，他是亲眼看见了的。将继续发生些什么情况，以他的头脑也不难料想得到。他本以为一和赵慧芝通上电话,她会立刻请他去见她,却怎么也没想到她竟嗯嗯啊啊地打起官腔来,显然并不欢迎他立刻去见她。而这就使他不得不说那几句实在不愿当着郑岚的面说出来的话了。来时他对她说,是赵副书记想他了,是赵副书记约见的他,所以她匆匆洗了把脸,高高兴兴地就跟着他来了。此刻,明摆着,她已听出根本不是那么回事了。只有傻瓜才听不出来啊!

所以他再怎么善于掩饰,内心里那一种太尴尬和大不安,还是难遮难藏地表现了出来。

郑岚却只有佯装愚钝。明明看在眼中了,听在耳中了,偏要装出什么也没看出来,什么也没听出来的模样,这对于她那么敏感的女人是怪不容易的事。

所以,王启兆用手机与赵慧芝通话时,她也一直在低垂着头摆弄自己的手机,仿佛注意力全在自己的手机上。

王启兆合上手机之后,往座椅后背上一靠,无声地叹了口气。接着,闭上了双眼。他的手,将手机握得很紧,如一名被不见形迹之敌从四面八方渐渐包围的士兵,而手中仅剩了一件武器,便是紧紧握住着的一枚手雷。

郑岚听到了他那几近于无声的叹息,而她自己则轻轻笑出了声——也是装的。

王启兆睁开双眼,扭头看她,小声问:"宝贝儿,干什么呢?"

她说:"看几条短信息,好玩儿的那种。有几条特可乐。"

说时,目光仍不离开手机,嘴角也仍呈现着笑意。

王启兆又小声叫她:"宝贝儿……"

她这才抬起头来转脸看他,眼神儿是诧异的,询问的,还有那么几分不太情愿似的。如同一个被打断了玩兴的女孩儿。

而他的目光却温情脉脉,隐隐约约地透出着若有若无的忧患。

"情况有点变化,是这样的……赵副书记那儿呢,正有人。但她又想立刻见到我,问我件事儿……当然也不是什么大不了的事儿……所以……你要是和我一块儿去,双方面就都有些不方便了……"

他吞吞吐吐地说完,抓起她一只手来亲了一下,歉意的表示。

她抿唇一笑,梨窝浅现,知道那是自己最妩媚的笑容,企图用迷人的笑容消除他的歉意之感。

"那你快去吧,我在车里耐心等你就是。再说,其实我也不习惯于见大干部。拘拘束束的,有时自己都不知该怎么说话才好了……"

她用那只被他亲过的手轻轻往车外推他,而上身却向他倾过去,也主动在他脸上亲了一下。

王启兆这才欲言又止,依依不舍地下了车。

望着他那矮而宽厚的背影跨过马路,踏上省委的高台阶,她那可爱的笑容渐渐从脸上消失。他被门卫伸臂拦住了一下,他掏出什么证件给对方看,她猜他掏出的或许是省政协委员的证件……

他在进入省委大楼之前,扭头朝他的汽车望了一眼。他知道那是因为她在车内。她赶紧降下车窗朝他摆手。

他的背影进入大楼有一会儿了,她才收回目光不再望着那个方向了,才缓按儿指,使车窗徐徐升上。

她并没穿那件貂皮大衣。穿的是一件刚刚过膝的瘦身呢大衣,而脚上穿的是一双高腰靴子。她也没穿长裤,大衣内是西服裙。裙裾和靴子之间,仅仅是长丝袜。

她预感到自己身上穿得太单薄了,也预感到不能很快回到度假村去了。但是,却没有预感到,自己从此再也不能在度假村里这儿那儿如同是女主人般的随便走动了。依她想来,即使陪他在城市里逗留到很晚,只要自己流露想回去的意思,他是必定会将车往回开去的。而属于他们的那一套房间,玻璃当然早已镶好,客厅里乱七八糟的情形已当然不复可见,收拾得有条不紊,处处一尘不染。而水池里,当然也预先有人替他们放满了水,水面上飘着玫瑰的花瓣儿……

她是被他拉着直接从走廊内部的通道走到地下车库的。而且,他一将车开上地面,就直奔度假村的后门而去。那车是绕了一段土路才驶上公路的。王启兆的眼所看见的一切她都没看见。对于她,直到那时为止,金鼎度假村仍是他们的度假村。他和她的。他们的人生成果之"树",他们的世外桃源之"村",他们的天堂之"村"。正如在王启兆的头脑中,连度假村的保安们,都是他的保安,他们二人的一支保安队。她对度假村的感受,自然而然地仍停留或曰定格在大年初一这一天以前。而尤其是昨天的夜晚,亦即大年三十儿的夜晚,给她留下了极为美好的记忆……

那满夜空绚丽四射的礼花……

那到处如梦如幻的喷泉……

那些结满了霜挂的树,洁白中隐现着深绿浅绿。绿丛中拥着片片簇簇朵朵宛如新棉的洁白……

还有那些腊梅那些菊,雪衬花娇,花映雪开……

还有那种除了度假村全省再没有第二处地方可以领略到的雾景,游移缥缈,忽浓忽淡,使一切看去仿佛海市蜃楼,恍如仙境……

那些女人的粉面桃腮,姝颜丽貌;那些男士们的趾高气扬,挥金如土。

那些哆吟大笑间杂浪声浪调……

她原本以为,自己是不喜欢那些的,甚至是排斥那些厌恶那些更甚至是嗤之以鼻敌视那些的。起码,是不习惯那些的。而现在看来,她不得不承认,自己对自己的认识和了解多么的不够全面!原来她一旦置身其中,笼络周旋,奉承别人或被别人所奉承,感觉竟是那么好!好得无法形容。好得穿梭于杯盏恍错灯红酒绿之间的沉湎迷醉,不忍离开!

是的,她不得不承认自己是变了,不知不觉就变了,变得迅速而又情愿。就像一条塘鱼被放进了高级的鱼缸里,很快就与一些观赏鱼厮混成群彼此视为同类了……

然而当汽车里只剩下她自己时,她还是变得忧心忡忡闷闷不乐起来。因为她感觉小小空间里那一种无形的压力,全集中在自己一个人身上了。

对于此刻的她来说,不安其实是并没有什么具体缘由的。仅仅因为她看到了王启兆心里有事,表现恓惶。

她是受到了他的影响才有点心中忐忑的。

但是她左思右想,怎么也猜测不到究竟是什么事使他一反常态的。

昨天夜晚一切不是都还一派大好吗?

于是,她转而一想,以为自己神经过敏。而神经过敏的原因,是由于自己昨夜玩得太晚了。明明玩得太晚了而又亢奋不已,还不一回到房间就赶紧睡,还泡澡戏水做爱……而今天又醒得太早了,又是被惊醒的,醒了见到的又是乱七八糟的情形……

空调一直开着,她感到身上燥热起来,太阳穴别别地跳,头也有点儿疼了……

于是她将空调关上了。

半盒烟塞在杂物隔断里,被她的眼发现了。她拿起了那半盒烟,是"中南海"牌的。他虽然已是省工商联副主席了,偶尔所吸,却还是情有独钟的"中南海",焦油含量最低的那一种。

那半盒烟使她想起了一件同样记忆深刻的事——他也曾将车停在过另一幢楼的马路对面,当时他同样焦虑不安,在车里大口大口地吸烟。只不过那件事发生在夜晚,而现在是白天。当时他迫切希望见到的是租住在那一幢老的居民楼里的另一个女人,一个是他秘书叫郑岚的年轻女人,是她自己,而非一个是省委常务副书记的女人……

在自己和一个是省委常务副书记的女人之间,究竟谁更是他的人生的保护神呢?抑或反过来说,他更重视他和谁的关系呢?

这一问题一经由自己对自己在心里边提出来,她忽然烦恼起来。

她明知她在他心目中的位置是任何别的女人所不可取代的,哪怕那是一位女王!女王也不见得都漂亮。而真正称得上漂亮的女人,尽管各有千秋,对男人的吸引力却是不分轩轾的。

是的,纵然真有一位女王要与她竞争在他心里边的位置,那她也丝毫都不怀疑,稳操胜券的必定是她。

但那个猝不及防的问题,却像魔咒一般牢牢粘在她头脑里了。

尽管那半盒烟早已干了,尽管自己一向视吸烟为恶习,她还是不由自主地取出了一支叼在嘴上,并按了一下燃烟器……

她很想吸一支他那一个夜晚在那一幢老旧的居民住宅楼对面吸过的烟。

她很想重温一下自己当时又好气又好笑又有点儿怜悯他心疼他的情绪……

对于她,那是一种挺不错的情绪,像鸡尾酒。即使不饮,看着都会使人醉意微微的……

而此时,王启兆的短而粗的胖手指,礼貌地轻轻地敲在赵慧芝这一位省委常务副书记的办公室的门上。敲过之后,里边寂静之声。正欲再敲,门开了,却不见人。他怀着满腹狐疑刚刚迈进去,门在他背后关上了。他一转身,这才看到赵慧芝,她开门时将自己隐在门后了。

赵慧芝脸色苍白,一副恨容,亦满面慌张。

王启兆心中立刻明白,发生在度假村里的事,看来她已经知道了。

其实赵慧芝几分钟前才知道。他走进省委大楼时,她刚刚放下电话。

电话是顺安县的县委书记的秘书打到省委的。她的秘书不在办公厅,按照她的吩咐,坐她的专车,护送那个冻得半死不活的人到医院去了。是办公厅一位值班的副主任接的电话,听了几句,感到事态严峻,马上将电话转到她的办公室来了。

县委书记的秘书语无伦次地将昨天夜里发生在县城的事件讲述了一遍,接着说今天上午县公安局被砸了,县委被占领了,县长和县委书记被扣押做人质了,而其他几位县里的领导,却怎么也联系不上,安危不明,估计凶多吉少。至于那秘书自己,他说他本人也一度和县长、县委书记一块儿被扣押做人质了,是趁对方不备溜掉的……

"怎么办? 怎么办? 还有一部分暴民直扑度假村去了,请省里赶快调军队来进行威慑吧! 不调军队来,我看是没法平息的了! ……"

那小秘书情急之下,忘了自己的身份,竟说起根本不该是秘书说的话来了……

这会儿的赵慧芝,已不记得自己听到紧急汇报之后都说了些什么,作出过什么具体的指示了。

算上王启兆用手机打给她的电话,一上午她已经接到四次电话了。而这第四次电话,使她头脑发蒙了。

事实上她只听来着,什么话都没说。更没作出任何指示。如此严峻的事件,又发生得如此突然,预先连点儿征兆和信息都没有——这种她从没面临过的情况,太超出她会作出冷静指示的能力了,因而她也就根本没有什么指示可作。

事实上,她一言没发就在无意识之中将电话放下了。

而电话当然立刻又响起来了。

那小秘书求救般地说:"请下指示,请千万下达一个指示! "

而她却只有反复嘟哝:"让我冷静一下,让我冷静一下,等我和其他领导们研究之后,等我和其他领导们研究之后再……"

现在,她手里如果有一支手枪,她恨不得一枪将王启兆打死! 如果她有足够的胆量,并且也在行,恨不得一枪将王启兆打死之后,再大卸八块,再焚尸灭迹……

尽管她还来不及梳理清楚发生在顺安县城里的事和金鼎度假村之间究竟有什么内在的联系,但从暴民们其后又直扑度假村这一点来看,显然是有着因果关系的。那么金鼎度假村,具体说也就是王启兆,毫无疑问难逃追究了!

如果他……

那么自己……

这等严峻的恶性事件,想掩盖都掩盖不成了呀!谁有能力掩盖都来不及掩盖了呀!将肯定惊动中央的呀!……

而自己又哪儿有那种一手遮天予以掩盖的能力啊!

这时这身为省委常务副书记的女人顿时也暗恨起自己的权力还不够大能力还不够大来……

她瞪着王启兆,从牙缝里挤出一句话是:"姓王的,你闯了塌天大祸了!"

王启兆一愣,接着不停地眨巴他那双厚眼皮的小眼睛。他本是前来汇报情况,寻求权力帮助的,却不料被劈面训斥了一句。

他张了几次嘴,成功地克制住了隐怒未使发作起来,像一个被冤枉了的好孩子似的自信清白地一笑,以无辜的语调问:"赵副书记,这我就不太明白了,我闯了什么祸了?"

"到这时候了,你还在我面前装糊涂!顺安县城里昨天一夜死了三个人,一名女警,一个小保姆,还有一个两岁多的孩子!人命关天的大事件,县城里的人和周边农村里的人一块儿闹起来了,砸了公安局,占据了县委,扣押了县委书记和县长!这么大的事件能不惊动中央么?!还有谁能替你摆平?!又有谁敢替你摆平?!你来找我又有什么用?!你,你……弄出这么大的事件来你不是作死吗?!……"

赵慧芝一边说,一边在王启兆面前不停地走动。从他左边走到他右边,再从他右边走到他左边,绕着一段看不见的弧线走。走得王启兆别提有多么心烦意乱了。而且,她的话每一严厉,她的一根白嫩细长的手指便从不同角度指王启兆面门,有几次差点儿戳了他的眼。

王启兆却半步没退。相反,他尽量将他那五短身材挺得笔直,一动不动。即使在她的手指几乎戳着了他的眼的时候,他也还是一动不动,只不过将头朝后仰一仰而已。她的话也使他心内震惊不已。度假村离县城那么近,昨天夜里也就是大年三十儿的夜里县城里死了三个人,他却直到此刻才从赵慧芝这一位省常委副书记的口中知道!他因自己消息闭塞的程度而在她面前感到羞惭。

但他还是什么都没明白。

非但什么都没明白,反而如坠五里雾中,更加疑惑多多,糊涂一片了。

等到赵慧芝终于将她的话说完了,在他正对面站定了,瞪着他认为他没有任何必要再继续愚蠢而又可憎地装糊涂了,期待着他对他惹起的"塌天大祸"给出某种交代时,他才打开尊口。

他说:"死人的事,那是天天发生的。哪一年的日历上都没写着三十儿晚上不得死人。党中央也是没有下过这样的红头文件的。我母亲还是三十儿晚上死的呢!顺安县城里那也毕竟十来万人口,三十儿晚上死了三个人那也只能说是天意。是他们命定的事情。和我王启兆又究竟有什么关系呢?又不是我王启兆雇黑社会杀掉他们的!我王启兆也从不跟黑社会有什么瓜瓜葛葛的勾当啊。我所认识的人,又哪一个不是正人君子呢?比如你,比如胡副市长,都是备受尊敬的人物啊!那三个人更不是我亲手杀掉的呀!我整天把心思放在事业方面,忽然杀人玩儿干什么呢?你看我像变成一个杀人狂了吗?"

尽管疑惑多多,糊涂一片,但因自己确实跟县城里那三条人命的死没有任何关系,王启兆的一番话,居然还能说得从容镇定,振振有词的。

赵慧芝也像刚才似的张了几次嘴。他刚才那样,最终还是问出一句话来了。而她却干张了几次嘴,一时什么话也说不出来,什么话也问不出来,失语了。

县城里那三条人命绝非王启兆雇人杀掉的,也绝非他亲手杀掉的,这一点赵慧芝那还是确信不疑的。此刻她对人的认识能力悄悄告诉她,王启兆根本不是那种敢作出杀人行径的一个人。即使他有过那么一种念头,也绝不会有那么一种胆量。正因为几经她的考验,证明了他不是那种为了达到某种目的全然不计后果的难操难控之徒,她不是才决定"扶持"于他的么?

既然顺安县城里那三条人命的死根本不可能与王启兆有什么直接的关系,那么自己刚才的一通当面指诉,不是太近于是强加在他头上的莫须有的罪名了吗? 不是很失态吗?

她也感到有几分羞惭,几分内疚了。

她那张由于惊慌失措而苍白了的脸,渐渐地红了。

王启兆见她哑口无言,小声问了一句:"我可以坐下了吗? "

赵慧芝这才稍稍地恢复了一点常态。她转身走到自己的座位那儿坐下去,朝沙发摆了摆她的下巴。

王启兆在沙发上坐下之后,将自己胖乎乎的双手夹在膝盖之间,垂着目光,字斟句酌地说:"赵副书记,我来,也是要向你当面汇报一些突然情况的。可以说,也是属于一桩恶性的突然事件。今天早晨,也有许多人闯入度假村去进行破坏,乱砸乱毁,还要把咱们那尊金鼎用大绳拽倒……"

赵慧芝一皱双眉打断道:"你用词考虑点儿,什么'咱们'那尊金鼎不金鼎的! "

王启兆的话就戛然而止了。

他抬起头,转脸看赵慧芝,而她也正瞪视着他。二人的目光,互相较量了几秒钟,还是王启兆首先妥协了。他不再看着赵慧芝了,缓缓将脸再一转,接着又低下头去,目光又瞧着自己的膝盖了。

他并没有对赵慧芝因而解释什么,很快回到自己的思路上继续说下去:"刚才你告诉我,顺安县城里死了三个人,还有一名是女警。而我刚才也告诉你了,我和那三个人的死毫无关系。直到你刚才告诉我的时候,我才知道那件事儿。我想,情况会不会是这样? ——是县公安局的人不知为什么与民众发生冲突了,闯下祸了,要不人们砸公安局干什么呢? 而县委处理事件的方式方法又不够及时,不够得当,对县公安局有偏袒,致使事态扩大了,矛盾激化了。要不人们占据县委干什么呀? 这年头,心里憋着一股窝囊气的老百姓多着呢,有时候沾火就着。何况,也不排除有居心叵测的人煽风点火的可能。结果呢,不论是县城里的,还是周边农村的,心里有这股火那股气的老百姓,可一下子逮着了一个什么理由,于是就群起闹事,心想法不责众,所以胡作非为,集体发泄。而度假村,就成了无辜的遭殃之地。老百姓一旦变成暴民,破坏一旦带来了痛快,可不哪儿好哪儿高级就蜂拥到哪儿去进行破坏呗……"

王启兆第二次抬起头,第二次将脸转向赵慧芝,而赵慧芝却正低着头,用她叉开着五指的手撑着她的额。

王启兆说时,她一直在认真听。自己既已惊慌失措,丧失分析和判断的能力了,她倒很希望听听另一个人的看法了。不管对方是王启兆或不是王启兆。

她觉得他的看法也是能够自圆其说的。

王启兆见她那副六神无主的样子,不得不试探地问:"你认为我的分析也多少有点儿道理吗?"

这时候的他,内心里充满了对赵慧芝这一位身为省委常务副书记的女人的鄙视。他是依据从她口中获得到的情况来作出自己的分析和判断的。而一经形成结论,他便对自己推导出的那一结论深信不疑起来。于是此前缠绕心头的不安的预感,种种疑惑和糊涂全都水落石出真相大白了似的。

金鼎度假村不幸成了无辜的遭殃之地——这看法使他的心理开始平定了。

事后谁将来承担度假村的损失呢? ——他竟开始想这样的一个问题了。

赵慧芝将手从额上放下,与另一只手交叉握在一起,扭头望着窗台上的腊梅和水仙,祈祷似的说:"但愿是你说的那样吧!"

她仿佛不再打算看王启兆一眼了,仿佛希望他赶快从自己面前消失。

王启兆心里又恼火起来。

然而他不动声色,语调平静又缓慢地说:"您看,我和您,再加上胡副市长,还有郑岚,我们四个人,是不是应该聚在一起,共同地,进一步分析分析情况,防患于未然? 总不能都像没事儿人似的,任凭破坏的行为在度假村里继续下去吧?……"

不料赵慧芝的脸猛朝他一转,瞪着他冷言冷语地说:"郑岚算老几? 度假村的一切事和她有什么关系?!"

王启兆一愣,随即讪笑道:"她虽然年轻,却是个明白人,思考能力挺缜密的。而且,经得起事,是我们信任的人……"

赵慧芝却不胜其烦地说:"得啦得啦,你给我立刻打住好不好? 第一,她仅仅是你信任的人! 以后你在我面前少提她。非提她不可的时候,更别'我们''我们'的! 第二,我喜欢的恰恰是糊涂人,我讨厌那些个所谓明白人! 许多事情,不是坏在糊涂人身上,而恰恰是坏在明白人身上! 所以我警告你,有些事,你少让她知道! 更要少让她掺和进来!"

"明白,明白,我只不过以为,多一个人多一种思路……"

王启兆诺诺连声。

他第一次遭到她如此这般不留情面的训斥。

他刚才说郑岚"经得起事"时,将那四个字说出了格外强调的意味。弦外有音,其实也等于在说——"您赵副书记也经得起点事儿好不好?"

而赵慧芝头脑虽然有点儿乱了,大失方寸,耳朵却依然如故地敏感,听出了王启兆的话弦外有音。所以她也一下子恼火起来了。所以她当即予以训斥。绝不允许王启兆在自己面前有放肆的表现,这是他们之间的原则。她自己单方面确立的原则。即使现在这么一种面临考验的情况之下,她也还是要本能地维护那一套原则。

王启兆却"喷儿"地笑了。

赵慧芝生气地问:"你笑什么? 有什么好笑的?!"

王启兆是在笑他自己。她既然已经声明了她讨厌明白人,而自己却一迭声地说"明白""明白",使他觉得自己实在是很蠢,却又实在是蠢得可爱。同时,内心里对赵慧芝的鄙视一下子又增加了许多。想到郑岚对她的印象那么好,她对郑岚的态度也曾伪装得那么亲善,他不禁替郑岚备觉悲哀,也将赵慧芝这一个和自己一条绳拴两端的女人的虚伪又看深了一层。

面对赵慧芝的质问,他正不知该如何回答为好,电话突然响了。

于是二人的目光都落在电话上了。

电话连响数声,赵慧芝伸手缩手,想拿起又不敢拿起,似乎那不是电话,而是一颗定时炸弹。

王启兆忍不住说:"您毕竟正在值班,接,肯定比不接要好……"

赵慧芝这才慢慢地,小心翼翼地拿起了电话。

"对,是我……"

接着她就嗯嗯啊啊起来。

王启兆察言观色,想要听出点儿什么,却什么也听不出来,急得抓耳挠腮。

她感觉到了他那种迫切的目光,竟站了起来,一转身,背对着他了。

赵慧芝又嗯嗯啊啊了一阵,终于放下电话。她放电话时仍背对着王启兆。之后低下头,一手托肘,一手托下巴,陷入了良久的沉思。

王启兆望着她背影,屏息敛气。

那一时刻,办公室里静极了,空气仿佛凝固了。

赵慧芝长出一口气,终于缓缓地向王启兆转过了身。

她一手托肘,一手托下巴,也不看王启兆,自言自语地说:"是胡崇汉打来的电话。他了解到了确定的情况。看来你分析得对,发生在顺安县城里的事件,是和我们毫无关系。"

由于起初的好心情早已荡然无存,此刻余悸未消,连对胡副市长她也干脆直呼其名了。仿佛破坏了她好心情的责任,对方也是有一份的。而且,她也"我们"起来了。仿佛可以那么说仅仅是她一个人的特权,王启兆是根本不配也那么说的。

然而王启兆咧嘴笑了。和她相反，他的种种不好的心情，此时也一扫而光，荡然无存了。他自从进入她的办公室以后，第一次有心思将目光望向了窗外。接着，往回一收，落在他送给她的腊梅和水仙上。

他谄媚地说："您将那两盆花侍弄得可真好！"

斯时已经快十一点了，外面的寒风止息了，办公室里的阳光更加明耀了。

王启兆内心里也充满了阳光。

一颗心业已笃定，他倒盼着快点儿结束谈话；快点儿回到他的汽车里，回到郑岚身边去；快点儿将自己又充满了阳光的好心情带给她了……

赵慧芝放下手臂，重新坐在椅子上，身子朝后仰，舒服地靠着椅背，语调不紧不慢地又说："有些具体的情况，对于你也就不必非得保密了，免得你大难临头似的。顺安县城里的事件是这么引起的——昨天夜晚县公安局刑侦队一名姓张的副队长带着二男一女……"

王启兆说："我知道那个张副队长……"

赵慧芝狠狠地瞪了他一眼，那意思是——你打断我的话干什么？如果你自己什么都知道了，你还跑我这儿来干什么?！……

"您接着说，您接着说……"

王启兆赶紧显出卑恭之相。

赵慧芝就接着说道："他们公安局的四个人，在县城里最好的一家饭店，叫什么'红楼酒家'里和老板发生了暴力冲突。那一名女警被扣留了，结果县公安局就去了更多的人。而老板胆大包天，居然用自制的枪支打死了那名女警，现在正与一名同伙驾车逃亡。那名小保姆，是那个张副队长的枪支走火打死的。至于那一个孩子的死因，现在还不太清楚……"

王启兆听得顿时心惊肉跳，面如死灰！

他心里的阳光完全消失了，变为一片黑暗了。

此时他才有点儿真正地明白了——为什么许多人直扑他的度假村

而来进行破坏。"红楼酒家"的老板是他小舅子,这一点县城里不少人是知道的。只不过赵慧芝不知道罢了。只不过胡崇汉不知道罢了。他早就听说过他小舅子在顺安县城里打着他的旗号,黑白两道通交,已经是地头蛇,是百姓的眼中钉肉中刺。虽也曾苦心规劝过,但哪里又能真的起作用呢?有一次劝着劝着,将他的小舅子劝得恼羞成怒,摔东掼西地给他厉害颜色看,还斥骂道:"王启兆,你别在我面前装孙子!你究竟算是个什么东西,我还不了解吗?不是靠着我老爸打下的那点儿底儿,你能有今天吗?可你对得起我姐吗?凭什么只许你按照你的方式去发达,不许我按照我的方式来玩转?你那些破事儿就真能摆到台面上吗?别人不清楚我还不清楚吗?我告诉你王启兆,你甭再教训我该怎么做不该怎么做!别说你哪天惹烦了我,我把你和那些狗官们的肮脏交易全都公开抖搂出来!……"

自那次以后,他就不愿再见他那不识好歹的小舅子了,图的是眼不见心不烦。

不成想还是被自己小舅子闯下的祸事牵连上了。

王启兆心中直劲儿地暗暗叫苦。

赵慧芝却自言自语地说:"我明白我该怎么做了……"

她抓起电话,要通了省公安厅。

"我是赵慧芝,今天是我的值班日。现在我以省委名义,命令省公安厅发出紧急通缉令,着力缉拿顺安县城里的'红楼酒家'的老板及其同伙……姓名容貌暂时还不知道……让你们厅长一会儿亲自给我打电话……"

这会儿的赵慧芝,已经全面恢复了一位省委常务副书记的能力。不但恢复了,似乎还提高了。她是成心当着王启兆的面打那一次电话的,为的是向他炫耀她的权力和证明她的果断,以纠正他内心里那种对她的极其错误的看法……

她说的每一句话,都不啻是一个雷霆,在王启兆心里边闪电四起地炸响着。

她放下电话，眯起眼看着他说："一切真相大白了，那么就到这儿吧？"

于是王启兆木木呆呆地站了起来，迈着患有严重关节炎的人那一种吃力的步子向门口挪动他那一百四五十斤的身子。他甚至都忘了说一句告辞的话。

"等等！"

赵慧芝叫住了他，奇怪地问："你怎么了？"

他说："腿坐麻了。"

赵慧芝说："你和胡副市长联系一下，就说我说的，中午找个僻静的地方，稍微远点儿不要紧，越僻静越好，我单独去见你们。不吃饭，绝对不吃饭。只能见你们半个来小时，相互再通告一下各自掌握的情况。这也确实是很有必要的……"

王启兆机械地说："明白……"

赵慧芝微笑了一下。

她又说："我刚才那两句讨厌明白人的话，你听了也别太在意。谁都有心烦意乱的时候，就会说出不太近情理的话来……"

王启兆回答："明白，明白……"

……

王启兆不清楚自己是怎么坐入车里的，如同被猝然一击昏了过去，神智恢复了以后发现自己已身在车中了。自己是怎么迈进电梯的，又是怎么迈出电梯的，在省委大楼的走廊里和电梯里见没见到什么人，接着怎么踏下省委大楼的二十几级高阶，怎么跨过马路的，他一概都不记得了。对那场景转换的过程他头脑中一片空白。

透过车窗，郑岚望见他踏下高阶时险些失足跌倒，使她不由得惊叫出声。还望见他跨过马路时，又险些被一个骑自行车的人撞着，而对方骂了他几句，他却似乎没听到，脚步机械，懵懵懂懂地就走过马路来了。

是她下了车,绕过车头,替他开了他那一边的车门……

他一坐入车里,立刻东寻西找。

郑岚以为他要找的是什么重要的东西,小声问:"找什么?"

他说:"烟。"

郑岚说:"让我扔了。"

"你!……"

他极其不满地瞪她,像是她做了什么严重得不得了的错事。

他从没那么瞪视过她。

她以深感歉意的语调说:"我刚才吸了一支,都干了,呛得我咳嗽了半天。那半盒烟不能再吸了,我也只吸了一口……我闲着没事儿,把车内清理了一下。些个没用的东西,都扔到前边垃圾桶里去了……"

他这才将身子朝后一靠,闭上了眼睛。

郑岚又小声问:"那我现在去给你买一盒?"

"不用。真的不用……"

他摸索着抓住了她一只手,抓得紧紧的。

郑岚还想再说什么,张张嘴,却又忍住了没说。

她也将身子往后一靠,也闭上了眼睛,任凭他紧紧抓住自己那一只手,并用另一只手不停地轻轻地抚摸他的手背。

他闭着眼睛,一动不动地说:"看来,是要破……"

她这才问:"什么啊?……"

他却又不吭声了。

他既不回答,她也就不加追问。

二人就那么一动不动地默默无语地坐了几分钟后,王启兆睁开了眼睛,扭头看着郑岚。

她感觉到他睁开了眼睛,感觉到他在看着她了,然而她还是不睁开眼睛。

此时的郑岚内心里很忧伤,想哭。

因为她终于意识到,自己实在没有任何一点儿能力做身旁这一个男人的保护神。要保护他的人生必须靠莫大的权力,靠权力与权力结合成莫大的合力,靠一台莫大的权力机器的运转力,而绝不是靠什么女人的温情脉脉的奉献式的爱意。归根到底,她这样一个小女子所给予他的,只不过还是慰藉罢了。男人们通常所言的,在这样一个使普遍的男人们的心理都感到没着没落时的那一种慰藉。那一种亘古不变的,女人往往只能用自己的身体,加到极限那就是再用上全部的心思所给予的;而男人们往往只能也用身体最多再用上不同程度的情愫来感知来获得的慰藉。而它在特殊的时候却又是连精神上的慰藉都算不上的。尽管自己所给予他的,比别的每一个女人曾给予他的在质量方面要优良得多,尽管他到现在为止一向是感恩和满足的,她却还是特别的沮丧和内疚。因为自己所给予他的不可能是任何实际的帮助而仅仅是慰藉而沮丧。因为意识到自己根本不可能是他的什么保护神而只不过仅仅是一个他所离不开的小女子而沮丧。还因为他为她的需要是确确实实的感恩式的眷恋式的需要,而她所能给予他的却只不过是确确实实的怜爱而内疚。

相对于一个男人的感恩和眷恋,一个女人的怜爱则就显得那么的轻了。

不敏感的女人头脑里不会产生这样的想法。

它通常只产生在某些极其敏感的女人的头脑里。

沮丧加上内疚,再加上难以忽视的不安,使她更加忧伤。

她不愿睁开眼睛,是怕一旦睁开了眼睛,内心里的忧伤会变成眼泪无法抑制地夺眶而出。

她终于从他的紧握之中抽出了自己的手,并用自己的双手反抓住他的手,将他的手举到唇边,吻着,吻着。接着又将他的手举到腮边,用脸颊偎着,偎着。

王启兆感受到了郑岚的心情。就如同蝙蝠通过其特有的神经系统感受到了另一只蝙蝠所发出的微波。无论是她的沮丧,她的内疚,还是她的忧伤,她的不安,他全都一一感受到了。

他柔声细语地说:"别责怪我,我只不过是有点儿累了。"

郑岚于是睁开了眼睛,也扭头看他。同时,又亲了他的手背一下,用比他更柔细的语调问:"现在想告诉我了吗?"

他反问:"告诉你什么?"

她凝视着他再问:"你刚才说什么看来是要破了?"

他又无声地叹了口气,苦笑道:"某种东西罢了……某种原本有一天必定要破的东西。"

郑岚不得要领,紧闭着的双唇微微一动,嘴角也形成一抹苦笑,那意思是——我理解你不肯明说是怕我为你担忧……

王启兆却接着反问:"这世界上没有什么不破的纺织品是吧?"

郑岚点点头,像一个对大人的看法表示完全同意的小女孩儿。

"我说的就是那一类东西。"

其实,他原本想问的话是——这世上没有什么不破的编结物吧?怕她一听,敏感地联想到一个"网"字,话到唇边时,反应机灵地改口说成"纺织品"了。

郑岚那凝视着他的双眼就眯了起来,暗自寻思着究竟怎样的一种纺织品破与不破,会对他的情绪产生如此之大的影响?……

而他忽然一扭身,双手捧住她的脸,贪婪而长久地亲吻了她一阵。

那一阵深吻对于他如同一个大脑缺氧的人吸入了足够使精神振作的氧气。

之后他说:"宝贝儿,情况又有了些变化……我现在还要立刻和胡副市长联系。中午我要和胡副市长、赵副书记一块儿吃饭,附带着聊点儿事。我怕你和他们在一起吃饭感到拘束,就没跟他们说你也来了。你看这样好不好?我送你到一家饭店去,你吃完在那儿等着我去接你,啊?……"

她微微一笑,模样很乖地说:"好。"

他要和一位副市长一位省委副书记共进午餐,又使她对于自己的敏感是否过分自我质疑了。此刻她意识到,归根结底,像一位副市长和一位省委副书记那么身居高位的人,才真正配是他的保护神。她想,只能给他慰藉的人,怎么可以反对他去和有能力保护他的人共进午餐呢? 而他,已经开始用手机和胡副市长通话了。

"我是在向您转达赵副书记的意思。"——他把这句话说出不容对方考虑的分量。

看着他一脸深沉地合上手机,她吞吞吐吐地说:"其实,我一点儿都不饿……"

"可你什么也没顾上吃一口就被我匆匆忙忙地带出来了! 这会儿到中午了嘛,必须多少吃点儿东西。哪怕算是为我吃的! ……"

他嘴里说着此话,已然将车开动了……

胡副市长和王启兆约定的见面之处是近郊别墅区里的一幢别墅。

王启兆到达时,一眼看见胡副市长的专车停在大门里边。胡副市长从车里探出头,向门卫指指他的车,门卫就朝他的车以标准的手势敬了一个礼,毕恭毕敬地放行了。

赵副书记的车还没到。

胡副市长说怕赵副书记的车到了这儿一时绕来绕去找不到究竟是哪一幢别墅,所以也得等她。

于是二人坐在各自的车里等。

大约等了七八分钟,赵慧芝的车也到了。

三辆车——两辆"奥迪"一辆"奔驰"。胡副市长的车打头,赵慧芝的车居中,王启兆的车殿后,一直开到最里边,在人工湖畔柳荫中的一幢不大不小的别墅前停住……

赵慧芝自己不会开车,她命司机要一刻不离地在车里等她。

别墅有人住着。胡副市长按两下门铃,一个体态丰腴的女子开了门。

女子三十六七岁,穿一件白色的无领无袖的绸衫,一条黑色的短腿绸裤,脚上是红绒面的棉拖鞋。她显然刚洗过澡,一头长发湿漉漉的盘在头顶,横插一枚卡子别住着。这女子那个白!脸庞和颈子和裸臂和短腿绸裤以下裸着的半截小腿,白里透粉,粉中透白,会使读过莫泊桑小说的人联想到"羊脂球"的姐姐。如果莫泊桑笔下的"羊脂球"有姐姐的话……

别墅里像赵慧芝的办公室里一样温暖,一样阳光明媚。哪哪儿都装修得很雅致,又雅致又考究,处处体现着一种刻意求之的朴素格调。

那女子见了生人,很是不好意思,白里透粉的脸庞,粉里有些透出羞红来了。

她一声不响,正引着三人往一间客厅里走,楼梯上出现了一个十七八岁的姑娘,也是刚洗过澡的样子。裹着白睡衣,赤着双脚。湿发披散在睡衣两肩。

是赵慧芝先发现她的。

赵慧芝扭头朝楼梯上看去,看得那女孩儿一时呆站在楼梯上,目光怯怯的。

王启兆的头随着赵慧芝的头一扭,也发现了她。没等他看清她的模样,她转身一蹿,从楼梯上消失了……

三人在布置得书画连幅、风雅十足的一间小客厅里落座后,那粉白粉白的女子为他们各自沏好茶,悄没声地低垂着头退出去了。

王启兆还从没见过另一个肤色像郑岚一般白的女人。虽然心中正七上八下地忐忑着,还是觉得开了眼了。

而赵慧芝对那女子却懒得多瞧上一眼似的。她感兴趣的分明是那一幢别墅本身。

她口吻醋溜溜地问胡副市长:"你怎么搞到手的?"

胡副市长的脸刷地红了,神情大为暧昧地嘟哝:"她们是我亲戚……老家来的亲戚。一个是姨,一个是侄女。住我那儿不方便,所以……"

赵慧芝打断道:"我问的并不是人。我问的是这一幢别墅。"

胡副市长就解释，说是他的一位开发商朋友借给他的，他自己其实很少来住。说这里僻静，他们三个人一起来也绝不会引起谁的注意，所以才按照她的指示选择了这里……

"哈！哈！……"

赵慧芝以很戏剧性的声音干笑起来，接着尖刻地嘲讽道："我们的胡副市长多么与时俱进呀，多么一专多能呀，已经可以改行当一位公关先生了。没有一流的公关本事，房地产商会白送给你一幢别墅吗？哎你既然有那么大的面子，什么时候也让你的房地产商朋友白送我一幢行不行呢？"

胡副市长有些经受不住了，急赤白脸地说："我刚才已经严肃地声明过了，是借给我的！咱们到这儿来是为了议正经事的，把话题扯到别处去干什么呢？"

赵慧芝的脸也一下子红了，她分明意识到自己的醋意暴露得太强烈了。

王启兆第一次看到胡副市长在赵慧芝面前心起不恭。然而此刻他已顾不上多琢磨什么了。他怀揣忐忑，急于道出，于是附和着胡副市长的话说："是啊，是啊，还是议正经事吧！事态也许还比较的复杂呢！"

赵慧芝的头一下子转向了他，摆着一副大干部的威严面孔，词锋锐利地教训道："复杂？究竟能有多复杂？共产党什么复杂的局面没见识过？什么复杂的问题没解决过？否则又要我这样一些人干什么呢？"

紧接着，这女人就夸夸其谈地说起她一上午的值班内容来，从那些因为家里断了暖气，不得不到商场里去寻找温暖的老人，说到那一个冻得半死不活的人，再说到顺安县里的告急讯息。话里话外，炫示着自己是如何如何的从容镇定，怎样怎样的当机立断。仿佛别人穷其毕生才有可能做下的丰功伟绩，她只消短短一个上午就易如反掌地做在那儿了，而且将载入史册似的。总而言之，无非是自我夸耀的一些话罢了。看来，这女人一旦认为自己的仕途是平安无事的，情绪又良好起来，自我感觉又良好起来。非但良好,简直还有点儿自鸣得意,飘飘然的劲儿了。

王启兆和胡副市长,只得以极大的耐心默默听着。

趁她说得口干了,端起茶杯呷茶的当儿,胡副市长当机立断地插言道:"赵副书记,我同意启兆的看法,事态也许还真的比较复杂,不是那么简单的呢!"

由于这女人的自以为是,逼得胡副市长只能与王启兆临时结为同盟了。

赵慧芝放下茶杯,高人一等的面孔傲慢地转向了胡副市长,微翘下巴,一言不发了。意思是——你如果有什么高见,那么请发表发表吧。

无论是王启兆还是胡副市长都看得出来,她极其确信她所了解的情况已是全面的情况,而且已在她的卓越能力的初步控制之下了。并且,她不允许那一事件动摇了她在他们三人之间的"领导"地位,她要防微杜渐地牢牢地维护住它。

王启兆又对胡副市长的话连声附和:"是啊,是啊,应该认真听听胡副市长的分析……"

赵慧芝双眉一皱,脸都不向他转一下,只用眼角的一点儿目光瞥了他一眼。

胡副市长干咳两声,心里又急却装出不急的样子,尽量有条理地说出自己的看法,他认为——有那么多的农民卷入了那一事件,情况复杂正复杂在这一点上。使他感到忧虑的也是这一点。因为金鼎休闲度假村占了近百户散居农民名下的农田和宅地。当初动迁他们的时候,虽然是一次性买断的,但是价格他们其实是不满意的,都嫌低。迁到周边别的村里去以后,还这儿上访那儿上告地闹过几次,都在县里的协助之下被摆平了。据他了解到的信息,顺安县里死的三个人中,有一个便是那些农民中某一户的女儿,正上着初中呢,利用假期在县城里当小保姆,挣点儿学费。而那近百户被动迁的农民,与顺安县周边大小村庄里的农民,亲套着亲,戚连着戚,往往形成一方有难八方声援的特殊关系……

他问王启兆度假村里是不是曾失窃过,是不是破案后还严判了几个人?

王启兆回答是的。说那一件事他并没亲自过问,判得究竟算严不算严,他也不知道。

胡副市长接着说,那几个被判了刑的县城里的人,也都与周边的农民有着这样那样的亲戚关系。他们也从没服过那一判决。他们的家属也这儿那儿地上访过,上告过……

他最后总结性地说——没有那些农民参与,那一事件是很孤立的,该是谁的原因,由法律去追究谁的责任就是了。但是农民们以死了一个农家女儿为导火索,一卷入其中,事态的性质就变了,肯定会牵扯到当初的动迁问题、征地问题,以及顺安县的地下温泉资源本该共享而实际上被度假村"合法"垄断的种种问题。

他说完不无忧虑地大摇其头。意思是——那么一来,我们三个人的麻烦可就大了!……

赵慧芝心头蹿火地将目光瞪向了王启兆。

她生气地问:"这么多乱七八糟的隐患,我可是今天以前一点儿都不知道!你们究竟还隐瞒了我一些什么情况?!"

王启兆赶紧表白:"动迁的事,征地的事,那都不是我经手的!我只不过在合同上签签字,盖盖章。胡副市长说需要多少钱,我当初一分不少地拨过去了!"

胡副市长也赶紧表白:"这我承认,这我承认。那笔款,按理说是能够使农民们满意的。但方方面面审批的人,经办的人,协调关系的人,不喝点儿汤行吗?结果一半的款项,就打点出去了……"

胡副市长又有苦难言地大摇其头。

赵慧芝猝然一拍茶几:"谁屁股上的屎,谁自己擦!你们两个,谁也不许因为你们自己埋下的那些隐患牵连我!想牵连也牵连不上!更别指望我会替你们擦屁股!我可不是个专给别人擦屁股的人!……"

气氛顿时严峻,三个人谁也不看谁,各自都有点儿透不过气来似的。

胡副市长仰脸呆愣了半天,慢条斯理地说出一句话是:"那又是谁当初给顺安县的头头们打电话,暗示他们只要帮着把地下温泉的资源归属权解决好了,他们今后就会官运亨通的呢? 这一点就不是隐患了吗?"

"你! ……你放肆! ……"

赵慧芝又拍了一下桌子。

而胡副市长瞥她一眼,样子立刻又变得恭顺了。

他说:"您一再发火干什么呢? 不是您提议要交换交换看法的吗? 事到临头,光发火也没用啊,不是得及时想出对策我们才能度过这一关吗?"

就在这时,王启兆的手机响了。

他一看是他那小舅子打来的,当即接听。

对方那一端刚叫了他一声"姐夫",他就咬牙切齿地骂道:"你这个杂种!"

赵慧芝和胡副市长的目光,一下子都心惊肉跳地集中在他身上了。

他起身走到窗前,背对赵、胡二人,继续接听。

那个小舅子是顺安县里的地头蛇,语调之中完全丧失了往日的痞邪霸悍,哭叽叽地在一端说——他驾的车一路上连撞数人,不知死活。说那名女公安的死与他根本无关,是"老K"的罪责。说他在逃窜途中和"老K"争吵不休,刚刚又在暴怒之下将"老K"一刀捅死了……

王启兆听得眼前一阵阵发黑,双腿一阵阵瘫软。

但他还是强撑着一边听一边离开了客厅,离开了别墅,走到了外边……

最后他小舅子哀哀地说:"姐夫,姐夫,你得救我一命,现在只有你能救我一命了! ……"

而他满腔憎恨地说:"杂种,我救不了你。谁也救不了你。你死定了! ……"

小舅子那端沉默片刻,一变哭叽叽的腔调,蛮横地说:"姐夫你必须救我。事情闹到这种地步,大年初一的,我也没料到。我也不愿意。我也清楚,凭你,根本救不了我一命。但你那些当官的朋友们能救我一命……"

他吼道:"他们根本不是我朋友!"

"你别吼。事到临头,你对我吼也没用。我知道他们不是你朋友。他们又怎么会是你的朋友呢? 但你和他们的关系,应该比朋友还铁。你感冒了,他们必会发烧。你吃了不干净的东西,他们准得腹泻。你就当我是什么不干净的东西吧,当我已经在你肚子里了吧。不管你情愿不情愿,反正我已经在你肚子里了,使你开始闹肚子了。他们如果不替你搭救我一命的话,他们自己就等着蹿稀吧! 我呢,也没什么太大的指望,只求你和他们,能齐心协力保我个死缓。只要能保住我一条命,那我自己也是有些道行的人,其余的事儿,我自己想办法渐渐地化小,化无……"

小舅子的一大番话,说得既天真又无耻,还句句包含着威逼和要挟。

于是王启兆沉默了。

"姐夫,你给我听好了。这一场游戏,我现在不想玩下去了,太刺激人了,我自己也快吓破胆了。我要去投案自首了。如果你们袖手旁观,不肯搭救我一命,那我只有把你们之间的那些交易都抖搂出来! 比如赵副书记在你那儿占有多少股,胡副市长又占有多少股。实话告诉你,你身边有我的心腹。你们之间的种种交易,我这里也有笔账。我要抖搂出你们,争取个将功折罪。即使争取不成,临死看着你们一个个也都没好下场了,我心里也平衡点儿。要不我死得心里不平衡……"

小舅子那边嘿嘿笑了,笑得别提有多邪狞。

"姐夫,你……"

王启兆将手机关上了。

他在客厅里再一露面,赵慧芝和胡副市长不约而同地厉问:"什么人的电话?!"

她的眼里像能喷出毒来,想用目光将他毒死似的;而胡副市长的眼里像能射出火来,想用目光将他烧死似的。

他说:"我小舅子。"

他们对视一眼,这才各自暗舒一口气。

他坐下后,端起茶杯,一饮而尽。又说:"既然我们到这儿是来交换情况的,我也有些情况可谈。"

赵慧芝皱眉道:"简单点儿!"

他就瞅定她说:"你让省公安厅下令通缉的那两个人,其中一个就是我小舅子。'红楼酒家'的老板正是他。他刚才告诉我,他已经把和他一块逃窜的那个人给捅死了。他打算去自首了……"

接着,他就不慌不忙的,一边回忆着,一边尽量将他小舅子的原话复述给他们听。

他显示出了极好的记性,基本上复述的是原汁原味。

看着赵慧芝和胡副市长瞠目结舌五官扭曲的样子,他也很邪狞地嘿嘿笑了两声,内心里也产生了一种邪狞的快感。

一阵可怕的肃静之后,赵慧芝自言自语:"看来,是要破……"

他很痞地一拍手,笑道:"我今天上午说过同样的话。你的话和我说过的话,一字不多,一字不少。"

"这……这……这……"

他的脸朝胡副市长转了过去,冷笑着问:"你是想说这便如何是好吧?"

胡副市长小鸡啄米似的点头,像是变成哑巴了,说不出话来了。

而他接着学他小舅子的话说:"事情闹到这种地步,大年初一的,我也没料到。我也不情愿。我也清楚,凭我们三个,已经没咒可念了。"

赵慧芝猛地往起一站。

她说:"我得回省委值班去了。"

说罢,蹬蹬蹬蹬地就走出了客厅。去得那个快!

她的脚步声刚一从别墅里消失,胡副市长的一只手立刻紧紧地抓住了王启兆的一只手。这在王启兆心中引起了微妙的反应,使他联想到了自己从省委大楼里走出来一坐进车里的时候,也曾多么用力地抓住过郑岚的一只手。他这才意识到,当时自己内心里的不安会通过自己那一只手多么强烈地传达给她的手,传达给她的心。正如此刻胡副市长内心里的不安也通过手传达给了他的手传达给了他的心。不,岂止是不安啊,他的手他的心所感受到的,分明更是惊惶更是恐惧啊!他不禁可怜起对方来了,同时也可怜起郑岚来了。受别人的不安影响的人,本身也会非常不安的啊!奇怪的是,他唯独并不可怜自己。他也很想自己对自己产生起一缕可怜之情,然而却就是一点儿都没有。好比是一个祖先和亲人一个个全都死于癌症的人,对自己也终于被诊断为癌症患者了早有充分的心理准备。

他内心里所产生的只不过是沮丧。空前的沮丧之感。除了沮丧,还是沮丧。纯粹的沮丧。纯而又纯的,没有任何杂质的那么一种大沮丧。

这会儿的他,恨不得也立刻站起来迅速离开这一幢别墅,赶快回到郑岚身边去,抓住她的一只手,但不是紧紧地,而是轻轻地。还要温柔地告诉她,如果她可怜他,希望给他以安慰,那么只冲着他内心里的沮丧可怜他就够了,只冲着他内心里的沮丧安慰他就是莫大的安慰了。

但是一只手被胡副市长的手紧紧地抓住着,使他没法往起站。他以可怜的目光看着对方,对方的目光却在望着窗外,侧耳聆听。

车驶声由近渐远,终于消失。

胡副市长这才向他扭过头来,看着他又是绝望又心怀着一线希望地说:"启兆,你可要救我呀!我从一个山村里的穷孩子到一个县里的副局长再一步步到一个省会城市的副市长,我……我有今天我不容易呀我!……"

王启兆不禁用自己另一只手轻轻拍了拍胡副市长的手背。

他心想,彼此彼此,我也一样啊。

他打算说一句安慰对方的话,可嗓子忽然发干、发紧、发滞,说不出话来。

他的态度使胡副市长的希望顿时膨胀了。

胡副市长又说:"你能保全我! 启兆你要相信你肯定能保全我! 只要你把一切都揽到自己身上,只要你一个字也别交代我们的特殊关系,只要……人在必要的时候应该有点儿自我牺牲的精神呀是不是? 干吗非得同归于尽呢? 何必呢? 只要你能把我保全下来了,你就好比是我的再生父母啦。不仅我这一辈子要牢牢记住你的恩德,我还要教育孩子也……"

王启兆心里对胡副市长那点儿同情一下子全没了,代之而起的是厌恶。

他使劲儿抽回自己的手,端起胡副市长的茶杯,一口将茶水喝光了。放下后,接着又端起了赵慧芝的茶杯,也一口将茶水喝光了。

胡副市长看着他说:"原来你渴了! 没想到你这么渴! 我给你续上,我给你续上,不不不,茶水还挺热的,喝冷饮吧! 我这里有好多冷饮! 各种各样的。你坐着别动。你千万别走。我去给你取冷饮……"

王启兆已经不口渴了。

他什么冷饮也不想喝一口了。

但是他并没有阻止胡副市长诚惶诚恐地离开客厅。

他不愿当着对方的面一走了之。临走前总该对主人说句什么话的,而他不知该说什么好……

等胡副市长抱着各种各样的冷饮再回到客厅时,王启兆自然已经不在客厅里了。

各种各样的冷饮从胡副市长怀里劈里啪啦地落了一地,滚向四面八方,每一角落……

年轻的门卫也好记性,认出了是王启兆的车在往外开,照例以标准的姿势敬礼。

王启兆一边开车一边在心里对郑岚说:"宝贝儿,对不起,让你久等了! 我这就去接你。今天也不算白进城一次,我该办的事儿,我都办完了;该见的人,都见过了;该说的话,也都当面说了。我再也不想对别的人说什么话了,心中只剩下要对你说的话了,好多好多话……"

然而接上她以后,该将她带到哪儿,他却是一点儿都不知道的。

并非连想都没想。

而是在一边开车一边想。反复想。

反复想也白想。

偌大一座城市,他真的想不出一个可去之处了!

然而他立刻要见到她,要将她从等他的饭店接走——这一个念头却是异常明确的。

"宝贝儿,我已经在接你的路上了!"

第九章

当飞机的高度开始下降时,刘思毅的心情反而更加急躁起来。

他看了一眼手表,嘟嘟囔囔地说:"也降得太慢了。都降了三分多钟了,还看不见地面呢!"

一名检查乘客们是否系好安全带的空姐恰巧从他身边走过,回头笑道:"是从一万几千米的高空下降啊!飞机下降有常规的速度,耐心点儿,耐心点儿。"

这是一架每排六座的客机。头等舱只有四个座位,小莫一张头等舱的票也没买到,只好委屈刘思毅和他一起坐在普舱的座位上。他所买到的是 A 座和 C 座,也就是一个靠窗口的座位,一个靠过道的座位,请刘思毅任选。刘思毅已经有二十几年没坐过普舱了,正如某些中国的官员有二十几年没坐过列车了,即使是软卧车厢。飞机之对于刘思毅,仿佛是根本没有所谓普舱的空中运载器。因为他每次一登上飞机,只消两步,最多三步,就可以直接地在头等舱的某一个座位上舒舒服服地坐下去了。自从他当上省委副书记以后,所坐总是头等舱中的第一排的某一个座位,而且前后左右大抵是有随员相伴的。当然,那些随员也往往都是厅局级干部。级别再低点儿的干部,即使有资格乘坐头等舱,通常也没资格成为一位省委领导的出行随员。当头等舱的帘幔一拉严,在主要为头等舱乘客服务的空姐的殷勤周到的呵护之下,一般人都会忘了所乘的是一个多么大的家伙,那帘幔之后究竟还坐着多少人?……

刘思毅起初选的是A座。飞机升空不久,又觉得坐在最里边的座位实在是太拘束了。在他和小莫之间,坐的是一个脂粉气十足的女孩儿,看去刚刚十六七岁的模样。她一会儿吃零食,一会儿掏出小镜子照脸。还旁若无人地将什么牌子的润肤霜挤在手指肚上,细细地保养她的脸。还大模大样地往两片薄唇上涂唇膏。将个刘思毅烦得直想发脾气。小莫看出来了,就主动和刘思毅换了座位。于是刘思毅坐在靠过道的座位了,小莫坐在靠窗的座位了。但那女孩儿还是使一位省委书记在情绪上受到很大的干扰。她戴上了空姐发给乘客的耳机后,开始摇头晃脑,膝盖不停地耸动,身子一会儿前仰一会儿后合的。刘思毅只得双眉紧皱地闭上眼睛,时不时地做一次深呼吸,以御干扰。

他的异样引起了空姐的关心,问他是不是哪儿不舒服。

他说:“我没什么不舒服。如果我旁边这一位小姐能够安静一会儿的话,我就更没什么不舒服的了。”

空姐犹豫一下,劝止女孩儿不要那样。当然,是以女孩儿自身的安全为理由。那会儿飞机遇到了强大的高空气流,正颠簸得厉害。

结果可想而知,女孩儿安静倒是安静了,但也被得罪了。隔几分钟,就无缘无故地不拿好眼色斜瞪身旁的省委书记一次。刘思毅太受不了她那一种目光了,索性连眼也不愿再睁开一下了。

对于刘思毅的心烦意乱,小莫爱莫能助。

他只得小声跟女孩儿搭讪,拉近乎。通过交谈,了解到对方是一名高一学生,而且偏偏还是顺安县县委书记的女儿。她是三十儿飞到南方的,初一就飞回北方来,只为了在南方的城市看到一场她所喜欢的男歌星的个人演唱会。

小莫试探地提出与她换一下座位。他想如果自己坐在中间,将刘思毅和她隔开,刘思毅或许会心静一点儿。

女孩儿显得很高兴,因为那正中她的下怀。

不料她刚往起一站,刘思毅抓住了她的一只手,同时他睁开了眼睛。

他说:"别换,安安静静坐这儿,我有些话问你。"

这下,女孩儿可得着理了。

她叫嚷:"你抓住我的手干什么呀? 我认识你是老几呀? 凭什么我得回答你的话呢?! ……"

于是周边一片骚动,前后左右都有人站立起来往这一排座位上看究竟。于是一名空姐快步走过来了,疑惑地询问怎么回事。

搞得刘思毅这一位省委书记好生尴尬!

连小莫都替他不好意思了,迅速与那女孩儿换了座位,前后左右的人才纷纷坐下,空姐才放心地离开。

而刘思毅红过一阵的脸色尚未恢复本色,便迫不及待地对小莫耳语道:"问她父亲叫什么名字? 问她知不知道顺安县发生了什么事情? "

小莫也凑着他的耳朵小声说:"那,恐怕我得先告诉她你是谁? "

刘思毅沉吟片刻,态度很明确地加以反对:"那不行,根本没那个必要。"

小莫就耸耸肩,表示那他是没办法问出什么的。

刘思毅却强人所难,一下接一下用肘部拐碰小莫,还踩他的鞋。书记(而且是一位省委书记啊!)之命岂敢相违? 小莫万般无奈,只得又搭讪着问。

而人家那县委书记的千金,已看出来他俩是一伙的了,连对小莫也不予理睬了。

小莫尴尬地沉默了一会,又在纸上写了几行字给刘思毅看,大意是——他认为应该告诉哪位空姐,这架飞机的普舱中坐着一位省委书记,而且是终点城市所属省份的省委书记。因为有绝对的必要,需与顺安县县委书记的女儿借用一下头等舱,抓紧时间了解某些关于顺安县的情况……

刘思毅从小莫手中夺过笔,在那半页纸上连划了几个叉子,用力之大之猛,将纸都划破了。

之后,他又冲着小莫的耳朵生气地说:"猪脑子!"

事实上,如果飞机刚刚起飞,如果飞机上并非座无虚席,那么他会认为小莫的建议是不错的。既然身边恰巧坐的是顺安县县委书记的女儿,当然有极大的必要在飞机上就了解了解顺安县的情况了。哪怕是仅仅能了解到一点儿风土人情也好啊!说不定还能大有收获,也从县委书记的女儿的口中,了解到不少县一级干部们的为人处事。即使会给机组带来麻烦,即使会引起头等舱乘客的不满,那他也会全然不顾在所不惜的。他对顺安县的一切情况简直太一无所知了!对所发生的事件也根本无法作出任何自认为有价值的判断!可是现在,飞机毕竟快着陆了。广播员已经两次提醒乘客要系好安全带了。在这种时候提那一种要求,无论提得多么有理由也是太过分的要求!何况,他登机时注意到了,乘客中有不少外国人。他们要在春节期间领略冰景雪色。而同机的本国乘客,看去则尽是北方人。他们想必是由于被各种各样的事耽绊在南方了,没能在三十儿之日或前一天赶回家中,所以才使这一架客机座无虚席的。他可不愿使机上的外国人们感到飞机上有什么诡诡秘秘的事进行着。也不愿飞机上的北方人们一回到各自的家里不说别的,而一再询问自己的家乡省份究竟发生了什么严重事件……

这一架飞机晚点了。乘客们先在机场等了一个半小时,坐在各自的座位上以后又等了将近一个小时飞机才起飞。机组的解释是因为另一家航空公司的一架飞机发生了故障,横着占据了两条跑道。所以使刘思毅觉得,飞行时间长了一倍似的。

何况他胸中塞着一团一团的扑朔迷离的心事,巴望着飞机快一点儿着陆的心情格外迫切!

他在机场时一直命小莫不间断地与赵慧芝进行联系,却始终没能联系上。她一下午竟没在办公室里值班！她家里的电话也没人接,而她的手机关了。她失踪了。

直到此刻,他还在为她的安全担忧。不,是更为她的安全担忧了。

一想到她今天是在替自己值班,刘思毅便替她的人身安全忧虑得心情分外沉重了。

这么好的一位常务副书记,倘若在替他这一位省委书记值班的日子里遭遇了不测……

他不由得不多想,却又那么不敢一味往不好的方面想下去……

所幸省委省政府的其他领导们,在他候机的那段时间里,相互转告着全都获知了他的手机号码,并都一一主动地与他进行了联系。这个大年初一对于他这一位省委书记将是终生难忘的。因为他生平第一次在短短的一个半小时里与那么多的人先后通话,而且是用手机！如果以在机场这一种地方用手机通话的次数为一种限定的话,那么他的名字也许可以被载入吉尼斯大全了！尽管某些领导只不过与他通了几句话,然而那几句话对于他却是意义极其重要的。使他因而知道他是第一把手的两套班子,神经并没有麻痹,功能也没有丧失。在大年初一,他们中有人迅速从家里回到了那些必须有人恪尽职守的岗位上,而另外那些人无需谁来指示,全都义无反顾地赶往顺安县城里去了。不消说,他们都成了人质;也不消说,顺安县城里的局面,已被他们那样一些特殊的人质渐渐控制住了。

看来,有时候平定暴乱的最佳方式,正是由最容易被当作人质的人,心甘情愿地前去充当人质——只要暴乱并不是由职业的恐怖分子们制造的,而仅仅是集体宣泄的冲动行为。

刘思毅也深切地感受到了——原来自己并不像自己此前所以为的那么孤独。而即将面对一场严峻事件的,也当然不会仅仅是他和他的秘书而已。

但是慧芝同志她在哪儿呢?

亲爱的慧芝同志你究竟在哪儿呢？

为什么一下午失去了联系的偏偏是你呢？

越是觉得自己并不孤独,刘思毅越是对赵慧芝这唯一的一位女省委副书记的人身安全倍加担忧。

他真希望当飞机着陆以后,他的或小莫的手机突然又响起来了,而进行联系的正是赵慧芝……

他正这么想着,小莫也用胳膊肘拐碰了他一下,接着指指窗口……

他朝窗口一望,望见了地面的万家灯火。

那个女孩儿,已经迫不及待地掏出了手机,随时准备拨打通话或发出一条短信息。

小莫提醒:"哎,飞机没停稳可不能打手机啊!"

女孩儿横了他一眼,拿着手机将脸凑近窗子了。

刘思毅忽然想起,昨天在飞机上曾朝下望见过顺安县的,于是他向空姐们招了招手——而她们,斯时已在过道站成了纵排,一个个微笑着,正准备向乘客们鞠躬告别。为首的那个,困惑地犹豫一下,不得不快步走到刘思毅跟前,轻声问他有什么事?

刘思毅反问:"从这架飞机上,也能看到顺安县的夜景吗?"

空姐说:"当然啊! 往返都是同一航线嘛。现在顺安县城就在飞机的下方。"

刘思毅一听,立刻解开安全带,打算也凑向窗口去朝下望。他那种急切的样子,仿佛能从飞机上看清地面的骚乱场面,继而能作出什么胸有成竹的局势分析似的。

空姐见状慌了,双手齐出,按住他左右两肩,严肃地命令他系好安全带,不得站起。

而这时,那女孩儿扭过头来,也望着空姐说:"不对呀!"

空姐问:"怎么不对了?"

女孩儿说:"既然是同一航线,为什么看不见度假村那一片灯光了呢？大初一的晚上,喷泉也应该像三十儿晚上一样喷着啊！怎么也看不见了呢?"

听了女孩儿的话,小莫将头从她肩上探向了窗口……

刘思毅更坐不住了,又想解开安全带凑过去望……

结果航班组长,一个英俊的小伙子从空姐们背后闪身而出,大步走到他们这一排,彬彬有礼而又严加批评地说:"公民们,希望你们都像一点儿飞机乘客的样子!"

飞机就在这时倏然着陆了……

刘思毅和小莫一前一后下飞机时,空姐们尽管照例对他俩笑容可掬地说着"再见""下次幸会"之类的话语,但严格地讲,她们的笑容都是有点儿勉强的。这使他俩意识到,自己给她们留下的印象不太好。

小莫忍不住说:"小姐们,现在你们应该知道了,这位他是我们省的……"

刘思毅回头斥道:"你给我住嘴!"

而紧跟在小莫身后的那女孩儿直劲催促:"瞎搭个什么呀,快走,快走!"

这架飞机并没停在机场楼厦前,有两辆大轿车开来接送乘客。刘思毅刚踏在舷梯上,但见又有两辆黑色"奥迪"驶至,并列停在了舷梯旁。第一辆车的车门一开,钻出了一条魁梧的汉子,是省委机关办公厅主任。

前来接他的人将轿车直接开到了飞机旁,而且开了两辆来,这是他完全没有料想到的。

他一时愣在舷梯上。

办公厅主任已看到他了,向他招手。

刘思毅头脑之中忽然又有想法。他踏下舷梯后转身指着舷梯上那女孩儿对办公厅主任说:"为了她的安全,必须把她也捎上!"

当他和小莫坐入第一辆车里,看见办公室主任夹住着那叫叫嚷嚷舞着胳膊踢蹬腿不肯服从的女孩儿正往第二辆车里塞她……

刘思毅没好气地问坐在司机旁的小莫："你那个妹妹,不是她那样式的女孩儿吧?"

小莫受到了奇耻大辱似的说："我妹妹怎么会像她似的!"

刘思毅叹口气,想说但愿我们的干部的独生女儿们都不是那样式的!但想到自己的女儿,没说。

汽车开动时,他命小莫再用手机联系一下赵慧芝。而小莫在他吩咐之前,已经拿着手机那么做了。

当汽车开在机场高速公路上时,始终不停止地按着手机的小莫向刘思毅回过头来,满腹狐疑地说："奇怪,只通了一次,可是她没说话,立刻就把手机关了!"

刘思毅问："你能肯定是通了一次吗?"

小莫点头道："绝对肯定!虽然她没说话,可我听到了机场里的广播。"

刘思毅不禁"哦"了一声,追问："机场里的广播? 这一点你也能肯定?"

小莫又点头道："肯定!我听到了让乘客赶快登机的广播……"

刘思毅沉吟片刻,命令地说："再给我不停止地联系十分钟,不,五分钟。"

五分钟后,小莫第二次回过头,连摇几摇。

刘思毅则果断地命令司机："停车。"

司机说："高速公路上不能停车。"

刘思毅说："那你就停在能停的地方。"

司机说："只有拐出高速公路了。"

刘思毅说："拐出去,越快越好。"

司机说："前边有段肩道。肩道上可以停车的。反正天黑,您要是急着方便一下的话……"

刘思毅大光其火："我什么时候说我急着方便了?!"

小莫一时噤若寒蝉。说时迟,那时快,一个出口已呈现前方,司机岂敢错过?猛一打方向盘,车便离开了高速公路。而后边的那辆车不明所以,却也反应迅速,相跟着驶离了高速公路……

当两辆车一前一后停稳在辅路边,后边那辆车的车门如翼齐展,以办公厅主任为首,包括司机在内,左右同时踏下来四个大男人。他们快步上前,转眼围住了刘思毅乘坐的那一辆车。

刘思毅按下车窗,办公厅主任看到他在吸烟。

办公厅主任问:"思毅书记,您有什么指示吗?"

刘思毅问:"你们一共来了几个人接我?"

办公厅主任说:"就我们四个。除了那个女孩儿,都站在您面前了。"——于是一一介绍另外三人,哪个是司机,哪个是保卫处长,哪个是保卫处长的部下。

刘思毅说:"来了四个还少哇?连保卫处长都来了,太夸张了,跟演电影似的了!"

办公厅主任却平静地说:"其他领导一致要求我们务须保护好您的安全。"

刘思毅嘟哝了一句:"顺安县离这儿一百八十多里呢,我能有什么不安全的?"

他又吸一口烟,将烟扔了,命小莫和开自己那辆车的司机也下了车。让他们一字排开,站在自己面前。

他坐在车里一一扫视着他们说:"现在,你们加起来就六个人了。我问你们,你们是不是每一个人都认得赵慧芝赵副书记?"

他们纷纷回答是的。

刘思毅满意地说:"很好。注意听我的话——一会儿,咱们都把车开回机场去。然后,让那个女孩儿和我在一起。你们六个人,到机场大楼里去,各处寻找。要找的是我们的赵慧芝赵副书记。无非两种可能——一种是她并没在机场大楼里,那当然你们怎么找也找不到她。另一种可能是,她确实就在机场大楼里,而你们寻找得不仔细,结果是没有完成好我的任务。那么,办公厅主任,还有保卫处长,你们就都别再当了吧。如果是你们先发现的她,而她并没发现你们,那么无论是谁发现的,都不得擅自上前询问什么。要立刻通知我。如果谁发现了她的同时,她也发现了谁,那么谁就这么对她说——‘慧芝书记,刘书记刚下飞机。他听说您在机场,让您千万与他见上一面,他有重要的事告诉您。’当然,接着还是要立刻通知我。你们要先到即将放行乘客的登机口去寻找她。接着要到飞往沿海各大城市的登机口去寻找她。最后才到贵宾候机室去看看。对于你们,这个任务,比保卫我重要得多。"——他停顿了一下,又低声说:"我现在特别担心的,倒是我们的慧芝书记……我的话你们都听明白了吗?"

六个男人一齐点头说都听明白了。

于是他让小莫将他的手机号码说一遍,让他们都输入到自己的手机里去……

十几分钟后,省委机关的六个男人,已分散在机场大楼的各层各处了。

刘思毅给他们的时间是半个小时。半个小时一过,便都作罢。

他又和那个女孩儿在一起了。

想必办公厅主任已告诉了她一些她应该有所了解的情况。她倒也乖了,而且看去怪可怜的了,缩坐着,与一位省委书记保持着一定的距离。一边默默流泪,一边不停地按手机。眼泪淌糟了脸上的妆,搞得一张小脸儿像花脸猫似的。

刘思毅问:"在跟你爸爸联系吗?"

她点头。

"他接过吗?"

她说:"没有。"

"那你在干什么?"

"我在给他发短信息。"

"你发短信息他就能收到了？"

"反正我也没事儿。"

"上高中了吧？"

"高二。"

"学习怎么样啊？"

"不怎么样。"

"不怎么样,也就是考大学够呛啰？"

"我也没打算考。"

"那你将来可怎么办呢？"

"出国上大学去。"

"想去哪一国家啊？"

"英国。"

"去英国读大学的学费可是全世界最贵的呀。"

"我爸爸说,学费不是问题,只要我愿意去。"

刘思毅嘴上一边和女孩儿你一句我一句地聊着,头脑里一边想着另外的事情,两不耽误。跟女孩儿聊的,那纯粹是一些根本不用走脑子的话。是怕女孩儿跟他在一起拘束,不自在。还希望分散她的心思,使她明白,她无需太为自己的处境不安。而他自己的心思却集中在这样一点上,那就是　作为值班常务副书记的赵慧芝整整　下午不在自己的办公室里值班,而且直到这时也联系不上,已经够奇怪的了；如果她此刻居然还是在机场的候机大厅里的某处,岂不是怪上加怪了么？ 赵慧芝,赵慧芝,这会儿你怎么会在机场的候机大厅里呢？

他差不多已经是第十次暗自提出这一疑问了。

然而既不能替她给出一个合理的回答,也不能自己对自己给出一种必然的解释。

于是起先为她感到的担忧迅速地在自己内心深处变质了。

疑问是那一种变质过程的一个自然而然的结果。

小莫回答得多么肯定啊!

小莫绝不是那种对没有把握的事情妄下断言的人。

他对小莫这一点是十分了解的。

那么情况又只能有两种——要么赵副书记她是在这一个北方机场的候机大厅里,要么她已经身在别的哪一座城市的机场的候机大厅里。

如果竟是后一种情况,那么他所面临的局势更加复杂了。同时,也昭然若揭了。意味着发生在顺安县的事件背后,另有别种性质的事件。

当他这么想时,他本能地感到罪过,感到自己的想法太离谱也太对不起赵慧芝了。

如果他派的六个人,是去寻找另一位副省级干部,作为省委书记的他,断不会有什么罪过之感。他会觉得那根本谈不上什么对得起对不起的。

但那六个男人所寻找的偏偏是赵慧芝啊!

自己这一位省委书记和赵慧芝这一位省委常务副书记,曾有过十几年的友好交往啊!

就在昨天,自己还对妻子说过——因为班子里有着赵慧芝这一位副书记,他才感到身在异省当一位省委书记的孤独感相对而言减少了许多啊!

他的上衣兜里,此刻装有自己妻子送给赵慧芝的他们双胞胎孙子的照片啊!

于是,他希望自己派去的六个人,真能够在这一北方机场的候机大厅里寻找到赵慧芝。

因为只有这样一种结果,还多少存在着另一种可能——自己的想法,果然是很对不起赵慧芝的想法。也许她将向他解释,她在这一个机场的大厅里,理由是绝对正常又正当的。而且,是她的职责的体现……

女孩儿忽然发起脾气来。

她将手机往脚下一扔,一边用靴跟使劲踩着,一边恨恨地说:"这破手机! 这破手机! ……"

刘思毅镇定地看着她,冷冷地说:"我看那是一只挺不错的手机,少说也得两千多元买的吧? 你就舍得弄坏了它?"

女孩儿迁怒地冲他叫嚷:"你管不着! 你是省委书记有什么了不起? 你们办你们的公事,凭什么非把我扣在你们的车里?"

刘思毅不动声色地说:"是为你好。你们县里今天夜晚很不平安,明摆着你是回不去了的。而我们会把你送到一个我们放心的地方去过夜。否则,你一个女孩子到哪儿去……"

女孩没容他把话说完,又叫嚷:"用不着你管! 用不着你管! 我本来和我赵姨说好了的,今天晚上我要住到她家里去! ……"

"你赵姨? 她叫赵什么啊? 住哪儿啊? 如果你认为我们的操心完全多余,你住到她家里去最好,那我们一会儿也可以开车把你送到她家门口嘛! ……"

女孩儿的话使刘思毅极其敏感起来,不由得连连追问。

而女孩儿却一侧身,双手捧脸,头抵着车门,呜呜哭泣。

刘思毅伸出一只手,想抚摸一下她的头。但他又没有那样做,把手缩回去了。作为一个分明比她的父辈还年长的男人,他宁愿以特别慈爱的态度对待这个县委书记的女儿。然而宁愿是宁愿的,但却委实地成了件难事。一方面是由于,除了她的脾气,她几乎已经没有哪点还像一个女孩子了;另一方面是由于,她身上散发出的脂粉和香水混杂的气味儿,使他一阵阵的头疼。在飞机较大的空间里,他还可以忍受。现在的空间却小多了,快使他无法忍受了。

刘思毅将头扭向了窗外,并将车窗降下了一道缝隙。

"别开窗,我冷!"

女孩儿显然也到了难以忍受的程度了,不知难以忍受的是刘思毅,还是别的什么。

　　刘思毅教训道："在这辆车里,一切我说了算,而不是你。谁叫你大冬天的穿得这么古里古怪? 活该!……"

　　这时,他的手机响了。

　　办公厅主任向他报告,发现了赵副书记。她在一架飞往北京的飞机的登机口那儿,那架飞机四十分钟后开始登机……

　　刘思毅踏下汽车,走开几步,小声说："明白。你立刻通知两个保卫处的同志回到我身边来,只你和小莫留在大厅里就可以了……"

　　他不愿让赵慧芝见到省委机关保卫处的人。

　　是的。他想那是绝对不妥的,因而也是不可以的。那对于一位省委常务副书记是无礼的,甚至是一种人格上的严重伤害。起码现在是这样。

　　那女孩儿也需要人看着。半夜三更的,如果她又不见了,得四处找她,太耽误时间了。万一怎么找也找不到,那将如何是好呢?……

　　虽然他巴不得立刻前往机场大厅,却又只能耐心地等着两个保卫处的同志回来。

　　郊区夜晚的寒风飕飕,他的鼻子耳朵顷刻冻疼了。

　　然而他不愿再回到车里去。

　　他将呢大衣的领子翻起,双手插入兜里,夹紧着胳膊,在寒风中踱来踱去……

　　"慧芝同志……"

　　赵慧芝猛地抬起头来。她见站在自己跟前的是刘思毅,瞪视着他,一时竟吃惊得微微张开了嘴。仿佛刘思毅是一个她根本不认识的人。仿佛她一眼看出,他还是一个对她具有莫大危险的人。

　　大年初一之夜,从这一座北方城市去往北京的人寥寥无几,东一个西一个在左右数排长椅上坐得很分散。

　　那是最后一班飞往北京的客机。

赵慧芝坐在左边最后一排中间的一个座位上。

刘思毅远远地望着她向她走去时，她正低头瞧着手中的手机发呆。如同那不是手机，而是一盒药，正细看它的疗效说明，半信半疑，既打算吞服，又怕吞服了之后有超出说明以外的过敏反应似的。

刘思毅向她伸出了手。

他说："我刚下飞机。小莫替我取行李去了。想不到我无意间看到你了，就过来了……"

偏巧她的手机拿在右手里。她既没将手机转换给左手，也没往兜里揣。她下意识地也想与刘思毅握手，结果手机从她的右手中啪地掉在地上了。

空旷的大厅使那声音听来很撞耳。

分散而坐的人们的目光纷纷朝他们望了一下。

赵慧芝却用掉落了手机的手拎起了旁边椅子上的小挎包，放在自己膝上，双手防范地按护着。好像他这个"陌生人"企图抢夺她的挎包，而她宁肯舍弃手机。

刘思毅弯腰替她捡起了手机。

那一时刻，他内心里顿时涌动一种大的悲哀，替赵慧芝，还替自己。

尽管他还什么都不清楚，但又觉得什么都一清二楚了。

他也悲哀于自己刚才不得已的谎话。

当他将手机递给她时，她才终于恢复了常态。

她接过手机，揣入大衣兜里，低声说："真想不到，太巧了……"

刘思毅感到热了。

他这时才顾到应该放下大衣领子。那么做了。并且说："是啊，是啊，可是慧芝同志，你怎么在这里？"

赵慧芝一旦恢复了常态，也同时恢复了女人特有的机智。

她拍拍旁边的椅子，意思是让刘思毅坐下。

刘思毅坐了下去。

她说:"我以为你今天回不来了。在初一这种日子里,一个县发生了那么严重的事件,我认为省里得有谁到北京去向上边汇报一下。我已经初步掌握了一些情况。当时你没回来,我认为我有责任代替你去。即使当时你已经回来了,我认为你还是会指示我去的。现在你果然回来了,正好我就可以当面听听你的嘱咐……"

她言之有理。

刘思毅说:"你考虑得对。我还真有些重要的事情告诉你。"

于是她显出洗耳恭听的样子。

刘思毅又说:"在这儿……不太方便吧?你得理解,我不太习惯在这种地方……"

她说:"我怕误了登机。"

刘思毅虽然明知登机的钟点,却装得很尊重她的想法,沉吟地问:"几点的飞机?"

赵慧芝被问得一愣。

她根本不知道飞机几点起飞。她没料到刘思毅会那么问一句。

而刘思毅,无论如何也猜不到,赵慧芝兜里揣的根本不是飞往北京的机票,而是明天早上飞往澳门的机票。

她忽然往起一站,以开玩笑的口吻说:"咱俩之间,我永远听你的。因为我是你的副书记嘛。谁官大听谁的。"

刘思毅随之站了起来,也笑道:"还是一位我最倚重的副书记。"

她笑了笑,挽住了他的手臂。显然,他最后那句话使她心里真的高兴了一下。

她问:"那去哪儿谈你这位省委书记会习惯点儿呢?"

他反问:"到我车里去谈你有意见吗?"

她说:"不敢。"

于是二人一边往机场外走,刘思毅一边问她些顺安县里那事件的现状。

而她有问必答,如同已是一位权威发言人。

办公厅主任和小莫,则不远不近地双双跟随着……

刘思毅和赵慧芝一坐入车里,小莫紧接着也坐入车里了。

小莫扭回头说:"慧芝书记,委屈您了。后边坐三个人,肯定会有点儿挤。"

赵慧芝上车时,虽然看到后排已经坐着一个人了,但却没认出那女孩儿是谁。

她说:"真正受委屈的应该是思毅书记嘛!"

那女孩儿却一眼就认出了她。

"赵姨!……"

女孩儿叫她的同时,已扑入她怀里,搂抱着她又哭起来。仿佛只有她才受了大委屈。

赵慧芝又是一愣。

等她也认出了女孩儿是谁,起初的反应是打算把女孩儿从怀里推开。一推,女孩儿反而将她搂抱得更紧了。

女孩儿哭着说:"赵姨,我和我爸怎么也联系不上了!我家里也没人接电话了!……"

刘思毅却低声说:"开车吧。"

于是那一辆车无声地驶向前去,一驶离机场前边,立刻加速。

赵慧芝刚才本能的反应,刘思毅全看在眼里了。

他将脸转向了窗外。对于他,那也是一种本能的反应。

因为他觉得,无论自己以一种什么样的目光与赵慧芝的目光相视,自己的目光肯定都是不自然的,不正常的。

因为他开始意识到,她的后半生,将由于他的做法而彻底改变了。

当然,也是她自己改变了自己的后半生。但她一定有她的计划。如果她仍独自坐在机场的候机大厅里,那么她的计划将完全有可能实现。那么她的后半生虽然总归还是会发生彻底的改变,但却不见得是下场可

451

悲的改变。

而现在,情况截然不同了——对于她。

无论她的计划是一种什么计划,她都一丝一毫也没有实现它的希望了。

是他以他的敏感洞察到了那计划的可能存在,进而当成它是一个事实进行了破坏。

现在她的某些综合表现充分证明,它不是莫须有的,而千真万确地是一个事实。

他对了。

而她,完了。

刘思毅的心理极其复杂……

他甚至不愿朝车前方望一眼。唯恐不经意地看到了车前镜,而且从镜中看到了赵慧芝那双熟悉的,使他一向感到亲和的眼睛……

赵慧芝的脸也转向车窗外。

她的胳膊垂在身体两侧,双手的手心朝上,摊开着放在座位上,任凭那女孩儿在自己怀里哭鼻子抹泪地乞讨怜抚,却不愿用手碰那女孩一下……

两辆"奥迪"一前一后接近了市区……

这座城市有数座跨江大桥。

最后竣工也最新启用的一座江桥,相对应的乃是城市的一处边缘。隔着冰封的江面,从彼岸望过来,城市的灯光显然疏少了许多。

那是远离城市喧嚣之声的彼岸。即使白天亦如此。即使昨天——三十儿的夜晚,一阵比一阵密集的爆竹声,在江的这一段彼岸听来也是依稀的、遥远的。

而此刻,这里是静谧的。

风势傍晚收敛了。

此刻这里只能听到一种声音。一种在光秃秃的高树梢头和干枯得极其锋利的草尖上掠来掠去的声音。那是寒风的残势不情愿消失而去的幽啸。不定什么时候响起,不定从哪儿传来。像是伏敌相互进行联系所吹的口哨。它刚一引起人耳的注意,人耳刚一打算捕捉到它的方向,它却消停了。

于是四周又开始静谧着。

这里沿岸排列着十几幢小小的木板房,造型各异。若在白天,颜色也不同。它们有的有主,门上钉着写有主人姓名的木牌,还一一落着锁。有的却没主,门已脱轴了,或歪斜敞开着,或干脆倒在了门前的雪地上。

它们属于本市的钓鱼爱好者协会。

若在夏秋两季,无论白天还是晚上,那儿的岸边总是少不了垂钓者或立或坐的身影。白天小房子的烟囱会冒出缭绕的炊烟,意味着有刚从江里被钓到的鱼儿可怜地成了锅中之物。晚上小房子的窗口发散着光亮,或拉着窗帘,或没拉,人影绰约。如果拉着,意味着里边并没有鱼在遭受苦难,而是有人在享受快感……

钓鱼爱好者们既然深爱此道,那么在冬季里也是兴趣高涨的。

江面上这儿那儿凿穿了冰层的一些钓口便是明证。像江面这个大棋盘上仅剩数子的残局。怕发生意外有人掉下去,每一个钓口都用环状的铁刺障碍围住着。

此刻,江面上只有一个人。

他四仰八叉地躺在冰上盖雪的江面。

他显然不是一个垂钓爱好者。

因为他没带任何一样钓具。

他仿佛是为了观赏满天星斗才仰躺在那儿的。

在他和一个钓口之间是铁刺。月光使每一个铁刺的尖端都寒光闪闪。

那钓口的直径宛如缸口。结了一层薄冰。在一米多厚的冰面下依然故我地涌流着的江水,似乎企图从这个冰面最薄脆之处往上翻溢,致使刚结满的那一层薄冰不时地微微浮动一下。

然而水既已结为冰,往往就变成水的克敌了。

薄的冰仿佛具有某种韧性。它靠了那特殊的韧性,尽管危机显见地伏动着,却就是不再轻易破裂了。似乎要向江水证明,它结为冰的天然使命正是防止江水向上翻溢。

那个钓口还证明,尽管这一个夜晚是大年初一的夜晚,但还是有一个酷爱垂钓的人刚刚离去。

那人大约是用钓竿的握端在深雪上画写出了四个大字——"命中注定"。

不知那四个字意味着他满载而归还是一无所获。

仰躺着似乎在观赏星星的人,走到这儿发现了那四个字,于是就选中这儿仰躺下去了。

他正好躺在了"命"字的上下结构之间,如同是那个"命"字粗而短的一横。

他是王启兆。

"无处可去"这一句话,对于身无分文的乞丐意味着流落街头无家可归;对于真正的流浪汉却意味着天下之大,可处处为家,流浪到哪儿算哪儿,走一步看一步,很随便的那么一种态度。此种态度也堪称是一种人生的哲学。其玄妙之点在于,相信"山穷水尽疑无路,柳暗花明又一村"。故流浪汉们虽也沿途乞讨,但与乞丐们相比,骨子里却总是多多少少透着份儿达观甚至没什么来由的乐观的。同是"无处可去"这一句话,对于亡命之徒,比如王启兆的小舅子之类,则只能意味着是"无处可逃"的别一种说法了。

但对于王启兆颇为不然。

对于他,"无处可去"意味着不知哪儿才是自己愿意去的地方。起码,在大年初一的当天是这样。在此日,从本省本市到外省外市,从国内到国外,他可以直接去或间接去的地方,那还是很多很多的。所谓偌大世界,欲往便往,没什么阻因的。只要那轻便的文件箱没丢失也没被窃被抢,去到这个世界的哪儿,起初的日子都会是无羁无绊、无忧无虑的。只不过虽然如此,却哪儿都是他并不怎么愿意去的地方罢了。

是的,这确乎是他离开胡副市长说是别人"借给"自己的那一幢别墅后的心境。

但哪儿都是不怎么愿意去的地方,那也必须去某一个地方啊!因为还有郑岚就要和他在一起了啊!二人不能总是待在一辆小汽车里啊!

他心里很清楚,对于自己,过了初一,初二将会怎样,那已是一件相当难说之事了。即使初二也平安无事,初三初四则断不会仍然平安无事的了。当局的神经一旦大受刺激,所作必然反应极为神速。这一常识他是有的。也就是说他很清楚,对于自己山穷水尽是注定了的,柳暗花明是毫无指望的……

最终他所选择的去处是"鸿祥宾馆",它是由从前的省委招待所改造成的四星级宾馆。受传统的影响,那儿仍是个严肃的地方,也仍以接待省委省政府的客人为主。严肃的地方等于寡趣的地方。当今之中国人,无论男女,出门在外,大抵都是希望找点儿出门在外才有机会亲身体会的乐子的。所以一般来到这一座城市的人,对于那样的一家四星级宾馆是敬而远之退避三舍的。即使在夏冬两个旅游旺季,它也还是喜欢清静的人们理想的下榻之处。而省委省政府,并不认为它有必要不是一个严肃的地方。反正各种会议惠顾着它,再怎么寡趣也不至于亏损。

王启兆在接到郑岚之前便决定了去"鸿祥宾馆",不是多么青睐于它的严肃,而是属意于它的清静。

郑岚一听他说不回度假村了,显出了一丝丝的不快。自从成为金鼎休闲度假村的副经理,她对城市是越来越从心理上开始主动地疏远了。以至于一来到城市里,感觉上就特别的空虚。如同从前的一个中国人,确切地说是如同从前的一个没有城市户口的女人万不得已才进城了一样。而只有在金鼎休闲度假村里,她才感觉到自己是一个有价值的人。一个真正有尊严的人。因而是一个心里充实的人。一个真正受到理所当然的尊敬的人。

关于尊严和尊敬,她心里太清楚了。她在城市里所见的那些人,也就是替王启兆或代表他所见的那些人,其实根本没有谁真的尊敬过她。在他们心目中,她只不过是王启兆的情人而已,甚至只不过是他的姘妇而已。他们对她的尊敬态度无一不是伪装的。是由于他们和王启兆本人的种种特殊关系所决定了的。而她的尊严,则是她靠了自己对尊严的强烈要求和维护尊严的高超能力从他们那儿"争夺"来的。她也清楚自己的尊严是先天的残缺不全的,所以她对它的要求反而格外强烈,所以她维护它的能力反而特别高超。

在这个世界上,只有王启兆这一个其貌不扬的男人是真的尊敬她的,而不仅仅是爱她。这是他与别的许多男人不同的地方。她不是那种只要被爱就如愿以偿的女人。

是他使她作为女人的尊严残缺不全的。

却也正是他竭力修补了那一种残缺不全。

用他既有感恩成分也有崇拜成分的爱。

于是每使她觉得修补得比完好无缺还好。

所以使她觉得自己从他那儿所获得的尊严接近着是合成后的尊严。好比是从一团普通面粉揉成的面团中揪下了一块,之后揉入了大小相等的精白粉面团,于是使原先的面团更具有"筋劲儿"了。

但是她已经变成了这样的一个女人——如果不是睡她所异常熟悉的金鼎度假村里的那一套属于他们的房间的那一张属于他们的床上,而是睡在另外一张床上,不管是四星级宾馆的床上还是五星级宾馆的床上,那她都是会翻来覆去地睡不着,彻夜失眠的。

事实上自从他们固定性地拥有了那一套房间那一张床,她就再没有在任何别的房间里的任何一张别的床上睡过。会失眠只不过是她的一种想象罢了,也是她不愿在这一座城市里过夜的冠冕堂皇的理由。

"宝贝儿,不知为什么,我这会儿实在是有些困倦了,都快睁不开眼睛了。我怕在这种情况下还硬撑着开车,安全没有保障……"

他将自己的理由陈述得也很正当。

"那由我来开车。一路你尽可以躺在后座睡上一大觉……"

她还是希望他能改变想法。

"宝贝儿,听我说,咱们是要去鸿祥宾馆住一夜。鸿祥宾馆你知道的吧,就是以前的省委招待宾馆。大年初一的,那里肯定住客极少。我知道你和我一样喜欢清静。我想那里今天肯定更清静了。我们去开一间套房……"

他迂回地、尽量地争取使她同意他的想法,而且希望她能够同意得高高兴兴。

听他说是鸿祥宾馆,她果然有点儿高兴起来了。

"那好吧,听你的。"

她之所以有点儿高兴起来了,乃因她心里的不安一下子又云消雾散了。她想,看来并没有什么真的值得她忧虑的事发生了而他一直瞒着她不愿说吧? 否则他还会选择去到鸿祥宾馆住下吗? 纵然他真的有什么事瞒着她不愿说,那也肯定只不过是使他心烦之事,而断不会是使他感到不祥之事。令他或她心烦之事,隔不久就会生出一件的嘛! 只要非是不祥之事,那么她的不安便真的多余了。他选择住在鸿祥宾馆,难道还不足以证明他与省委省政府的关系依然良好如初吗? 而这就足以令她大大地安心了呀。

他偏偏选择鸿祥宾馆去住下的目的于是达到了……

鸿祥宾馆的大堂当班小姐是知道王启兆这个人物的,荣幸之至地为他们登记了一间套房。经理正巧在那时出现,显得比当班小姐还倍加荣幸。对于他这样一位与省委赵副书记关系非同一般的人物的光临,经理几乎当成是赵副书记亲自来开房一般重视地亲自接待。并且亲自将他和郑岚陪送到了房间门口。

这使郑岚更加有理由大大地安心了。

权力的辐射线射到哪儿,它就在哪儿作用于人们的关系。有时使人对人亲,有时令目目恶对。

当套房的房门一关上,郑岚立刻就走到床边坐下了,继而仰面躺了下去。

从早上到下午几乎一直坐在车里来着,她也觉得有点儿乏了。

她感到他走到床边来了,躺着没动。

当他帮她脱靴子时,她才慵懒地缓缓坐起来,却见他是双膝跪在那儿动作轻轻地代劳着。

她任凭他双膝跪着将她的两只靴子都脱了下来。

没有一个女人不曾幻想过有某一个男人双膝跪在自己跟前替自己轻轻从脚上脱下靴子或鞋子。正如没有一只小猫或小狗不爱被主人抱在怀里予以抚摸。

那一时刻她那一种女人的尊严和虚荣心满足极了。

满足着而又迅速膨胀着。

于是她的眼神儿就温柔并且妩媚了。

"唉,你呀,你对我好得常常叫我自己不知怎么办才好……"

她习惯成自然地摩挲他那粗硬的染得漆黑的刷子般的平头,还将手伸入他那竖起来的羽绒服的高领里边去,摩挲他那短而结实的脖颈。

而他,像捧两轴精裱的名画似的,将她那双被丝袜裹得更加优美的秀腿慢慢捧起,轻轻放在床上,接着,就想将她压住在自己身下……

她嗔道:"门呀!……"

他双手从她的身体两边按在床上,撑起上身,扭回头看了一眼,顾不了那么多地说:"管它呢!……"

她却一滚,从床的那一边下了地,踮着脚跟跑到门前,将安全锁也锁上了。刚一转身,被他拦腰横抱了起来……

她小声说:"野猪!……"

自从他们离开了度假村,各自的神经就几乎都没有稳定过。一忽儿紧张,一忽儿松弛;一忽儿忐忑不安,一忽儿否极泰来;一忽儿她由于从他脸上看出了隐患而自己忧心忡忡,一忽儿他出于照顾她的感受而强作镇定,伪装成若无其事的样子……

此刻,他们都想要放松放松他们倍经折磨的神经了。

他们的神经也都十分默契地怂恿他们随心所欲了。

狎昵,亲爱,如胶似漆,缠绵难分……

做爱成为自然而然之事……

他们的神经都渴望达到亢奋的高潮……

但是他却疲软了。

疲软得无可救药。

对于王启兆这一个雄野猪一般慓壮的男人,这是从没发生过的现象。在他人生的各个阶段,他都发生过精神疲软的经历,却一次也没有过在床上,在和女人做爱的关键时刻一软到底的纪录。从她成为他唯一的女人那一天起,他一次也没令她扫兴过,更没使自己沮丧过。

"嘿他妈的,今天这是怎么了呢?……"

他内心里谙知其故,却做出百思不解的表情。

仿佛是一个明明被出卖了,又偏不肯承认被出卖了的人。

然而她也并没觉得多么的失望。她的神经初步亢奋了一阵之后,也随之疲软了。正如他之生理性质的疲软。

她抚慰了他一番,让他怀拥着自己,竟渐渐睡过去了。

事实证明,人这种三分之一生命在床上度过的动物,虽然高级,但毕竟也只不过是动物。真的倦意袭来,对床是没那么苛刻的要求的。

……

当她被电话扰醒,他已不在房间里了。窗外,夜幕降临在城市上空。城市这只异眼兽,睁开着千万只各种形状各种色彩的诡幻之眼了。

"宝贝儿……"

王启兆的声音不知远近地传入她耳中。

"你又到哪去了?"

她嗔怪,又奇怪。

他说:"我现在在哪儿不重要,现在你要认认真真地听我说的每一句话。我从度假村带出来的那只文件箱,它就在你的身旁,你看见它了吗?"

她伸手一摸,摸到了,就说:"看见了。"

她照例又身体直溜溜地仰躺着了,困劲儿犹在,双眼半睁半闭的。

"宝贝儿,从现在起,你必须对那只文件箱担负起高度的责任感来,明白?"

"明白。可是你……"

"别打断我,继续听我说。让我告诉你里边都有些什么——有一个牛皮纸的大文件袋。当我们结束通话后,你要做的第一件事那就是,立即销毁它。你要连同文件袋撕得碎碎的,冲进马桶里,一个纸片都不留地冲进马桶里……"

她不由得坐了起来,双眼也顿时完全睁开着了。

"里边还有一份护照,你的。就是咱们出国旅游那一次你办的那份。还没过期。还有效。凭它,你可以畅通无阻地远离中国。直接或者辗转去到任何一个你想去的国家。还有一份国外银行开出的存折,其上存着一百五十万美元。还有一个皮夹子,里边是一万美元的现钞。还有一枚镶钻石的戒指。那是我私下里为你买的,向往在我们正式结婚那一天,亲手戴在你指上。还有几十张你的正面照,从一寸到四寸,黑白的、彩色的,全了。为的是你应急的时候,有备无患……"

"你为什么要跟我说这些? 你是不是想和我分开了?! ……"

"又打断我。你别激动宝贝儿,你听着。在车上,我自言自语地说过一句话——'看来,是要破'。你记得吗?"

"……"

"回答我啊！"

"记得。"

"你当时问我'什么啊'，对吧？"

"对。"

"我当时把话岔开了，对吧？"

"对。"

"现在让我告诉你，我指的是什么。是网。我多年苦心编结的一张网，它是我的无形资产。今天早上，它被撕破了。我以为仅仅破了一个边角，现在看来破的不是边角，是正中央的地方，已经没法再补好了，将破得不可收拾了。再明白一点儿告诉你——我王启兆彻底完了，没咒可念了。度假村也将一败涂地了。即使不，那也不会再属于我们了。我们的一切共同的计划，都纯粹是梦想了……"

她听得呆如木石。

"你还在认真听吗？"

"在……"

她的声音微小极了。

"但是与我的名字连在一起的一切一切事情，统统都与你无关。这就是我为什么不让你参与太多的真正原因。宝贝儿，你要相信我，在法律上你是绝对清白的。只不过是我的秘书，度假村的管理者，每月从我这儿开一份工资而已。但为了你减少麻烦，我要求你明天一早离开中国。我询问过了，明天上午有飞往新加坡的航班，在宾馆前台就可以直接出票。至于那份存折，我已将账面做得万无一失。所以你只管放心携带。以后，完全属于你了。其实我自己的护照也曾在文件箱里的。我离开宾馆时把它带出来了。现在，已经把它销毁了。我绝对不能和你一块儿走。那样一来，你必受我牵连无疑……"

"你怎么可以这样……你怎么可以这样……我们说好了一荣俱荣，

一损俱损的……"

她已泪流满面,泣不成声。

"宝贝儿,别哭,别哭……"

他的声音听来却冷静异常。

"宝贝儿,我希望你能理解我此刻的一些想法。比如我让你千万千万要替我销毁的那一个文件袋,里边的材料中,详详细细地记载了我和某些官员之间的权钱交易。少说也有二十几个人的名字。如果他们每个人到时候再交代几个,那么被牵扯到头上的人一百多都不止了!大多数人都上有老下有小的。哪家没有个三四口人?一百多个家庭完蛋了,那么多孩子老婆老父老母死不了活不好的,我又能获得到什么呢?顶多获得到一点儿心理平衡是吧?我干吗到了这般地步,还非要获得到一点儿心理上的平衡呢?我这么想也挺高尚的吧,宝贝儿?……"

"启兆,你在哪儿?你回来!我要你回来,我要你回来……"

她哀泣而言。除此之外,别无他法。

"宝贝儿,别哭,别哭嘛!糟糕,我的手机快没电了,我要抓紧时间再跟你快说几句话。听着——如果真有来世,我祈祷上苍使我托生为另一类男人。有体育运动员的身材,但是绝不成为体育明星。有演员的堂堂相貌,但是绝不到文艺圈去发展。有一等的智商,但是绝不经商。有丰富的想象力,但是绝不当作家。我要当一位中学校长,农村普通中学的校长。我祈祷上苍使你成为那一所中学的女老师,教语文。而且,我们相爱了……"

她不再能听得到他的话了。

可是他还在说着:"人人羡慕我们,夸我们是一对金童玉女式的结合。我呢,不会像今世这样,总觉得自己实在是太配不上你了……"

她再拿着电话已经毫无意义了,不得不放下了。

"你给我回来!……"

她忽然双手握拳,同时擂床、擂枕,转瞬后,放声大哭……

王启兆站起身,一步跨过铁刺滚网时,由于腿短,裤子被刮破了一个大口子。

他骂道:"他妈的!"

他站在冰窟窿前,将握在手中的手机揣入羽绒服的内兜里,还将兜口的拉链拉上了。好像在他即将前往的另一个世界里,有给手机充电的地方。而只要有手机,仍能随时与郑岚进行联系。

现在,他觉得自己终于有一个明确的地方可去了。

他坐下了,首先将双腿探入冰窟窿里。还没冻结实的冰,如同镜子一般被他踏碎了。

冷!……

一股冰冷钻透了他的脚踝,泛向心间,使他不由得打了一个大哆嗦。

他想要立刻将双腿缩上来,却又咬咬牙坚持住了。如同一个正预备舒舒服服地泡澡的人坚持住了太烫的水温的考验。

接着他双手撑住冰面,连身子也滑入冰窟了。

然而他的双手却抗拒他的心念不懈劲儿。

结果他就不能沉没下去。

生命本身还不情愿自行了断。

他感觉到了湍急的水流将他的下半身冲斜了。

"一、二、三!……"

他自己为自己喊着口号,双手同时朝上一举——像投降。

没有支撑之力了,人却还是沉没不下去。

羽绒服的浮力在起作用。

冰冷的江水已将他的裤子浸透了,他上下两排牙齿开始互相磕碰。

他冷得实在受不了,不得已从冰窟中爬了上来。

而一爬到冰上,更觉冷了。湿衣服很快就和冰面冻结在一起了。

他有点儿一筹莫展了。

他没有想到他决心要去的地方还挺不容易去的。

要达到目的那就只有不怕麻烦。

又挣扎着站立起来,又一次跨过铁刺滚网,跑向岸边。他的一只鞋已掉在江里了。等他从岸边搬起一块大石头来,另一只湿鞋也不知粘住在哪一步冰面上了。袜子自然也是湿的,被冰面一次次往下撕扯着。

再回到冰窟前的他,已是一个赤脚之人了。

他怕羽绒服妨碍他一举成功,就将羽绒服脱下来了。可又不愿他的羽绒服被谁发现,寻思了一下,用羽绒服包住了那块大石头……

"一、二、三……"

他旱地拔葱般双脚一蹦,抱着大石头垂直跳入了冰窟……

他终于成功。

他刚一沉没,石头便从怀中失落了。

湍急的江水,一下子将他的身体冲出了十几米远。

冷彻骨髓。

一片漆黑。

冰冷的江水咕嘟咕嘟直往他无法闭上的口腔里灌。

他后悔了。

但是晚了。

他小时候是会几下子"狗刨"的。

生命本身不甘心就如此这般地结束自己。

但是"狗刨"已无济于事了。

他的身体一次次随着手脚不停止地乱蹬乱划而向上升浮,他的头却一次次被冰层撞晕。

封严了大江的一米多厚的冰层,绝对地不可能是他的头所能撞破的……

冷彻骨髓。

一片漆黑。

生命无处逃生……

一根细长的日光灯管,里边塞满碎冰,外边用墨汁通体刷得漆黑,然后放在一个避暖的角落,任里边的冰慢慢地融化……

报废的日光灯管里的碎冰终于化成了一管冰冷冰冷的水,混杂着尚未完全融化的冰碴……

然后一只还没长出来毛的老鼠崽子也被塞入了日光灯管里……

日光灯管被用黄泥封住了口,它被拿在一双手中,一双孩子的手中,像演孙悟空的儿童演员拿着"金箍棒",旋得如轮般飞转……

那孩子就是小时候的王启兆。

但是现在他成了那一只老鼠崽子……

在他徒劳无益的挣扎过程中,冰层下的江水用无形的手,帮着他将他脱成了个一丝不着的人,如同那一只还没长出毛来的耗子崽儿……

黑暗……

仿佛无边无际的黑暗……

旋转……

无法停止的旋转……

老鼠崽子……

正在抽水的抽水马桶……

文件袋……

纸片儿……

弯来绕去的下水管道……

刷得漆黑的日光灯管……

老鼠崽子……旋转……

四肢叉开着,像风车一般在旋转的赤裸裸的一个男孩的身体……

一个声音念咒似的唱着:

没有人和你玩平等的游戏……

每个人都要你心爱的东西……

声音在遥远处……

声音就在耳畔……

破了……破了……

心爱的东西……心爱的东西……

……

乱七八糟的一些幻象和一些似有若无的声音,试图唤醒着一息尚存的生命的残留意识。

徒劳无益。

和那赤裸裸的身体刚才的挣扎一样徒劳无益。

在一米多厚的冰层之下,大江旋转着那身体。

冲走着它,冲走着它……

警笛啸叫如初生儿暴啼。

两辆"奥迪"的前边,不知何时又多了一辆警车,它们已将城市远远地抛在其后了,而城市的万千双眼仍不肯善罢甘休地遥瞪着它们。

刘思毅乘坐的那一辆"奥迪"自然居中。别人怎么安排,他都一言不发,持一种悉听尊便的态度。

那女孩儿已被留在"鸿祥宾馆"了。

她与赵慧芝分开的情形令后者格外尴尬。如同一只小狗认错了主人,而"主人"是那么嫌恶"它"。

以至于,当保卫处长抓住那女孩儿的手将她带入宾馆时,赵慧芝竟此地无银三百两地说了这么一句不像话的话:"其实,我也只不过在到顺安县视察的时候,有一次见到了她和她父亲在一起。"

是的,刘思毅认为她那句话不像话。

他很想装糊涂地问一句:"那么她父亲是谁呢?"

暗思一忖,觉得自己如果而那么问了,也是一句很不像话的话,甚而是一个很不像话的人了。

所以他就没忍心那么问她。

他假装没听到她的话,也不看她,低头吸着了一支烟。

手中有了烟,他就可以更少地看她了,而且还显得极其正常。

他甚至也不忍心多看她一眼。

赵慧芝又说:"思毅书记,我也在这儿下车吧? 我的意思是……我还是代表你去一次北京吧,那样是不是更好呢? 也能证明你对上边的汇报是及时的……"

刘思毅缓缓吐出一缕烟,盯着烟头说:"我想,你还是跟我到顺安县去的好。汇报的事,让办公厅书面进行也是可以的。"

他沉默了几秒钟,又说:"有你在我身边,我心里比较踏实。"

又沉默了几秒钟,第二次补充道:"与我相比,你对顺安县方方面面的情况毕竟比我熟悉得多。"

那一时刻,刘思毅开始觉得,自己无论跟她说什么话,问也罢,回答也罢,无论以怎样的一种语调说,似乎实难避免地也都成了一些不像话的话了,而且越补充越修正越不像话。

"我替你把窗升上吧,怕你受风。你尽管吸你的。你早就应该知道,我是习惯了烟味儿的……"

赵慧芝说着,一斜身,向他那边的车门伸过手臂去,自作主张地替他将车窗升上了。

刘思毅连说:"谢谢,谢谢……"

赵慧芝坐端正了之后说:"可是,一张机票不是会作废的吗? 我好不容易才亲自买到一张普舱的票,还是打折的。打折的票只能后延一天。你可是最反对浪费行政开支的啊! ……"

刘思毅轻轻叹道:"有些浪费,那也是没法子的。你去北京的事儿,咱们就不再说了吧。"

赵慧芝又缓缓将脸转向了车窗。她再也没主动开口说话……

保卫处长和那女孩迈出电梯时，等待着的王启兆正巧往电梯里进，和那女孩撞了个满怀。双方三人谁也不认识谁。上苍安排世上的什么事，往往连细节都不放过……

三辆车已飞速地开到半路了。

沿途，每隔几里，便见一辆警车停在路边。车内坐的或是公安，或是便衣，或是荷枪实弹的武警。

百余里的公路无形中已被严密封锁。

封锁不了的只有消息。它已开始在后边的城市里广为漫延，所谓不胫而走。

赵慧芝却不怕刘思毅受风了。她将她那一边的车窗降了下来，并从兜里掏出什么，双手交替细细地撕着。

刘思毅知她是在撕机票，内心里很不是滋味。

彻底毁掉一个人是需要彻底狠下心肠来的。

他默默对自己说——刘思毅但是你已别无选择……

赵慧芝将一只手伸到窗外，纸片眨眼间被风从她手中刮光了。

她缓缓缩回手，却并不将车窗再升上去。反而将头偏向车窗，任灌入车内的风刮她的脸，刮乱她的头发。

那风声噪耳，使得刘思毅心绪烦乱。

他也像她那样，斜过身去，伸长手臂，替她将车窗升上去了。

同时他说："你也小心别受了风。"

当他的手收回时，无意中碰到了她另一只手。

他忍不住将她那只手轻轻握了一下。

而赵慧芝的脸仍朝向着车窗。

刘思毅想起了什么，他将另一只手探进大衣兜去……

"慧芝同志，我给你看一样东西……"

她这才向他转过脸来，在车内灯的光照之下，她脸色如灰。

刘思毅将妻子放在他兜里那张六寸照片摸了出来,塞在赵慧芝手里……

她问:"什么?……"

他说:"你自己看嘛……"

赵慧芝将包照片的纸团握在手里,狐疑地凝视着他。

"你再看看背面……"

赵慧芝将照片翻过来一看,倏地又将脸转向了车窗——背面写着"亲密的慧芝同志留念!"

刘思毅说:"是我的双胞胎孙子。"

他也再次将脸转向了车窗。

她说:"替我谢谢淑敏同志……"

他说:"她总跟我念叨你。"

他觉得自己的眼角也有湿漉漉的东西溢淌下来了……

他就又想轻握一下她的手……

而他们坐的那辆"奥迪"猛地刹住了,轮胎与地面摩擦出刺耳之声——二人失去了平衡,身体都不由得向前一倾,并同时用双手撑住了前座的靠背……

有一辆车从一条野路冲上了公路,横在公路中央,像一只黑色的拦路大虫。

警车虽然反应快速,急刹车后的惯力还是使它撞上了那辆居心不良的"奔驰"的后门那儿,将"奔驰"撞得在公路上横移数米……

居中的"奥迪"撞上了警车的车尾……

第二辆"奥迪"也撞上了第一辆"奥迪"的车尾……

当三辆车的司机和车里的每一个人还在发呆发愣,没来得及缓过神儿时,那辆"奔驰"的另一侧前门无声一展。显然,司机座位这一边的前门已经无法从里边推开来了……

一个高挑的身影,仅仅上半身的身影出现在所有惊愕着的眼睛里,像是一名黑衣侠,不但阻拦住了他们的去路,而且——专执一念要和他们全体决斗!

风向后吹撩着那人的长发——女人……

她望着三辆追尾的官方车冷笑不已,对自己制造的大麻烦不仅得意,而且快感。

她的半截身影在车后缓缓横移,终于绕过"奔驰"车头,整体出现在人们视线的前方了——如同一个冲击视觉的细长的惊叹号自天而降……

忽然,她左条腿一弯,单膝跪在马路中央了。而她的右手,按住在冰雪覆盖的路面上。

那条长手臂直直地支撑着,使她不会伏倒下去。

但她的头却缓缓地缓缓地低垂下去了,于是长发掩面。

然而分明地,她的右手高高地擎举起来了,手中有什么特别的"武器"。仿佛靠了它,足以骁勇无敌,战无不胜。

那却只不过是一只厚厚的牛皮纸的文件袋罢了……

小莫回头对刘思毅说:"您别管。"

然而刘思毅已打开了车门,他一只脚还没踏在地上,赵慧芝扯住了他的衣角。

她说:"思毅,我……我是不是等于……从现在起……就失去自由了?……"

刘思毅见她脸上淌着泪。她的目光中充满了哀求。刘思毅难过地低下了头,又见她那只手,将他的衣角紧紧地抓住着。

他真不知如何回答才好,更不知怎么做才好。他不知所措。他低头看着赵慧芝那只手,呆愣着。

小莫却已下了车,扶着后车门,弯下腰对刘思毅说:"你别下车,就在车里坐着。"

刘思毅突然吼道:"你住口!"

小莫只得默默地退开了。

而赵慧芝的手，终于缓缓松开了他的衣角。她吃惊地瞪着他，仿佛他的话是冲她吼的。

"慧芝同志，别胡思乱想……"

刘思毅也终于对赵慧芝说出了一句话。刚一说完，不失时机地就下了车。双脚落地，他站在那儿想了想，像小莫刚才似的，也一手扶着后车门，弯下腰对赵慧芝又说："别胡思乱想，啊？"

除了这么一句话，他再无话可说。

赵慧芝凝视着他，目光里已全没了哀求，只剩下绝望了。他也凝视着她，仿佛希望把她的样子印在记忆中。他清楚，从此以后，在这个世界上，他将成为她最痛恨最诅咒的人了。

在他将车门关上时，赵慧芝又向他伸出了一只手，显然是想再扯拽住他。然而车门使她没有来得及那样，反而将她的手撞了一下，撞得她很疼。

刘思毅朝小莫转过了身，小莫板着脸说："您何必冒充交警？"

刘思毅却说："听着。你不必跟我到顺安去了。你陪慧芝书记回市里，把她送到家门口。"——见小莫满脸疑惑，显然不知他为什么改变了主意，低声又说："向公安厅传达我的指示，派两名得力的女干部，再加上你，你们三个人要一直陪慧芝书记住在她家里。她如果抗议，就跟她说，是我要求你们的。别的话也就不必多说了。她要发火，你们就忍耐。直到我从顺安回去为止……"

看着小莫复坐入车里，那一辆"奥迪"调转车头往回开了，刘思毅这才向前边望去——那女子和她的"奔驰"，被随行的男人们四周围住着。

保卫处长快步走到刘思毅跟前，汇报说："她自称她是'金鼎'的副总经理，叫郑岚。她要见比赵副书记更大的省委领导。"

而那时，赵慧芝在车里痛哭失声……

刘思毅走到郑岚对面，稳定了一下情绪，平静地说："我是省委书记刘思毅。"

她就将用双手紧按胸前的那一只厚厚的牛皮纸的文件袋朝他一递。他刚欲接,她却又将文件袋紧捂在胸前了。

刘思毅抬腕看一眼手表,仍以平静的语调说:"一分钟内,请你作出两种选择中的一种——或者,我们同车去往顺安;或者,我派人护送你回到市里。无论哪一种选择,我都保证你是安全的。"

从顺安县的方向,突然传来一阵枪声。

保卫处长们一齐朝那个方向扭过头去⋯⋯

刘思毅如同没听到,又说:"我重复一遍我的话,无论哪一种选择,我都保证你是安全的。"

郑岚不再犹豫,到底还是把文件袋交给了刘思毅。刘思毅就抓住她一只手,像领着一个孩子似的,将她带到了另一辆"奥迪"车前⋯⋯

那时,已不知从哪儿,又冒出了几辆车。

刘思毅问:"你怕不怕?"

郑岚摇头。

"不怕就好。没什么可怕的。"

刘思毅打开车门,做了一个请的手势。

当所有的车都朝顺安县的方向驶去以后,公路上随之出现了一些身影,迅速将被撞凹了车门的"奔驰"推到路旁的一片蒿丛后面。紧接着,那些身影消失得无影无踪。

北风嗖嗖,树梢哨响。

啪—— 一大坨枝头积雪,倏坠于公路路面⋯⋯

大年初一,此夜诡谲⋯⋯

图书在版编目（CIP）数据

欲说 / 梁晓声著 . — 青岛 : 青岛出版社 , 2014.12
（梁晓声文集 . 长篇小说 ; 4）
ISBN 978-7-5552-1319-2

Ⅰ . ①欲… Ⅱ . ①梁… Ⅲ . ①长篇小说—中国—当代
Ⅳ . ① I247.5

中国版本图书馆 CIP 数据核字（2014）第 283739 号

责任编辑　　常　红
特约编辑　　代　敏